D1983680

SCIENCE FICTION

Herausgegeben
von Wolfgang Jeschke

Von ROGER MACBRIDE ALLEN erschienen in der Reihe
HEYNE SCIENCE FICTION & FANTASY:

Die Laserfaust · 06/5083
Die Waisen der Schöpfung · 06/5973 (in Vorb.)

DIE HEIMGESUCHTE ERDE:

Der Ring von Charon · 06/5912
Die Zerschmetterte Sphäre · 06/5913

ROGER MACBRIDE ALLEN

DIE ZERSCHMETTERTE SPHÄRE

DIE HEIMGESUCHTE ERDE
Zweiter Roman

Aus dem Amerikanischen von
MARTIN GILBERT

Deutsche Erstausgabe

WILHELM HEYNE VERLAG
MÜNCHEN

HEYNE SCIENCE FICTION & FANTASY
Band 06/5913

Titel der amerikanischen Originalausgabe
THE SHATTERED SPHERE
Deutsche Übersetzung von Martin Gilbert
Das Umschlagbild ist von Zoltan Boros

Umwelthinweis:
Dieses Buch wurde auf chlor- und säurefreiem Papier gedruckt.

Redaktion: Wolfgang Jeschke

Erstausgabe 1996 by TOR Books,
published by Tom Doherty Associates, Inc., New York
Mit freundlicher Genehmigung des Autors
und Thomas Schlück, Literarische Agentur, Garbsen
(# 33390)

Printed in Germany Januar 1998
Umschlaggestaltung: Atelier Ingrid Schütz, München
Technische Betreuung: M. Spinola
Satz: Schaber Datentechnik, Wels
Druck und Bindung: Elsnerdruck, Berlin

ISBN 3-453-13295-5

Für Eleanore Maury Foy –
Mein Zuhause ist dort, wo sie ist

Inhalt

ANHANG

»Haben Sie *Die Zerschmetterte Sphäre* schon fertig?«

Das ist die Frage, die mir seit dem Erscheinen des *Rings von Charon* am häufigsten gestellt wurde. Von Lesern, Freunden, Verlegern, Agenten und allen möglichen Leuten. Ich freue mich, Ihnen mitzuteilen, daß die Antwort ›ja‹ lautet. Hier ist es.

Ich möchte allen danken, die dieses Buch geduldig – und ungeduldig – erwartet haben. Ich hoffe, das Ergebnis rechtfertigt das lange Warten.

Besonderen Dank an meine Herausgeberin, Debbie Notkin, und an Beth Meacham, Patrick Nelson Hayden, Tom Doherty und die gesamte Belegschaft von Tor Books. Nun muß ich mich nicht mehr vor ihnen verstecken. Dank auch an Linda Silk, deren Kunstfertigkeit die Vorabdrucke verschönert hat. Dank auch an meine Eltern, Tam und Scottie, für ihre Kommentare zum Manuskript.

Und nicht zuletzt auch Dank an Eleanore Maury Fox, der dieses Buch gewidmet ist. Sie hat das Manuskript gelesen und mir viele fundierte und wichtige Ratschläge erteilt. Es versteht sich, daß ich Eleanore auch aus vielen anderen Gründen Dank schulde, doch das ist eine andere Geschichte – eine, die längst noch nicht abgeschlossen ist.

– Roger MacBride Allen
London, August 1993

›AUGAPFEL‹ GRÖSSTER ORTER. Eine ebenso melancholische wie resolute Frau. Sie ist Leiterin der Navigation und Ortung auf dem *NaPurHab.*

DER *AUTOKRAT* VON CERES. Der absolute Herrscher von Ceres und De-facto-Führer des gesamten Asteroidengürtels. Traditionsgemäß legt der oder die InhaberIn dieses Amts seinen oder ihren Namen ab und bricht auch sonst alle Verbindungen zur Vergangenheit ab.

JOANNE BEADLE. Technikerin am Raumhafen von Kourou, Südamerika. Während Wolf Bernhardts Aufenthalt dort fungiert sie, eher widerwillig, als seine persönliche Assistentin.

DR. WOLF BERNHARDT. Leiter der UN-Behörde ›Direktorat für Weltraumforschung‹ (DWF) und Direktor des *Multisystem*-Forschungsinstituts (MFI).

DR. SONDRA BERGHOFF. Direktorin der ›*Ring von Charon*‹-Schwerkraft-Forschungsstation am *Plutopunkt.*

DR. SELBY BOGSWORTH-STAPLETON. Ein ›Überbleibsel‹, das heißt, ein Bürger der Erde, der nach der *Entführung* im Sonnensystem gestrandet ist. Als einzige ausgebildete Archäologin auf dem Mond leitet sie die Erforschung des Mond-*Rads* und des *Rad*weg-Tunnelsystems.

SIANNA COLETTE. Eine junge Frau, die als Kind durch die Pulsbeben der *Entführung* ihre Eltern verlor.

DR. LARRY O'SHAWNESSY CHAO. Ein ehemaliger Nachwuchs-Forscher der Gravitations-Forschungsstation auf Pluto. Chao aktivierte durch Zufall die große charonische Entität, das Mond-*Rad,* und löste so unfreiwillig die Ereigniskette aus, die in der *Entführung* gipfelte. Zur Zeit arbeitet er am *Graviton*-Projekt.

LUCIAN DREYFUSS. Ein ehemaliger Techniker der Orbitalen Flugsicherung auf dem Mond. Er wurde im ›Kaninchenbau‹ von den Charoniern entführt und gilt als tot.

DR. URSULA GRUBER. Direktorin der Observationsabteilung am MFI und Beraterin von Dr. Bernhardt.

DR. GERALD MACDOUGAL. Erster Offizier der *Terra Nova.* Er ist mit Marcia MacDougal verheiratet. Ein Wiedergeborener Christ und gelernter Exobiologe.

DR. MARCIA MACDOUGAL. Arbeitete früher als Planeten-Ingenieurin in der Venus-Initialstation für Operative Forschung (VISOR) und beschäftigt sich heute mit dem Studium der charonischen Semiotik. Als Jugendliche entfloh sie der Bewegung der *Nackten Purpurnen* im *Purpurnen* Straflager Tycho. Nach der Einmottung von VISOR kehrte sie auf den Mond zurück. Zur Zeit ist sie am Nordpol des Monds stationiert und betreibt dort Studien der Sprache und des Verhaltens der Charonier.

WALLY STURGIS. Ein Experte für Computer-Simulationen. Zur Zeit am *Multisystem*-Forschungsinstitut beschäftigt.

OHIO TEMPLATE ›WINDBEUTEL‹. Der ›Größte Windbeutel‹ oder Führer des Habitats der *Nackten Purpurnen (NaPurHab).*

TYRONE VESPASIAN. Direktor der Lucian-Dreyfuss-Forschungsstation (auch bekannt als ›Der Kaninchenbau‹) am Nordpol des Monds.

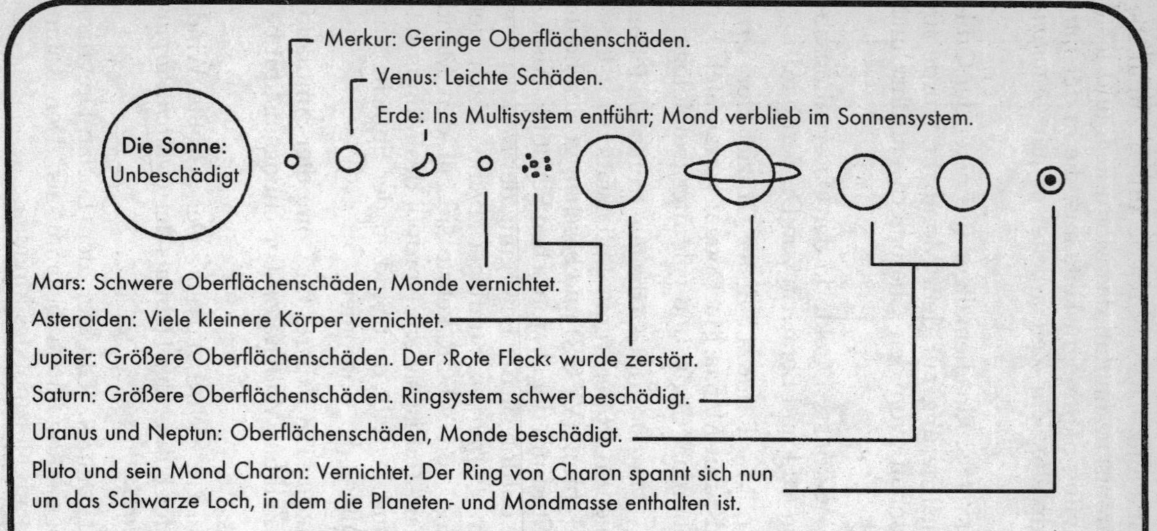

Das Sonnensystem nach dem Angriff der Charonier

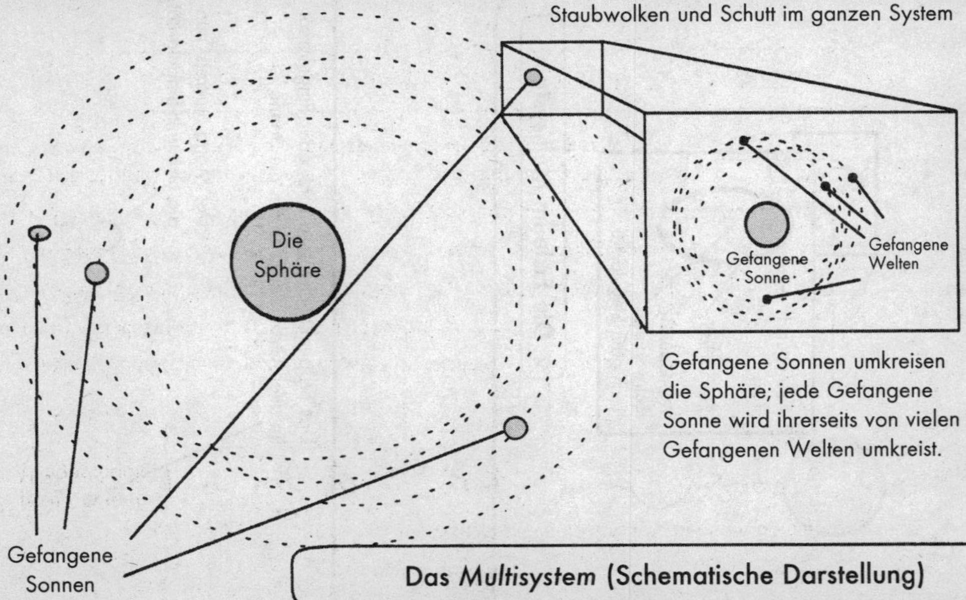

Das *Multisystem* (Schematische Darstellung)

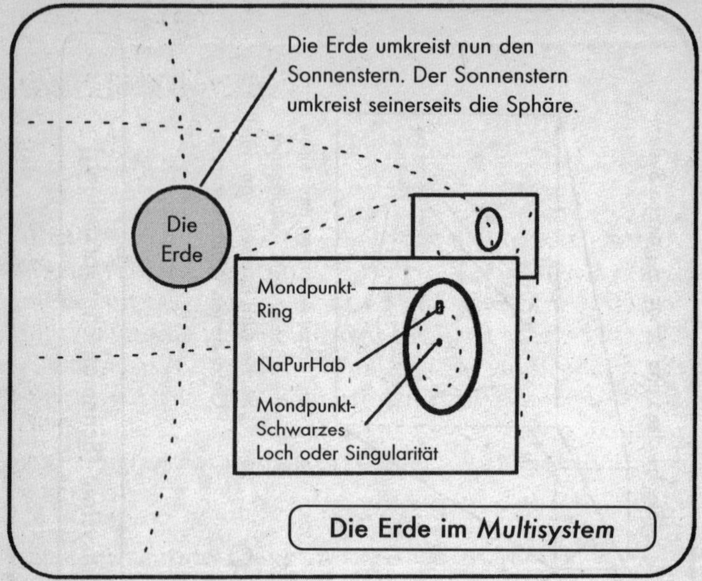
Die Erde umkreist nun den Sonnenstern. Der Sonnenstern umkreist seinerseits die Sphäre.
Die Erde
Mondpunkt-Ring
NaPurHab
Mondpunkt-Schwarzes Loch oder Singularität
Die Erde im *Multisystem*

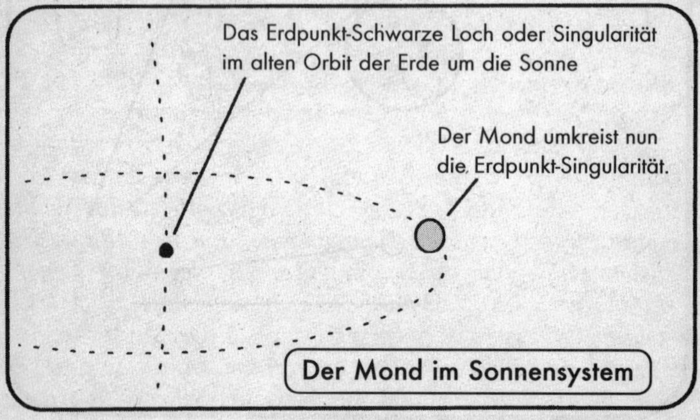
Das Erdpunkt-Schwarze Loch oder Singularität im alten Orbit der Erde um die Sonne
Der Mond umkreist nun die Erdpunkt-Singularität.
Der Mond im Sonnensystem

Kapitel Eins

Enterkommando

Andere nannten ihn den Widersacher, doch er selbst hatte keinen Namen für sich; er verfügte nicht einmal über ein Bewußtsein, das einen Namen für notwendig erachtet hätte. Der Unterschied zwischen Individuum und Gruppe war für ihn so bedeutungslos wie für ein Volumen Wasser, das in zwei Gefäße aufgeteilt und dann wieder zusammengeschüttet wurde. Der Widersacher war in der Lage, sich in einem beliebigen Verhältnis zu teilen und anschließend wieder zusammenzufügen. Doch grundsätzlich war der Widersacher eins.

Er lebte zurückgezogen im warmen, behaglichen Reich der Gravitation, deren Schwerefelder so stark waren, um die Zeit erheblich zu verlangsamen. Aus der Perspektive des kalten und dunklen, verzerrten Schnellzeit-Raums befand der Widersacher sich tief in einer gekappten Wurmlochöffnung, scheinbar isoliert vom äußeren Universum.

Doch das war nicht der Fall, auch wenn der verlangsamte Ablauf der Zeit im Innern des zerstörten Wurmlochs diesen Anschein erweckte. Er war sich seiner Umgebung sehr wohl bewußt, auch wenn er nur langsam auf sie reagierte.

Und er hatte eine Vibration im Geflecht der Gravitationsverbindungen entdeckt. Vor einiger Zeit, nach den Maßstäben der kalten und dunklen Schnellzeit, hatte es eine Reihe von Störungen gegeben. Während eine Serie von Blitzen die düstere Landschaft erhellte und ihm als Wegweiser diente, wurde durch die Gravitationsschwingungen plötzlich viel von dem sichtbar, was sonst verborgen lag. Der Widersacher erkannte den Pfad zu neuen Energiequellen, die in Gestalt von vielen Wurmlochverbindungen im Schnellzeit-Raum *verteilt waren. Langsam, quälend langsam aus der Perspektive des Schnellzeit-Raums, setzte er sich in Bewegung.*

»Die *Terra Nova* war das erste Sternenschiff überhaupt. Für die gesamte Flugdauer diente sie als Schläfer-Schiff. Die Passagiere wurden vor dem Abflug eingefroren und verbrachten so die langen Jahre und Jahrzehnte zwischen den Sternen, bis sie bei der Ankunft im Zielstern-System aufgetaut und ausgesetzt wurden. Allerdings hatten wenige Monate vor der Fertigstellung Budgetkürzungen die Einmottung des großen Schiffs erzwungen. Anstatt wie vorgesehen nach Alpha Centauri aufzubrechen, ging es in einen Parkorbit um die Erde.

Wie das Schicksal es wollte, begleitete die *Terra Nova* die Erde, als der Planet ins *Multisystem* entführt wurde. Das Schiff wurde unverzüglich ausgesandt, um die fremde Umgebung der Erde zu erkunden.

Die Konstrukteure hatten das Schiff nach einem berühmten britischen Forschungsschiff des frühen zwanzigsten Jahrhunderts benannt. Ohne Zweifel hätten sie einen mit einem günstigeren Omen behafteten Namen gewählt, wenn sie sich mit der Geschichte anstatt mit den Mythen befaßt hätten, die sich um das Schiff rankten. Jene *Terra Nova*, das unter einem Unglücksstern fahrende Flaggschiff von Commander Scott auf seiner Reise zum Südpol, war nämlich ein ganz gewöhnliches Schiff, ein Walfänger, der behelfsmäßig zu einem antarktischen Forschungsschiff umgerüstet worden war. Infolgedessen geriet es immer wieder in Schwierigkeiten und setzte die Besatzung unnötigen und großen Gefahren aus. Es war nicht zuletzt auch die mangelnde Eignung des Schiffs, die zum Scheitern der ganzen Expedition beitrug.

Unsere *Terra Nova* hingegen war von vornherein als Forschungsschiff konzipiert worden – und wurde nun für alle möglichen Zwecke eingesetzt. Zuerst eingemottet, machte sie sich einen Namen als Kriegsschiff, Rettungsboot und in vielen anderen Funktionen, für die sie anfangs überhaupt nicht vorgesehen war.

Es ist eine der großen Ironien der Forschungsgeschichte, daß ein Schiff, das gebaut wurde, um neue Welten zu suchen und zu kolonisieren, die Trillionen von Kilometern von der Erde entfernt waren, statt dessen einen Platz inmitten einer Anzahl unbekannter und fruchtbarer, nur einen Steinwurf von der Erde entfernter Welten einnahm – und es dennoch nicht wagte, sich einer von ihnen zu nähern, geschweige denn in eine Umlaufbahn zu gehen oder Sonden hinunterzuschicken.«

– *Die Erde im Multisystem: Eine Chronik des Exils*
von Jose Ortega, Central City Press, 2436

An Bord der *Terra Nova*
Leerraum
DAS *MULTISYSTEM* *4. Juni 2431*

»Die Entfernung *Hijacker*–Nahorbit-Radiostrahler beträgt nun fünf Kilometer«, meldete der weibliche Ortungsoffizier mit monotoner Stimme. In einer Entfernung von einer halben Million Kilometern neigte die lange Sternen-Jagd sich dem Ende zu. Die *Terra Nova* mochte die *Hijacker* wohl gebaut und im Weltraum ausgesetzt haben, aber nun war sie nicht mehr als ein Beobachter. Es gab nichts, was sie im Notfall tun konnte. Captain Dianne Steiger sah auf den Hauptbildschirm, auf dem der große Felsen abgebildet wurde, der den KERN darstellte, und spähte nach dem trüben Punkt der *Hijacker*, dem zerbrechlichen, winzigen Schiff, das vor fast einem Monat von der *Terra Nova* ausgeschleust worden war.

Sie umklammerte die Sessellehnen und grub die Finger in die Polsterung. Sie sehnte sich nach einer Zigarette; die letzte hatte sie bereits vor zwei Jahren geraucht. Der KERN und die *Hijacker* befanden sich zwar noch mehrere hunderttausend Kilometer entfernt, doch das schmälerte nicht die Bedeutung der Mission des Schiffs. Die Besatzung der *Hijacker* mußte einfach Erfolg haben. Wenn nicht, war es an der Zeit, das Schiff von *Terra Nova* in *Fliegender Holländer* umzutaufen und sich in das nämliche Schicksal zu fügen.

Die verdammten KERNe, die Abertausende von KERNen verhinderten seit fünf Jahren, daß Diannes

Schiff sich einem Planeten näherte. Selbst die Rückkehr zur Erde war der *Terra Nova* verwehrt, denn die Erde wurde ebenfalls von einem Schwarm KERNen umkreist.

Doch dieser KERN befand sich in den Tiefen des Raums, weit entfernt von einem Planeten, und reiste mit unbekannter Mission zwischen den Welten umher. Vielleicht, nur vielleicht, gelang es den Männern und Frauen der *Terra Nova*, dieses Exemplar in die Hände zu bekommen.

»Die Entfernung *Hijacker*–KERN beträgt nun drei Kilometer«, meldete der Ortungsoffizier.

Dianne musterte den Bildschirm intensiver. Aha, nun geriet das Raumschiff in den Erfassungsbereich der Hochleistungs-Infrarotkameras. Obwohl sämtliche Verstärker aktiviert waren, war die *Hijacker* nicht mehr als ein trüber brauner Punkt, der zögerlich ins Bild wanderte. Dianne starrte so intensiv auf das Bild, daß ihr die Augen tränten. Sie blinzelte, um wieder freie Sicht zu bekommen, nur um dann festzustellen, daß sie den verwaschenen Farbpunkt verloren hatte. Daraufhin zog das Künstliche-Intelligenz-System, die KI, die das Grafiksystem verwaltete, einen gelben Kreis um die *Hijacker*. Viel besser.

Dazu, den KERN mit einem solchen Kreis zu markieren, bestand natürlich keine Veranlassung. Das Fremdraumschiff mit den Ausmaßen eines Asteroiden war kaum zu übersehen. Im Grunde *handelte* es sich auch um einen Asteroiden. Vielleicht war allein die Bezeichnung ›Fremdraumschiff‹ schon irreführend. Dianne blickte nach links, wo Gerald MacDougal saß und seinerseits den Monitor betrachtete.

Gerald behauptete immer, daß der KERN sowohl Besatzung und Kapitän als auch das Schiff selbst darstellte, ein halborganisches Ganzes also. Das klang plausibel. Mit Sicherheit war der KERN lebendig.

Mehr oder weniger. Es sei denn, man bezeichnete ihn von vornherein als Maschine. Dianne seufzte und gab es auf. Nichts war klar, wenn man es mit den Charoniern zu tun hatte. Und wenn sie auch der gefährlichste Feind waren, dem die Menschheit jemals gegenübergestanden hatte, und wenn die Menschheit auch nur deshalb der völligen Vernichtung entgangen war, weil die Charonier die Existenz der Menschen überhaupt nicht zur Kenntnis genommen hatten, so war die arrogante Art, wie die Charonier alles Menschliche ignorierten, doch irgendwie demütigend. Da widmeten die Menschen sogar den Küchenschaben mehr Aufmerksamkeit als die Charonier den Menschen. Manchmal sagte Dianne sich, daß es schon ein Sieg wäre, wenn die andere Seite auch nur die Existenz der Menschen zur Kenntnis nähme.

»Irgendwelche Veränderungen bei den Radaremissionen?« fragte Gerald. Eine Verschiebung auf dem Radarschirm bedeutete womöglich, daß der KERN die *Hijacker* geortet hatte. Das Radar der *Terra Nova* war deaktiviert, doch die Passivortung des Schiffs untersuchte die Emissionen des KERNs auf Veränderungen, die entweder von einer Ablenkung der Suchstrahlen des KERNs herrührten oder dadurch verursacht wurden, daß der KERN das aktive Suchmuster geändert hatte.

»Nein, Sir. Weder Veränderungen der Radaremissionen noch eine zielbedingte Verschiebung des Suchstrahls. Wir haben keine neuen Aktivitäten entdeckt.«

Das war eine gute Nachricht, oder zumindest keine schlechte. KERN stand für ›Nahorbit-Radaremitter‹. Dieses Exemplar stand im Moment sicher nicht in einem Nahorbit, dafür emittierte es jedoch wie verrückt Radarsignale.

Das Radar sollte alle Objekte orten, die groß genug waren, um eine Bedrohung für den Planeten darzustellen, den der KERN gerade bewachte. Wenn er einen auf Kollisionskurs befindlichen Meteor entdeckte, führte der KERN eine Kursänderung durch und rammte den Felsen. Wenn er ihn nicht gleich zerbröselte, so brachte er ihn zumindest vom Kurs ab.

Ein solcher Schutz war auch notwendig. Die neue Heimat der Erde, das *Multisystem*, war angefüllt mit Trümmern und Staubwolken, die an manchen Stellen so dicht waren, daß die Kommunikations-Laser versagten. Die Laser der *Terra Nova* waren nun schon seit Wochen nicht mehr zur Erde durchgekommen. In dieser Zeit hatte auf dem Schiff praktisch Funkstille geherrscht, um nicht die Aufmerksamkeit des KERNs auf sich zu ziehen.

Schätzungen zufolge gab es hier fünfzig- bis fünfhundertmal so viel Himmelsschrott wie im Sonnensystem. Dianne rutschte nervös auf dem Sitz herum. Als ob sie sonst keine Sorgen gehabt hätte, als ob es sonst nicht schon genug Phänomene gab, denen sie hilflos gegenüberstand. Im Grunde wußte sie nicht, ob das Sonnensystem überlebt hatte, und es sprach viel dafür, daß es nicht überlebt hatte.

Am besten, sie konzentrierte sich auf das nächstliegende Problem. Einschließlich der Erde gab es mindestens 157 Planeten im *Multisystem*, von denen jeder einzelne von einem Schwarm KERNen umkreist wurde. Die KERNe stellten nicht nur eine hervorragende Abwehr gegen Asteroiden dar, sondern die verdammten Dinger verfolgten mit derselben Entschlossenheit auch Schiffe und rammten jedes Fahrzeug, das sich auf einem projektierten Kollisionskurs mit einem Planeten befand. Die *Terra Nova* hielt einen Sicherheitsabstand von dreihunderttausend Kilometern zu jedem dieser 157 Planeten ein. Die Gefahr, daß die Besatzung verhungerte oder das Schiff ausfiel, bestand indes nicht: Die *Terra Nova* war schließlich gebaut worden, um im Leerraum zwischen den Sternen zu navigieren, zumal die Erde gelegentlich ein Versorgungsschiff schickte. Um die Objekte, die sich von einem Planeten entfernten, schienen die KERNe sich nämlich nicht zu kümmern – zumindest in der Regel. Ein Objekt, das so groß war, daß es die Hälfte des Nachschubs faßte, wurde nicht behelligt.

Nein, das Überleben war nicht das Problem – vielmehr stellte sich die Frage nach dem Nutzen und der Bedeutung des Schiffs. Welchen Zweck hatte ein Raumschiff, das nicht in der Lage war, sich einem Planeten zu nähern? Die *Terra Nova* hatte schon seit langem alles über die Charonier in Erfahrung gebracht, was man aus einer Entfernung von 300 000 Kilometern in Erfahrung bringen konnte.

Doch die *Hijacker* war vielleicht der Schlüssel. Wenn es dem kleinen, unscheinbaren Schiff gelang, heimlich auf diesem KERN zu landen, und wenn die Besatzung imstande war, sich die bruchstückhaften Informationen zunutze zu machen, die der Menschheit über die KERNe im besonderen und über die Charonier im allgemeinen vorlagen, war es vielleicht möglich, daß sie die Kontrolle über den KERN übernahmen. Eventuell fanden sie einen Weg, die KERNe zurückzurufen und es der *Terra Nova* zu ermöglichen, Sonden zur Erkundung einiger dieser Welten auszuschicken. Die Erde würde dann neue Raumschiffe starten, und die Menschheit hätte die Chance, die zerstörten Orbital-Einrichtungen wiederaufzubauen.

Vielleicht, nur vielleicht, wäre die Entsendung eines Prisenkommandos auf einen KERN der erste Schritt der Menschheit, wieder selbst über ihr Schicksal zu bestimmen. Das zweite Tarnkappen-Schiff, die *Highwayman*, näherte sich in den weitläufigen Laderäumen der *Terra Nova* der Fertigstellung. Wenn der erste Versuch glückte, würden sie gleich darauf einen weiteren

KERN einfangen. *Falls* das erste Tarnkappen-Schiff Erfolg hatte.

Die *Hijacker* war mit allen Finessen der Tarnkappen-Technologie, über welche die Besatzung der *Terra Nova* verfügte, ausgerüstet und war für das Radar unsichtbar. Allerdings war es unmöglich, ein Objekt völlig gegen Ortungsfrequenzen abzuschirmen, und je weiter die *Hijacker* sich dem KERN annäherte, desto größer wurde die Wahrscheinlichkeit, daß der KERN sie ortete. Außerdem: Wer sagte denn, daß der KERN sich nur auf das Radar verließ? Wenn er auch im normaloptischen und Infrarotbereich arbeitete, dann wäre eh alles vorbei. Bisher gab es zwar keinen Hinweis darauf, daß die KERNe auch zur optischen oder Infrarot-Wahrnehmung befähigt waren – aber das bedeutete noch lange nicht, daß sie diese Fähigkeiten nicht besaßen.

Die *Hijacker* verfügte über einen mattschwarzen Anstrich, um die optische Erkennung zu erschweren, aber an dem Umstand, daß das Schiff wärmer als der Weltraum war, ließ sich verdammt nichts ändern. Wenn die Infrarot-Ortungsgeräte der *Terra Nova* die *Hijacker* auf eine Entfernung von einer halben Million Kilometern erfaßten, würde der KERN sie über eine Distanz von drei Kilometern allemal orten.

Dianne wünschte sich, sie wäre über die Vorgänge an Bord des kleinen Schiffs im Bilde. Doch die *Hijacker* mußte Funkstille wahren, und wegen der geringen Größe führte das Schiff nicht die Ausrüstung mit, die erforderlich gewesen wäre, um einen Kommunikations-Laser über eine weite Entfernung ins Ziel zu bringen. Also war sie auf die Bildschirmdarstellungen und die Meldungen des Ortungsoffiziers angewiesen.

Nun kam der gefährlichste Teil. Weil die *Hijacker* sich im Vergleich zum KERN langsam bewegte, mußte sie ihre Geschwindigkeit der des großen Brockens angleichen. Das bedeutete die Zündung eines Boosters. Die üblichen Fusionsraketen kamen natürlich nicht in Frage – sie hätten den Radarschirm wie eine Weihnachtskerze erhellt. Doch es gab noch andere Optionen außer Fusionsraketen.

»Sie müßte nun jeden Moment verzögern«, sagte Gerald MacDougal. »Ich bete zu Gott, daß es funktioniert.«

Die *Hijacker* verwendete Flüssiggas-Raketen – die im Grunde genommen nichts anderes als Preßluft-Düsen waren. Diese Düsen hatten einen sehr geringen Wirkungsgrad und waren zudem nur schwer zu kontrollieren. Die Ingenieure hatten alle Mühe, die Tanks mit hochverdichteter Luft daran zu hindern, selbst Radarechos zu erzeugen. Es war eine denkbar schlechte Lösung. Es mußte noch etwas Besseres geben. Nur daß man bisher keine bessere Lösung gefunden hatte. Wenn überhaupt etwas für die Preßluft-Raketen sprach, dann der Umstand, daß niemand sich eine noch schlechtere Lösung vorzustellen vermochte.

Aber trotzdem müßte es funktionieren. Wie auch immer das Radar des KERNs beschaffen war, von der Grundkonzeption her wäre es kaum in der Lage, einen Raketenschub auszumachen, der buchstäblich nur aus Luft bestand.

»Die Geschwindigkeit der *Hijacker* verringert sich«, meldete der Ortungsoffizier mit stoischer Ruhe. »Sie hat das Bremsmanöver eingeleitet.«

Und nun nahte der Augenblick der Wahrheit. Sie würden erst dann wissen, ob der KERN einen Preßluftstrahl entdeckte, wenn sie es versuchten.

»Irgendwelche Veränderungen bei den Radaremissionen?« fragte Gerald erneut.

»Nichts, Sir. Die *Hijacker* bremst weiter ab.«

»Komm schon, *Hijacker*«, flüsterte Dianne und starrte auf den Bildschirm. Die Sekunden wurden zu Minuten, in denen der winzige bräunliche Punkt auf das Ziel zukroch, wie ein Floh, der einen Angriff gegen einen Elefanten flog, und immer langsamer wurde, je länger das Bremsmanöver dauerte. Die Zeit selbst schien sich auszudehnen.

Bis sie plötzlich raste.

»Veränderung im Rückstrahl-Muster!« rief der Ortungsoffizier. »Die Strahl-Übertragung scheint unverändert, aber wir erhalten ein neues Interferenzmuster. Ich wiederhole, ein neues Rückstrahl-Muster.«

»Was, zum Teufel, ist das für ein Muster?« fragte Dianne. Rückstrahlung bedeutete, daß das, was auch immer die Veränderung verursachte, genau zwischen dem KERN und der *Terra Nova* stand, von hinten angestrahlt und von den Detektoren der *TN* erfaßt wurde.

»Wir durchsuchen die Archive nach einem Referenzmuster«, sagte der Ortungsoffizier. »O mein Gott.« Zum erstenmal zeigte die junge Frau eine Gefühlsregung. Plötzlich schwang Angst in ihren Worten mit. »Staub, Ma'am. Wir … wir haben das Muster eines Radarstrahls, der von Gesteinsstaub reflektiert wird. Und die Wolke expandiert.«

Dianne erstarrte. Sie wußte, was geschah und was als nächstes geschehen würde. Es war unausweichlich. Die Preßluft-Düsen der *Hijacker* hatten die Oberfläche des KERNs bestrichen und den auf dieser Oberfläche befindlichen Staub aufgewirbelt. Die Radarstrahlen des KERNs erfaßten diesen Staub – und wenn die *Terra Nova* die Veränderungen erkannte, denen der Strahl unterworfen war, dann würden sie dem KERN auch nicht entgehen. Die Konstrukteure der *Hijacker* hatten die Gefahr zwar erkannt, sie aber als vernachlässigbar eingestuft. Schließlich hatte man den KERN schon die unglaublichsten Manöver durchführen sehen. Die Staubschicht, mit der er überzogen war, hätte aufgrund der extremen Beschleunigung schon längst verweht sein müssen.

Doch sie hatten sich geirrt. Und das Universum verhängte die für einen Irrtum übliche Strafe. Der KERN würde die Staubwolke orten und die *Hijacker* mit dem Radar auffassen. Das wäre es dann gewesen. Wenn der KERN seine ganze Aufmerksamkeit auf den winzigen Raumsektor richtete, in dem die *Hijacker* sich befand, gäbe es keine Rettung mehr.

Es herrschte Schweigen auf der Brücke. Es war alles gesagt und alles getan. Vielleicht hätte der Ortungsoffizier weitere Meldungen durchgeben sollen, aber das Schweigen der Frau war beredter als alle Worte.

Der KERN wendete und richtete den Bug auf die *Hijacker* aus. Der winzige braune Punkt auf dem Bildschirm, der Punkt, der zehn Männer und Frauen enthielt, zehn Freunde, Geliebte und Kollegen, der Punkt, in dem Monate der Arbeit und Jahre der Hoffnung steckten, hing hilflos am Himmel.

Und dann setzte der KERN sich in Bewegung und überbrückte in fünf Herzschlägen die Entfernung zur *Hijacker*. Der braune Punkt verschwand, als der KERN in den von ihm besetzten Raum vorstieß. Ein Lichtblitz erschien auf dem Monitor, und dann nichts mehr. Die KI des Grafiksystems blendete den Kreis aus, der die Position des Schiffs markiert hatte, und der KERN nahm wieder die vorherige Position ein.

Fünfhunderttausend Kilometer entfernt hing eine Trümmerwolke im Raum, durchsetzt von zerschmetterten Körpern in aufgerissenen Druckanzügen, zerstörten Maschinen und Triebwerken. Vielleicht waren noch nicht alle tot, vielleicht hatte die Glücksgöttin in einem Anflug von Sadismus dafür gesorgt, daß einige Besatzungsmitglieder während des Eintretens der Katastrophe die Druckanzüge geschlossen hatten. Sie würden noch für eine Weile überleben, hilflos und ohne jede Aussicht auf Rettung. Es blieb ihnen nur der Anblick der in der Schwärze des *Multisystems* auseinanderstrebenden Trümmer und Leichen. Gab es einen einsameren Tod?

Captain Dianne Steiger starrte mit leerem Blick auf den Monitor. »Nichts hat sich geändert«, sagte sie schließlich mit kalter und harter Stimme. »Dieser KERN ist nach wie vor unsere beste Chance. Unsere einzige Chance. Es werden vielleicht Jahre vergehen, bis wir wieder auf einen KERN mit einer geeigneten Flugbahn stoßen. Entweder lösen wir das Problem und entern den KERN, oder wir geben auf und sterben.«

Gerald MacDougal schaute zu ihr herüber, und sie erwiderte den Blick. Nach fast fünf gemeinsamen Jahren an Bord dieses Schiffs wußte sie genau, was er sagen würde und wie er es sagen würde.

»Ich weiß, Gerald. Sie sind tot. Wir werden um sie trauern, wenn es an der Zeit ist«, sagte sie. »Aber wenn wir nicht aus dieser Falle entkommen und einen Weg finden, das Schiff auf einem Planeten zu landen, dann sind wir im Grunde schon so tot wie die *Hijacker*.«

Sie sank auf dem Sitz in sich zusammen und starrte auf die erschreckende Leere auf dem Bildschirm, die Leere, wo zuvor die *Hijacker* gestanden hatte. »Findet einen Weg«, sagte sie. »Findet eine Lösung. Wir hatten es fast geschafft. Findet eine Lösung und teilt sie dem zweiten Tarnkappen-Schiff, der *Highwayman*, mit.«

Captain Dianne Steiger versuchte den Gedanken an die nächste zehnköpfige Besatzung zu verdrängen, die sie wahrscheinlich in den Tod schickte. Doch das Überleben der *Terra Nova*, die Mission und die Menschen auf der Erde hatten Vorrang.

Also sprach sie die Worte: »Ich will, daß die *Highwayman* innerhalb einer Woche Kurs auf den KERN nimmt.«

»Dianne – Captain –, das dürfen wir nicht!« rief Gerald MacDougal. »Wir würden nur eine weitere Besatzung verheizen.«

»Dann *sagen Sie mir, was ich sonst tun soll*, Gerald«, sagte sie schroff und drehte sich mit einem verzweifelten Blick zu ihm um.

Gerald erwiderte ihren Blick. »Lassen Sie mich wenigstens die Funkstille brechen und die Erde kontaktieren, bevor wir den Start durchführen. Die Chancen stehen zwar nur eins zu einer Million, aber vielleicht haben sie eine Idee. Ein weiteres Versteckspielen hat ohnehin keinen Sinn mehr – inzwischen hat der KERN uns sicher geortet. Die *Hijacker* hat direkt zwischen uns und dem KERN gestanden. Der KERN muß auch von uns ein Radarecho bekommen haben, als er die *Hijacker* anpeilte.«

»Ortung?« fragte Dianne, ohne den Blickkontakt mit Gerald abzubrechen.

»Dr. MacDougal hat recht, Captain«, sagte der Ortungsoffizier. »Die Hülle wurde von einem starken, direkten Puls getroffen. Der KERN muß das Echo aufgefangen haben.«

Dianne wußte, daß die Hoffnung, die Erde hätte inzwischen weiterführende Erkenntnisse gewonnen, illusorisch war. Nach fünf erfolglosen Jahren hatten die Forscher entweder aufgegeben oder befanden sich in einer Sackgasse. Sie wußte auch, daß schon ein kurzer Funkkontakt genügte, um den KERN zu einem Angriff zu provozieren. Eine weitere Verzögerung war sinnlos, und für eine Zustimmung gab es auch keinen rationalen Grund.

Dennoch – dennoch schreckte sie vor dem Gedanken zurück, es noch einmal zu versuchen. Die Erfolgsaussichten des zweiten Tarnkappen-Schiffs wären auf jeden Fall geringer als die des ersten.

Denn der KERN würde nun ein Auge auf sie haben.

Zum Teufel mit Logik und Rationalität. »Sehr gut«, sagte sie. »Stellen Sie Ihren Kontakt her, Dr. MacDougal.«

Seufzend schaute sie auf den Hauptbildschirm mit der dräuenden Masse des KERNs. Es schadete sicher nichts, noch ein paar Tage zu warten, bis sie auch die zweite Gruppe in den sicheren Tod schickte.

Kapitel Zwei

Überbleibsel

»Lucian Dreyfuss war mein Freund. Das ist mehr, als die meisten Leute von sich sagen können.

Viele Leute werden Ihnen erzählen, er sei ein Hitzkopf gewesen, und das stimmt auch. Er hatte immer schlechte Laune. Aber ich wette, niemand weiß, *weshalb* er so gereizt war. Er sagte sich ständig, er könne es noch besser. Er war mit sich selbst unzufrieden. Und als dann die Charonier auftauchten, *haßte* er sie mehr als sonst jemanden. Er war eben anders als wir. Damals, am Anfang, wußte niemand, was überhaupt los war. Wir fürchteten uns vor ihnen. Wir fühlten uns so klein und schwach, daß kein Raum für andere Gefühle mehr war. Aber nicht Lucian. Er hatte keine Angst vor ihnen. Er haßte sie nur ...

... Sehen Sie, zuerst glaubten die Leute, die charonische Katastrophe hätte sich nur *ereignet*, wie ein Erdbeben. Höhere Gewalt, Sie verstehen? Aber nicht Lucian. Er begriff das Wesen der Charonier und identifizierte sie vor allen anderen als *Feind* und nicht als irgendeine bizarre Naturgewalt.

... Das letzte, was er tat, war der Abstieg in den ›Kaninchenbau‹. So bezeichnen wir den Schacht, der von der Mondoberfläche hinunter zum Mond-*Rad* führt. Er zog sich einen Schutzanzug an und wurde von einem von Larry Chao gesteuerten Tele-Operator begleitet. Sie brachten ein paar Anhörgeräte auf dem *Rad* an. Dieser Teil klappte, und wir bekamen viele Daten. Aber die ... die Charonier fingen sie. Rissen den VR-Anzug in Fetzen und *nahmen* Lucian einfach *mit*. Wir haben es auf der Oberfläche über die Videokameras des VR-Anzugs gesehen. Sie packten ihn und rannten durch den Tunnel.

... Manchmal, wenn ich im Bett liege, höre ich ihn noch schreien. Sie haben ihn *mitgenommen*, und wir haben nie erfahren, was mit ihm geschehen ist. Das ist der Stoff, aus dem meine Alpträume sind. Er ist einfach in einem Nebel aus Mysterien verschwunden.

In meinen Augen hat ein Kerl, der so gut drauf war, ein besseres Ende verdient.«

– Auszug aus einer transkribierten Aufzeichnung,
aus *Ein Jahr nach der Entführung:*
Eine Überlieferung der Katastrophe,
Archiv von Central City, 2427

Central City
Der Mond
DAS SONNENSYSTEM

Marcia sah mindestens schon zum zehntenmal auf das Armband-Chronometer, während der Kanzler unverdrossen weiterredete. Sie wußte, daß sie das wirklich nicht tun sollte. Sie wußte, daß es keinen guten Eindruck machte und daß es respektlos war – vor allem für jemanden, der selbst auf der Rednertribüne saß. Der Mann verdiente schließlich ein gewisses Maß an Respekt. Kanzler Daltry leitete schon seit einer Ewigkeit die Armstrong University. Und Marcia hatte nun den Eindruck, daß er auch schon genauso lang sprechen würde.

Verdammt, wann kam der Mann endlich zum Schluß? MacDougal sehnte das Ende der Zeremonie herbei – doch sie wußte auch, daß sie bis zum Ende bleiben mußte.

Verflucht! Sie hätte überhaupt nicht hierher zurückkehren sollen. Sie hätte am Pol bleiben sollen, wo etwas los war und wo sie sich nützlich machen konnte. Aber hier mußten Dinge erledigt werden, und sie mußte anläßlich der Feierlichkeiten zum *Tag der Entführung* in der Stadt sein. Schließlich war sie ein *Conner*, um die Slang-Bezeichnung für einen Bürger der Mond-Republik aufzugreifen. Marcia war ein Flüchtling aus dem *Purpurnen* Straflager Tycho und lebte folglich als Immigrantin in der Mond-Republik. Wie den meisten Einwanderern bedeutete ihr die Staatsbürgerschaft viel. Sie wollte hier leben. Es war eine Ehre, hier zu leben.

Aber woher hätte sie wissen sollen, daß man ausgerechnet *heute* eine Entdeckung am Pol gemacht hatte? Selby hatte sogar von einem Durchbruch gesprochen. Zumindest von einem potentiellen Durchbruch. Mehr war ihr nicht zu entlocken gewesen.

»Wir trauern heute«, sagte Kanzler Daltry, »um das, was verloren ist im Sinne von verschollen, außer Reichweite, und um das, was verloren ist im Sinne von unwiederbringlich, endgültig verloren. Wir trauern um die Erde, aber wir hegen auch die Hoffnung, daß sie überlebt hat. Wir trauern um die Toten, die zerstörten Welten des Sonnensystems und das Ende unserer bisherigen Lebensart. Gewissermaßen sprechen wir nicht nur für unsere Toten, sondern zu ihnen und sagen ihnen alles, was wir auf dem Herzen haben.«

Netter alter Kerl, sagte Marcia sich, *aber kann er nicht mal zum Schluß kommen?* Die Worte gingen ihr zum einen Ohr herein und zum anderen wieder hinaus, und wenn die anderen Beifall klatschten, klatschte sie mechanisch mit. Es genügte, wenn sie den *Eindruck* erweckte, zuzuhören.

Marcia hatte ihre Rede schon gleich zu Beginn der Veranstaltung gehalten. Mehr konnte man nicht von ihr erwarten. Vielleicht nicht einmal das.

Im Grunde war ihre Anwesenheit hier nicht mehr erforderlich. Vielleicht gelang es ihr, sich davonzustehlen. Aber Marcia war eine ziemlich attraktive Frau, groß und schlank und mit einer perfekten mahagonifarbenen Haut. Sie hatte ein rundes, ausdrucksvolles Gesicht mit strahlenden dunkelbraunen Augen. Das dichte schwarze Haar hatte sie in den letzten Jahren wachsen lassen und es zu einem Pferdeschwanz zusammengebunden. Normalerweise machte es ihr nichts aus, angestarrt zu werden, doch wenn sie sich nun zwischen den auf der Bühne aufgestellten Stühlen hindurchschlängelte, würde sie das Publikum sicher in Wallung versetzen. Unruhig rutschte sie auf dem Stuhl herum – und diese Bewegung genügte schon, dem Stuhl ein lautes Quietschen zu entlocken. Nein. Halte durch. Sie mußte eben stillsitzen.

Endlich kam der Kanzler zum Schluß. Marcia applaudierte gerade so lang, daß es der Etikette genügte, erhob sich mit den anderen und verließ die Tribüne. Sie schlängelte sich durch die Menge und verschwand.

Doch trotz der Hektik war es unmöglich, an diesem Tag, dem *Tag der Entführung*, nicht an die schweren Verluste zu denken. Marcia ließ den Blick durch die Kuppel schweifen. Central City hatte in den auf die *Entführung* folgenden Puls-Beben schwere Schäden erlitten, von denen viele jetzt noch nicht behoben waren.

Central City war immer stolz gewesen auf die Gärten und Bäume, die bis dicht unter den aus blauem Stein bestehenden Himmel der Kuppeln wuchsen. Der größte Teil der dekorativen Flora war während beziehungsweise nach den Beben vernichtet worden. Einige Pflanzen waren durch das Beben geknickt oder entwurzelt worden, doch die meisten gingen ein, weil die Wasserversorgung unterbrochen wurde. Priorität bei der Instandsetzung hatte natürlich das Bewässerungssystem für die lebenswichtigen hydroponischen Gärten, aus denen die Stadt einen Großteil der Nahrungsmittel bezog.

Die Stadt und die Menschen hatten überlebt, doch die Bäume und der größte Teil der Gärten waren vertrocknet. In den Gärten sprossen bereits neue Setzlinge, grün wie die Farbe des Lebens und zart wie die Hoffnung, doch die Bäume hatten sich auch nach nunmehr fünf Jahren noch nicht erholt. Die Stadt fällte sie – doch sie mußte langsam vorgehen. Wenn sie alle

Bäume gleichzeitig gefällt und kompostiert hätte, wäre die Stadt schier in Biomasse erstickt, und der Kohlenstoff-Zyklus wäre aus dem Ruder gelaufen. Die Stadt verfügte nicht über die personellen und materiellen Ressourcen, um einen großmaßstäblichen Ausgleich der Biomasse herbeizuführen. Also ragten die toten Bäume weiterhin wie graue Skelette gen Himmel.

Dieses Bild bot sich überall in der Stadt. Überall waren Narben zu sehen, die längst hätten verheilt sein müssen; statt dessen waren die Einwohner von Central City noch immer mit den dringlichsten Reparaturarbeiten beschäftigt. Nichts, rein gar nichts konnte importiert werden. Die Erde war als Lieferant ausgefallen, und die anderen Welten waren noch viel schlimmer dran als der Mond. Im Grunde war der Mond schon seit Jahren autark gewesen – doch die Erde hatte nach wie vor als Rückversicherung gegolten, als Quelle hochwertiger Ersatzteile und Luxusgüter. Das war nun vorbei.

Die Straßen waren aufgerissen. Fensterscheiben waren zerbrochen. An manchen Stellen war die blaue Farbe der Kuppel abgeblättert und enthüllte den schwarzgrauen Fels hinter der himmelblauen Fassade. Man stützte die Gebäude einfach nur ab, anstatt sie zu renovieren. Überall herrschte Tristesse. Dennoch wurde von den Menschen erwartet, daß sie die Lage meisterten.

Marcia eilte über ein seit fünf Jahren stillstehendes Laufband zum zwei Ebenen tiefer gelegenen Transportzentrum. Der tägliche Gleiter zum Nordpol flog in zwanzig Minuten ab, und sie mußte ihn erwischen. Die Forschungsgruppen, die den gigantischen Kadaver des Mond-*Rads* untersuchten, hatten etwas gefunden.

Erneut warf sie einen Blick auf das Chronometer. Sie würde den Gleiter noch erreichen, wenn sie sich beeilte.

Marcia MacDougal hatte nicht viel übrig für falsche Bescheidenheit. Sie wußte nämlich, daß sie eine der führenden Experten – nein, *die* führende Expertin – im Bereich der visuellen Sprache und Symbolik der Charonier war. Es war eine ebenso faszinierende wie sinnvolle Arbeit, die aber auch ihre Nachteile hatte – zum Beispiel die Flüge in einem Gleiter. Sie pendelte ständig zwischen Central City und der Dreyfuss-Station am Nordpol, ohne daß die Flüge mit zunehmender Routine angenehmer geworden wären.

Reisen auf dem Mond bedeutete, die komfortable Unterkunft gegen einen überfüllten, unbequemen Rover einzutauschen, der über eine Rüttelpiste hoppelte, oder sich in die engen Sitze eines Suborbital-Gleiters zu zwängen und beim tosenden Start in den Sitz gepreßt zu werden. Wenn der Rover in ein tiefes Schlagloch fuhr oder der Gleiter die Triebwerke abschaltete und abrupt in den Zustand der Schwerelosigkeit überging, verursachte einem das immer ein gewisses Unbehagen. Nervenkitzel stellte sich ein, wenn der Rover sich zu dicht einem Abhang näherte oder wenn die Bremsraketen erst mit deutlicher Verzögerung zündeten. Es bedeutete schlechtes Essen, enge Quartiere und das Gefühl, daß die Zeit stillstand und man für immer in einer überdimensionierten Blechbüchse gefangen war. Doch wenn man dann zurückkehrte und durch die Druckschleuse ging, hatte die Zivilisation einen wieder, mit guter Luft und ordentlichem Essen und genug Platz, um aufrecht zu stehen und sich umzudrehen.

Die Mondreisen waren auch heute noch die gleichen, doch der Komfort der Ausgangs- und Zielorte hatte sich deutlich verschlechtert. Wenn Central City dieser Tage etwas schäbig war, dann war die Dreyfuss-Station schlichtweg dreckig.

Der Gleiterflug war eine Strapaze, die auch dadurch

nicht gemildert wurde, daß die Sicherheitsbestimmungen das Tragen von Schutzanzügen vorschrieben. Marcia hatte kein Problem mit dieser Vorschrift. Sie wußte so gut wie jeder andere, in welchem Zustand die Gleiterflotte sich befand, doch das machte das Tragen der Anzüge auch nicht angenehmer. Wenigstens mußte man den Anzug nicht versiegeln, sondern im Notfall nur schnell zuknöpfen. Auch wenn man das Ding offen trug, war es schon eine Tortur.

Marcia, die nur minimales Vertrauen in die Stabilität der Hülle hatte, stieß einen Seufzer der Erleichterung aus, als das untermotorisierte Raumschiff sicher – wenn auch etwas holprig – auf dem Raumhafen am Nordpol landete.

Wenigstens war der Gleiter wegen der Feierlichkeiten nicht wie eine Sardinenbüchse gepackt, wie es sonst immer der Fall war. Marcia und die paar anderen Passagiere warteten, bis der Rover am Gleiter angelegt hatte. Eine Person, die anscheinend zum erstenmal eine solche Reise machte, stand auf und ging zur Luke, um dort zu warten, doch Marcia und die anderen blieben auf ihren Plätzen. Es hatte keinen Sinn, während der zehn Minuten, die es dauerte, bis die beiden alten Vehikel angedockt hatten, sich im niedrigen Gang gegenseitig auf die Zehen zu treten. Marcia schloß die Augen und versuchte, an einen ruhigen, gemütlichen Ort zu denken. Das war gar nicht so einfach.

Schließlich öffnete das Schott sich mit einem leisen Knarren. Marcia öffnete die Augen, riß sich aus dem Sitz, ergriff die Reisetasche und ging zur Luke.

Sie wechselten in den Rover, und die Luke schloß sich hinter ihnen. Der Grünschnabel machte den Fehler, sich hinzusetzen, aber Marcia und die anderen blieben stehen und hielten sich an den von der Decke hängenden Schlaufen fest. Sie hängte sich die Reisetasche über die Schulter und stemmte die Füße gegen den

Boden. Das war zwar unbequem, aber immer noch besser, als bei jedem Schlagloch vom Sitz zu fallen. Die Sicherheitsgurte des Rovers waren schon vor Jahren für die Benutzung in anderen Fahrzeugen ›entliehen‹ worden.

Mit einem Surren erwachten die Motoren zum Leben, und das betagte Bodenfahrzeug setzte sich in Bewegung. Der Rover war noch immer im selben Zustand, in dem sie ihn schon beim letzten Mal vorgefunden hatte, und ächzte bedrohlich, während er über die Mondoberfläche hoppelte. Nachdem der Neue dreimal vom Sitz gefallen war, verbrachte er den Rest der Fahrt ebenfalls im Stehen.

Nach einer Fahrt, die diesmal besonders anstrengend war, erreichte der Rover schließlich die Station und fuhr in die für Fahrzeuge reservierte Schleuse ein. Das Schott schloß sich hinter dem Rover, und Marcia hörte, wie die Luft zischend in die Schleusenkammer strömte. Die Hülle des Rovers klingelte und stöhnte, während der Druckausgleich erfolgte. Dann öffnete das Schott sich, und sie war da, auch wenn ›da‹ in diesem Fall ein fragwürdiger Begriff war.

Mit umgehängter Reisetasche trat sie aus der Schleusenkammer in die Ladezone von Kuppel Eins der Dreyfuss-Station und wurde vom Gestank verschwitzter Socken empfangen, der nach Marcias Ansicht die gesamte Dreyfuss-Station durchdrang.

Die Ladezone beanspruchte ungefähr die Hälfte der hundert Meter durchmessenden Kuppel Eins. Das Ambiente entsprach dem eines heruntergekommenen Lagerhauses – und mehr stellte die Kuppel im Grunde auch nicht dar.

Hier am Pol überwogen ohnehin die Nützlichkeitskriterien, doch wegen der mangelhaften Instandhaltung war die Anlage in den letzten Jahren definitiv verdreckt. Die Luft war etwas zu trocken. Das überlastete elektrische System dünstete einen Hauch von Ozon aus. Da und dort war eine Lampe ausgefallen. Das Inventar war von einer Staubschicht überzogen, und mit dem Staub hatte eine graue Tristesse Einzug gehalten. Marcia erlag jedesmal von neuem dem Eindruck der schäbigen Station. Sie war noch nicht einmal fünf Jahre alt und schien trotzdem schon zu verfallen.

Irgendwann würden sie das Budget und die Ressourcen haben, um diesen Ort wieder auf Vordermann zu bringen. Nicht zum erstenmal sagte sie sich, daß die sie umgebenden Leute den desolaten Zustand der Station wahrscheinlich nicht einmal mehr bemerkten. Vielleicht deprimierte das sie am meisten.

Ins Mondgestein gefräste Tunnel und Kammern und ein paar Oberflächenkuppeln. Das war die Dreyfuss-Station. Dennoch hatte es eine Zeit gegeben – und vielleicht würde sie eines Tages wiederkehren –, als diese Tunnel und Kuppeln mehr als das dargestellt hatten. Früher war es ein Ort mit einem Zweck, einer *Mission* gewesen, der Ort, an dem die Menschen auf dem Mond dem zerstörten Mond-*Rad* die Geheimnisse der Charonier entrissen.

Doch war man diesem Ziel für lange Zeit kaum nähergekommen. Die Forscher hatten wohl Daten angehäuft – große Datenmengen. Die Menschen auf dem Mond wußten nun weitaus besser über die Biologie und das Verhalten der Charonier Bescheid als zuvor. Doch hatte dieses Wissen bisher nicht dazu beigetragen, die Erde wiederzufinden.

Das war schließlich das einzige, was zählte.

Aber nicht nur. Zumindest nicht in den Augen von Marcia MacDougal. Deshalb hatte sie sich auch zur Untersuchung des Mond-*Rads* gemeldet. Ihr Ehemann, Gerald MacDougal, der an Bord der *Terra Nova* diente. Sie hatte ihn bei der *Entführung* der Erde verloren, und wenn sie in ihrem Leben ein Ziel hatte, dann bestand es darin, ihn zurückzubekommen. Das Erlernen der Symbolsprache der Charonier war für sie nur ein Schritt auf diesem Weg. Die Menschheit war vielleicht in der Lage, die Taten der Charonier ungeschehen zu machen – wenn die Menschheit Charonisch lernte.

Aber das war im Moment unerheblich. Wo war Selby? Sie schaute sich im Empfangsbereich um, wobei sie halb hoffte, daß Selby nicht da war. Sie hatte zwar gesagt, daß sie sie abholen würde, und Marcia war auch einverstanden gewesen, aber am liebsten wäre sie für eine Weile in ihrem Quartier verschwunden …

Aber nein. Dort war Selby, an der anderen Seite der Kuppel, und winkte ihr hektisch zu. Marcia seufzte, winkte anstandshalber zurück und ging zu ihr hinüber.

Mehr als einmal war die Theorie verkündet worden, daß England am besten dran sei, wenn es eine hinreichende Anzahl der störenden Elemente einfach in fremde Länder verfrachtete. Selby Bogsworth-Stapleton verlieh dieser Theorie Glaubwürdigkeit. Marcia MacDougal hatte noch nie jemanden wie Selby getroffen. Normalerweise genoß sie die Gesellschaft der anderen Frau – in kleinen Dosen. Selby schien nie mit einem anderen Menschen auf derselben Wellenlänge zu liegen. Da hatte sie nun am ›Volkstrauertag‹ ein breites Grinsen aufgesetzt und hüpfte vor Aufregung buchstäblich in die Höhe.

Selby war zwischen fünfundvierzig und fünfzig und nicht ganz mittelgroß. Das braune, von grauen Strähnen durchzogene Haar war zu einer zu kurz geratenen Pagenfrisur gestylt. Sie hatte einen blassen Teint, himmelblaue Augen, ebenmäßige weiße Zähne und zeigte eine nonchalante Begeisterung für praktisch alles. Obwohl sie zur Molligkeit neigte, war sie noch immer ziemlich schlank.

»Huu-hu! Marcia! Marcia MacDougal! Hierher!« Als

ob Marcia sie aus einer Entfernung von acht Metern nicht erkannt hätte. Und was hatte dieses ›huu-hu‹ zu bedeuten? Marcia ging zu ihr hin und begrüßte sie. »Hallo, Selby«, sagte sie und reichte ihr die Hand.

»Hal*lo*, Dr. MacDougal«, sagte sie mit übertriebener Betonung und einem zirpenden, singenden Tonfall. Anstatt Marcias Hand zu ergreifen, machte sie einen Ausfallschritt und drückte Marcia einen mütterlichen Schmatz auf die Wange. »Immer wieder eine Freude, Sie zu sehen. Aber Sie waren diesmal so lange fort, daß ich Ihre Abwesenheit fast vergessen hatte, daß Sie überhaupt gegangen waren.«

»Nun, ich ... äh ... was? Was haben Sie gesagt?«

Sie lächelte, faßte Marcia am Arm und wollte sie mit sich ziehen. »Willkommen«, sagte sie, ohne auf die Frage einzugehen. »Seit Sie gegangen sind, war hier nichts mehr los ... und plötzlich die ganze Aufregung. Nur noch Hektik hier«, sagte sie ihrerseits hektisch. »Wir sind unten gewesen und haben das – nun, das werden Sie schon noch sehen. Egal. Wir haben rund um die Uhr gearbeitet und noch länger. Ich schwöre, wir haben uns so reingekniet, daß ich bis eben nicht mal mehr wußte, welches Datum wir haben.«

MacDougal wußte nie, wie sie auf Selbys konfuse Syntax reagieren sollte. Selby begriff nicht, weshalb die Leute ihr immer mit Unverständnis begegneten. Es war, als ob sie in einer Privatsprache redete, die niemand sonst verstand und die nur aus purem Zufall Ähnlichkeit mit dem allgemein gebräuchlichen Idiom aufwies. »Hört sich so an, als ob Sie viel zu tun hätten«, sagte Marcia, weil ihr nichts anderes einfiel.

»Oh, ich glaube schon. Aber vielleicht nicht *gar* so viel«, sagte sie, wobei sie alles widerrief, was sie soeben so nonchalant bekundet hatte. »Freuen Sie sich, daß Sie wieder hier sind?« fragte sie unvermittelt.

Das war eine absurde Frage, zumal Marcia nicht in

der Stimmung für Witze war, doch zumindest war darauf eine klare Antwort möglich. »Eigentlich nicht«, sagte sie. »Heute ist nicht gerade ein Freudentag. Aber Sie sagten, Sie hätten etwas für mich. Ist es …?«

»Ja«, sagte Selby mit plötzlich ernster Stimme und schaute Marcia in die Augen. »Wie gesagt, handelt es sich vielleicht um einen Durchbruch. Unser Stein von Rosette, der Schlüssel zum … zum umfassenden Wissen. Falls wir es verkraften. Machen Sie sich gar nicht erst die Mühe, in Ihr Quartier zu gehen. Schmeißen Sie die Ausrüstung in einen Spind, und dann gehen wir«, sagte Selby. »Sie werden es eher verstehen, wenn Sie es mit eigenen Augen sehen. Falls Sie es *überhaupt* verstehen.«

Erst in diesem Augenblick bemerkte Marcia, daß Selby noch immer im Druckanzug steckte. Dabei *haßte* sie dieses Ding doch. Sie legte ihn immer bei der ersten Gelegenheit ab. Und normalerweise laberte sie Marcia immer für mindestens eine Viertelstunde die Ohren voll, egal welches Thema gerade aktuell war. Wenn Selby nicht den Anzug auszog und auf ein Schwätzchen verzichtete, dann mußte etwas im Busch sein.

Selby wirkte *zu* aufgeregt. Marcia wurde nun selbst nervös und bekam ein flaues Gefühl im Magen, als sie die Tasche in einen der noch brauchbaren Spinde warf. Dann ging sie zurück, wobei ihr Gang mehr Zuversicht signalisierte, als sie eigentlich verspürte. Je eher sie selbst nachschaute, was sie gefunden hatten, um so besser war es. »In Ordnung, Selby«, sagte sie. »Sehen wir uns an, was ihr gefunden habt.«

Der Eingangsbereich um den ›Kaninchenbau‹ beanspruchte den größten Teil der Kuppel Eins. Sie durchquerten die Sicherheits-Luftschleuse, die das Vertikale Transit-Center vom Rest der Kuppel abteilte. Auf beiden Seiten der Schleuse herrschte normaler Druck, und vielleicht wäre es bequemer gewesen, beide Türen offenzulassen, um den Durchgang zu erleichtern – doch in Anbetracht des maroden Zustands der Station bestand die Gefahr, daß der Luftdruck plötzlich abfiel. Die Sicherheitsbestimmungen verlangten, daß die Luftschleusen ständig verriegelt waren. Sie gingen durch die Schleuse. »Haben Sie sich seelisch-moralisch auf einen schlimmen Anblick vorbereitet?« fragte Selby, wobei die Stimme ernster klang als die Worte.

»Ja«, sagte Marcia und versuchte, Selbys Gesichtsausdruck durch den Helm zu erkennen. Sie war immer etwas angespannt, doch diesmal wirkte ihre Fröhlichkeit noch aufgesetzter als sonst.

MacDougal folgte Selby in den Transit-Aufzug und nahm auf der Bank gegenüber Platz, in der Hoffnung, daß Selby über diese Entfernung keine Konversation pflegen würde. Sie legte den Sicherheitsgurt an und wartete.

Der ›Kaninchenbau‹. In grauer Vorzeit hatten die Charonier eine Höhle für das Mond-*Rad* ausgeschachtet, das sich vierzig Kilometer unter der Oberfläche drehte. Im Zuge dieser Maßnahme hatten sie am Nord- und Südpol des Monds je einen Tunnel gebohrt. Sie hatten diese Tunnel aus einer Tiefe von vierzig Kilometern nach oben getrieben, wobei sie die Oberfläche jedoch nicht durchstoßen hatten. Wie bei den meisten Dingen in bezug auf die Charonier gab es dafür viele Theorien, aber keine Antwort.

Vor fünf Jahren hatten mit Gravitations-Detektoren ausgerüstete Suchtrupps das Ende des Bohrlochs am Nordpol ausfindig gemacht, das spontan als ›Kaninchenbau‹ bezeichnet wurde. Damals waren Lucian Dreyfuss und Chaos TeleOperator mit einem provisorischen Aufzug in den Vierzig-Kilometer-Schacht eingefahren.

Heute wurde der Verkehr mit vier Aufzügen, die

über jeweils zwanzig Sitzplätze verfügten, abgewikkelt.

Eine Uhr neben der Aufzugtür meldete, daß der Aufzug in fünf Minuten einfahren würde. Bei Marcias und Selbys Ankunft war der Aufzug noch leer gewesen, doch nun erschienen noch ein paar Leute und nahmen in der Mitte der Kabine Platz. Gut. Das erleichterte es ihr, eine Unterhaltung mit Selby zu vermeiden. Es wäre durchaus möglich gewesen, mit den Kommunikationssystemen auf eine private Frequenz zu gehen und sich angeregt zu unterhalten. Normalerweise hätte Selby genau das getan, wobei es keine Rolle gespielt hätte, ob sie nun zehn Meter oder zehn Kilometer voneinander entfernt waren. Doch aus irgendeinem Grund schien sie in diesem Augenblick nicht an einem Schwatz interessiert zu sein.

Dr. phil. Selby Bogsworth-Stapleton war ein *Überbleibsel,* die nicht gerade wohlwollende Bezeichnung für einen Bewohner der Erde, der nach der *Entführung* im Sonnensystem gestrandet war. Die meisten *Überbleibsel* auf dem Mond waren als Touristen gekommen und repräsentierten folglich das gesamte Spektrum des terrestrischen Überflusses: wohlhabende Touristen aus allen Bereichen der Gesellschaft. Die meisten hatten sich in den letzten Jahren mit der neuen Lage arrangiert.

Dennoch hatten auch die stabilsten und am besten angepaßten Erdenmenschen schwere seelische Wunden davongetragen. Für Marcia und die meisten Leute, die auf dem Mond lebten, war die Erde ein Juwel am Himmel gewesen, ein entfernter Ort, von dem Menschen und Waren zu ihnen kamen. Marcia war wohl schon auf der Erde gewesen, aber sie *gehörte nicht dorthin.* Die Erde bedeutete ihr zwar viel, und sie bedauerte ihr Verschwinden wie jeder andere auch, aber sie war eben nicht ihre Heimat. Für sie wie für die meisten anderen Bewohner des Monds war die Erde eher ein abstrakter Begriff als ein konkreter Ort, wobei der Planet in seiner ganzen Vielfalt auf den Namen ›Erde‹ reduziert wurde.

Doch die *Überbleibsel* nahmen nie auf die Erde als solche Bezug. Sie stammten aus London oder Greenwich Village, aus Cambridge oder Fresno, aus Kiew oder Montevideo, aus Bangkok oder Warschau. Jeder von ihnen hatte eine andere Heimat verloren, einen anderen Ort, eine andere Familie. Sie waren aus ihren Lebenszusammenhängen gerissen worden. Sie wußten nicht, ob ihre Familien noch lebten. Und sie wußten, daß ihre Familien sie auch verloren hatten. Sie konnten genauso gut tot sein, und dasselbe galt aus der Sicht ihrer Familien auch für die *Überbleibsel*.

Marcia hatte nur ihren Mann verloren, zumal sie wußte, daß er überlebt hatte und wo er sich befand. Ihr Verlust war trivial im Vergleich zu Selbys. Wie sollte sie mit dem Verlust ihrer identitätsstiftenden Welt fertig werden?

Einige *Überbleibsel* hatten geheiratet, ein neues Leben angefangen und eine neue Familie gegründet. Manche lebten so, als ob die Erde jeden Moment wieder auftauchen würde.

Doch sie alle, *alle* hatten diesen *Ausdruck* in den Augen. Ob sie sich nun mit ihrer Lage arrangierten oder nicht, dieser Schmerz, diese Wunde, lag dicht unter der Oberfläche. Vielleicht unterschied Selby sich nur dadurch von den anderen, daß sie ihre Wunden offener zeigte – und gleichzeitig beharrlicher als die meisten leugnete, daß sie überhaupt existierten.

Die Uhr sprang auf Null, die Tür glitt zu, und der Aufzug fuhr in den ›Kaninchenbau‹ ein. Nach wenigen Metern kam er wieder zum Stillstand. Eine zweite Schleuse.

Auf der anderen Seite herrschte Luftdruck, wenn es

sich auch nicht um Luft als solche handelte. Das Mond-*Rad* war in eine Wolke aus ekligem grünem Gas gehüllt, ein Gemisch aus komplexen, faulig riechenden Verbindungen, die biochemische Ausscheidungsprodukte des *Rads* darstellten. Vor fünf Jahren war es noch viel schlimmer gewesen, als sie den Schacht gebohrt hatten und in die Umgebung vorgestoßen waren, die das *Rad* für sich geschaffen hatte. Doch keine Schleuse war hundertprozentig dicht. Seitdem war ein großer Teil dieses Brodems in die Dreyfuss-Station eingedrungen, was den Einsatz von Hochleistungs-Luftreinigungsanlagen erforderte. Und selbst deren Leistung reichte noch nicht aus. Die Dreyfuss-Station war mit diesem Gestank förmlich imprägniert worden. Ein weiterer Teil der Ausdünstungen schien vom *Rad* selbst absorbiert worden oder durch einen bisher noch nicht entdeckten Schacht ausgeblasen worden zu sein. Wie dem auch sei, der Gasdruck in der *Rad*-Höhle war seit Jahren stetig gesunken.

Die Schleusentüren wurden verriegelt, und die Kabine setzte den Abstieg fort.

Es waren Fenster in den Aufzug eingelassen; allerdings gab es draußen nicht viel zu sehen. Die Schachtwände und die Kabel der Transitaufzüge wurden von den Begrenzungslampen der Kabine angestrahlt, die im Gas grünlich leuchteten. Normalerweise war ein Aufzug, der zur Oberfläche unterwegs war, schon auf halber Strecke zu erkennen. Ein heller Lichtpunkt weit unten, der mit hoher Geschwindigkeit nach oben schoß und mit einem hörbaren Luftzug am entgegenkommenden Aufzug vorbeiraste, wobei er die Kabine obendrein noch durchschüttelte. Das war unangenehm für einen *Conner* wie Marcia, die mit der Wirkung des Luftdrucks auf Fahrzeuge nicht vertraut war. Die anderen Passagiere standen auf, um das Schauspiel zu betrachten.

Marcia kannte es bereits. Im Moment interessierte sie sich mehr für ihre Reisebegleiterin. Dr. Selby Bogsworth-Stapleton war ein atypisches *Überbleibsel*. Sie war nicht als Tourist gekommen. Sie war zum Mond gekommen, um zu arbeiten. Als Archäologin. Sie war die einzige ihres Fachs – und scheinbar eine zuviel.

Doch Archäologie war nicht so absurd, wie es sich vielleicht anhörte. Sie war nicht, wie manche Leute glaubten, irgendein Idiot, der gekommen war, um die Gräber imaginärer Astronauten aus Atlantis oder von jenseits der Sterne oder von sonstwo zu öffnen. Menschen – ganz normale Menschen – waren bereits vor Jahrhunderten zum Mond geflogen und hatten etliche interessante Dinge zurückgelassen. Ihre Arbeit bestand zum großen Teil darin, am Computer zu sitzen und die historischen Daten zu ordnen. Sie durchsuchte lang vergessene Datenbanken, sichtete uralte Aufzeichnungen, Datenwürfel und Ausdrucke, wobei sie auf Details und Schlüsselfakten stieß, die seit Generationen verschollen waren.

Doch sie betrieb auch Feldforschung. Aufgelassene Siedlungen, Fahrzeugwracks, Müllhalden und so weiter waren über die Mondoberfläche verstreut. Selby hatte unter schwierigen Bedingungen einige beachtliche Funde gemacht und hatte genügend Beweise gefunden, um ein paar Kapitel der Geschichte des Monds umzuschreiben. Kanzler Daltry hatte auf der Gedenkfeier von Gesprächen mit den Toten gesprochen. Selby hatte ihr ganzes Berufsleben damit verbracht, mit ihnen zu sprechen.

Aus der Perspektive eines Archäologen war das Mond-*Rad* ein riesiges Artefakt – oder ein riesiger Kadaver, je nach Standpunkt. Tyrone Vespasian, der Direktor der Dreyfuss-Station, hatte Selby am selben Tag eingestellt, als er den Dienst angetreten hatte – und seitdem war, wie er Marcia erzählt hatte, kaum ein Tag vergangen, an dem er sich nicht zu seiner Wahl gratuliert und gleichzeitig die Entscheidung bedauert hätte. Selby leistete gute Arbeit, daran bestand kein Zweifel. Sie hatte wirklich erstklassige Arbeit geleistet. Aber sie war auch eine echte Nervensäge.

Der Aufzug wurde langsamer, als er sich dem Ziel näherte. Sanft hielt er auf der Sohle des ›Kaninchenbaus‹ an.

Es dauerte eine Weile, bis der Druckausgleich hergestellt war und die Türen des Aufzugs sich öffneten. Sirrend und summend paßte Marcias Anzug sich an den Druckanstieg an. Die Aufzugstür öffnete sich, und ein paar Fäden aus grünlichem Rauch waberten in die Kabine. Marcia löste den Sicherheitsgurt, verriegelte den Helm und verließ hinter den anderen Passagieren die Kabine. Nun stand sie auf dem Kadaver des Mond-*Rads*. Der grünliche Schimmer fiel hier unten nicht so auf. Die Techniker hatten die Lichtquellen so arrangiert, um den grünen Dunst etwas zu kaschieren. Dennoch saß niemand dem Irrtum auf, hier unten gäbe es saubere Luft.

Selby führte die Gruppe zum Tunneleingang, doch Marcia zögerte zunächst. Unter ihren Füßen befand sich ein Band, das sich um den ganzen Mond spannte. Sie schaute nach vorne, in einen klaffenden Tunnel, der in die Dunkelheit führte. Die Oberfläche, auf der sie stand, führte in den Tunnel wie eine Straße durch einen Berg.

Der abgerundete Tunnel hatte im Scheitelpunkt eine Höhe von etwa zwanzig Metern und war an der Basis ungefähr vierzig Meter breit. Sie drehte sich um und schaute zurück. Dort war das andere Ende desselben verdammten Tunnels, der zum selben verdammten Punkt zurückkehrte, nachdem er den Mond umlaufen hatte. Wenn sie diesen Tunnel auf ganzer Länge durchmaß, würde sie wieder am Ausgangspunkt herauskommen.

Unglaublich. Und das alles war, weiß Gott, wie nur gebaut worden, um dieses Ding, das *Rad* unter ihren Füßen unterzubringen. Die Forschungsteams hatten die Untersuchung des *Rads* gerade erst aufgenommen, aber die bisherigen Bohrungen, Ausgrabungen und Arbeiten mit Hohlraumresonatoren hatten bereits ergeben, daß das *Rad* einen elliptischen Querschnitt mit einer Breite von etwa vierzig und einer Höhe von etwa dreißig Metern hatte. An den Stellen, an denen es sich vertikal oder horizontal ausbeulte, war der Tunnel entsprechend vergrößert worden.

Dieses eine Ding, dieses eine Objekt, zog sich um die ganze Welt. Jedesmal wenn Marcia nach unten kam, wurde sie aufs neue von ihm in den Bann gezogen. Vielleicht war das der Grund dafür, weshalb sie in letzter Zeit kaum noch nach unten ging. *Teufel, wir haben den* Ring von Charon *gebaut, und der hat fast die gleiche Größe,* sagte Marcia sich. Nur daß der Unterschied darin bestand, daß der *Ring* im freien Raum gebaut worden war. Einen Tunnel um den Kern einer Welt zu bauen, überstieg das Potential der Menschheit bei weitem – zumal dafür auch gar keine Notwendigkeit bestand. Und über allem schwebte die unausgesprochene Frage: Wovor hatte das Mond-*Rad* sich versteckt? Es hatte enorme Anstrengungen unternommen, um sich zu verbergen. Was war so mächtig, daß etwas so Großes und Mächtiges wie das *Rad* sich vor ihm fürchtete und versteckte?

Die Oberfläche des *Rads* bestand aus einer dunklen, harten, flockigen Substanz. Im Grunde handelte es sich dabei um die vertrocknete Haut des Dings. Als die ersten Teams hierhergekommen waren, war der Bereich um die Sohle des ›Kaninchenbaus‹ mit einer Schicht überzogen gewesen, deren Konsistenz an herabgefallene Blätter erinnerte, die raschelten, wenn man über sie hinwegging. Die Oberfläche war mit charonischem

Schrott übersät gewesen. Stücke von toten Träger-Robotern, Panzer von unbekannten charonischen Lebensformen und andere Fragmente, die anscheinend eine Kombination aus Mechanik und Biologie darstellten.

Nachdem all das beseitigt worden war, hatten die Schichten der unteren Epidermis freigelegen. Nun trocknete auch diese aus und schälte sich ab. Ständig spie der Tunnel Stücke aus abgestorbener Haut aus. Es war schwierig, den Bereich sauberzuhalten.

Einer der ausgetretenen Pfade in der Epidermis führte zum Osteingang des Tunnels. Marcia blieb stehen und schaute zu diesem Eingang hinüber. Es war erst fünf Jahre her, seit ein fremdartiger Charonier auf Rädern Lucian Dreyfuss gepackt hatte und mit ihm in dieser Richtung entschwunden war. Niemand wußte über sein weiteres Schicksal Bescheid. Um die Entführung von Lucian Dreyfuss rankten sich mittlerweile Legenden; sie war ein folkloristisches Ereignis, ein Mysterium von öffentlichem Interesse – zum Teil sicher deswegen, weil sie Ähnlichkeit mit der eigentlichen *Entführung* hatte, aber dennoch so überschaubar war, daß die Leute den Vorgang verstanden. Im Gegensatz zur Entführung einer ganzen Welt überstieg die Entführung eines einzelnen Menschen nicht das Vorstellungsvermögen der Leute. Es waren alle möglichen Theorien entwickelt und Rettungsaktionen durchgeführt worden, doch ohne Erfolg.

»Kommen Sie, Marcia«, sagte Selby. »Schlafen Sie nicht ein. Los geht's!«

Sie nickte und schloß zu den anderen auf. Im Tunnel aufgereihte Lampen sorgten für ausreichende Helligkeit. Ein kleiner, aus Buggys bestehender Wagenpark befand sich nicht weit hinter dem Eingang. Selby ging zum ersten Fahrzeug und stieg ein. Marcia hing ein paar Schritte zurück; sie hatte noch immer Bedenken, sich auf diese Sache einzulassen. Am besten trat sie die

Flucht nach vorne an. »In Ordnung, Selby«, sagte sie. »Werfen wir mal einen Blick auf Ihr Geheimnis.«

»Richtig«, sagte Selby mit entschlossenem Gesichtsausdruck. Sie packte das Lenkrad, trat das Gaspedal durch und raste davon.

Der Buggy machte einen Satz, bevor Marcia Gelegenheit hatte, den Sicherheitsgurt anzulegen. Der Wagen entwickelte eine solche Geschwindigkeit, daß Marcia um ihr Leben fürchtete. Wenigstens fuhr Selby diesmal auf der rechten Spur. Manchmal kam nämlich die Engländerin in ihr zum Vorschein, und dann fuhr sie links, was die Fahrt erst richtig spannend machte.

Bald ging Selby zu einem gemäßigteren Fahrstil über, und sie fuhren in gemütlichem Tempo durch den Tunnel. Nun wagte Marcia es auch, sich anzuschnallen.

Nach ein paar Minuten verließen sie den beleuchteten Bereich und wurden übergangslos von der Dunkelheit verschluckt. Selby schaltete die Scheinwerfer ein, und der Wagen fuhr in den eigentlichen Tunnel ein, wobei die Lichtkegel die Tunnelwände anstrahlten.

Der *Rad*-Tunnel wies scheinbar überhaupt keine Krümmung auf. Aus Marcias Perspektive fuhren sie auf einer schnurgeraden, endlos langen Straße dahin.

Doch es gab etliche Nebenhöhlen, die alles andere als gerade waren. Ab und zu passierten sie beleuchtete Schilder, die mit einer Zahl versehen waren. Jedes Schild markierte eine Nebenhöhle des Haupttunnels. Der Buggy jagte an den Abzweigungen zu beiden Seiten des Tunnels vorbei; auch die Decke wies ein paar Löcher auf. Aus einigen Eingängen fiel Licht. Manche Nebenhöhlen stellten kaum mehr als Ausbuchtungen des Haupttunnels oder bloße Sackgassen dar. Andere führten in ein Labyrinth aus Kammern und Tunneln, das sich in alle Himmelsrichtungen und nach oben und unten erstreckte.

Allein mit der Erkundung dieses Labyrinths wären die Forschungs-Teams für die nächsten Jahrhunderte beschäftigt. Manche der Seitenkavernen waren nur ein Loch im Fels. In anderen befand sich nichts außer den allgegenwärtigen Flocken der *Rad*-Epidermis.

Doch wieder andere waren mit *Dingen* angefüllt. Teile von fremdartigen Maschinen und tote Charonier aller Art. Der Inhalt von weiteren Kammern war indes nicht zu identifizieren. Eine Kammer war mit Würfeln aus einem unbekannten Werkstoff angefüllt, der eine Synthese aus Metall und Kunststoff darstellte. Dann gab es noch eine tiefe Grube, die mit einer Art flüssigem Teer gefüllt war. Eine andere Grube war zur Hälfte mit Spulen aus Seil oder Kabel gefüllt. Handelte es sich bei den Kammern um Wartungsdepots? Küchen? Medizinschränke? Lagerhäuser für künstlerisches Handwerkszeug?

Doch die erschreckendsten Funde waren vielleicht diejenigen, die am leichtesten zu identifizieren und alles andere als geheimnisvoll waren – Kammern voller Knochen und ausgetrockneter Kadaver. Die Überreste terrestrischer Tiere.

Dinosaurier, um genau zu sein.

Der Anblick war weniger erstaunlich als schockierend. Es waren schon früh Beweise dafür gefunden worden, daß die Charonier die Erde besucht und biologische Proben genommen hatten. Man hatte Fragmente terrestrischer DNA und RNA in den Zellstrukturen etlicher charonischer Lebensformen gefunden. Doch niemand hatte vermutet, daß die Charonier einen Tunnel unter der Mondoberfläche als Labor nutzten.

Der Buggy jagte an einer besonders hell erleuchteten Nebenhöhle vorbei. Marcia erkannte die Zahl über dem Eingang. Kammer 281. Dort, in einer großen, drei Kilometer durchmessenden Kaverne mit hoher Decke hatten die Forschungs-Teams ein halbes Dutzend Tyrannosaurier gefunden – manche nur als Skelett, andere im mumifizierten Zustand. Sie waren schon am Ende der Kreidezeit entführt worden, zusammen mit mehreren Dutzend Thescelosauriden oder vielleicht Orthinominiden – straußenartigen Sauriern. Dann gab es noch zwanzig bis dreißig kleinere Typen, die nicht einmal aus der Nähe zu identifizieren waren. Schließlich gab es auf dem Mond keine Experten für Dinosaurier. Wenn vor der *Entführung* auf dem Mond schon kein Bedarf an Archäologen bestanden hatte, dann erst recht nicht an Paläontologen.

Doch dann lag Kammer 281 hinter ihnen, und sie tauchten wieder in die Dunkelheit ein.

Schließlich brach Selby das Schweigen. »Marcia?« fragte sie. »Ich weiß, daß Sie im Moment genauso wenig Lust auf eine Unterhaltung haben wie ich, aber ich möchte Ihnen trotzdem etwas sagen. Ich muß Sie auf das, was ich Ihnen zeigen will, vorbereiten.«

Marcias Lächeln wurde vom Helm des Druckanzugs und der Dunkelheit verborgen. Was auch immer man über ihre momentane Befindlichkeit oder die Frau an sich sagen wollte, Selby erhob Unverständlichkeit in den Rang einer Kunstform. »In Ordnung, Selby, was haben Sie mir zu sagen?«

»Die Dinosaurier, Süße. Die Dinosaurier. Neue Informationen seit Ihrem letzten Anruf. Die Leute, die daran arbeiten, glauben, sie seien gar nicht auf der Erde gestorben, sondern hier gewesen. Sie haben Mondgestein oder so etwas in ihren Mägen gefunden. Ich weiß zwar nicht genau, worum es geht, aber der Punkt ist, daß sie für eine Weile hier gelebt haben. Ungefähr für fünfzehn Millionen Jahre.«

»Was?«

»Die Datierung beruht auf radioaktivem Zerfall. Relative Anteile von unterschiedlichen Formen dieses oder jenes Atoms – die Einzelheiten kenne ich nicht. Und dann gibt es vielleicht noch eine Kontamination, die das Ergebnis verfälscht oder so. Aber die Typen haben mir erzählt, daß einige der Dinos vielleicht fünfzehn Millionen Jahren nach den anderen gestorben sind.«

»Sie wollen mir weismachen, Dinosaurier hätten für fünfzehn Millionen Jahre in diesem Tunnel gelebt?«

»Nein, Süße, mitnichten. Nur daß einige von ihnen erst fünfzehn Millionen Jahre nach den anderen *gestorben* sind.«

»Ich verstehe nicht«, sagte Marcia. Wovon redete Selby überhaupt?

»Das kann ich mir vorstellen«, sagte Selby. »So ist es im Moment auch am besten. Aber ich glaube, danach werden Sie es eher verstehen.«

»Fein. Was auch immer es ist«, erwiderte Marcia.

»Wir sind in einer Minute da«, sagte Selby.

Bald sah Marcia ein Licht am Ende des Tunnels. Es wurde mit abnehmender Entfernung größer, und Selby bremste den Buggy ab. Es war eine zur Rechten gelegene Seitenkaverne. Die darin montierten Lampen warfen ein warmes Licht in den mit grünlichem Dunst erfüllten Tunnel.

»Ein Mann von einem Erkundungstrupp hat sie vor drei Tagen gefunden«, sagte Selby. »Schauen Sie, Marcia«, sagte sie mit leiser Stimme, »schalten Sie auf Band Zwölf. Dieses Band wird vom Team nicht benutzt, und wir können uns ungestört unterhalten.«

Marcia hatte eher den Eindruck, Selby wollte nicht, daß sie die Gespräche des Erkundungstrupps mitbekam. Irritiert befolgte Marcia die Aufforderung, doch sie mußte noch unbedingt eine Frage stellen. »Wir befinden uns noch immer in der Nähe des ›Kaninchenbaus‹. Die Kundschafter sind aber schon viel weiter vorgestoßen. Weshalb haben sie das – was auch immer es ist – erst jetzt gefunden?«

Sie stiegen aus dem Buggy, und Selby führte sie zum Eingang der Kaverne. »Sie müssen wissen, daß es Hunderte, vielleicht Tausende oder gar Zehntausende dieser Seitenkammern gibt«, sagte sie zu ihrer Entschuldigung. »Wir haben noch nicht einmal ein Zehntel des Tunnels untersucht. Wir sind stark unterbesetzt. Wir haben keine Leute, bis auf die Arbeiter. Wir fangen gerade an, sie zu registrieren, aber mit den meisten ist nichts los – ich meine die Höhlen, nicht die Arbeiter. Manchmal bleibt uns nichts anderes übrig, als kurz den Kopf hineinzustecken und dann weiterzugehen. Unseren Unterlagen zufolge wurde diese Kaverne schon vor vier Jahren entdeckt – aber wir hatten sie bisher nicht überprüft. Vor drei Tagen führte Peng Li eine Untersuchung durch und entdeckte die inneren Kammern. Kommen Sie mit.«

Marcia folgte ihr in die Nebenkammer. Der Eingang war ein in den Haupttunnel gefräster Kreis mit einem Durchmesser von ungefähr anderthalb Metern, der sich ungefähr einen halben Meter über dem Boden der Kaverne befand. Sie kletterte hinauf und stand in einem rechteckigen Raum mit einer Länge von etwa zehn Metern, einer Höhe von drei und einer Breite von zwei Metern. Die Kammer war leer.

»Wir werden den Raum bald vergrößern müssen«, sagte Selby zu sich selbst. »Wir müssen viel Ausrüstung hierher schaffen. Auf jeden Fall ist das der Eingang, den Li gefunden hatte.«

Marcia schaute sich um und sah an der anderen Seite der Kammer ein Loch im Boden, das ungefähr die Größe und Form eines Wartungszugangs hatte. Eine Leiter ragte heraus. Licht drang nach oben, und die Außenmikros von Marcias Anzug fingen Geräusche auf, die von Bewegungen im Loch herrührten. Bei einer flüchtigen Sichtprüfung im Dunkeln war es leicht zu übersehen.

»Runter geht's.« Selby durchquerte die Kammer und stieg die Leiter hinab. Als nur noch ihr Kopf aus dem Loch schaute, verhielt sie und sah zu Marcia hoch. »Seien Sie vorsichtig«, sagte sie. »Das Inventar der Kammer ist noch unberührt. Wir wollen es erst fotografieren und mit allen Mitteln untersuchen, bevor wir... äh ... es bewegen«, sagte sie. Ihre Stimme wurde so kalt wie die Kaverne, und das Gesicht hinter dem Helm war ausdruckslos und starr. »Es ist nicht so schlimm, wie ich zuerst glaubte. Aber es ist immer noch schlimm genug. Kommen Sie.«

Sie kletterte die Leiter hinunter. Es dauerte einen Moment, bis Marcia sich dazu zwang, ihr zu folgen. Sie trat auf die Leiter und stieg vorsichtig hinab, wobei sie starr geradeaus blickte. Dann trat sie von der Leiter zurück und stand am Rand einer hemisphärischen Kammer, einer Kuppel im Fels mit einer Scheitelhöhe von etwa zehn Metern. Der Raum war leer bis auf eine Batterie greller Lampen, die ihr fast direkt in die Augen schienen – und ein anderes Objekt, das im Mittelpunkt der Kammer auf dem Boden lag. Guter Gott, was war das? Ein menschlicher Leichnam?

»Lucian Dreyfuss«, sagte Selby. »Oder zumindest sein Druckanzug.«

Marcias Augen paßten sich an die Lichtverhältnisse an, und nun sah sie es deutlicher. Erleichterung und Schrecken ergriffen gleichzeitig von ihr Besitz.

Es war wirklich ein Druckanzug, der mit der Rückseite und abgewinkelten Armen und Beinen auf dem Boden lag. Er war fein säuberlich aufgetrennt, genau in der Mitte des Körpers. Es war ein durchgehender Schnitt, der durch das Gewebe des Anzugs ging, durch den Helm, durch die Brust- und Rückentornister und unten an den Beinen endete. Der Schnitt zeugte von chirurgischer Präzision und verlief exakt durch die verschiedenen Materialien, wobei die Schnittkanten gleichmäßig aufgeworfen waren. Arme und Beine des Anzugs waren auf die gleiche Art tranchiert worden.

Teilchen der *Rad*-Epidermis hatten sich auf dem Anzug abgelagert, und aufgrund einer Reaktion mit der inneren Atmosphäre des *Rads* hatte das ursprünglich weiße Material sich braun verfärbt. Das alte, verschrumpelte Ding hatte seit fünf Jahren im Dunkeln gelegen, wie die mumifizierten Überreste einer Leiche. Mit hämmerndem Herzen und nach Atem ringend starrte Marcia auf den Anzug. Lucian Dreyfuss. Er war in diesem Tunnel verschwunden. Dann war er im Anzug hier abgelegt und herausgeschnitten worden, wie man eine Erbse aus der Schote pult und dann …

»Wo …?« fragte Marcia mit schwankender Stimme. Mehr traute sie sich nicht zu sagen.

Aber Selby wußte auch so, was Marcia meinte. »Diese Richtung«, sagte sie. Sie führte sie um die Ecke der Kammer, wobei sie darauf achtete, dem aufgeschlitzten Druckanzug nicht zu nahe zu kommen.

Sie ging hinter die Flutlichter. Dort befand sich der Eingang zu einer weiteren Kammer. Die grellen Scheinwerfer hatten ihn verborgen. Es war eine hohe, breite Passage in der Art eines Gewölbes mit einer Höhe von etwa fünfzehn und einer Breite von drei Metern, die in einem Winkel von fünfundvierzig Grad nach unten führte.

Marcia folgte Selby langsam durch die Passage. Sinnlose Fragen gingen ihr im Kopf herum. Weshalb waren die Kammern so merkwürdig konfiguriert? Wozu diese breite Passage, wenn der Weg nach draußen so viel schmaler war? Nichts von alledem war im Moment wichtig, doch es lenkte sie zumindest für ein paar Sekunden von dem Bild ab, das sie gerade gesehen hatte – und das sie gleich sehen würde.

Die innere Kammer war von Licht und Bewegung erfüllt, von umherwuselnden Menschen, die sich mit der Schwerfälligkeit von Leuten bewegten, die es nicht gewohnt waren, in Druckanzügen zu arbeiten.

Als sie die Kammer betraten, wurden alle Aktivitäten eingestellt. Die Leute blieben wie angewurzelt stehen und schauten Marcia an. Für einen Moment verharrte die Belegschaft in diesem Zustand, und dann verließen sie der Reihe nach die Kammer. Selby mußte auf einen anderen Kanal gewechselt und die Anweisung zum Verlassen der Kammer erteilt haben.

Die dritte Kammer hatte genau die gleichen Abmessungen wie die zweite. Doch während der zweite Raum bis auf den Anzug leer gewesen war, war dieser mit allen möglichen Artefakten angefüllt, sowohl menschlichen als auch charonischen. Marcia war nicht einmal imstande, den größten Teil der menschlichen Ausrüstung zu identifizieren. Die Objekte, von denen die meisten eine gewisse Ähnlichkeit mit medizinischen Geräten aufwiesen, lagen auf Regalen. Lampen leuchteten, Anzeigen glühten und Kabel führten von ihnen weg.

Ein paar tote Charonier unterschiedlicher Ausführung lagen an der anderen Wand der Kammer. Waren sie es gewesen, die Lucian aus dem Anzug geschnitten hatten und dann – und dann *was?*

Marcia betrat die Kammer und ging auf die Ansammlung menschlicher Maschinen zu. Im Mittelpunkt der Kammer lag etwas auf dem Boden, wobei die Identifikation durch die im Weg stehenden Maschinen erschwert wurde. Eine niedrige Erhebung auf dem Boden der Kammer, ein bräunlicher Brocken, der so aussah, als ob er geschmolzen und dort hingegossen worden wäre. Er war durchscheinend und leuchtete schwach. Jemand hatte ihn abgestaubt und poliert. Eine Vielzahl von Drähten führte von den medizinischen Geräten zu der amorphen Gestalt.

»O mein Gott«, flüsterte Marcia. Sie trat näher heran,

schob sich an den Überwachungsanlagen vorbei und nahm die Gestalt in Augenschein.

Die Form des Dings war doch komplexer, als sie angenommen hatte. Es handelte sich nicht nur um einen Haufen Matsch auf dem Boden. Statt dessen griff es exakt die Lage und Ausrichtung des aufgeschlitzten Druckanzugs auf. Es erinnerte Marcia an die Kreidekonturen, welche die Polizisten in einem Krimi um die Leiche zogen. Da war der Torso und der Kopf und die ausgestreckten Arme und Beine.

Jeder Körperteil befand sich in der gleichen relativen Position wie der Anzug, nur daß hier alles abgerundet, ausgebreitet und so groß war, um das zu verbergen, was sich im Innern befand. Es sah aus wie die Karikatur eines Lebkuchenmanns.

Marcia trat vor, zog die Taschenlampe aus der Gürteltasche und beleuchtete das – was auch immer es war.

Ihre Kehle wurde trocken. Dort. Ja. Sie *sah* den Körper verschwommen durch die ihn umgebende Hülle, aber deutlich genug, um den Mann zu erkennen, dessen flüchtige Bekanntschaft sie vor fünf Jahren gemacht hatte. Konserviert, unversehrt, intakt, eingelegt in die ein paar Zentimeter dicke braune Substanz. Er hatte die Augen geschlossen und einen entspannten Gesichtsausdruck. Nur das Haar war unordentlich und stand etwas vom Kopf ab.

Außer… außer – den Kabeln – nein, keine Kabel, auch keine Drähte. Irgendwie hatten sie mehr Ähnlichkeit mit lebendem Gewebe als mit mechanischen Komponenten. Marcia kniete sich hin, um die Sache gründlicher zu inspizieren. Lange Auswüchse – die Bezeichnung ›Ranken‹ paßte ganz gut – wuchsen aus dem Boden der Kaverne und bohrten sich in Lucians Kopf und Hals. Andere waren an der Brust und den Genitalien befestigt.

Gütiger Gott. Gütiger Gott. Natürlich. Die Dinosaurier. Die verdammten Dinosaurier, von denen Selby gefaselt hatte. Die Hälfte von ihnen war erst fünfzehn Millionen Jahre nach den anderen gestorben, weil die Charonier sie auf diese Art für fünfzehn Millionen Jahre am Leben erhalten hatten.

Am Leben. Gott in der Hölle, Lucian Dreyfuss war tot und trotzdem am Leben, umschlossen von diesem *Ding*, ohne daß eine Möglichkeit bestand, daraus zu entkommen. Marcia fiel auf die Knie und brach in Tränen aus.

Die Charonier hatten ihn entführt und lebendig in eine Präparatflasche gesteckt. Guter Gott, fünfzehn Millionen Jahre! Sollte er etwa so lange wie die armen Tyrannosaurier warten, bis er aus diesem alptraumhaften *Speicher* befreit wurde und eines richtigen, würdevollen Todes sterben durfte?

Selby kniete neben ihr nieder und legte den Arm um sie. Mit sanfter Gewalt richtete sie Marcia auf und führte sie den Weg zurück, den sie gekommen waren. »Kommen Sie, Süße. Ein paar hundert Meter weiter haben wir eine leere Nebenhöhle gefunden. Wir haben eine Druckblase erzeugt und ein Feldbüro eingerichtet. Wir müssen uns unterhalten.«

Kapitel Drei

Buße und Erinnerung

»Viele Leute haben schon versucht, Larry Chao als Wahnsinnigen oder Irren hinzustellen, als zerstörerisches Ungeheuer, das außer Kontrolle geraten war. Die Wahrheit ist jedoch viel einfacher und viel unbefriedigender für jene, die Sündenböcke für das Elend der Welt brauchen: Der Larry Chao hinter den Mythen hatte lediglich das Pech, zur falschen Zeit am falschen Ort zu sein. Der wirkliche Larry Chao ist kein Ungeheuer, sondern ein Mensch.

Und zwar ein *guter* Mensch. Das ist das erste, was man über Larry Chao sagen muß. Er ist ein guter Mensch, der zufällig das größte Verbrechen in der Geschichte verübte, ein guter Mensch, der an nichts die Schuld trägt und für alles die Verantwortung. Niemand hätte sich träumen lassen, daß ein Gravitationsstrahl von der Stärke, wie er ihn abgefeuert hatte, mehr Schaden anrichten würde als das Einschalten einer Taschenlampe. Wer hätte sich träumen lassen, daß er als Aktivierungssignal für einen verborgenen, außerirdischen Generator für Schwarze Löcher dienen würde?

Zweitens wurde er ein Opfer von Kräften, die er nicht beherrschte. Das Schicksal oder die Geschichte – oder wie auch immer man es nennen will – hatten es so eingerichtet, daß er derjenige war, der das Experiment durchführte. Ich war im Raum und habe gesehen, wie er es tat. Ich billigte seine Handlungsweise, und dennoch hat die Geschichte *mir* kein Brandmal aufgedrückt. Wie auch immer man die Schuld gewichtet und was auch immer man unternimmt, um zu zeigen, daß es sich um einen äußerst unwahrscheinlichen Zufall handelte, bleibt dennoch die Tatsache, daß es Larry O'Shawnessy Chao war, der auf den Knopf gedrückt hatte.

Früher oder später wäre es *irgend jemandem* gelungen, die Kräfte der Gravitation zu kontrollieren, wie Larry es getan hat. Doch diese Unausweichlichkeit ist bedeutungslos. Es führt kein Weg daran vorbei, daß es Larry Chao war, der es getan hat. Kein Weg für uns – und sicher keiner für ihn.«

– Dr. Sondra Berghoff, Beitrag für das *Projekt der Überlieferung der Geschichte der Gravitations-Forschungsstation*, Charon DataPress, 2443

Armstrong-Forschungshangar
Raumhafen von Central City
DER MOND *›Tag der Entführung‹*

Larry O'Shawnessy Chao beging den traurigen Jahrestag des Verschwindens der Erde, indem er ihn ignorierte. Anstatt dieses Tages zu gedenken, versuchte er, einige Tests mit der *Graviton* durchzuführen, doch bisher war er nicht in der Lage gewesen, sich darauf zu konzentrieren. Also hatte er seine Zeit dafür vergeudet, sich intensiv mit einer ebenso absurden wie trivialen Aufgabe zu befassen. Die erneute Durchführung des Standard-Prüfverfahrens für die Elektro-Reaktion einer weiteren Servo-Klaue eines weiteren toten charonischen Skorpion-Robots diente keinem erkennbaren Zweck. Doch zumindest hatte die Arbeit ihn ausgefüllt.

Das Herumspielen mit Leichenteilen der bionischen Charonier brachte zwar nicht viel, doch das war alles, wozu er im Moment fähig war.

Er versuchte, sich auf die Klaue zu konzentrieren und ihre bioelektrischen Schaltkreise aufzuspüren, als ob er wirklich erwartete, dort etwas Bedeutsames zu finden.

Bisher hatte er den Verlust der Erde einigermaßen verkraftet. Doch heute. Heute schien ihn alles an die Vergangenheit zu erinnern. Heute war es anders, wenn er sich auch einredete, daß es nicht so war. Heute hatte er die Gedanken nicht unter Kontrolle.

Fünf Jahre.

Fünf Jahre, seitdem die Charonier erwacht waren und die Erde verschluckt, die Heimat in ein Wurmloch gezerrt hatten.

Verdammt, *sei wenigstens gegenüber dir selbst ehrlich,* sagte er sich und bearbeitete die Klaue mit einer Logik-Sonde, wobei er einen viel zu starken Strom durch die Kontakte schickte. Die Klaue surrte und klackte, und beinahe hätten die rasiermesserscharfen Zähne die Sonde durchtrennt.

Larry zog die Sonde zurück und zwang sich zur Ruhe. *Nun gut. Laß die Gedanken zu. Wenn du schon nicht imstande bist, die Worte auszusprechen, dann formuliere sie wenigstens im Bewußtsein. Wann hast du dir zum letztenmal so etwas gestattet?* Alle sagten, es sei nicht seine Schuld, aber sie wußten es nicht. Woher hätten sie es auch wissen sollen?

Larry ließ die Werkzeuge fallen und knetete nervös die Hände. Doch wie immer mußte er bei dieser nervösen Geste an Pontius Pilatus denken, der sich die Hände in Unschuld wusch. Er legte die Hände auf die Werkbank und starrte die Wand an. Nach einer Weile merkte er, daß die Hände unwillentlich die Kante der Bank umklammerten, als ob er befürchtete, aus diesem Raum und dieser Zeit gerissen zu werden.

Denke es! Der Gedanke hallte machtvoll in seinem Kopf wider, wie ein Eindringling, der nicht ging, bevor man ihn zur Kenntnis genommen hatte.

Na gut. Akzeptiere es. *Heute vor fünf Jahren habe ich, Larry Chao, die Erde verloren.* Na also. Er hatte die Worte gedacht. Vor fünf Jahren hatte er den *Ring von Charon* zu einem Gravitationslaser rekonfiguriert und ihn abgefeuert. Vor fünf Jahren hatte er auf einen Knopf gedrückt und die schlafenden außerirdischen Invasoren geweckt, die daraufhin die Erde stahlen und sich anschickten, die restlichen Welten des Sonnensystems zu zerstören. Es war nur ein geringer Trost für Larry, daß er maßgeblich daran beteiligt gewesen war, das Sonnensystem vor der völligen Zerstörung zu bewahren.

Vor fünf Jahren war ein unermeßlicher, unwiederbringlicher Verlust eingetreten.

Egal. Laß fahren dahin. Mach dich nicht verrückt deswegen. Larry hob die Werkzeuge auf und machte sich wieder an die Arbeit. Die Klaue des bionischen Wesens war tot, und die Kunststoffhaut trocknete aus, verfärbte sich braun und flockte aus. Die scharfen Krallen lagen nutzlos vor ihm.

Er war allein in der Werkstatt. An diesem besonderen Tag war niemand motiviert zu arbeiten. In oder auf den halb zerstörten Welten des Sonnensystems wurden Gedenkveranstaltungen abgehalten. Zweifellos standen in diesem Augenblick Leute in feierlicher Pose auf der Mondoberfläche und schauten zum *Erdpunkt*, der Stelle am Himmel, wo einst die Erde geleuchtet hatte und wo nun ein Schwarzes Loch mit der Masse der Erde stand, das viel zu klein war, um es zu sehen.

Doch Larry wußte, daß er auf solchen Veranstaltungen nicht willkommen war. Die wenigsten Mörder, selbst jene, die aus Versehen getötet hatten, wurden zur Beisetzung ihrer Opfer eingeladen.

Andere gedachten der Mutterwelt und sprachen sehnsüchtig von der kühlen Brise, dem salzigen Geruch der Luft, dem Wunder, ungeschützt unter einem offenen Himmel zu wandeln. Er wäre dort fehl am Platz gewesen. Seine Anwesenheit hätte die anderen der Gelegenheit beraubt, ungestört zu trauern.

Er nahm die Sonde und setzte die Arbeit an der Klaue fort, denn etwas anderes gab es für ihn nicht zu tun, hier unten im Kadaver des Feindes. Schließlich hatte es sich beim Mond-*Rad* um ein Lebewesen gehandelt. Larry war auch für seinen Tod verantwortlich.

Und für den von Lucian Dreyfuss. Sein Blut klebte auch an Larrys Händen. Sein Leichnam war nie gefunden worden. Ohne Zweifel befand er sich noch immer irgendwo dort unten.

Nein. Denk nicht daran. Denk nicht an diese Tage zurück. Jedes menschliche Wesen versuchte manchmal, diese Tage zu vergessen. Das Vergessen war eine wichtige Überlebenshilfe.

Konzentrier dich auf die Arbeit. Versuche, nicht daran zu denken. Die Klaue. Beende die Untersuchung der Klaue. Dann befasse dich mit dem sensorischen Panzer. Studiere sie gründlich und suche nach den verborgenen Antworten.

Er hatte die letzten Jahre überwiegend an diesem Ort verbracht, das weltenumspannende Wrack des Mond-*Rads* und die Leiche eines Wesens untersucht, das halb Organismus, halb Maschine war.

Es war eine Sisyphusarbeit, doch Larry erledigte sie gern. Er mußte immer wieder Experimente durchführen, Daten auswerten und Wrackteile testen. Es gab immer etwas zu tun, eine Aufgabe, die ihn von dem Schmerz im Herzen ablenkte. Die Arbeit war seine Buße, seine tätige Reue.

Zumal es irgendwo in diesem unvorstellbar großen *Rad* einen Hinweis geben mußte. Ein Daten-Code, ein Informationsfragment, das in der letzten Schlacht nicht vernichtet worden war. Früher oder später würden die Suchtrupps etwas finden. Und er würde ihnen dabei helfen, es zu analysieren, zu decodieren, auseinanderzunehmen und *den* Hinweis, *die* Antwort zu finden.

Er wünschte sich, eine Stimme würde ihm ins Ohr flüstern, wo die Erde war.

Finde die Erde. Das war der einzige Akt der Buße, der überhaupt einen Sinn hatte.

Vorausgesetzt natürlich, daß die Menschheit noch existierte, wenn man sie fand.

Erneut brachte er die Sonde mit der Klaue in Kontakt, und diesmal zuckte sie und hüpfte vom Tisch.

Irgendwann nach Mitternacht, als der *Tag der Entführung* schon vorbei war, fühlte Larry sich etwas besser. Er war noch immer zu aufgewühlt, um zu schlafen oder sich auszuruhen, doch zumindest war er wieder imstande, klar zu denken. Er sah den Weg vor sich. Er war in der Lage, sich von den sinnlosen Tests zu lösen und über sein Versagen hinauszuschauen. Er war imstande, über die Dinge nachzudenken, die er seither geleistet hatte. Er legte die Werkzeuge weg, säuberte die Werkbank und trat hinaus in den großen dunklen Hangar. Er verhielt am Eingang und betätigte einen Wandschalter, worauf der Hangar in Licht getaucht wurde und sich in eine Kathedrale mit glänzenden Wänden und blitzender Ausrüstung verwandelte – mit einem kleinen und ziemlich ramponiert wirkenden Raumschiff in der Mitte.

Es sah nach nicht viel aus, aber das galt für viele der berühmten Pionierfahrzeuge. Der *Flyer* der Gebrüder Wright, Armstrongs *Eagle*, die *Demeter*, selbst die *Terra Nova*. Keines dieser Fahrzeuge war ästhetisch, außer in den Augen der Ingenieure. Larry Chao wäre mehr als zufrieden gewesen, wenn man die *Graviton* in einem Atemzug mit diesen Namen genannt hätte. Sie war der Grund, weshalb Larry zum Mond zurückgekehrt war.

Aber *dennoch* sah sie nach nicht viel aus. Sie erweckte den Eindruck, nur aus Spanten und Optimismus zusammengestoppelt worden zu sein, was durchaus auch stimmte. Hülle und Aufbauten stammten von einem Asteroiden-Bergbau-Schiff, die Antriebsraketen von einem alten Frachter, und die Herkunft der Avionik des Schiffs war völlig unbekannt. Genauso bedenklich war der Umstand, daß niemand so richtig wußte, wie das Schiff überhaupt funktionierte. Das war einer der Nachteile der *Blackbox*-Konstruktion.

Die *Graviton* war ein flacher, breiter Zylinder, der auf vier Landebeinen ruhte. Das Schiff hatte einen schlachtschiffgrauen Anstrich und war überhaupt ausgesprochen häßlich.

Doch war sie auch das erste Schiff mit einem Gravitationsantrieb und ritt auf einem Strahl aus Gravitationsenergie, der vom *Ring von Charon* kontrolliert wurde. Die Raketentriebwerke dienten lediglich dem Zweck, das Schiff von einem Planeten ins All zu befördern, bevor das Gravitationssystem aktiviert wurde. Die Einsatzbestimmungen waren eindeutig – das Gravitationsstrahl-System des Schiffs durfte erst in einem Mindestabstand von einer Million Kilometern zu einem Planeten aktiviert werden. Es war zwar höchst zweifelhaft, daß dort draußen noch andere Charonier schlummerten, die vielleicht durch einen Gravitationsstrahl geweckt würden – doch niemand an Bord der *Graviton*, und schon gar nicht Larry, wollte ein Risiko eingehen.

Weil etliche Komponenten des Antriebssystems der *Graviton* von toten Charoniern stammten, hatten ein paar Witzbolde vorgeschlagen, sie auf den Namen *Grabräuber* zu taufen; es würde nämlich noch Jahre, wenn nicht Jahrzehnte dauern, bis die Menschen selbst zum Bau von Gravitationsstrahl-Antrieben in der Lage waren. Durch die von den Charoniern verwendeten Gravitationsstrahl-Systeme waren die asteroidengroßen Körper, die durch das Sonnensystem kreuzten, auf unglaubliche Geschwindigkeiten beschleunigt worden, und es gab genügend tote Charonier zum Ausschlachten.

Selbst Larry, ein Experte für Gravitationstechnik, war sich über die Funktionsweise einiger charonischer Baugruppen nicht im klaren. Für den Moment genügte es, daß sie funktionierten und während der unbemannten Testflüge funktioniert hatten. Die *Graviton* war durch den Gravitationsstrahl des *Rings von Charon* auf fünfzig Gravitäten beschleunigt worden – bei gleichzeitiger Beibehaltung des Standard-Schwerefelds des Monds im Innern der Hauptkabine. Die Vorbereitungen für einen bemannten Testflug waren fast abgeschlossen.

Larry schaute zu dem häßlichen kleinen Schiff hoch. Damit würden sie die Erde nicht zurückbekommen. *Aber zumindest war es eine Hilfe, und zwar eine wertvolle Hilfe*. Irgendwie fühlte er sich schon durch den bloßen Anblick besser. Er blinzelte und streckte sich gähnend. Er war zwar nicht gerade ausgeruht, aber er verspürte ein Gefühl der *Tatkraft*, der *Bereitschaft*. Schlaflose Nächte hatten zuweilen diesen Effekt. Das hatte er in den letzten Jahren zur Genüge erfahren. Er verspürte das Bedürfnis zu arbeiten.

Larry ging zum Computerterminal und überprüfte das Logbuch. Als nächstes stand die Modifikation der Wellenkopplungs-Resonanzkammer an. Da konnte er genauso gut gleich anfangen. Larry lief in die Werkstatt zurück, sammelte die Werkzeuge zusammen und ging an Bord des kleinen Schiffs. Dann begab er sich an die Arbeit, froh darüber, daß er sich nun mit etwas Sinnvollem beschäftigte. Er bemerkte kaum, wie der Rest der Arbeitsgruppe an Bord kam.

Gegen elf Uhr vormittags klingelte sein Handy. Er legte das Werkzeug ab, holte das Gerät aus der Tasche und schaltete es ein.

»Chao«, sagte er.

»Larry?«

Larry erkannte die Stimme auf Anhieb, und sein Magen verkrampfte sich. Marcia MacDougal. Niemand, der anrief, nur um zu plaudern. »Ja, hier ist Larry Chao. Hallo, Marcia.«

»Hallo. Gut, Ihre Stimme zu hören. Hören Sie, Larry. Ich rufe vom Nordpol an.« Der Nordpol. Gegenüber allen anderen auf dem Mond hätte sie die Bezeichnung ›Dreyfuss-Station‹ verwendet. Aber nicht bei Larry. Das kam ihr bei Larry nicht über die Lippen. »Es hat sich etwas ergeben, und ... ah ... nun, man könnte es so ausdrücken, daß wir Ihre Meinung dazu hören wollen. Besteht für Sie die Möglichkeit, schnell herzukommen?«

»Ist es wichtig?« fragte er, aber es war im Grunde gar keine Frage. Marcia MacDougal war nicht der Typ, der die Leute ohne Begründung um einen Gefallen bat. Es sei denn, es war wichtig.

»Ja, es ist wichtig. Sehr wichtig.«

Larry sah auf das Gehäuse des Spalters auf der Resonanzkammer. Er mußte neu kalibriert werden. Er mußte einen entsprechenden Vermerk machen.

Er schloß die Augen und seufzte. Es war ihm egal, ob Marcia es hörte oder nicht. Er war zornig, frustriert und gestreßt. Am liebsten hätte er ihr geraten, sich zum Teufel zu scheren, und das Handy gegen die Wand geworfen. Doch er wußte, daß er das nicht tun würde, und genau deshalb war er auch so wütend. Er würde ihr zusagen, seine Pflicht tun und überhaupt alles tun, was man von ihm verlangte, denn er wußte, man würde es nicht von ihm verlangen, wenn es nicht erforderlich wäre. Zumal sie sich nicht an ihn wenden würden, wenn sie jemand anders zur Verfügung hätten.

»Ich nehme den Sechzehn-Uhr-Gleiter«, sagte er. »Kein Problem.«

»Danke, Larry. Vielen Dank. Ich werde Sie dort abholen.«

»Gut«, sagte Larry. »Bis dann.«

»Bis dann«, sagte Marcia und legte auf.

Sie hatte mit keinem Wort gesagt, worum es überhaupt ging. Und daraus bezog Larry zumindest eine Gewißheit.

Die Sache würde ihm nicht gefallen.

Mond-*Rad*
Unter der Mondoberfläche, Nordpol-Region

Acht Stunden, nachdem sie Larry Chao angerufen hatte, fragte Marcia MacDougal sich, ob dieser Anruf wirklich eine so gute Idee gewesen war. Er hatte den Anblick der lebenden Leiche mit Fassung ertragen. Mit ein wenig *zu viel* Fassung. Bisher hatte er keine Reaktion gezeigt, es sei denn, seine Reaktion auf den Schock bestand darin, eben nicht darauf zu reagieren. Nun befanden sie sich wieder in dem improvisierten Büro, das Selby in der Nachbarkammer von Lucians Kaverne eingerichtet hatte.

Mit ausdruckslosem Gesicht verfolgte sie, wie Selby Larry Chao einen dreifachen Scotch eingoß und ihm das Glas reichte. Larry nahm einen ordentlichen Schluck und verzog das Gesicht. Die hiesigen Destillen hatten den Bogen noch nicht raus. Wenn man auf dem Mond überhaupt eine Region der Erde vermißte, dann war es Schottland.

»Lucian Dreyfuss«, sagte Larry, der in der gerade hundert Meter von dem untoten Mann entfernten Büro-Blase saß. »Lucian Dreyfuss. Sie haben mich herbestellt, weil Sie das Rätsel um Dreyfuss gelöst haben.«

»Ja, Süßer, so ist es«, erwiderte Selby Bogsworth-Stapleton, wobei ihr fröhlicher Tonfall alles andere als überzeugend war. Weder Selby noch Larry hatten viel zu sagen, und Marcia fiel auch nichts ein.

Marcia stand auf, lehnte sich mit der Schulter gegen die Wand des Feldbüros und musterte Larry eingehend. Sie kannte Larry bloß flüchtig und wußte nicht, wie er auf diesen Alptraum reagieren würde. Marcia war zwar eine Expertin im Analysieren charonischer Daten und Bilder, das entsprechende Einfühlungsvermögen für Menschen fehlte ihr jedoch.

Sie wünschte sich von ganzem Herzen, an einem anderen Ort zu sein und nicht mitansehen zu müssen, wie eine neurotische Britin einen Mann mit billigem Whisky abfüllte, dem von Rechts wegen ein Nervenzusammenbruch zugestanden hätte. Aber vielleicht, nur vielleicht, war dies der erste Schritt auf einem langen Weg, an dessen Ende die Erde – und ihr Mann Gerald – warteten.

Selby goß sich auch einen Drink ein und wies dann mit der Flasche auf Marcia, doch die schüttelte den Kopf. Larry nahm Selby die Flasche aus der Hand, obwohl sein Glas noch nicht leer war. Er hielt die Flasche wie einen Schild vor den Körper. Niemand sagte etwas.

Larry steckte noch immer im Anzug; nur den Helm hatte er abgenommen. Selby hingegen schälte sich hektisch aus dem Anzug und tat so, als ob alles in Butter wäre. Larry leerte das Glas und goß sich wieder einen ein. Der Anblick war für Marcia nur schwer zu ertragen. Sie fixierte einen braunen Punkt an der Wand über Selbys Schreibtisch.

Schließlich schien Larry sich dazu durchgerungen zu haben, die Sache zu erörtern. »Besteht eine Möglichkeit, ihn aus diesem Ding zu befreien?«

Selby nahm Platz, sah ihn für eine Minute an und trommelte mit den Fingern auf dem Schreibtisch. Dann leerte sie das Glas in einem Zug. Sie stand wieder auf und ging im Büro auf und ab. »Wir wissen es nicht«, sagte sie schließlich. »Zumal es nicht damit getan wäre, ihn daraus zu befreien.«

»Was meinen Sie damit?« fragte Chao. »Er steckt dort drin. Können Sie das Ding denn nicht öffnen?«

»Sicher«, erwiderte Marcia. »Wir haben das Material untersucht, in dem er sich befindet. Wir könnten es abtragen, abschmelzen oder auflösen. Aber was dann?«

»Wir geben ihm ein ordentliches Begräbnis, was denn sonst!« sagte Larry.

»Nur daß er gar nicht tot ist, Süßer«, sagte Selby. »Jedenfalls spricht alles dafür.« Sie langte über den Schreibtisch, nahm Chao die Flasche ab und genehmigte sich einen weiteren Drink. Sie starrte auf das Glas in ihren Händen. »Im Grunde wissen wir verdammt wenig. Aber vielleicht bringen wir ihn um, wenn wir das Ding aufmachen.«

»Einen Moment«, sagte Larry und schaute von einer Frau zur anderen. »Das verstehe ich nicht. *Ist* er nun tot oder nicht?«

»Wir wissen es nicht«, sagte Marcia. Sie holte sich einen Stuhl und setzte sich neben Larry. »Ehrlich gesagt weiß ich nicht einmal, ob diese Frage überhaupt von Bedeutung ist. Ich befasse mich seit fünf Jahren mit charonischen Symbolsystemen und habe bisher keinen Hinweis dafür erhalten, daß sie einen Unterschied machen zwischen lebendig, nicht lebendig und tot. Wenn sie in dieser Hinsicht überhaupt einen Zustand kennen, dann ›ein‹ und ›aus‹.«

»Was wollen Sie damit sagen?« fragte Larry mit erzwungener Ruhe.

Marcia schüttelte den Kopf und hielt die Hände mit nach vorn gedrehten Handflächen hoch, um ihre Hilflosigkeit zu demonstrieren. »Ich habe keine Antwort auf Ihre Frage. Entweder ist er am Leben oder tot. Oder vielleicht ist er auch... von den Charoniern so verändert worden, daß er seine Identität als Lucian Dreyfuss verloren hat. Dann wäre die Frage, ob dieses Objekt dort draußen sein lebender oder toter Körper ist, so relevant wie die Frage nach der Tiefe des Sonnenscheins. Dieser Körper befindet sich im Zustand absoluter Stasis. Ich möchte wetten, daß seine letzte Mahlzeit erst halb verdaut ist und daß Bart und Fingernägel keinen Millimeter gewachsen sind. Ich wette, daß wir bei der Zellstruktur keinen Zerfall und keine Veränderung des Energiezustands bemerken würden.

Ich bin sicher, daß die Charonier ohne weiteres imstande wären, den Körper wiederzubeleben. In diesem Sinne ist er wohl am Leben – aber das ist ohne Bedeutung, weil wir nämlich nicht wissen, was in diesem wiederbelebten Körper stecken würde. Lucian Dreyfuss? Ein einer Gehirnwäsche unterzogenes Gemüse? Ein Charonier? Und selbst wenn es immer noch Lucian ist und wir ihn lebend herausholen, bezweifle ich, daß das ohne gravierende Schäden ablaufen würde. Auch wenn er seine Identität noch besitzt und sich nur im Zustand der Stasis befindet, würde er nach dem Erwachen noch im Vollbesitz der geistigen Kräfte oder doch nur ein Gemüse sein?«

Marcia schüttelte den Kopf und erhob sich. Unsicher beugte sie sich über Larry und knetete nervös die Hände. »Ich würde sagen, daß er weder lebendig noch tot ist. Er ist ›abgeschaltet‹, und wir wissen nicht, wie wir ihn wieder ›einschalten‹ sollen. Er hat weder Herzschlag noch Atmung, und wir wissen nicht, wie wir diese Funktionen wiederherstellen sollen. Es ist kein Funken von Leben in ihm.«

»Was hat er dann überhaupt noch?« fragte Larry. »Wozu hängt er an all diesen Sensoren, wenn sie doch überflüssig sind?«

»Sie lassen nicht locker, was?« sagte Marcia MacDougal. »Was er *hat*, sind Gehirnwellen und neuronale Aktivität. Sehr schwach und sehr langsam. Die Gehirntätigkeit befindet sich auf einem dem REM-Traumzustand vergleichbaren Pegel, nur viel schwächer.«

»Also ist er auch nicht tot. Weshalb versuchen Sie nicht, ihn aufzuwecken?«

Selby fluchte stumm und drehte sich auf dem Stuhl zur Seite, um Larry und Marcia nicht ins Gesicht sehen zu müssen.

Marcia warf Selby einen Blick zu und schüttelte traurig den Kopf. Dann stand sie auf und ging zum Schott. Dort blieb sie stehen, wandte ihm den Rücken zu und ließ den Blick durch die Kaverne des Mond-*Rads* schweifen. »Weil«, sagte sie, »er uns in diesem Zustand mehr nützt.«

»*Was?*« Larry sprang auf. »Was, zum Teufel, gibt Ihnen das Recht...«

»Nichts gibt mir das Recht!« Marcia wirbelte herum und sah ihm mit entschlossenem Gesichtsausdruck in die Augen. »Aber diese Entdeckung ist *unsere Chance.* Wir sind im *Krieg*, Larry. Die letzte Schlacht haben wir vor fünf Jahren geschlagen und die feindlichen Kräfte vernichtet, die das Sonnensystem überfallen und die Erde als Geisel genommen hatten. Nennen Sie es Remis, denn beide Seiten haben viel mehr verloren, als sie gewonnen haben. Gott weiß, welche Kämpfe die Erde seither auszufechten hatte.

Aber wir im Sonnensystem haben *seit* diesem Kampf jeden Tag an Boden verloren. Sie wissen das. Der Mond befindet sich von den überlebenden Welten im besten Zustand, doch die Lage wird mit jedem Tag etwas schlechter. Die Verluste an Menschen und Material sind zu hoch, um Autarkie zu gewährleisten. Immer öfter bricht die Energieversorgung zusammen, muß rationiert und improvisiert werden. Vielleicht wird die Lage sich eines Tages auf niedrigem Niveau stabilisieren – oder vielleicht geht es immer weiter bergab mit uns, ohne daß wir erkennen, wenn es zu spät ist. Ich will nicht, daß es so endet. Ich will kämpfen.«

»Und gegen wen?« fragte Larry. »Gegen Lucian?«

»Nein, natürlich nicht«, sagte sie und senkte die Stimme; der Zorn war verraucht. Sie verschränkte die

Arme vor dem Körper, um das Zittern der Hände zu verbergen. »Gegen die Charonier. Gegen die Sphäre und das verdammte *Multisystem*, das die Erde gefangenhält. Und mit den Überresten von Lucian Dreyfuss haben wir vielleicht die beste Waffe gegen sie in der Hand.«

Larry schaute von einer Frau zur andern. »Welche Waffe ist ein Mensch, der genausogut tot sein könnte? Welchen Nutzen hat er für euch?«

»Vielleicht, nur vielleicht, kann er uns Informationen beschaffen«, sagte Selby leise. »Informationen direkt aus dem Maul des toten Pferds.«

»Gottverdammt, quatschen Sie nicht in Rätseln. Sagen Sie mir, worum es geht!«

»Das *Rad*, das ist es, worum es geht«, sagte Selby heftig. »Die im Rad enthaltenen Daten. Unter anderem bin ich Expertin für Informationsbeschaffung. Marcia und ich suchen schon seit fünf *Jahren* nach einem Weg, das *Erbe-Gedächtnis* des *Rads* anzuzapfen. Es *müßte* das gesammelte Wissen aller charonischen Vorläufergenerationen enthalten.«

»Das *Rad* ist tot«, erwiderte Larry. »Wie sollte sein Gedächtnis dann noch intakt sein?«

»Es ist nicht *tot*, es ist *aus*. Ja, das, was wir als lebende Sektoren bezeichnen würden, ist irreparabel beschädigt, aber das *Rad* bestand fast nur aus Elektronik und Mechanik. Die Maschinen sind sozusagen nur abgeschaltet. Das Problem ist nur, daß wir den Schalter nicht gefunden haben. Bisher.«

»Weiter«, sagte Larry, der alles andere als überzeugt war. »Und was hat sich nun verändert?«

»Lucian hat sich verändert«, sagte Marcia. »Wie ich schon sagte, haben wir Gehirnaktivitäten in einem Körper festgestellt, dessen Stoffwechsel seit fünf Jahren ruht. Sein Gehirn hätte vier Minuten, nachdem das Herz kein Blut mehr pumpte, irreversibel beschädigt werden und absterben müssen, und zwar schon vor fünf Jahren. Aber es ist nicht abgestorben. Irgendwie wird seine Funktion aufrechterhalten, und wir haben allen Grund zu der Annahme, daß dies mit den neuronalen Verbindungen zusammenhängt, mit denen sein Kopf verkabelt ist.«

»Die Ranken.«

»Richtig, wenn man sie so bezeichnen will«, sagte Selby und leerte das Whiskyglas in einem Zug. »Wir stellen eine erhöhte – Aktivität – in diesen Verbindungen fest. Welcher Art, wissen wir nicht. Vielleicht war das *Rad* im Augenblick des Todes gerade dabei, Lucians Gehirninhalt zu kopieren, und die Verbindung ist offengeblieben. Wir wissen es nicht, um den verdammten Spruch des Tages zu wiederholen. Aber die Aktivität ist repetitiv, als ob er ständig dasselbe denken würde, und zwar in Zeitlupe. Wir nehmen an, daß das, was ihm zu dem Zeitpunkt, als man ihn dort ablegte, durch den Kopf ging, ihm *immer noch* durch den Kopf geht.

Wir haben herausgefunden, daß die Verbindungen durch diese – nun, die Bezeichnung *Ranken* ist wohl so gut wie jede andere –, daß diese Verbindungen nach dem Zwei-Wege-System funktionieren. Die Informationen gehen in *beide Richtungen;* einerseits erhält Lucian Informationen vom *Rad* und gibt andererseits Informationen ans *Rad* weiter. Irgendwie, auf die eine oder andere Art, steht der aktive Teil von Lucians Gehirn mit den Charoniern in Verbindung.«

»Wir haben diese Ranken gründlich untersucht«, sagte Marcia mit bemüht fester Stimme, wobei sie zu verdrängen versuchte, was sie diesem Mann zumuteten. Sie zwang sich, Larry Chao ins Gesicht zu sehen. »Wir kennen die genaue Position der Ranken. Eine scheint direkt mit dem Brocaschen Zentrum verbunden zu sein – einem der Sprachzentren des Gehirns.

Eine weitere Ranke scheint mit dem Sehnerv verbunden zu sein. Wir halten es für möglich, in das System einzudringen. Falls Lucian Dreyfuss' Geisteszustand noch halbwegs in Ordnung ist, sind wir in der Lage, die medizinischen Geräte als ›Prothesen‹ für Augen und Ohren einzusetzen. Wir werden uns in die Ranken einklinken und ihn mit ihrer Hilfe mit visuellen und akustischen Stimuli versorgen. Das ist ein Standardverfahren der Virtuellen Realität. Die Technologie ist nicht das Problem – die Psychologie schon eher.«

»Welche Psychologie?« fragte Larry.

»Lucian Dreyfuss wurde von Monstern entführt«, sagte Selby. »Dann wurde ein vorübergehender Atemstillstand herbeigeführt, nun zeigt er Gehirnaktivitäten. Die Annahme ist zulässig, daß er schon die ganze Zeit Gehirnaktivitäten auf niedrigem Niveau gehabt hat. Er befindet sich seit fünf Jahren an einem dunklen, unbekannten Ort, gelähmt, unfähig zu atmen und zu sprechen. Sein Zeitgefühl müßte sich ebenfalls verlangsamt haben, und das hat ihn vielleicht gerettet, weil diese fünf Jahre ihm höchstens wie ein paar Wochen erschienen sind. Wenn er sich in einer Analogie zum REM-Schlaf befindet, ist das Ganze ihm vermutlich nur wie ein böser Traum vorgekommen. Vielleicht hat er fünf Jahre in einem Alptraum verbracht.«

»Wir müssen damit rechnen, daß er wahnsinnig geworden ist«, sagte Marcia, »oder daß sein Geisteszustand zumindest sehr prekär ist.«

»Aber?« fragte Larry. »Ich habe den Eindruck, daß die ganze Sache ein einziges ›Aber‹ ist.«

»*Aber* wir glauben, daß wir ihn bis zu einem gewissen Grad wiederherstellen können, falls wir an ihn herankommen.« Sie schluckte schwer und zwang sich, den Satz zu beenden. »Die Chancen stünden am besten, wenn die Kontaktaufnahme durch jemanden erfolgte, der ihn kennt. Wir glauben, daß jemand, der Lucian kannte – jemand, den Lucian kannte –, vielleicht zu ihm durchkommt. Diese Person könnte ihn dann in das *Erbe-Gedächtnis* des *Rads* lotsen. Lucian wäre dann in der Lage, uns zu sagen ... was er dort sieht. Aber es müßte jemand sein, den Lucian kannte und dem er vertraute. Jemand, vor dem er keine Angst hat, wenn er ihm in einem Alptraum begegnet.«

Larry schaute von einer Frau zur andern, von denen keine den Blick erwiderte. »Was, zum Teufel, wollen Sie damit andeuten?« fragte er.

»Alle Teufel der Hölle«, sagte Selby und schüttete den restlichen Flascheninhalt in ihr Glas. »Es ist ganz einfach, Süßer. Wir haben uns gerade gefragt, ob Sie *starke* Bedenken hätten, sich an eine unheimliche Maschine anschließen zu lassen, von der alle möglichen schlauen Drähte ausgehen, die in diese Ranken gesteckt werden, mit denen Lucian verbunden ist. Wir würden Sie über ein Virtuelle-Realität-System in seine visuellen und akustischen Wahrnehmungen integrieren, und dann könnten Sie nett mit ihm plaudern.«

Sie führte das Glas zum Mund und leerte es in einem Zug. Dann sah sie ihn an. Ihr Gesicht wirkte hager und abgespannt. »Wir bitten Sie, den Leichnam Ihres Freundes zu mißbrauchen«, sagte sie. Die überkandidelte Attitüde hatte sie abgelegt, und nun lagen nur noch Ekel und Abscheu in ihrer Stimme. »Ein toller Spaß, nicht?«

Kapitel Vier

Der Autokrat trifft ein

»Vor nicht allzu langer Zeit war der *Autokrat* von Ceres, neben seiner offiziellen Position als Herrscher über den Kleinplaneten Ceres, der *De-facto*-Staatschef und souveräne Führer des gesamten Asteroidengürtels, Heimat der kleinsten und am weitesten verstreuten Population des Sonnensystems. Nachdem die Charonier jedoch so viele Bewohner der größeren Welten umgebracht hatten und so viele Menschen im *Gürtel* Zuflucht gesucht hatten, ist es gut möglich, daß der Asteroidengürtel nun die größte zusammenhängende Population aller überlebenden geopolitischen Einheiten des Sonnensystems aufwies.

Allerdings weiß niemand etwas Genaues. Die Charonier haben ein Chaos hinterlassen, zumal der *Gürtel* bereits lange vor dem Erwachen der Charonier als chaotisch verschrien war. Schon vor der *Entführung* waren die Bewohner des *Gürtels* so verstreut – und zerstritten –, daß nicht einmal eine annähernde Schätzung der Bevölkerungszahl möglich war.«

– Könige des Weltalls –
Eine Geschichte der Autokratie von Ceres,
von Jerta Melsan, Hera Dwellmod Press, 2468

An Bord der *Autarch*
Im Transit von Ceres zum *Plutopunkt* *12. Juni 2431*

Der *Autokrat* von Ceres führte voller Stolz Tagebuch. In Übereinstimmung mit seiner sonstigen Lebensführung führte er das Tagebuch nach einem stringenten Schema. Jeden Morgen beim Frühstück sprach er mit prononcierter Stimme ins Diktiergerät. Er fand, daß das Schreiben über den Vortag ihm die Konzentration auf die Aufgaben des vor ihm liegenden Tages erleichterte. ›Zwölfter

Juni 2431. Neunzehn Tage nach dem Start von Titan ist das Schiff nun fast völlig zum Stillstand gekommen. Konstante Beschleunigung vorausgesetzt, werden wir heute nachmittag den *Plutopunkt* und den *Ring von Charon* erreichen. Ich hatte während dieser langen Reise viel Zeit zum Nachdenken – vielleicht sogar zu viel. Ich muß zugeben, daß die unter ziemlich spartanischen Bedingungen erfolgte Reise in mancherlei Hinsicht ein Vergnügen war. So habe ich zum Beispiel weder den Hofstaat noch die Staatsbankette vermißt.

Doch es war ein langer Flug zum Pluto – beziehungsweise dorthin, wo Pluto sich früher befunden hatte. Es ist schwer, in einer solch ruhigen und beschaulichen Umgebung vor seinen Gedanken zu fliehen. Die Besatzung respektiert meinen Wunsch nach Privatsphäre.

Ich stelle fest, daß die Tagesgeschäfte, die per Funk von Ceres übermittelt werden, mich immer weniger tangieren. Ich kümmere mich zwar darum, aber nicht mit der völligen Hingabe, die bei Hofe von mir erwartet wird. Irgendwie nimmt die Bedeutung der Fälle mit zunehmender Entfernung von der Heimat ab. Zumal es auch zu den Obliegenheiten des *Autokraten* gehört, zu delegieren. Wenn meine Leute sich bei der Anwendung und Durchsetzung der Gesetze zu sehr auf mich verlassen, sind sie irgendwann überhaupt nicht mehr in der Lage, selbständig zu handeln. Es ist meine Pflicht, meine Pflicht *nicht* zu gut zu erfüllen. Der *Autokrat* war nämlich als Gegengewicht gegen die Anarchie im *Gürtel* gedacht – nicht als Ersatz.

Nicht daß ich meine Pflichten vernachlässigen würde, aber ich betrachte sie aus einem anderen Blickwinkel. Aus den Tagebüchern meiner Vorfahren geht hervor, daß die Tradition der *Fortbildung des Autokraten* entwickelt wurde, um den Horizont des *Autokraten* zu erweitern und die Weltsicht des *Autokraten* zu verändern, und das gilt auch für mich.

Jeder Künstler sollte sich hin und wieder von den Details der täglichen Arbeit abwenden und die ganze Leinwand betrachten. Es gibt eine Kunst des Regierens, davon bin ich überzeugt. Und für die *Autokratie* trifft dies in noch höherem Maße zu als für andere Herrschaftsformen, glaube ich. Meine Regentschaft definiert sich sowohl dadurch, was ich tun *könnte* und nicht tue, als auch durch gezielte Maßnahmen.

Also trete ich einen Schritt zurück und betrachte die Sache nicht nur von Xeg Mortois Standpunkt aus, der seine Frau des Claim-Springens bezichtigt, sondern ich berücksichtige die Lage der gesamten Menschheit und die Position, die ich in dieser Konstellation einnehme.

Nun verstehe ich auch, weshalb ich diese Reise ausgerechnet so gelegt habe, daß ich am fünften terrestrischen Jahrestag der *Entführung* nicht auf Ceres weile. Es ist nun an der Zeit, das Trauern über diese Katastrophe zu beenden. Sie darf nicht mehr die Gegenwart bestimmen. Sie muß als Teil der Vergangenheit akzeptiert werden. Wir müssen nun nach vorne, in die Zukunft schauen.‹

Zufrieden mit diesem Eintrag beendete der *Autokrat* die Aufzeichnung und trat an das Bullauge in seiner Kabine, um einen Blick auf die Sterne zu werfen. Der *Plutopunkt* und der *Ring von Charon* standen schon sehr nahe, auch wenn er sie von hier aus nicht sah.

Der *Autokrat* verfolgte am *Plutopunkt* ein ebenso subtiles wie wichtiges Anliegen. Er mußte verhindern, daß der *Ring von Charon* in seine Hand geriet. Durch die Kräfteverhältnisse im Sonnensystem zeichnete diese Entwicklung sich bereits ab, doch wenn der *Gürtel* die Kontrolle über den *Ring von Charon* erlangte, wäre das der erste Schritt zu einer übergroßen Machtkonzentration – politisch, technisch und wirtschaftlich – im Sonnensystem.

Ein von Ceres dominiertes Sonnensystem wäre instabil und nicht zu regieren. Die Konzentration ausreichender Kräfte, um die Kontrolle über das gesamte Sonnensystem auszuüben, würde gewaltige Investitionen in die Herrschaftsinstrumente erfordern. Um das Überleben zu gewährleisten, wäre die *Autokratie* gezwungen, mächtiger zu werden, *zu mächtig*. Massive Unterdrückung und Überwachung wären die Folge. Die Kräfte der Anarchie würden zwangsläufig in gleichem Maße erstarken und die *Autokratie* zu Gegenmaßnahmen herausfordern. Am Ende würden wahrscheinlich Terrorismus, Rebellion und Krieg stehen. Ein klassischer Fall der Krise eines Imperiums. Nein, der *Autokratie* – und dem *Autokraten* – war nicht an einem Machtzuwachs gelegen.

Doch wie sollte man die anderen zwingen, ihre Unabhängigkeit zu bewahren? Wie sollte man seine Macht einsetzen, um den Zugewinn weiterer Macht zu verhindern?

Eine interessante Frage. Eine überaus interessante Frage.

Doch es gab auch Zeichen der Hoffnung. Der *Ring* selbst entwickelte sich zu einem größeren Machtfaktor. Der *Autokrat* mußte einen Weg finden, die Macht des Feindes gegen den *Autokraten* einzusetzen.

Eine interessante Herausforderung.

Die Leitzentrale des *Rings von Charon*
Plutopunkt
(Orbitalposition des zerstörten Pluto-Charon-Systems)
DAS SONNENSYSTEM

Sondra Berghoff stand – genauer, sie schwebte – am Eingang der Luftschleuse und erwartete mehr als nur leicht nervös das Eintreffen keiner geringeren Persönlichkeit als des *Autokraten* von Ceres daselbst. Der

Autokrat war doch ein *Er*, oder? Nein, einen Augenblick. Eine Frau. Sie erinnerte sich an ein Bild im letzten Bericht. Nein, es hatte sich um einen historischen Artikel über den Vorgänger des letzten *Autokraten* gehandelt. Nun, das Amt war mit Bedacht geschlechtsneutral gehalten und wurde nur einer Person übertragen, die bereit war, alle privaten Belange den Erfordernissen der Gerechtigkeit und dem Wohle des *Gürtels* hintanzustellen. Oder so. Sie hatte sich nie sonderlich für die Politik oder die Geschichte des Asteroidengürtels interessiert.

Was sich indes als Versäumnis erwies, denn nun wurde sie mit beiden Bereichen konfrontiert. Der *Autokrat* wollte sich den *Ring von Charon* ansehen – und Sondra.

Dieser Aspekt der Lage gefiel Sondra auch nicht. Vor fünf Jahren war sie so berüchtigt geworden, daß dieser Ruf ihr Lebtag an ihr haften würde. Der Diebstahl der Erde war ein Wendepunkt im Leben aller Menschen. Sei's drum – doch Sondra hatte kein Interesse daran, daß ihre ganze Biographie *nur* auf ihre Rolle in diesen Ereignissen reduziert wurde.

Sie erinnerte sich an ihren schon lange toten Großonkel Sanchez. Er war in fortgeschrittenem Alter gestorben, als sie noch ein Kind war. Vor einem Jahrhundert war Sanchez ein Teenager gewesen und hatte diverse Tätigkeiten auf dieser Station und auf dem Mond ausgeübt.

Onkel Sanchez war einer der letzten gewesen, die von der Station über der Rückseite des Monds evakuiert worden waren, bevor dieser vom Kurs abgekommene Asteroid den Mond rammte und die Geschichte des Monds auf den Kopf stellte. Doch hatte Sondra Onkel Sanchez nicht als Zeitzeugen in Erinnerung, sondern nur als langweiligen alten Mann, der immer wieder dieselben Geschichten erzählte und sein ganzes

Leben auf jenen Tag reduzierte, den Augenblick in der Jugend, als er durch Zufall in den Sog der Geschichte geriet.

Onkel Sanchez hatte einem der unzähligen Clubs und Organisationen angehört, die sich zum Ziel gesetzt hatten, den großen Einschlag zu erforschen und die Erinnerung an ihn wachzuhalten. Er hatte seinen Augenzeugenbericht von jenem Tag so oft wiederholt, daß Sondra ihn bereits auswendig kannte.

Er hatte einen Fünfzig-Kilo-Felsbrocken im Haus deponiert und erzählte jedem, der sich ihm auf weniger als einen Kilometer näherte, daß es sich dabei um das größte erhaltene Fragment des Asteroiden handelte.

Einen Monat nach seinem Tod wurde seine Witwe, Tante Sally, ihrem Ruf gerecht, eine Frau zu sein, die jeder Sentimentalität abhold war. Sie war es leid, daß der Hausflur zugestellt war, und sorgte dafür, daß der prominente Asteroid in den Hinterhof verbannt wurde. Irgendwie hatte Sondra den Felsbrocken mit Onkel Sanchez assoziiert, der hochgewuchtet und ins Freie geschleppt wurde.

Nein danke. Nicht für sie. Gut, vielleicht war sie Zeuge eines historischen Augenblicks geworden. Vielleicht war sie sogar ein *Teil* der Geschichte geworden. Trotzdem hatte sie nicht das Bedürfnis, Generationen von Verwandten und Fremden immer wieder dieselbe Geschichte zu erzählen.

Und dennoch wurde sie nun als Kuriosität betrachtet, als historisches Artefakt, das von einem wichtigen Besucher in Augenschein genommen wurde.

Zumal sie sich nicht sicher war, ob sie den *Autokraten* von Ceres überhaupt sehen wollte. Wenn Raphael noch gelebt hätte, wäre er mit diesem Auftrag betraut worden – und hätte ihn auch besser ausgeführt. Doch er war vor zwei Jahren im Schlaf gestorben, und dank des Rufs, der ihr vorauseilte, war Sondra zur neuen Direktorin der Gravitations-Forschungsstation ernannt worden.

Was war das überhaupt für ein Mensch, der zwar einen Titel, aber keinen Namen hatte? Das mußte aber ein verteufelter Job sein, wenn man seinen Namen ablegen mußte, um ihn zu bekommen. Und weshalb *taten* sie das überhaupt? Sondra wußte, daß sie jedes langweilige Detail der langweiligen Tradition erfahren würde, wenn sie die richtige Person fragte oder wenn sie die Datenbank abfragte, aber dazu hatte sie keine Veranlassung. Der *Autokrat*, der seinen Namen ablegte, stand in einer bizarren und unerklärlichen Tradition. Jeder Versuch einer Erklärung würde nur die Tatsache verschleiern, daß es keine Erklärung gab.

Auf der anderen Seite der Schleuse ertönte ein Klirren, ein dumpfer Stoß und ein Surren, und Sondra machte einen Schritt nach vorn. Aber nein, das war nur der Moment, wo es *schien*, als ob die Schleuse sich öffnete, und dann die unerklärliche Verzögerung, während der jeder seinen Gedanken nachhing. Sondra hielt es für wahrscheinlich, daß es solche Pausen auch schon vor der Erfindung der Luftschleuse gegeben hatte, daß immer ein paar Minuten zwischen dem *scheinbaren* und *tatsächlichen* Bereitschaftszustand verstrichen.

Und was wollte er überhaupt hier? Im Gemeinschaftsraum kursierten schon seit Wochen Spekulationen. Er befand sich nur auf einer Inspektionstour, sagten manche, auf der traditionellen *Fortbildung der Autokraten*. Doch dann kam von jemand anders der Einwand, daß solche Fortbildungsmaßnahmen sich normalerweise auf den Machtbereich des *Autokraten* beschränkten. Er kam her, um die Station für den Asteroiden-Gürtel in Besitz zu nehmen. Er wollte das *Graviton*-Projekt übernehmen. Er kam nur als Tourist hierher. Er verfolgte den geheimen Plan, den *Ring* als eine

Art Superwaffe einzusetzen – wobei aber nicht klar war, gegen wen und zu wessen Gunsten.

Das Schleusenschott schwang auf, und der *Große Mann* – es handelte sich also doch um einen Mann – trieb aus der Schleuse und hangelte sich behende an den dort angebrachten Halterungen entlang. Er war kleinwüchsig und hatte helle Haut, ein hageres Gesicht und sandfarbenes, kurzgeschorenes Haar. Die Nase war etwas zu groß, und die Mundwinkel waren mißbilligend heruntergezogen. Das war aber angeboren. Und doch lag ein Schimmer von Unbeschwertheit und Humor in den grauen Augen. Er war mit einer dunkelgrauen, fließenden Robe und einer schwarzen Schlaghose bekleidet – bequem und praktisch. Sondra sah an ihm weder Amtsinsignien noch eine Kette oder einen Ring, die seinen Rang dokumentiert hätten. Er hatte es nicht nötig, seine Macht und Autorität zu demonstrieren.

Ihre Blicke trafen sich, als er die Schleuse verließ, und er lächelte sie an.

Für einen Sekundenbruchteil gestattete sie sich den Glauben, daß alles gutgehen würde. Sie würde damit schon klarkommen. Doch dann fiel ihr ein, daß sie überhaupt nicht wußte, wie man einen *Autokraten* korrekt anredete. Wie sollte sie ihn nennen? Exzellenz? Sir? Eure *Autokratie?* Wie, zum Teufel, verkehrte man mit jemandem, der keinen *Namen* hatte?

Sie beschloß, das Problem der Etikette zu lösen, indem sie es umging. »Äh … hm … willkommen im *Ring von Charon*«, platzte sie heraus. »Ich bin Dr. Sondra Berghoff, Direktorin der Einrichtung.« Sie streckte die Hand aus, ohne zu wissen, ob das überhaupt eine angemessene Geste war. Anscheinend war sie das, denn der *Autokrat* ergriff ihre Hand. Sie schüttelte sie ein wenig zu heftig und hielt sie etwas länger, als schicklich gewesen wäre.

»Ich freue mich, Sie kennenzulernen, Doktor«, erwiderte der *Autokrat*. Seine Stimme war ruhig, fest und tief. »Ich habe mich schon die ganze Zeit auf diesen Besuch gefreut.«

»Und wir haben uns darauf gefreut, Sie hier zu sehen ... ähem ... äh ... äh ...«

»Die meisten Leute betrachten ›*Autokrat*‹ als meinen Namen und reden mich auch so an«, sagte Sondras Gast, wobei ein amüsiertes Lächeln um die Mundwinkel spielte. »Sie dürfen mich auch schlicht mit ›Sir‹ anreden, ohne einen interplanetarischen Zwischenfall heraufzubeschwören.« Der Mann hatte also das gleiche Problem früher schon gehabt.

»Äh ... ja, Sir, jawohl, Sir«, sagte Sondra hektisch. »Sie wünschen eine sofortige Besichtigung der Anlage?«

»Ja, so ist es. Ich freue mich schon die ganze Zeit darauf.«

»Die Sichtverhältnisse sind im Moment optimal. Möchten Sie zuerst einen Blick auf den *Ring* werfen?«

»Ja, unbedingt«, sagte der *Autokrat*.

»Wollen Sie jetzt sofort gehen, oder müssen Sie sich noch um Ihr Schiff kümmern?«

»Meine Besatzung wird sich um alles kümmern«, sagte der *Autokrat* mit abfälliger Geste. »Mir wurde gesagt, daß sie noch für einige Zeit an Bord bleiben.«

»Also gut. Würden Sie mir bitte folgen?«

»Sicher.«

Sie führte ihn aus der Luftschleuse und dem Andock-Komplex in einen kleinen, merkwürdig aussehenden Aufzug. »Die Anlage ist noch etwas provisorisch«, sagte sie, während die Aufzugtüren sich schlossen und hermetisch abdichteten. »Die Schwerelosigkeit wird aufgehoben, sobald der Aufzug sich in Bewegung setzt«, sagte Sondra. »Sind Sie bereit?«

»Ich habe mich das ganze Leben lang in wechselnden Schwerefeldern bewegt«, erwiderte der *Autokrat*.

»Ja, ja, natürlich«, sagte Sondra verlegen. »Das hatte ich ganz vergessen. Nun geht es los.« Sondra drückte auf den Knopf, und der Aufzug fuhr los.

»Sie sagten, die Anlage sei noch etwas provisorisch«, versuchte der *Autokrat* sie aus der Reserve zu locken.

»Wir hatten den *Ring* erst von Pluto aus kontrolliert«, sagte sie, »und natürlich mußten wir den Planeten schnell evakuieren, als er zerstört und in ein Schwarzes Loch verwandelt wurde. Wir mußten die ganze Operation improvisieren und völlig von vorne anfangen. Vor der Zerstörung von Pluto wurde die gesamte Belegschaft der Station in die *Nenya* verfrachtet, das Schiff, das die Station versorgt hatte.

Als die Lage sich wieder normalisiert hatte und wir erneut von Versorgungsschiffen angeflogen wurden, schickten wir so viele Leute wie möglich mit den leeren Schiffen ins Innere System zurück, um die Anzahl der zu stopfenden Münder zu verringern.« Sondra spürte, wie das Gefühl der Schwere zurückkehrte, während der Aufzug sich entlang der Drehachse auf die Unterkünfte zubewegte.

»Ein paar Versorgungsschiffe haben wir gar nicht erst wieder zurückgeschickt«, fuhr sie fort. »Statt dessen haben wir dort zusätzliche Quartiere für die Besatzung und Arbeitsplätze eingerichtet. Zum Schluß bauten wir eine lange, starre Verbindung zwischen der *Nenya* und den übrigen Quartieren, wobei die Achse der Luftschleuse, die Sie gerade verlassen haben, direkt durch den Drehpunkt verläuft. Das Ganze hat die Form einer Hantel, in deren Mitte die Luftschleuse sich befindet. Nachdem wir die Station dann in Rotation versetzt hatten, erhielten wir an beiden Enden der Hantel eine künstliche Gravitation. Das entbehrt nicht einer gewissen Ironie.«

»Weshalb?« fragte der *Autokrat*.

»Dies ist die modernste Gravitations-Forschungsstation, und wir verfügen über einen unglaublich starken Gravitationsgenerator. Aber wir erzeugen die künstliche Schwerkraft noch immer durch Zentrifugalkraft. Eines Tages werden wir imstande sein, ein kontrolliertes Schwerefeld zu erzeugen. Das *Graviton*-Projekt hat einen Innovationsschub ausgelöst. Und bis zur Anwendungsreife der neuen Technik müssen wir uns eben drehen. Wie dem auch sei, die Station ist im Grunde vollständig ausgerüstet. Wir führen nur noch Ergänzungen und Modernisierungsarbeiten durch. Wir nähern uns dem Punkt, an dem man die Station sogar als gemütlich bezeichnen könnte. Aber es ist noch immer schwierig hier«, sagte sie. »Und manchmal ist es sogar sehr schwierig.«

Als der Aufzug in den Abschnitt der Station einfuhr, in dem hohe Schwerkraft herrschte, trat für einen Moment verlegenes Schweigen ein. Die Türen öffneten sich, und Sondra komplimentierte den *Autokraten* hinaus. »Diese Richtung«, sagte sie, wobei sie versuchte, lässig und souverän zu wirken.

Sie führte ihn durch die mit Tischen und Stühlen zugestellte Messe. Die Sicht auf den *Ring* variierte ständig. Der Sechs-Tage-Zyklus hatte fast den Höhepunkt erreicht, und sie wollte nicht nur dem *Autokraten* einen Blick auf den *Ring* gönnen, sondern sich selbst auch. Jeder liebte den Anblick des *Rings*. Es war gar nicht so einfach gewesen, die Messe für die Dauer der Anwesenheit des *Autokraten* zu räumen.

Das Licht in der Messe war gedämpft worden, um die Himmelsbeobachtung zu erleichtern. Im Raum war es still. Das große Bullauge der Messe war im Zwielicht nur schwer zu erkennen – ein sternendurchwirkter Ausschnitt, der noch dunkler war als das sie umgebende Dämmerlicht. Doch Sondra kannte den Weg natürlich. Andernfalls hätte sie sich an den langsam im Bullauge rotierenden Sternen orientiert.

»Aha«, sagte der *Autokrat*. »Dort.« Er durchquerte den Raum, wobei er sich zwischen den Stühlen und Tischen hindurchschlängelte, und erreichte schließlich das Bullauge. Er schaute hinaus. Sondra folgte ihm in einem Abstand von wenigen Schritten. Vielleicht wäre es respektvoller und der Etikette angemessener gewesen, wenn sie ihm die Gelegenheit gegeben hätte, allein dort zu stehen, um die Eindrücke ungestört aufzunehmen – aber sie konnte einfach nicht widerstehen. Sie hatte schon unzählige Stunden an diesem Fenster gestanden, und dennoch hatte sie sich noch nicht am *Ring* sattgesehen.

In den Anfangsgründen der Raumfahrt hatten die Astronauten, welche die Erde umkreisten, jede freie Sekunde genutzt, um das weißblaue Juwel, das unter ihnen vorbeizog, zu bewundern. Genauso verhielt es sich mit der Beobachtung des *Rings* – nur daß der Anblick der Erde nie mit dem Gefühl von Gefahr oder Melancholie verbunden gewesen war.

Denn die Erde war verschwunden – und es war schließlich der *Ring* gewesen, der ihr Verschwinden bewirkt hatte. Der *Ring von Charon* war die stärkste Maschine, die je von Menschenhand erbaut worden war. Sie hatte Pluto und Charon buchstäblich in nichts verwandelt und in ein Schwarzes Loch gepreßt. Der *Ring* war eine gefährliche Schönheit.

Der *Ring* war ein hohler Toroid mit einem Durchmesser von 1600 Kilometern, mit der *Plutopunkt*-Singularität im Zentrum. Der *Ring* war der direkte Nachfahre der Teilchenbeschleuniger der Erde, die von Mal zu Mal größer wurden und schließlich im freien Raum errichtet wurden. Nach der Fertigstellung hatte der *Ring von Charon* zunächst den Mond Charon umkreist und wurde nur dazu eingesetzt, das Schwerefeld dieses Monds zu manipulieren. Nun umkreiste er den viel stärkeren *Plutopunkt*, und die auf den *Ring* wirkende titanische Gravitationsenergie hätte ihn längst zerrissen, wenn Sondra und ihr Team nicht eine Möglichkeit gefunden hätten, die Masse der Singularität zum Teil abzuschirmen und neu zu bündeln.

Der Leitstand drehte sich im rechten Winkel zur Ebene des *Rings* und umkreiste die Singularität in einem Abstand von ungefähr 20000 Kilometern. Der *Ring* stand pro Umlauf jeweils zweimal horizontal und vertikal zur Station. Man hatte dann die beste Sicht auf den *Ring*, wenn er vertikal zur Station positioniert war und die Sonne hinter der Station stand und den *Ring* anstrahlte – wenn auch nur schwach.

Der *Ring* hing groß, makellos und leuchtend am Himmel, und seine Positionslampen durchdrangen die Finsternis. Die kalten Sterne schwebten hinter ihm in der Stille des Raums. Und das Zentrum des *Rings* war gleichzeitig die Quelle seiner Kraft.

Das Schwarze Loch, die Singularität selbst, war natürlich unsichtbar. Der Ereignishorizont hatte nur einen Durchmesser von wenigen Metern und war selbst ein schwarzes Phantom in der Dunkelheit. Ab und zu wurden Trümmer in den Horizont gezogen, und ein Blitz zuckte durch die Finsternis, wenn Staub oder ein verlorener Schraubenzieher von den Gezeitenkräften zermahlen und ein Teil der Masse in Energie umgewandelt wurde, während sie die Singularität ansaugte. Doch diese Blitze waren selten und zudem schwach und winzig. Die Singularität sog nämlich das Licht und die Energie der Aufprall-Ereignisse auf.

Sondra stand neben dem *Autokraten* im Zwielicht der Messe und betrachtete den mächtigen *Ring*. »Das ist er«, sagte sie. »Unsere einzige Waffe gegen die Charonier. Unsere einzige Hoffnung, die Erde wiederzufinden. Obwohl Gott allein weiß, was wir tun sollen, wenn wir sie wirklich finden.«

»Wie lang wird die Suche nach der Erde dauern?« fragte der *Autokrat*.

Sondra schüttelte den Kopf. »Das wissen wir nicht. Es ist ja nicht so, daß wir nur ein Loch bohren und hindurchschauen müßten, um die Erde zu sehen. Wir veranstalten eine ›Frequenz-Jagd‹, die Suche nach dem richtigen Gravitations-Resonanzmuster. Wenn es uns gelingt, die Singularität auf ein charonisches Schwarzes Loch abzustimmen, wird die Resonanz ein Wurmloch zwischen ihnen induzieren. Das ist natürlich etwas vereinfacht dargestellt, aber es ist das grundlegende Konzept. Das Problem ist nur, daß es Millionen, vielleicht Milliarden möglicher Kombinationen gibt. Wir haben bereits sechs Kombinationen herausgefiltert, die bei den Meßgeräten einen Ausschlag verursacht haben, der auf die Entstehung eines Wurmlochs hindeutete. Wir haben diese Beinahe-Treffer auf alle möglichen Arten variiert – doch ohne Erfolg. Vielleicht handelt es sich bei einem von ihnen wirklich um das *Multisystem*, das die Erde gestohlen hat, und wir hatten nur nicht genug Daten. Wie lange die Suche nach der Erde dauern wird? Wir wissen es nicht.«

»Wären Sie imstande, selbst ein Wurmloch zu induzieren, wenn Sie das Referenzmuster hätten?« fragte der *Autokrat*. »Verfügen Sie über die erforderlichen Energiereserven und Kenntnisse?«

»Aber ja«, sagte Sondra. »Gewiß. Bedenken Sie, daß wir ein ganzes Sonnensystem voller toter Charonier zum Ausschlachten hatten – außerdem haben wir die *Plutopunkt*-Singularität und die *Erdpunkt*-Singularität zum Herumexperimentieren. In den letzten fünf Jahren haben wir sehr viel über die Gravitation – und die Beeinflussung der Gravitation – gelernt.«

»Eins habe ich bisher aber nicht verstanden. Die Charonier plazierten hier ein Schwarzes Loch – eine

Singularität – und benutzten es als Endstelle einer Wurmlochverbindung mit ihrem *Multisystem*. Weshalb tun wir nicht das gleiche? Wir erstellen einen Musterabgleich mit der *Erdpunkt*-Singularität und richten eine Wurmlochverbindung zwischen *Plutopunkt* und *Erdpunkt* ein. Und dann stellen wir über den *Erdpunkt* eine Verbindung zur Erde her.«

»Weil diese Singularität vom Mond-*Rad* kontrolliert wurde, und das Mond-*Rad* ist nun tot. Man benötigt einen funktionierenden Ringbeschleuniger – wie den *Ring von Charon* –, um die Gravitationsenergie zu modulieren und ein Resonanzmuster zu erstellen. Das Referenzmuster des Mond-*Rads* wurde durch den Tod des *Rads* gelöscht, und wir sind nicht imstande, es zu rekonstruieren – genauso wie wir die Verbindung zur Erde verloren haben. Wenn wir einen *Ring* am *Erdpunkt* bauen würden, *könnten* wir wohl eine Wurmlochverbindung zwischen *Plutopunkt* und *Erdpunkt* schalten. Doch ohne die richtige Frequenz würde keine Verbindung mit dem *Multisystem* zustande kommen. Zumal der Bau eines *Erdpunkt*-Rings das Sonnensystem in den Bankrott treiben würde. *Das* weiß ich zumindest. Wir haben es durchgerechnet. Wenn Sie ein schnelleres Transportmittel wünschen, müssen Sie mit der *Graviton* vorliebnehmen.«

»Ach ja«, sagte der *Autokrat*, ohne den Blick vom *Ring* zu wenden. »Die *Graviton*. Es wird Sie überraschen, aber ich habe kein Interesse an dem Schiff.«

Sondra war auch überrascht – und dann wurde sie mißtrauisch. »Kein Interesse an einem Schiff, das die Strecke zwischen Mond und *Plutopunkt* in zwei bis drei Tagen bewältigt?«

»Ich sage es noch einmal: nein. Nicht, solange solche Schiffe auf einer Technologie basieren, die wir nicht verstehen, und obendrein noch aus den Körperteilen toter Aliens bestehen. Wie können wir dem charonischen Maschinenbau vertrauen, wenn der charonische Maschinenbau in der Vergangenheit voller unliebsamer Überraschungen gesteckt hat? Wenn wir Menschen in der Lage wären, selbstentwickelte Gravitationsstrahl-Schiffe zu bauen, dann wäre ich von ihnen fasziniert.«

»Aber es bedarf noch intensiver Forschungstätigkeit, bevor das möglich ist.«

»Die *Autokratie* hat seit jeher förderungswürdige Projekte unterstützt.«

»Unseren Sponsoren auf dem Mars und dem Mond wird das sicher nicht recht sein«, sagte Sondra. »Sie hoffen nämlich auf die Entwicklung solcher Schiffe und wollen sie mit unseren Gravitationsstrahlen antreiben.«

»Eure Gravitationsstrahlen. Sie gehören euch, das ist wohl wahr. Aber wir Gürtelbewohner sind Händler, und wir fürchten uns vor Monopolen. Euer *Ring* ist die einzige Quelle für Gravitationsstrahlen, richtig? Niemand sonst im Sonnensystem ist zur Zeit in der Lage, sie zu erzeugen? Außer dem *Erdpunkt-Ring*, den wir im Moment nicht bauen können?«

»Sie haben recht«, sagte Sondra, wobei sie die Worte sorgfältig wählte. »Dieser Punkt gefällt mir genauso wenig«, sagte sie. »Eine Monopolstellung bei einem lebenswichtigen Gut wird unter Umständen sehr schnell zum Ziel von Bestrebungen, dieses Monopol entweder zu zerstören oder es zur Errichtung eines Imperiums zu benutzen – oder beides.«

»Völlig richtig. Es liegt im Interesse der Allgemeinheit, daß diese Probleme erst gar nicht akut werden, bevor die ersten Schiffe gebaut sind. Wir haben sehr viel zu besprechen, Sie und ich.« Der *Autokrat* legte eine Pause ein und sagte dann in nachdenklichem Ton: »Es ist möglich, daß ich mich gezwungen sehe, meinen Aufenthalt hier zu verlängern.«

Was den Mond und den Mars garantiert in den Wahnsinn treibt, sagte Sondra sich. *Aber das weißt du selbst. Was bezweckst du also mit dieser Provokation? Die Sache wird interessanter, als ich dachte.* »Bleiben Sie, solange Sie es wünschen«, sagte sie gleichmütig. *Als ob ich dich aufhalten könnte, wo die* Autarch *und ihre Besatzung bis zu den Zähnen bewaffnet sind.*

»Ich danke Ihnen für Ihre Gastfreundschaft«, sagte er.

»Sie sind sehr willkommen«, sagte Sondra. »Gibt es noch etwas, das Sie zur *Graviton* sagen möchten?«

»Ein andermal vielleicht. Im Moment möchte ich mich mit dem wichtigsten Aspekt befassen. Die Erde«, sagte der *Autokrat*. »Besteht überhaupt eine Hoffnung, sie zu finden?«

»Es besteht mehr als nur Hoffnung«, sagte Sondra mit einer Vehemenz, die sie selbst erstaunte. »Wir *werden* die Frequenz und damit die Erde finden. Die Suche nach der Erde hat absoluten Vorrang gegenüber allen anderen Einsatzmöglichkeiten des *Rings*. Ob wir die Frequenz nun in den nächsten fünf Minuten finden oder ob es tausend Jahre dauert, bis die *Jagd nach der Erde* eine Religion und ein Akt des Glaubens geworden ist, wir werden erst dann aufhören, wenn wir sie gefunden haben. Wir müssen das glauben. Wir müssen das *wissen*. Wir sind die einzige Hoffnung des Sonnensystems, die Erde wiederzufinden und zumindest einen Teil des Schadens wieder ungeschehen zu machen.«

»Dann betrachten Sie die *Jagd nach der Erde* also als Ihre Mission, als Ihre Pflicht?« fragte der *Autokrat*.

»O nein«, sagte Sondra. »Keine Pflicht. Auch keine Mission. Darum geht es überhaupt nicht.« Sie sah durch das Bullauge auf den massiven *Ring* und die winzige, unsichtbare Singularität, die einst Pluto und Charon gewesen war. Sie sah vor ihrem geistigen Auge die verlorene Erde, die auseinandergerissenen Familien und die Menschen, die durch die Katastrophe, welche die vom *Ring* aufgeweckten Charonier verursacht hatten, ums Leben gekommen waren. »Die Suche nach der Erde ist nicht unsere Mission«, sagte sie. »Die Suche nach der Erde ist unsere Buße.«

Kapitel Fünf

Heute gibt es Konfitüre

»... Keine Generation war bisher so mit der Sterblichkeit konfrontiert worden wie die meine. Sie war sowohl die erste Generation, bei der nicht mehr die Menschen über Leben und Tod entschieden, als auch die erste Generation von vielen, für die universale Sterblichkeit in den Bereich des Möglichen rückte.

Seit fünfhundert Jahren verfügt die Menschheit über das Potential, sich selbst zu zerstören – und hat mehr als einmal kurz davor gestanden, von dieser Möglichkeit Gebrauch zu machen. Doch zumindest hatten wir die Gewißheit, daß die Menschheit, alles Leben und die Erde solange überlebte, wie *wir uns nicht selbst* zerstörten. Wenn jemand unser Überleben und das des Planeten bedrohte, dann wir selbst.

Doch dann dämmerte der Tag der Charonier, und alles änderte sich. Wir waren ihnen auf Gedeih und Verderb ausgeliefert. Aus einer Laune heraus hätten sie uns jeden Moment töten können. Trotz unserer Intelligenz, unseres Wissens, unserer Macht und Technologie waren die Bewohner der Erde plötzlich so hilflos wie mittelalterliche Bauern, vor deren Augen Heuschreckenschwärme über die Felder herfielen. Es gab nichts, das wir tun konnten. Und was noch ärgerlicher war, es gab nicht die geringsten Anzeichen dafür, daß die Charonier von unserer Existenz auch nur wußten, genauso wenig wie die Heuschrecken wußten oder sich darum kümmerten, wer die Felder bestellt hatte, die sie nun kahlfraßen.

Seit ich vierzehn Jahre alt war, mußte ich mit der Möglichkeit leben, daß jederzeit mein Tod eintrat, daß die Erde zerstört wurde, daß alles irdische Leben vernichtet wurde und daß die Überlebenden in den Dienst des Eroberers gezwungen wurden. Ich wuchs in dem Bewußtsein auf, daß meine Rasse und mein Planet völlig von der Gnade von Wesen abhingen, die willens und in der Lage waren, unsere Welt zu zerstören, falls es ihren Erfordernissen entsprach.

Dieses Wissen hat auf mannigfache Art und Weise das Leben und Denken meiner Generation geprägt – und deformiert.«

– *Memoiren* von Dr. Sianna Colette, Columbia University Press, 2451

New York City
Erde
DAS *MULTISYSTEM* *Tag der Entführung, 7. Juni 2431*

Nach den Feierlichkeiten, nach dem Gedenkgottesdienst, nach der Schweigeminute, nach dem langen Trauertag schlief Sianna Colette und träumte.

Sianna wußte sogar im Schlaf, daß der Alptraum wiederkehren würde. Doch sie wollte nicht aufwachen: Dieser Alptraum war nämlich ein schöner Traum, bis sie aufwachte. Das bedeutete natürlich, daß der Wachzustand der Alptraum war, doch sogar mitten im Schlaf sagte Sianna sich, daß sie zu vernünftig war, um sich mit solchen Gedanken zu belasten.

Im Traum schien der Mond, der richtige und freundliche Mond, nachts vor Siannas Fenster. Es war der Mond der Erde, der echte Mond, dessen kühles Licht über den Hof von Siannas Elternhaus spielte und dessen Schatten die Dunkelheit ebenso vertraut wie geheimnisvoll einhüllten.

Sianna träumte, daß die Sonne, das Licht der *richtigen* Sonne, noch immer jeden Tag im Osten aufging und daß dieses Licht sich eine Idee vom Licht des *Sonnensterns* unterschied. Im Traum zeichnete die richtige Sonne ihre echten Farben auf das Land.

Sianna badete in Sonnenlicht, im Licht der *richtigen* Sonne, im warmen gelbweißen Licht ihrer Kindheit, eine Farbe, an die sie sich kaum erinnerte und die sie dennoch nie vergessen würde.

Im Traum, bei Sonnenuntergang, waren die dicken, langsamen Sterne der Raumstationen, Orbital-Habitate und Raumschiffe immer noch da und machten auf ihrem Transit den echten Sternen Konkurrenz.

Sterne. Ja, die Sterne waren auch da. Der Himmel war samtig schwarz und mit Sternen und Planeten angefüllt, die so hell wie die Hoffnung leuchteten. Stolze Schiffe kreuzten noch immer in der Leere. Die Erde drehte sich im gewohnten Orbit um die Sonne, und alles war gut.

Doch dann erwachte sie, und alles war vorbei.

Sianna öffnete die Augen, und das Lächeln, das sie im Traum auf den Lippen gehabt hatte, verschwand. Allein schon die Decke über ihrem Kopf erinnerte sie daran, daß es nur ein Traum gewesen war. Laut Auskunft des Vermieters war der Riß in der Decke durch die Pulsbeben entstanden, welche die Welt nach dem plötzlichen Wegfall der Gezeitenwirkung des Monds heimgesucht hatten.

Denn nun gab es natürlich keinen Mond mehr. Statt dessen gab es den verhaßten *Mondpunkt-Ring*, der genau an der Stelle am Himmel hing, wo der Mond sich von Rechts wegen hätte befinden müssen. Der *Ring* und das Schwarze Loch im Zentrum des *Rings* hatten genau eine Mondmasse und sorgten für die Aufrechterhaltung der Gezeitenkräfte.

Vielleicht genügte das, die Fische glücklich zu machen. Doch welcher Mensch wollte schon an Stelle des *Monds* einen künstlichen *Ring* sehen?

Der Himmel war völlig ruiniert. Sianna lag wach und starrte an die Decke, wobei sie sich vornahm, diese Nacht den Charoniern nicht die Genugtuung zu geben, ihren Himmel zu betrachten.

Unsinn. Weshalb sollten Wesen, die in der Lage waren, Welten und Sonnen zu stehlen und sie in einem *Multisystem* zu deponieren, sich darum kümmern, ob

Sianna Colette, eine neunzehn Jahre alte Studentin der Columbia University und zudem eine notorische Querulantin, ihren Himmel verschmähte?

Es sei denn, *das hier* war der eigentliche Traum, der Alptraum. Vielleicht hatten in dieser Nacht die Überlebenden des Sonnensystems die Gravitation bezwungen, die Erde gefunden und heimgeholt.

Sianna spürte zunächst einen Anflug von Hoffnung. Doch dann schnaubte sie resigniert, drehte sich auf die Seite und kuschelte sich ins Kissen. Schön wär's. Quatsch. Pfeifendeckel.

Aber es hätte geschehen *können*. Der Himmel, der verschwunden war, als sie eine spindeldürre Vierzehnjährige gewesen war, hätte wiederkehren *können*. Schließlich war er vor fünf Jahren auch im Schlaf verschwunden.

Was für ein schreckliches Gefühl das gewesen war, als sie an jenem Morgen aufwachte. Aber nein, sie durfte nicht daran denken.

Aber er hätte zurückkommen *können*. Die Menschen des Sonnensystems hätten die Erde irgendwie retten können.

Ach, zum Teufel damit. Sie schleuderte das Kissen durch die Kammer. Mit einem leisen Klatschen prallte es gegen die Wand und rutschte auf den Boden hinab. Sianna wußte, daß sie sonst die halbe Nacht so dagelegen und sich mit den nur zu real wirkenden Trugbildern ihres Traums herumgequält hätte.

Sie setzte sich im Bett auf, schwang die Beine herum, steckte die Füße treffsicher in die Hausschuhe und stand auf. In der Dunkelheit ging sie zum Schrank und zog sich den Morgenmantel über, wobei sie sich vorsichtig bewegte, damit die Dielen nicht knarrten. Sie wollte ihre Kommilitonin Rachel nicht aufwecken, die im Nebenzimmer schlief. Sie vergewisserte sich, daß sie den Schlüssel eingesteckt hatte, und trat auf den

Flur hinaus. Dann ging sie schnellen Schritts durch die verdunkelte Halle zum Treppenhaus, wo sie mit geübtem Griff das Geländer ertastete. Sie ging die Treppe hoch, wobei die Hausschuhe auf den ausgetretenen Stufen schlurften.

Sie erklomm die vier Treppenfluchten bis zum Dach und drückte die Tür auf. Es war eine kühle Frühlingsnacht. Sie betrat die Dachterrasse. Fast jedes Dach in New York hatte eine kleine Grünanlage. Manchmal wünschte sie sich, der Überschuß würde in die zusätzliche Anpflanzung von Bäumen anstatt nur für Gras investiert, doch Bäume hätten den Blick auf den Himmel verstellt, und das wäre ganz und gar nicht in ihrem Sinn gewesen.

Sianna Colette *mußte* den Himmel sehen, mußte ein Auge auf ihn haben, wie sie einen ehemaligen Freund betrachten würde, der ihr einst seine Zuneigung geschenkt hatte und es vielleicht wieder tun würde. Nun schaute sie nach oben und verspürte die gleiche dumpfe, zornige Enttäuschung, die sie jeden Morgen überkam, wenn sie aus den Träumen vom heimatlichen Himmel erwachte. Zorn auf das Universum im allgemeinen und die Charonier im besonderen, weil die Erde sich noch immer an diesem Ort befand. Zorn auf sich selbst, weil sie sich von diesen Hirngespinsten irritieren ließ.

Sianna Colette schaute zu einem Firmament empor, das die Natur nie für die Erde vorgesehen hatte.

Der *Mondpunkt-Ring* hing tief am südwestlichen Himmel, wo eigentlich der volle Mond hingehörte. Es war ein hohler Ring, der horizontal zur Erde am graublauen Himmel hing, ein Kreis am Himmel von der Größe des Monds, nur viel schwieriger zu erkennen. Und in seinem Mittelpunkt befand sich die *Mondpunkt*-Singularität, ein Schwarzes Loch. Der Kontrast zwischen diesem fremdartigen Objekt, das über den

Wolkenkratzern von Manhattan schwebte, und der Erde hätte kaum größer sein können. Das Habitat der *Nackten Purpurnen*, neben der *Terra Nova* das letzte existierende menschliche Habitat im Weltraum, stand ebenfalls im Orbit um die *Mondpunkt*-Singularität. Eigentlich befand es sich sogar innerhalb des *Mondpunkt-Rings* und war an einem so trüben Himmel wie diesem nicht mit dem bloßen Auge zu erkennen.

Drei *Gefangene Sonnen* waren im Moment zu sehen, von denen jede in etwa die Leuchtkraft des Vollmonds hatte und sich als heller Kreis am nächtlichen Himmel abzeichnete. Die hellste der drei Sonnen war sogar von einer schmalen himmelblauen Korona mit dem doppelten Durchmesser des Vollmonds umgeben, die sich an den Rändern dunkelgrau verfärbte. So hell die *Gefangenen Sonnen* auch waren, sie hätten noch heller geschienen, wenn die Staubschwaden, die das *Multisystem* durchzogen, nicht einen Teil des Lichts verschluckt hätten.

Schon in der ersten Minute von Siannas Himmelsbeobachtung raste ein gutes Dutzend Meteore durch das Firmament, aber sie schenkte ihnen keine Aufmerksamkeit. Im Sonnensystem wären so viele Meteore eine Besonderheit gewesen, aber hier waren sie nicht nur ein gewohnter Anblick, sondern obendrein noch Störfaktoren. Das *Multisystem* war ohnehin schon mit Trümmerbrocken durchsetzt.

Wenn man die *Gefangenen Sonnen* nicht berücksichtigte, waren gar keine Sterne zu sehen. Das war auch dem Staub zu verdanken. Ob absichtlich oder zufällig, dicke Wolken aus Staub und Gas – dick nach astronomischen Maßstäben – erfüllten und umgaben das *Multisystem*, blendeten die Sterne aus und schirmten das *Multisystem* vom übrigen Universum ab. Die Astrophysiker am *Multisystem*-Forschungsinstitut nahmen an, daß das *Multisystem* von außen nur ein schwaches Infrarotecho erzeugte, und das auch nur bis zu einer Entfernung von ein paar Dutzend Lichtjahren.

Sianna sah auch ein Dutzend Planeten, von denen zwei so nahe standen, daß sie sich als Scheiben darboten. *So nah und doch so fern*, sagte sie sich. Daß so viele andere Welten zu sehen waren, war vielleicht der grausamste Witz der Gefangenschaft der Erde. Denn kein Mensch konnte sie erreichen. Die KERNe sorgten dafür. Den KERNen war es egal, ob sie nun einen verirrten Asteroiden pulverisierten oder ein Raumschiff. Sie vernichteten alles, was sich auf einem Kollisionskurs mit einem Planeten befand. Nicht daß die meisten dieser Planeten ein angenehmer Aufenthaltsort gewesen wären. Es handelte sich bei ihnen zwar um lebentragende Welten – aber auch um ruinierte Welten. Das war den Teleskopaufnahmen und spektroskopischen Daten zu entnehmen. Die massenhafte Landung von Charoniern auf einer Welt stellte eine solche Belastung für den betroffenen Planeten dar, daß daraus ein Massensterben wie das, dem auch die Dinosaurier zum Opfer gefallen waren, resultierte. Ein paar Revisionisten *glaubten* auch, daß es die Charonier gewesen waren, welche die Dinosaurier ausgerottet hatten, obwohl Sianna das für etwas weit hergeholt hielt.

Sianna sah auf die Uhr. Schon nach Mitternacht. Sie mußte wieder ins Bett. Sie hatte morgen Unterricht und mußte sich auf die Prüfungen vorbereiten.

Es schien alles so *normal*. Das regte sie im Grunde am meisten auf. Die Erde entführt, die Verbindung mit der Menschheit unterbrochen, und trotzdem ging das Leben unerbittlich *weiter*. Die Erde war durch ein Schwarzes Loch entführt worden, und dennoch machte Sianna sich Gedanken über ihr Studium und solche Verrichtungen wie Wäschewaschen. Das war irreal. Irgendwie hätte der Alltag stärker von der Katastrophe betroffen sein müssen.

Doch sie war hier und machte sich Gedanken wegen der Prüfungen. Es *mußte* so sein, wenn sie nicht verrückt werden wollte.

Die ganze Stadt, die ganze Welt war davon betroffen, wobei jeder Mensch versuchte, im Alltagsleben eine Fassade der Normalität zu errichten, um die Katastrophe und die dadurch verursachte Verwirrung zu verdrängen. Immer wenn Sianna durch die Straßen der Stadt ging, sah sie nur Gesichter mit dem gleichen leeren Blick. Verdrängung war zum Normalzustand geworden.

Sianna spürte einen feuchten Film auf den Augen und blinzelte. Nicht jetzt. Nicht heute nacht. Sie konnte auch ein andermal weinen. Nun mußte sie wieder zu Bett gehen.

Sie wandte den Blick nicht vom Himmel. Ein trüber Lichtpunkt kroch über den Himmel. Und ein zweiter. KERNe. Damals, in den alten Zeiten, wären diese Lichtpunkte heller gewesen und konturierter – und es hätte sich dabei um Raumschiffe, Raumstationen und Orbitalhabitate gehandelt.

Früher hatte die Erde im Sonnensystem über ein mächtiges Reich aus Satelliten, Habitaten und Raumschiffen geboten. Nun war fast nichts mehr davon übrig. Kaum etwas davon hatte den Transit zum *Multisystem* überlebt, und den Rest, der von der Infrastruktur noch übriggeblieben war, hatten die KERNe vernichtet.

Die Menschheit verfügte gerade noch über zwei Aktivposten im Weltraum, ein Habitat und ein Raumschiff. Die eigentlich als Generationen-Raumschiff konzipierte *Terra Nova* hatte den Auftrag erhalten, das *Multisystem* zu erkunden. Das Habitat war das Habitat der *Nackten Pupurnen*, oder das *NaPurHab*, und es zählte fast gar nicht. Die *Nackten Purpurnen*, die Bewegung, die das *NaPurHab* betrieb, waren so irre, daß selbst die anderen bizarren Randgruppen sie als extrem bezeichneten. Das *NaPurHab* war nur deshalb wertvoll und wichtig, weil es das einzige überlebende Habitat war. Es war ein Aktivposten, der sich eines Tages vielleicht als nützlich erweisen würde, obwohl die *Purps* sich bisher nicht unbedingt als nützliche Verbündete erwiesen hatten.

Alles andere war von den KERNen verschrottet worden. Die *Terra Nova* hatte nur deshalb überlebt, weil sie den Erdorbit bereits vor dem Erscheinen der KERNe verlassen hatte. Und das *NaPurHab* existierte nur aus dem Grund noch, weil es sich in einer stabilen Umlaufbahn befand, und zwar nicht um die Erde, sondern um das Schwarze Loch des *Mondpunkt-Rings*.

Nun wurden die Erde, das *NaPurHab* und die *Terra Nova* vom selben Feind in Schach gehalten: den KERNen. Ein KERN war ein mit eigenem Antrieb ausgerüsteter Felsbrocken von der Größe eines Asteroiden. Und wenn ein Felsen nicht genügte, dann schickten die Charonier eben Dutzende, Hunderte oder Tausende von Felsen. Sie gingen mit äußerster Brutalität vor. Sie spürten die Ziele mit einem Hochleistungsradar auf. Dann nahmen sie Kurs auf die Ziele und rammten sie. Wenn eine Raumfähre vom *NaPurHab* auf der Erde zu landen versuchte, würde ein KERN das Schiff zermalmen. Und wenn die KERNe entschieden, daß ein von der Erde zum *NaPurHab* fliegendes Schiff eine Bedrohung für die Erde darstellte, dann zerstörten sie es auch. Ungefähr ein Drittel der Versorgungsflüge zum *NaPurHab* kam durch. Die KERNe hatten der Menschheit sozusagen die Daumenschrauben angelegt.

Wenigstens, so sagte Sianna sich, war sie ein Teil der Organisation, des *Multisystem*-Forschungsinstituts, das nach einem Ausweg suchte. Sie war zwar nur Studentin und Teilzeit-Forscherin, aber sie leistete einen, wenn auch bescheidenen, Beitrag. Es war nun jeden

Tag damit zu rechnen, daß das MFI den Schwachpunkt der KERNe aufspürte, das Problem löste und der Erdbevölkerung wieder den ungehinderten Raumflug ermöglichte.

Und wenn Schweine Pferde wären, dann würden Bettler fliegen… Oder so ähnlich. Nein, das hatte sie völlig durcheinandergebracht. Sianna gähnte und schlug die Arme um die Schultern. Sie mußte doch müder sein, als sie glaubte. Zeit, wieder ins Bett zu gehen.

Doch da war noch etwas am nächtlichen Himmel von New York City, etwas, von dem sie den Blick nicht zu wenden vermochte. Wo war es? Hoch im Osten um diese Uhrzeit.

Angestrengt schaute sie zum trüben, zwielichtigen Himmel empor. Die Sphäre. Manchmal glühte sie blutrot. Die vorherrschende Gelehrtenmeinung besagte, das rote Glühen würde bedeuten, daß dic Sphäre starke Energien freisetzte. Dann existierte natürlich noch eine entgegengesetzte Theorie, die besagte, die Sphäre würde Energie *absorbieren.* Im Grunde war das nur ein Indiz für die allgemeine Ratlosigkeit.

Aha. Da war sie. Schwer zu erkennen heute nacht. Im Moment war die Sphäre eine schwarzgraue Scheibe mit dem Durchmesser einer mit ausgestrecktem Arm gehaltenen mittelgroßen Münze. Sie hing in der violetten Korona einer der *Gefangenen Sonnen.* Wenn sie nicht gerade Energie abgab – oder absorbierte –, war die Sphäre nur zu sehen, wenn sie das Licht des *Sonnensterns* und der anderen *Gefangenen Sonnen* reflektierte. Manchmal wurde sie auch schwach vom Licht angestrahlt, das von der Staubwolke reflektiert wurde. An einem dunklen Himmel wäre die Sphäre fast unsichtbar – nur daß es so etwas wie einen dunklen Himmel nicht mehr gab.

Die Sphäre. Diese schlichte Bezeichnung verlieh ihr den Anschein der Normalität, der *Harmlosigkeit.* Sie wirkte nicht größer als der *Mondpunkt-Ring* oder einer der näheren Planeten bei ihren frustrierend dichten Annäherungen.

Doch der Umfang der Sphäre entsprach in etwa dem der alten Erdumlaufbahn um die Sonne. Der *Sonnenstern*, um den die Erde sich nun drehte, all die anderen *Gefangenen Sonnen*, all die Planeten, Meteore und Staubwolken des *Multisystems* waren durch die künstliche Schwerkraft an die Sphäre gekettet.

Die Sphäre war um ein Vielfaches weiter von der Erde entfernt, als die Erde in den alten Zeiten von Pluto entfernt gewesen war. In einer Entfernung, in der die Sonne nur noch ein heller Lichtpunkt gewesen wäre, zeichnete die Sphäre sich noch immer als Scheibe ab, die wesentlich größer war als der Vollmond.

Diese harmlos wirkende Sphäre hatte die Erde entführt. Niemand wußte genau, weshalb die Sphäre das getan hatte, obwohl eine Reihe unterhaltsamer Theorien existierte: Die Erde war im Rahmen eines langfristigen wissenschaftlichen Experiments eingesammelt worden. Oder die Sphäre mit ihren gottgleichen Energien wollte auch wie ein Gott behandelt werden und hatte die Erde entführt, um sich von ihr verehren zu lassen. Sianna wußte, daß es allein in Manhattan drei Sekten gab, welche die Sphäre verehrten. Oder das *Multisystem*, mit den vielen *Gefangenen Sonnen*, die alle über eine große Anzahl lebentragender Welten verfügten, war ein Naturschutzgebiet, ein Zufluchtsort für die Erde, während einige der Myriaden Handlanger der Sphäre das Sonnensystem zerstörten und eine neue Sphäre als Ableger der hiesigen Sphäre um die Sonne des Sonnensystems schufen.

In wissenschaftlichen Kreisen bestand zumindest Konsens darüber, daß diese letzte Version der Wahrheit möglicherweise am nächsten kam. Die letzte Meldung aus dem Sonnensystem vor dem Zusammenbruch der

Verbindung hatte nämlich besagt, daß die Schergen der Sphäre das Sonnensystem verwüstet hätten.

Für die Richtigkeit dieses Konsenses übernahm indes niemand die Gewähr. Sianna hatte in ihrer Eigenschaft als Praktikantin am *Multisystem*-Forschungsinstitut der Columbia University Dinge gesehen und gehört, die eigentlich nicht für ihre Augen und Ohren bestimmt waren.

Was dort vor sich ging, hatte einfach nicht nach draußen zu dringen, punktum. Wenn Interna nämlich an die Öffentlichkeit gelangten, dann würden die schrecklichen Nachrichten das Leben der Menschen grundlegend verändern. Dementis waren immer noch besser als eine Massenpanik.

Das Problem war nur, daß die Geheimhaltung sich auf Dauer nicht aufrechterhalten ließ. Der Grund dafür war auf den anderen Welten des *Multisystems* zu sehen.

Sianna drehte der Sphäre den Rücken zu. Sie ging ins Haus zurück, schlich sich ins Apartment und legte sich wieder ins Bett, wobei sie versuchte, das alles zu verdrängen – was ihr indes gründlich mißlang.

Sie versuchte krampfhaft, an die bevorstehenden Prüfungen zu denken, die Wäscherei, daran, daß ihre Kommilitonin immer bis Mittag schlief, und überhaupt an alles, das nicht von Belang war. Natürlich hatte sie damit keinen Erfolg. Nicht, wenn Fermis Paradoxon ihr im Kopf herumging.

Vor mehreren hundert Jahren hatte ein Wissenschaftler namens Enrico Fermi eine berühmte Frage gestellt: *Wo sind sie?* Wo waren die anderen Intelligenzen des Universums? Man gehe von einer hinreichenden Menge erdähnlicher Planeten und einer signifikant über Null liegenden Wahrscheinlichkeit aus, daß intelligentes Leben auf diesen Sternen entstanden ist und überlebt hat. Es gab so viele Sterne am Himmel, daß, wenn auch nur ein mikroskopischer Bruchteil von ihnen intelligentes Leben hervorgebracht hätte, der Äther mit interstellarem Funkverkehr hätte erfüllt sein müssen und vielleicht auch mit Raumschiffen. Man hätte sie leicht entdecken müssen. Weshalb fand die Menschheit also nichts?

Die irdischen Astronomen hatten nun die Gelegenheit, all die anderen erdähnlichen Planeten der Sphäre aus nächster Nähe zu beobachten. Nun gab es eine ganz einfache Antwort auf Fermis Frage. Nun wußten sie Bescheid.

Sianna betrachtete wieder den Riß in der Decke und fluchte stumm. Nun hatte sie es getan. Doch wer hätte ihr das zum Vorwurf machen wollen, wo sie die vertraulichen Berichte nun einmal gesehen hatte?

Der Grund, weshalb die Menschheit keine andere intelligente Rasse in der Galaxis entdeckte, war ganz einfach:

Die Charonier hatten sie aufgefressen.

Und bald würde die Menschheit das gleiche Schicksal erleiden.

Für den Rest der Nacht überfielen Sianna seltsame und beunruhigende Träume, in denen ihr Leben sich in beiden Richtungen abspulte, zurück zu den tröstlichen Gewißheiten der Kindheit. Sie ignorierte die unsichere Gegenwart und freute sich auf die zweifelhafte Zukunft. Sie sah sich selbst als junges Mädchen und als rüstige alte Frau, als verschrumpelte junge Leiche, die von den Charoniern gefressen wurde. Sie sah das Gesicht des Jungen, der sie vor Jahren geküßt hatte, und die Gesichter ihrer Kinder, die sie erst in einigen Jahren haben würde. Diese Zukünfte und Vergangenheiten, und viele andere Nebenlinien dazu, durchliefen im Zeitraffer ihr Bewußtsein, und alle wirkten sie irreal, als ob sie durch eine Barriere oder einen Abgrund voneinander getrennt wären. Sie versuchte, die Zukunft zu erreichen, versuchte, auf sie zuzugehen – doch statt dessen stürzte sie in den Abgrund, der sie von der Zukunft trennte.

Sie stürzte immer tiefer in die Dunkelkeit…

Es kam Sianna so vor, als ob sie die Augen mit einem hörbaren *Klick* aufrisse und das Bewußtsein ohne ihr Zutun im Turbo-Modus in den Wachzustand wechselte. Verwirrt schüttelte sie den Kopf. Anscheinend arbeitete sie zuviel am Computer, wenn sie die Aktivitäten des Bewußtseins schon mit der Terminologie der Datenverarbeitung beschrieb.

Der *Sonnenstern* mit dem fast richtigen Licht schien geradezu penetrant fröhlich durchs Fenster. Sie schnellte aus dem Bett, gerade als der belebende Duft frischen Kaffees aus der Küche in ihr Zimmer zog. Sie blinzelte, streckte sich und sah sich um, als ob Ostern wäre und sie bemalte Eier suchen wollte.

Weshalb, um alles in der Welt, fühlte sie sich so gut? Nach einer Nacht wie dieser hätte sie eigentlich keinen Überschwang der Gefühle spüren dürfen, sondern sich hundeelend fühlen müssen.

Nein, einen Moment. *So gut* fühlte sie sich ja gar nicht. Sie prüfte ihre Befindlichkeit. Sie war nur überdreht und angespannt. Sie *war* müde und zerschlagen. Doch die schlaflose Nacht hatte sie gestärkt. Irgendwie hatte sie den Eindruck, von unsichtbaren Kräften mitgezogen zu werden, als ob jemand oder etwas, der oder das voller Energie und Tatendrang steckte, sie aufhob und in Bereitschaft versetzte.

Bereitschaft. Das war die richtige Bezeichnung dafür. Sie war für ein Ereignis bereit, auf dessen Eintreten sie indes keinen Einfluß hatte, sondern mit dem sie ohne ihr Zutun konfrontiert werden würde. Wenn sie versuchte, diese Entwicklung zu beschleunigen, würde sie nur das Gegenteil bewirken.

Ein Gedanke, eine Idee – nein, eine ganze Gedankenkette manifestierte sich im Hinterkopf und wartete darauf, bis die Zeit gekommen war.

Laß ihm Zeit. Laß ihn kommen. *Tu gar nichts, und es wird von selbst kommen.* Sianna hatte schon früh auf die harte Art gelernt, daß es keinen Sinn hatte, Gedanken zu forcieren. Gedanken und Ideen waren flüchtige Dinge. Sobald man die Blüte berührte, verwelkte sie.

Langsam ging sie ins Badezimmer und nahm eine heiße Dusche, wobei sie versuchte, nicht an das zu denken, was ihr im Hinterkopf herumspukte. Sie versuchte, an triviale Dinge zu denken, um das Unterbewußtsein nicht zu stören. Sie stellte fest, daß sie durch die Gegend schlich, wie ein Gastgeber, der auf Zehenspitzen geht, um den Gast nicht aufzuwecken.

Denk an etwas anderes. Genieß die Dusche. Sag dir, daß du noch etwas Schönes zum Anziehen hast, auch wenn du die Wäsche schon vor einer Woche hättest waschen müssen. Stell dir vor, wie du in die Küche gehst, einen Kaffee trinkst, Toast machst und ihn mit Konfitüre bestreichst. Aber tu es nicht. *Die Regel lautet: Konfitüre morgen und Konfitüre gestern – aber niemals Konfitüre heute,* sagte sie sich mit gespielter Ernsthaftigkeit.

Einen Augenblick. Sianna schaute vom Teller mit Buttertoast, ohne Konfitüre, auf und starrte mit leerem Blick auf die Wand. Das uralte Paradoxon war ein Teil davon, ein Teil dessen, das sich im Hinterkopf abspielte und das sie an die Oberfläche ziehen wollte.

Zeit. Es hatte mit Zeit zu tun. Ihre Träume hatten von Zeit gehandelt, von Lücken in der Zeit.

Da. Da war es. Nun wußte sie es. Die *Heiliger Antonius.* Das war es also. Mit einer Aufwallung von Triumph biß Sianna in den Toast. Sie hatte gewußt, daß es ihr einfallen würde. Die *Heiliger Antonius,* die Sonde, welche die Menschen im Sonnensystem vor fünf Jahren durch das Wurmloch geschickt hatten, kurz bevor der Kontakt abbrach. Die Literatur erwähnte, daß die Borduhr falsch gegangen sei. Bisher hatte jeder angenommen, es hätte ein Defekt vorgelegen, obwohl ein paar exzentrische Theoretiker behauptet hatten, es hätte sich wirklich um eine Zeitverschiebung gehandelt, eine Verzerrung der Raumzeit, die durch den Transit durch das Wurmloch verursacht worden sei. Die Borduhr der unbemannten Sonde sei siebenunddreißig Minuten vorgegangen oder um einen anderen Betrag in dieser Größenordnung.

Zunächst wurde das damit erklärt, daß die Schaltkreise der Uhr unter dem zugegebenermaßen turbulenten Flug der Sonde etwas gelitten hätten. Aber das ergab natürlich keinen Sinn. Eine Fehlfunktion, die sich auf die Uhr auswirkte, hätte auch all die anderen Instrumente in Mitleidenschaft ziehen müssen. Gut, angenommen, es war *kein* Defekt gewesen? Wie waren diese fehlenden Minuten dann zu erklären? Falsch. Keine fehlenden Minuten. *Zusätzliche* Minuten. Wenn die Chronometer der *Heiliger Antonius* funktionierten, dann war sie siebenunddreißig Minuten aus der Zukunft zurückgereist. Sie hatte sich relativ zur Erde siebenunddreißig Minuten in der Zukunft befunden.

Das hatte sie mit den Regeln der *Weißen Königin* in bezug auf Konfitüre assoziiert – nur daß es siebenunddreißig Minuten gewesen waren; und es hatte sich auch nicht um Konfitüre gehandelt, die sich außerhalb ihrer Reichweite befand. Ein Abschnitt der Zeit fehlte, eine Lücke klaffte zwischen der Position der *Heiliger Antonius* und der Erde im Universum. Angenommen, die abweichende Uhrzeit war ein realer Effekt. Angenommen, die Uhr der *Heiliger Antonius* war eine exakte Abbildung der Zeit im Sonnensystem. Das bedeutete wiederum, daß das Sonnensystem aus der Perspektive der Erde und des *Multisystems* irgendwie um siebenunddreißig Minuten in die Zukunft versetzt worden war.

Bevor die Charonier die Erde entführt hatten, hatten die Erde und das Sonnensystem sich in derselben Zeit befunden. Der Traum des MFI war, die Erde irgendwie ins Sonnensystem zurückzubringen. Dann würden Erde und Sonnensystem eines fernen Tages wieder vereint sein. Weshalb befanden die beiden Orte sich heute nicht in derselben Zeit?

Fürwahr eine interessante Frage. Doch wo lag die Antwort? Weshalb gerade siebenunddreißig Minuten? Weshalb nicht zweiundvierzig Minuten, drei Tage oder 123 Jahre? Was, wenn in dieser Spanne von siebenunddreißig Minuten die Antwort oder zumindest ein Hinweis auf die Antwort enthalten war?

Wo waren diese Minuten verloren – oder gewonnen – worden? Wer von beiden – Erde oder Sonnensystem – war in der Zeit zurück oder vorwärts gegangen, und wie und weshalb?

Diese Überlegungen führten jedoch zu nichts. Die *Heiliger Antonius* war durch dasselbe Wurmloch geschickt worden, durch das auch die Erde verschwunden war. Die mathematischen Modelle trugen ohne Ausnahme der Möglichkeit Rechnung, daß ein Wurmloch eine Zeitverschiebung induzierte – daß ein Wurmloch eine *selektive* Verschiebung bewirkte, war indes nicht vorgesehen.

Deshalb schenkte auch niemand den Zeitdaten der *HA* Glauben. Von einer Zeitverschiebung hätten sowohl die Sonde als auch der Planet betroffen werden müssen. Es sei denn, es lag ein grundlegender Irrtum vor, und die Erde war überhaupt nicht durch dasselbe Loch gestürzt. Wenn die Erde nun nicht durch das Wurmloch, das den *Mondpunkt* hier im *Multisystem* mit dem *Erdpunkt* im Sonnensystem verband, ins *Multisystem* überführt worden war, sondern durch einen anderen Mechanismus, dann waren alle bisherigen Überlegungen zur Funktion des *Multisystems* hinfällig, und den Charoniern standen ganz andere Möglichkeiten zur Verfügung. Es war schon schlimm genug, daß sie die Schwerkraft kontrollierten. Wenn sie nun auch noch die Zeit manipulierten, konnte die Menschheit gleich einpacken.

Die andere Möglichkeit war, daß nach der Ankunft der Erde etwas mit ihr geschehen war. Aber was und wie? Und wie war es möglich, daß niemand etwas bemerkt hatte? Sianna schloß die Augen und schüttelte den Kopf. Das war alles zu verwirrend. Kein Wunder, daß man sich darauf geeinigt hatte, die Borduhr sei falsch gegangen. Wenn die Uhr nämlich richtig gegangen war, dann bedeutete das, daß die ohnehin spärlichen Kenntnisse, die man über das *Multisystem* besaß, auch noch falsch waren.

Was, zum Teufel, war also geschehen? Fehlten der Erde siebenunddreißig Minuten ihrer Existenz? Wie war das möglich? Und welche alternativen Erklärungen gab es? Nachdenklich biß Sianna in den Toast und zwang sich zur Ruhe. Sie hatte das untrügliche Gefühl, daß sie an einer großen Sache dran war.

Langsam, sorgfältig, methodisch, sagte sie sich. Sie bereitete sich ein ordentliches Frühstück mit Haferschleim, einer Orange und zwei Würstchen. An einem Tag wie diesem neigte sie dazu, das Essen zu vergessen. Am besten aß sie sich nun satt, damit sie bei der Arbeit nicht zusammenklappte. Sie wies die automatischen Küchengeräte an, das Frühstück zuzubereiten, und konzentrierte sich auf das Problem. Nachdem sie das Frühstück hinuntergeschlungen hatte, ohne sich bewußt zu werden, was sie da überhaupt aß, waren ihr bereits ein halbes Dutzend Ideen gekommen. Sie mußte ins Institut und mit den Recherchen beginnen. Um das Geschirr würde die Küche sich kümmern.

Sie stopfte sich den Rest des Toasts in den Mund und machte sich auf den Weg, wobei die Kaugeräusche fast die Gedanken in ihrem Kopf übertönten.

Habitat der *Nackten Purpurnen* (*NaPurHab*)
Im Orbit um die *Mondpunkt*-Singularität

»Sie läuft im Kreis herum, und niemand weiß, wo sie stehenbleibt«, flüsterte ›Augapfel‹.

›Augapfel – Größter Orter‹, die Chefin der Astronomischen Abteilung, schaute aus dem Beobachtungsfenster des Habitats der *Nackten Purpurnen* und sagte leise den alten Gassenhauer auf.

»Niemand weiß es«, flüsterte sie erneut. Immer öfter wünschte sie sich den alten Trott zurück, in die Zeiten, als diese Aussage noch einen Sinn ergeben hatte, auch wenn sie nicht unbedingt *wahr* gewesen war.

Es gab kaum einen Roulettetisch im Freistaat Nevada, den sie nicht manipuliert hatte. Aber das lag daran, daß die Lizenzgebühren für ein ehrliches Haus wesentlich höher waren als für eins von zweifelhaftem Ruf. Es war allgemein bekannt, daß die unseriösen Spielhöllen auf Dauer profitabler waren. Das Publikum war auch angenehmer. Zumal in den anständigen Häusern nur solche Leute verkehrten, die in den Lasterhöhlen wegen der betrügerischen Machenschaften randaliert und deshalb Hausverbot bekommen hatten.

Doch das gehörte der Vergangenheit an, und der Freistaat Nevada spielte in ›Augapfels‹ Zukunftsplänen keine Rolle mehr. *NevFree* war Schnee von gestern, als die Musik noch im Sonnengebiet gespielt hatte. Die korrekte Bezeichnung lautete zwar ›Sonnensystem‹, doch ›System‹ implizierte Logik und Ordnung, und Mutter Natur hatte mit Ordnung nicht allzu viel am Hut. Dennoch fiel es einem schwer, sein Leben dem

Kampf gegen Ordnung und Vernunft in einem Universum zu widmen, das es anscheinend darauf abgesehen hatte, einen ohne Grund zu töten. Früher war das anders gewesen. Unvernünftig zu sein war mit weniger Risiken behaftet gewesen, als das Universum noch vernünftiger schien.

Seufzend gedachte ›Augapfel‹ des heimatlichen Nevada. Sie warf einen Blick auf Bildschirm Vier, der ein Bild der Erde zeigte. So nah und doch so fern. Nichts gelangte mehr vom *NaPurHab* nach Nevada oder zu einem anderen Teil der Erde, wo nun eine Flotte von großen verdammten paranoiden Himmelsbergen um den Planeten wirbelte und jegliche Annäherung unterband. Verdammte KERNe.

Es war völlig ausgeschlossen, sich jemals wieder dem Vergnügen zu widmen, eine Spielhölle zu führen, in der mit gezinkten Karten gespielt wurde. Dennoch boten die Umkreisungen ihr als Spielerin die Möglichkeit, sich ›fortzubilden‹. Zur Zeit befaßte ›Augapfel‹ sich mit einem überdimensionierten Roulettetisch und einem Spiel mit höherem Schwierigkeitsgrad. Die Orbitalmechanik bereitete ihr im Moment jedoch mehr Sorgen als Spielsysteme.

Vor fünf Jahren, während des *Großen Falls,* den die Normalos auf der Erde als ›*Entführung*‹ bezeichneten, war das Habitat der *Nackten Purpurnen* zusammen mit der Erde entführt worden. Nun wirbelte das *NaPurHab* auf einem immer instabiler werdenden Orbit durch den Himmel.

In einem verzweifelten Versuch hatte der ›Größte Windbeutel‹ alles auf eine Karte gesetzt und das Habitat in den einzig möglichen stabilen Orbit gebracht. Seitdem bewegte das Habitat sich auf einer Umlaufbahn um die *Mondpunkt*-Singularität, wobei dieser Orbit so eng war, daß er innerhalb des *Mondpunkt-Rings* verlief.

Das *NaPurHab* befand sich seit nun fünf Jahren auf einer schnellen und engen Umlaufbahn um das Schwarze Loch und die Singularität, die den Mittelpunkt des *Mondpunkt-Rings* bildete.

Auf diese Art war das Habitat *ins* Spiel gekommen. ›Augapfel‹ hatte gerade anhand der alten Berechnungen rekonstruiert, wie das Habitat aus dem Orbit geworfen wurde. »Und sie dreht sich im Kreis«, flüsterte ›Augapfel‹ erneut. Doch nun beendete sie den Spruch nicht. Sie wußte ganz genau, wie es diesmal enden würde.

Sie schaute auf die Ticktack. Angenommen, die Lage änderte sich nicht und das Habitat führte keine Korrektur des Orbits durch, würde das *NaPurHab* in 123 Tagen, 47 Minuten und 19 Sekunden mit der Mondpunkt-Singularität kollidieren. Diese Annahme war jedoch ganz schön gewagt. Bisher hatte die Lage sich nämlich *laufend* geändert.

Der um das Loch rotierende *Mondpunkt-Ring* hatte eine Unwucht, und das war schlecht. Anders ausgedrückt, der Orbit der *Mondpunkt-Rings* um das Wurmloch wurde immer instabiler, wodurch auch die Umlaufbahn vom *NaPurHab* destabilisiert wurde.

Die Gründe für die Unwucht des *Mondpunkt-Rings* waren ›Augapfel‹ unbekannt. Es hatte fast den Anschein, als ob die großen Windbeutel-Charonier sich keinen Deut mehr darum scherten. Der Orbit des *Mondpunkt-Rings* war seit dem *Großen Fall* ohnehin nur metastabil gewesen, doch wenn es gar zu schlimm wurde, war er immer wieder stabilisiert worden. Doch das war einmal. Die Charonier rührten weder einen Finger noch einen Tentakel oder was sie sonst hatten.

Und die Durchführung der Korrekturmanöver wurde auch immer schwieriger. Der Treibstoffvorrat ging zur Neige. Bei jeder Kurskorrektur stieg der Treibstoffverbrauch an, zumal es für die Erde immer schwieriger wurde, Nachschub zu schicken. Gott oder wer auch immer oder was auch immer segnete die Normalos auf der Erde für ihre Bemühungen, aber es gab nicht viel, das sie tun konnten.

›Augapfel‹ verstand es so gut wie jeder andere, eine Grafik zu interpretieren. Früher oder später wären sie nicht mehr in der Lage, den Orbit zu stabilisieren, und dann würde das Habitat abstürzen. Und so, wie die Lage sich verschlechterte, hatte ›Augapfel‹ den Eindruck, daß das *NaPurHab* früher oder später abstürzen würde.

Von einem Schwarzen Loch verschluckt. Kein guter Abgang.

Nichtcool nichtcool nichtcool.

»Wo sie stehenbleibt, *will* keiner wissen«, flüsterte ›Augapfel‹.

Kapitel Sechs

Gral der Sphäre

»Verdrängung ist eine bemerkenswerte Verhaltensweise. Mit ihrer Hilfe wird das Unmögliche möglich und umgekehrt. In den auf die *Entführung* folgenden Jahren wurde die Verdrängung – die Weigerung, die Realität zur Kenntnis zu nehmen – eine wichtige Überlebensstrategie nicht nur für Einzelpersonen, sondern für die Gesellschaft als Ganzes. Mit der Weigerung, das Universum so zur Kenntnis zu nehmen, wie es wirklich war, ging der Vorsatz einher, es so zu sehen, wie es *nicht* war, der Wille, Luftschlösser zu bauen aus dem, was hätte sein *sollen*.

Nach einer Weile stellte sich natürlich die Frage, ob die Therapie besser war als die Krankheit, ob den Individuen – oder der Gesellschaft – wirklich gelingen würde, den Überlebensmechanismus zu überleben.«

– Dr. Wolf Bernhardt, Generaldirektor,
UN-Direktorat für Weltraumforschung,
auf einer Ansprache anläßlich der *Hijacker*-Gedenkfeier,
4. Juni 2436

Multisystem-Forschungsinstitut
New York City

Das *Multisystem*-Forschungsinstitut der Columbia University war ein gottverdammt tiefes Loch im Erdboden, doch das war im New York in der Mitte des fünfundzwanzigsten Jahrhunderts keine Seltenheit. Unterirdische Architektur war auch schon vor der *Entführung* an der Tagesordnung gewesen. Die automatisierte Tiefbautechnik, die auf dem Mond eingesetzt worden war, hatte sich auch auf der Erde bewährt. Umweltschutz war unterirdisch leichter zu praktizieren, zumal es oberirdisch ohnehin kaum noch geeignete Grundstücke gab.

Nach der *Entführung* hatte dieser Trend natürlich Hochkonjunktur. Das New York nach der *Entführung* war sogar noch düsterer und paranoider, als die Stadt in der Vergangenheit gewesen war. Die Leute wollten sich verkriechen.

Manche Leute hatten – oder erweckten zumindest den Anschein – Gründe, sich unter der Erde aufzuhalten, die mit den Charoniern nichts zu tun hatten. Viele Leute fühlten sich unter der Erde einfach sicherer. Nun, vielleicht waren sie besser gegen Straßenkriminalität, schlechtes Wetter und ähnliche Widrigkeiten geschützt. Aber niemand machte sich wirklich über *diese* Gefahren Gedanken, selbst wenn man über sie sprach. Sie dienten nur als plausible Begründung, sich unter die Erde zu verziehen.

Auch wenn der Untergrund nur eine trügerische Sicherheit bot, mußten die Leute, die dort lebten und arbeiteten, wenigstens nicht den Himmel sehen. Das machte die Hauptanziehungskraft aus. Das Leben im Untergrund war einfach *en vogue*.

Allerdings konnte man es auch übertreiben – und genau das hatte das MFI getan. Zumindest war das Siannas erster Gedanke, wenn sie morgens den Expreß-Lift betrat. Sie war früh dran an diesem Morgen und hatte den ganzen Aufzug für sich. Irgendwie gefiel ihr das nicht. Sie stellte sich mit dem Rücken zur Wand und breitete die Arme aus. Dann packte sie mit beiden Händen den hüfthohen Handlauf und atmete langsam aus.

»Hauptebene«, sagte sie zum Aufzug und hielt sich in Erwartung des rasanten Abstiegs fest. Die Hauptebene des MFI befand sich dreihundert Meter unter der Oberfläche, und aus unerfindlichen Gründen war die Belegschaft stolz auf die Geschwindigkeit, mit der die Aufzüge diese Distanz bewältigten. Sianna wäre es lieber gewesen, die Fahrt hätte doppelt so lang gedauert und wäre halb so unangenehm gewesen.

Die Motoren surrten, die Kabine sank nach unten, und Sianna wurde sich plötzlich der Menge – und des Geruchs – des Frühstücks bewußt. Sie schloß die Augen und versuchte, die an der Kabine vorbeizischende Luft zu ignorieren, das Summen der Motoren und die Vibrationen der in die Tiefe stürzenden Kabine, ein brummiges Geräusch, welches das trügerische Versprechen gab, es würde *bald vorbei, bald vorbei, bald vorbei* sein. Die imaginären Stimmen spendeten ihr nie viel Trost. Sianna befürchtete nämlich immer, die Fahrt wäre *zu* schnell vorbei – und zu plötzlich.

Dann kam der segensreiche Augenblick, als sie leicht in die Hocke ging, ihr Gewicht plötzlich in die Höhe schnellte und sich langsam wieder auf den Normalwert reduzierte. Der Aufzug bremste sanft ab, ohne wie ein Stein in die Tiefe zu stürzen und am Boden des Aufzugsschachts zu zerschellen, ohne Sianna in Matsch mit der Konsistenz von Erdbeerkonfitüre zu verwandeln.

So lautete die Regel. Sianna lächelte, als die Türen sich öffneten und die Ohren auf den Druckausgleich reagierten. *Konfitüre morgen und Konfitüre gestern – aber niemals Konfitüre heute.*

Nun, vielleicht nicht – doch sie würde diesem verdammten Aufzug niemals vertrauen.

Mit einem Gefühl der Erleichterung verließ Sianna den Aufzug und betrat die Beobachtungsplattform. Der Aufzug endete an einer erhöhten steinernen Beobachtungsplattform zehn Meter oberhalb der Hauptebene. Zwei lange, breite Treppen an der Vorderseite und zwei lange, gewundene Rampen führten hinunter zum ›Erdgeschoß‹. Die Architekten des MFI hatten Sorge dafür getragen, daß die Leute weder an die

Megatonnen von Gestein über ihren Köpfen noch an den Umstand erinnert wurden, daß dieser weitläufige, hell erleuchtete Ort in Wirklichkeit eine Höhle tief unter der Erde darstellte.

Doch Sianna, die sich keinen Illusionen über die Lage des MFI hingab, verspürte noch immer dieses Kribbeln im Hinterkopf, das ihr sagte, nun wäre es soweit, heute wäre der Tag. Heute würde sich etwas ereignen. Sie spürte die Verpflichtung, den Tag mit der entsprechenden dynamischen Einstellung zu beginnen. Sianna zwang sich, den Augenblick, die Aussicht zu genießen. Irgendwie wußte sie, sie würde sich später an diesen Tag erinnern wollen. Sie würde sich daran erinnern wollen, wie dieser Ort *jetzt, heute* aussah.

Die Hauptebene des MFI war im Grunde kein Gebäude. Es war bloß eine Schale, ein Container, in dem die Labors und Büros unter einer 150 Meter breiten und 300 Meter langen Kuppel untergebracht waren.

Die Decke der Kammer war auf eine absurde und dabei tröstliche Art und Weise einem Himmel mit Schäfchenwolken nachempfunden. Eine Kombination aus Aktivmatrix-Farben und versteckten Projektoren ermöglichte es, die Wolken über den Himmel ziehen zu lassen. Ein helles gelbweißes Licht, das zu grell war, als daß man direkt hätte hineinschauen können, wanderte anstelle der Sonne über den Himmel. Im Moment hing der Heliosstrahler am östlichen Ende der Decke, wobei sein Licht sich während der Wanderung zum Zenit etwas vom roten in den gelben Spektralbereich verschieben würde.

Nachts wurde der Nachthimmel des Sonnensystems an die Kuppel projiziert, wobei der Mond, die Sterne und die Planeten aus der Perspektive von New York City zu sehen waren – falls New York sich noch im Sonnensystem befunden hätte und die Lichter der Stadt das Sternenlicht nicht ausgeblendet hätten. Die

Ableitung einer Illusion. Niemand hatte seit der Erfindung der Glühlampe so viele Sterne am Himmel über New York gesehen.

Daß der steinerne Himmel den Eindruck der Unendlichkeit vermittelte, stellte eine Glanzleistung der Architekten und Designer dar. Doch Sianna ließ sich davon nicht beeindrucken.

Es gefiel ihr nämlich gar nicht, eingesperrt zu sein. Vielleicht haßte sie die Charonier deshalb so sehr – weil sie die Erde in eine Kiste gesteckt und vom übrigen Universum isoliert hatten.

Sianna war in Cambridge gewesen und war durch die alten Gebäude von King's College, Queen's College, Jesus College und wie sie alle hießen gewandert. Fasziniert hatte sie festgestellt, daß die im Karree angeordneten Gebäude, das Studentenwohnheim, der Speisesaal, der Verwaltungstrakt und die Kapelle ausnahmslos dem gleichen architektonischen Grundmuster folgten. Sie hatte die Aura der Jahrhunderte, die über den Colleges lag, in sich aufgesogen, das Gefühl, daß die Zeit dort stehengeblieben war, während alles andere sich verändert hatte. Sie war über den Korridor mit den glattpolierten Steinen gegangen und hatte zu ihrer Freude bemerkt, daß die Gegenwart, die in manchen Winkeln Einzug gehalten hatte, die Vergangenheit dennoch nicht verdrängt hatte. Das MFI war nach dem gleichen Muster errichtet worden, die eigenwillige Variation eines zwölfhundert Jahre alten Themas. Aber handelte es sich wirklich um eine bewußte Hommage an die Vergangenheit oder bloß um die Verdrängung der Realität? Dieser Ort hatte nicht die Patina der Jahrhunderte. Er war künstlich.

Sianna hatte gehört, wie jemand gesagt hatte, das MFI sei ein Campus unter einer Käseglocke, und das traf es ziemlich genau. Die Anlage selbst stellte eine Stilmischung in Gestalt des mit Efeu bewachsenen Ziegelsteinbaus des Simulationszentrums und des pilzförmigen Biotonbaus des Operationszentrums dar. Sianna sah Papa Schlumpf fast vor sich, wie er auf dem Dach des Operationszentrums saß und gemächlich an der Pfeife zog. Sie lächelte. Sie mußte an diesem Morgen doch wirklich an Carroll denken.

Eine Seite des Campus war einem ziemlich großen Rasen vorbehalten. Der Ententeich wirkte wie ein Fremdkörper in dieser Umgebung. Eine Ente und ihre Küken schwammen im Teich. Die beiden Schwäne dösten noch immer im Schatten der Bäume am Ufer.

Sianna machte kehrt, ging die Treppe hinunter und betrat den Pfad, der zum Operationsgebäude führte.

Die Unwirklichkeit des Orts war plötzlich mit Händen zu greifen. Die mit Duftzusätzen angereicherte Luft der Umwälzanlage, die sporadische Brise des computergesteuerten Gebläses, die Elastizität des dichten, von robotischen Gärtnern gepflegten Rasens wirkte plötzlich allzu real, wie die Halluzinationen eines Fiebertraums.

Irgendwie kam die Realität ihr auf einmal irreal vor. Das Geschnatter der im Wasser planschenden Enten, das abklingende flaue Gefühl im Magen, sogar das entfernte Echo einer menschlichen Stimme, das von einer Unterhaltung irgendwo unter der Kuppel zu ihr herüberdrang – alles schien Teil einer großen Illusion zu sein.

Alles ist in Ordnung, suggerierte die Kuppel der Hauptebene dem Besucher. *Alles ist unter Kontrolle. Sie sind hier sicher, und alles ist so, wie es sein sollte.*

Nur daß dieser Ort allein deshalb existierte, weil die Erde von Außerirdischen entführt worden war. *Nichts* war so, wie es sein sollte.

Stirnrunzelnd machte Sianna sich auf den Weg zum Operationsgebäude. Sie betrat das Gebäude durch eine der Glastüren im Stiel des Pilzes und nahm einen der

Aufzüge, die zum Hauptkörper des Gebäudes hinaufführten. Wenn das Zentrum für das Studium des Feinds die Lage so gründlich verdrängte, wenn die mit der Erforschung des Problems betrauten Leute darauf bestanden, den nächtlichen Himmel so zu sehen, wie er sein *sollte* und nicht wie er *war* – bestand dann überhaupt noch eine Hoffnung?

Zehn Minuten später, mit einer Tasse guten, starken und heißen Tees in der Hand, den Blick auf die breiteste und kahlste Wand des fensterlosen Raums gerichtet, fühlte Sianna sich schon besser. Sie war allein, hatte den Kopf frei, und das Problem lag klar vor ihr.

In dieser Abgeschiedenheit konzentrierte sie sich auf das rätselhafte Verschwinden besagter siebenunddreißig Minuten. *Schau'n wir mal,* sagte sie sich. *Angenommen, mit der Uhr der* Heiligen Antonius *war alles in Ordnung. Wenn ja, dann waren diese siebenunddreißig Minuten real. Was hat die Sonde also zu einem Zeitsprung veranlaßt, nachdem …*

»Hallo, Sianna. Guten Morgen«, sagte eine leise Stimme hinter ihr.

Sianna sprang auf, wobei sie Tee auf dem Schreibtisch verschüttete. Das war natürlich Wally.

Verdammt, weshalb mußte er sich immer so anschleichen? Konnte er denn nicht anklopfen? Sie fluchte stumm und stellte die Tasse ab. Nein, er würde sich nie ändern. Wenn sie nicht noch aus der Haut fahren wollte, würde sie die Möbel so umstellen müssen, daß sie nicht mehr mit dem Rücken zur Tür saß. Oder, was noch schlimmer war, sie würde die Tür schließen müssen. Sianna fühlte sich in einem *so* kleinen, abgeschlossenen Raum unwohl. Außerdem dachte sie nicht daran, *ihren* Raum und ihre Gewohnheiten wegen einer anderen Person zu ändern.

»Hallo, Wally«, sagte sie, wobei sie ihm den Rücken

zuwandte und sich erst einmal beruhigte. Sie versuchte, ein möglichst gleichmütiges Gesicht zu machen, während sie den verschütteten Tee mit einem Küchentuch wegwischte. Sie spürte den Drang, ihm den Kopf abzureißen, doch es hatte keinen Sinn, den armen Kerl zu Tode zu erschrecken. Wally wußte nämlich nicht, wie er auf Wutanfälle reagieren sollte.

Sie warf das Papier in den Recycling-Eimer und drehte sich mit dem Stuhl zur Tür, wobei sie ein bemüht freundliches Gesicht machte.

Wally Sturgis stand an der Türschwelle. Gott allein mochte wissen, wie er es anstellte, scheu und nervös zu wirken, ohne einen Muskel zu bewegen, aber er schaffte es. »Hallo, Sianna. Wie kommt's, daß du… äh… schon so früh am Morgen *hier* bist?« fragte er, wobei er es noch nicht wagte, Blickkontakt mit ihr herzustellen.

Wally war ein vierundvierzigjähriger Doktorand, den das *Multisystem*-Forschungsinstitut sich vom Simulations- und Modell-Labor des Fachbereichs Mathematik der Columbia University ausgeliehen hatte. Er war der Archetyp des ewigen Studenten – gefangen in einer Nische des Lebens, aus der es kein Entrinnen gab, wobei er nicht einmal wußte, daß er irgendwo eingesperrt war.

Sianna unterdrückte ein Seufzen und sagte mit bemüht fröhlicher Stimme: »Ich wollte mich gerade mit ein paar Theorien beschäftigen, bevor es hier wieder hektisch wird. Ich wollte nur etwas Ruhe und Frieden, mehr nicht.« Immerhin bestand die – wenn auch schwache – Hoffnung, daß er den Wink verstand.

Pech gehabt. »Uh-huh, uh-huh«, sagte Wally und nickte heftig mit dem Kopf. Dann kam er zur Tür herein und machte es sich auf dem Besucherstuhl bequem, wobei er den größtmöglichen Abstand zu ihr einhielt. Nachdem er Platz genommen hatte, legte er die Hände in den Schoß und fixierte einen Punkt auf dem Boden links neben ihrem Fuß.

»Ich weiß, wie das ist«, sagte er. »Man schafft viel mehr, wenn man niemanden um sich hat. Es hasse es, wenn die Leute einfach so reinplatzen und … Ah. Oh.« Plötzlich fiel bei ihm der Groschen. Konsterniert schaute er auf und stellte zum erstenmal Blickkontakt her. Sianna mußte ein Lächeln unterdrücken, als sie den Ausdruck von Betrübnis in Wallys Gesicht sah. Das war typisch für ihn, die Leute erst zu stören und sich dann selbst über Störungen zu beklagen.

Sianna wußte, daß sie Wally mit ein paar Worten aus der Verlegenheit helfen sollte. Doch zum einen wollte sie ihn etwas zappeln lassen, und zum anderen wollte sie Wally eine Lektion erteilen. Also sagte sie nichts.

Sianna hatte Wally vor vier Jahren als Erstsemester kennengelernt. Sie hatte ihn damals höflich gefragt, ob er gern Simulationen durchführte. Wally hatte leise und schüchtern geantwortet, so daß Sianna ihn kaum verstand – doch weil es um sein Fachgebiet ging, sprach er immer lauter und schneller. Sein Gesicht nahm einen Ausdruck der Begeisterung an, während er die Vorzüge und Nachteile der pseudofraktalen Regression sowie n-dimensionaler Projektionsreihen beschrieb. Sein Vortrag hatte zwanzig Minuten gedauert; erst dann war Sianna die Flucht gelungen.

Wenig später hatte Sianna es sich zur Lebensaufgabe gemacht, Wally zu ›reformieren‹ und ihm die große, weite Welt zu zeigen. Weshalb eine Fünfzehnjährige so etwas tun sollte, war ihr jedoch selbst nicht ganz klar.

Wodurch auch immer sie sich zu ihm hingezogen fühlte, an seinem Aussehen lag es sicher nicht. Er war klein und schmächtig. Das ungepflegte braune Kraushaar fiel ihm über die Schultern.

Eine große kahle Stelle am Kopf war ein Indiz dafür, daß Eitelkeit ein Fremdwort für den Mann war und daß er nicht besonders auf sein Äußeres achtete. Schließlich gab es Mittel gegen Haarausfall, bei deren Anwendung die Haare innerhalb eines Monats nachwuchsen – doch das setzte natürlich voraus, daß der Mann etwas gegen den Haarausfall unternehmen wollte und auch nicht vergaß, die Creme jeden Tag aufzutragen. Wally fiel in beiden Disziplinen durch.

Seine Kleidung sprach ebenfalls Bände, vom zerknitterten dunkelblauen Hemd und der dunkelgrauen Arbeitshose, wobei die Kleidungsstücke den Eindruck erweckten, daß er auch in ihnen schlief, bis zu den ausgelatschten Schuhen. Dennoch stellten selbst diese Klamotten schon einen gewissen Fortschritt dar. Wenn Wally eine andere Farbe als Schwarz trug, dann war er für seine Verhältnisse schon modisch gekleidet.

Er hatte buschige Augenbrauen, tief in den Höhlen liegende Augen von undefinierbarer Farbe und einen Kinnbart, der bizarr mit dem Menjou-Bärtchen kontrastierte. Sein faltiges Gesicht war von der fahlen Blässe, die Leuten zu eigen ist, die nie die Sonne sehen und auch sonst nicht an die frische Luft gehen. Er machte den Eindruck, als ob er seit einiger Zeit nicht mehr geschlafen hätte.

Das hatte natürlich nichts zu bedeuten. Er sah immer so aus. Man wußte nicht, ob Wally seit drei Tagen in diesen Kleidern am Computer saß oder ob er gerade aus dem Bett gestiegen war, geduscht hatte und sich frische Sachen angezogen hatte. Sianna war zu dem Schluß gekommen, daß Wallys unverändertes Aussehen das Resultat jahrelanger Anstrengungen war, der kumulative Effekt des jahrzehntelangen Studentenlebens. Er hatte auch im Erwachsenenalter immer wieder die Nächte durchgemacht, wobei jede Nacht sich als weitere Falte ins Gesicht eingegraben hatte.

Man war sich im Institut darüber einig, daß Wally

mit dem Eintritt ins Rentenalter eine hinreichende soziale Kompetenz erlangen – und die Promotion abschließen – würde.

Zur Zeit verfügte er offensichtlich nicht über diese Kompetenz. Er hatte sich *noch immer* nicht für die Störung entschuldigt. Er saß nur da, mit diesem traurigen Hundeblick. Sie vermochte diesen Gesichtsausdruck nicht zu enträtseln. War er verlegen? Wollte er etwas sagen? War er der Ansicht, schon genug gesagt zu haben? Wartete er darauf, daß sie etwas sagte?

Sianna gab es auf. Sie würde wieder das Eis brechen müssen, wie immer.

»Ach, ist schon gut, Wally. Das Leben geht weiter. Aber was ist mit dir?«

»Was meinst du?« fragte er mit einer Stimme, als ob er sich in einem Tagtraum befinden würde. Nun hätte er sie nur noch fragen müssen, was sie hier überhaupt wollte.

Was ging in diesem Kopf *vor?* »Weshalb bist du hier, Wally?« fragte Sianna mit ruhiger Stimme, wie eine Lehrerin, die sich um einen schwachen Schüler bemüht.

»Hä? Was? Nun … äh … ich bin von der Columbia University hierher versetzt worden, weil …«

»Nein, Wally«, sagte Sianna, wobei sie sich bemühte, nicht ungehalten zu werden. »Weshalb bist du *heute morgen* hier? Du wirkst etwas schlapp. Bist du die ganze Nacht hier gewesen?«

Wally sah mit erstauntem Blick an sich hinunter, wobei er sich offensichtlich fragte, weshalb sein Erscheinungsbild jemanden zu der Annahme veranlaßte, er hätte zu wenig geschlafen. »Ich. Nee. Bin gestern abend um neun ins Bett. Ich bin eben erst gekommen. Dr. Sakalov möchte, daß ich seine Simulation des Sphäreninnern laufen lasse. Er glaubt, er weiß nun, wo das *Charon-Zentrum* sich befindet.«

»Nicht schon wieder das *Charon-Zentrum*. Wann ist endlich Schluß damit?«

Wally lächelte vergnügt, wobei Fältchen um die Augen erschienen. »Ich weiß nicht. Dr. Sakalov glaubt, er hätte es diesmal wirklich geschafft. Aber... äh... äh... ich wünsche mir fast, er hätte sich wieder geirrt. Nach jedem Fehlschlag erhöht er nämlich die Rangstufe meines Zugriffs auf die Simulationszeit, so daß ich seine nächste Theorie beweisen kann.« Wally grinste amüsiert.

Sianna runzelte die Stirn. »Du findest das vielleicht lustig, aber ich nicht, Wally. Wir haben es hier nur mit Rätselraten, Theorien, Philosophie und logischen Versatzstücken zu tun. Sakalov will beweisen, daß das *Multisystem* von der Sphäre kontrolliert wird, weil er es glauben *will* und nicht weil es einen Beweis dafür gäbe. Denn es entspricht seiner Theorie – Teufel, seiner *Theologie* – über die Handlungsweise der Charonier.« Vielleicht war das etwas übertrieben, aber Sianna war nicht die einzige, die glaubte, daß Sakalov zuweilen die Bodenhaftung verlor. »Das ist ungefähr so wissenschaftlich wie die Suche nach dem Heiligen Gral, dem Stein der Weisen oder der Quadratur des Kreises. Man sucht so intensiv nach etwas, daß man es erfindet, wenn sich herausstellt, daß es überhaupt nicht existiert.«

»Aber... nun... ich weiß nicht«, sagte Wally. Wally hatte für Diskussionen und darüber hinaus für Konfrontationen jeder Art nichts übrig. Damit kam er nicht zurecht.

»Schau«, sagte Sianna, »irgendwann, ja, wenn wir Glück haben, finden wir vielleicht *Charon Central,* so er denn existiert, und vielleicht liefert er uns auch wichtige Informationen. Aber im Moment halten die Charonier den Daumen auf uns. Welchen Sinn hätte der Beweis, daß *Charon Central* sich in der Sphäre befindet, wenn wir nicht imstande sind, die Sphäre zu erreichen? Wir sind noch nicht einmal fähig, den Planeten zu verlassen!«

»Natürlich sind sie dazu in der Lage«, wandte Wally ein, wobei er sich anscheinend nicht bewußt war, daß er die menschliche Rasse mit ›sie‹ titulierte. »Sie schikken doch Nachschub zum *NaPurHab* und zur *Terra Nova*.«

»Komm schon, Wally; was ist nur los mit dir? Ja, wir können Nachschub schicken, aber keine *Leute*. Die KERNe im Erdorbit vernichten eins von zwei Frachtschiffen noch in der Beschleunigungsphase. Und vom *NaPurHab* und der *Terra Nova* gelangt schon gar nichts zur Erde. Die KERNe zerstören alles, was die Erde auch nur ansteuert.«

»Also gut, es ist nicht leicht«, sagte Wally. »Vielleicht kommen wir nicht selbst zum *Charon-Zentrum*, aber was spricht dagegen, seine Position zu ermitteln?«

»Nichts, nur daß die Zeit und Mühe, die in die Jagd nach dem Zentrum investiert wird, uns bei den Forschungsarbeiten fehlt, die vielleicht dazu beitragen, uns aus diesem Schlamassel zu befreien. Zum Beispiel wie man Schiffe an den KERNen vorbeiführt.«

»Mir *gefallen* die Simulationen des *Charon-Zentrums* aber!« sagte Wally mit nörgelnder Stimme. »Mit den KERNen habe ich mich schon eine Million Mal befaßt. Sie sind langweilig.«

Nur Wally brachte es fertig, Simulationen mit einem relativen Spaß-Faktor zu versehen und sie anhand dieser Wertigkeit durchzuführen. »Es geht hier nicht um deine Vorlieben, Wally«, sagte Sianna. »Es geht darum, was den größten Nutzen für uns hat. Die KERNe sind…«

»KERNe, KERNe, KERNe«, sagte Wally unbeherrscht. »Sonst gibt es nichts für euch. Ich habe den Eindruck, daß ihr davon genauso besessen seid wie

Sakalov vom *Charon-Zentrum*. Ihr tretet auch auf der Stelle.«

Sianna wollte schon widersprechen, doch dann verzichtete sie darauf. Es lag nämlich zu viel Wahrheit in dem, was er gesagt hatte. Vielleicht stellten die KERNe ein dringlicheres Problem dar, und wenn es so war, dann waren sie der Lösung des Problems bisher keinen Schritt nähergekommen als der Lösung des Rätsels des *Charon-Zentrums*. Er hatte recht. Verdammt, nun war es an ihr, sich zu entschuldigen.

Doch Wally hatte sich schon erhoben und stapfte durch den Korridor zu seinem Zimmer. Teufel. Sianna wäre am liebsten aufgestanden und ihm nachgegangen, doch sie wußte, daß Wally für keine Entschuldigung – oder sonst etwas – zugänglich war, bis er sich wieder beruhigt hatte. Eins war indes positiv zu vermerken: Er hatte den Raum verlassen.

Das Problem war nur, daß Wally einen Punkt angesprochen hatte, mit dem sie sich bisher nicht auseinandergesetzt hatte – und wenn Wally Sturgis etwas bemerkte, das einem selbst nicht auffiel, dann mußte man Tomaten auf den Augen haben.

Also verließ sie ihr Forschungsgebiet und begab sich auf die Jagd, wobei sie nicht so recht wußte, wonach sie überhaupt suchen sollte. Sie lauschte Einflüsterungen des Unterbewußtseins, suchte nach Traumbotschaften und ließ sich bei der Arbeit vom Instinkt leiten. Das Prädikat ›wissenschaftliches Arbeiten‹ verdiente dieser Unsinn sicher nicht.

Vielleicht war sowieso alles hoffnungslos. Vielleicht hatten sie nur noch die Option, in blinden Aktionismus zu verfallen, eine Arbeitsbeschaffungsmaßnahme für Körper und Geist. Vielleicht stellte die Tätigkeit des MFI nur eine Ablenkung von der grausamen und unabänderlichen Realität dar. Vielleicht war die Menschheit den Charoniern auf Gedeih und Verderb ausgeliefert und würde ausgelöscht werden, wenn es den Charoniern gerade in den Kram paßte.

Doch Sianna war noch nicht bereit, in Resignation zu versinken. Vielleicht waren sie *alle* zum Untergang verurteilt. Nun, selbst wenn das der Fall war, würde es nicht schaden, das Rätsel zu lösen. Zum Teufel damit. Sie widmete sich wieder dem aktuellen Problem.

Kapitel Sieben

Regeln und Ausnahmen

Das Bewußtsein der Sphäre hatte Angst. Es stand mittlerweile fest, daß die Erschütterungen und Vibrationen des Wurmlochs kein Defekt, keine Illusion, kein Fehler waren. Der Widersacher war erwacht und unterwegs. Doch es war noch Zeit, wenn auch nicht mehr viel. Die Sphäre verfügte schon seit einiger Zeit über einen Angriffsplan und hatte die Truppen in Bereitschaft versetzt. Es gab immer große Truppenbewegungen. Sie hatten nicht nur den Auftrag zu kämpfen, sondern sie sollten auch Ablenkungsmanöver durchführen, Schwachstellen in der Verteidigung ermitteln und die Lage feststellen. Doch nun bestand kein Zweifel mehr. Wo es sich zuvor noch um eine bloße Möglichkeit gehandelt hatte, herrschte nun Gewißheit. Der Widersacher würde angreifen.

Es waren die Probleme mit der neuen Welt gewesen, die das heraufbeschworen hatten. Daran bestand kein Zweifel. Die Entführung *dieser Welt war so dilettantisch durchgeführt worden wie kaum eine andere Aktion im Erbe-Gedächtnis der Sphäre. Es war ohnehin ein Wunder, daß die unkontrollierten, nicht abgeschirmten – und in einigen Fällen unerklärlichen – Gravitationsenergie-Impulse den Widersacher nicht schon früher auf den Plan gerufen hatten.*

Aber vielleicht war die Lage doch nicht so schlecht. Weil es nämlich die Wurmlochverbindung der neuen Welt gewesen war, die den Widersacher angelockt hatte, würde er mit größter Wahrscheinlichkeit dort auch angreifen.

Und wenn all die Daten im Erbe-Gedächtnis der Sphäre überhaupt eine Aussagekraft besaßen, dann die, daß die Welt, die dem Ankunftspunkt des Widersachers am nächsten gelegen war, dem Angriff zuerst zum Opfer fiel.

Multisystem-**Forschungsinstitut**
New York City

Nachdem Sianna für drei Stunden die Wand angestarrt hatte, war sie noch immer keinen Schritt weitergekommen. Was, zum Teufel, hatte es mit diesen siebenunddreißig Minuten auf sich? Von welcher Quelle stammten diese Daten überhaupt? Sie hatte die Rohdaten noch gar nicht gesehen.

Vielleicht war ein Systemfehler, der bisher niemandem aufgefallen war, oder ein Fehler in der Datenübertragung die Ursache der Diskrepanz.

Auf jeden Fall war es an der Zeit, die Rohdaten zu untersuchen. Sianna griff nach dem Notebook und durchsuchte die Datenbanken des MFI. Es existierten natürlich jede Menge Querverweise. Es würde eine Weile dauern, ihnen nachzugehen.

Es gab sicher genügend Material, das gesichtet werden mußte. Sie hatte natürlich schon einige Daten von der *Heiligen Antonius* gesehen, doch sie hatte sich nie systematisch damit befaßt. Eine merkwürdige Vorstellung. Das Institut war nur deshalb gegründet worden, um Informationen von zwei Quellen auszuwerten: die Beobachtungen hier im *Multisystem* und die nach der *Entführung* aus dem Sonnensystem übermittelten Daten. Die nach dem Schutzheiligen der Suchenden benannte *Heiliger Antonius* war nach der *Entführung* die einzige Quelle für die Nachrichtenübertragung aus dem Sonnensystem.

Sianna führte einen Abgleich der Benutzer-Codes im Hauptindex mit den Daten der *Heiliger Antonius* durch. Die Daten wurden benutzt – allerdings nur selten. Laut Aussage des Logbuchs vergingen manchmal Wochen, bis die Primärdaten wieder von einem Forscher abgerufen wurden.

Obwohl Sianna in groben Zügen mit den Vorgängen

im Sonnensystem vertraut war, waren die Texte, Zahlen und Bilder der *Antonius* schrecklich. Die Charonier hatten das Sonnensystem halb zerstört.

Nachdem es durch diesen berüchtigten Gravitationsstrahlen-Versuch aufgeweckt worden war, hatte das Mond-*Rad* einen Weckruf an die vielen tausend Charonier gesandt, die seit Millionen Jahren im Sonnensystem geschlafen hatten. Die *Lander*, riesige Charonier, die im Schutz des Asteroidengürtels und der Oortschen Wolke zusammengebaut worden waren, begannen mit der Zerstörung der Welten des Sonnensystems. Die Planeten sollten den Charoniern als Rohmaterial für den Bau einer neuen Dyson-Sphäre dienen, des Zentrums eines neuen *Multisystems.*

Die *Lander* bedienten sich eines rückstoßfreien Gravitationsantriebs, der *hohe* Geschwindigkeiten ermöglichte, und ihr Werk war schon ziemlich weit gediehen, als die Menschen des Sonnensystems die *Heiliger Antonius* durch das Wurmloch schickten. Mittels eines eng gebündelten Kommunikationsstrahls, den die *Antonius* durch das Wurmloch geschickt hatte, war ein reger Datenaustausch zwischen der Erde und dem Sonnensystem erfolgt. Doch dann hatte ein KERN die *Antonius* gerammt und die Verbindung zum Heimatsystem unterbrochen.

Dann brach die Wurmlochverbindung selbst zusammen, und der *Mondpunkt-Ring*, der als Anschlußstelle im *Multisystem* diente, stellte ebenfalls den Dienst ein – und damit war die Hoffnung hinfällig, jemals wieder in Kontakt mit der Erde zu treten.

Im besten Fall bedeutete das, daß es den Bewohnern des Sonnensystems gelungen war, über das charonische Kommunikationssystem den Befehl zur Selbstzerstörung an alle Charonier weiterzuleiten. Auf jeden Fall hatte *etwas* den *Mondpunkt-Ring* hier im *Multisystem* getötet und die Wurmlochverbindung durchtrennt.

Doch angenommen, die Charonier hatten die Verbindung selbst gekappt und die Zerstörung des Sonnensystems dann fortgesetzt? Auf der Erde herrschte völlige Ungewißheit. Es war ein Glaubenssatz, mehr nicht, daß das Sonnensystem überlebt hatte.

Dennoch hatte es keinen Sinn zu resignieren. Sianna straffte sich, blinzelte und nahm eine bequemere Haltung auf dem Stuhl ein. Das Sonnensystem war noch da. Es *mußte* noch da sein.

Die Bilder erzählten eine schreckliche Geschichte. Der Mars war in eine Staubwolke gehüllt, die Saturnringe waren verstümmelt, das Klima des Jupiter war in einem chaotischen Zustand.

Entweder gab es unterschiedliche *Lander* für jeden Planeten, oder aber die *Lander* verfügten über die Fähigkeit, sich an unterschiedliche Welten anzupassen. Merkur, Venus und Mars waren von *Landern* heimgesucht worden. Die *Lander* hatten die Planetenoberfläche aufgerissen und die Trümmer in den Weltraum geschleudert.

Die Mars-Satelliten waren vollständig zerstört worden. Der Asteroidengürtel war ein einziges Chaos – bei vielen Asteroiden hatte es sich nämlich um verkleidete *Lander* gehandelt. Gleich nach dem Aufwachen hatten die getarnten *Lander* einen Angriff geflogen. Die meisten nahmen Kurs auf die großen Wellten, doch einige attackierten auch die Asteroiden, von namenlosen, nicht registrierten Vierzig-Meter-Felsen bis hin zu Ceres selbst.

Jupiters Roter Fleck existierte nicht mehr, genauso wenig wie die Bänder des Planeten. Die *Lander* hatten das Klima des Planeten verändert und künstliche Spin-Stürme in Gang gesetzt, welche die atmosphärischen Gase von Jupiter bis jenseits der Fluchtgeschwindigkeit beschleunigten. Die Jupitermonde waren ebenfalls verwüstet worden. Saturn und seine Monde befanden sich im gleichen, wenn nicht in einem schlimmeren Zustand, wobei die Zerstörung des Ringsystems noch hinzukam. Unmittelbar vor ihrer Vernichtung hatte die *Antonius* noch gemeldet, daß die *Lander* nun Kurs auf Uranus, Neptun und Pluto nahmen. Alle Welten wurden angegriffen.

Außer einer, sagte eine leise Stimme in Siannas Hinterkopf.

Nun ja. Es *gab* eine Ausnahme. Eine Welt wurde nicht angerührt. Doch es war so offensichtlich, daß niemand sich darüber Gedanken machte.

Der Mond.

Wie lautete dieser alte Spruch gleich noch mal? Ausnahmen bestätigten die Regel? Das hatte Sianna nie verstanden. Aber vielleicht sagte die Ausnahme ihr etwas über die Regeln.

Kein *Lander* war jemals auf dem Mond gelandet. Selbst als die *Multisystem*-Sphäre ihre eigenen *Lander* durch das Wurmloch geschickt hatte, um den Angriff auf das Sonnensystem zu unterstützen, hatten sie alle Kurs auf die anderen Welten genommen. Keiner hatte den ›Katzensprung‹ zum 380 000 Kilometer entfernten Mond unternommen.

Erklärt wurde das damit, daß der Mond von einer charonischen Entität unterwandert war – schließlich befand das Mond-*Rad* sich ungefähr sechzig Kilometer unter der Oberfläche und umkreiste den Mond von Pol zu Pol.

Weshalb hätten die Charonier auch einen der Ihren angreifen sollen? Die Erklärung schien plausibel. Doch das genügte Sianna nicht. Nicht an diesem Morgen. Irgend etwas ging ihr im Kopf herum. Es war ein Teil des Rätsels, eine weitere Antwort, die aus den Tiefen des Unterbewußtseins an die Oberfläche drängte. Laß es kommen. Laß es kommen.

Eins stand nach der Auswertung der Daten der *Hei-*

liger Antonius jedenfalls fest: Die siebenunddreißig Minuten waren real – oder zumindest hatte die *HA* sie für real gehalten. Die Zeitmarken auf den Daten von allen Quellen an Bord der Sonde wiesen exakt denselben Zeitunterschied aus – 37 Minuten und 23,43 Sekunden, um genau zu sein.

Wo das nun geklärt war, mußte sie sich um andere Dinge kümmern. Sie hatte es natürlich schon oft gesehen. Doch diese innere Stimme befahl ihr, es sich noch einmal anzuschauen, denn es war ein Teil des Ganzen.

Die Zerschmetterte Sphäre.

Die *Heiliger Antonius* hatte unter anderem auch das Bild eines Ereignisses übermittelt, das kein Mensch bisher erlebt hatte. Es war ein bewegliches dreidimensionales Bild, ein holografischer Film, der von der *Multisystem*-Sphäre durch das Wurmloch ins Sonnensystem übertragen und von Abhörspezialisten auf dem Mond aufgefangen worden war. Es handelte sich um das erste charonische Bild, das jemals decodiert worden war. Sie rief es auf und betrachtete es.

Eine riesige Sphäre, mit der Farbe eingetrockneten Bluts, hing langsam rotierend am Himmel. Dünne Linien waren in die Oberfläche geätzt. Sie glichen Längen- und Breitengraden.

Plötzlich wurde die Rotation der Sphäre instabil, und sie taumelte heftig. Zwei rotglühende Punkte erschienen auf der Oberfläche. Plötzlich explodierten sie in einem weißen Blitz. Er war so schnell wieder verschwunden, wie er entstanden war. Zwei grellweiße Lichtpunkte schossen aus dem Innern der Sphäre und verschwanden im All. Die Sphäre selbst, in der nun zwei große geschwärzte Löcher klafften, blieb wild taumelnd zurück.

Das zerstörte Gebilde verschwand und wurde von der ursprünglichen Abbildung einer intakten Sphäre ersetzt, die langsam und stetig rotierte. Nun setzte das Taumeln wieder ein, der Blitz zuckte durchs Bild, und die beiden glühenden Punkte rasten davon. Die Botschaft wiederholte sich ständig; vielleicht benutzten die Charonier Wiederholungen als Stilmittel der Betonung.

Nachdem das Bild empfangen und decodiert worden war, hatte zunächst niemand im Sonnensystem auch nur die leiseste Ahnung, worum es sich dabei handelte. Nun wußte jeder Bescheid. Die Sphäre auf dem Bild war eine Dyson-Sphäre, identisch mit derjenigen, die das *Multisystem* kontrollierte. Daran bestand kein Zweifel.

Mit der gleichen Gewißheit ging aus den von der *Heiliger Antonius* übermittelten Daten hervor, daß die Charonier im Sonnensystem beim Anblick des Bilds eine hektische Aktivität entwickelt hatten, als ob es eine Warnung vor einer kommenden Gefahr darstellte. Diese Interpretation war indes eindeutig anthropomorph. Die Menschen mochten das Bild so interpretieren, aber würden die Charonier das auch so sehen? Was *bedeutete* das Bild also? War es eine Vorhersage dessen, was auch mit dieser Dyson-Sphäre geschehen würde? War es eine Warnung davor, was *vielleicht* geschehen würde? War es das Bild einer anderen Dyson-Sphäre?

Oder war die Zerstörung einer Sphäre gar eine gute Nachricht und stellte – das kosmische Äquivalent des Ausbrütens eines Eies dar? Das erschien zwar höchst unwahrscheinlich, aber wer wußte das schon. Und worum handelte es sich bei den beiden Objekten, die sich von der Sphäre abgesetzt hatten?

Gleichermaßen verwirrend war die scheinbare Rotationsdauer auf dem Bild. Die Sphäre auf dem Bild machte ungefähr drei Umdrehungen pro Minute. Die *Multisystem*-Sphäre hingegen hatte eine Standard-Rotationsperiode von etwa 1,3 Standard-Jahren. Wenn man annahm, daß die Sphäre auf dem Bild sich mit derselben Geschwindigkeit drehte und wenn man den Maßstab berücksichtigte, dann hatten die in der halbminütigen Videosequenz gezeigten Ereignisse in Echtzeit etwa ein halbes Jahr gedauert. Das war angesichts der Größe der *Multisystem*-Sphäre plausibel. Wenn man unter Berücksichtigung des Maßstabs der Darstellung die Umdrehungsgeschwindigkeit der realen Sphäre von der Geschwindigkeit der Darstellung ableitete, dann würde die Sphäre mit Überlichtgeschwindigkeit rotieren. Die meisten Analytiker betrachteten die Rotation als Indiz dafür, daß es sich bei dem Bild um eine stilisierte Darstellung handelte. Das erschien ebenfalls plausibel, wenn auch etwas trivial.

Doch das Bild selbst paßte. *Wozu* es paßte, wußte Sianna zwar noch nicht, aber es paßte. Je länger Sianna die endlose Wiederholung der Vernichtung der Zerschmetterten Sphäre betrachtete, desto größer wurde die Gewißheit, daß die Darstellung einen Hinweis enthielt, von dem sie selbst den Eindruck hatte, ihn jeden Moment zu finden.

Doch wonach suchte sie überhaupt? Sie gelangte allmählich zu dem Schluß, daß das Unterbewußtsein die Antwort bereits wußte, wo sie noch nicht einmal die Frage kannte.

Sianna hatte nicht gerade das beste Verhältnis zu ihrem Unterbewußtsein: Sie hatte nämlich den Eindruck, daß es sie oft auf Dinge ansetzte, die es schon wußte. Es erschwerte ihr die Inspiration. Die Hinweise, das Wissen befanden sich schon in ihrem Kopf, doch das Unterbewußtsein verlangte von ihr, daß sie die Stimuli, die Bilder und die Worte erst suchte, die alles an die Oberfläche spülten. Also mußte sie dem Unterbewußtsein einen Tritt geben.

Eine Sekunde.

Wally. Sianna schaute blinzelnd auf den Bildschirm. Sie hatte die Bildschleife, die Zerstörung der Sphäre, den Start der beiden Objekte zehn Minuten lang angestarrt, ohne wirklich etwas gesehen zu haben. Sie schloß die Augen, und das Bild der sterbenden Sphäre tanzte hinter den Lidern. Sianna lehnte sich zurück, schlug die Augen auf und fixierte einen Punkt an der Wand. Wally.

Wally hatte etwas gesagt, etwas, das ihr im Hinterkopf herumspukte. Ein Hinweis, ein Aufhänger für eine Idee. Etwas, das sie in die richtige Richtung führte. Sein *Charon-Zentrum* und ihre siebenunddreißig Minuten. Bestand eine Möglichkeit, die beiden Aspekte zu verknüpfen? Oder griff sie nur nach einem Strohhalm?

Sie drehte sich zu der Stelle um, an der er sich befunden hatte, wobei sie fast erwartete, er würde noch auf dem Stuhl sitzen und Löcher in die Luft starren. Doch dann erinnerte sie sich daran, daß er gegangen war. Wenn das so weiterging, würde sie noch ein solcher Trottel werden wie er.

Sie stand auf, streckte sich und rieb sich die Augen. Wally hatte etwas gesagt. Sie mußte ihn suchen und dazu veranlassen, es zu wiederholen. Wallys Raum war nur sechs Türen entfernt. Er hatte die Tür geschlossen. Wally hatte anscheinend keine Probleme mit geschlossenen Räumen. Sianna klopfte, aber es erfolgte keine Reaktion. Sie versuchte es noch einmal, wieder ohne Erfolg. Entweder war er gar nicht im Zimmer oder …

Sie öffnete die Tür und stieß einen stummen Seufzer aus. Er war doch da – mehr oder weniger. Wally saß zusammengesunken in einem alten Liegesessel, den er irgendwo ausgegraben hatte; die Knie ragten über den Kopf. Wally wußte gar nicht, wo er war – und das war auch gut so, in Anbetracht des Zustands, in dem das Zimmer sich befand. Es war so unordentlich, wie Siannas Raum sauber war. Leere Konservendosen quollen aus dem Recyclingbehälter. Überall waren Papiere aufgestapelt, ohne erkennbares System. Irgendwie wirkte das Licht hier trüber. Es roch leicht muffig.

Wally war das alles egal. Er war offensichtlich in seine eigene Welt abgetaucht und brütete über irgendwelchen Problemen. Er schaute nach oben, den Blick auf irgendein imaginäres Bild geheftet. Hölle und Verdammnis. Wenn sie nun etwas sagte, würde sie *ihn* stören, seine Gedankenkette unterbrechen – und seine Gedanken waren wertvoll.

Doch sie mußte ihn stören. Sie stand kurz vor einem Durchbruch. Sie spürte es. Wally verfügte zwar nicht über das Wissen, aber sie wußte, daß es etwas gab, das er ihr sagen konnte, etwas, das er ihr erzählen konnte, wodurch sie Klarheit erlangte. Vielleicht spielte es auch gar keine Rolle, was er sagte. Das Unterbewußtsein sagte ihr, daß seine Worte die Antwort bereithielten. Also kam es nur darauf an, daß er überhaupt etwas sagte.

»Wally«, sagte sie. »Wally. Komm schon.« Sie stupste ihn sachte an.

Wally zuckte zusammen und sah sich für einen Moment verwirrt um. »Was? Was?«

»In Ordnung, Wally, du hast gewonnen. Zeig mir, was du hast. Schaun wir mal, was Sakalov sich diesmal ausgedacht hat.«

Kapitel Acht

Räder in Rädern

Zögerlich drang der Widersacher *in den Schnellzeit-Raum vor. Das kalte, flache Universum außerhalb des Wurmloch-Geflechts hatte sicher seine Vorzüge, und es gab dort auch einiges zu holen. Nichtsdestoweniger war es ein höchst unangenehmer Ort.*

Aber egal. Er würde sich nicht lange hier aufhalten. Es bestand keine Notwendigkeit, wertvolle Zeit und Energie für die Jagd nach der Beute zu vergeuden.

Er hatte die Wurmlochverbindung, die sich durch diese sympathischen Vibrationen verraten hatte, angepeilt. Irgendwo war irgend etwas auf eine solche Art und Weise durch ein Wurmloch gegangen, daß diese erstaunlich starken Vibrationen verursacht wurden.

Ein leichter Transit zurück zum toten System, das er zurückgelassen hatte, das tote System, von dem er sich zuletzt ernährt hatte. Die triviale Herausforderung, das Wurmloch aufzubrechen, die klägliche Verteidigung, die seine Beute aufbaute, zu eliminieren – und dann würde der Widersacher *die Beute töten und sich an der Energie laben, die sie so entgegenkommend gespeichert hatte. Die Energie, welche die Sphäre gespeichert hatte.*

Simulationszentrum
***Multisystem*-Forschungsinstitut**
New York City

Die rotglühende Sphäre hing unverrückbar in der Nacht. Das filigrane Gitternetz, das wie Längen- und

Breitengrade in die Oberfläche geätzt war, verstärkte den Eindruck der Ruhe und Ordnung noch. Alles war, wie es sein sollte, alles war unter Kontrolle.

Sianna trat etwas näher, strich am Lichtfleck einer *Gefangenen Sonne* vorbei und ging direkt durch die holografischen Projektionen mehrerer Planeten, die in diesem Maßstab mikroskopisch klein waren, bis die Sphäre gerade noch einen Meter von ihr entfernt war. Sie mußte sich eingestehen, daß sie beeindruckt war. Wally hatte wirklich gute Arbeit geleistet.

»Die Projektion bildet nun das ganze *Multisystem* ab«, sagte Wally mit offensichtlichem Stolz. »Natürlich auch alle *Gefangenen Sonnen* und die bekannten Planeten. Außerdem alle bekannten charonischen Einrichtungen und Objekte einschließlich der KERNe.«

Sianna hatte natürlich schon andere Simulationen des *Multisystems* gesehen, aber noch nie den Ablauf eines Drei-D-Simulationsvideos – und diese war eine der besten.

»Welche Details hast du?« fragte sie.

»Nun, das variiert natürlich«, erwiderte Wally. »Manche Dinge kennen wir bis auf die zwölfte Dezimalstelle, und bei anderen raten wir nur. Die *Terra Nova* hat eine Fernerkundung der näheren Planeten durchgeführt und brauchbare spektroskopische und Massedaten der meisten *Gefangenen Sonnen* geliefert. Die meisten entfernten *Gefangenen Welten* und ein paar *Gefangene Sonnen* werden von Staubwolken verdeckt, so daß wir über diese nicht viel wissen. Natürlich haben wir für viele Objekte im *Multisystem* nicht die exakte Masse – nur die scheinbare Masse. Wir können die Masse eines Körpers nur dadurch bestimmen, indem wir die Bewegung der in der Nähe befindlichen Körper messen. Daraus schließen wir auf die Schwerkraft und aus ihr wiederum auf die Masse. Im Sonnensystem war diese Bestimmung ganz einfach. Hier müssen wir raten, ob es sich nun um ein natürliches Schwerefeld oder um ein von den Charoniern geschaffenes künstliches Feld handelt.«

Sianna nickte. »Und was ist mit der Sphäre und ihrem Verhalten? Welche diesbezüglichen Details hast du?«

»Kaum welche«, gestand Wally. »Wir … äh … wir sind hauptsächlich auf Schätzungen angewiesen.«

Das war auch kein Wunder. Schließlich war die Sphäre ein rein künstliches Objekt. Woher, zum Teufel, sollte man da wissen, ob eine Bewegung das Ergebnis von Naturkräften war oder ob sie einen künstlichen Ursprung hatte? Und aus den Orbits der *Gefangenen Sonnen* konnte man Masse und Dichte auch nicht ableiten, denn die Orbits der Sonnen waren ebenfalls künstlichen Ursprungs. Der *Sonnenstern*, um den die Erde sich drehte, umkreiste die Sphäre mit der gleichen Winkelgeschwindigkeit und folglich mit der gleichen Orbitalperiode der *Gefangenen Sonne Fünfzehn* – obwohl die Entfernung von GS-15 zur Sphäre eine Milliarde Kilometer geringer war und sie in einem Winkel von exakt 180 Grad zum *Sonnenstern* stand.

Sianna suchte in der Simulation den *Sonnenstern* und GS-15. GS-15 entzog sich natürlich dem Blick der Erde, weil sie von der Masse der Sphäre verborgen war. Die *Terra Nova* hatte sie entdeckt und ihre Existenz der Erde gemeldet.

Nun widmete sie sich der übrigen Simulation. Die *Gefangenen Sonnen Sieben* bis *Elf* umliefen die Sphäre in unterschiedlichen Entfernungen, doch standen sie jeweils im rechten Winkel zueinander und teilten sich eine um fünfundvierzig Grad zum *Sonnenstern* geneigte Orbitalebene.

Und dort waren auch GS-4, -5 und -6. Die drei Sterne hatten einen gemeinsamen Orbit mit einem jeweiligen Abstand von exakt 120 Grad. Andere Sonnen waren auch wie Perlen auf einer Schnur aufgereiht und bewegten sich auf präzise choreographierten Umlaufbahnen.

Manche dieser Sternen-Arrangements waren insofern sinnvoll, weil sie eine Kollision der *Gefangenen Sonnen* verhinderten. Andere hingegen waren völlig unerklärlich. Vielleicht entsprachen die stellaren Orbital-Konfigurationen aber auch nur der charonischen Vorstellung von Ästhetik.

Die Welten, welche die *Gefangenen Sonnen* umkreisten, waren ebenfalls nach geheimnisvollen Kriterien angeordnet, doch um die machte Sianna sich im Moment keine Gedanken. Sie hatte Wally gebeten, ihr die Sphäre zu zeigen. Und er wollte ihr seine neueste Errungenschaft präsentieren.

Wally wußte alles – und noch mehr – über die Entwicklung von Simulationsmodellen und rein gar nichts von anderen Dingen. Er verließ den Campus fast nie und ließ sich auch fast nie an der Oberfläche blicken. Angeblich hatte er oben ein Apartment, in Morningside Heights, doch das Arbeitszimmer war sein eigentliches Zuhause; das und ein paar um die Labors verstreute Baracken.

Wenn ihm überhaupt etwas bedeutete, dann seine Arbeit, das Problem, mit dessen Lösung er beauftragt war, die Simulation, die er in jemandes Auftrag entwickeln sollte. Wallys Realität waren die Simulationen.

Gelegentlich hatte Wally ihr einige seiner früheren Triumphe vorgeführt. Sie hatte dort gestanden, wo sie nun auch stand, und detaillierte Echtzeit-Simulationen von Paarungstänzen der Dinosaurier betrachtet, hatte gesehen, wie der Mond durch den Einschlag eines marsgroßen Objekts auf der Proto-Erde geboren wurde, hatte gesehen, wie ›Zeitlupen‹-Wesen sich in virtuellen Umgebungen mit einer Rate von einer Generation pro Minute vermehrt hatten. Sianna verstand fast, weshalb Wally sich nicht sonderlich für die reale Welt interessierte. Wenn die Simulationen so intensiv waren, wenn das Leben in seinem Tank ihm das halluzinatorische, einem Fiebertraum gleichende Gefühl vermittelte, noch realer zu sein als das wirkliche Leben, wie konnte man dann von ihm erwarten, sich mit der profanen Welt zu beschäftigen – oder sich gar für sie zu interessieren?

Im Fachbereich für Mathematik wurde kolportiert, Wally hätte die *Entführung* der Erde durch die Charonier erst nach einem halben Jahr zur Kenntnis genommen, und auch nur deshalb, weil man ihn gebeten hatte, eine Simulation des Gravitations-Kontrollsystems des *Multisystems* zu entwickeln. Wo er zuvor der unerschütterlichen Überzeugung gewesen war, der Rest des Fachbereichs hätte ihm wieder einmal einen Streich gespielt, verstand er sich nun zur ebenso unerschütterlichen Akzeptanz der neuen Lage bei gleichzeitigem absolutem Desinteresse. Weil sie ihn persönlich nichts anging, existierte sie auch nicht.

Bis jetzt zumindest. Weil er die Lage simulieren mußte, ging die Wirklichkeit ihn nun doch etwas an. Eine ziemlich verquere Art, die Welt zu betrachten.

Sianna blieb noch einen Moment länger; die Macht und Größe der Sphäre nötigte ihr Bewunderung ab. Die dräuende Sphäre, die *Gefangenen Sonnen*, die hell vor dem schwarzen Hintergrund der Staubwolken leuchteten und auf ihren vorgegebenen, künstlichen Orbits durch den Himmel wirbelten, wie glitzernde gelbe Juwelen, die in einem Schmuckstück eingefaßt waren, das zwar schön war, aber auch zu protzig, um sie zur Geltung kommen zu lassen. Die *Gefangenen Welten*, die als blaugrüne Punkte aus Leben und Licht in der Dunkelheit leuchteten, wobei die verwüsteten Oberflächen in diesem Maßstab nicht zu sehen waren. Es war ein schaurig-schöner Anblick. Allein schon die

Tatsache, daß sie sich das eingestand, verursachte ihr ein Schuldgefühl.

Eine Aura der Trauer, des Verlusts und der Tragik hing über der Sphäre. Sie blickte über die Schulter und sah die Erde als winzigen Punkt. Sie spürte eine Träne im Auge und blinzelte, um wieder klar zu sehen.

»In Ordnung, Wally«, sagte sie mit zittriger Stimme. Sie drehte sich um und schaute auf das Zentrum des Tanks, wo die Sphäre in zornigem Rot glühte. »Zeig mir Sakalovs aktuelle Daten.« Erleichtert sah sie, wie die Darstellung des *Multisystems* verschwand und die simulierte Sphäre sich zu einer Kugel mit einem Durchmesser von drei Metern aufblähte.

Sianna sah, wie sie größer wurde, und hegte dabei die leise Hoffnung, daß Sakalov vielleicht doch den Schlüssel, die Antwort gefunden hatte.

Wenn das wirklich der Fall war, dann machte er es ziemlich spannend. Sie fand jedenfalls keinen Hinweis. Die Sphäre war kugelrund, rotierte langsam um die eigene Achse und hatte einen Durchmesser von 2,15 Astronomischen Einheiten oder knapp dreihundert Millionen Kilometern. Sie war 232 Astronomische Einheiten von der Erde entfernt, und ihre Farbe variierte innerhalb des roten Spektralbereichs, was vielleicht auf eine Aufnahme oder Abgabe von Energie zurückzuführen war. Ein Muster aus Linien, die Ähnlichkeit mit einem Koordinatensystem hatten, war auf der Oberfläche zu sehen. Die Masse war unmöglich zu schätzen. Sie strahlte schwerpunktmäßig im sichtbaren Spektrum, peripher im ultravioletten Bereich, stark auf den Radiofrequenzen und moderat im Infrarotbereich.

Das war im Grunde auch schon alles, was man über die Sphäre wußte. Was den Rest betraf – woraus sie bestand und weshalb die Charonier sie gebaut hatten, wie alt sie war und welchem Zweck sie diente – war reines Rätselraten. Während der letzten fünf Jahre hatte Professor Juri Sakalov mit diesen spärlichen Informationen gearbeitet und hatte versucht, die wahre Natur der Sphäre zu ergründen und die Position und Natur des *Charon-Zentrums* zu bestimmen, des Kontrollzentrums des gesamten *Multisystems.* Sianna hatte bereits den Überblick über die von Sakalov aufgestellten Theorien verloren.

Wider allen Sinn und Verstand stand Sianna hier in der Dunkelheit, betrachtete Wallys Lichtspiel und hoffte verzweifelt, daß Sakalov das *Charon-Zentrum* endlich gefunden hatte.

Denn trotz aller Kritik und Bedenken, die Sianna geäußert hatte, mußte sie sich doch eingestehen, daß das Konzept des *Charon-Zentrums* ein durchaus verführerischer Gedanke war.

Aus den Nachrichten, die während der Katastrophe vom Sonnensystem übermittelt worden waren, ging eines deutlich hervor: Die Charonier waren in ein streng hierarchisches System eingebunden. Die Pyramide mußte eine Spitze haben.

Viele primitive Baumuster dienten unter einem einzelnen, höherentwickelten Typ, der seinerseits einem noch höher entwickelten Typ unterstand. Das Studium des von der *Heiliger Antonius* überspielten Videos vom Angriff auf den Mars zeigte, daß ein Rudel primitiver Trägerroboter unter einem höherentwickelten Skorpion-Roboter diente, wobei mehrere Hundertschaften von Skorpionen von jeweils einem *Lander* kontrolliert wurden. Und die vielen tausend *Lander* wurden vom Mond-*Rad* kontrolliert, das tief unter der Oberfläche des Monds vergraben war.

Na schön, es handelte sich hierbei um eine stark vereinfachte Darstellung, bei der eine Reihe von Zwischenstufen unterschlagen wurde. Und es existierten noch viele andere Formen in anderen Sub-Hierarchien, wobei niemand wußte, in welcher Beziehung all diese

Hierarchien zueinander standen. Das ganze Sphären-System beruhte auf einer starren, hierarchischen Kommandostruktur – doch wo und was war der Oberkommandierende?

Vielleicht, nur vielleicht, würde Wally es ihr zeigen.

»Also, das ist das uns bekannte Äußere der Sphäre«, ertönte Wallys Stimme hinter ihr.

Sianna trat näher und nahm die Darstellung in Augenschein. »Einen Moment, Wally. Etwas Kleines umkreist die Sphäre auf der Höhe des Äquators. Ist das ein Teil deiner Theorie?«

»Nein, das ist real, nicht hypothetisch«, sagte Wally sichtlich erfreut, daß Sianna diese Frage gestellt hatte. Das bot ihm die Gelegenheit, seine Gründlichkeit zu demonstrieren. »Dr. Sakalov hat diesen Körper vor ein paar Wochen entdeckt. Sehr dunkel, schwer zu erkennen und winzig, mit einem Durchmesser von höchstens ein paar tausend Kilometern. Nur ein Stück Himmelsschrott, aber es zeigt, wie detailliert unser Modell des *Multisystems* ist.«

»Wird wohl stimmen«, sagte Sianna zweifelnd.

»Wie dem auch sei, das ist alles, was wir über die Sphäre *wissen*«, sagte Wally. »Nun möchte ich dir zeigen, was sich nach Sakalovs Meinung im Innern befindet.«

Sianna sah, wie die Darstellung der Sphäre sich verzerrte und veränderte, und sie mußte wieder an die alten Theorien denken, die sie zuvor gehört hatte.

Die Sphäre ist hohl und hat im Innern einen Standard-Stern der G-Klasse. Das Charon-Zentrum befindet sich auf einem Planeten, der diesen Stern innerhalb der Sphäre umkreist. Nur zeigten sämtliche Berechnungen, daß für die Wärmeabfuhr sowie für die Bahnstabilisierung der Sterne und Planeten doch etwas mehr Energie benötigt wurde, als ein G-Stern zu liefern vermochte. Ebensowenig war ein G-Stern imstande, den Energieschub bereitzustellen, um die Erde ins System zu überführen. Angenommen, die Sphäre war um einen Stern erbaut worden, um seine Energie aufzunehmen und zu speichern, dann handelte es sich bei diesem Stern entweder um einen Vertreter einer stärkeren Klasse – was in Anbetracht der offensichtlichen Vorliebe der Sphäre für Sterne der G-Klasse und bewohnbare Standard-Welten unwahrscheinlich war –, oder das, was auch immer sich im Innern der Sphäre befand, war kein Stern mehr: Die Sphäre hatte den ursprünglichen Stern in etwas anderes verwandelt. Ein Materie-Antimaterie-System, ein Raumaufriß-Generator oder etwas anderes, etwas, das jenseits des menschlichen Vorstellungsvermögens lag.

Das Bild der Sphäre verwandelte sich in ein Schnittmodell, das ein amorphes Inneres mit einem gleißend hellen Licht im Mittelpunkt zeigte.

Die Sphäre ist eine aufgeschäumte feste Masse mit extrem geringer Dichte, die aus Prozessor-Knoten besteht, die durch synapsenartige Fäden vernetzt sind und in deren Mitte eine unbekannte Energiequelle eingebettet ist. Sie selbst ist das Kontrollzentrum, das Gehirn des *Multisystems.* Nur daß die Sphäre einen größeren Umfang hatte als der alte Orbit der Erde, und allein schon wegen der relativistischen Verzögerung hätte ein solches System keinen praktischen Nutzwert. Die Laufzeit eines Gedankens von einer Seite der Sphäre zur andern und zurück würde über eine halbe Stunde betragen. Das menschliche Gehirn hatte eine Signalverzögerung in der Größenordnung von einer dreißigstel Sekunde. Wenn man das als Obergrenze für die Prozessorverzögerung einer intelligenten Maschine veranschlagte und voraussetzte, daß die Gedanken sich mit Lichtgeschwindigkeit bewegten, dürfte das ›Gehirn‹ nicht größer sein als der Mond. Zumal ungeachtet der hoffnungslos ineffizienten Architektur und dürftigen Prozessorkapazität sich die Frage stellte, welches Problem wohl so komplex war, daß es ein ›Gehirn‹ von der Größe der Sphäre erforderte.

Nun wurde das Innere der Darstellung in Rotation versetzt. Der Lichtpunkt im Zentrum verwandelte sich ein einen energetischen Wirbel. Sianna erkannte das Äquivalent eines ›Weißen Lochs‹, der Punkt, an dem die Masse und Energie, die in einem Schwarzen Loch verschwunden waren, wieder im Standarduniversum auftauchten.

Die Sphäre ist in Wirklichkeit eine Ansammlung konzentrischer Sphären, und die Herrenrasse, die eigentlichen Charonier, sind ganz normale Wesen, die sich gar nicht so sehr von den Menschen unterscheiden. Sie leben im Innern der Sphäre und betreiben das Multisystem *aus Gründen, die nur ihnen bekannt sind.* Es war insofern eine beruhigende Vorstellung, weil die Charonier dadurch etwas von ihrem Götter-Status verloren. Doch bisher hatte es keinerlei Hinweise auf solche ›gewöhnlichen‹ Charonier im *Multisystem* gegeben. Außerdem stellte in diesem Zusammenhang sich auch die Frage, welchen Sinn es hatte, ein so großes und komplexes System wie das *Multisystem* zu erschaffen und zu betreiben, wenn man sich nicht darin aufhielt. Und wozu brauchte man die Planeten und *Gefangenen Sonnen,* wenn man im Innern einer Sphäre lebte, die mit einer Oberfläche, deren Ausdehnung dem Millionenfachen der Erdoberfläche entsprach, einen schier unendlichen Lebensraum bot?

Die Auflösung der Darstellung wurde noch höher. Nun wurden auch die Längen- und Breitengrade an der Innenseite der Sphäre sichtbar, und Sianna erkannte irgendwelche Fäden, die mit der Energiequelle im Zentrum verbunden waren und die Längengrade mit Energie versorgten. Die Linien glühten und leuchteten immer heller, während der Energiefluß sich dem

Nord- und Südpol der Sphäre näherte. Sianna identifizierte das Pulsmuster als standardisierte visuelle Notation der Schwerkrafterzeugung.

Plötzlich ergab das Muster einen Sinn. Die Längengrade umspannten den Planeten wie Ringe, von Pol zu Pol. Sakalov postulierte, die Ringe seien Gravitationswellen-Generatoren, wie der *Mondpunkt-Ring,* das Mond-*Rad* und der *Ring von Charon,* nur viel größer. Dutzende von Generatoren waren miteinander gekoppelt, um den Energiestrom besser zu bündeln und auszurichten.

Nun kippte die Sphäre und zeigte Sianna die Nordpolregion. Die Darstellung flackerte und pulsierte vor Kraft. Wally vergrößerte das Bild, bis Sianna unwillkürlich einen Schritt zurücktrat. Nun erkannte sie eine Ansammlung winziger, detaillierter pyramidenförmiger Strukturen am Pol und identifizierte sie als vergrößerte Versionen der sogenannten Amalgam-Wesen, die Maschinen – oder Tiere –, welche die Charonier auf den Planeten und größeren Monden des Sonnensystems gebaut hatten. Im Sonnensystem hatten die Amalgams die Gravitationsstrahlen gebündelt und gerichtet, um die Planetenoberflächen aufzureißen und die Trümmer ins All zu schleudern.

Hier hatten sie vermutlich die Aufgabe, dafür zu sorgen, daß die Gravitationsstrahlen die Sphäre verließen. Obwohl Sianna das irgendwie bezweifelte. Nach dem ganzen Aufwand, den Wally mit der grafischen Umsetzung von Sakalovs neuer Theorie getrieben hatte, sah sie nun ein paar Pyramiden über dem Nordpol. War das etwa schon alles? »Wally«, sagte sie und ging zur Schalttafel, an der ihr Kollege stand, »hättet ihr vielleicht noch ein paar aktuellere Bilder von diesen Strukturen an den Polen?«

Wally räusperte sich in offensichtlicher Verlegenheit. »Äh … nein, eigentlich nicht«, gestand er. »Sie sind …

äh … hypothetisch. Dr. Sakalov sagt, die Kontrollstrukturen seien recht groß, aber immer noch unterhalb der Auflösungsgrenze, die wir bei Darstellungen der Sphäre erzielen. Aber sie sind *plausibel*«, sagte er mit etwas zu viel Emphase, um überzeugend zu wirken.

»Schon gut, Wally. Ich will ja nichts gegen die Bilder sagen. Drück es in Worten aus.«

Die Herabwürdigung seiner Simulationen war nicht unbedingt die beste Taktik, um sich Wally geneigt zu machen. Dennoch beherrschte er sich und blieb sachlich. »Nun, wir haben umfangreiche Analysen bezüglich des Energiebedarfs der Sphäre und des Horizont-Position-Verhältnisses durchgeführt.«

»Hä?«

»'tschuldigung. Wir haben ermittelt, an welchen Positionen die Sterne, Planeten und so weiter sich befunden hatten, als ihre Orbits und Bahnen korrigiert wurden, und von welchen Punkten der Sphäre aus sie in diesem Zeitpunkt zu sehen waren. Die Bahnkorrekturen erfolgten fast immer in dem Moment, als der betreffende Stern oder Planet sich in Konjunktion mit einem der Pole befand.«

Sianna ließ das für einen Moment auf sich wirken. »Wally, das würde auch für zwei beliebige Punkte gelten, die sich auf der Sphäre gegenüberliegen!«

»Ja, aber wir haben eine gewisse Abweichung entdeckt …«

»Komm schon.«

»Es ist die erste Theorie, die eine Erklärung für die ›Längengrade‹ liefert«, sagte Wally defensiv.

»Gut, ich werde das berücksichtigen«, sagte Sianna. »Aber was ist mit den ›Breitengraden‹, den Linien, die parallel zum Äquator der Sphäre verlaufen? Was stellen *sie* dar?«

»Nun, ich …«

»Schon gut. Erkläre mir einfach die Theorie. Ihr habt

ein Weißes Loch im Zentrum. Welchen Zweck erfüllt es?«

»Die Charonier arbeiten mit Schwarzen Löchern. Steht zu vermuten, daß sie dieselbe Technik auch zur Energiegewinnung verwenden.«

»Aber ihr habt keine Beweise? Ihr habt keine neuen Partikeln oder sonst etwas entdeckt, das die Theorie stützen würde?«

»Nein«, gestand Wally. »Aber die simulierten Energieprofile sind ein Indiz für die Richtigkeit der Theorie. Auf jeden Fall versorgt das Weiße Loch die Sphäre mit Energie. Die Strahlen, die du dort siehst, übertragen die Energie an die Längengrad-Generatoren. Die LGs bündeln die Energie am Nord- und Südpol der Sphäre, und die Gravitations-Kontrollsysteme leiten sie nach draußen, um das *Multisystem* zu stabilisieren. Du hast selbst gesagt, daß es sich bei den Längengraden vermutlich um Gravitations-Generatoren handelt. Wenn das stimmt, dann sind die Pole natürliche Brennpunkte. Da wäre es nur plausibel, daß die *Charon-Zentrale* auf den Plan tritt, um die Übertragung der Gravitationsenergie zu überwachen.«

»Aber wir haben weder Bilder noch sonstige Beweise, um die Theorie zu erhärten, nicht wahr?« sagte Sianna. Es war eine Feststellung, keine Frage.

»Wir haben die Logik«, erwiderte Wally, der sich nun eindeutig in der Defensive befand. »Wir haben die Vermutung des ersten Anscheins. Die Sphäre gibt Gravitationsenergie ab – also muß sie auch irgendwo erzeugt und von irgendwo abgestrahlt werden. Dr. Sakalov extrapoliert das anhand bekannter charonischer Strukturen. Wir wissen schließlich, daß sie zu einheitlichen Konstruktionen neigen. Die KERNe haben eine große Ähnlichkeit mit den *Landern* im Sonnensystem. Er hat die Amalgams vergrößert und mit den bekannten Phänomenen der Sphäre abgeglichen.«

»Erstens«, sagte Sianna, »*empfingen* die Amalgams im Sonnensystem die vom Mond-*Rad* abgestrahlte Gravitationsenergie. Hier haben wir Super-Amalgams, die *selbst* Energie abstrahlen. Zweitens hatten die Amalgams im Sonnensystem eine maximale Größe von ein paar Dutzend Kilometern. Und *hier* haben wir Geräte, die eine Größe von mindestens tausend Kilometern aufweisen. Doch abgesehen davon gefällt mir eure ganze Logik nicht. Weil Amalgam-Wesen woanders existieren, müssen Amalgam-Wesen auch hier existieren? Wir glauben, daß sie existieren müssen, und deshalb existieren sie? Komm schon, Wally. Meinst du wirklich, das ergibt einen Sinn? Das ist ein klarer Fall von Epizyklen.«

»Was sind Epizyklen?«

»Sie beweisen anschaulich, daß eine Theorie nicht von vornherein richtig ist. Die Philosophen und Astronomen vor Kopernikus hatten postuliert, die Planeten, die Sonne und die Sterne würden die Erde auf kreisförmigen Bahnen umrunden, weil der Kreis das perfekte geometrische Gebilde sei.«

»Aber die Planeten bewegen sich doch nicht …«

»Natürlich nicht. Sie bewegen sich auf elliptischen Bahnen. Als die Theorie aufgestellt wurde, wußte das jedoch niemand. Als den Leuten dann bessere Instrumente zur Verfügung standen, erkannten sie, daß die Umlaufbahnen nicht kreisrund waren. Also beschlossen sie, daß die Planeten sich in engen Kreisen bewegten, deren Mittelpunkt auf dem Kreisumfang des Hauptorbits lag; so wie der Mond sich um die Erde dreht, obwohl die Erde nicht mehr dort ist.«

Sianna verstummte. Die Erwähnung des Monds, der sich um die nicht mehr vorhandene Erde drehte, erweckte irgendeine diffuse Assoziation bei ihr. Es brachte eine Saite zum Schwingen. Sie blinzelte und nahm den Gesprächsfaden wieder auf.

»Und selbst das entsprach nicht völlig der beobachteten Bewegung«, fuhr sie fort, »so daß man beschloß, die Planeten bewegten sich in Kreisen, deren Mittelpunkt auf dem Umfang der Kreise lag, deren Mittelpunkt wiederum auf dem Umfang der eigentlichen Umlaufbahn lag; wie ein Satellit, der sich um den Mond dreht, während der Mond sich um die Erde dreht – nur daß Erde *und* Mond nicht vorhanden sind. Ich glaube, am Schluß waren sie dann bei vier oder fünf Epizyklen angelangt.«

»Und was willst du damit nun sagen?« fragte Wally.

»Ich will damit sagen, daß Sakalov genau das gleiche tut. Die Fakten stimmen mit den Theorien nicht überein; also verändert er die Fakten so, daß sie den Theorien entsprechen, und paßt die Wirklichkeit seinen *Vorstellungen* von der Wirklichkeit an. Und wenn es dann immer noch nicht hinkommt, dreht er eben noch ein bißchen an den Fakten. Er hat ein einziges Luftschloß errichtet.«

Wally deutete auf die in der Luft hängende Darstellung der Sphäre. »Nichts von alledem widerspricht unserem bisherigen Wissensstand«, sagte er barsch.

»Das genügt aber nicht«, entgegnete Sianna genauso schroff. »Du kannst eine Theorie doch nicht darauf aufbauen, daß nichts *dagegen* spricht. Und was spricht *dafür?«*

»Meine Liebe, Sie haben ganz recht«, ertönte eine andere Stimme. Die Stimme war sanft und leise, mit dem Anflug eines kultivierten russischen Akzents. »Wir haben nicht den geringsten Beweis.«

Sianna schnappte nach Luft und wirbelte herum. Der an der Kontrollkonsole stehende Wally schaltete die Raumbeleuchtung an. Zwei Besucher waren erschienen. Zwei Männer. Den einen kannte Sianna nicht, doch der zweite war kein anderer als Dr. Juri Sakalov. *O Gott*, sagte Sianna sich. *Nun kann ich meine Karriere abhaken. Wie lang hatte er schon da gestanden?*

Dr. Sakalov und sein Begleiter traten näher. »Ich muß gestehen, daß ich selbst bereits Parallelen zur Epizyklen-Theorie gesehen hatte«, sagte Sakalov. »Dennoch mache ich mir keine Sorgen wegen der Theologie, und ein Irrtum ist immer möglich. Wir brauchen unbedingt eine Antwort – jede Antwort, die wir finden. Es kommt im Grunde nicht darauf an, welche Frage sie beantwortet. *Alles* wäre ein Ausgangspunkt. Eine richtige Theorie wäre vielleicht der Schlüssel, mit dem wir die Tür aufschließen und entkommen könnten.«

Sakalov schaute Sianna für einen Moment nachdenklich an und richtete den Blick dann auf das Modell der Sphäre. Er war ein älterer Mann, der mit einem zerknitterten Arbeitsanzug bekleidet und dessen silbergraues Haar zu einem altmodischen Pferdeschwanz zusammengebunden war. Das Gesicht war von tiefen Falten durchfurcht; er hatte traurige Augen, eine ansatzweise Knollennase und einen ausdrucksvollen Mund mit einem gepflegten Oberlippenbärtchen. Er machte einen ziemlich abwesenden Eindruck.

»Ich habe mich auf die *Charon-Zentrale* konzentriert«, fuhr er fort, »weil ich glaube, daß wir, wenn wir Position, Identität und Wirkungsweise kennen, den Schlüssel im Schloß haben. Wir werden unsere Feinde verstehen und eine Chance haben, sie zu besiegen. Ich glaube, daß mein neues Modell durchaus seine Vorzüge hat. Sie hören sich so an, als ob Sie nicht viel von meinen Theorien hielten. Sagen Sie – glauben Sie, daß ich mit der neuen Theorie nach einem Strohhalm greife?«

Mit vor Furcht hämmerndem Herzen sah Sianna den alten Mann an. *Sakalov.* Weshalb mußte es ausgerechnet Sakalov sein? Und wer stand da hinter ihm in der Dunkelheit? Der stumme Begleiter stand im Schatten und war im trüben Licht kaum zu sehen. Es war ein jüngerer Mann, mit blondem Haar und reserviertem

Gesichtsausdruck. Sein ganzes Auftreten vermittelte den Eindruck von Strenge. Plötzlich erkannte sie ihn, und ihr brach der kalte Schweiß aus. Wenn sie sich nicht völlig irrte, war es Wolf Bernhardt selbst, der Leiter des DWF, der Mann, der die meisten Berichte geschrieben hatte, die den Betrieb des *Multisystem*-Forschungsinstituts aufrechterhielten. Ein falsches Wort in *seiner* Gegenwart, und ...

»Miss Colette?« fragte Dr. Sakalov.

»Ähem, äh ... äh ... Ich weiß nicht, was ich sagen soll, Doktor«, sagte sie, um Zeit zu gewinnen.

»Sie haben doch sicher eine Meinung. Vor einem Moment haben Sie sich noch sehr dezidiert geäußert.«

Sianna schluckte schwer und sah dem alten Mann in die Augen. Sie kämpfte gegen ihre Furcht an und zwang sich dazu, den Menschen zu sehen und nicht den exzentrischen Tattergreis, dessen Bild sie im Kopf hatte. Vielleicht waren seine Theorien falsch und vielleicht sogar verrückt, vielleicht errichtete er Luftschlösser, doch zumindest *versuchte* er, eine Erklärung zu finden. Wie viele Leute in seinem Alter – mein Gott, er mußte mindestens hundert sein – versuchten das noch, anstatt den Kopf in den Sand zu stecken und zu behaupten, alles wäre in bester Ordnung?

Sianna kannte die Welt nur so, wie sie jetzt war. In ihrer Jugend und als junge Erwachsene hatte sie die Menschheit nur als verfolgte, gefährdete Spezies kennengelernt, die wußte, daß sie einem hoffnungslos überlegenen, unsichtbaren Gegner gegenüberstand. Aber Dr. Sakalov hatte das ganze Leben bis ins hohe Alter in einem Universum verbracht, in dem die Menschheit die unumschränkte Herrschaft ausübte. Wie mußte er sich wohl fühlen, wo er auf seine alten Tage diese ganze Zerstörung und den Niedergang miterlebte? Wie mußte ein Astronom wie er sich fühlen, dem man den nächtlichen Himmel gestohlen hatte?

Dr. Sakalov fragte nach der Wahrheit, nach ihrer ehrlichen Meinung. Sie mußte sie ihm sagen. »Nun, in Ordnung, Sir«, sagte sie mit bemüht fester Stimme. »Bei allem schuldigen Respekt bin ich der Ansicht, Ihr einziger konkreter Grund für die Vermutung, daß die *Charon-Zentrale* sich an einem der Pole befindet, ist der Umstand, daß die ›Längengrade‹ dort zusammenlaufen.« Sie zögerte kurz, sammelte sich und suchte nach den richtigen Worten. »Sie... äh... haben die Theorie aufgestellt, daß diese ›Längengrade‹ gigantische Gravitations-Generatoren seien. Das ist auch eine plausible Annahme und ergibt durchaus einen Sinn – aber Sie haben keinen Beweis. Basierend auf dieser Annahme gelangen Sie zu einer Reihe völlig ungesicherter Folgeannahmen, welche Bedeutung es hätte, *wenn* die ›Längengrade‹ Gravitations-Generatoren *wären*, und auf *dieser* Grundlage gelangen Sie wiederum zu dem Schluß, die *Charon-Zentrale* befände sich an einem der Pole. Ihre Schlußfolgerung basiert ausschließlich auf Vermutungen, nicht auf Beweisen.«

Sakalov sah Sianna mit düsterem Gesichtsausdruck an. »Weiter«, sagte er.

Sianna hätte am liebsten nichts mehr gesagt, doch ein Teil von ihr bestand darauf, daß sie fortfuhr – und unglücklicherweise hatte dieser Teil anscheinend gerade die Herrschaft über ihren Mund übernommen. »Nun... äh... Sir, Sie arbeiten mit extrem schwachen Indizien«, sagte sie, »und ich befürchte, Sie liegen falsch damit. Ich wüßte nicht einmal, wie diese Theorie Ihnen beim Erreichen Ihres Ziels helfen sollte. Selbst wenn die *Charon-Zentrale* sich am von Ihnen bezeichneten Ort befindet, wie sollten wir sie je erreichen? Was könnten wir dagegen unternehmen? Was hilft uns das?«

Sakalov richtete sich zu seiner vollen Größe auf und räusperte sich etwas affektiert. »Die Wahrheit ist nicht immer angenehm, junge Dame. Ich kann doch nicht erst den besten Standort für die *Charon-Zentrale* bestimmen und dann den Beweis für die Theorie deduzieren.«

»Aber ...«, hob Sianna an und biß sich auf die Zunge. Genug war genug.

»Aber was?« drang Bernhardts Stimme zum erstenmal aus dem Schatten.

Spitze. *Ihn* in die Diskussion zu verwickeln hatte ihr gerade noch gefehlt. »Nichts«, sagte Sianna und senkte den Kopf.

»Ich glaube aber, Sie haben etwas mehr als ›nichts‹ im Kopf, liebes Fräulein, und ich glaube, Sie sagen mir lieber, was es ist«, sagte Bernhardt in einem Tonfall, der keinen Zweifel daran ließ, daß er eine Antwort und keine Ausflüchte erwartete.

Im MFI wurde kolportiert, daß Dr. Bernhardts Englisch einen leichten deutschen Akzent annahm, wenn er erregt war, doch Sianna wäre froh gewesen, wenn sie nicht in die Verlegenheit gekommen wäre, den Beweis für die Richtigkeit dieser Behauptung zu erbringen. Sianna versuchte etwas zu sagen. Irgend etwas. »Äh... äh, nun...«, sagte sie, wobei sie nicht sicher war, was nun folgen sollte.

»Was, bitte, haben Sie sonst noch zu sagen?« fragte Bernhardt, wobei die höflichen Worte jedoch nicht von einem entsprechenden Tonfall begleitet wurden.

Sianna stellte fest, daß sie die Arme um den Oberkörper geschlungen hatte, als ob sie einen Schlag abwehren wollte. Sie ließ die Arme erst seitlich herunterhängen und verschränkte sie dann auf dem Rücken. Sie krallte die Hände ineinander, um die Arme nicht wieder wie eine Brezel um den Körper zu schlingen. Sie schloß für eine Sekunde die Augen, holte tief Luft und hob an zu sprechen, wobei sie sich indes nicht an Bernhardt, sondern an den nicht ganz so einschüchternden Dr. Sakalov wandte. »Nun, Sir, Ihre bisherigen Theorien beruhen alle auf der Annahme, daß die *Charon-Zentrale* die Spitze der charonischen Kommandostruktur darstelle.

Sie sind von der Annahme ausgegangen, Sie könnten einen bestimmten physikalischen Ort lokalisieren, der für die *Charon-Zentrale* wie geschaffen sei. Ihre Theorie unterstellt, daß die Charonier ausschließlich rational handeln und daß die Position der *Charon-Zentrale* deshalb auch ausschließlich mit rationalen Mitteln zu bestimmen sei. Jeder Standort hat seine Vor- und Nachteile, und die Charonier würden deshalb Pro und Contra abwägen, bis sie den optimalen Standort ermittelt hätten.«

Sakalov neigte den Kopf zur Seite und nickte. »Ich bin beeindruckt, daß Sie sich so intensiv mit meinen Arbeiten befaßt haben, aber was bringt das? Inwiefern entwertet das meinen neuen Ansatz?«

»Weil… weil – wegen des Kriteriums der bestmöglichen Plazierung Ihre Position der *Charon-Zentrale* nicht stimmen kann. Für ein polares Kontrollzentrum gäbe es nämlich nicht nur eine ideale Position, sondern zwei. Und wo befindet es sich nun? Am Nordpol, am Südpol oder gar an beiden Polen? Und wenn nur an einem und nicht am andern, nach welchen Kriterien würden Sie den Standort dann bestimmen?«

Das wurde mit einem glucksenden Lachen quittiert, allerdings nicht von Sakalov. Dr. Bernhardt trat vor und klopfte dem älteren Mann auf die Schulter. »Ich glaube, sie hat Ihnen den Wind aus den Segeln genommen, Juri«, sagte er mit einer viel sanfteren Stimme als zuvor. Bernhardt drehte sich mit einem aufgesetzt wirkenden Lächeln zu Sianna um. »Vor nicht ganz einer halben Stunde habe ich in meinem Büro genau den gleichen Einwand vorgebracht.«

»Und ich habe Ihnen beiden genau die gleiche Antwort gegeben«, sagte Sakalov. »Es gibt sehr wohl ein eindeutiges Kriterium für die Wahl *des* optimalen Standorts. Die *Charon-Zentrale* befindet sich am Südpol der Sphäre. Von diesem Punkt aus hat man nämlich den besten Überblick über die Planeten und *Gefangenen Sonnen*.«

»Und das ist ausgerechnet der Pol, den wir erst dann zu sehen bekommen, wenn die Erde und der *Sonnenstern* die Sphäre zur Hälfte umrundet haben, was die Kleinigkeit von ungefähr hundert Jahren dauern wird«, sagte Bernhardt, der noch immer dieses künstliche Grinsen im Gesicht hatte. Sianna erkannte jedoch, daß es sich nicht um Falschheit handelte. Der Mann war das Lächeln einfach nicht gewohnt. Nicht daß es etwas geändert hätte, aber wenn sie sich auf das Lächeln des Mannes konzentrierte, vergaß sie vielleicht, daß diese nette Plauderei das Ende ihrer Karriere bedeutete.

»Das ist doch unerheblich!« wandte Sakalov ein. »Um meine Theorie zu bestätigen, müßte man die *Terra Nova* nur auf einen Kurs schicken, der sie am Südpol vorbeiführt und ...«

»Juri, Juri. Wissen Sie, wie viele Leute mich jede *Woche* darum bitten – oder von mir verlangen –, daß ich die *Terra Nova* zu diesem oder jenem Ort schicke?«

»Aber das ist doch ...«

»Überaus dringend und wichtig«, beendete Bernhardt Sakalovs Satz. »Das sagen alle. Manchmal glaube ich, wenn jemand mit einem als nachrangig und trivial deklarierten Anliegen an mich herantreten würde, hätte der Antragsteller größere Erfolgsaussichten.«

»Aber Sie *müssen* mir zuhören ...«

»Ja, ja. Ich weiß, daß ich muß«, sagte Bernhardt. »Deshalb bin ich schließlich hier. Damit Sie mich überzeugen. Überzeugen Sie mich, und ich will versuchen, Captain Steiger zu überzeugen, einen solchen Kurs einzuschlagen. Allerdings will ich Sie gleich darauf hinweisen, daß sie nach den heutigen Nachrichten wohl kaum dazu bereit sein wird.«

»Heutige Nachrichten?« platzte Sianna heraus und wünschte sich sofort, sie hätte geschwiegen. Sei still, sei still, sei STILL! sagte sie sich.

Bernhardt wirkte überrascht, als ob er vergessen hätte, daß sie und Wally auch da waren – und vielleicht hatte er es auch vergessen. Er schaute von Sianna zu Wally und zurück und zuckte die Achseln. »Nun, Sie haben wohl beide die höchste Sicherheitsstufe; außerdem wird die Nachricht sich früh genug am MFI herumsprechen. Die *Terra Nova* hatte ein kleines Tarnkappen-Schiff ausgeschleust, das auf einem KERN landen sollte. Die Besatzung des Schiffs ist bei diesem Versuch umgekommen, und das Schiff selbst wurde vernichtet. Captain Steiger hat die Funkstille gebrochen, um uns zu fragen, ob wir vielleicht wüßten, wie sie beim nächstenmal vorgehen sollen.«

Sianna gefror das Blut in den Adern. Im Moment war es ihr völlig egal, daß sie überhaupt keine Sicherheitsstufe hatte – streng genommen hätte sie sich gar nicht im Simulationszentrum aufhalten dürfen. Aber das interessierte sie jetzt nicht. Die Worte *›nächster Versuch‹*. Sie befanden sich tief unter der Erde in Sicherheit, befaßten sich mit irrelevanten pseudophilosophischen Fragen und fragten sich, wo die imaginären Festungen des Feinds sich wohl befanden – und dort draußen starben Menschen, reale Menschen im Kampf gegen den realen Feind.

Das MFI war nichts als ein Haufen unproduktiver Träumer tief unter Manhattan, und die Besatzung der *Terra Nova* fragte *sie* um Rat, bevor sie ihr Leben erneut aufs Spiel setzte.

Wenn das einen Menschen nicht läuterte und ihm das Gefühl der Demut und Unwürdigkeit vermittelte, dann half überhaupt nichts mehr. »Welchen … welchen Rat sollen wir ihnen geben?« fragte sie.

»Nichts«, sagte Bernhardt mit leiser, trauriger Stimme. Die Antwort stand im Raum, und das darauffolgende Schweigen sprach Bände für Sianna. *Menschen sterben dort draußen, und wir lassen sie hängen.* Sie selbst hatte sich frühzeitig nach unten abgesetzt, weil sie der langweiligen Arbeit in der KERN-Forschung entfliehen und statt dessen Ruhm erlangen wollte mit der Suche nach dem Verbleib von siebenunddreißig bedeutungslosen Minuten im Chronometer einer nicht mehr existierenden Sonde. Und was noch schwerer wog, sie hatte sich von *diesem* Unsinn durch den noch größeren Unsinn von Sakalovs Suche nach der *Charon-Zentrale* ablenken lassen.

»Vielleicht müssen wir uns um die *Terra Nova* gar keine Sorgen machen«, sagte Bernhardt schließlich. »Es ist gut möglich, daß es auf dem Schiff sicherer ist als hier. Juri, ich glaube, es ist an der Zeit, daß ich Ihnen zeige, weshalb ich Sie hergebracht habe. Ich bin sicher, wenn Sie die Ankunft eines der K-KERNE gesehen haben, wird die Diskussion über die Vorgänge in der Sphäre Ihnen etwas akademisch vorkommen.«

»K-KERNE?« fragte Sianna. Sie hatte den Begriff wohl schon ein paarmal im Labor gehört, aber niemand schien gewillt, ihr die Bedeutung des Akronyms zu erklären.

»*Kleine* KERNe«, sagte Bernhardt etwas abwesend. »Hmmpf. Wally, ich wollte die Maschinen selbst bedienen, aber wo Sie nun schon einmal hier sind, würden Sie die Simulation der K-KERNE von letzter Woche laufen lassen?«

»Jawohl, Sir«, sagte Wally. Er beugte sich über die Steuerkonsole. Guter Gott, Wally hatte schon mit Dr. Bernhardt zusammengearbeitet? Weshalb hatte er ihr nie etwas davon gesagt? Doch Sianna wußte die Antwort schon, bevor sie die Frage im Geiste ausformuliert hatte. Und Bernhardts Ausführungen bestätigten die Vermutung, auch wenn sie sich deshalb nicht besser fühlte.

»Es versteht sich von selbst, daß diese Daten geheim sind«, sagte Bernhardt. »Wenn sie vorzeitig an die Öffentlichkeit gelangen ...«

»Äh ... Sir, entschuldigen Sie«, sagte Sianna. Am besten rückte sie gleich damit heraus, anstatt sich noch tiefer reinzureiten. »Sir, ich habe die höchste Sicherheitsstufe nicht. Ich habe *gar keine* Sicherheitsstufe.«

Dr. Bernhardt drehte den Kopf zu ihr herum und musterte sie volle fünf Sekunden lang. »Haben Sie nicht«, sagte er schließlich. »Zu dumm, wenn man bedenkt, was Sie schon alles gehört haben. Wie ist Ihr Name, junge Dame?«

»Äh ... Sianna Colette«, sagte sie mit vor Furcht hämmerndem Herzen. O Gott, was würde er nun mit ihr machen?

»Wally – Mr. Sturgis. Können Sie für diese Person bürgen?«

»Äh ... jawohl, Sir. Ich kenne sie. Sie ist in Ordnung«, sagte Wally, während er die Einstellungen vornahm. Aus seinem Tonfall schloß Sianna, daß er der Sache nicht allzu viel Aufmerksamkeit schenkte. Er hätte ebensogut über das Wetter sprechen können – und Wally war schon seit Wochen nicht mehr draußen gewesen.

»Sehr gut, Miss Colette. *Nun* haben Sie die höchste Sicherheitsstufe. Ich würde vorschlagen, Sie lesen sich die Dienstvorschrift durch und befolgen sie auch; sonst könnten Sie erhebliche Probleme bekommen.« Nachdem das erledigt war, richtete er die Aufmerksamkeit wieder auf den an der Konsole hantierenden Wally. »Sind Sie soweit?«

»Ja, Dr. Bernhardt.«

»Dann fangen Sie an.«

... Und das Universum des *Multisystems verzerrte* und veränderte sich. Die Sphäre verschwand, und plötzlich hing die Erde in der Schwärze. Die im Hintergrund stehenden Sterne und Welten veränderten ihre Position, und die Perspektive veränderte sich ebenfalls, bis zwischen der Tag- und Nachtseite der Erde Symmetrie herrschte; der links von der Erde stehende *Sonnenstern* erschien nicht im Bild. Sie betrachteten die Erde von einem mehrere tausend Kilometer hinter dem Planeten befindlichen Bahnpunkt. Sianna sah winzige Punkte, die im Raum um die Erde verteilt waren, die KERNe, die den Planeten vor dem Himmelsschrott abschirmten, von dem das *Multisystem* erfüllt war.

Nun wurde die Darstellung des Planeten verkleinert, bis der *Mondpunkt* rechts ins Bild kam.

Der Hintergrund mutete irgendwie seltsam an. Dann erkannte Sianna den Grund dafür – es waren Sterne zu sehen. Nicht die *Gefangenen Sonnen* und die Planeten, obwohl die auch noch vorhanden waren, allerdings nur als Lichtpunkte am Firmament. »Was ist...«

»Das sind die K-KERNe. Wally hat die Darstellung natürlich vergrößert; sonst wären sie nämlich unsichtbar«, sagte Bernhardt eher an die Simulation als an Sianna gewandt. »In Wirklichkeit sind sie so dunkel wie Kohlebrocken und haben einen Durchmesser von weniger als hundert Metern. Ziemlich starke Radarstrahler, wenn man weiß, in welchem Frequenzbereich man suchen muß. Es hat verdammt lang gedauert, bis wir sie mit unserem bodengestützten Radar entdeckten. Weil die *Terra Nova* bisher keine Himmelsbeobachtungen durchgeführt hat, weiß sie auch nichts von ihrer Existenz. Das *NaPurHab* hat die Beobachtung eben erst aufgenommen. Aber Sie dürfen sicher sein, sobald sie diese Daten haben, werden sie nach ihnen Ausschau halten. Wally, können Sie die *Gefangenen Sonnen* und die anderen Objekte, die wir nicht brauchen, ausblenden?«

Plötzlich verschwanden die Sonnen und Planeten, und nur die Lichtpunkte blieben übrig. Sianna fiel auf, daß sie sich in einem Quadranten des Himmels konzentrierten.

»Wie alt ist diese Darstellung?« fragte Bernhardt.

»Äh… dies ist eine Echtzeit-Darstellung«, sagte Wally. »Oder zumindest sehr dicht dran. Die aktuellsten Daten der automatischen Ortungssysteme. Natürlich verstärkt und vergrößert, denn sonst würden wir bei diesem Maßstab nichts sehen.«

»Hm. Dreißig Tage zurück, Zeitraffer Faktor Zehntausend, und dann Vorlauf in die Jetztzeit«, sagte Bernhardt.

Nach einem Moment machte das Bild einen Sprung und verzerrte sich, während Wally die Einstellungen vornahm. Dann gingen die dreidimensionalen Geister der Realität ans Werk. Nun war die Rotation der Erde zu erkennen, wobei ein Tag in knapp neun Sekunden ablief. Sianna betrachtete den Himmel hinter dem Planeten.

Nun wurden die Lichtpunkte kleiner und trüber und arrangierten sich zu einem annähernden Toroiden, der den halben Himmel umspannte.

Doch die Bilder bewegten sich, kamen näher und verschmolzen am Himmel vor der Erde zu einem Punkt. Die Innenseiten des Toroiden rückten zusammen, bis die Lichtpunkte sich innerhalb eines flachen Ellipsoiden bewegten, der dem *Ring* folgte. Die winzigen Punkte wurden größer und heller, und der *Ring* rückte vor, gefolgt von den kleineren Lichtpunkten.

Sianna ging auf die Seite der Simulation, wo der *Sonnenstern* zu sehen war, und betrachtete sie von dort aus. Dutzende, vielleicht Hunderte der Dinger nahmen Kurs auf die Erde. Es dauerte nicht einmal fünf Minuten, bis die Darstellung in der Gegenwart angelangt war. Dann verharrte sie in der Echtzeit-Position. Eins war nach der Betrachtung der Grafik klar: Die Objekte flogen nicht die Erde an, sondern den *Mondpunkt-Ring*. Was, zum Teufel, wollten sie vom *Ring*?

»Was stellen sie dar?« fragte Sianna. »Woher kommen sie?«

»Was den ersten Teil Ihrer Frage betrifft, wir wissen es nicht, obwohl wir ein paar unerfreuliche Vermutungen haben. Die Ortungsteams, die sie entdeckt hatten, nannten sie *Klein*-KERNe, weil sie wie KERNe aussehen und sich auch so verhalten. Daraus entstand dann sehr schnell die Verkürzung K-KERNe. Was ihre Herkunft betrifft, so habe ich zwar eine Theorie, jedoch keinen Beweis. Die K-KERNe sind zu klein, um die hier dargestellte Entfernung zu überbrücken, aber wenn man ihren Kurs zurückverfolgt, kommen sie anscheinend aus einem ringförmigen Bereich um die Sphäre. Vereinfacht ausgedrückt, die Erde sieht auf den Nordpol der Sphäre hinunter, und der Halo zeigt…«

»Diese Objekte sind von Einrichtungen um den Äquator der Sphäre gestartet«, sagte Sakalov.

»Exakt. Was das zu bedeuten hat, weiß ich nicht. Vielleicht wurden sie aus einer Art Portal am Äquator der Sphäre ausgeschleust. Vielleicht sind sie auch von Ihrer *Charon-Zentrale* am Südpol gestartet und haben sich am Umfang der Sphäre entlang nordwärts bewegt. Wir wissen es nicht. Vielleicht sollte ich noch ergänzen, daß ähnliche Ströme von K-KERNen sich auf die meisten der *Gefangenen Welten* zubewegen. Wir sind aber nicht sicher, weil diese Objekte so schwer zu orten und zu verfolgen sind. Aber wir haben ein paar kleine Objekte geortet, die diesen K-KERNen ähneln und Kurs auf einige andere *Gefangene* nehmen. Auf jeden Fall tut sich einiges im *Multisystem*. Wir wissen nicht, weshalb diese Hektik ausgerechnet jetzt ausbricht, aber ich bezweifle, daß es etwas Gutes für die Erde bedeutet.«

Sianna fiel etwas auf. Bei der Vorhut handelte es sich um eine andere Objektklasse als beim Gros. Wally hatte sie rot markiert. Sie zählte sechzehn. »Was ist das?« fragte sie und zeigte auf die Objekte.

»Sie sind verschieden«, sagte Bernhardt. »Schneller, größer und bewegen sich auf einem direkteren Kurs als die andern. Und sie haben eine ziemlich komplexe Form. Viel mehr wissen wir bisher nicht, aber es handelt sich bei ihnen sicher nicht um die schlichten Würfel, die für die raumfahrenden Charonier typisch sind.«

Der Direktor ging auf die Sianna entgegengesetzte Seite der Simulation und zeigte auf die größeren Objekte. »Beachten Sie, daß diese größeren Einheiten, welche die K-KERNe anzuführen scheinen, sich etwas schneller bewegen«, sagte Bernhardt. »Als ob sie vor Ort sein müßten, bevor ... äh ... andere Ereignisse eintreten.«

»Vielleicht sind sie ein ›Reparaturtrupp‹ für den *Mondpunkt-Ring*«, spekulierte Sianna.

Der Direktor runzelte die Stirn. »Ein interessanter Gedanke. Besser als alles andere, was uns bisher eingefallen ist. Auf jeden Fall fliegen die K-KERNe den *Mondpunkt-Ring* an. Wir nehmen an, daß sie dort irgend etwas vorbereiten oder verarbeiten sollen, bevor ... nun, vor anderen Ereignissen. Wally, lassen Sie die Darstellung mit der gleichen Geschwindigkeit vorlaufen und zeigen Sie uns Ihre Projektionen.«

Der *Ring* und die KERNe bewegten sich auf die Erde zu. Die größeren Objekte trafen ein und schienen mit der Darstellung des *Mondpunkt-Rings* zu verschmelzen. Daraus schloß Sianna, daß die Forschungsgruppen zwar wußten, daß die großen Objekte Kurs auf den *Ring* nahmen, aber keine Ahnung hatten, was sie nach der Ankunft tun würden.

»Äh ... Sir, das *NaPurHab* umkreist das Schwarze Loch im Zentrum des *Mondpunkt-Rings*«, sagte Sianna. »Was wird mit ihm geschehen?«

»Wir *glauben*, daß der Orbit stabil bleibt. Aber wir wissen es nicht. Wir haben die Führung der *Purpurnen* natürlich informiert, und sie werden die Augen offenhalten, das versichere ich Ihnen. Es besteht noch keine unmittelbare Gefahr.« Bernhardt schien sich indes nicht allzu sehr für dieses Problem zu interessieren, als ob das Schicksal der vielen tausend Leute an Bord des Habitats ihm weniger am Herzen läge als andere Dinge. »Die K-KERNe werden bald auch mit Amateurteleskopen zu sehen sein«, sagte er. »Dann besteht keine Hoffnung mehr, noch den Deckel draufzuhalten. Wir müssen die Zeit nutzen, um uns auf ihre ... äh ... Ankunft vorzubereiten.«

Plötzlich dämmerte es Sianna. Die Bezeichnung ›K-KERNe‹ war irreführend für sie gewesen – wie sie vermutlich auch die Öffentlichkeit in die Irre führen sollte. Sie hatte sie sich nur als ›kleine Brüder‹ der großen KERNe vorgestellt, die Position um die Erde bezogen.

Nur daß sie überhaupt keine KERNe waren. Bernhardt hielt sie für Invasoren, für Angreifer. Dies war der Beginn eines *Zucht-Rauschs*.

Der Begriff des ›*Zucht-Rauschs*‹ war bisher nur Theorie gewesen, obwohl diese Theorie durch viele Indizien gestützt wurde, zum Beispiel durch den Zustand der *Gefangenen Welten* im näheren Umkreis. Das *Multisystem* existierte überhaupt nur wegen des *Zucht-Rauschs*. Die Charonier brauchten planetarische Oberflächen für die Aufzucht während eines ihrer Lebenszyklen.

Vergangene Nacht hatte sie noch die Decke angestarrt und sich gefragt, wann wohl die *Brüter* kommen und die Erde für ihre Zwecke nutzen würden. Nun wußte sie es.

Die Gedanken jagten sich, und ihr brach der Angstschweiß aus. Die Simulation lief im Zeitraffer ab, und die K-KERNe sowie die großen Objekte nahmen Kurs auf die Erde und den *Mondpunkt-Ring*. Die K-KERNe – die Invasoren, die *Brüter* – flogen an, umrundeten den *Mondpunkt-Ring* und stießen dann zur Erde vor. Sie kamen immer näher, erreichten den Planeten – und verschwanden. Für einen Augenblick wurde Sianna von einer Woge der Erleichterung erfaßt. Sie keuchte und merkte erst jetzt, daß sie die Luft angehalten hatte. Sie würden verschwinden. Alles würde gut werden. Vor ihrem geistigen Auge waren die *Brüter* schon gelandet und rissen die Erdoberfläche auf, aber nein, es würde alles gut werden.

»Natürlich können wir in einer raumgestützten Simulation nicht die Schäden und die am Boden stattfindenden Aktionen darstellen«, sagte Bernhardt. »Aber es wird schlimm werden. Wally, Sie arbeiten noch an den Bodensimulationen?«

»Jawohl, Sir«, sagte Wally. »Die Datensätze sind natürlich ziemlich dürftig. Ich werde kaum in der Lage sein, Sie mit Details zu versorgen. Manches wird spekulativ sein.«

»Ich bin sicher, es wird Ihrem gewohnt hohen Niveau entsprechen«, sagte der Direktor.

Sianna schloß die Augen und schalt sich innerlich eine Närrin. Natürlich. Was hätte sie bei diesem Maßstab, der die Erde in der Größe eines Fußballs abbildete, auch sehen sollen? Aber die Katastrophe würde natürlich noch eintreten.

»Dann wird es also doch geschehen«, sagte Sakalov. »Ich hatte gehofft, ich müßte das nicht mehr erleben.«

»Wir alle werden den *Anfang* erleben«, sagte Bernhardt. »Sie haben die Bilder vom Sonnensystem gesehen und wissen, was gerade einmal eine Handvoll Charonier mit dem Mars angestellt hat. Diese K-KERNe sind natürlich ein anderer Typ von Charoniern, und vielleicht werden sie sich auch ganz anders verhalten.

Aber ich hege keinen Zweifel, daß sie etlichen Schaden verursachen werden. Die Charonier haben unsere Welt aufgespürt und im *Multisystem*, ihrer Vorratskammer, deponiert. Nun haben sie Hunger. Sie werden auf der Erde landen und brüten bis zum Exzeß. Sie könnten die Ökosphäre des Planeten ruinieren. Wir wissen schließlich, wie es anderen *Gefangenen Welten* ergangen ist. Selbst wenn es hier nicht so schlimm kommen sollte, wird der Schaden dennoch gravierend sein.«

»Was sollen wir also tun?« fragte Sianna.

Wolf Bernhardt sah sie an, dann Wally und Dr. Sakalov. »Zunächst versuchen wir, das *NaPurHab* und die *Terra Nova* mit soviel Nachschub wie möglich zu versorgen. Wir schicken so viele Ersatzteile und Ausrüstung hoch wie möglich. Je nachdem, welche Schäden die Erde davonträgt, ist es möglich, daß das Habitat und das Schiff alles ist, was von uns übrigbleibt. Wir müssen alles daransetzen, daß sie sich im bestmöglichen Zustand befinden. Dann setzen wir die Raketen, die Bodentruppen und all die anderen Waffen ein, die wir in Erwartung dieses Tages gebaut haben«, sagte er. »Wir schießen so viele wie möglich ab und töten so viele wie möglich am Boden. Vielleicht gelingt es uns, die erste Welle zurückzuschlagen, und vielleicht gelangen die Charonier dann zu dem Schluß, daß die Erde kein günstiger Ort ist für einen *Zucht-Rausch*. Aber ich bin mir sicher, daß in diesem Fall die *Charon-Zentrale* nach der Überwindung unserer Verteidigung weitere K-KERNe – *Brüter* – schickt. Und dann werden die *Brüter* landen und ihrem Geschäft nachgehen.

Und ich habe keinen blassen Schimmer, was wir dann tun sollen – aber eins weiß ich doch.« Wolf Bernhardt schob die Hände in die Taschen, warf einen Blick auf die Simulation und stieß einen tiefen Seufzer aus. »Ich weiß«, sagte er, »daß viele von uns sterben werden.«

Kapitel Neun

Tod der Vergangenheit

»Es gibt Zeiten, da macht es mir nichts aus, als ein *Überbleibsel* bezeichnet zu werden – und dann bringt es mich wieder auf die Palme. Doch weshalb hackt ihr gerade auf *mir* herum? Schließlich bin ich nicht die einzige, die zurückgelassen wurde. Haben wir nicht alle jemanden verloren? Gibt es irgend jemanden im Sonnensystem, der nicht seine Familie oder einen Teil seiner Vergangenheit verloren hat, als die Erde verschwand? Und gibt es auch nur einen unter euch, der nicht von jemandem auf der Erde vermißt wird?

Und wenn es niemanden gibt, der euch vermißt, wenn es niemanden auf der anderen Seite gibt, dem ihr etwas bedeutet, dann tut ihr mir wirklich leid.«

– Dr. Selby Bogsworth-Stapleton,
Leserbrief an die *Lunar Times*, 3. Mai 2431

An Bord der *Terra Nova*
Leerraum
DAS *MULTISYSTEM*

Gerald MacDougal, Erster Offizier der *Terra Nova*, lag wach in der Koje und starrte auf das Schott über sich. Er wußte, daß er versuchen sollte zu schlafen, aber in dieser Nacht würde er keinen Schlaf finden.

Gerald vermißte seine Frau.

Marcia. Er hätte sich auch umdrehen und ihr Bild betrachten können, das er an das Schott neben dem Bett geklebt hatte, doch das war nicht nötig. In den letzten fünf Jahren hatte er endlose Stunden mit der Betrachtung dieses Fotos verbracht. Es war das einzige, das er von ihr hatte, und es war sein wertvollster Besitz.

Es war ein schlichtes Foto, kein Drei-D-Bild mit holografischen Effekten. Sie lächelte in die Kamera, wobei sie die Arme auf den Campingtisch gelegt und das Kinn in die Hände gestützt hatte. Die langen Finger waren unter dem schwarzen Kraushaar verborgen; nur die Spitze des linken Zeigefingers war am Ohr zu sehen.

Die dunkelbraunen Augen waren halb unter dem Pony verborgen, doch sie glänzten verliebt und glücklich. Sie grinste breit und enthüllte strahlendweiße Zähne, von denen nur einer etwas unregelmäßig war. An einer Wange hatte sie eine klitzekleine Narbe, die von einem Gesteinssplitter herrührte, der sie als Kind getroffen hatte, bevor sie aus dem *Purpurnen* Straflager Tycho geflohen war.

Nein, er mußte sich das Bild nicht ansehen.

Sie hatte sich während der *Entführung* nicht auf der Erde befunden, sondern auf der die Venus umkreisenden VISOR-Station gearbeitet, während er auf der Erde an seinen Projekten gearbeitet hatte. Auch damals waren sie schon auf Videobotschaften angewiesen, die wegen der durch die große Entfernung bedingten relativistischen Verzögerung eine richtige Konversation unmöglich machten. Damals war diese Entfernung ihnen unglaublich weit erschienen. Nun wirkte sie trivial. Was waren ein paar Millionen Kilometer gegen die unbekannte Anzahl von Lichtjahren, die sie nun voneinander trennten?

Schließlich richtete er den Blick doch auf das Bild, aber er sah eher hindurch, anstatt es anzusehen. Wie hatten die fünf Jahre sie verändert? Hatte sie graues Haar bekommen? Hatte sie noch mehr Lachfältchen um die Augen?

An die anderen Unbilden, von denen sie vielleicht betroffen war, wollte er gar nicht denken. Eine der letzten Nachrichten, die von der *Heiliger Antonius* übermittelt worden waren, hatte bestätigt, daß Marcia zumindest zu *jenem* Zeitpunkt noch am Leben gewesen war, und diese Gewißheit war schon ein Trost. Gerald sprach ein stummes Dankgebet. Viele Besatzungsmitglieder der *Terra Nova* und viele Menschen auf der Erde wußten nämlich nicht, ob ihre Angehörigen im Sonnensystem die Katastrophe überlebt hatten. Sie wußten nur, daß die viel kleinere Bevölkerung des Sonnensystems mehr Todesopfer zu verzeichnen hatte als die Erde.

Doch was war in den fünf Jahren geschehen, die seither vergangen waren? Er glaubte fest, denn er mußte es glauben, daß sie noch immer lebte – doch angenommen, sie lebte nicht mehr? Angenommen, sie starb *nun,* in diesem Augenblick, während er hier gemütlich im warmen Bett lag und keine Ahnung hatte?

Er beruhigte sich selbst. Nein. Sie lebte. Er wußte das. Er hatte sich immer gesagt, er würde es *wissen,* wenn sie starb. Er würde es fühlen, trotz der Entfernung und der logischen Unmöglichkeit der Idee. Er *spürte,* daß sie am Leben war, so wie er den eigenen Herzschlag spürte. Er würde es wissen, wenn sie starb, so wie er es spüren würde, wenn man ihm den Arm abhackte.

Aber was war mit ihm selbst? Guter Gott, wie hatten die fünf Jahre *ihn* verändert? Wie sehr war er gealtert? Fünf Jahre eingesperrt in dieser überdimensionierten Blechbüchse – er hatte zugenommen und an Muskeltonus eingebüßt. Das war eine zwangsläufige Folge der Raumfahrt, die man auch durch körperliche Ertüchtigung nicht kompensieren konnte. Und wie stand es um seine geistige und seelische Verfassung? Hatten die fünf Jahre vergeblicher Anstrengung sein Gemüt verdüstert und ihn verbittert? Er glaubte es zwar nicht, aber sicher war er sich auch nicht.

Er schwang die Beine herum und setzte sich im Bett auf. Genug. Es war dumm zu glauben, er hätte sich so verändert, daß sie ihn nicht mehr lieben und attraktiv finden würde. So viel Vertrauen in sie – und Selbstbewußtsein – hatte er schon. Dennoch wollte er sie nicht *enttäuschen.*

Und enttäuscht wäre sie, wenn sie ihn so schlapp in seinem Quartier gesehen hätte. Er hatte nämlich zu tun. Selbst wenn der Start verschoben worden war, das zweite Tarnkappen-Schiff, die *Highwayman,* mußte für den nächsten Anflug auf einen KERN vorbereitet werden. Er stand auf, verließ die Kabine und suchte das Flugdeck auf. Er mußte Computer überprüfen, Systeme testen und Geräte inspizieren.

Zumal Gerald ein besonderes Interesse an der Vorbereitung der *Highwayman* hatte.

Er würde sie nämlich befehligen. Ungeachtet aller Einwände von Dianne Steiger würde er an Bord des kleinen Schiffs gehen.

Gerald MacDougal hatte genug davon, andere zum Sterben nach draußen zu schicken. Das nächste Mal würde er selbst gehen.

Und er hoffte, daß Marcia ihn verstehen und ihm vergeben würde.

***Multisystem*-Forschungsinstitut**
New York City
ERDE

Sianna ging zurück in die Operationszentrale, suchte ihr Arbeitszimmer auf, setzte sich auf den Stuhl, lehnte sich zurück und seufzte. Was für ein katastrophaler Morgen! Die Nachricht von Bernhardt war an sich schon schlecht, doch das war noch lange nicht alles. Sie hatte den Morgen vertan und sich vor dem obersten

Chef zum Narren gemacht. Das Schicksal eines Planeten, die Vorstellung des universalen Untergangs, war etwas zu viel für sie. Die ohnehin schon hervorragenden Aussichten, daß sie gefeuert werden würde, schienen sich weiter verbessert zu haben. Sie sah das Gewitter förmlich heraufziehen.

Sie konnte genauso gut gleich aufgeben, bevor Niedergeschlagenheit, Schuldgefühle und Frustration sich zu einer brisanten Mischung verquickten.

Mit äußerster Willenskraft stand sie auf, schob den Stuhl hinter den Schreibtisch und ging.

Sianna fuhr an die Oberfläche, ohne sich der Schrecken des Aufzugs überhaupt bewußt zu werden. Sie trat in die helle Junisonne und schaute betrübt zum strahlendblauen Himmel empor. Sie trottete nach Hause, ohne die frische Luft und die leichten Windstöße wahrzunehmen, die durch die Straßen der Stadt fegten. Sie schlurfte zu ihrem Apartment und fühlte sich einfach nur elend.

Schlechter hätte der Tag kaum anfangen können, sagte sie sich, während sie auf den Aufzug wartete. Schließlich kam der Aufzug. Sie stieg ein und fuhr zu ihrer Etage. Sie verließ ihn und trottete durch den Korridor zu ihrem Apartment.

Unfaßbar, daß der Tag mit dem Fingerzeig des Unterbewußtseins begonnen hatte, sie würde kurz vor einer Entdeckung, einem Durchbruch stehen! Sie hatte doch wirklich geglaubt, daß Wally – *Wally* – sie inspirieren würde. So viel zum Unterbewußten. *Wally* sollte ihr etwas erzählen, das die Tür zum in ihr verborgenen Wissen öffnete? Die einzige konkrete Information, die *er* ihr anzubieten hatte, bestand darin, daß die Sphäre von einer blöden kleinen Welt umkreist wurde. Da hätte sie genauso gut darauf warten können, daß ihr Toaster ihr die Geheimnisse des Universums enthüllte.

Zum Teufel damit! Sie erreichte die Tür des Apartments und wartete die nervenden zehn Sekunden, die es dauerte, bis die Tür sie identifiziert hatte, sich entriegelte und sie einließ. Verdammte altmodische Tür. Wann würde der Vermieter endlich eine Tür einbauen, an der sie nicht den ganzen Tag warten mußte?

Schließlich öffnete die Tür sich, und sie huschte ins Apartment. Sie ging sofort auf ihr Zimmer, schleuderte die Handtasche auf den Boden und warf sich aufs Bett, wo sie mit einem vernehmlichen, wenn auch gedämpften Aufprall landete.

Wann würde sie endlich erwachsen werden? Oder vielleicht bestand das Problem gerade darin, daß sie schon erwachsen *war* und sich dennoch für alle Zeiten wie ein dummes Kind verhalten würde. Manchmal hatte sie den Eindruck, daß sie nur noch aus Dummheit bestand – als ob sie die Grinsekatz aus ›Alice im Wunderland‹ wäre und das dümmliche Grinsen auch dann noch im Gesicht haben würde, wenn alles andere – Karrierechancen, akademische Würden, die besten Jahre – längst schon dahin war.

Sie runzelte die Stirn, schüttelte den Kopf und vergrub das Gesicht im Kissen.

Unvermittelt erschienen zwei Bilder vor ihrem geistigen Auge. Epizyklen, wie sie sie bezeichnet hatte – *wie ein Satellit, der sich um den Mond dreht, während der Mond sich wiederum um die Erde dreht – nur daß die Erde* und *der Mond nicht mehr da sind.* Und die Sphäre, die Sphäre, die sie zuerst in Wallys Simulation gesehen hatte, ein rotglühendes, großes Objekt, das von Sternen und Welten umkreist wurde, wobei der Umfang der Sphäre größer war als der alte Erdorbit …

Sianna warf sich herum, legte sich auf den Rücken und starrte auf die durch das Pulsbeben verursachten Risse in der Decke. Die Lippen formten stumme Worte.

Das Herz hämmerte. Plötzlich setzte sie sich im Bett auf.

Sie hatte es. Sie hatte es! Sie wußte es! Binnen einer halben Minute war sie zur Tür hinaus und machte sich auf den Weg zum Labor. Sie mußte Wally suchen und sich an die Arbeit machen.

Aufgeregt ging Sianna im Raum auf und ab und rieb sich die Hände. Sie hatte es. Sie *wußte*, daß sie es hatte. Wenn es jemals in ihrem Leben einen Moment gegeben hatte, in dem sie die richtige Antwort wußte, dann war es nun soweit.

Wally fütterte das Simulator-System mit Siannas letzten Anweisungen und sah auf die Bildschirmanzeigen. »Es ist alles drin«, sagte er. »Und was nun?«

Sianna blieb an der anderen Seite des Raums stehen und drehte sich zu Wally um. »Leg es auf den Hauptbildschirm«, sagte sie. »Zeig's mir. Gib mir einen Zeitraffer im Verhältnis von einer Minute pro Jahr mit einem Vorlauf von zehn Jahren.«

Der Raum verdunkelte sich, und das Sonnensystem erschien. Nicht das *Multisystem*, sondern das *Heimat*system der Erde, wie es vor den Charoniern gewesen war. Sianna stellte sich mitten zwischen die Welten und bestaunte die detaillierte Darstellung der Miniaturen. Wally ließ das System im erweiterten Grafik-Modus laufen, so daß die Planeten und anderen Körper im vergrößerten Maßstab und verstärkter Helligkeit erschienen und somit besser zu erkennen waren. Dennoch waren die Welten noch immer klein und glichen Juwelen auf einer schwarzen Samtdecke.

Alles war, wie es sein sollte, alles war, wie es gewesen war und nicht mehr war. Die neun Welten umkreisten die helle Sonne, die staubkorngroßen Asteroiden bewegten sich auf ihren Myriaden Pfaden in der Leere zwischen Mars und Jupiter. Kometen zogen aus der

Oortschen Wolke sonnenwärts. Pluto stand am Rand des Systems, in Begleitung des Monds Charon.

Der *Ring von Charon*, das einzige von Menschenhand erschaffene Objekt, das so groß war, daß man es auch in diesem Maßstab noch sah, umspannte Charon wie ein Reif. Dort war Jupiter mit seinen Monden, dem Roten Fleck und den schmalen Ringen. Und dort waren Saturn mit dem repräsentativen Ringsystem und Mars mit beiden Monden.

Alle Planeten hatten noch die ihnen gebührenden Satelliten und Ringsysteme. Alles war gut.

Natürlich stimmte das nicht. Das Mond-*Rad* schlummerte in den Tiefen des Monds und würde bald erwachen. Sianna hatte nicht geahnt, wie schwer es ihr fallen würde, die Ereignisse noch einmal zu verfolgen. Auch in einem Simulator, auch auf der Jagd nach dem Durchbruch, war es alles andere als angenehm, die Katastrophe noch einmal zu erleben.

Eine Minute pro Jahr, Start zehn Jahre in der Vergangenheit. Sianna drehte sich um und sah die Erde in der Nähe der Sonne, wobei der Mond sich stetig um die weißblaue Murmel drehte, die in der Dunkelheit trieb. Dort, auf dieser Welt, war sie vor zehn Jahren aufgewachsen, vielleicht etwas zu schnell. Sie stellte sich eine submikroskopische neunjährige Version ihrer selbst in einem Miniaturfrankreich auf der simulierten Welt vor. Sie erinnerte sich daran, wie sie von den anderen Kindern wegen ihres komischen Namens und der noch komischeren Schreibweise gehänselt wurde und verzweifelt gehofft hatte, ihre Mutter würde die Stelle in Amerika bekommen, damit Sianna diesem grausamen Spott endlich entkam.

Eine Minute pro Jahr, und die winzige Erde drehte sich einmal um die Sonne. Eine Zehnjährige mit strubbeligem Haar und knochigen Beinen, die noch dazu sehr sensibel war, lernte, daß nicht nur die Kinder in

Frankreich, sondern auch in New York und überall grausam waren – aber sie merkte auch, daß sie tapfer genug war, um es zu ertragen, und allmählich gewöhnte sie sich daran.

Wieder eine Minute, und ein zweites Jahr ist vorbei, und ein drittes, und Sianna erinnerte sich, wie sie zum erstenmal einen Jungen geküßt hatte. Ein großer, schlaksiger Junge – wie hatte er geheißen? Sie hatte den Namen vergessen – mit einem scharf geschnittenen Gesicht, an das sie sich verschwommen erinnerte. Es schockierte sie, daß sie sich nicht mehr an seinen Namen erinnerte. Die ganze Welt hatte sich um ihn gedreht! Alles, woran sie sich noch erinnerte, war der Kuß selbst, auf einem Hügel hinter der Schule, und das ungewohnte, kribbelnde, aufregende Gefühl. Aus irgendeinem Grund assoziierte sie den Geruch von Buttertoffee mit dem Ereignis, obwohl sie keine Ahnung hatte, weshalb.

Lächelnd erinnerte sie sich an diesen schönen Moment in ihrer ansonsten tristen Jugend, wie verliebt sie in den Jungen gewesen war, die Romanze, die sie für ein paar Frühlingstage gehabt hatten. Es war im wirklichen Leben fast genauso schnell vorbei gewesen wie in der imaginären Zeit auf der simulierten Miniaturerde.

Vier Minuten, vier Jahre waren verstrichen, und die Sianna auf der Miniaturerde entdeckte nun, daß die Welt nicht nur aus Jungen und Kichern bestand, sondern sie schaute zum Nachthimmel hinauf und fragte sich, ob es dort vielleicht einen Platz für sie gäbe.

Sie machte sich Gedanken darüber, wie ihr Leben aussehen sollte. Die dreizehnjährige Sianna, deren Eltern für sie kaum Zeit hatten und die sich nie ganz sicher war, wie sie zu ihnen stand, beschloß nun, *alles* an seinen richtigen Platz zu stellen. Ihr Zimmer war immer aufgeräumt, ihre Welt immer in Ordnung. Und genauso hatte sie auch die Zukunft bis ins kleinste Detail geplant. Sie würde auf diese Schule gehen, jenen Abschluß machen, in diesem Beruf arbeiten, diese Sorte Mann heiraten und in dem Alter so viele Kinder haben.

Sianna schüttelte den Kopf und erinnerte sich verwundert an die vernünftige, ordentliche und schematische Zukunft, die sie für sich beschlossen hatte. Im Rückblick, nur wenige Jahre darauf, kam ihr das alles so dumm vor. Selbst wenn die Charonier nicht gekommen wären, wenn nichts sich geändert hätte, das Leben konnte unmöglich so präzise geplant werden. Man war nicht immer nur vernünftig. In der Regel arbeitete man mit dem, was man hatte, und reagierte auf die aktuelle Situation. Selbst als Charonier.

Die Mini-Erde drehte sich unablässig um die imaginäre Sonne, wie sie es schon fast fünf Milliarden Mal getan hatte. Die letzte Umdrehung. Sianna stand in der Dunkelheit, betrachtete die Szenerie und erinnerte sich. Sie wußte, was geschehen würde, und weinte im Dunklen wegen des Verlusts, den sie gleich erleben würde.

Viereinhalb, fünf Minuten; viereinhalb Jahre waren vergangen, und ihre Eltern waren glücklich und zufrieden, auch wenn sie sich vielleicht nicht so hingebungsvoll um ihr Kind kümmerten wie andere Eltern. Beide hatten der Arbeit immer Vorrang gegenüber ihrem Kind eingeräumt. Sie waren immer freundlich, lächelten immer und umarmten sie vielleicht sogar oder tätschelten ihr den Arm, doch irgendwie wirkten sie immer etwas distanziert. Nie hatten sie *jetzt* Zeit, aber sie würden es später wiedergutmachen. Nur daß dann die Charonier kamen und sie es nie wiedergutmachten.

Fünf Minuten. Fünf Jahre. Sie sah auf die Zeit-Datums-Anzeige und wußte, daß es soweit war. »Langsam, Wally«, sagte sie. »Ab hier eine Minute pro Tag.«

Die Bewegung der Planeten verzögerte sich abrupt, und die Zeit schien für einen Augenblick stillzustehen, bevor Sianna die Bewegung im verlangsamten Zeitraffer erkannte. *Jetzt*, sagte sie sich. *Nun müßte es soweit sein.*

Wally hatte das System so programmiert, daß die Gravitationsstrahlen als hellrote Linien dargestellt wurden, obwohl sie in Wirklichkeit genauso unsichtbar waren wie die Schwerkraft an sich. Ein roter Lichtstrahl zuckte von Pluto, vom *Ring von Charon* ausgehend durch die Dunkelheit. Die ersten Teststrahlen, die an alle Versuchseinrichtungen auf den inneren Planeten und Monden geschickt wurden.

Bei dem zeitlichen und räumlichen Maßstab, den Wally gewählt hatte, dauerte es einige Minuten, bis ein Lichtstrahl die weite Entfernung von Pluto und dem *Ring von Charon* zu den inneren Welten überbrückt hatte. Der *Ring von Charon* hatte Zehnminuten-Pulse auf jede der inneren Welten abgefeuert.

»Noch langsamer«, flüsterte Sianna. Sie mußte das sehen und es begreifen. »Gib mir eine Minute pro Stunde.«

Erneut verlangsamte die Darstellung sich, und erneut schien die Zeit stillzustehen, bevor sie langsamer ablief. Nun bewegten sich blutrote Speere aus Licht, jeder mit einer Länge von zehn Minuten, vom *Ring von Charon* ins Sonnensystem hinein. Einer zum Saturnmond Titan, dann zu Jupiters Ganymed und zuletzt zu Mars und Venus. Die Speere aus Licht berührten nacheinander alle Welten. Sie waren unschädlich und konnten nur mit hochempfindlichen Gravitationswellen-Detektoren nachgewiesen werden. Nun hatten alle Strahlen bis auf einen das Ziel erreicht. »Normale Geschwindigkeit, Wally«, flüsterte Sianna.

Sianna schaute auf die leuchtende weißblaue Erdkugel hinab, mit den glitzernden Wolken und Meeren. Sie stellte sich vor, daß es nun irgendwo dort unten auf dieser perfekten Miniatur zwölf Uhr an einem schönen Junitag war. Sie wußte, wo sie gewesen war, als es geschah. Jeder wußte es. Dort unten waren Sianna und ihre Freundinnen gerade zur Mittagspause auf den Schulhof gegangen und hatten sich darüber unterhalten, wie viele Tage es noch bis zu den Ferien waren, was sie am nächsten Tag anziehen würden und wie die Mathehausaufgaben gingen. Sie waren gerade auf den Hügel gestiegen, als es geschah. Erst viel später erfuhr sie, wo ihre Eltern zu diesem Zeitpunkt gewesen waren, doch nun stand es so deutlich vor ihrem geistigen Auge, als ob sie selbst bei ihnen gewesen wäre. Dort unten, auf diesem winzigen Juwel von einer Welt, wollten ihre Eltern sich gerade zum Mittagessen in einem ihrer bevorzugten Restaurants treffen. Ein Restaurant in einem vierhundert Jahre alten Sandsteinhaus, das wahrscheinlich schon lange gebaut worden war, bevor man auch nur an Bauvorschriften gedacht hatte.

Die Zeit schien sich erneut zu verlangsamen, doch diesmal hing es nicht mit Wallys Tätigkeit an den Kontrollen zusammen. Dies war der Moment, der alles änderte, der Augenblick, der Sianna zu dem machte, was sie war, der das Leben aller Menschen verändert hatte.

Der letzte Speer aus Licht traf die Erde, berührte sie, wurde von ihr abgelenkt und traf den Mond. Und im Innern des Mondes erwachte das Mond-*Rad*. Eine Scheibe aus unwirklichem blauem Licht/Nichts erschien zwischen der Erde und dem Mond und fegte auf den Planeten zu – und die Erde war verschwunden. Die weißblaue Scheibe verschwand. Das war alles. Die Erde war verschwunden.

»Das ist alles, was wir an direkten Beobachtungen von den Vorgängen im Sonnensystem haben, Sianna«, sagte Wally leise und zurückhaltend. »Ab jetzt handelt es sich nur um Vermutungen und Schätzungen sowie ein paar konkrete Informationen anhand der Daten der *Heiliger Antonius*.«

»Schon gut, Wally.«

Das war alles, was sie von den Geschehnissen im Sonnensystem *wußten*, denn das war der letzte Moment, in dem die Erde sich *im* Sonnensystem befunden hatte. Die Erde fehlte nun in der Simulation, genauso wie sie im realen Sonnensystem fehlte. *Das Sonnensystem*. Denk lieber daran, was sich dort ereignet hat, nicht daran, was der Erde zugestoßen ist.

Denk nicht daran, daß das Restaurant während der Pulsbeben einstürzte, daß die Opfer erst nach Tagen geborgen wurden. Denk nicht an den Anblick dieser weißblauen Wand aus *irgend etwas*, die immer wieder vom Himmel fiel, oder daran, daß der Himmel verrückt gespielt hatte – er verfärbte sich rot, dann wurde die Nacht zum Tag und wieder zur Nacht. Denk auch nicht an die von überall her eingehenden verworrenen Berichte, welche das Verschwinden und die Zerstörung von Raumschiffen und Habitaten, die allgegenwärtige Panik und Tod, Angst und Katastrophen meldeten ...

Nein. Stop. Denk nicht daran. Denk überhaupt an nichts. Beobachte. Laß es auf dich wirken. Sie schloß die Augen und sammelte sich, bevor sie den nächsten Schritt tat. *Konzentriere dich auf das Sonnensystem. Wir haben immer nur an unsere Lage gedacht – aber in welcher Lage befinden* sie *sich?* »Wähle den zeitlichen Maßstab ›zehn Sekunden pro Tag‹ und gib mir die Extrapolation der darauffolgenden Ereignisse«, sagte sie mit bemüht fester Stimme. Die Trümmer des Restaurants – nein. Denk nicht daran.

»Gut«, sagte Wally. »Von nun an raten wir bloß.«

Der Zeitablauf beschleunigte sich wieder. Der Mond, der gravitationalen Verankerung durch die Erde beraubt, taumelte eine Zeitlang und stabilisierte sich dann wieder, als das *Multisystem* die *Erdpunkt*-Singularität schickte, ein Schwarzes Loch mit fast derselben Masse wie die Erde, um den Mond in seinem alten Orbit zu verankern. Außerdem diente es als Transitpunkt für die Invasoren. In Wallys Simulation erschien die eigentlich unsichtbare *Erdpunkt*-Singularität als rubinroter, nadelspitzengroßer Lichtpunkt.

Inzwischen gaben die Charonier im Sonnensystem mehr von ihren Geheimnissen preis, noch bevor ihre Verbündeten durch den *Erdpunkt* kamen. *Lander*, die seit Tausenden oder gar Millionen von Jahren als Asteroiden getarnt geschlafen hatten, verließen als trübe rote Lichtpunkte den Asteroidengürtel, den weit entfernten Kuiper-Gürtel und die Oortsche Wolke.

Die charonischen *Lander* schwärmten im Sonnensystem aus, nahmen Kurs auf alle größeren Welten und griffen sie an. *Lander* aus dem *Multisystem* kamen durch den *Erdpunkt* und beteiligten sich an den Angriffen – nur der Mond wurde verschont.

Sie mußte es deutlicher sehen. »Gut, Wally. Vergrößere die Planeten und Monde um den Faktor Fünfhundert.« Mars, Jupiter, Venus, alle Welten standen plötzlich groß im Bild und zeigten sämtliche Details. Überall tobte das Chaos. Eine Staubwolke hüllte den Mars ein. Jupiters Roter Fleck verzerrte sich. Die Saturnringe lösten sich auf. Dann nahm am Rand des Sonnensystems eine merkwürdige Entwicklung ihren Lauf. Charon schrumpfte zusammen und verschwand, und dann stürzte auch Pluto in sich zusammen. Der *Ring von Charon* zerbröselte erst eine Welt, dann die andere und verdichtete sie zu einem von Menschen kontrollierten Schwarzen Loch, durch das sie in die Lage versetzt wurden, – zumindest – einen Vergeltungsschlag gegen die Invasoren zu führen. Planet und Mond verschwanden, und ein rubinroter Lichtpunkt im Zentrum des Rings nahm ihren Platz ein.

»Wie plausibel ist das?« fragte Sianna und deutete auf das Bild des neuen *Plutopunkt*-Schwarzen Lochs. Allein schon die Betrachtung verursachte ihr ein gewisses Unbehagen und das Gefühl, sich besudelt zu haben. Es war grundsätzlich *falsch* und unanständig, eine Welt zu vernichten, und sei die Notwendigkeit auch noch so groß.

»Die Computer veranschlagen die Wahrscheinlichkeit auf über fünfundneunzig Prozent, aber ich würde das noch als zu niedrig bezeichnen. *Irgend etwas* im Sonnensystem hat soviel Leistung entwickelt, um einen starken Gravitations-Energiestoß durch das Mond-*Rad* zu jagen und zum *Mondpunkt-Ring* hier im *Multisystem.*«

Wally machte sich an den Kontrollen zu schaffen und vergrößerte die Darstellung des *Rings*, bis er einen Durchmesser von fünf Metern hatte und sich stetig um das rote Auge im Mittelpunkt drehte. Seine Stimme war tief und nachdenklich, als ob dies eine der wenigen Realitäten wäre, denen er sich stellte – vielleicht deshalb, weil er im Simulator damit konfrontiert wurde. »Im Lauf der Jahre habe ich eine – eine *Million* Simulationen von den Vorgängen laufen lassen, die sich dort abgespielt haben müssen«, sagte er.

»Und muß es so gewesen sein?« fragte Sianna. »Keine andere Möglichkeit?«

Wally schloß die Augen und nickte – seine Art, eine Aussage zu bekräftigen. Er öffnete sie wieder und zeigte auf das blutrote Bild des Schwarzen Lochs. »Sofern sie nicht irgendwie gelernt haben, ein masseloses Schwarzes Loch zu erschaffen – was ich jedoch nicht glaube –, besteht die einzige Möglichkeit zur Erzeugung von so viel Energie darin, *mindestens* ein Äquivalent der Pluto-Masse in ein Schwarzes Loch umzuwandeln. Dr. Sakalov hält das für konservativ. Er glaubt, sie seien gezwungen gewesen, auch noch ein paar Neptun-Monde mitzuschicken. Aber ich glaube nicht, daß sie so viel Zeit hatten. Sie standen unter Zeitdruck, und – das... das System war schon arg in Mitleidenschaft gezogen. Sie hatten schon Mühe, *überhaupt* etwas zu unternehmen.«

»Gott der Allmächtige«, wandte Sianna ein, »was für eine Untat! Sie zerstörten eine *Welt*, eine vier Milliarden Jahre alte *Welt*, nur um ein Rudel überzüchteter Affen davor zu bewahren, gefressen zu werden.«

»Nein«, sagte Wally schroff. Offensichtlich hatte er darüber auch schon nachgedacht. »Ihre Rettung – die Rettung der einzigen uns bekannten Spezies mit unserer Intelligenz war Grund genug, es zu tun«, sagte er mit fester Stimme. »Aber sie hatten noch triftigere Gründe.« Er ging hinüber zur Simulatorsteuerung und führte die Darstellung wieder in den Ursprungszustand zurück, wobei die vergrößerten Abbildungen der Welten sich in den korrekten relativen Positionen befanden. »Sie haben es getan, um das Sonnensystem zu retten. Wenn die Menschen die Charonier nicht aufgehalten hätten, hätten die Pluto ohnehin auseinandergenommen. So mußten sie einen Planeten und einen Mond opfern, um den Rest zu retten.«

»Falls es ihnen überhaupt gelungen ist, sich zu retten«, sagte Sianna.

Wally nickte traurig. »Das wissen wir eben nicht. Wir wissen nur, daß die Charonier im Sonnensystem nicht gestorben sind und daß das System völlig verwüstet ist. Wir *glauben*, daß sie sie zurückgeschlagen haben, aber es besteht – es besteht keine Möglichkeit, das zu überprüfen«, erwiderte Wally. Er schien noch mehr sagen zu wollen, doch dann verstummte er. Sianna nickte traurig. Es gab auch nichts mehr zu sagen.

»Ich weiß«, sagte sie. Solche Worte klangen seltsam aus Wallys Mund. Doch schließlich war er ein menschliches Wesen. Es war ganz natürlich, daß ein Mensch ab und zu über diesen Dingen brütete. Selbst Wally mußte zuweilen über den Tellerrand hinausblicken. »Niemand denkt gern darüber nach – aber es ist genau diese Möglichkeit, mit der ich mich beschäftigen will. Deshalb sind wir schließlich hier. Um uns … das anzuschauen. Das sterbende Sonnensystem.«

»Wieso?«

»Weil ich glaube, daß in der Art und Weise, wie es gestorben wäre, wie es vielleicht gestorben ist, einige Antworten enthalten sind«, sagte Sianna. »Ich *weiß*, daß es solche Antworten gibt.«

Kapitel Zehn

Tu es selbst

»Nüchtern betrachtet, vom logischen Standpunkt aus und ohne Berücksichtigung der Theologie und Philosophie, ist das Leben nicht vernünftig. Das Leben ergibt keinen Sinn. Es dient keinem anderen Zweck als der Reproduktion.

Der einzige Zweck des Lebens ist weiteres Leben, eine Tatsache, die uns nicht zu stören scheint – obwohl man das Gegenteil annehmen sollte. Wir mokieren uns über Organisationen, deren einziger Zweck ihr eigenes Überleben zu sein scheint. Wir empören uns über Arbeitsbeschaffungsmaßnahmen, die nur dazu dienen, die Arbeiter zu beschäftigen. Wir sind schockiert, wenn irgendein Opportunist einen Mitmenschen aus dem Weg räumt, um sich einen Vorteil zu verschaffen.

Wie kommt es dann, in Anbetracht der größeren Zusammenhänge, wenn wir uns nicht daran stören, daß das Kinderkriegen nur den Sinn hat, daß diese Kinder ihrerseits wieder Kinder kriegen? Weshalb empören wir uns nicht über die Entschlossenheit einer Mutter, ihre Familie, koste was es wolle, so zu beschützen wie sich selbst? Wie viele ansonsten unmoralische Handlungen werden nur deshalb entschuldigt, weil sie zugunsten eines Kindes begangen wurden?

Die Antwort ist natürlich die, daß wir wissen, das Leben muß sich fortpflanzen, denn wenn es das nicht tut, ist es verloren. Dies ist unser stärkster Instinkt. Kein Lebewesen würde ohne dieses in seinen Genen verankerte Wissen überleben...

... das Leben lebt vom Leben, das heißt, es lebt vom Tod. Selbst die sanftmütigsten Pflanzenfresser leben davon, daß sie Pflanzen töten und fressen. Die Verbreitung des Lebens, seine Erneuerung und die Akte der Schöpfung werden notwendigerweise durch Akte der Vernichtung ausgeglichen.«

– Gerald MacDougal,
Aspekte des Lebens, MFI-Verlag, 2429

Multisystem-Forschungsinstitut
New York City

»In Ordnung«, sagte Sianna. »Du bist dran, Wally. Fang dort an, wo wir aufgehört haben, und geh von der Annahme aus, daß die Charonier gewonnen haben. Nimm das ganze verdammte Sonnensystem auseinander und bau mir eine Dyson-Sphäre, ein *Multisystem*. Ich will sehen, wie das geht.«

»Aber ... ähem ... äh ... ich weiß nicht, ob ich die Simulationsroutinen habe, um ...«

»Dann schreiben wir eben neue Routinen«, fiel Sianna ihm ins Wort. »Ich stehe dicht vor der *Antwort*, Wally. Verdammt dicht. Wenn die Dinge sich so entwickeln, wie ich es vermute, dann« – sie suchte nach den passenden Worten –, »dann ist nichts unmöglich.«

Wally blinzelte wie eine Eule und nickte. »Gut«, sagte er. »Wie sollen die Simulationsergebnisse aussehen?«

Das war es! *Das* war die Frage, die sie so lange umgetrieben hatte. Nicht *wie sind die Ergebnisse*, sondern *wie sollen die Ergebnisse aussehen?* Dieser mentale Ansatz und die Weigerung, die Möglichkeit der Zerstörung des Sonnensystems in Betracht zu ziehen, waren der Grund gewesen, weshalb niemand die Antwort gefunden hatte.

»Ich möchte, daß du die Simulation einfach laufen läßt«, sagte sie. »Setze sie auf den Zeitpunkt zurück, als das Mond-*Rad* erwachte. Eliminiere alle menschlichen Einflüsse und zeig mir, wie die Charonier mit den Karten spielen, die sie bekommen haben.«

In dieser Hinsicht zumindest waren die Charonier wie alle anderen auch. Sie mußten sich mit dem behelfen, was sie hatten; es ging nicht um Logik, sondern um die Optionen, die das Universum bot.

Das war der Punkt, den alle übersehen hatten. Sakalov betrachtete sie als extrem logische Wesen, und vielleicht waren sie das auch. Aber die Charonier lebten nicht in einem logischen oder rationalen Universum – und sie waren nicht aus heiterem Himmel erschienen. Wie jede andere Lebensform – wenn man sie denn als Lebensform bezeichnen wollte – hatten sie sich entwickelt. Es bestanden kaum Zweifel, daß sie ihre Evolution gelenkt hatten; trotzdem mußte die gegenwärtige Ausprägung am Leben bleiben, wenn sie die neue Lebensform erschaffen wollte. Wale hatten noch immer Zehenknochen. Vögel hatten noch immer Reptilienfüße. Man benutzte die vorhandenen Strukturen und modifizierte sie.

Und wenn in irgendeiner Hinsicht Gewißheit in bezug auf die Charonier bestand, dann diese, daß sie nicht immer so gewesen waren, wie sie heute waren. Irgendwann in der Vergangenheit hatten diese Kreaturen irgendwie Raumschiffe gebaut, sie mit dem Lebenscode, dem DNA-Äquivalent der Lebensform der Heimatwelt versehen und die Raumschiffe ins All geschickt. Doch die Schiffe besaßen die Fähigkeit, ihre lebende Fracht zu modifizieren, und sie übernahmen die Herrschaft. Das Leben diente der Technik und nicht umgekehrt, bis die beiden Daseinsformen schließlich zu einer Lebensform verschmolzen. Das Endergebnis war die eigenartige, komplexe Verflechtung voneinander abhängiger Wesen, welche die Menschen als Charonier bezeichneten.

Beim Eintritt ins Universum bleiben ein paar Narben zurück. Die Menschen hatten Bauchnabel. Sianna glaubte zu wissen, was die Charonier hatten.

»Denke wie ein Charonier«, sagte Sianna und ging zu Wallys Arbeitsplatz hinüber. »Du hast ein ganzes Sonnensystem voller Rohstoffe und willst eine Dyson-Sphäre bauen. Wie würdest du vorgehen?«

»Von welchen Annahmen gehe ich aus?« fragte Wally nachdenklich.

»Keine Annahmen. Stell dir nur das Endergebnis einer Sphäre wie dieser hier vor. Rate mal«, sagte Sianna.

»Aber was ist mit ...«

»Geh Schritt für Schritt vor«, sagte Sianna. Sie wollte Wally das zwar nicht sagen, aber sie vertraute mehr seiner Intuition und seinem Instinkt als den Ergebnissen bewußter Gedankentätigkeit. Manchmal, wenn er sich anstrengte, dachte Wally wie ein normaler Mensch. Sianna hoffte, daß die Perspektive, aus der er die Welt betrachtete, wenn er auf seinem Niveau arbeitete, eine größere Ähnlichkeit mit der Mentalität der Charonier aufwies. Nicht daß sie sich dessen sicher gewesen wäre. »Du erstellst diese Simulationen doch schon die ganze Zeit. Mach es nach Gefühl. Benutze die Werkzeuge, die dir am sinnvollsten erscheinen.«

»Na gut«, sagte Wally und lehnte sich auf dem Stuhl zurück. »Ich habe einen Haufen Zeug in der Datenbank und viele Ideen, die ich bisher nicht ausprobiert habe. Dir ist doch klar, daß ich zum größten Teil raten muß. Wir wissen nicht viel von den Charoniern.«

»Und was wissen wir?«

»Äh ... nun, zum Beispiel müssen sie eine effiziente und praktikable Methode zur Materieumformung haben. Das ist der Hammer«, sagte er. »Das Sonnensystem besteht ungefähr zu neunzig Prozent aus Wasserstoff und Helium. Sie müssen imstande sein, Wasserstoff und Helium in andere Elemente zu verwandeln. Wir müssen eine *Blackbox* erzeugen. Wir brauchen ein paar charonische Lebensformen, die uns bisher unbekannt sind. Sphären-Konstrukteure, Transporter, Energie-Kollektoren. Wahrscheinlich noch ein paar Zwischenstrukturen ...«

Wally redete weiter, doch die Stimme wurde immer

leiser und undeutlicher, bis Sianna sein Gemurmel nicht mehr verstand. Doch er war engagiert bei der Sache, und nur darauf kam es an. Wenn Wally sich einmal in ein Problem verbissen hatte, ließ er nicht mehr locker.

Plötzlich verzerrte und veränderte das Innere der Simulationskammer sich; zuerst langsam, doch dann mit zunehmender Intensität. Im verdunkelten Raum loderte ein grelles Licht auf. Die Darstellungen der Planeten verblaßten und verwandelten sich in geisterhafte weiße Gitter-Kugeln, die eher Skizzen als richtigen Abbildungen glichen. Wally arbeitete im Energiespar-Modus, während er die Einstellungen vornahm. Dann veränderten die Gitter-Kugeln ihre Position und schossen über den dunklen Himmel, während Wally das System konfigurierte. Sianna duckte sich ab, etwas zu spät, als das Jupiter-›Skelett‹ durch den Raum jagte – und mitten durch sie hindurchging.

»Gut«, sagte Wally zu sich selbst, »wir brauchen Platz, um die Rohdaten zu speichern und zu verarbeiten, und ... äh ... Umwandler und Transporter, und – oh – schaun wir mal ...« In seiner Stimme schwang nun Begeisterung mit, und seine Augen bekamen einen seltsamen Glanz. Sianna hatte ihn gebeten, Gott zu spielen, und offensichtlich machte ihm das Spaß.

Bizarre Gebilde, die sich ständig veränderten und neu entstanden, umgaben Sianna und lösten sich wieder auf, bevor sie sich noch vervollständigt hatten. Wally versuchte, Ideen, Szenarien und Prozeduren umzusetzen, zum Teil im Kopf, zum Teil in der Simulationskammer. Das Ganze war äußerst unangenehm.

Doch plötzlich verschwand das Chaos, und es wurde stockfinster im Raum. »Gut«, ertönte Wallys Stimme aus der Dunkelheit. »Ich glaube, ich habe es. Zumindest eine Arbeitshypothese. Auf geht's.«

Der Raum blieb noch für einen Moment dunkel.

Dann erschienen die Planeten wieder, wobei sie sich so schnell bewegten, daß sogar die Rotation des Saturn zu erkennen war. Sianna schaute auf die Zeitanzeige – Wally war zu dem Punkt zurückgegangen, als das Mond-*Rad* erwacht war, und hatte dann einen zeitlichen Maßstab von dreißig Sekunden pro Jahr gewählt. Bei dieser Geschwindigkeit waren die einzelnen Charonier kaum zu sehen; sie wirkten wie Wolkenschleier über den jeweiligen Planeten. Dafür sah Sianna die Resultate ihres Wirkens ziemlich deutlich.

Die Planeten platzten auf und zerfielen vor ihren Augen. Die Charonier rissen die Planeten auseinander und schleuderten die Bruchstücke ins Weltall. Das tief im Innern des Mondes verborgene Mond-*Rad* leitete die Operation und versorgte die anderen Ausprägungen der Charonier mit Gravitationsenergie, die von diesen absorbiert wurde. Die Ziffern der Zeitanzeige wurden mit rasender Geschwindigkeit abgespult und überschritten nun den Schwellenwert, wo es dem Sonnensystem gelungen war, die Charonier aufzuhalten – oder wo man zumindest *gehofft* hatte, sie aufgehalten zu haben.

Die Geschwindigkeit der Zerstörung steigerte sich in dem Maße, wie weitere Charonier durch die Wurmlochverbindungen strömten. Die kleinen und dann die größeren Monde der Gasriesen verdampften. Mars war der erste Planet, der dem Untergang geweiht war; er wurde zertrümmert, bis nur noch eine Staub- und Trümmerwolke übrig war. Eine nach der andern wurden die restlichen Welten des Sonnensystems zermahlen. Zum Schluß existierte nicht einmal mehr Jupiter; der König der Planeten war in eine Wolke aus Gas und Staub verwandelt worden. Alle Welten waren verschwunden. *Alle außer dem Mond. Alle außer dem Mond – dem Mond, in dem das Mond-*Rad *lebte.*

»In Ordnung«, sagte Wally. »Von nun an ist alles rein

hypothetisch. Wir wissen, daß die *Lander* sich nach der Landung vereinigten und zu größeren Amalgam-Wesen verschmolzen. Ich nehme an, daß die Charonier an diesem Konzept festhalten. Sobald die Welten zerstört sind, verschmelzen die Amalgams und formieren sich zu *Blackbox*-Monstern.«

»*Blackbox*-Monstern?«

»Ach, du hast wohl noch nicht in den Theorie-Sitzungen rumgehängt. Nun, die Dinger sind groß – mit einem Durchmesser von hundert bis vierhundert Kilometern. So etwas bezeichne ich als Monster. Und eine Blackbox – eine Maschine, von der man zwar weiß, *was* sie tut, aber nicht, *wie* sie es tut. Falls die Charonier das Trümmerfeld nutzen wollen, das früher die Planeten dargestellt hatte, müssen sie auch in der Lage sein, diese Materie zu sammeln und sie in die Elemente und Materialien umzuwandeln, die sie zum Bau dieser ... äh – nun, wir bezeichnen sie als Sphären-Module – benötigen. Die Bespannung der Sphäre, das Gerüst und solche Sachen. Wie dem auch sei, ich habe extrapoliert, wie die BBMs für eine gegebene Aufgabe aussehen. Ich werde eine Zusammenballung von ihnen vergrößern. Ich reduziere die Zeitrate und vergrößere die Darstellung, damit du siehst, was dort abläuft.«

Die Ansammlung winziger Punkte in der Nähe des alten Mars-Orbits wurde größer und wucherte weiter, bis sie schließlich die halbe Simulationskammer ausfüllte. Die BBMs waren riesige, komplexe und böse aussehende Gebilde. Pyramidenförmige Amalgam-Wesen hatten sich zu unterschiedlich geformten Haufen zusammengeschlossen.

Eine dieser Zusammenballungen saugte Materie aus dem umgebenden Trümmerfeld – Trümmer, die früher der Mars gewesen waren – an und preßte sie zu langen Bahnen. Ohne Zweifel würden diese Bahnen, zumindest in dieser Simulation, eines Tages als Bespannung für die Dyson-Sphäre des Sonnensystems dienen.

Erneut spürte Sianna ein flaues Gefühl im Magen. Wenn sie sich nun eingeredet hätten, ihre Angehörigen im Sonnensystem seien noch am Leben? Wenn das, was sie hier sah, wirklich dort geschah?

Denk nicht daran. Denk an gar nichts. Während die Bespannung der Sphäre vom Extruder ausgestoßen wurde, ergriff eine andere Sorte Charonier die Bahnen und brachte sie weg.

»Das sind alles nur Hypothesen«, sagte Wally. »Wir haben diese Lebensformen nie gesehen. Aber sie müßten *irgendwelche* Kreaturen haben, um diese Arbeit zu verrichten. Vielleicht sogar mehr als einen Typ. Einen, der die Materie umwandelt, und einen anderen, der die transformierte Materie ›zuschneidet‹. Oder vielleicht – Gott weiß wie – haben sie auch einen Weg gefunden, die Materieumwandlung zu umgehen und den Vorgang auf der *chemischen* anstatt auf der atomaren Ebene ablaufen zu lassen. Vielleicht synthetisieren sie superstarke Moleküle aus Wasserstoff und Helium und Spuren der anderen Elemente. Aber auf die eine oder andere Art müssen sie die Rohstoffe der Planeten in die Bestandteile der Sphäre umwandeln.«

»Fein. Fein, Wally. Und nun mach weiter, Wally«, sagte Sianna. »Was geschieht als nächstes?«

»Nun, sobald die Transformatoren – oder was auch immer – aktiviert wurden, muß das Material an den Ort transportiert werden, an dem die Sphäre entstehen soll. Und man braucht einen Loch-Generator.«

»Einen was?«

»Nun, das Mond-*Rad* hat die Charonier im System zwar mit Gravitationsenergie versorgt – aber soweit wir wissen, hat es die Energie nicht selbst erzeugt. Es diente als Relais für die von der Sphäre im *Multisystem* erzeugte Gravitationsenergie. Und wie wir wissen, kommen Schwarze Löcher bei den Charoniern in vielen Anwendungsgebieten zum Einsatz – beim Wurmloch-Transport, zum Ausgleich der Gezeitenkräfte, zur Energieerzeugung und so weiter. Früher oder später wird das Mond-*Rad* selbst Energie erzeugen und Schwarze Löcher bauen müssen.«

»Aber das Sonnensystem hat nicht mehr genug Masse, um eine neue Sphäre und Schwarze Löcher zu erschaffen.«

»Richtig. Aber braucht man überhaupt Masse? Theoretisch wäre es möglich, mit dem entsprechenden Energieaufwand ein masseloses Schwarzes Loch zu erzeugen – ein Virtuelles Schwarzes Loch –, indem man Energie in eine Singularität leitet. *Wir* wissen nicht, wie das geht – aber wir sind auch nicht die Charonier. Entweder ziehen sie Masse von anderen Sternsystemen ab, oder sie erzeugen masselose Löcher, indem sie zur Energiegewinnung die Sonne anzapfen.« Wally bearbeitete wieder die Kontrollen.

Erneut wurde die Darstellung vergrößert, und Details des inneren Sonnensystems wurden sichtbar. Die Planeten waren alle verschwunden – und dafür war etwas Neues im Entstehen begriffen. Ein großes Objekt, das wie eine große flache Schüssel geformt war, befand sich im Bau, innerhalb des alten Merkur-Orbits. Sianna sah, wie winzige, mückenähnliche Transporter Material heranführten und es in das große Objekt integrierten. »Das ist dein Loch-Generator?« fragte Sianna.

»Ja, aber … äh … warte eine Sekunde. Wieso lassen wir sie die Arbeit zweimal machen?« Er schaltete ein Standbild. Das Bild wackelte kurz, und nachdem es sich wieder stabilisiert hatte, hatte die große Schüssel sich in einen langen, breiten Bogen verwandelt, der an ein Stück Melonenschale erinnerte. »Hier. Das kommt der Sache schon näher«, sagte Wally. »In dieser Form können sie es später von der Sonne abziehen und es als

Segment in die Sphäre einfügen.« Die Simulation lief weiter, diesmal mit einem bogenförmigen Energiekollektor, der den Loch-Generator antrieb.

Die beiden beobachteten für ein paar Minuten die mit erhöhter Geschwindigkeit ablaufende Simulation. Der Loch-Generator erzeugte programmgemäß masselose Schwarze Löcher, die als winzige glutrote Punkte in der Simulation abgebildet wurden. Die Löcher vereinigten sich zu ringförmigen Beschleunigern, welche die von den Löchern erzeugte Gravitationsenergie absaugten und umleiteten. Wally betätigte die Kontrollen und schickte ein paar *Ring-und-Loch*-Einheiten zu den großen Maschinen, die mit der Produktion der Schalensegmente beschäftigt waren. »Nun haben wir Wurmloch-Paare, die als Transportstrecke dienen«, sagte Wally. »Das wird die Sache beschleunigen.«

Als die *Ring-und-Loch*-Einheiten vor Ort waren, stellten die Transporter die Beförderung der Schalensegmente durch den Raum ein und schickten sie statt dessen durch die Wurmloch-Verbindungen.

»Hmmm, warte eine Sekunde. Noch etwas«, sagte Wally. »*Rover* ... Werd' mir ein paar *Rover* machen.« Er hielt den Simulator kurz an und gab ein paar Änderungen ein.

»*Rover?*« fragte Sianna.

»Ja, *Rover*. Sie gefallen mir zwar nicht, aber sie sind *riesige* Gebilde, die sogar Sterne einfangen könnten. Wie riesige *Ring-und-Loch*-Einheiten. Sie könnten sich selbst mit Hilfe der Gravitation auf eine hohe Geschwindigkeit beschleunigen und die nächsten Sterne anfliegen. Vergiß nicht, im Grunde ist das *Multisystem* eine Planetenfarm. Man braucht Sterne, um die Planeten zu verankern und sie mit Licht und Wärme zu versorgen. Und dann braucht man natürlich noch Planeten.«

»Guter Gott. Das hatte ich ganz vergessen«, sagte

Sianna. Es war ein ernüchternder Gedanke. Sie hatte geglaubt, die Antwort gefunden zu haben, aber wie hatte sie nur so etwas Grundlegendes vergessen können? Das stellte ihre ganze Theorie in Frage. »Aber mußt du sie jetzt gleich bauen?« fragte sie. »Weshalb warten wir nicht damit, bis die Sphäre fertiggestellt ist?«

»Weil es so verdammt lang dauert, von einem Sternensystem zum andern zu reisen«, erklärte Wally. »Die *Rover* müssen sich durch den Normalraum bewegen. Sobald sie vor Ort sind, schleusen sie den Stern durch. Aber es wird fünfzig bis hundert Jahre dauern, bis sie den nächsten G-Klasse-Stern erreicht haben. Und bei den weiter entfernten Sternen dauert es entsprechend länger. Wenn wir das Sonnensystem in ein *Multisystem* verwandeln wollen, brauchen wir ein gutes Dutzend Sterne. Natürlich könnte ich Sterne kopieren. Ich schicke *Rover Eins* zum Beispiel nach Alpha Centauri, lasse ihn dort ein Wurmloch erzeugen und schicke *Rover Zwei* hindurch. Dann könnte *Rover Zwei* den nächsten Stern in dieser Richtung ansteuern. Außerdem will ich die Rover frühzeitig bauen, weil ich so aus anderen Sternsystemen zusätzliche Rohstoffe für die Sphäre und andere Bauvorhaben heranführen kann.«

Sianna nickte zustimmend, obwohl diese Erklärung nicht annähernd so plausibel für sie war, wie sie vorgab. Sie sah zu, wie Wally an den Kontrollen hantierte und Ressourcen zu einer neuen Baustelle an der Peripherie des ehemaligen Sonnensystems umleitete. Er programmierte die Simulation so, daß ein Jahr in einer Minute ablief, und lehnte sich zurück, um die Show zu betrachten. Bautrupps fabrizierten große *Ring-und-Loch*-Systeme und schickten sie hinaus in den Leerraum jenseits des Sonnensystems. Als die *Rover* unterwegs waren, nahm die neue Baustelle die Herstellung von Baustoffen für die Schale der Sphäre auf.

»In Ordnung«, sagte Wally. »Ich glaube, wir liegen richtig.« Er nahm die Hände von den Kontrollen und beobachtete, wie die Segmente der Sphäre wuchsen und ein großes schalenförmiges Gebilde mit dem Durchmesser des alten Erdorbits Gestalt annahm. Dann wurden die Teile zusammengefügt. Zuerst wuchsen die Äquatorialregionen zusammen. Der bogenförmige Loch-Generator wurde vom inneren Orbit abgezogen, um den Umfang der Sphäre in Angriff zu nehmen.

Von dort aus griffen die Segmente der Sphäre zu den Polen. Doch die Polar-Bögen hielten nicht. Sie verbogen sich und knickten ab.

»Teufel!« sagte Wally und schaltete ein Standbild. »Die dynamischen Kräfte sind zu stark.«

»Wie kommt das?«

»Ganz einfach. Die Äquatorialregionen umkreisen die Sonne in etwa mit der alten Orbitalgeschwindigkeit der Erde, doch mit zunehmender Entfernung vom Äquator zu den Polen verringert sich die Geschwindigkeit der Oberfläche. Grundregel einer rotierenden Kugel. Wenn die gesamte Oberfläche als eine starre Einheit rotiert, steigert die Umdrehungsgeschwindigkeit sich von Null an den Polen bis zum Maximum am Äquator.«

»Weshalb verringerst du dann nicht die Rotation und eliminierst die Kräfte?« fragte Sianna.

»Hmmm. Die reale Sphäre hier im *Multisystem* rotiert mit normaler Orbitalgeschwindigkeit, aber ich glaube, daß die Charonier die Umdrehungsgeschwindigkeit der Sphäre erst *nach* ihrer Fertigstellung wieder erhöht haben. Die komplette Sphäre ist nämlich viel fester und belastbarer. Wir werden genauso vorgehen und eine etwas konservativere architektonische Strategie verfolgen.« Wally ließ die Simulation rückwärts laufen, wobei Teile der Sphäre verschwanden und abschmolzen.

Er hielt an, kurz bevor das letzte Äquatorialsegment eingefügt wurde. Dann schaltete er auf Wiedergabe, führte die letzte Verknüpfung durch und setzte den weiteren Bau dann für ein ganzes Jahr aus, während er den Äquatorialring mit Gravitations-Triebwerken abbremste. »Natürlich wird jeder Teil des Äquatorialrings nun in die Sonne stürzen wollen, aber die inneren Kräfte heben sich gegenseitig auf – es sei denn, das System unterliegt einer äußeren Störung. Wenn man es als statisches System betrachtet, ist es stabil; ohne Rotation ist es jedoch ein *dynamisch in*stabiles System. Macht aber nichts, mit den Gravitations-Schubdüsen gleichen wir das aus.«

Die Segmente der Sphärenhülle wuchsen erneut, doch diesmal nach einem anderen Muster. Anstatt lange Bögen zu den Polen hochzuziehen, wurden die Hüllsegmente diesmal gleichmäßig um den Äquatorialring angeordnet und wuchsen simultan nach Nord und Süd, um das System zu stabilisieren und auszubalancieren. Sianna blinzelte und rieb sich die Augen. Wally handhabte die Sache so virtuos, daß ihr vom Zusehen fast schwindlig wurde.

Die Simulation wirkte so *real*, wenn sie stetig ablief und man sie aus einer Perspektive betrachtete. Die Detailfülle, der Kontrast und die Klarheit der Darstellung verliehen der Simulation ein Höchstmaß an Authentizität. Es fiel ihr leicht, sich die Entstehung einer echten Dyson-Sphäre dort draußen vorzustellen und daß sie, Sianna, den Vorgang aus dem Sichtfenster eines Raumschiffs in der Nähe verfolgte. Es bedurfte einer Willensanstrengung, sich zu erinnern, daß die Bilder, die sie sah, nur imaginär waren. Das alles war klarer, substantieller, logischer, *authentischer*, als die Realität jemals war.

Doch dann verlangsamte Wally den Zeitablauf, beschleunigte ihn, schaltete Standbilder auf Rücklauf, veränderte die Perspektive, vergrößerte die Darstellung, blendete Diagnosefenster und Statusanzeigen in die Simulation ein, und die ganze Illusion platzte wie eine Seifenblase.

Gott mochte ihnen beistehen, wenn das alles real war, wenn das dem Sonnensystem im wirklichen Leben und nicht nur in einem Simulator-Alptraum zustoßen sollte.

Sianna holte tief Luft und zwang sich zur Konzentration auf das Problem. Ein paar Schlüsseldetails hatte sie bereits übersehen. Bedeutete das, daß nun ihre ganze Theorie falsch war? Es gab nur eine Möglichkeit, das herauszufinden. Sie mußte die Simulation betrachten und sehen, was geschah.

Nachdem Wally das architektonische Problem erst einmal gelöst hatte, lief die Simulation für eine Weile störungsfrei ab. Die Sphäre dehnte sich stetig vom Äquator zu den Polen hin aus.

Unvermittelt erschienen zwei gleißend helle Lichtpunkte am Rand des Systems. Sie standen in einem deutlichen Abstand zueinander. »Alpha Centauri A und B«, sagte Wally. »Die ersten *Gefangenen Sonnen* für das neue System. Wird schwer werden, sie so früh schon zu stabilisieren. Bedeutet einige Arbeit.« Sianna sah auf die Uhr, auf der die für die Simulation verstrichene Zeit angezeigt wurde. Konsterniert stellte sie fest, daß seit dem Angriff der Charonier, der fünf Jahre in ihrer eigenen Vergangenheit erfolgt war, bereits über hundert Jahre vergangen waren. Sie blickte nun hundert Jahre in eine potentielle Zukunft.

Doch dann lief etwas schief. Der Mond, das letzte natürliche Objekt im simulierten Sonnensystem, taumelte plötzlich in seinem Orbit. »Warte eine Sekunde«, sagte Wally. »Der Mond-Orbit wird instabil. Die Gravitation der *Gefangenen Sonnen* wirft ihn aus der Bahn.«

Wieder spürte Sianna ein flaues Gefühl im Magen.

Auch das hatte sie nicht vorhergesehen. Das würde vielleicht genügen, um ihre ganze Theorie zu entwerten, doch wenn sie sich *so* destruktiv auswirkte, dann war ihre Theorie ohnehin zu schwach, um in der wirklichen Welt Bestand zu haben. Sie war versucht, Wally im Sinne ihrer Theorie zu beeinflussen, doch dann überlegte sie es sich anders. Wenn sie wollte, daß er wie ein Charonier dachte, sollte sie ihm eher von ihrer Theorie abraten. »Wen interessiert überhaupt der Orbit des Monds oder der Mond selbst?« fragte sie beiläufig. »Wieso schmeißen wir ihn nicht einfach raus?«

»Nein, das geht nicht«, sagte Wally. »Warte einen Moment.« Seine Hände huschten über die Kontrollen. »Stabilisiere ihn«, murmelte er. »Vielleicht ein sechsseitiges Rosetten-Muster. Gibt uns das einen Ausgleich der dynamischen Kräfte? Ja, das müßte genügen.« Fünf *Ring-und-Loch*-Module wurden von den verschiedenen Baustellen abgezogen und in gleichmäßigen Abständen auf dem Mond-Orbit positioniert, so daß die fünf Anker-Ringe und der Mond jeweils in einem Winkel von sechzig Grad zueinander standen.

»Das ist aber ein großer Aufwand, nur um den Mond an seinem Platz zu halten«, sagte Sianna, wobei sie Wally perverserweise in die entgegengesetzte Richtung lotste als in die, welche ihr eigentlich vorschwebte. »Weshalb sollten wir ihn *nicht* einfach loswerden?« fragte Sianna.

»Geht nicht«, sagte Wally. »Ich stimme dir zu, es *ist* ein großer Aufwand, aber ich brauche den Mond. Bedenke, daß das *Rad* im Innern des Monds die ganze Sache durch die *Entführung* der Erde ausgelöst hat. Das *Rad* war in den ersten zwanzig Jahren das zentrale Energie-Relais für die Gravitationsenergie, die von unserer Sphäre durch das Wurmloch geleitet wurde. Auch nachdem das Sonnensystem selbst ein Erzeuger von Gravitationsenergie geworden war, mußte diese

Energie noch immer zum größten Teil durch das Mond-*Rad* geleitet werden. Die Kapazität des Mond-*Rads* zur Energieübertragung mußte sogar noch erhöht werden – denn das *Rad* mußte einen deutlich erhöhten Energiedurchsatz verkraften.«

Wally vergrößerte die Darstellung des Monds und verschob das Bild, bis es ungefähr einen Meter vor seinem Kopf hing. »Hier ist ein Schnittbild«, sagte Wally, und ein Neunzig-Grad-Sektor des Mondes verschwand und enthüllte das Innere. Wo bislang nur ein Mond-*Rad* sich um den Kern des Monds gespannt hatte, wickelten sich nun Dutzende, vielleicht Hunderte von ringförmigen Objekten um die Welt. »Das sind natürlich nur Prognosen«, sagte Wally. »Ich weiß nicht, *wie* sie die Kapazität erhöhen oder wie es aussehen würde, aber ich weiß, daß das *Rad* seine Kapazität mit fortschreitender Entwicklung des Bauprojekts erhöht haben muß. Die Simulation wurde so programmiert, daß sie die Kapazität je nach Bedarf automatisch erhöht. Und dabei sind noch nicht einmal die Prozessorsysteme enthalten, die Künstliche-Intelligenz-Zentren, die als ›Bauleiter‹ fungieren und das System stabilisieren.

Ja, es wäre *logisch*, den Mond nun aus der Schleife zu nehmen. Die Sphäre ist groß genug, um die Energie selbst zu kontrollieren, doch es gibt noch so viele Energie-, Logik- und Kommunikationsverbindungen im Mond, daß die Sphäre bei einer Entfernung dieser Anschlüsse praktisch eine Gehirnoperation bei sich durchführen würde. Die Verbindungen und Regelkreise für alle Operationen im System sind dermaßen komplex und so dicht mit der Synchronisation des Mond-Orbits verwoben, daß ich nicht einmal den Mond-Orbit korrigieren will. Dann müßte ich nämlich auch alles andere korrigieren.

Schau, in diesem Moment ist der Mond nicht nur die einzige überlebende Welt des Sonnensystems, sondern er ist im Grunde auch die Kommandozentrale für das ganze...« Wally unterbrach die Arbeit und schaute nach oben, während in seinem Kopf ein Licht anging. *»Kommandozentrale«,* flüsterte er.

Er beendete die Simulation, speicherte sie in der zentralen Datenbank und rief die Simulation des *Multisystems* auf, die er Sianna am längst vergangenen Morgen dieses endlosen Tages vorgeführt hatte.

War das wirklich erst heute gewesen? Eine Woge der Erschöpfung schlug über Sianna zusammen. Wie lang hatte dieser Morgen gedauert? War es noch immer derselbe Tag? Wie spät war es nun? Sianna wußte, daß sie die Uhrzeit bis auf die Nanosekunde genau ermitteln konnte, wenn sie das wollte; sie hätte dazu nur einen Blick auf eines der vielen Instrumente werfen müssen, angefangen bei der Uhr in Wallys Steuerkonsole. Doch sie *wollte* es gar nicht wissen. Sie hatte das Gefühl, der Zeit entrückt zu sein und daß diese Entrücktheit sie näher an die Antwort heranführte. Irgendwie wäre dieser Moment des Zaubers, der Art und Weise, wie die Dinge sich fügten, zu Ende gewesen, wenn sie gewußt hätte, wie spät es in der Außenwelt war. Sie war der Antwort schon so nah.

Wally hatte die Simulation des realen *Multisystems* geladen und ließ sie nun laufen. Er brachte eine Nahaufnahme der Sphäre, dieser riesigen, dräuenden Kugel – und des winzigen, kaum sichtbaren Punkts, der sie so dicht umkreiste.

Sianna betrachtete die Darstellung und wußte, daß Wally das sah, was sie sah, daß er verstand, was die simulierte Zerstörung des Sonnensystems ihnen gesagt hatte. Dort war er. Der einzige planetengroße Körper, der die Sphäre in unmittelbarer Nähe umkreiste. Die einsame, tote, unbewohnbare Welt in einem *Multisystem,* das erschaffen worden war, um lebentragende Welten zu lagern und zu konservieren.

Die *Charon-Zentrale*. Die Kontrollstation für ein ganzes System, ein System, das von einer Spezies erschaffen worden war, die sich über die Äonen immer wieder selbst verändert hatte. Doch die Charonier hatten sich nicht durch Logik verändert, sondern durch die Geschichte, durch Leben und Tod, durch Evolution und Begleitumstände, indem sie improvisierten und mit dem arbeiteten, was ihnen zu Gebote stand, indem sie ein Problem durch ein anderes gelöst hatten.

»Die *Einsame Welt*«, sagte Sianna.

»Ja«, sagte Wally mit verklärtem Blick. »Die *Charon-Zentrale*.« Sianna nickte grinsend und packte ihn an der Schulter. Welche Pfade sein Verstand auch einschlug, Wally war der gleichen Logik gefolgt wie sie und hatte die gleiche Antwort gefunden. Sie hatte *recht*. Oh, es würden noch viele Kämpfe und Auseinandersetzungen vor ihr liegen, um die anderen zu überzeugen, doch das war nebensächlich. Sie wußte, daß sie *recht* hatte. Sie hatte diesen Tag und diese Nacht unter der Erde verbracht, abgeschnitten vom Himmel und den Sternen, hier an diesem Ort, wo die Zeit so plastisch schien, daß sie den Eindruck hatte, selbst aus der Zeit herausgelöst worden zu sein. Aber es war die Sache wert gewesen. Es war es wert gewesen, die Wahrheit zu finden, die ...

Aus der Zeit. Einen Augenblick. Nur einen Augenblick. *Aus der Zeit* ...

Sie drehte sich um und ergriff Wallys Arm. »Wally! Diese *Ring-und-Loch*-Module, die du in der Simulation in einem Orbit mit dem Mond positioniert hast. Das war die beste Möglichkeit, den Orbit zu stabilisieren?«

Wally zuckte die Achseln. »Zumindest die beste Möglichkeit, die ich gesehen habe.«

»Und es hat sich bei ihnen um Standard-Module gehandelt, nicht wahr? Sie hätten das geleistet, was andere *L-R*-Module auch geleistet hätten?«

»Sicher. Sie sind zwar große Hochleistungs-Module, aber sie hätten auch normale Aufgaben übernehmen können. Weshalb auch nicht?«

Sianna antwortete nicht, sondern nickte nachdenklich und ließ sich seine Aussage durch den Kopf gehen. Die letzte Verknüpfung war in greifbare Nähe gerückt.

»Wally. Welchen Orbitalumfang hat die *Einsame Welt?* Die reale, nicht der Mond in der Simulation.«

»Der Umfang? Nun ... ähem ... schaun wir mal. Der Umfang einer Ellipse ist ... äh ...« Wally nahm einen Stift und berechnete es auf einem Schmierzettel. Sianna wurde der seltene Anblick zuteil, wie ein Meister der Informatik sich handschriftlich mit einem simplen Problem abmühte. »Äh ... das ist, äh ... nein, warte. Nimm die ... richtig. Richtig. In Ordnung. Der ungefähre Wert beträgt 665 Millionen Kilometer. Aber wieso ...?«

»Gut. Schön. Wieviel Lichtminuten entspricht das? Wie lang würde ein Lichtstrahl brauchen, um diese Entfernung zu überbrücken?«

»Was? Das ist doch leicht. Du mußt den Wert nur durch die Lichtgeschwindigkeit teilen – nicht ganz siebenunddreißig Minuten. Aber wieso ...?«

Siebenunddreißig Minuten. Gott wußte wie, aber es paßte alles zusammen. Dieselbe Zahl, die ihr den ganzen Morgen im Kopf herumgegangen war. *Siebenunddreißig Minuten.* Die Zeit, die ein Lichtstrahl brauchte, um den Orbit der *Einsamen Welt* zu durchlaufen. *Siebenunddreißig Minuten.* Der Zeitunterschied zwischen den Uhren der *Heiliger Antonius* und den Uhren auf der Erde. Irgendwie war die Erde auf Lichtgeschwindigkeit beschleunigt, einmal um den Orbit geschickt und dann wieder im Normalraum geparkt worden. Sianna schaute auf den winzigen Punkt der *Einsamen Welt* und stellte sich die *R-L*-Module vor, die in ihrem Orbit aufgereiht sein mußten. Sie wußte es zwar nicht, aber es mußte so sein. Sie wußte auch nicht, wie sie das getan hatten, aber diese Zahl, siebenunddreißig Minuten, sagte ihr, daß sie es getan *hatten*. Aus irgendeinem Grund war die Erde aus der Zeit herausgenommen, in Stasis versetzt worden und hatte mit Lichtgeschwindigkeit einmal die *Einsame Welt* umkreist.

Siannas Herz hämmerte, und ihr müder Geist wurde durch die Aufregung und Begeisterung belebt. Sie hatte die Antwort. Sie wußte, daß sie die Antwort hatte.

Doch selbst im Augenblick des Sieges mußte das Unterbewußtsein ihr noch einen Dämpfer versetzen. Eine Wolke schob sich vor die Sonne, und Sianna spürte wieder das nur zu vertraute flaue Gefühl im Magen. Ihr Gewissen erinnerte sie an die Konsequenzen vertaner Zeit.

Verdammt. Es gab doch immer etwas, das einem den Spaß verdarb.

Morgen begannen die Abschlußprüfungen, und sie hatte noch nicht einmal daran *gedacht*, dafür zu lernen.

Kapitel Elf

Was Katzen nicht sehen

»... Es besteht kein Zweifel, daß Larry aufgrund seiner Rolle bei der *Entführung* etwas aus dem Gleichgewicht geraten ist. Alle Zeugen bestätigen übereinstimmend, daß er intensive Gefühle der Schuld und Scham verspürte, zusätzlich zu dem Schock und den Schuldgefühlen, die bei allen Überlebenden auftraten. Es ist später oft diskutiert worden, wie das sich auf seine späteren Handlungen ausgewirkt haben mag. Ein anderer, weniger bekannter Vorfall hat indes nicht annähernd so viel Aufmerksamkeit erfahren, obwohl er ohne Zweifel auf seine angeschlagene Psyche bei der wenig später erfolgten Zerstörung von Pluto und Charon zurückzuführen ist.

Bald nach der Entdeckung des ›Kaninchenbaus‹ und des Zugangs zum Mond-*Rad* wurde Lucian Dreyfuss nach unten geschickt, um einen neuartigen Gravitationswellen-Detektor auf dem damals noch funktionierenden Mond-*Rad* zu installieren. Dreyfuss wurde von einem TeleOperator begleitet, der wiederum von Larry Chao gesteuert wurde. Der TeleOperator war in der Lage, den Operator mit authentischen sensorischen Rückkopplungen zu versorgen – zu authentisch, wie sich anschließend herausstellte.

Fast unmittelbar nach der Ankunft auf dem Boden des ›Kaninchenbaus‹ wurden Dreyfuss und Chao von zwei mobilen Charoniern einer bis dahin unbekannten Art attackiert. Dreyfuss wurde entführt und später offiziell für tot erklärt. Chaos TeleOperator wurde geköpft und erlitt noch andere schwere Verwundungen, die durch die realistische sensorische Rückkopplung ungefiltert an Chao weitergeleitet wurden. Das Resultat war ein klassischer Fall eines TeleOperator-Traumas und einer Psychose. Chao hat im Grunde seinen eigenen, gräßlichen Tod erlebt – und überlebt. Während des Flugs zu Pluto – und der Katastrophe, die er dort vorsätzlich herbeiführte – hatte er fast ständig unter dem Einfluß starker Beruhigungsmittel gestanden.«

– Farnsworth Johnson, *Entscheidung am Ring von Charon: Eine revisionistische Würdigung von Larry Chaos Rolle bei der Zerstörung von Pluto,* Mariner Valley Academic Press, Mars, 2428

Lucian Dreyfuss sah am TeleOperator vorbei, der humanoiden Maschine, die Larry Chao von der Mondoberfläche aus steuerte. Lucian schaute durch das Visier des Druckanzugs auf die beiden monströsen robotischen Kreaturen, und ihm blieb vor Schreck das Herz stehen. »Hinter dir!« rief er Larry zu. Der TeleOperator drehte sich um.

»O mein Gott«, sagte Lucian. Die charonischen Roboter waren brutal und aggressiv wirkende Geräte. Sie hatten lange zylindrische Körper und rollten auf zwei Achsen. Jeder von ihnen hatte vier lange, scharfe, fies aussehende Greifarme, die in spitzen Zangen ausliefen, wo man eigentlich Hände vermutet hätte. Sie wußten von der Existenz der Eindringlinge.

»Sie wissen, daß wir hier sind«, sagte der TeleOperator mit Larrys Stimme. Lucian wollte etwas erwidern – und dann bewegten die Charonier sich. Schnell. Bevor Lucian noch reagieren konnte, stand der eine schon vor ihm. Die Greifarme schwenkten nach unten, packten ihn und rissen ihn von den Füßen. Lucian wollte schreien, aber der Schrei blieb ihm im Hals stecken. Er streckte die Hand nach Larrys TeleOperator aus, doch das außerirdische Ding *schleppte ihn schon fort.*

Fort.

Fort.

Durch den Tunnel, durch den endlosen Tunnel, in die Dunkelheit. Er wurde durchgeschüttelt, während die Charonier durch den Tunnel eilten. Nun kehrte Lucians Stimme zurück, und er schrie sich schier die Lunge aus dem Leib.

Sie packten ihn, schälten ihn aus dem Anzug, zwangen seinen Körper in eine Art Winterschlaf und versiegelten ihn in einer undefinierbaren Substanz.

Also schlief er.

Also träumte er.

Für eine lange Zeit hatte er wirklich geschlafen. Doch dann hatte irgend etwas ihn geweckt und so stimuliert, daß er sich im Traum erinnerte und erneut seine Gefangennahme, seinen alptraumhaften Untod durchlebte.

Wieder ...

Und wieder ...

Lucian Dreyfuss sah am TeleOperator vorbei, der humanoiden Maschine, die Larry Chao von der Mondoberfläche aus steuerte. Lucian schaute durch das Visier ...

Der *Rad*-Weg
Der Mond
DAS SONNENSYSTEM

»Lucian!« schrie Larry und fuchtelte verzweifelt mit den Armen, um sich bemerkbar zu machen. »Lucian! Hier! Sieh *mich* an! Nicht den verdammten TeleOperator. Sieh *mich* an ...«

Aber Lucian hörte nichts. Er ging einfach durch Larrys Bild, während er sich zu den Charoniern hinter dem TeleOperator umdrehte. »Hinter dir!« rief Lucian.

Larry drehte sich um und folgte seinem Blick – oder zumindest benutzte er den Joystick, um sein Bild zu bewegen, um Lucian dazu zu bringen, den Zivilkleidung tragenden Larry anzusehen, den normal und alltäglich gekleideten Larry. Aber nein. Es war sinnlos. Noch schlimmer als sinnlos. Lucian sah Larry überhaupt nicht. Nur den TeleOperator, den Larry an jenem Tag gesteuert hatte, das Bild des robotischen Körpers, der seinen Part in dem sich ständig wiederholenden Drama spielte. Lucian sah den Geist der Maschine, die Larry an jenem Tag gesteuert hatte, nicht aber Larry selbst.

Falls überhaupt, verschwand Larry bei jeder Wiederholung ein Stück aus Lucians Bewußtsein, anstatt sich dort zu manifestieren. Lucian wurde kanalisiert und verstrickte sich immer tiefer in den letzten fünf Minuten seines Lebens, je öfter er sie durchleben mußte. Die Ereignisse brannten sich förmlich in Lucians Bewußtsein ein, und es weigerte sich, irgend etwas anderes wahrzunehmen. Und diese Wiederholungen waren auch für Larry kein Vergnügen.

Larry Chao ließ den Joystick los und legte den Helm ab. Dann löste er die Elektroden von den Schläfen. Das Gesicht war schweißüberströmt. Guter Gott, was hatte Lucian durchgemacht. Und nun war er in seinen letzten Minuten gefangen und mußte die Schrecken der Gefangennahme immer und immer wieder durchleben.

Irgendwie hatte eine Untereinheit des toten Mond-*Rads* Lucian in den letzten fünf Jahren permanent mit denselben Bildern berieselt. Mit den Bildern von Lucians letzten Minuten. Vielleicht versprachen die Charonier sich etwas von den ständigen Wiederholungen. Vielleicht hatte das Fragment des *Rads* sich gerade mit diesem Vorfall beschäftigt, als das *Rad* gestorben war, und war nun in dieser Schleife gefangen.

Die Mediziner sagten, die Charonier hätten Lucian auf zweierlei Art neuronal verkabelt – eine Leitung versorgte sein Nervensystem mit visuellen und akustischen Reizen, und eine andere überwachte seine Hirntätigkeit. Es handelte sich zwar nicht um Gedankenlesen oder Telepathie, aber es war verdammt dicht dran. Die Charonier konnten Lucian mit beliebigen optischen und akustischen Stimuli beschicken – und dann aufzeichnen, wie sein Gehirn diese Reize verarbeitete und wie Lucian darauf reagierte.

Kein menschlicher Chirurg wäre fähig gewesen, diese sensorischen Schnittstellen zu implementieren, doch menschliche Techniker konnten sie zumindest anzapfen. Das hatten sie auch getan – und die Signale mit einem digitalen Bild des ›zivilen‹ Larry Chao angereichert.

»Das kann ich nicht«, sagte Larry schließlich mit gesenktem Kopf. »Das kann ich nicht.«

Larry stand auf und wandte sich an die beiden Frauen an der Kontrollkonsole. »Ich schaffe es nicht«, wiederholte er kopfschüttelnd und setzte sich auf die Stuhlkante. Er war etwas wacklig auf den Beinen. Er zwang sich zu Ruhe und Gelassenheit.

Irgendwie war ihm alles so logisch erschienen. Man speiste eine Simulation, ein digitalisiertes Bild von Larry Chao, in Lucians optischen und akustischen Kanal ein. Dann schloß man ein Mikrofon an die Simulation an, um Chaos Sprache in Echtzeit zu übertragen und seinen Gesichtsausdruck zumindest halbwegs zu imitieren.

Simultan zapfte man die Ausgänge von Lucians optischem und akustischem Kanal an, um zu sehen, was Lucian im Traum sah und hörte. Dann wurden diese Darstellungen in die anderen Datenquellen integriert, um die Szene perspektivisch zu variieren und die Bilder in Larrys Helm zu überspielen, so daß *Larry* in der VR-Steuereinheit *Lucian* von der Position aus sah, in der Larry Chaos Simulation sich befand.

Kurz gesagt, die Computerspielerei hatte den Zweck, Larrys Bild in die Szene einzuspielen, die Lucian sah. Larry sollte die zentrale Figur in Lucians Traum darstellen. Larry sollte in den Träumen eines toten Menschen herumgeistern.

Nur daß es nicht funktionierte.

Larry dachte an Lucian, der konserviert in der vom *Rad*-Weg abgehenden Kammer lag, mit menschlichen Sonden, Drähten und induktiven Sehnerv-Scannern und Kabeln, die sich um das Geflecht aus charonischen Ranken schlängelten, das von seinem Körper ausging.

Verdammt. Weshalb, zum Teufel, war Lucian in dieser Schleife gefangen? Wieso gelang es ihnen nicht, ihn aus dieser Falle zu befreien?

Marcia MacDougal trat hinter der Schalttafel hervor, holte sich einen Stuhl und setzte sich vor ihn. »Sie sind müde«, sagte sie. »Wir werden es morgen früh noch einmal versuchen. Sie müssen sich ausruhen.«

Selby Bogsworth-Stapleton holte Larry ein Glas Wasser und ging vor ihm in die Hocke. Sie tätschelte ihm aufmunternd das Knie. »Ruhen Sie sich aus«, sagte sie. »Wir werden es noch einmal versuchen.«

»Nein«, sagte er. »Sie verstehen beide nicht. Ich kann es gleich wieder *versuchen*, wenn Sie wollen. Das ist aber nicht das Problem. Ich will damit sagen, daß ich es nicht tun *kann*. Sie projizieren mein Bild in seinen Traum oder Alptraum oder was auch immer, aber *er sieht mich nicht*. Er weiß nichts von mir. Er ignoriert mich nicht einmal bewußt. Er kann mich überhaupt nicht sehen. Die visuellen Signale erreichen zwar sein Gehirn, aber es verarbeitet die Signale nicht. Alles, was er sieht, sind seine Erinnerungen. Er ist in einer Endlosschleife der letzten Minuten seines Lebens gefangen.«

»Gar keine Veränderung?« fragte Selby.

»O ja, es verändert sich durchaus etwas«, knurrte Larry. »Die Schleife wird bei jedem Durchlauf markanter. Sie haben die Wiederholungen auf dem Monitor gesehen. Der letzte Durchlauf war deutlich zu erkennen. Beim erstenmal hatten wir fast nur Rauschen. Außerdem glaube ich, daß die Durchläufe sich beschleunigen. In der VR und mit dem Helm auf dem Kopf ist es zwar schwer zu sagen, aber es hat zumindest den Anschein.«

»Sie haben sich beschleunigt«, sagte Selby. »Ungefähr um den Faktor Zehn.«

»Das ist der Lerneffekt des Computers«, sagte Marcia. »Wir haben ihn mit perspektivischen Variationen der Wiedergabe des realen Ereignisses gefüttert, der ersten Einfahrt in den ›Kaninchenbau‹. Der Rechner arbeitet nun schneller, normalisiert die Daten effizienter und integriert …«

»Ja, das spielt sicher eine Rolle«, fiel Larry ihr ins Wort. »Aber das ist noch nicht alles. Wir versorgen Lucian mit direkten Reizen, und das – nun, das *stimuliert* ihn. Es steckt mehr Kraft hinter seinen Gedanken. Er sieht es jedesmal klarer, spürt es intensiver und durchläuft es schneller.«

»Wir registrieren eine Erhöhung der Gehirnwellen-Amplitude«, sagte Marcia, »und die Abläufe beschleunigen sich. Aber er *muß* Sie sehen. Wir schalten Ihr Bild direkt in sein Sehzentrum.«

»*Sie* haben wohl nie eine Katze gehabt«, sagte Selby.

Larry und Marcia schauten sie verwirrt an.

»Katzen!« sagte Selby. »Sie weigern sich, das zur Kenntnis zu nehmen, woran sie nicht glauben. Legt man ihnen einen Gegenstand hin, der ihnen nicht gefällt, dann tun sie so, als ob er gar nicht da wäre. Für sie *existiert* er nicht.«

»Wollen Sie damit also sagen, daß Lucian Larry nicht sieht, weil er nicht an Larry *glaubt*?« sagte Marcia.

»So kann man es auch ausdrücken«, sagte Selby. »Wir können zwar die Inhalte manipulieren, die in seinen Sehnerv und die akustischen Rezeptoren eingespeist werden, aber das ist etwas anderes, als seine *Gedanken* zu beeinflussen. Es geht darum, was er zu hören und zu sehen *glaubt*.«

»Und ich *sage*, daß wir das Problem von der anderen Seite angehen müssen«, sagte Larry mit bemüht fester Stimme. Er wollte das nicht tun. »Es genügt mir nicht, nur dazustehen und ihn anzuschreien, um seine Aufmerksamkeit zu erlangen. Wir müssen ihn aus der Endlosschleife in seiner Erinnerung befreien. Es reicht nicht, wenn wir ihm erzählen, daß das, was er sieht, überhaupt nicht stattfindet. Wir müssen verändern, was er sieht.«

Selby und Marcia wechselten Blicke, und Selby räusperte sich verlegen. »Wir hofften beide, daß es nicht so weit kommen würde«, sagte sie. »Wir befürchteten, das wäre Ihnen vielleicht etwas *unangenehm*. Es wäre ziemlich – belastend.«

»Sie glauben, ich würde durchdrehen«, brachte Larry es auf den Punkt. »Das glaube ich nicht. Und falls doch, werde ich mich schon wieder erholen. Wenn wir es nicht versuchen, wird Lucian für immer in seinem eigenen Tod gefangen sein, und das möchte ich ihm nicht wünschen.«

Keine der beiden Frauen sagte etwas.

»Sehen Sie, mir gefällt das auch nicht«, sagte Larry. »Aber ich war nicht dort. Larry Chao war nicht *dort*. Der TeleOperator war dort. Und es würde auch nicht genügen, ihm ein Bild des TeleOperators zu zeigen. Wir müssen ein VR-System implementieren, welches das Bild des TeleOperators dirigiert. Ich muß durch den TeleOperator zu Lucian sprechen und einen Weg finden, das Bild zu verschieben. Und es vielleicht ein dutzendmal ablaufen lassen, ehe wir Lucian herausholen können.«

»Wir müßten die charonischen Signale blockieren, mit denen sein Sehnerv beschickt wird«, sagte Marcia nachdenklich. »Und unsere eigenen Signale draufschalten. Wir müßten sozusagen ein Drehbuch schreiben, um Lucian zu befreien. Und wir müßten die Techniker zurückholen«, sagte sie. »Es würde einen schweren Eingriff bedeuten. Bisher haben wir nur versucht, mit Ihrem Bild Lucians Erinnerungen zu überlagern. Sie sprechen davon, seine Erinnerungen zu redigieren.«

»Dann führen Sie diesen schweren Eingriff durch«, sagte Larry mit gepreßter Stimme.

»Es könnte Lucians Gehirnwellenmuster stören«, sagte Marcia. »Er könnte sterben, wenn wir einen Fehler machen.«

»Glauben Sie vielleicht, sein *jetziger* Zustand sei besser als der Tod?« fragte Larry. »Er durchlebt schon seit fünf Jahren immer wieder dieselben schrecklichen Momente und befindet sich permanent in einer Situation, die gleichbedeutend ist mit seinem Tod – nur daß *er niemals stirbt*. Ich weiß, daß die Informationen, die wir vielleicht erhalten, wichtig sind, aber das interessiert mich jetzt nicht sonderlich. Ich kann ihn einfach nicht in *diesem* Zustand lassen. Entweder wir töten ihn und lassen ihn in Frieden ruhen – oder wir tun etwas, damit er nicht mehr seinen eigenen Tod erlebt.«

Kapitel Zwölf

Signal und Rauschen

»Die exakte Wissenschaft ist Mist, wenn sie sich zu sehr auf Gedankenspiele verläßt, und der Schmonzes, den wir dieser Tage machen, ist Gedankenspiele hoch drei. Die Frage lautet was wenn?, *nicht* was geschieht? *Die Anzüge unter den Laborkitteln haben schon längst die Orientierung verloren.*

Der Weißkittel läßt die ganze Zeit das Murks-Modell laufen und sieht dann, im wirklichen Leben geht es anders zu als im Traum. Am schärfsten ist es, wenn ein Weißkittel sich einen neuen Gag einfallen läßt, um zu zeigen, weshalb der Traum besser ist als das Leben. Von da an geht's abwärts mit uns; wir brechen uns einen ab, um ein Murks-Modell auf die Beine zu stellen, anstatt die Joker aus dem Spiel zu nehmen und neue Karten zu geben.

Wir nehmen Sim Eins und mauscheln Sim Zwei aus Sim Eins zusammen, nur daß Eins schon auf einer falschen Sim Null beruht hatte. Wir tauchen zu tief ins Märchenland ein, alles heiße Daten und coole Bilder, weit entfernt von der richtigen Welt, und je tiefer wir graben, desto mehr verlieren wir die

»Jeder Wissenschaftler hat mindestens einmal Schwierigkeiten gehabt, zwischen Simulation und Wirklichkeit zu unterscheiden. Es kommt ziemlich oft vor, daß ein Forscher feststellt, die Wirklichkeit weicht vom im Modell vorhergesagten Verhalten ab – und dann ein neues Experiment startet, um zu zeigen, weshalb die Wirklichkeit sich geirrt hat. Wir befassen uns nur noch mit der Entwicklung des perfekten Modells, der perfekten Simulation, anstatt die Unzulänglichkeiten der Theorien zu ergründen, auf denen das Modell basiert.

Wir gründen neue Experimente auf die Ergebnisse einer Simulation, die ihrerseits auf den Ergebnissen einer Simulation beruht. Unsere Studien befassen sich allzu oft mit einem idealisierten Universum aus Formeln und realistischen Grafiken, einem Ort, welcher der richtigen Welt weit entrückt und dennoch manchmal logischer und interessanter ist als unsere Wahrnehmungen der Realität. Allzu oft hat der moderne Forscher die Wahl zwischen einer idealen Welt und der Realität. Ist es dann ein Wun-

richtige Welt aus dem Blick. Die Weißkittel geben uns einen Vorgeschmack auf das perfekte Wunderland, und dann kommt ein Bohrkern aus der schmutzigen, alten richtigen Welt, von Mutter Natur. Sie setzen uns irgendeinen Mist vor, denn sie wissen nicht, was sie tun.

Die Wissenschaft geht auch dann den Bach runter, wenn sie an Gerüchte glaubt, wenn sie altes Wissen ausgräbt und die Ergebnisse nicht überprüft. Wir wissen, daß wir es schon oft verbockt haben. Wie kommt's, daß wir alle Ergebnisse der Vergangenheit für bare Münze nehmen? Regel eins: Glaub nur das, was du selbst zusammengezählt hast. In anderen Worten: Der Weißkittel liegt falsch, wenn du es nicht selbst beweisen kannst. Wenn es keine Voodoo-Wissenschaft sein soll, mußt du dich selbst dransetzen und jedes einzelne Bit beweisen.

Man sagt, die Wissenschaft wächst durch Beweise; bring diese Trümpfe ins Spiel. Heutzutage geht's in der exakten/Weißkittel/Anzug-Wissenschaft ab wie im Kasperletheater, und die Weißkittel sind bald soweit, daß sie mit gezinkten Karten spielen und sich dabei die Pfoten verbrennen – und fünf Asse aus'm Ärmel schütteln 5 = (wie viele Karten: 5 – x + y = 5) – x//y < 5.«

der, wenn er sich für den idealen Traum entscheidet, wobei er sich dessen manchmal gar nicht bewußt ist?

Die Wissenschaft versagt auch dann, wenn sie sich nur auf überliefertes Wissen verläßt, anstatt sich um neue Erkenntnisse zu bemühen. Wenn wir unsere Fehler und Grenzen betrachten, ist die Annahme, daß unsere Vorfahren alles richtig gemacht haben, etwas gewagt. Kein Datum sollte als korrekt akzeptiert werden, solange es nicht nachweislich richtig ist. Das, was sich dem Beweis entzieht, ist keine Wissenschaft; das, was dem Beweis unterliegt, muß immer wieder überprüft werden, wenn es Wissenschaft bleiben soll.

Die Wissenschaft dient der Vermehrung des Wissens, indem sie die wirkliche Welt einer skeptischen Betrachtung unterzieht. Der gegenwärtige konventionelle wissenschaftliche Ansatz ist kaum mehr als ein gläubiger Blick auf eine Simulation.«

– ›Augapfel‹ Größter Orter *NaPurno/Gewußtwie (Die Erkenntnisgewinnung der Nackten Purpurnen)*, Datastreemdream Prezz, *NaPurHab*, veröffentlicht 100101111110 (A.D. 2430) (Übersetzung vom Autor)

Multisystem-**Forschungsinstitut**
New York City
Erde
DAS *MULTISYSTEM*

Die Simulation war fast wieder zu Ende. Die Bilder erstarrten wieder vor einer Schar aufgeregter Wissenschaftler und Forscher. Die eine Hälfte von ihnen begann prompt mit der anderen Hälfte eine Diskussion über alle möglichen Aspekte der Simulation. Wieder.

Sianna Colette stand kurz davor, im Stehen einzuschlafen. Sie hatte längst schon jedes Zeitgefühl verloren. Doch nun, hier unten in diesem unterirdischen, dunklen Loch, mit dem Ablauf derselben imaginären Zeiten, rückwärts und vorwärts mit unterschiedlichen Geschwindigkeiten, immer wieder – jedesmal mit geringfügigen Verbesserungen und Verfeinerungen – hatte sie auch jede *Verbindung* mit der Zeit verloren.

Gestern waren sie einfach bei der Führungsriege hereingeplatzt. Heute hatten sie nicht so viel Glück. Sakalov war nirgends zu finden, und von Bernhardts Leuten dachte niemand daran, ihn nur wegen der Sprüche einer Studentin und eines Spät-Hippies zu stören. Ein Treffen mit Bernhardt, wie es am Tag zuvor stattgefunden hatte – falls es gestern gewesen war und nicht irgendwann an diesem endlosen Tag – war mittlerweile genauso schwierig zu arrangieren wie ein Blick auf den Osterhasen. Normalerweise hätten Siannas Chancen, Wolf Bernhardt zu sehen, nicht besser gestanden, als vom *Autokraten* von Ceres eine Einladung zum Mittagessen zu erhalten.

Die einzige Möglichkeit, den Leuten diese Sache schmackhaft zu machen, bestand darin, sie in der Nahrungskette Schritt für Schritt nach oben zu schieben. Sie mußte den Dienstweg einhalten und ihre Vorgesetzten von der Logik der Theorie überzeugen, damit diese wiederum ihre Vorgesetzten dazu bewogen, sich die Sache einmal anzuschauen.

Dies war nun die dritte Präsentation der Simulation, die jedesmal vor einem etwas größeren und erleseneren Kreis stattgefunden hatten. Niemand von den unteren Rängen schien gewillt zu sein, sich nach der Benachrichtigung der Vorgesetzten zu entfernen, mit dem Ergebnis, daß es im Simulationstank etwas eng wurde. Die Klimaanlage war überfordert. Allein das beeinträchtigte schon die Authentizität der Präsentation. Seit wann roch es im Leerraum wie in einer Umkleidekabine?

Der Raum wurde schwach erleuchtet, damit die Anwesenden sich sahen und unbefangener miteinander sprechen konnten. Es funktionierte; der Dezibelpegel erhöhte sich proportional zur Helligkeit. Sianna schaute auf den an den Kontrollen stehenden Wally. Eine nette Geste, in Anbetracht der Tatsache, daß die Leute sich im Dunklen nicht gern unterhalten. Doch es war insofern plausibel, als Wallys Kenntnisse über die menschliche Psyche sich darauf beschränkten, wie sie auf eine Simulation reagierten.

Sieh mal einer an. Wally hätte genauso erschöpft sein müssen wie Sianna, doch statt dessen genoß er es. Aller Wahrscheinlichkeit nach schenkten die Leute ihm zum erstenmal in seinem Leben Aufmerksamkeit und nahmen ihn ernst. Er war von einer ganzen Horde von Forschern umringt. Hatten sie bisher nur Witze über ihn gerissen, so bestürmten sie ihn nun mit Fragen und machten Vorschläge; kurz gesagt, sie behandelten ihn wie einen Kollegen und nicht wie eine niedere Lebensform.

Sianna wachte abrupt auf, als ihr Kopf vornüber sank. Verdammt! War sie etwa eingenickt? Wie lange? Eine Minute? Eine Stunde? Sie versuchte, in der Dunkelheit etwas zu erkennen. Die Menge befand sich in Wallung. Etwas ging dort vor. Eine Menschentraube umlagerte einen Neuankömmling, Dr. Ursula Gruber, Direktorin der Beobachtenden Forschung und eine der am würdevollsten aussehenden Frauen, die Sianna je kennengelernt hatte. Das graue, straff zurückgekämmte Haar war zu einem Knoten gebunden. Sie trug einen gestärkten weißen Laborkittel, und die grauen Augen hatten einen festen und steten Blick.

Gruber war von ihren eigenen Mitarbeitern umgeben und schien sich, dem Gesichtsausdruck nach zu urteilen, in einer angeregten Unterhaltung mit ihnen zu befinden. Sianna bekam von der Unterhaltung nicht viel mit, doch schließlich hob Gruber die Hände und sagte mit lauter Stimme: »In Ordnung. Ruhe bitte, damit ich anrufen kann.« Gruber holte ein Handy aus der Tasche und wählte eine Nummer.

Gruber stand in der Nahrungskette so weit oben, daß es vielleicht Bernhardts Büro war, das sie anrief, und daß Bernhardt den Anruf vielleicht entgegennehmen würde. Gruber gestikulierte in Richtung der Simulation und nahm eindeutig auf sie Bezug.

Schließlich hielt Sianna es nicht mehr aus. Sie näherte sich Gruber, um zu hören, was sie sagte.

»Ja, ja, wir sind alle hier im Simulationszentrum. Im Tank. Ich habe es gerade gesehen. Es hat eine innere Logik. Es könnte durchaus signifikant sein. Was? Entschuldigung, hier reden alle durcheinander. Ach. Dieser Wally Sturgis läßt sie laufen. Ja, Sturgis. Nein, ich glaube nicht, daß er … Entschuldigung, wiederholen Sie das bitte. Wie war das?« Mit einer Handbewegung versuchte sie Ruhe zu schaffen, und dann bedeckte sie das freie Ohr mit der Hand und hörte für einen Moment nur zu. »Einen Augenblick. Ich frage nach.« Gruber drückte auf die Stummschaltung des Handys und schaute sich mit einem ziemlich düsteren Gesichtsausdruck im Raum um. »Wer von Ihnen ist Colette?« rief sie. »Sianna Colette?«

Sianna hatte plötzlich das Gefühl, ihr Magen würde sich umdrehen. Sie trat vor und registrierte, daß die Leute um sie herum zurücktraten und ihr Platz machten. Plötzlich stand sie im Mittelpunkt eines Kreises aus Augen. Hinter ihr entstand die Dyson-Sphäre aus den Trümmern eines zerstörten imaginären Sonnensystems.

»Ich bin Sianna Colette«, sagte sie mit einer Stimme, die selbst ihr etwas zu hoch und quäkend erschien.

»Dr. Bernhardt möchte wissen, ob das Ihre Theorie ist«, sagte Gruber. Sie zeigte auf die Simulation, auf die markierte Darstellung, die bereits allgemein als *Einsame Welt* bezeichnet wurde. »Haben *Sie* sich das ausgedacht?«

Leugnen hatte keinen Zweck. Nicht wenn sie die Hälfte dieser Leute kannte und sie und Wally sie eingeladen hatten, ihre schlaue neue Theorie zu begutachten. »Ja, Ma'am. Ich war das«, gestand Sianna, wobei sie sich wie damals in der Schule vorkam, wenn sie bei einer Missetat erwischt worden war. Es genügte ihnen nicht, wenn sie einen auf frischer Tat ertappten. Sie verlangten auch noch, daß man es *zugab*.

Gruber nickte und sprach ins Handy: »Ja, es war Colette.« Dann hörte sie der Stimme am anderen Ende der Leitung für einen Moment nur zu und nickte schließlich. »Gut«, sagte sie. »Ich werde es ihr sagen.« Sie schaltete das Handy aus und steckte es in die Tasche. »Ich soll Ihnen von Dr. Bernhardt ausrichten, daß er sofort herunterkommt.«

Und der Krampf in Siannas Magen wurde noch heftiger.

Das Warten erschien Sianna wie eine Ewigkeit. Würde Bernhardt sie aus dem MFI entlassen? Ihre öffentliche

Exmatrikulation von der Columbia University wegen des Mißbrauchs von Institutseinrichtungen und der ungerechtfertigten Inanspruchnahme von Wissenschaftlern anordnen? Oder würde er sie nur rüffeln, sie vor versammelter Mannschaft niedermachen und es ihr selbst überlassen, Mutmaßungen bezüglich ihrer weiteren Karriereaussichten anzustellen?

Die Menge stand um sie herum, eine Masse verschüchterter Gesichter. Die Unterhaltungen waren eingestellt worden, und die Aufregung, von der der Raum erfüllt gewesen war, hatte sich auch gelegt.

Sianna blickte auf Wally, der noch immer an seiner Kontrollkonsole saß. Ihre Blicke trafen sich, doch er schaute sie nur verwirrt an und schüttelte den Kopf.

Schließlich schwang die Haupttür der Simulationskammer auf, und Wolf Bernhardt spazierte herein, erneut gefolgt von Juri Sakalov. Sianna stand allein im Mittelpunkt des im Halbdunkel liegenden Raums. Sie rüstete sich innerlich für das Kommende, obwohl eine Woge der Erschöpfung über ihr zusammenschlug.

Bernhardt kam näher. Sie war sich sicher, daß sie in Ohnmacht fallen würde. Sie bekam weiche Knie, und der Raum drehte sich um sie. Er hatte sie fast erreicht – doch dann marschierte er schnellen Schritts rechts an ihr vorbei. Vielleicht hatten seine Augen sich noch nicht an die trübe Beleuchtung angepaßt, und er hatte sie übersehen. Vielleicht hatte er sie auch nicht wiedererkannt. Oder vielleicht lag sie überhaupt unterhalb seiner Wahrnehmungsschwelle.

Sakalov indes erkannte sie und warf ihr beim Vorbeigehen einen unergründlichen Blick zu.

Die beiden gingen zu Gruber hinüber, die sich über den an der Kontrollkonsole sitzenden Wally gebeugt hatte. »Nun denn«, sagte Bernhardt. »Dr. Gruber hat mir gesagt, es gäbe eine neue Theorie, die vielleicht gewisse Einsichten vermitteln würde. Ich möchte mehr darüber erfahren.«

»Soll ich ... äh ... die Simulation für Sie laufen lassen, Dr. Bernhardt?« Wally wirkte noch zögerlicher und nervöser als sonst.

Bernhardt blickte mit kaltem Ärger auf ihn herab. »Ich brauche keine bunten Bilder, Mr. Sturgis, um wissenschaftlichen Ausführungen zu folgen.« Er schaute zu Dr. Gruber hoch. »*Frau Doktor* Gruber. Bitte fassen Sie es für mich zusammen, wenn Sie so gut wären.«

»Gewiß.« Gruber, Bernhardt und Sakalov zogen sich an eine Seite des Raums zurück. Die drei unterhielten sich für fünf lange Minuten mit gedämpfter Stimme, wobei Bernhardt überwiegend zuhörte und manchmal nickte und Sakalov gelegentlich mit so leiser Stimme, daß Sianna ihn nicht verstand, eine Frage stellte. Bernhardt zeigte überhaupt keine Reaktion auf Grubers Ausführungen, wogegen Sakalov einen immer erregteren Eindruck machte.

Schließlich hatte Bernhardt genug gehört. Er nickte ein letztes Mal, klopfte Gruber auf die Schulter und wandte sich an Wally. »Vielleicht werde ich doch noch einen Blick auf die Simulation werfen. Sie werden binnen einer Stunde eine Aufzeichnung des letzten Laufs in mein Büro überspielen. Inzwischen werde ich mich mit Ihnen, Miss Colette und Dr. Sakalov draußen auf dem Flur unterhalten. Miss Colette? Wenn Sie bitte mitkommen würden?«

Er drehte sich abrupt um und ging hinaus auf den Korridor, ohne sich zu vergewissern, ob die anderen ihm folgten.

Sakalov folgte ihm beflissen. Wally speicherte die aktuellen Einstellungen der Simulation und erhob sich gemächlich. Sianna bildete die Nachhut, wobei sie wieder versuchte, die Blicke der sie umgebenden Leute zu ignorieren.

Sie erreichte die offene Tür und trat aus dem Dunkel ins Licht, aus dem düsteren Simulations-Tank ins grelle Licht des ganz in Weiß gehaltenen Korridors.

Sie schloß die Tür hinter sich und legte eine Pause ein. Sie blinzelte und schaute, wohin die andern gegangen waren. Dort gingen sie; sie waren nach rechts in den Korridor eingebogen. Alle drei warteten mit ernsten Gesichtern, bis Sianna sie eingeholt hatte.

Sie zwang sich weiterzugehen, mit staksigen Schritten und schützend vor der Brust verschränkten Armen. Ihr Blick war unverwandt auf Bernhardts grimmiges Gesicht gerichtet.

Als sie sie erreicht hatte, verlor Bernhardts Gesicht den unbewegten Ausdruck. Er packte sie am Arm, sah über die Schulter, um zu sehen, ob jemand hinter ihr war, und zog sie um die Ecke, gefolgt von Wally und Sakalov.

Sianna schaute ebenfalls über die Schulter, sah aber nichts Besonderes. Doch als sie den Blick wieder auf Bernhardt richtete, sah sie doch etwas höchst Besonderes.

Er lächelte. *Er lächelte.* Sianna hätte es nie für möglich gehalten, daß deutsche Gesichtsmuskeln solche Bewegungen auszuführen vermochten. »Sie haben es!« sagte er zu einer erstaunten Sianna. »Wir müssen vorsichtig sein und die Beweise zusammentragen, aber ich hege nicht den geringsten Zweifel, daß Sie recht haben. Meinen Sie nicht auch, Dr. Sakalov?«

»Ja, ja«, sagte Sakalov, nahm ihre Hand und schüttelte sie kräftig. »Auch auf die Gefahr hin, meinen Irrtum einzugestehen, muß ich zugeben, daß Ihre Theorie viel schlüssiger ist als alles, was ich bisher entwickelt habe.«

»Aber … ich … ich …« Sianna versagte für einen Augenblick die Stimme, bevor es ihr gelang, weiterzusprechen. »Aber die Art, wie Sie eben hereingekommen sind und wie Sie sich nun verhalten ...«

Bernhardt lachte laut. »Psychologie«, sagte er. »Auf die Wissenschaft kommt es bei meiner Arbeit am allerwenigsten an. In erster Linie handelt es sich um Politik und Psychologie. Vor fünf Jahren wurde mir aufgetragen, einen Kapitän für die *Terra Nova* zu finden und das Schiff mit der Erforschung der Dyson-Sphäre zu beauftragen – es sollte die Sphäre direkt anfliegen, ohne Sicherheitsvorkehrungen. Das wäre ein Himmelfahrtskommando gewesen. Also wählte ich Captain Steiger aus und erteilte ihr Befehle, die sie, wie ich *wußte*, mißachten würde. Man muß seine Pappenheimer kennen. Nachdem ich Ihre gestrige Diskussion mit Dr. Sakalov verfolgt hatte, hielt ich es für unwahrscheinlich, daß *Sie* mit einer Theorie aufwarten würden, die Sie nicht gründlich geprüft hätten. Also bin ich runtergekommen, um sie mir anzuhören.

Aber es geht nicht nur um die Gewißheit, daß Sie recht haben. Es geht auch darum, daß man Sie hört, daß das Signal nicht im Rauschen untergeht. Ich weiß, daß ich nicht gerade die populärste Person hier unten bin. Ich bin zwar bekannt für meine Sorgfalt und Effizienz, aber auch dafür, daß ich mich weigere, den Leuten die gewünschten Schecks auszustellen. Ich genehmige ihre Projekte nicht. Also *befürworten* die Leute am MFI manchmal das, was ich *ablehne*. Außerdem ist Dr. Sakalov beim Personal angesehen. Wenn ich nun hier hereingeplatzt wäre und eine Theorie unterstützt hätte, die den größten Teil seiner Arbeit entwertet hätte – nun, für manch einen wäre das ein Grund gewesen, Ihre Theorie in Bausch und Bogen zu verurteilen. Indem ich mich zurückhalte, provoziere ich sie, mich zu widerlegen.« Bernhardt tätschelte Siannas Arm. »Sie haben sehr gute Arbeit geleistet. Nun müssen Sie aber nach Hause gehen und sich ausruhen.«

Sianna stand nur da und blinzelte erstaunt. Sie hatte immer geglaubt, die Arbeit eines Wissenschaftlers würde allein der Wahrheitsfindung dienen.

Wie man sich doch irren konnte.

Sianna schlurfte aus dem Simulationszentrum. Sie betrat den unterirdischen Märchenland-Campus der MFI-Hauptebene und ging hinauf zu den Aufzügen. Sie war so müde und emotional derart erschöpft, daß es ihr überhaupt nichts ausmachte, den stählernen Sarg zu betreten und zu sehen, wie die Türen sich schlossen. Sie war zu schlapp, um auf irgend etwas zu reagieren.

Es hatte den Anschein, als ob das Leben jedes Versprechen gebrochen hätte, das es ihr jemals gemacht hatte. Das Leben hatte sie aus der Heimat ihrer Kindheit in ein fernes Land entführt, ihre Eltern getötet und sie in ein Zeitalter der Krisen und des Notstands gestürzt, das keine Zeit hatte, sich um Waisenkinder zu kümmern.

Alles Gute und Hoffnungsvolle war ihr entrissen worden. Gemäß dieser Logik war es höchste Zeit, daß die Columbia University und das MFI ihr auch den Laufpaß gaben. Und dennoch hatten sie das nicht getan, auch wenn sie allen Grund dazu gehabt hätten. Statt dessen *gratulierte* man ihr.

Der Aufzug hielt an der Oberfläche an, und die Türen öffneten sich. Blinzelnd trat Sianna ins Sonnenlicht, desorientiert durch das helle Licht und die offenen Räume, den Kontrast und die Klarheit. Sie betrat den weitläufigen Zentralplatz und kam sich mehr als nur etwas durcheinander und verloren vor.

Sie fühlte sich, als ob sie aus einer Matinee käme, aus einem verdunkelten Theater auf die sonnenbeschienene Straße trat, nachdem die Augen dem Körper für ein paar Stunden suggeriert hatten, es sei Nacht.

Sianna ging es genau so, nur daß das Gefühl ein dutzendmal intensiver war. Sie hatte den Eindruck, daß sie sich wirklich für eine Weile im Zustand der Zeitlosigkeit befunden hatte und nun gegen ihren Willen wieder in die Zeit zurückgestoßen wurde.

Wie dem auch sei, es war noch immer Tag. Sie sah zum *Sonnenstern* hinauf und schätzte seine Position am Himmel. *Gegen drei Uhr nachmittags*, befand sie. Oder waren sie mehr als einen Tag dort unten gewesen? Nein, das war unmöglich. Oder auch nicht. Sei's drum.

Sie schaute zum strahlendblauen Nachmittagshimmel empor. Ein Duft von gemähtem Gras, der von den Dachgärten und vom Central Park herübergetragen wurde, lag in der Luft, dazu mannigfaltige Geräusche – Lachen und Unterhaltungen, das Summen des Verkehrs, das Hintergrundgeräusch der geschäftigen Stadt. Trotz der Erschöpfung gewann sie daraus neue Kraft und ging mit federnden Schritten weiter. Sie wollte noch immer nach Hause und sich ins Bett legen, doch plötzlich waren die Wohnung und das Bett ein Ziel, eine Belohnung und kein Versteck mehr.

Es war schon erstaunlich, wie positiv der schlichte Anblick des *wirklichen* offenen Himmels, auch wenn es sich um den Himmel des *Multisystems* handelte, sich auf die Psyche auswirkte.

Sie kehrte in ihr Apartment zurück, machte sich frisch und schickte sich an, zu Bett zu gehen. Sie war dankbar dafür, daß ihre Mitbewohnerin noch nicht zurück war. Sie aktivierte die Stummschaltung des Anrufbeantworters und legte sich ins Bett. Nun war es vorbei. Sie hatte ihren Teil beigetragen und die Theorie entwickelt, auf die alle gewartet hatten. Nun sollten die *wirklichen* Experten sich damit befassen. Sie würde sich ausruhen, früh aufstehen und die Nase in die Bücher stecken.

Sie kuschelte sich ins Kissen und schlief ein.

Am nächsten Morgen wachte Sianna um fünf Uhr auf und stand sofort auf. Sie fühlte sich prächtig und war erfüllt von einer gewissen Selbstzufriedenheit. Eine Prüfung heute, und sie hatte sich noch nie so leistungsfähig gefühlt wie an diesem Morgen.

Sie schlang das Frühstück hinunter und bereitete sich auf die Abschlußprüfung vor, wobei sie frohen Mutes eine Reihe von Transformationsanalysen durcharbeitete, nur so zur Übung. Ihre Prüfung fand gegen Mittag statt, wobei sie die Aufgaben in kürzester Zeit löste. Sie gab die Klausur als dritte ab – obwohl sie die Ergebnisse dreimal überprüft hatte.

Auf dem Heimweg gönnte sie sich einen Besuch im Buchladen und war gegen drei zu Hause. Sie bereitete sich ein spätes Mittagessen und las einen halben Roman, anstatt für die Prüfung in Geschichte zu lernen.

Es war schon gegen halb neun, als ihr einfiel, den Anrufbeantworter abzuhören. Sie schaute vom Buch auf. Sie hatte ganz vergessen, daß sie das Gerät auf ›Aufnahme‹ geschaltet hatte. Dutzende von Leuten hätten anrufen können, ohne daß sie es bemerkt hätte.

Doch es lag nur eine Nachricht vor; die Zeitmarke zeigte, daß sie gegen fünf Uhr morgens eingegangen war.

Seien Sie morgen um 09:00 in meinem Büro. W. Bernhardt.

Keine Frage, keine Bitte. Nur die Anweisung. Plötzlich hatte sie einen Kloß im Hals, und die Handflächen überzogen sich mit Schweiß. Sie hatte geglaubt, daß sie ihren Teil erledigt hätte und die Sache nun jemand anders überlassen könne.

Wie man sich doch irren konnte. Schon wieder.

Kapitel Dreizehn

Zuckerbrot und Peitsche

»Handelt es sich beim *Multisystem* um ein Wesen? Eine komplexe Ökologie voneinander abhängiger Lebensformen? Oder etwas dazwischen, wie ein aus winzigen Wesen bestehendes Korallenriff, die sich zu einem größeren Ganzen zusammengeschlossen haben? Oder ist die Frage völlig irrelevant? Verfügt das menschliche Bewußtsein weder über eine Analogie noch ein Muster, das uns die Natur eines Charoniers verständlich machen könnte?

Mit Bestimmtheit wissen wir nur, daß die Charonier einst ganz anders waren und sich dann zu dem entwickelt haben, was sie heute sind. Der Eintritt ins Universum hinterläßt immer ein paar Narben, und der Wandel ist nie vollkommen. Das gleiche gilt für die Menschheit: Der Bauchnabel ist die Narbe der Nabelschnur, die wir verloren haben, und die weißen Blutkörperchen, die in den Adern schwimmen, sind die Abkömmlinge parasitärer Amöben, die sich von Feinden in Freunde verwandelt haben. Im Prozeß der Umformung haben die Charonier gewiß Merkmale ihrer alten Identität – und ihrer Schwächen – bewahrt.

Wie gut wir sie auch zu kennen glauben, diese Überreste, diese Erbstücke aus ihrer unbekannten Vergangenheit werden immer wieder zu völlig unerwarteten Verhaltensweisen führen.«

– Larry Chao, *Ein Aufsatz über die Charonier*
(nicht veröffentlicht), 2427

DWF-Hauptquartier
New York City
ERDE

Die Nacht war schon lange hereingebrochen, doch Wolf Bernhardt war noch immer bei der Arbeit und verfaßte mit Sorgfalt den Text der Nachrichten, die er per Funk absetzen würde. Er mußte jedes Wort auf die Goldwaage legen, wenn er sicher sein wollte, daß das *NaPurHab* und die *Terra Nova* in ihrem eigenen Interesse kooperierten.

Nun, das *NaPurHab* war im Grunde kein Problem. *Wir schicken euch jede Menge Gratis-Vorräte. Bitte nehmt sie.* Das war auch schon alles. Die *Terra Nova* war das eigentliche Problem.

Wenn es wegen des *NaPurHab* Schwierigkeiten gegeben hatte, dann hier auf der Erde. Es war extrem schwer gewesen, die Unterstützung zu bekommen, die er benötigte, um den Nachschub zu liefern und eine großmaßstäbliche Logistik-Operation durchzuführen. Gott sei Dank hatte er sich durchgesetzt.

Zu seinem Leidwesen war er der einzige, der die Bedeutung des Habitats der *Nackten Pupurnen* an sich verstand, jenseits der Menschenleben an Bord. Es war ein lebenswichtiger, unersetzlicher Beobachtungsposten. Und wenn der *Zucht-Rausch* sich wirklich so katastrophal auswirkte, dann wäre das *NaPurHab* vielleicht die größte überlebende menschliche Population. Es war durchaus möglich, daß die Überlebenden auf der Erde das *NaPurHab* in nicht allzu ferner Zukunft anflehen würden, sie zu retten. Die Erde *brauchte* das *NaPurHab*. Wen kümmerte es angesichts der größeren Zusammenhänge, wer das Habitat leitete oder daß die Bewohner manchmal ein Ärgernis darstellten?

Doch nun gerieten die Dinge plötzlich in Bewegung. Er würde die aktuellen Daten über die K-KERNe und diese neue Information von der kleinen Colette benutzen, um dem Finanzausschuß etwas Angst einzujagen *und* ihn gleichzeitig für die Sache zu interessieren. Er würde mit sofortiger Wirkung eine Luftbrücke für das *NaPurHab* organisieren und genug Ausrüstung und Vorräte dorthin schicken, damit sie für Jahre, vielleicht Jahrzehnte autark waren.

Aber die *Terra Nova*. Würde Steiger sich durch die Ideen der kleinen Colette von der selbstmörderischen *Highwayman*-Mission abbringen lassen? Oder war Steiger fest entschlossen, wieder einen KERN zu entern?

Nachschub. Nachschub war die Antwort. Die *Terra Nova* sollte Transportflüge zum *NaPurHab* durchführen. Das wäre ein Grund für sie, zurückzukommen.

Aber wie sollte er es formulieren? Welche Botschaft würde Steiger zur Rückkehr veranlassen? Immerhin war sie nicht allein an Bord. Wenn er Gerald MacDougal für die Logistik-Mission und die *Einsame Welt* interessierte, würde der Steiger vielleicht entsprechend motivieren.

Wenn er es richtig anstellte, gab es eine Reihe von Möglichkeiten. Es war ein kaltblütiges Kalkül. Er spielte mit der Katastrophe, mit Ängsten und Hoffnungen, um Leute und Ereignisse zu manipulieren. Wolf war sich dessen durchaus bewußt, und es gefiel ihm nicht.

Doch er verdrängte die Bedenken. Er wußte, daß sein komplizierter, manipulativer Plan vielleicht als Katalysator für eine Entwicklung diente, an deren Ende der Sieg über den Feind stand. Es sei denn, sein Drang, etwas – *irgend etwas* – zu unternehmen, wo er nun über die Werkzeuge zu verfügen schien, war der Katalysator für ihren Tod.

Wolf verdrängte diesen Gedanken. Nein. Vorwärts. Er mußte die Flucht nach vorn antreten. Denn wenn er etwas mit absoluter Gewißheit wußte, dann das, was die anderen *Gefangenen Welten* ihm sagten: Nichtstun war der *sichere* Weg in den Tod.

Er ging wieder an die Arbeit.

Terra Nova
Leerraum

Captain Dianne Steiger starrte auf den Ausdruck und versuchte seinen Inhalt zu erfassen. Selbst die banalste Nachricht von der Erde hatte eine Bedeutung zwischen den Zeilen. Diese hier war proppenvoll mit Neuigkeiten, dessen war sie sich sicher. Mit so vielen Neuigkeiten, daß sie mit beträchtlicher Erleichterung den Flug der *Highwayman* streichen konnte.

Doch Wolf Bernhardt war ein schlauer Fuchs. Man durfte das, was er sagte, nie für bare Münze nehmen. Sie mußte jemanden um Rat fragen. »KünstIntell. Suche den Ersten Offizier, grüße ihn vom Kapitän und bitte ihn, in mein Quartier zu kommen.«

»Einen Moment«, sagte eine synthetische Stimme. »Die Botschaft wurde übermittelt. Der Erste Offizier ist unterwegs.«

Gut. Sehr gut. Sie war begierig zu erfahren, was Gerald von der ganzen Sache hielt. Sie las die Nachricht ein zweites Mal durch.

Sie hatte die Lektüre gerade beendet, als der Türsummer ertönte. Dianne erhob sich, durchquerte den Raum und öffnete die Tür, wobei sie noch immer den Ausdruck in der Hand hielt.

»Hallo, Chefin«, sagte Gerald. »Was liegt an?«

»Sagen Sie's mir.« Sie bedeutete ihm hereinzukommen und gab ihm den Ausdruck, während sie die Tür schloß. »Lesen Sie das«, sagte sie.

Er blieb stehen und las den Text, während sie sich auf die Couch fallen ließ. Sie war müde, hundemüde. Der Job nahm sie ziemlich mit. Sie schloß die Augen und rieb sich das Gesicht.

Das Schiff zu fliegen war einfach. Aber es war verdammt schwer, die Moral auf einem Schiff aufrechtzuerhalten, dessen Besatzung längst wußte, daß sie vermutlich den Rest ihres Lebens an Bord verbringen würde, vermutlich an Bord *sterben* würde und dieses Schiff nie verlassen würde, nicht einmal nach dem Tod.

Keine poetischen Weltraumbestattungen auf der *Terra Nova*. Nein. Das Ökosystem des Schiffs konnte es sich nicht leisten, so viel organisches Material zu verschwenden. Wenn man die *Hijacker*-Katastrophe außer acht ließ, dann hatte es seit dem Abflug von der Erde bereits drei Selbstmorde und zwei Unfalltote auf der *TN* gegeben, und alle waren in der tertiären Nährstoffsynthese-Anlage ›begraben‹ worden, eine Verbrämung des Sachverhalts, daß ihr Protein recycelt worden war.

Darauf durften sie sich freuen, bar jeder Hoffnung. Und der Untergang der *Hijacker* hatte die Moral auch nicht gerade gehoben.

War ihnen ein solches Schicksal beschieden? Im Weltall umherzufliegen und darauf zu warten, daß der Tod sie nacheinander ereilte? Vielleicht nicht. Vielleicht hatte die Nachricht von der Erde wirklich eine Bedeutung. Wenn sie die *Charon-Zentrale* wirklich gefunden hatten… Sie faltete die Hände auf dem Bauch und starrte auf das Deckenschott. »Was sagen Sie, Gerald?« fragte sie betont gelangweilt.

»Wenn es wirklich stimmt, wäre es wunderbar«, sagte Gerald. »Wenn diese *Einsame Welt* die *Charon-Zentrale* ist, haben wir endlich etwas, womit wir arbeiten können, ein Ziel.«

Dianne sah zu ihm auf und erkannte den aufgeregten Ausdruck in seinem Gesicht. Sie fühlte einen Anflug von Neid, als sie seine Begeisterung sah. Weshalb war sie nicht fähig, so zu empfinden? Wann hatte sie sich in eine solche Zynikerin verwandelt, daß sogar ein solcher Durchbruch wie dieser sie kalt ließ? Oder war es nur die Vorsicht, die Entschlossenheit, die Sicherheit des Schiffs nicht zu gefährden?

»Was meinen Sie mit ›Ziel‹?« fragte sie. »Sie wollen

doch nicht andeuten, daß wir diese *Einsame Welt* anfliegen, oder? Sie wird der am besten bewachte Ort der ganzen Galaxis sein. Schließlich ist sie das Gehirn der verdammten Sphäre. Es muß dort vor KERNen nur so wimmeln. Wir würden nicht näher als eine Million Kilometer herankommen.«

»Nein, jetzt werden wir nicht dorthin fliegen – aber später. Es heißt hier, man rechnet damit, bald den Funkverkehr mit dieser Welt abzuhören. Man hofft, ihn anhand der bereits bekannten charonischen Sprachmuster zu decodieren. Wenn wir den Befehl ›Laßt anfliegende Schiffe passieren‹ fänden, dann *könnten* wir dorthin gelangen.« Gerald zuckte die Achseln. »Vielleicht sind wir im Moment nicht dazu in der Lage, aber es ist ein Ziel, das wir ins Auge fassen können.«

»In dieser Hinsicht preschen Sie sogar noch weiter vor als Bernhardt«, sagte Dianne und setzte sich auf. »Nicht einmal er äußert diesen Vorschlag. Zumal in dieser Nachricht *keiner* der üblichen ›Vorschläge‹ enthalten ist.«

In seiner Eigenschaft als Leiter des DWF stand die *Terra Nova* natürlich nominell unter dem Kommando von Bernhardt. Doch Dianne hatte von vornherein deutlich gemacht, daß ihr Schiff zu wichtig war, um damit herumzuspielen. Es war das einzige im Weltall stationierte Schiff, das die Erde hatte und vermutlich je haben würde. Die *TN* war das einzige Instrument, über das die Erde verfügte, um außerhalb des Sperriegels der KERNe zu operieren. Dianne hatte bereits vor einiger Zeit klargestellt, daß sie die TN keinem mutwilligen Risiko aussetzen würde. Sie war entschlossen, jeden Befehl zu verweigern, den sie als zu gefährlich erachtete.

Nicht nur die hanebüchenen Ideen, die Bernhardt im Lauf der Jahre übermitteln mußte, sondern fast *alle* Anweisungen von der Erde hätten ein zu hohes Risiko bedeutet. Bernhardt war das ebenso bewußt wie Dianne, und deshalb hatte er auch nur ›Anfragen‹ oder ›Vorschläge‹ übermittelt anstatt von Befehlen. So hatte er die Verantwortlichen auf der Erde zufriedengestellt, während er Dianne gleichzeitig ein Hintertürchen offengelassen hatte. Das war der Vorteil, im Leerraum ein Schiff zu führen – kein Komitee von Besserwissern sah einem über die Schulter.

Doch bezüglich des Nachschubs handelte es sich nicht um eine vage Anfrage. Keine Chiffren, um Bernhardts ›Berater‹ zufriedenzustellen. Dianne wurde sich plötzlich bewußt, was das bedeutete. »Geben Sie mir die Nachricht noch einmal«, sagte sie und stand auf. Gerald reichte ihr den Ausdruck, und sie überprüfte ihn noch einmal. Ja, sie hatte recht. Er hatte sie nur ein paar Stunden abgeschickt, nachdem er sich die Theorie dieser Colette angehört hatte – und nachdem man in New York Feierabend gemacht hatte. Und wo sie nun darüber nachdachte, hatte die Formulierung etwas Teutonisches.

»Wissen Sie«, sagte Dianne, »ich glaube, der alte Wolf Bernhardt hat das selbst verfaßt und nach Feierabend abgeschickt. In ziemlicher Hektik. Zumal hier nichts von ›Ich handle aufgrund der Empfehlungen von Experten‹ oder ähnliches steht. Er hat sich nicht mit den üblichen Beratern abgesprochen.«

»Vielleicht wollte er, daß wir es schnell bekommen«, sagte Gerald.

»Und ich glaube, ich kenne auch den Grund dafür. Dies hier«, sagte sie und wedelte mit dem Ausdruck, »ist die Entschuldigung, die ich brauche, um die Mission der *Highwayman* zu stornieren.«

»Ich kann nicht gerade behaupten, daß ich enttäuscht wäre«, sagte Gerald.

»Aber Sie waren entschlossen, die Mission durchzuführen«, sagte Dianne und hockte sich auf eine Ecke des Schreibtischs.

»Wenn überhaupt jemand mitgekommen wäre. Die *Highwayman* wäre genauso zerstört worden wie die *Hijacker*. Ich hätte niemanden auffordern können, mitzukommen.«

»Dann haben Sie die Sache also trotz Ihrer Durchhalteparolen für ein Himmelfahrtskommando gehalten.«

»Wir beide wissen, daß es eine Verzweiflungstat gewesen wäre«, sagte er. »Es war die einzige Hoffnung, überhaupt etwas zu bewirken. Doch nun sind wir nicht mehr verzweifelt.«

»Die Stimme eines Optimisten«, sagte Dianne. »Aber es gibt auch schlechte Nachrichten.« Sie nahm einen zweiten Ausdruck vom Schreibtisch und gab ihn Gerald. »Das ist eine offiziellere Botschaft. Sie bestätigt mehr oder weniger, daß all diese K-KERNe die Erde ansteuern. Das MFI ist mit uns einer Meinung: Ein *Zucht-Rausch* steht bevor.«

»Mein Gott«, sagte Gerald. Er nahm den zweiten Ausdruck und sah ihn an, ohne ihn zu lesen.

»Genau«, sagte Dianne. Sie durchquerte den Raum und legte sich wieder auf die Couch. »Das ist gar nicht gut. Bernhardt weiß nicht, ob es ihnen gelingen wird, sie zurückzuschlagen. Er schickt Nachschub zum *NaPurHab*, für uns und für sie. Noch ein Versuch, uns vom nächsten Versuch abzuhalten, den KERN anzufliegen.«

»Hmmmm. Er schlägt uns mit der Peitsche und lockt uns mit Zuckerbrot. Nicht gerade subtil. Genauso wenig wie die Anweisungen.« Gerald las den Text laut vor. »›Im Licht dieser neuen und wichtigen Information ergeht an Sie der Befehl, den Kontakt zum KERN abzubrechen, in den erdnahen Raum zurückzukehren und sich auf ein Rendezvous mit dem *NaPurHab* vorzubereiten.‹«

»Und was sagen Sie dazu?« fragte Dianne.

»Es ist schon lange her, seit Bernhardt uns einen direkten Befehl erteilt hat«, erwiderte Gerald.

»Das liegt daran, daß es noch länger her ist, seit wir einen direkten Befehl *befolgt* haben. Vielleicht ist das ein Hinweis, daß wir ihn diesmal wirklich befolgen sollen.«

»Hört sich so an, als ob Sie der Ansicht wären, wir sollten ihn befolgen«, sagte Gerald.

Dianne stützte sich auf die Ellbogen und schaute Gerald mit einem nachdenklichen Kopfnicken an. »Hört sich so an«, pflichtete sie ihm bei.

»Da wäre noch etwas anderes«, sagte Gerald. »Etwas, das mir gar nicht gefällt. Vielleicht sollten wir noch ein paar Leute anfordern.«

»Leute?« fragte Dianne.

»Experten«, sagte Gerald. »Wir haben zwar ein paar fähige Techniker an Bord – aber wenn wir die *Einsame Welt* anfliegen, hätte ich gern ein paar richtige Experten dabei.«

»Und wie sollen sie herkommen?«

»Mit einem der Vorsorgungsflüge zum *NaPurHab*. Wir würden sie mit der Ladung an Bord nehmen.«

»Haben Sie eine Vorstellung davon, wie riskant ein solcher Flug ist?«

Gerald nickte mit gesenktem Blick. »Natürlich«, sagte er. »Wenn sich aber ein *Zucht-Rausch* anbahnt, ist das Risiko, zu Hause zu bleiben, nicht viel geringer. Das ist vielleicht unsere einzige Chance, neues Personal an Bord zu nehmen. Und ein paar der Leute, die diese *Einsame Welt* aufgespürt haben, werden später vielleicht zwischen Sieg oder Niederlage entscheiden.«

»Wie sehen Ihre aktuellen Prognosen bezüglich der durch einen *Zucht-Rausch* verursachten Schäden aus?« fragte Dianne.

»Falls es der Erde gelingt, die erste Welle zurückzuschlagen, und die Charonier danach aufgeben, dann entsprechen die Auswirkungen ungefähr einem begrenzten

Atomkrieg. Wenn die Charonier nicht aufgeben, bedeutet es den Zusammenbruch der Zivilisation«, sagte Gerald. »Vielleicht auch ein Massensterben.«

Dianne sagte zunächst nichts. Dazu gab es auch nichts zu sagen. Doch Gerald hatte vielleicht recht, was die Anwesenheit einiger dieser Experten an Bord betraf. Wenn die Erde fiel und die *Terra Nova* allein weiterkämpfen mußte, brauchte Dianne jede Expertise, die sie bekommen konnte.

»In Ordnung«, sagte sie. »Schicken Sie diese Anfrage ab und unterzeichnen Sie mit unser beider Namen. Dann erteilen Sie die Anweisung, das Schiff zu beschleunigen. Sorgen Sie dafür, daß die Haupttriebwerke gezündet werden, und erstellen Sie ein Arbeitsblatt mit möglichen Kurs-Optionen. Berechnen Sie die Mindestzeit, den minimalen Brennstoffverbrauch sowie Zwischenstopps und legen Sie mir die Ergebnisse in sechs Stunden vor. Acht Stunden bis zur Beschleunigung.«

Gerald nickte. Er blieb noch für einen Moment stehen, als ob er über irgend etwas nachdächte. Doch dann beließ er es bei einem einfachen »Ja, Ma'am.«

Er drehte sich um und schloß beim Hinausgehen das Schott.

Captain Dianne Steiger schloß die Augen und rollte sich auf die Seite. Schlaf. Wenn das Schiff in ein paar Stunden einsatzbereit sein sollte, mußte sie etwas schlafen. Sie sollte wirklich von der Couch aufstehen und sich ins Bett legen.

Doch unter der Ruhe, unter der Erschöpfung verbarg sich noch etwas anderes.

In die Furcht, die sich mit dem Schrecken der Nachricht verwob, dem schrecklichen Gedanken an einen *Zucht-Rausch,* mischte sich auch ein Gefühl der Aufregung.

Endlich, sagte sie sich. *Endlich.*

Der Ruf zu den Waffen war erfolgt.

Kapitel Vierzehn

Müll rein

»Wenn man sich mit der Vorgeschichte der *Entführung* befaßt, ist es zumindest möglich, daß sie von vornherein hätte vermieden werden können, wenn ein leitender Wissenschaftler bereit gewesen wäre, einem Untergebenen zuzuhören.«

– Dr. Wolf Bernhardt,
Ansprache anläßlich der Einweihung der *Hijacker*-Gedenkstätte,
4. Juni 2436

DWF-Hauptquartier
New York City
ERDE

Der *Sonnenstern* stand hoch im Osten, als Sianna Bernhardts Büro betrat. Normalerweise achtete Sianna nicht auf den Stand der Sonne, wenn sie sich in einem Büro aufhielt; allerdings hatten die meisten Büros auch keine durchsichtigen Wände.

Wolf Bernhardts New Yorker Büro lag nicht annähernd so weit über der Oberfläche wie die Hauptebene des MFI unter der Oberfläche, doch es kam ihr zumindest so vor. Es befand sich in einem an der Columbus Avenue gelegenen neugotischen Hochhaus, einer Bausünde aus dem dreiundzwanzigsten Jahrhundert, ungefähr fünfundzwanzig Blocks südlich der Columbia University. Das Büro selbst war groß und kärglich möbliert. Der Boden bestand aus glänzendem Parkett, und die Wände waren weiß. Bernhardts Schreibtisch, der in etwa die gleiche Fläche hatte wie Siannas ganzes Büro, bestand aus makellosem, poliertem weißem Holz.

Es hingen keine Bilder an der Wand, und es gab weder Regale noch irgendwelchen Schmuck. Das nüchterne Büro eines Pedanten. Doch was Sianna vor allem ins Auge fiel, war, daß die Bürotür sich an der Nordseite des Raums befand und die Südseite hinter Bernhardts Schreibtisch auf ganzer Breite aus einer entspiegelten Glasscheibe bestand, die aus hundert Metern Höhe eine ungehinderte Aussicht auf die Skyline von Manhattan ermöglichte. Die Türme der Stadt glänzten in der Morgensonne und wurden von einem strahlendblauen Himmel eingerahmt.

Die Angst, die Sianna immer vor geschlossenen Räumen empfunden hatte, wich nun, zumindest für den Augenblick, einer akuten Höhenangst, bis sie sich schließlich wieder beruhigte. Es war alles in Ordnung. Es war alles in Ordnung. Nur eine spektakuläre Aussicht. Nichts, wovor sie sich fürchten mußte. Nach kurzem Zögern ging sie durch die Tür in den Raum. Zuerst richtete ihr Blick sich auf die Leere, die große Stadt unter ihr, wo eigentlich eine Wand hätte sein sollen. Doch dann wandte sie den Blick ab und schaute sich im Raum um.

Wally und Sakalov waren bereits anwesend und saßen auf zwei Besucherstühlen. Wally beschäftigte sich mit einem Taschencomputer. Allerdings hätte es sie gewundert, wenn er *keine* Hardware dabeigehabt hätte. Sakalov hatte auch einen Computer dabei, jedoch nur mit einem 2-D-Monitor.

Ein opulentes Frühstücksbuffet war auf Bernhardts Schreibtisch arrangiert worden, und die drei Männer hatten ordentlich zugelangt. Das war an sich schon unglaublich.

Einen Mann wie Bernhardt in Feierstimmung zu sehen, war an sich schon verwunderlich. Daß er Kaffee und Plätzchen servierte und sein makelloses Büro der Gefahr aussetzte, mit Krümeln und Kaffeeflecken verunziert zu werden, war genauso ungewöhnlich, wie wenn der Papst bei einer Polonaise mitgemacht hätte. Wie dem auch sei, alle drei Männer wirkten zufrieden und entspannt und hatten sich auf den Stühlen zurückgelehnt.

Sie wurde sich bewußt, daß sie die Arme vor der Brust verschränkt hatte, und zwang sich, sie herunterzunehmen.

»Ach, Miss Colette«, sagte Bernhardt leutselig. Er nahm die Füße nicht vom Tisch, geschweige denn, daß er zu ihrer Begrüßung aufgestanden wäre. Statt dessen verharrte er in seiner gemütlichen Haltung und bedeutete ihr, auf dem Stuhl, der dem Fenster am nächsten stand, Platz zu nehmen. »Sie kommen gerade rechtzeitig. Mr. Sturgis und Dr. Sakalov diskutieren gerade Ihre Theorie, daß die Erde sich während dieser fehlenden siebenunddreißig Minuten in einer Art Stasis-Orbit befunden hätte. Setzen Sie sich. Nehmen Sie sich einen Kaffee.«

Sianna zwang sich, zur Kaffeetafel zu gehen, in der Gewißheit, daß alle im Raum Anwesenden jede ihrer Bewegungen registrierten und ihre Unsicherheit sofort erkannten. Sie nahm eine Tasse und goß sich Kaffee ein, wobei sie sich so ungezwungen wie möglich gab. Sie nahm die Tasse samt Untertasse, ging zum Stuhl und nahm Platz, wobei sie sich drehte, um das Gesicht vor Bernhardt zu verbergen, ohne dabei unhöflich zu wirken. Hoffte sie zumindest.

Sie richtete den Blick auf Wally und lauschte beflissen seinen Ausführungen, um die Todesangst vor Bernhardt zu kaschieren sowie das Unbehagen angesichts der nur zwei Meter von ihr entfernten unsichtbaren Glaswand und des dahinterliegenden Abgrunds.

»... natürlich entstehen die meisten Wurmlochverbindungen spontan«, sagte Wally. »Das ist nur dann relevant, wenn man den Transport schnell durchführen will. Aber man *muß* Wurmlöcher nicht auf diese Art erzeugen. Angenommen, man hätte … äh … etwas anderes im Sinn, zum Beispiel einen … hm … Behälter. Um etwas darin unterzubringen – zum Beispiel einen Planeten.

Wir haben bisher angenommen, die Sphäre sei bereit gewesen und hätte auf die Erde gewartet. Diese Auffassung herrschte vor, seit die Sphäre die Erde in einen Orbit gebracht und den für die Erde bestimmten *Mondpunkt-Ring* in wenigen Sekunden erschaffen hatte – den paar Sekunden, welche die Erde für den Durchgang durch das Loch benötigte. Das Problem bei dieser Theorie ist nur, daß der neue Erdorbit gar nicht *stabil* ist. Es handelt sich um eine starke Anomalie.«

»Was meinen Sie damit?« fragte Bernhardt.

»Nun, die meisten der *Gefangenen Welten*, welche die anderen *Gefangenen Sonnen* im *Multisystem* umlaufen, bewegen sich in Orbits, die für mindestens ein paar Millionen Jahre stabil sein müßten. Die Erde wurde jedoch in viel zu geringem Abstand zu den Orbits vieler anderer Planeten deponiert, die den *Sonnenstern* umkreisen. Dr. Sakalov hat gezeigt, daß das *Multisystem* *vor* dem Erscheinen der Erde stabil war.«

Dr. Sakalov nickte und sagte an Bernhardt gewandt: »Dieselben Simulationen zeigen, daß das Planetensystem des *Sonnensterns* durch die Ankunft der Erde in hohem Maße *de*stabilisiert wurde. Das Zusammenwirken der Gravitationskräfte bringt das System durcheinander. Der Erdorbit und die Orbits der Nachbarplaneten werden in höchstens dreihundert Jahren instabil – vielleicht auch schon viel früher. Die Sphäre wird die Orbits permanent korrigieren müssen.

Zuerst nahmen wir an, das sei der Normalfall im *Multisystem*. Nun haben wir bewiesen, daß es die Ausnahme ist. All die anderen *Gefangenen Welten* befinden sich in weitaus stabileren Orbits. Aber wieso? Weshalb hat die Sphäre uns in einen instabilen, ungeeigneten Orbit gebracht und nicht erst gewartet, bis sie imstande war, ein stabileres Muster zu arrangieren?

Miss Colettes Theorie löst dieses Problem«, fuhr Sakalov in Beantwortung seiner eigenen Frage fort. »Die Sphäre hatte genug Zeit für eine *gewisse* Vorbereitung – aber nicht so viel, um die Sache perfekt abzuwickeln. Wenn sie recht hat, dann positionierte die Sphäre die Erde in diesem Stasis-Orbit, während sie einen Ort für sie suchte. Siebenunddreißig Minuten sind natürlich keine lange Zeit, aber doch mehr als die vierzig oder fünfzig Sekunden, die zwischen dem Augenblick der *Entführung* und der Ankunft in unserem jetzigen Orbit verstrichen sind. Ich glaube, die Verwahrung der Erde in einem Stasis-Orbit hat hohe Anforderungen an die Sphäre gestellt, denn ansonsten hätte sie das Stasisfeld länger aufrechterhalten und einen stabileren Orbit vorbereitet.«

»Was, zum Teufel, ist überhaupt ein Stasis-Orbit?« fragte Bernhardt.

»Man schickt die Erde durch ein Wurmloch und wendet dann das modale Transformations-Sequenz-Modell nach Mtabe an«, sagte Wally in einem Tonfall, aus dem hervorging, wie offensichtlich das doch war. Sianna rechnete fast damit, daß er noch *›natürlich‹* hinzufügte. »Die modale Transformation bewirkt, daß das Wurmloch sich als stehende Wellenfront durch den Raum bewegt.«

»Wie?« sagte Sianna, womit sie ihren ersten Diskussionsbeitrag lieferte.

»Es ist ganz einfach«, sagte Wally ohne jede Spur von Ironie in der Stimme. »Man läßt die Erde ins Wurmloch fallen, klemmt die Endpunkte des Wurmlochs ab und verschließt sie, so daß sie einen geschlossenen Raum ergeben; nun steckt die Erde in einer Singularität, die sich manipulieren läßt. Von außen betrachtet hat man ein supermassives geladenes Teilchen, das elektromagnetisch beeinflußt werden kann. Wenn man dann noch magnetische Kraftlinien zwischen den die *Einsame Welt* umkreisenden *Ring-und-Loch*-Modulen erzeugt, erhält man einen massiven Speicher-*Ring*, der groß und leistungsstark genug ist, ein Wurmloch-Partikel von einer Masse der Erde festzuhalten.« Wally zuckte die Achseln. »Das Problem ist nur, daß das eingeschlossene Wurmloch-Partikel dazu neigt, spontan zu verdampfen. Das geht schnell. Wenn man das Loch aber bis in die Nähe der Lichtgeschwindigkeit beschleunigt, dann erhöht die Lebensdauer sich natürlich aufgrund der relativistischen Zeitdilatation.«

»Natürlich«, sagte Bernhardt sarkastisch.

Doch das tangierte Wally überhaupt nicht. Er fuhr mit seinen Erläuterungen fort, wobei er nicht einmal bemerkte, daß sogar Sakalov einen glasigen Blick bekam. »Das Entscheidende ist, daß das abgeklemmte Loch nicht lange Bestand hat. Man muß die Erde aus dem Loch entlassen, *bevor* es verdampft, und den Planeten dann in ein *neues* Loch stecken, *dieses* abklemmen und wieder dem Speicherring zuführen. Der Prozeß läßt sich beliebig verlängern.«

»Aber weshalb sind wir dann nicht länger im Loch geblieben, wenn es sich so verhalten hat?« fragte Bernhardt. »Ich verstehe wohl, daß die Sphäre aus einem uns unbekannten Grund vielleicht dafür sorgen mußte, daß die Erde einen vollständigen Umlauf ausführte, aber die Sphäre hätte uns sicher länger im Stasisfeld halten und einen stabileren Orbit vorbereiten können.«

Sakalov zuckte die Achseln. »Ich vermute, daß die Sphäre einfach nicht die Energiereserven hatte, um den Planeten länger als für die Dauer eines Orbits im Stasisfeld zu halten. Es würde nämlich ungeheure Energien erfordern, all das durchzuführen, was Wally so beiläufig beschreibt. Selbst der Sphäre stehen nicht unbegrenzte Energien zur Verfügung.«

»Nur aus Neugier, was würde geschehen, wenn die Sphäre nicht imstande wäre, ausreichend Energie zu erzeugen?« fragte Bernhardt. »Würde die Erde aus dem Stasis-Orbit herausfallen?«

»Genau das wäre das Problem. Es würde eine unkontrollierte, spontane Verdampfung des abgeklemmten Wurmlochs erfolgen«, sagte Wally, als ob verdampfende Wurmlöcher ein lästiges Alltagsphänomen seien, so wie Staubflocken unter dem Bett.

»Und was würde das bedeuten?« fragte Bernhardt.

Wally rutschte auf dem Stuhl herum und grinste leicht verlegen. »$E = m \cdot c^2$. Die Erdmasse würde in Energie umgewandelt werden.«

»Was uns allen natürlich große Unannehmlichkeiten bereiten würde«, bemerkte Sakalov trocken. »Die Explosion würde mit an Sicherheit grenzender Wahrscheinlichkeit die Sphäre vernichten und obendrein die meisten Planeten der inneren *Gefangenen Sonnen* verdampfen.«

Bernhardt hob die Augenbrauen. »Dann weiß die Sphäre also, was sie tut.« Er legte den Kopf in den Nacken und starrte für einen Moment die Decke an. »Lassen wir die Zerstörung der Erde einmal beiseite; wenn ich es richtig sehe, entspricht Ihre Beschreibung den Beobachtungen der Leute, als die Erde entführt wurde: Der Himmel wechselte abrupt zwischen Hell und Dunkel, mit wiederholten Durchgängen durch die weißblauen Zonen, bei denen es sich anscheinend um den Schlund des Wurmlochs handelte. Viele Zeugen in der nördlichen Hemisphäre haben etwas gesehen, das die Sphäre sein mußte, jedoch aus solcher Nähe, daß sie wie eine Wand am Himmel stand.«

»Dann paßt die Theorie also?« fragte Sianna. Sie hatte Hemmungen, sich zu Wort zu melden, obwohl es *ihre* Theorie war, die hier diskutiert wurde. Sie wandten sich nun den Details zu, wobei sie davon ausgingen, daß die Erörterung von Stasis-Orbits und *R-L*-Modulen rein hypothetisch war.

»Es hat den Anschein«, sagte Bernhardt in einem Tonfall, der geradezu unheimlich fröhlich war. »Und sie ist nicht das einzige, was paßt. Das ist nämlich das Gute an Ihrer Theorie, müssen Sie wissen. Sie erklärt alles, was wir schon wissen. Aber die Theorie ist auch noch aus ein paar anderen Gründen gut. Wissen Sie, worum es sich dabei handelt?«

»Weil die Vorhersagen überprüft und falsifiziert werden können«, platzte Sianna heraus, wobei ihr studentischer Ehrgeiz sich meldete. Die Antwort stimmte natürlich, doch bereute sie sie schon, kaum daß sie den Satz beendet hatte. Bernhardt hatte sie offensichtlich provoziert, die *Frage* nach der Antwort zu stellen und sie nicht selbst zu geben. Wally schaute sie seltsam an, so als ob er sagen wollte, sogar *er* hätte gewußt, daß es sich um eine rhetorische Frage handelte.

»Ah ja, genau«, sagte Bernhardt, der nur leicht aus dem Konzept gebracht worden war. »Sie haben uns eine Theorie gegeben, die wir überprüfen können. Wir können diese *Einsame Welt* studieren und abwarten, ob ihr Verhalten mit Ihrer Theorie übereinstimmt. Wir müssen zum Beispiel feststellen, ob sie Befehle aussendet. Es erleichtert die Arbeit ungemein, daß wir uns auf diesen kleinen Körper konzentrieren können, anstatt die ganze riesige Sphäre nach der *Charon-Zentrale* absuchen zu müssen.«

Sianna nickte. Sie wußte nicht recht, was sie sagen sollte – zumal sie sich nicht schon wieder ungefragt äußern wollte.

»Unsere Freundin Dr. Gruber hat schon angefangen«, sagte Sakalov. Er gab den Rechner, den er die ganze Zeit in der Hand gehalten hatte, Sianna. Sie stellte die Tasse auf den Schreibtisch und nahm das Notebook. »Die Bilder und Daten sind von gestern, von vergangener Nacht und von heute morgen«, sagte Sakalov. »Gruber hat Instrumente auf der ganzen Welt und auf der *Terra Nova* abgefragt. Sehen Sie selbst.«

Manchmal hatte Sianna Schwierigkeiten damit, daß die Leute sie für intelligenter hielten, als sie eigentlich war. Wie in aller Welt kam Sakalov auf die Idee, daß sie in der Lage war, Bilder und Rohdaten ohne entsprechende Erklärungen zu interpretieren?

Doch als sie dann das Notebook einschaltete, verflogen sämtliche Zweifel. Es war alles ganz *offensichtlich.*

»Gruber hat den gesamten Orbit der *Einsamen Welt* abgesucht – oder zumindest den Abschnitt, der zur Zeit von der Erde aus zu sehen ist«, sagte Sakalov. »Weil wir fast über dem Nordpol der Sphäre stehen und die *Einsame Welt* den Äquator der Sphäre umkreist, sehen wir von hier aus ungefähr neun Zehntel des Orbits. Das sind alle im sichtbaren Spektrum aufgenommenen Bilder, die wir haben, aber wir hoffen, daß die *Terra Nova* uns noch Infrarot- und Ultraviolett-Aufnahmen schickt.«

Sianna nickte, ohne ihm überhaupt zuzuhören. Da waren sie: fünf, sechs, sieben… alle stark vergrößert und grafisch nachbearbeitet. Es handelte sich um Aufnahmen von lichtschwachen ringförmigen Gebilden, von denen manche vertikal abgebildet waren, andere perspektivisch verkürzt und eines horizontal. Die Schwarzen Löcher in den Zentren waren natürlich unsichtbar, doch Sianna versuchte trotzdem, sie zu erspähen.

»Der einzige Irrtum ist mir bei der Anzahl unterlaufen«, sagte Wally stolz. »Wir haben bisher nur Abbildungen von sieben *R-L*-Modulen, aber aus den Abständen geht hervor, daß es insgesamt achtzehn sein müssen, wobei mindestens ein *R-L*-Modul die *Einsame Welt* umkreist.«

»Eine Vorhersage, die überprüft und in diesem Fall für richtig befunden wurde«, sagte Bernhardt.

Sianna nickte abwesend und tippte ein paar Befehle ein. Wie Bernhardt selbst gesagt hatte, waren Bilder zwar ganz schön, aber das genügte eben nicht für eine Analyse.

Ursula Gruber hatte sämtliche Detektoren, derer sie habhaft geworden war, auf die *Einsame Welt* gerichtet.

Das Problem war nur, daß die *Einsame Welt* ein undeutliches, winziges und weit entferntes Objekt darstellte. Sie war kleiner als der Mond, achtmal weiter von der Erde entfernt, als die Distanz zwischen Sonne und Pluto betragen hatte, und befand sich nur ein paar Millionen Kilometer von einem größeren Objekt entfernt, einem Objekt, das selbst Strahlung aussandte – der Sphäre. Um die Sache noch zu komplizieren, passierte die *Einsame Welt* die Sphäre gerade. Das war nur eine Umschreibung des Umstands, daß die *Einsame Welt* aus der Perspektive der Erde vor der Sphäre stand; diese Konstellation erschwerte die Beobachtung des kleineren Körpers erheblich.

»Sie halten offensichtlich nach einer Art Kommunikationssignal oder Kommandostruktur Ausschau, nicht wahr?« fragte Sianna.

»Das ist richtig«, sagte Dr. Bernhardt. »Gruber hat bereits mehr Daten gesammelt, als die Analytiker in einer Woche bewältigen können. Wenn wir den Kommando-Kanal erst gefunden haben, wird es weniger zu analysieren geben, doch im Moment müssen wir jede gefundene Frequenz untersuchen.«

»Weshalb glauben Sie, daß die Charonier nur einen Kommando-Kanal benutzen?« fragte Sianna. »Wir benutzen doch auch mehr als eine Frequenz, und wie wir wissen, tun sie das auch.«

Bernhardt machte zunächst einen verwirrten Eindruck. Er nahm die Füße vom Schreibtisch und sah Sianna überrascht an. »Wie bitte?« sagte er.

»Das erste Signal, das im Sonnensystem empfangen wurde. Das Signal der *Zerschmetterten Sphäre* und die Antwort«, sagte Sianna, wobei sie sich mehr auf die Daten des Computers konzentrierte als auf ihre Äußerungen. Gruber hatte schon viele Daten im IR- und UV-Bereich sowie auf den Radiofrequenzen gesammelt und alle als ›natürlich‹ oder ›statisch‹ ausgesondert. Woher wollte sie das so genau wissen?

»Äh… Miss Colette, haben Sie das erste Signal untersucht, das wir von den Charoniern empfangen haben?« fragte Sakalov mit sanfter Stimme.

» Oh… Richtig. Das erste Signal wurde im Einundzwanzig-Zentimeter-Band abgestrahlt, die Antwort auf zweiundvierzig Zentimetern. Deshalb wissen wir auch, daß sie auf mehr als einer Frequenz senden. Das ist auch nur sinnvoll – manche Frequenzen sind für bestimmte Zwecke besser geeignet als andere. Die eine ermöglicht einen schnelleren Transport von größeren Datenmengen, und auf der anderen durchdringt man leichter eine Staubwolke.«

»Und… äh… bedenken Sie, daß das Sonnensystem gemeldet hatte, die Charonier würden modulierte Gravitationswellen zur Signalübertragung verwenden«, sagte Wally. »Wir nehmen an, daß die Charonier im *Multisystem* ebenfalls MG-Wellen verwenden, aber alle unsere Aktiv-Gravitationswellen-Detektoren wurden überlastet, als die Erde hier eintraf.«

»Ja, daran erinnere ich mich«, sagte Bernhardt mit einem angedeuteten Lächeln. »Ich war im Nachbargebäude, als einer der Detektoren versagte. Jeder seitdem produzierte Aktiv-Detektor wurde beim Hochfahren zerstört. Die Aktiv-Detektoren verkraften die Gravitationsenergie nicht, und mit den auf der charonischen

Technik basierenden Wechselmodus-Detektoren hatten wir bisher kein Glück. Aber wir haben immer noch die altmodischen Passiv-Detektoren, und die sagen uns immerhin, daß die *Charon-Zentrale* die Befehle nicht auf Gravitationswellen aufmoduliert.«

»Wie denn das?« fragte Wally leicht mißtrauisch.

»Die Passiv-Detektoren sprechen nicht auf hochfrequente Gravitationsmodulation an«, entgegnete Bernhardt, »aber sie reagieren auf Harmonische – Überlagerungen im unteren Frequenzbereich, die durch die höheren Frequenzen induziert werden –, so daß wir die Harmonischen in der Regel irgendwelchen Aktivitäten zuordnen können. Wenn die *Einsame Welt* hochfrequente MG-Wellen aussenden würde, wüßten wir das längst.«

»Richtig«, pflichtete Sianna ihm bei, ohne indes zu wissen, worin sie ihm überhaupt zustimmte. Sie war mit den Gedanken gerade woanders. »Ich glaube auch nicht, daß MG-Wellen so effizient sind wie ein reines Signalsystem. Wenn man etwas modulieren kann, ist es zwar auch zum Senden eines Signals geeignet – aber es gibt viele Dinge, die wesentlich leichter zu modulieren sind als Gravitationswellen. Funkfrequenzen zum Beispiel.«

»Genau das ist das Problem«, sagte Sakalov. »Grubers Leute haben alle elektromagnetischen Bänder abgesucht – vor allem die Radiobänder. Sie haben die Daten, die uns über die *Einsame Welt* vorliegen, mit allen Daten verglichen, die wir während der letzten fünf Jahre gesammelt haben. Die *Einsame Welt* ist ein starker Radiostrahler, aber das meiste davon ist natürlichen Ursprungs. Gruber vertritt die Meinung, daß eine starke Wechselwirkung besteht zwischen dem Magnetfeld der *Einsamen Welt* und der Oberfläche der Sphäre. Diese Wechselwirkung erklärt auch eine Familie des lästigen Rauschens, das wir seit Jahren erleben.

Wie dem auch sei, nachdem Grubers Truppe die natürlichen Radioquellen und die GIGO-Daten ausgefiltert hatte, blieb nicht mehr viel übrig.«

Sianna schaute zu Sakalov auf, ohne ihn richtig wahrzunehmen. *GIGO* – Müll rein, Müll raus. Einer der ältesten Begriffe des Computer-Slangs. Damit wurde zum Ausdruck gebracht, wenn die Eingabedaten nichts taugten, waren die Ergebnisse ebenfalls unbrauchbar. Doch Bedeutungen ändern sich mit der Zeit. Dieser Tage bezog GIGO sich auf Daten, die schon als Müll eingestuft worden waren – Rauschen, durch Spannungsschwankungen verursachte Ausschläge nach oben oder unten sowie qualitativ minderwertige Bilder aufgrund defekter Ausrüstung.

Schon als Müll klassifiziert. Einen Moment. Wer sucht an den Orten, an denen man bereits gesucht hat? Siannas Finger huschten über die Tasten.

»Miss Colette?« Dr. Sakalov wartete noch immer auf eine Antwort von ihr.

»Äh ... eine Sekunde, Sir.« Nun gut. Angeblich handelte es sich bei all diesen Emissionen um GIGO-Daten, reines Rauschen. Jemand hatte *beschlossen*, daß es sich bei Daten *wie* diesen um Rauschen handelte, lange bevor man von der Existenz der *Einsamen Welt* wußte. Im Bewußtsein, daß man auf sie wartete, sortierte, überprüfte und gruppierte Sianna die Daten, ohne zu wissen, wonach sie eigentlich suchte.

Plötzlich schaute sie auf und blickte mit leeren Augen über Bernhardts Schulter auf das großartige Panorama vor dem Fenster. Einen Augenblick. Das war es. Nun wußte sie genau, wonach sie suchte. Unschärfe. Das war's.

»Ich habe eine Idee«, sagte sie entschlossen. »Wir haben eine Signalquelle mit nichtssagenden Signalen. Was, wenn wir die letzten fünf Jahre Signale ohne eine Quelle empfangen und sie als Rauschen eingestuft haben? Schließlich geht von der Sphäre auch ein starkes Rauschen aus.«

»Das wissen wir alles«, sagte Bernhardt mit einem Anflug von Ungeduld.

»Ja, aber wir wissen es zu gut«, sagte Sianna. »Ich habe mit den Daten für das KERN-Projekt gearbeitet, und jedesmal, wenn in den Radiobändern etwas auftritt, das wir nicht verstehen, wird es als ›Elektromagnetische Anomalie‹ oder ›Vorübergehende Erscheinung‹ wie die von Dr. Sakalov erwähnten Fälle abgelegt. Wenn wir etwas benennen, glauben wir, es auch verstanden zu haben, und ignorieren es.«

»Wollen Sie damit sagen, daß Grubers Leute viele echte Signale als statisches Rauschen fehlinterpretiert und ausgefiltert haben?« fragte Bernhardt.

Sianna schüttelte den Kopf. »Nein, nicht ihre Leute – ihre *Computer*. Die erste Phase der Datenverarbeitung ist automatisiert. Wenn man dem Computer sagt, daß Daten mit diesem und jenem Merkmal Müll sind, wird er alle nachfolgenden Daten mit dem gleichen Profil aussondern. Die Menschen, die das Datenverarbeitungssystem überwachen, bekommen diese Daten nie zu sehen, es sei denn, sie würden die Rohdaten manuell durchgehen.«

»Und wir haben gerade gesagt, allein das Sichten der nach zwölf Stunden selektierten Daten würde vielleicht eine Woche dauern«, sagte Bernhardt.

»Jawohl, Sir. Wenn Sie die Ausdrucksweise entschuldigen würden, aber es ist durchaus möglich, daß die selektierten Daten ungefähr so sinnvoll sind wie die Handlungsweise eines Betrunkenen, der im Dunkeln den Schlüssel auf der Straße verliert.«

»Ich soll Sie entschuldigen?« sagte Bernhardt.

Sakalov lachte glucksend. »Die junge Dame hat doch wirklich meine Vorlesungen belegt, Wolf. Das ist nämlich eine Metapher, die ich oft verwende. Der Betrunkene läßt den Schlüssel in der Dunkelheit fallen, sucht ihn aber im Schein einer Straßenlaterne, weil es dort heller ist.«

»Dann wollen Sie also sagen, daß die *Einsame Welt* ihre Kommandos auf Frequenzen übermittelt, von denen wir nicht einmal *wissen*, daß wir sie sehen?« fragte Bernhardt.

Sianna nickte. »Das wäre möglich«, sagte sie. »Schließlich wissen wir nicht, wie ein Befehlssignal von der *Charon-Zentrale* überhaupt aussieht.«

»Ganz recht«, sagte Sakalov. »Wir nehmen an, daß es den im Sonnensystem aufgefangenen Signalen ähnelt und den Funksprüchen, die wir zwischen den niederfunktionalen Charoniern abgehört haben – eine völlige Übereinstimmung besteht allerdings nicht, denn sonst hätten wir sie bereits identifiziert.«

»Wie könnten sie sonst wohl aussehen?« fragte Bernhardt.

Sakalov wies mit dem Kopf auf Siannas Notebook. »Vielleicht ist es dort drin, vielleicht auch nicht. Oder die Kommandosignale werden als komplexe Phasenbeziehung zwischen zwei Signalen ausgedrückt, die scheinbar in keiner Beziehung zueinander stehen.« Sakalov zuckte die Achseln. »Vielleicht müssen sie rückwärts gelesen werden. Oder sie sind mit einer so hohen – oder niedrigen – Geschwindigkeit moduliert oder digitalisiert, daß wir sie gar nicht als Signale erkennen.«

»Zu schnell würde ich noch verstehen«, sagte Bernhardt. »Aber zu *langsam?*«

»Es wäre auch verdammt schwer, einen Morsecode zu identifizieren, wenn die Übertragung eines Punkts zwei Wochen und eines Strichs einen Monat dauern würde.«

»Hmmm.« Bernhardt wandte sich Sianna zu. »Sie haben also gesagt, wir müßten alles durchsuchen, was wir für vernachlässigbar hielten; wo sollen wir nun mit der Suche beginnen?«

»Mit den Zweifelsfällen«, sagte Sianna. »Es gibt zwar viele eindeutig identifizierte natürliche Quellen, aber die Verzeichnisse mit den ausgesonderten Daten wimmeln von ›Hintergrundrauschen‹ und ›Unspezifizierten, vorübergehenden Ereignissen‹. Wenn wir uns das zuerst ansehen würden …«

»Und *das* dann mit den alten, abgelegten Daten abgleichen«, fiel Wally ihr ins Wort. »Wir könnten uns Daten ansehen, von denen wir nun wissen, daß sie sich auf die Umlaufbahn der *Einsamen Welt* beziehen«, fuhr er fort. »Ich wette, wir haben eine Fülle alter Daten mit dem Etikett ›Rauschen‹, die alle von der *Einsamen Welt* stammen – auch wenn wir erst seit kurzem von der Existenz der *Einsamen Welt* wissen.«

»Ja! Richtig!« sagte Sianna.

Sie erhob sich und ging aufgeregt im Raum auf und ab. »Wir beobachten die Sphäre nun schon seit fünf Jahren, und die ganze Zeit wurde sie von diesem winzigen, kaum sichtbaren Punkt umkreist, aus der Perspektive der Erde manchmal an der Peripherie der Sphäre, manchmal davor und manchmal dahinter. Wir müssen alle möglichen Daten von der *Einsamen Welt* aufgefangen haben, ohne zu wissen, worum es sich dabei handelte.« Sie legte eine kurze Pause ein und dachte nach. »He, nun gehen auch Daten von den Koordinaten der coorbitalen *R-L*-Module ein! Sie sind ein optimaler Signal-Verstärker.« Sie blieb stehen und sagte an Dr. Sakalov gewandt: »Die Daten sind doch noch alle in den Archiven, oder?«

»Bei uns wird *nichts* gelöscht«, sagte Sakalov freudig. »Sagen Sie, Wally: Wären Sie in der Lage, eine Abfrage anhand unserer Suchkriterien zu starten?«

»Sicher wäre ich dazu in der Lage«, sagte Wally. »Dazu würde ich nur eine gute KI-Routine für einen unspezifizierten Quellcode benötigen und müßte die fraglichen Orbital-Koordinaten korrelieren. Dann gleichen wir sie mit Grubers neuen Daten ab und…« Er verstummte, als er Blickkontakt mit dem Chef herstellte.

Bernhardt sah zuerst Wally und dann Sianna mit der gereizten und ungeduldigen Miene an, für die er berüchtigt war. »Deshalb wollte ich Sie eigentlich nicht sprechen.«

»Nicht?« fragte Sianna ernüchtert. Sie setzte sich wieder auf den Stuhl.

»Nein«, sagte Bernhardt. »Ich glaube schon, daß ein peripherer Zusammenhang besteht, aber nur…« Bernhardt verstummte und schüttelte den Kopf. »Mein Gott, nun habt ihr mich soweit. Nein. Diesmal bleiben wir beim Thema. In meiner Position muß ich mich manchmal wie ein Wissenschaftler mit einer Theorie verhalten und manchmal wie ein General, der sich im Krieg befindet. Ein Wissenschaftler würde abwarten, bis erwiesen ist, daß es sich bei der *Einsamen Welt* um die *Charon-Zentrale* handelt. Ein General kann nicht so lange warten, sondern muß alles auf eine Karte setzen. So muß ich nun auch handeln.

Wie Sie wissen, sind die K-KERNe zu uns unterwegs – und wir alle sind uns über die wahrscheinlichen Folgen ihrer Ankunft im klaren. Wir müssen davon ausgehen, daß, wenn sie erst einmal hier sind, kein Schiff mehr von der Erde wegkommt. Ihnen ist auch bekannt, daß wir große Anstrengungen unternehmen, um die *Terra Nova* und das *NaPurHab* zuvor noch mit Nachschub zu versorgen. Wir schicken alles, was wir entbehren können, zum *NaPurHab*. Lebensmittel, Ausrüstung, Treibstoff und so weiter. Ich habe die *Terra Nova* bereits angewiesen, den Versuch einzustellen, ein Prisenkommando zu einem KERN zu schicken. Sie hat bestätigt, daß sie in den erdnahen Raum zurückkehren und am *NaPurHab* andocken wird.

Ab dann wird sie ein bestimmtes Ziel verfolgen, wobei die Durchführung im Ermessen ihres Kapitäns steht. Wenn Captain Steiger beschließt, dieses Ziel sofort zu verfolgen, dann ist es auch gut. Obwohl ich eher damit rechne, daß sie statt dessen Monate, wenn nicht gar Jahre in Forschung, Studien, Erprobungen und Simulation investiert. Früher oder später wird sie jedoch Kurs auf die *Einsame Welt* nehmen, auf dem Planeten landen und versuchen, die Kontrolle über das *Multisystem* zu erlangen.«

»Guter Gott«, sagte Sakalov. »Aber woher haben Sie überhaupt die Zeit genommen, das Vorgehen zu planen?«

»Dazu war gar keine Zeit«, sagte Bernhardt. Er stand auf und drehte sich zur Panoramawand, wobei nur eine Glasscheibe ihn von den Straßenschluchten Manhattans trennte. »Die Logistik-Mission, an der wir seit Wochen arbeiten, beruht auf Notfallplänen, die wir sofort nach der Ortung der K-KERNe erstellt hatten.

Doch das ist nur marginal. *Wenn* die *Einsame Welt* die *Charon-Zentrale* ist und *wenn* es uns irgendwie gelingt, sie in Besitz zu nehmen, vielleicht sogar zu zerstören – dann haben wir gewonnen. Die Risiken sind groß, und die Prognosen beruhen wiederum nur auf Prognosen. Doch wenn ich erst auf eine Bestätigung der Fakten warte, haben wir den richtigen Zeitpunkt verpaßt. Die K-KERNe werden die Erde erreichen, und Gott allein weiß, was dann geschehen wird.

Und da wäre noch etwas. Die *Terra Nova* hat nicht nur um Vorräte gebeten. Sie hat uns gebeten, ihr … ein paar Experten zu schicken. Ich bin zu dem Schluß gelangt, daß es zwar sehr riskant wäre – aber potentiell von größtem Nutzen.

Doch die Zeit drängt, und wir haben nur wenig Schiffsraum. Wenn es nach mir ginge, würde die *Terra Nova* mit einer Auswahl unserer besten Experten gegen die Charonier ins Feld ziehen. Aber das geht nicht. Ich habe keine Zeit, die Personalakten zu studieren, Vorstellungsgespräche zu führen und Freiwillige anzuwerben. Also muß ich mich auf meinen Instinkt verlassen und aus dem Bauch heraus handeln.

Also werde ich Sie drei schicken.«

Es herrschte Totenstille im Raum. Sianna traute ihren Ohren nicht.

»Ich werde Sie drei schicken«, wiederholte Bernhardt. »Ein weiser alter Mann, der sich die Lernfähigkeit bewahrt hat, ein Genie, das sein volles Potential noch nicht erkannt hat, und ein Träumer, dessen Visionen der Wahrheitsfindung gedient haben. Ich will nicht den Eindruck erwecken, daß Sie eine Wahl hätten oder daß ich Freiwillige suche. *Dazu ist keine Zeit.* Ich bin von Amts wegen ermächtigt, nach eigenem Ermessen Leute für Aufgaben zu verpflichten, wenn das Schicksal der Menschheit auf dem Spiel steht.«

Sianna, die ob dieser Aussichten leicht benommen war, erhob sich und wollte Einspruch erheben. Doch dazu bekam sie keine Gelegenheit. Bernhardt redete einfach weiter.

»Also. Ich hätte noch eine letzte Frage an Sie alle«, sagte er. »Wann können Sie abreisen?«

Kapitel Fünfzehn

Marionetten

»Wir vergessen, wie unser Leben damals war, bevor das alles geschah, als die Erde und der Mond sich den Himmel teilten und das Sonnensystem noch unversehrt war. Wir glaubten, wir wären allein im Universum. Wir wähnten uns in Sicherheit. Niemand hatte jemals von den Charoniern gehört. Nicht einmal die Existenz des tief unter der Mondoberfläche vergrabenen *Rads* war uns bekannt, bis Larry es dann aufweckte und die Erde durch ein Schwarzes Loch schickte.

Diese Unschuld werden wir nie wiedererlangen – doch wir können Larry Chao nur nach den Maßstäben des Universums verurteilen, das bis zu dem Augenblick existierte, als er auf den Knopf drückte.

In dieser verlorenen Welt der unschuldigen Vergangenheit muß er vom Vorwurf vorsätzlichen Fehlverhaltens freigesprochen werden. Doch Larry Chao hat sich immer bemüht, Wiedergutmachung für seine Taten zu leisten – um einen Preis, den nur wenige von uns zu zahlen bereit wären.«

– Dr. Sondra Berghoff,
Beitrag für das *Projekt der Überlieferung der Geschichte der Gravitations-Forschungsstation*,
Charon Data Press, 2443

Rad-Weg
Der Mond
DAS SONNENSYSTEM

Drei Tage nach dem ersten Versuch, Kontakt mit Lucian Dreyfuss aufzunehmen, war man für den nächsten Versuch bereit.

Larry Chao versuchte stillzusitzen, während die Techniker ihn mit dem Virtuelle-Realität-System verkabelten, und nicht daran zu denken, was vor ihm lag. Sie würden dieses Ding hochfahren und ihn mit seinem eigenen Tod konfrontieren. Na gut, nicht *sein* Tod, aber doch bis an die Grenzen des Erträglichen. Beim Angriff der Charonier, der vor fünf Jahren in diesem Tunnel stattgefunden hatte, war der von Larry kontrollierte T.O. zerstört worden, wobei die Eindrücke so realistisch gewesen waren, daß Larry von seinem Tod *überzeugt* war, zumindest für eine Weile. Es hatte lange gedauert, bis die Alpträume verschwunden waren – und vergangene Nacht waren sie wiedergekommen.

Nein, nicht daran denken. Der positive Aspekt war, daß Larry ein paar Sekunden ›getötet‹ worden war, *nachdem* die Charonier Lucian gepackt hatten und mit ihm verschwunden waren. Deshalb hatte Lucian Larrys Tod nicht mitbekommen und mußte ihn auch nicht immer wieder durchleben. Larry würde nicht seine eigene Enthauptung nachstellen müssen.

Der negative Aspekt war, daß, aus welchem Grund auch immer, der Zeitabschnitt, den Lucian in einer Endlosschleife durchlebte, ein paar Sekunden vor dem Angriff der Charonier begann. Das Konzept bestand nun darin, die Schleife vor dem Angriff der Charonier aufzubrechen und Lucian zu zwingen, eine seinen optischen und akustischen Zentren übermittelte Ereigniskette wahrzunehmen, die nicht von den Charoniern, sondern von den menschlichen VR-Teams stammte. Man würde Lucian eine Halluzination aufschalten, um ihn aus der Psychose zu befreien. Allerdings war Lucian gerade deshalb in die Psychose getrieben worden, weil er vor fünf Jahren die realen Ereignisse durch den TeleOperator miterlebt hatte, doch das war nun unerheblich. Sogar Larry mußte zugeben, daß der mögliche Erfolg das Risiko wert war.

Beim ersten Versuch, zu Lucian vorzudringen, hatte man nur eine teilmobile Versuchsanordnung verwendet, doch diesmal kam eine vollwertige TeleOperator-Ausrüstung zum Einsatz, die mit derjenigen identisch war, die Larry vor fünf Jahren im ›Kaninchenbau‹ benutzt hatte. Nur daß die Eingangs- und Ausgangssignale des T.O. diesmal nicht auf einen realen Roboter übertragen wurden, sondern auf die Computersimulation eines Roboters.

Larrys Körper mußte noch in die T.O.-Steuereinheit integriert werden, bei der es sich im Grunde um ein Exoskelett handelte, in dem der Operator eingeschlossen war. Später, wenn man das Ding hochgefahren hatte, würde die Maschinerie auf die geringste Bewegung reagieren, und er wäre imstande, sich frei zu bewegen. Doch solange die Verstärker nicht aktiviert waren, war der T.O. nur ein Haufen Metall, dessen Gewicht auf Larrys Körper lastete. Selbst wenn das Gerät eingeschaltet war, würde Larry nicht wirklich gehen, wenn er die Beine bewegte – er hing nämlich in der Luft. Sein Körper würde im Ruhezustand verharren, während sein simuliertes Selbst sich bewegte. Er würde sich damals wie heute im Brennpunkt der Geschehnisse befinden, ohne daß er jedoch in der Läge wäre, sich zu bewegen. Das war eine zutreffende Beschreibung der letzten fünf Jahre von Larrys Leben.

»Wie fühlen Sie sich?« fragte der VR-Techniker.

»Hmm? Oh… äh… ganz gut«, sagte Larry. Die Gurte waren zwar ziemlich stramm, doch solche Kleinigkeiten spielten jetzt keine Rolle. Man verlangte von ihm, daß er wieder starb, und niemand schien das für eine Zumutung zu halten.

Doch selbst wenn den Leuten seine Befindlichkeit bekannt gewesen wäre, hätte man ihn dennoch in die Steuereinheit des TeleOperators gesteckt. Die bloße Chance, die *Erbe-Erinnerung* des Mond-*Rads* anzuzapfen, war schon Grund genug, ein paar Menschenleben aufs Spiel zu setzen – selbst wenn es sich dabei um sein und Lucians Leben handelte.

»War er ein Freund von ihnen?« fragte der Techniker.

»Hmm? Was?« sagte Larry.

»Lucian Dreyfuss.«

»Oh, ich kannte ihn ganz gut.«

»Dann waren Sie also Freunde.«

»Nein«, sagte Larry, wobei er es geflissentlich vermied, den Techniker anzusehen. »Wir waren keine Freunde. Ich konnte ihn nicht besonders leiden. Und er hat mir die Schuld gegeben für ... nun, für das, was geschehen ist.«

»Oh«, sagte der Techniker. »Tut mir leid. Ich wußte nicht ...«

»Schon gut«, sagte Larry. Nun drehte er sich zu dem Mann um und rang sich ein Lächeln ab. »Es ist schon eine Weile her. Ich bin darüber hinweg.« *Das* allerdings war gelogen. Die *Entführung*, die Katastrophe im ›Kaninchenbau‹, der Knopfdruck, der Pluto vernichtet und den Rest des Sonnensystems gerettet hatte. Darüber war er auch nicht annähernd hinweg. Es gab zwar Tage, an denen er hoffte, diese Erinnerungen abzuschütteln – doch heute war kein solcher Tag.

»Oh. Nun ... äh ... halten Sie still, während ich die Elektroden anlege«, sagte der Techniker verlegen.

Doch Larry war sich der Gegenwart des Technikers ohnehin nur vage bewußt. Erinnerungen. Die ganze Sache drehte sich um Erinnerungen. Um seine, Lucians und die des *Rads*. Die *Erbe-Erinnerung* des *Rads*, nicht nur mit der Fülle seiner eigenen Erfahrungen, sondern mit der Gesamtheit des Wissens aller Vorfahren. Wenn man dieses Wissen fand, hatte man Zugriff auf die Geschichte der Charonier.

Man würde dort auf eine unendliche Fülle von Informationen, Antworten und Entdeckungen stoßen –

wenn die *Erbe-Erinnerung* beim Tod des Mond-*Rads* nicht auch zerstört worden war, wenn sie noch zugänglich war und wenn Lucians totes Bewußtsein ihnen den Weg wies.

»Ich setze Ihnen nun den VR-Sichthelm auf«, sagte der Techniker. »Es wird für eine Sekunde dunkel werden, bevor ich den Helm angeschlossen habe.«

Der Techniker plazierte den Helm über Larrys Kopf, klappte das Visier herunter, und Larry wurde schwarz vor Augen.

Da saß er nun im Dunkeln und wünschte sich, das alles würde gar nicht geschehen und es möge so schnell wie möglich vorbei sein.

Träum weiter. Wenn Larry eins mit Sicherheit wußte, dann das, daß es ein langer Schlauch werden würde.

Schließlich, nach einer Zeitspanne, bei der es sich um eine Minute oder auch um eine Stunde gehandelt haben mochte, ging es los. Das Exoskelett erwachte zum Leben und zitterte leicht, als es hochgefahren wurde. Das Helmvisier erhellte sich, und ein kleiner Bildschirm erschien vor jedem Auge, deren Perspektiven leicht voneinander abwichen, um eine realistische dreidimensionale Darstellung zu ermöglichen. Larry fand sich – beziehungsweise den simulierten Roboter – in einem konturlosen Raum mit diversen anderen generischen Objekten und Hindernissen wieder. Ein Trainingsraum.

Marcia MacDougals Stimme ertönte in den Helmlautsprechern. »In Ordnung, Larry. Wir haben alles unter Kontrolle. Probieren Sie den Anzug für ein paar Minuten aus, und dann sehen wir, ob wir Lucians Aufmerksamkeit erringen.«

»Gut«, sagte Larry, »aber gebt mir ein paar Minuten. Es ist schon eine Weile her, seit ich das gemacht habe. Ich bin wahrscheinlich eingerostet.«

»Das ist schon in Ordnung, Süßer«, sagte Selby in

einem Tonfall, der aufmunternd wirken sollte. »Was du einmal gelernt hast, verlernst du nicht wieder. Das ist genauso wie Fahrrad fahren.«

»Gut zu wissen«, sagte Larry. »Allerdings bin ich nie Fahrrad gefahren.«

Larry stand auf, und das Exoskelett bewegte sich lautlos mit ihm. Er hob den linken Fuß, bewegte ihn nach vorn und trat wieder auf. Das Rückkoppelungssystem übertrug einen leichten Stoß, als der Fuß aufsetzte. Er hob den rechten Fuß, trat etwas vorsichtiger auf und ging. Sein Blickfeld schwankte beim Gehen. Er erreichte eine Treppe im imaginären Trainingsraum. Er verharrte am Fuß der Treppe und ging dann vorsichtig hinauf, wobei er leicht torkelte. Oben befand sich eine Plattform. Er drehte sich um und ging die Treppe hinunter, wobei es ihm diesmal etwas schwerer fiel, das Gleichgewicht zu bewahren. Ohne Zwischenfälle erreichte er wieder die Grundfläche und ging zu zwei pyramidenförmigen Objekten mit einem Griff an der Spitze hinüber. Auf der roten stand ›100 KILOGRAMM‹ und auf der blauen ›300 KILOGRAMM‹. Larry bückte sich und streckte ›seinen‹ Arm aus, um die rote Pyramide anzuheben. Das Exoskelett war viel stärker als ein Mensch, und Larry hob das Gewicht ohne Probleme an. Obwohl das Gewicht rein imaginär war, vermittelte der Computersimulator ein realistisches Gefühl der Masse. Larry hielt das Gewicht am ausgestreckten Arm und ließ es fallen. Es landete mit einem heftigen Aufprall, und Larry spürte, wie der non-existente Boden unter den Füßen vibrierte. »Sehr realistisch«, meldete er der Besatzung des Leitstands.

Dann wandte er sich dem schwereren Gewicht zu und versuchte es anzuheben. Zuerst rührte sich nichts. Er zog fester und hob es an, wobei er das Gefühl hatte, der Arm würde ihm ausgekugelt. »Vielleicht zu realistisch«, sagte er und stellte das Gewicht wieder ab.

Larry wärmte sich noch für ein paar Minuten auf. Er bekam ein Gefühl für den Anzug und stellte fest, daß er wieder das alte Trainingsniveau erreichte. Irgendwann würde er noch lernen müssen, Fahrrad zu fahren.

»In Ordnung«, sagte er. »Ich glaube, ich bin soweit. Verbindet mich mit Lucian, wenn ihr fertig seid.«

»Äh… wollen Sie nicht erst ein paar Trockenübungen machen?« fragte Selby. »Wir können Sie zunächst auch ohne Lucian in die VR-Simulation des ›Kaninchenbaus‹ einführen. Gewöhnen Sie sich erst einmal daran. Wollen Sie zur Einstimmung einen simulierten Charonier zusammenschlagen?«

»Nein«, sagte Larry mit schärferer Stimme, als er eigentlich beabsichtigt hatte. »Vielleicht wäre das ganz sinnvoll, doch ehrlich gesagt beunruhigt die Aussicht, die Nerven zu verlieren, mich mehr als eine mangelnde Vorbereitung. Das ist nicht leicht für mich.«

»Das glaube ich«, sagte Selby. »Bleiben Sie auf Empfang. Wir müssen die vom *Rad* kommenden optischen und akustischen Signale ausblenden und unsere eigenen aufschalten. Das dauert vielleicht eine Minute.«

»Geben Sie mir Bescheid, wenn Sie soweit sind«, sagte Larry.

»Werden wir. Selby meldet sich ab.« Die Verbindung wurde unterbrochen, als Selby das Mikro ausschaltete, und Larry überbrückte die Wartezeit mit weiteren Aufwärmübungen. Er machte ein paar Hampelmänner und Liegestütze, nur um die Leistungsfähigkeit des Geräts zu testen. Sehr geschmeidig. Wirklich eine sehr gute Arbeit. Der Verstand sagte ihm indes, daß er sich noch immer am Ausgangspunkt befand, im Exoskelett, und nicht im imaginären Trainingsraum, den er auf den Monitoren sah. Er hatte gar nichts gehoben, als er das Hundert-Kilo-Gewicht gestemmt hatte, und genauso wenig, als er sich am Dreihundert-Kilo-Gewicht versucht hatte. Das Exoskelett hatte nur die den Gewichten entsprechenden Kräfte simuliert, die auf Arme und Körper wirkten. Doch es hatte keinen Sinn, ihn daran zu erinnern, daß es nicht real war. Nicht wenn es bei der ganzen Sache darum ging, die Illusion so glaubhaft wie möglich erscheinen zu lassen.

Weshalb brauchten sie so lange? Man hätte annehmen sollen, daß sie alles schon arrangiert hatten, bevor sie ihn in den Anzug steckten. *Nur mit der Ruhe,* sagte er sich. *Dies ist ein komplizierter Aufbau.* Vielleicht ist in letzter Minute etwas schiefgelaufen, oder sie müssen noch eine Einstellung in der virtuellen Realität verändern. Larry wußte, daß er irrational reagierte, doch das war ihm egal. Er hatte Angst.

Nervös ging er im Trainingsraum auf und ab und rauf und runter. Er zwang sich – oder zumindest sein projiziertes Selbst in der VR-Simulation – stehenzubleiben.

»Larry?« ertönte Marcia MacDougals Stimme. »Wir sind fertig, wenn Sie es auch sind.«

Plötzlich wurde Larry sich bewußt, daß er heftig schwitzte. »Fangen … fangen Sie an«, sagte er mit belegter Stimme.

Der Trainingsraum verschwand, und Larry Chao stand im Dunkeln.

»In Ordnung«, sagte MacDougal. »Auf geht's.« Die Sohle des ›Kaninchenbaus‹ – der Boden des Lochs, wie er sich vor fünf Jahren dargestellt hatte – schälte sich aus der Dunkelheit. »Dies ist unser Hintergrund«, flüsterte Marcia ihm ins Ohr. »Wir zeigen Ihnen und Lucian dieselbe Szene.«

Larrys Herz pochte, und das Bild verschwamm für einen Moment vor seinen Augen. Doch dann klärte die Sicht sich wieder, ohne daß etwas sich verändert hätte. Dies war der Ort, der schreckliche Ort, an dem er gestorben war. Und da war auch Lucian. Er stand direkt vor ihm, im Druckanzug, und schaute über Larrys Schulter auf das, was sich hinter ihm befand. Lucian, wie er leibte und lebte.

Die Zeit schien in diesem Augenblick stehenzubleiben – und vielleicht tat sie das auch. Vielleicht spielte das Bewußtsein ihm gar keinen Streich, sondern aufgrund eines Fehlers im Computerprogramm war die Zeit angehalten worden.

Wo bin ich? fragte Larry sich. *Befinde ich mich im Computer, in Lucians Bewußtsein, um seine Phantasie zu beflügeln? Befinde ich mich im TeleOperator, den der Computer simuliert? Wer ist die Marionette, und wer zieht die Fäden?*

Ja, ich weiß, ich stecke im VR-Exoskelett, aber welche Rolle spielt das? Das VR-Video ist alles, was ich nun sehe und höre. Ich sehe die Vergangenheit, die reale Vergangenheit, den Moment vor meinem Tod.

Und plötzlich erkannte er, daß es nicht nur Lucian war, der sich von diesem Augenblick befreien mußte. *Er* war auch hier gestorben und hatte überlebt, um die Geschichte zu erzählen. *Aber ich habe die Geschichte niemandem erzählt. Nie darüber gesprochen. Mich nie damit befaßt. Mich nie damit auseinandergesetzt. Nun bin ich dazu in der Lage. Ich kann es abschütteln und dafür sorgen, daß es nie geschieht.*

»Hinter dir!« rief Lucian; der tote Mann sprach die Worte des toten Manns mit der Stimme des toten Manns.

Larry drehte sich um und sah wie damals die beiden Charonier. Für einen Augenblick flackerte Angst in ihm auf. Doch diesmal würde er nicht zulassen, daß sie ihn umbrachten. Diesmal wurden die Simulationen von Computern kontrolliert, und die Charonier würden verlieren.

Mit einem eigenartigen Gefühl des Überschwangs stürzte Larry sich auf den näher befindlichen Charonier, packte einen Greifarm, riß ihn aus dem Gelenk und warf ihn weg. Larry schlug mit der Faust des TeleOperators so heftig gegen den Panzer des Geräts, daß er aufplatzte und die mechanischen Innereien Funken sprühten. Er wirbelte herum und trat gegen die Seite des anderen Geräts, so daß es umkippte und die Räder durchdrehten. Er packte das linke Hinterrad und riß es ab.

»O mein Gott«, sagte Lucian. Larry wirbelte herum und schaute auf – was? Auf Lucian? Auf Lucians vom Simulator erzeugte Computeranimation? Auf eine Projektion von Lucians Körper, die von seinem Bewußtsein kontrolliert wurde?

»Er ist noch immer drin«, flüsterte MacDougal. »Wir empfangen seine visuellen Signale; er sieht es noch immer in der alten Version. An manchen Stellen ist es zwar ein bißchen unscharf, aber er sieht das, was er immer schon gesehen hat...«

»Sie wissen, daß wir hier sind«, ertönte Larrys Stimme im Helmlautsprecher, obwohl er gar nichts gesagt hatte. Es war Lucians Erinnerung an seine Stimme, an das, was er vor fünf Jahren gesagt hatte. Larry hörte sein eigenes Gespenst, und diese Vorstellung schockierte ihn.

Dann erhob Lucians Körper sich in die Luft, angehoben von unsichtbaren Armen, und er wurde von unsichtbaren Feinden in den Tunnel entführt.

»Guter Gott«, sagte MacDougal. »Ich überwache Lucians Sehnerv-Signale, und *er* sah, daß der Charonier, den Sie gerade erledigt haben, ihn packte und mit ihm im Tunnel verschwand. Ihre Handlungen hat er überhaupt nicht registriert. Die Computersimulation hat Lucians Vorstellungen von dem, was mit ihm geschah, abgeglichen, obwohl die simulierten Charonier ihn gar nicht angerührt haben. Unglaublich.«

»Ja«, pflichtete Larry ihr japsend bei. Er merkte, daß

er noch immer das Rad des Charoniers in der Hand hatte, und warf es weg.

»Wir müssen die Einstellungen verändern und es wieder versuchen«, sagte MacDougal. »Glauben Sie, daß Sie es noch einmal schaffen?«

Larry schaute auf die computergenerierten Phantome der *Wesen* hinab, die ihn vor fünf Jahren angegriffen und umgebracht hatten. Er war unversehrt, und sie waren Schrott. »O ja«, sagte er, »ich tue es, sooft Sie wollen.«

Nach einem Dutzend Anläufen verlor Larry den Überblick über die Anzahl der Versuche, die er schon unternommen hatte; nun verlor sogar der Rachegedanke den Reiz. Die simulierten Charonier würden immer verlieren.

Sie zu töten war anfangs noch Balsam für Larrys Seele gewesen, doch beim zwanzigsten Mal – falls es das zwanzigste Mal war – bestand seine einzige Reaktion auf den Tod der Charonier darin, daß ihm die Arme erlahmten. Er packte den zweiten Charonier und trat diesmal ein Loch hinein, nur um den Armen eine Pause zu gönnen.

Larry drehte sich um und sah zum wiederholten Mal, wie Lucian von unsichtbaren Händen weggetragen wurde – doch diesmal wirkte die Bewegung sichtlich ruckartig und unsicher. Lucian verschwand zwar noch immer in diesem verdammten Tunnel, aber der Vorgang lief jedesmal stockender ab.

»Gut«, sagte MacDougal. »Noch einmal, von oben.«

»Ja«, sagte Larry mit müder Stimme. Die Sohle des ›Kaninchenbaus‹ verschwand in der Dunkelheit und erschien dann von neuem. Lucian – oder zumindest die Computeranimation von Lucian im Druckanzug – befand sich wieder am Ausgangspunkt.

Doch Lucians Bild – Lucian – blieb nicht dort. Er bewegte sich auf Larry zu, ohne einen Warnruf auszustoßen. Er hatte sich verändert.

Verändert. Larry drehte sich um und sah die Charonier. Sollte er noch einmal angreifen? Nein. Er hatte sich ausgetobt. Schluß mit der Zerstörung. Er wollte Lucian etwas anderes zeigen. Die Sache anders aufziehen. Larry hob die Hände, wobei er inbrünstig hoffte, daß, wer auch immer die Simulationen der Charonier kontrollierte, so schlau war, sein Friedensangebot anzunehmen. »Stop«, sagte Larry. »Verschwindet. Belästigt uns nicht mehr. Wir wollen euch nicht hierhaben.«

Die beiden außerirdischen Maschinen beäugten ihn für einen Moment – und setzen dann zurück, wendeten und rollten fort. Larry sah ihnen nach und wußte, daß zumindest ein Teil seiner eigenen Alpträume mit ihnen verschwand. Er hatte seine eigenen Dämonen ausgetrieben.

Aber was war mit Lucian?

Larry drehte sich um. Lucians Bild kam auf ihn zu, mit langsamen und unsicheren Bewegungen; das Bild war etwas verwackelt, denn Lucians Bewußtsein bewegte seinen Körper auf eine Art und Weise, wie er es lange schon nicht mehr getan hatte.

»Lär-rie?« fragte Lucian. »Lär-rie ... bissu das?«

Kapitel Sechzehn

Die einzige Möglichkeit zu reisen

»Es ist fast unmöglich und gewiß zwecklos, die Bewegung der *Nackten Purpurnen* zu erklären. Selbst die Bezeichnung ›Bewegung‹ ist irreführend, da sie eine große Gruppe impliziert, die ein sinnvolles Ziel verfolgt. Wenn die Anzahl der *Purpurnen* zuweilen auch recht groß gewesen ist, wird niemand behaupten wollen, daß sie ein klares Ziel verfolgt hätten. Sie sind nicht umsonst als Verfechter der *Sinnlosen Sache* bekannt. Wenigstens die Bezeichnung *Nackte Purpurne* hat eine Bedeutung. Man male sich purpurn an, laufe nackt in der Öffentlichkeit umher, und man wird immerhin das erreichen, was als das grundlegende Ziel der *Nackten Purpurnen* gilt: Man profiliert sich als Bürgerschreck. Mit der seltsamen Kleidung, in der oft aggressiven – und ebenso schrulligen – Ablehnung gesellschaftlicher Normen und Werte, in der unverständlichen mündlichen und schriftlichen Ausdrucksweise stellen die *Nackten Purpurnen* die Dinge auf den Kopf und zwingen uns zu einer neuen Sichtweise der Welt. Wenn auch vieles dafür spricht, so sind die Leute sich doch einig, daß die *Purpurnen* zur Übertreibung neigen...

Durch die Katastrophe der *Entführung* wurden alle anderen Orbital-Habitate zerstört. Nur das *NaPurHab*, das Habitat der *Nackten Purpurnen*, hat überlebt. Während das hauptsächlich auf einen glücklichen Umstand zurückzuführen ist, bin ich trotzdem der Ansicht, daß es sich gleichermaßen um eine Fügung des Schicksals handelte. Wer wäre nämlich besser geeignet, das Leben im Nahorbit um ein Schwarzes Loch zu verbringen?«

– *Memoiren*, Dr. Simon Raphael,
Leitender Direktor des Gravitations-Forschungsinstituts,
Pluto. Postum veröffentlicht, 2429

NaPurHab
Im Orbit um die *Mondpunkt*-Singularität
DAS *MULTISYSTEM*

»Und hier kommt Numero Uno«, meldete ›Schmutzfänger‹ Shooflyer, als das erste der charonischen *Wesen* erschien.

»Danke, ›Schmutz‹, aber man nennt mich nicht deshalb so, weil ich so gut höre«, knurrte ›Augapfel‹ und schaute aus dem Bullauge. »Ich sehe es auch.«

»Schadet doch nichts, es zu sagen«, erwiderte ›Schmutz‹.

»Aber was hat das bläuliche Ding überhaupt *vor?*« fragte Ohio Template ›Windbeutel‹. »So was Komisches *hab* ich schon *lange* nicht mehr gesehen. Trotzdem danke, ›Schmutzfänger‹.«

»Danke, Chef«, sagte ›Schmutzfänger‹, sichtlich erfreut über das Kompliment.

»Haltet den Schnabel, Jungs«, sagte ›Augapfel‹ und versuchte, sich auf ihre Instrumente zu konzentrieren. Schlimm genug, daß ›Schmutzbrocken‹ auch so roch, wie man das von einem Kerl mit einem solchen Prädikat erwartete. Das Geschwätz machte es nur noch schlimmer. »Oder macht die Flatter und guckt woanders.«

»'tschuldigung. Bin schon ruhig«, sagte Ohio. Zumindest Ohio hatte einen Grund, sich hier aufzuhalten. Schließlich war er der Führer des Habitats. Doch weshalb mußte er einen Schnorrer wie ›Schmutz‹ mitbringen? Vielleicht war heute auch der ›Seid-nett-zu-Verlierern‹-Tag. ›Augapfel‹ wußte, daß er irgendwann in dieser Woche war, doch sie war bisher nicht dazu gekommen, im Kalender nachzusehen.

Die Hardware lief wie am Schnürchen und zeichnete alles auf. Was *würde* das Ding tun? Sie aktivierte die Fernortung und wies sie an, das Ding automatisch zu verfolgen.

Es war so sicher wie die Hölle, daß der große Charonier keinerlei Ähnlichkeit mit den KERNEen und K-KERNen hatte, von denen ›Augapfel‹ gehört hatte. Die hatten meistens die Form von kurzen, dicken Zigarren. Dieses Ding indes war mehr oder weniger rechteckig und ungefähr zwanzigmal so groß wie der größte jemals registrierte KERN. Die Längsseite war mit etwas bestückt, das wie schwenkbare Ausleger aussah. Die Farbe des Objekts war leuchtend weiß, eine definitive Abkehr von den Gepflogenheiten der Charonier, die üblicherweise einen schmutziggrauen Anstrich für ihre Ausrüstung bevorzugten. Per Saldo handelte es sich um einen großen weißen Schuhkarton mit Beinen.

Nun stand er im Raum, innerhalb des *Mondpunkt-Ring*s, querab von der Innenfläche des Rings, auf gleicher Höhe. Und dann setzte das Ding sich plötzlich in Bewegung, in Richtung des Rings, und beschleunigte, als ob es ihn rammen wollte. Gottverdammt, laß das nicht zu. Waren diese Dinger etwa gekommen, um den toten *Mondpunkt-Ring* zu zerstören, um den Weg für etwas anderes zu bereiten? Das *Hab* würde von den Trümmern zermahlen werden.

Doch der große weiße Kasten stoppte so abrupt, wie er sich in Bewegung gesetzt hatte, weniger als hundert Meter von der Innenfläche des *Rings* entfernt. Er fuhr die Beine aus, näherte sich langsam und bezog direkt über dem *Ring* Position, worauf die Beine den *Ring* umfaßten.

Dann verharrte er ruhig und friedlich an diesem Ort.

»Was, zum Teufel, sollte das darstellen?« fragte ›Schmutzfänger‹.

»Wissen wir erst dann, wenn die anderen eintreffen«, sagte ›Augapfel‹. »Aber ich wette, daß der charonische Doktor einen Hausbesuch macht.«

Raumhafen Kourou
Guyana, Südamerika
ERDE

Der Besprechungsraum war ein trister, fensterloser Kasten. Er war eher aseptisch als antiseptisch, so öde und mit Desinfektionsmitteln förmlich imprägniert, daß dort rein gar nichts gedieh, und gleichzeitig war er ein schmutziger, kalter Ort. Auch ohne die Desinfektionsmittel hätten es nur die hartnäckigsten Keime hier ausgehalten, nur daß es in dieser Gegend nichts gab, das so hartnäckig war.

Die Klimaanlage setzte sich gegen die drückende Hitze der Startbasis durch. Vielleicht etwas zu sehr. Der Raumhafen befand sich nur wenige hundert Kilometer nördlich des Äquators, und jedesmal wenn Sianna nach draußen ging, hatte sie das Gefühl, gegen eine Wand aus Wärme zu laufen.

Sianna, Wally und Sakalov saßen an einer Seite eines wackligen, fleckigen alten Tischs, auf dem noch die Überreste einer früheren Besprechung zu sehen waren – zerknülltes Papier, Teeflecken. Der Kontrast zu Bernhardts luxuriösem Büro, in dem sie sich noch vor zwei Wochen aufgehalten hatten, hätte kaum größer sein können.

Bailey, der Instruktionsoffizier, saß an der anderen Seite des Tisches. Er trug eine zerknitterte Kombi, und rasiert hatte er sich auch schon länger nicht mehr. Er war ein träger, kleiner Mann mit einem gelblichen Gesicht und gummiartiger Haut, dem ein Zigarrenstummel aus dem Mundwinkel hing. Er vermittelte den Eindruck, als ob er seit zehn Jahren nicht mehr im Bett gewesen wäre und daß es ihm auch egal war.

»In Ordnung«, sagte Bailey und nahm geräuschvoll schlürfend einen Schluck aus der Kaffeetasse, »fangen wir an. Ihr Leute habt doch nichts dagegen, wenn ich keine hundert Simulationen laufen lasse? Ich würde es lieber mit einfachen Worten erklären.«

Wally schien etwas sagen zu wollen, doch dann überlegte er es sich anders. Bailey nickte, kratzte sich und fuhr fort:

»Gut. Dann in Kurzform: Wir haben die Nachschubaktion für das *NaPurHab* gestartet. Wir schicken in den nächsten drei Wochen mindestens fünfzehn große Frachter pro Tag hoch und so viele kleinere Schiffe wie möglich. Wir schicken alles, was wir haben, und viele Ersatzteile, denn ein Großteil wird nicht dort ankommen.«

»Die Verlustquote beträgt noch immer knapp dreißig Prozent, nicht wahr?« fragte Sakalov, als ob er sich nach dem Preis für Zwiebeln erkundigte und nicht die Chancen für sein Überleben sondierte.

»Sie hat sich erhöht«, sagte Bailey zögernd. »Die KERNe werden immer aggressiver. Wir *erwarten* bald einen drastischen Anstieg der Verlustquote. Wir müssen annehmen, daß wir nach dem Eintreffen des Gros der K-KERNe isoliert sind. Die Wahrscheinlichkeit, daß ein Schiff durchkommt, wird abnehmen. Sagen wir auf eins zu hundert. Wir wären vielleicht imstande, für Radar unsichtbare Tarnkappen-Schiffe zu starten, aber das erfordert einen sehr hohen Aufwand.

Die gute Nachricht ist, daß unsere Analysen bezüglich der Aktivitäten der KERNe immer besser werden. Über die Jahre haben wir viele Schiffe zum *NaPurHab* geschickt – und registriert, welche abgefangen wurden. Wir wissen nun, welcher Schiffstyp auf welcher Flugbahn mit der größten Wahrscheinlichkeit von den KERNen angegriffen wird. Wir schicken den Nachschub auf den ungefährlicheren Flugbahnen – und euch schicken wir auf der Bahn mit dem geringsten Risiko. Generell besteht jedoch die Wahrscheinlichkeit, daß die KERNe ein gegebenes Objekt mit einer Länge von über zwölf Metern innerhalb eines Radius von dreihunderttausend Kilometern um die Erde angreifen. Wenn die KERNe glauben, ihr würdet auf der Erde einschlagen, werden sie euch angreifen.«

»Wunderbar«, sagte Sianna. »Wie wär's, wenn wir uns zusammenfalten und ihr uns in einem Meter langen Schiffen hochschickt?«

»Darüber haben wir noch gar nicht nachgedacht«, sagte Bailey, »aber ihr müßtet euch zum Start zu einer Kugel zusammenrollen. Sonst würdet ihr die Beschleunigungsphase nicht überstehen. Wir wissen aber, daß die Aussichten für kleinere Schiffe auch nicht viel besser sind. Sobald ihr die Zwei-Meter-Grenze überschreitet, kommt es nicht mehr darauf an, ob ihr nun zweieinhalb oder zweihundertfünfzig Meter groß seid.«

»Großartig«, sagte Sianna.

»Ich weiß«, sagte Bailey. »Deshalb wäre es auch am besten, wir würden euch während der von uns berechneten Startfenster mit dem geringsten Risiko auf den ungefährlichsten Flugbahnen hochschicken, und zwar eher früher als später. Die K-KERNe sind zu uns unterwegs. Wir wissen nicht, was sie tun werden, wenn sie hier eintreffen, aber wir müssen annehmen, daß sie die KERNe bei den Angriffen auf unsere Schiffe unterstützen.«

»Und wann treffen die K-KERNe nun ein?« fragte Wally.

»Das wissen wir auch nicht«, gestand Bailey säuerlich. »Zuerst beschleunigt eine Gruppe und fliegt dann mit konstanter Geschwindigkeit weiter, dann die nächste und die übernächste, während die erste Staffel mit der Zeit so weit vom Kurs abkommt, daß schließlich eine Kurskorrektur erfolgt.«

»Hört sich so an, als ob der Fähigkeit der Sphäre, Gravitationsenergie zu übermitteln, Grenzen gesetzt seien«, sinnierte Sakalov. »Sie muß die jeweiligen

K-KERN-Staffeln als Relais für die Übertragung eines einzelnen Gravitationsenergie-Strahls benutzen und korrigiert den Kurs der einzelnen Gruppen, wenn sie die Energie irgendwo abzweigen kann. Die Sphäre läuft Gefahr, ihre Kräfte zu überdehnen.«

Bailey erwiderte verärgert: »Wenn Sie schon so viel wissen, würden Sie mich wohl auch aufklären?«

»Äh ... nein, nein. Bitte entschuldigen Sie.«

»Gut, wir glauben, ihr Erscheinen hat etwas mit den *Monster-Modulen* zu tun ...«

»Den *was?*« fiel Sianna ihm ins Wort.

»Ach, richtig, das wissen Sie noch nicht«, sagte Bailey. »So bezeichnen die *Purpurnen* die großen charonischen Geräte, die an den *Mondpunkt-Ring* andocken. Das letzte hat heute morgen am *Ring* angedockt, und sie scheinen Energie in den *Ring* zu pumpen. Es hat den Anschein, als ob sie den toten *Ring* wieder zum Leben erweckten und ihn reaktivierten. Monster.«

»Aber wieso?« fragte Sianna.

»Um das ursprüngliche Vorhaben der Sphäre fortzuführen, den *Mondpunkt-Ring* zu kalibrieren«, sagte Sakalov. »Um ins Sonnensystem vorzustoßen und dort ein neues *Multisystem* zu erschaffen.«

»He, echt gut«, sagte Bailey mit vor Ironie triefender Stimme. »Aber *unser* Team hat sich länger als fünf Sekunden damit beschäftigt, und Sie sollten auch eine andere Möglichkeit in Betracht ziehen, falls Sie einen Schock verkraften. Wir glauben, es soll als Schlupfloch dienen. Wir wissen seit Jahren, daß die Sphäre sich vor etwas fürchtet. Vielleicht rückt dieses Etwas näher, und die Sphäre will sich eine Hintertür offenhalten. Ein Loch, das sie öffnet, durch das sie hindurchgeht und hinter sich schließt.«

»Die Dyson-Sphäre ist aber etwas zu groß, um durch das *Mondpunkt*-Wurmloch zu passen«, wandte Wally ein.

»Aber die *Einsame Welt* ist doch die eigentliche Sphäre«, erinnerte Sianna ihn. »Sie ist das Gehirn des ganzen Systems. Die *Einsame Welt* könnte mit einer Horde kleinerer Charonier durch das Loch gehen und irgendwo eine neue Sphäre bauen.«

»Und woher soll sie die Energie dafür nehmen, wenn sie keinen Zugriff auf die Gravitationsgeneratoren der Dyson-Sphäre mehr hat?« fragte Wally.

»Wer weiß?« erwiderte Sianna. »Vielleicht ist sie in der Lage, Energie zu speichern. Vielleicht könnte sie auch Solarenergie speichern. Wenn die *Einsame Welt* sich in ein Wurmloch stürzt, wird sie ihre Wegzehrung schon dabei haben, um auf der anderen Seite zu überleben.

Die eigentliche Frage lautet: Weshalb soll *unser Mondpunkt-Ring* als Schlupfloch dienen? Die Sphäre muß doch über Zillionen Wurmloch-Anschlüsse verfügen. Weshalb will sie gerade unseren benutzen?«

Bailey nickte, als ob er es wirklich für möglich hielte, daß auch jemand anders imstande war, logisch zu denken. »Gute Frage. Die Antwort lautet, sie wird *nicht* durch das *Mondpunkt*-Loch gehen. Soweit wir wissen, nimmt die Sphäre *Dutzender* alter Wurmlöcher wieder in Betrieb. Zumindest registrieren wir, daß viele Objekte, die wie *Monster-Module* aussehen, Kurs auf viele andere inaktive Ringe im *Multisystem* nehmen.«

»Verschleierungstaktik«, sagte Sakalov nachdenklich. »Wieder ein Indiz dafür, daß die Sphäre – oder die *Einsame Welt* – sich mit *irgend jemandem* im Krieg oder im Kampf befindet. Man führt keine Täuschungsmanöver durch, wenn es niemanden gibt, der getäuscht werden muß.«

»Oder wenn man jemanden auf eine falsche Fährte führen will«, warf Sianna ein. »Die *Einsame Welt* erzeugt hundert Orte, zu denen sie vielleicht flüchtet, versteckt sich dann im System und läßt den Feind im Glauben, sie sei in einem der Löcher verschwunden.«

»Wo würde sie sich wohl verstecken?« fragte Bailey. »Immerhin sprechen wir hier von einer Welt von der Größe des Erd*monds*.«

Sianna zuckte die Achseln. »Sie wird sich in Sichtweite des Gegners verstecken. Sich als normalen Planeten tarnen. Sich in der Dyson-Sphäre verbergen. Wie wir wissen, ist das Innere ein Labyrinth, das eigens dazu konstruiert wurde, um die *Einsame Welt* in Gefahrenzeiten zu verstecken. Wer weiß?«

»Hmmm. Kann sein. Ihr seid schließlich die Experten für den Kram. Aber vielleicht sollten wir uns nun wieder damit befassen, was ihr tun werdet.«

»Und was werden wir tun?« fragte Sakalov. »Wie kommen wir zur *Terra Nova?*«

»Das weiß ich nicht«, sagte Bailey mit einem sardonischen Grinsen. »Wir schaffen euch nur bis zum *Hab*. Die *Nova* wird wohl dorthin kommen und euch abholen.«

»Ja, ja, das wissen wir«, sagte Sakalov. »Aber wie kommen wir zum *NaPurHab?*«

Bailey stieß eine unangenehme Lache aus, wodurch er Sianna noch unsympathischer wurde.

»*PerMods*«, sagte Bailey.

»Meine Güte«, sagte Sakalov. »Ich hatte befürchtet, daß Sie das sagen würden.«

»Was sind *PerMods?*« fragte Wally.

»Kein reguläres Passagierschiff würde an den KERNen vorbeikommen«, sagte Bailey, ohne auf Wallys Frage einzugehen. »Das müssen wir aufgrund ihres jüngsten Verhaltens ausschließen. Sie würden wegen ihrer Größe ein zu gutes Ziel abgeben. Wir stecken euch in Personen-Module und verteilen eure Module zusammen mit diversen Frachtcontainern an drei verschiedenen Tagen auf drei verschiedene Schiffe.

Außerdem werden wir auch ein Ablenkungsmanöver durchführen. Wir werden alle möglichen Täuschkörper und Lockvögel einsetzen und elektronische Gegenmaßnahmen ergreifen. Wir werden die Patrouillenzonen der KERNe mit so vielen Zielen sättigen, daß sie damit überfordert sind.«

»Welche Verlustquote veranschlagen Sie für die Frachtsendungen, während Ihre Gegenmaßnahmen laufen?« fragte Sianna.

»Zwanzig Prozent«, sagte Bailey. »Aber wir glauben, daß eure Chancen in den *PerMods* viel besser stehen. Sind nämlich schwerer zu orten.«

»*Wieviel* besser?«

Bailey steckte sich eine Zigarette in den Mund und zog kräftig daran. Sein Blick schweifte von Sianna zur Kaffeetasse. »Wir setzen die Wahrscheinlichkeit, daß Sie von einem KERN getroffen werden, auf fünfzehn Prozent an. Wir schicken euch in der Periode der maximalen Gegenmaßnahmen los. Außerdem befinden die *PerMods* sich in kleinen, schnellen Frachtbehältern. Ihr müßtet es eigentlich schaffen.«

Dr. Sakalov seufzte und schüttelte den Kopf. »Mit dieser Erfolgswahrscheinlichkeit rechne ich auch. Aber mir gefällt die Vorstellung nicht, in einem *PerMod* zu reisen.«

Wally runzelte die Stirn und schaute Sakalov an. »*PerMod?* Personen-Modul? Was stimmt damit nicht?«

Bailey lächelte gequält, nahm die Zigarettenkippe aus dem Mund und warf sie in die Kaffeetasse, wo sie zischend ausging. »Ach, das werdet ihr noch merken«, sagte er. »Ihr werdet es früh genug merken.«

Sianna Colette, die mit einem dünnen Fetzen von Krankenhaushemd bekleidet war, hatte gerade die auf absehbare Zeit letzte Dusche genossen und rüstete sich innerlich für den Gang in den Umkleideraum. Komm schon. Sie würde es schaffen. Wally hatte es geschafft. Sakalov hatte es geschafft.

Umkleideraum. Das war zum Lachen. Eine unverfängliche, harmlose Bezeichnung, die anderen Einrichtungen entlehnt war, in denen man wirklich in Druckanzüge gesteckt wurde.

Sianna betrat den Umkleideraum, wobei sie nichts außer dem hauchdünnen Kittel trug, den sie in einer Minute ablegen würde. Sie fror stärker, als es in Anbetracht der im Raum herrschenden Kühle plausibel gewesen wäre. Die Anzugtechnikerin, eine ziemlich grimmig blickende Frau in mittlerem Alter, die mit einer zerknitterten Kombi bekleidet war, erwartete sie.

Sianna hätte am liebsten überall hingesehen, nur nicht auf die Technikerin, doch sie zwang sich, der ziemlich gelangweilten und mißmutigen Frau in die Augen zu schauen. Nein, sie irrte sich. Der Gesichtsausdruck der Frau war überhaupt nicht unangenehm. Sianna vermochte sich nur nicht von der Vorstellung zu lösen, daß sie bestraft wurde, und deshalb *mußte* die Technikerin sie böse anschauen. Trotz aller Bemühungen hielt sie den Blickkontakt nur für ein paar Sekunden aufrecht. Die Technikerin ängstigte sie.

Irgend etwas am Gesichtsausdruck der Frau erinnerte Sianna an Madame Bermley, die Chefaufseherin des ersten Internats, auf das Sianna nach dem Tod ihrer Eltern geschickt worden war.

Diese Schule war folglich auch die erste Schule gewesen, von der Sianna geflogen war – und Bermley hatte den Rauswurf arrangiert. Bermley hatte Sianna auf dem Kieker gehabt, und es war ihr immer gelungen, die Schwächen und Ängste, die hinter dem burschikosen Wesen des Mädchens verborgen waren, zum Vorschein zu bringen.

Sianna sah weg und musterte angelegentlich die kahle Wand hinter der Technikerin, doch aus dem

Augenwinkel sah sie, wie die Frau sie von Kopf bis Fuß musterte, genauso wie Bermley es getan hatte, und Sianna wurde zugleich rot und bekam eine Gänsehaut.

Nein, *nicht* so, wie Bermley es getan hatte. Bermley hatte nach Schwächen gesucht. Die Technikerin musterte sie, wie ein Metzger eine Rinderhälfte betrachtet, oder wie ein Leichenbeschauer, der mit sachkundigem Blick die Leiche eines Fremden begutachtet.

Die Technikerin interessierte sich nicht mehr für sie als für eine Nutzlast, die sperrig war und obendrein dazu neigte, sich zu verschieben. Ohne Zweifel hatte die Technikerin nicht die geringste Ähnlichkeit mit Bermley; und wenn doch, dann nur in Siannas Vorstellung. Doch darauf kam es überhaupt nicht an: Sianna war nicht imstande, sich gegen ihre Gefühle zu wehren. Sie *hatte* nämlich damit gerechnet, auch vom MFI zu fliegen, weil sie Ärger gemacht hatte – und wenn ihre Abschiebung von der Erde kein Rauswurf war, was dann?

»Alles klar, Schätzchen. Bereit zum Einsteigen?« fragte die Technikerin mit einer viel sanfteren Stimme, als Sianna erwartet hatte.

»Äh… fast«, sagte Sianna. »Nur… nur eine Sekunde.« Sie schaute auf das Personen-Modul hinunter, eine Kiste, die eine Person zu minimalen Kosten mit minimalem Platzbedarf beförderte. Das *PerMod* war in Leichtbauweise gefertigt und mit allen Startsystemen kompatibel. Dieses hier würde zusammen mit Frachtmodulen in einem Laderaum verstaut und direkt zum *NaPurHab* geschickt werden.

Das Personen-Modul war ein geschlossenes System und erhielt einen Menschen für mehrere Wochen am Leben – falls der betreffende Mensch nicht die Würde und vielleicht auch den Verstand verlor. Das *PerMod* behandelte einen Menschen nämlich wie ein Stück Fleisch, das bei einer bestimmten Temperatur und bei einem bestimmten Druck gelagert werden mußte, wobei Nährstoffe an einem Ende zugeführt und die Abfallprodukte am anderen Ende entsorgt wurden.

Sianna gefiel das nicht, um es vorsichtig auszudrücken. Der Umstand, daß das *PerMod* fast die gleiche Größe und Form wie ein Sarg hatte, trug auch nicht dazu bei, ihr Wohlbefinden zu steigern.

Das *PerMod* war eine verbeulte rechteckige Kiste, die ehedem anthrazitmetallic gewesen, nun jedoch verschrammt war und sich waffengrau verfärbt hatte.

Die Technikerin trat auf einen in eine Ecke des Moduls eingelassenen Fußschalter, und die Sicherungsriegel öffneten sich mit einem verdächtig lauten Klacken. Die Technikerin öffnete eine kleine Luke und zog am dort verborgenen Hebel. Das Oberteil des Moduls schwang zurück wie ein Sargdeckel. Wer auch immer dieses Ding konstruiert hatte, über die psychologische Wirkung auf die darin eingeschlossene Person hatte er sich wohl kaum Gedanken gemacht.

Sianna trat vor und schaute hinein. Tags zuvor hatte sie eine kurze Einweisung erhalten, doch die Realität stimmte weder mit dem Training noch mit den Erwartungen überein. Das Innere mit den glatten, abgerundeten Konturen war mit einem gummiartigen weißen Material ausgekleidet. Die Unterseite glich einer Mulde mit dem Abdruck eines menschlichen Körpers, dessen untere Partie etwas ausgeprägter als normal war. Natürlich. Da gab es schließlich noch den sanitären Aspekt.

»In Ordnung, Zeit zum Anschließen«, sagte die Technikerin. »Runter mit dem Kittel.«

Sianna schluckte schwer und löste den Knoten. Sie *haßte* es, sich vor anderen Leuten nackt auszuziehen. Das hing mit ihren Erlebnissen in Bermleys Schule zusammen. Man hatte dort großen Wert auf Leibesertüchtigung gelegt, mit den üblichen Gemeinschaftsduschen. Bei den manchmal grotesken Bemühungen, dem zu entgehen, hatte Sianna sich so manchen Tadel eingehandelt.

Der Kittel fiel zu Boden, und Sianna starrte auf die gekachelte Wand; sie hatte beschlossen, daß die Technikerin gar nicht da war. Eine Hand, die Sianna geflissentlich übersah, reichte ihr die Sanitäreinheit, ein ungefüges weißes Objekt, das eine gewisse Ähnlichkeit mit einer übergroßen, gestärkten Windel hatte, die zwischen den Beinen mit einem Scharnier versehen war. Schlauchverbindungen, mit deren Zweck sie sich gar nicht erst befassen wollte, lugten da und dort heraus.

Die Begeisterung, mit der Sianna das Ding mit beiden Händen in Empfang nahm, hätte nicht größer sein können, als wenn sie eine tote Ratte angefaßt hätte. Sie öffnete den Verschluß und warf einen Blick hinein. Das Innere war mit einem klaren Gel angefüllt, damit die Teile, die mit der Haut in Berührung kamen, sie nicht wundrieben. Bei den Innereien, die keinen Körperkontakt hatten, handelte es sich um eigenartig ausgeformte Mulden, Ventile und Schläuche.

Es genügte aber nicht, gewisse Dinge gründlich zu inspizieren. Sie mußte da durch. Sie schickte sich an, in das Ding zu steigen.

»In Ordnung«, sagte die Technikerin. »Würden Sie die Beine etwas spreizen?« Sianna zwang sich, an die unpersönliche Einweisung vom Vortag zu denken und an die Tatsache, daß es ihr nicht das geringste ausgemacht hatte, der Puppe die Sanitäreinheit anzulegen.

Na schön, nun war *sie* eben die Puppe. Es war gar nicht sie selbst, der sie das Teil anlegte, sondern ein unbeseeltes Objekt. Die Beine spreizen. Die Einheit herumschwingen und sie zwischen den Beinen festklemmen. Das Hinterteil mit der rechten Hand gegen das Gesäß drücken – gutes, klinisches, unpersönliches Wort, dieses *Gesäß* –, sich ein wenig bücken, um sie zu öffnen – nein, *die* – Beine, mit der linken Hand nach unten greifen, das Vorderteil hochziehen und schließen. Die sechs Verschlüsse zuschnappen lassen, und die Puppe hatte die Einheit an.

Sie schlackerte um Siannas Körper. Sie schaltete die Pumpe ein und spürte, wie die Einheit sich auf höchst unangenehme Art um den Körper schmiegte. Sie fühlte sich kalt, steif und steril an. Der Schmierstoff war unangenehm kalt und glitschig auf der Haut.

In Ordnung, sie hatte es an. Nun durfte die Technikerin wieder in die Wirklichkeit zurückkehren, zumindest ein wenig. Die Technikerin nickte zustimmend. »Gut. Schön. Sitzt gut. Warten Sie aber, bis Sie gestartet sind und sich in der Schwerelosigkeit befinden, bevor Sie das Ding ausprobieren. Das Saugsystem beseitigt die Abfallprodukte in der Schwerelosigkeit, aber Sie werden eine böse Schweinerei verursachen, wenn Sie es am Boden ausprobieren. Alles klar?«

»Ja sicher, fein«, sagte Sianna, deren Bewußtsein wie ausgelöscht schien.

»Gut. In Ordnung.« Die Technikerin trat vor sie und erklärte ihr die Kontrollen. Sianna zwang sich, nach unten zu schauen. »Der grüne Schalter vorne links ist für die Saugpumpe. Der rote Schalter vorne rechts ist für die Desinfektion. Achten Sie darauf, daß das Saugsystem eingeschaltet ist und läuft, *bevor* Sie Ihr Geschäft verrichten. Sonst wird da unten alles versaut. Sobald das System läuft, können Sie aber normal urinieren und Kot ausscheiden.«

Normal? Wie, zum Teufel, sollte sie etwas *normal* tun, wenn sie eine Fiberglas-Windel trug und in einem Sarg steckte.

Sarg. Verdammt. Gerade diesen Aspekt der Sache hatte sie zu verdrängen versucht. *Särge. Tod. Eingesperrt. Geschlossene Räume. Winziger Raum, kein Platz, verloren im Weltraum, außer Kontrolle eingesperrt in einer schwarzen Todeskiste ins All geschossen …*

Nein. Aufhören. Nur mit der Ruhe.

Aber sie beruhigte sich nicht. Sie verspürte nur eine wahnsinnige Angst und das Hämmern des Herzens, und sie dachte an den Moment, in dem die Technikerin den Deckel schließen würde und …

Bei Gott, nein. Nicht so etwas. Am liebsten hätte sie die Technikerin am Kragen gepackt, sie durchgeschüttelt und angeschrien, ihr gesagt, daß das alles verrückt sei und daß sie überhaupt nicht daran dachte, sich in diese Kiste zu legen und ins All schießen zu lassen. Doch sie sagte nichts und unternahm auch sonst nichts. »Fertig«, sagte die Technikerin, die Siannas aufkommende Panik überhaupt nicht bemerkte – oder sie vielleicht bewußt ignorierte. »Es kann losgehen.« Die Technikerin schien über ein unbegrenztes Repertoire an nichtssagenden, aufmunternden Sprüchen zu verfügen. »Als nächstes müssen wir Sie einsprühen.«

Sianna nickte, ohne sich dazu zu äußern. Das Spray war eine Kombination aus einer Feuchtigkeitslotion, um ein Wundliegen zu verhindern, und einem Desinfektionsmittel, damit sie in den nächsten Tagen keinen Schimmel ansetzte.

»Gut, meine Liebe. Spreizen Sie Arme und Beine.«

Sianna stand mit geschlossenen Augen, gespreizten Beinen und ausgestreckten Armen da. Sie fühlte sich entblößt und hatte Angst. Dann ertönte ein Zischen, und sie zuckte zusammen, als der kühle Nebel sich auf ihren Rücken legte. Sie spürte, wie das Spray den Rücken benetzte, Beine, Hüfte, Bauch, Brüste und Hals. Das Gesicht bekam auch etwas ab.

»Hups. Lassen Sie die Augen zu. Das Zeug ist zwar unschädlich, aber es sollte nicht unbedingt in die Augen kommen. Warten Sie noch einen Moment.« Sianna hörte, wie die Sprühdose abgesetzt wurde.

Dann hörte sie Schritte, und schließlich ertönte wieder die sanfte Stimme der Technikerin direkt vor ihrem Gesicht. »Schon vorbei. Ich bringe Ihnen ein Handtuch.«

Sianna spürte, wie die Technikerin ihr die Hand auf den Hinterkopf legte und ihr mit dem weichen Frotteehandtuch das Gesicht abwischte. Für einen Augenblick wähnte sie sich in die Kindheit zurückversetzt. Sie saß in der Badewanne, und ihre Mutter wischte ihr mit einem Handtuch die Seife aus dem Gesicht.

»Gut. Sie können die Augen wieder aufmachen.«

Zögernd schlug Sianna die Augen auf und fand sich in der erbarmungslosen Gegenwart wieder, im hell erleuchteten Umkleideraum – zusammen mit dem wartenden Personen-Modul.

»Es ist soweit, Schätzchen. Ziehen Sie nun das Hemd und die Leggings an, und wir bringen es hinter uns.«

Du bringst es vielleicht hinter dich, sagte Sianna sich. *Ich muß in diese Kiste steigen.*

Die Technikerin ging zu ihrer Werkbank und kam mit etwas zurück, das wie Stulpenstiefel aussah. »In Ordnung, linkes Bein hoch.«

Sianna tat wie geheißen. Sie stand abwechselnd auf einem Bein, während die Technikerin ihr die Leggings überstreifte und sie mit Klettverschlüssen befestigte. Das Hemd war indes ein etwas konventionelleres Kleidungsstück und wurde vorne zugeknöpft. Sowohl die Leggings als auch das Hemd bestanden aus warmem, weichem Baumwollflanell mit schweißabsorbierenden Eigenschaften – dem einzigen Zugeständnis an Komfort bei der ganzen Operation. Die Sachen fühlten sich gut an auf der Haut.

»Wie … wie lang?« fragte Sianna.

»Wie lang noch bis zum Start oder wie lang der Flug dauern wird?« fragte die Technikerin.

»Beides«, sagte Sianna. Das Sprechen fiel ihr schwer.

»Zwei Stunden bis zum Start, und der Flug wird nur

drei Tage dauern. Eine lange Zeit in einer Kiste, aber damit brechen Sie noch lange nicht den Rekord. Zumal Sie ohnehin die meiste Zeit schlafen.«

»Und wenn ich nicht schlafen *kann?*«

»Dann nehmen Sie eine Pille und schlafen so lange, bis die Wirkung nachläßt. Dann nehmen Sie die nächste Pille. Wenn Sie weggetreten sind, entlastet das nämlich die Lebenserhaltungssysteme – und Sie entgehen der Langeweile. In Ordnung, steigen Sie ein.«

Und wenn Sie den größten Teil des Flugs verschlafen, verlieren Sie vielleicht nicht so schnell den Verstand. Auch wenn die Technikerin das nicht explizit sagte, wußte Sianna doch, daß die Worte unausgesprochen im Raum standen. Die klobige Sanitäreinheit behinderte sie beim Gehen, und sie wankte höchst widerstrebend auf das Modul zu.

Nach all den Vorbesprechungen und den Vorbereitungen erschien der Einstieg ihr fast zu einfach. Sianna setzte sich auf die Kante des Moduls und schwang erst das eine und dann das andere Bein hinein, wobei sie sich auf beiden Seiten der Kiste abstützte, als ob sie in eine Badewanne mit etwas zu heißem Wasser stiege. Nur daß der Einstieg in eine Badewanne ihr keine Panik verursacht hätte. Sie setzte sich im Modul auf und stellte fest, daß die Sanitäreinheit nicht exakt in die dafür vorgesehene Mulde paßte. Sie fädelte sich noch tiefer in das Modul ein, und nun fügte die Einheit sich präzise in die Vertiefung ein, wie bei einem dieser Geschicklichkeitsspiele, bei denen man eine Kugel in ein Loch manövrieren muß.

»Legen Sie sich hin, Schätzchen«, sagte die Technikerin. Sianna tat wie geheißen. Sie lag reglos da und starrte die Decke an. Die Technikerin beugte sich für eine Minute über sie, kontrollierte dieses und jenes und schloß Schläuche an die Sanitäreinheit und das Innere des Moduls an.

»Alles klar. Ich möchte, daß Sie nun das Sanitärsystem ausprobieren. Zuerst den roten Schalter zur Linken, dann den grünen zur Rechten.«

Welchen Sinn hatten Schalter mit unterschiedlichen Farben, wenn sie sie aufgrund der Rückenlage gar nicht sah? Doch Sianna griff nach unten und fand sie schließlich. Sie betätigte den linken Schalter. Plötzlich ertönte ein hochfrequentes Sirren, und sie spürte einen kalten Luftstrom auf der Haut. Sie betätigte den rechten Schalter und zuckte zusammen, als die Einheit von warmem Wasser durchflossen wurde. Sie stellte das Wasser ab und ließ das Saugsystem noch etwas laufen, bis sie wieder trocken war. Dann legte sie auch den linken Schalter um und hörte, wie das Klärsystem das Wasser für den nächsten Durchlauf aufbereitete – oder als Trinkwasser. Selbst der unverbesserliche Optimist, der sie gestern eingewiesen und das System über den grünen Klee gelobt hatte, verstand sich zu dem Eingeständnis, daß das Wasser nach dem vierten oder fünften Durchlauf nicht mehr besonders gut schmecken würde.

»Wirklich gut. Funktioniert prima«, sagte die Technikerin.

Wunderbar. Eins a. Könnte nicht besser sein. Alles klar. Los geht's. Beschränkte der Wortschatz der Frau sich nur auf diese Floskeln?

»Nun gut«, sagte die Technikerin. »Ich schließe nun den Deckel, und er wird sich erst dann wieder öffnen, wenn Sie wohlbehalten im *NaPurHab* angekommen sind. Sie können noch für eine Stunde Arme und Beine bewegen; wenn Sie sich aber im Startgerät befinden, werden die Haltesysteme aktiviert. Die Luftkissen werden sich aufblasen und Sie abstützen. Sie *müssen* vorher die Arme in die dafür vorgesehenen Vertiefungen legen.

Die Beschleunigung wird ungefähr zehn Ge betragen. Und noch mehr, falls der Flugplan kurzfristig geändert wird. Wenn die Arme auf dem Bauch oder sonstwo am Körper liegen, während die Kissen aufgeblasen werden, sind sie anschließend eingeklemmt. Wenn *das* geschieht, können Sie noch von Glück sagen, wenn Sie mit einem gebrochenen Arm und angeknacksten Rippen davonkommen. Innere Verletzungen und Blutungen sind jedoch wahrscheinlicher.« Die Technikerin zeigte auf ein im Modul befindliches Lämpchen mit der Aufschrift ›AIRBAGS WERDEN AUSGELÖST‹. »Wenn dieses Licht ausgeht, Arme und Beine in die Mulden, und keine Entschuldigung. Sie *müßten* eine Vorlaufzeit von drei Minuten haben, doch Leute, die sich auf ›müßten‹ verlassen, sind schon tot. Wenn die Nase juckt, nachdem das Licht ausgegangen ist, nicht kratzen. Haben Sie verstanden?«

»Äh ... ja, Ma'am.«

Die Technikerin lächelte und klopfte ihr auf die Schulter. »Gut. Wünsche einen guten Flug, und grüßen Sie die *Purpurnen* von mir.«

»Gut«, sagte Sianna und winkte zum Abschied.

Die Technikerin erhob sich, griff nach dem Deckel und schloß ihn über Sianna. Er schlug mit einem schmatzenden Geräusch zu, und Sianna hörte, wie die Verschlüsse zuschnappten.

Nun war sie in dieser hermetisch abgedichteten Kiste gefangen, bevor ihr noch richtig bewußt geworden war, daß sie sich darin befand. Wahrscheinlich hatte die Technikerin das mit Absicht getan. Es hatte keinen Zweck, einem dummen, panischen Mädchen die Gelegenheit zu geben, zu schreien oder gar wieder auszusteigen.

Und keinen Ausweg. Keinen Ausweg. Keinen Ausweg. Sianna beruhigte sich. Es hatte keinen Sinn, an den Deckel zu klopfen oder zu schreien. Das Innere des *PerMods* war gut gepolstert und obendrein schallisoliert. Wenn die Ingenieure, die diese Dinger konstruiert hatten, sich wenig für die Befindlichkeit der Passagiere interessiert hatten, dann hatten sie zumindest darauf geachtet, daß panische Passagiere niemanden belästigten.

Daß ein Personen-Modul sich nicht von innen öffnen ließ, war durchaus begründet. Die Gefahr, daß ein panischer Passagier das Ding zur falschen Zeit öffnete, war nämlich viel größer als das Risiko, daß ein Passagier nicht imstande war, an einem sicheren Ort auszusteigen.

Sie lag da, starrte den Moduldeckel an und nahm sich vor, nicht in Panik zu geraten. Schließlich war das *PerMod* im Grunde nur ein kastenförmiger Raumanzug, versuchte sie sich einzureden. Mit einem Druckanzug hatte sie nie Schwierigkeiten gehabt. Sie hatte einen getragen, als sie mit ihren Eltern den Ausflug zum Mond unternommen hatte, vor einer Million Jahren. Sie war in einem dieser Touristenanzüge auf dem Mond herumgelaufen, und *diese* Anzüge konnte man auch nicht ohne fremde Hilfe öffnen. Ja. Das hatte ihr nichts ausgemacht. Und dies hier sollte ihr auch nichts ausmachen. Nein. Sollte es nicht. Es war vernünftig vernünftig vernünftig, daß sie NICHT AUSSTEIGEN konnte.

Sianna wurde sich bewußt, daß sie die Hände zu Fäusten geballt hatte, um gegen den Sargdeckel zu hämmern – nein, den *PerMod*. Ja. Benutze das gespenstische Kunstwort. Viel besser, als das Ding beim richtigen Namen zu nennen. Aber es *war* ihr Sarg oder würde es vielleicht werden, wenn die Sache schiefging; eigentlich konnte sie auch gleich hier drin liegenbleiben. Die K-KERNe würden sie sowieso kriegen, und dann war sie tot. Tot, tot, tot.

Eine Sekunde. Es gab doch eine Außenbeobachtung, oder? Sie hatte die Möglichkeit, nach draußen zu schauen. Ja. Das wäre sehr hilfreich. Angestrengt starrte sie auf die Schaltfläche direkt über dem Gesicht. Welcher war es? Nervös drückte sie auf einen Knopf, dann auf einen anderen. Da. Das war wenigstens der Einschaltknopf für den Monitor. Der zirka dreißig Zentimeter vom Gesicht entfernte Bildschirm wurde hell. Gut. Nichts zu sehen außer einer Statusanzeige. Luft gut, Temperatur gut, die Uhr zeigte die Zeit an. Aber was war mit der Außenbeobachtung? Dort! Ein altmodischer Wählschalter. Sie drehte ihn bis zum Anschlag nach rechts und ...

Dort! Sie keuchte erleichtert. Die Außenwelt war noch immer da, nur eben draußen. Gut, es war nur ein Blick auf die Decke des Umkleideraums, aber sie war *da*, und sie befand sich außerhalb dieser Kiste, in der sie gefangen war. Gefangen. Nein. Denk nicht daran, daß du gefangen bist. Für drei lange, lange Tage in dieser Kiste gefangen, ohne die Möglichkeit ...

Hör auf. Hör auf! Dreimal tief Luft holen. Sie würde drei Tage in dieser Kiste verbringen müssen. Es hatte keinen Sinn, jetzt schon in Panik zu geraten. Dazu hatte sie später immer noch reichlich Zeit. Das *PerMod* war mit einer robusten Polsterung ausgekleidet, die Kontrollen für die Kommunikation, die Anzeigen und die Nahrungsmittelversorgung waren versenkt angebracht, so daß sie nicht unabsichtlich ausgelöst werden konnten. Das verdammte Ding war eine miniaturisierte raumtüchtige Gummizelle.

Nun, das war auch nur plausibel. Wenn sie das alles überstanden hatte, würde sie nämlich reif sein für die Klapsmühle.

Plötzlich ertönte ein Poltern und Klirren, dem *PerMod* wurde ein Stoß versetzt, und Sianna spürte, daß es sich in Bewegung setzte. Sie schaute zur Außendarstellung hoch und sah, daß die Decke in Bewegung geriet.

Nun ging es los. Sie wurde zum Laderaum der Starteinrichtung transportiert, der sie weiß Gott wohin schicken würde.

In den Weltraum, zu einem Besuch bei den Irren von den *Nackten Purpurnen*, um dort auf die *Terra Nova* zu warten und die Reise zur *Einsamen Welt* mit all ihren Unwägbarkeiten.

Plötzlich kam ein mehrtägiger Aufenthalt in einer schönen, ruhigen Blechbüchse ihr noch als das kleinste Übel vor.

Komm schon, sagte sie sich. Wally schaffte es. Ein alter Mann wie Sakalov schaffte es. Dann würde *sie* es auch schaffen.

Oder?

Kapitel Siebzehn

Gespräche mit den Toten

F: Offensichtlich wurde die Versuchsanordnung hastig aufgebaut, und das Team mußte improvisieren. Was war der erstaunlichste Aspekt der Begegnung?

A: Das, womit wir beim Versuch, Kontakt mit Lucian Dreyfuss aufzunehmen, nicht gerechnet hatten, das, worauf wir am wenigsten vorbereitet waren, war Erfolg. Wir hatten alles nur Denkbare unternommen, um mit ihm zu kommunizieren, aber wir wußten nicht, was uns erwarten würde, wenn wir zu ihm durchkamen. Und als wir den Kontakt schließlich herstellten, waren die Bedingungen alles andere als ideal.

F: In welcher Hinsicht?

A: Als Lucian Dreyfuss endlich reagierte, waren wir – das heißt, das Kontakt-Team – schon seit acht Stunden an der Arbeit. Das scheint keine lange Zeit zu sein, doch jeder, der schon einmal eine TeleOperator-Einheit gesteuert hat, weiß, wie anstrengend das ist. Wir betraten Neuland und hatten verdammte Schwierigkeiten, die Sache am Laufen zu halten. Wir alle wußten, wenn die Illusion auch nur für einen Moment unterbrochen wurde, war es vielleicht vorbei.

Als wir endlich zu Lucian vorstießen, am Ende dieser acht Stunden, war der Arbeitstag nicht vorbei – er hatte gerade erst angefangen. Ich befand mich im Exoskelett des TeleOperators, schweißgebadet, und wollte schon hinschmeißen, nach Hause gehen und mich ins Bett legen – und plötzlich war er da. Sie müssen auch bedenken, daß Lucian Dreyfuss sich in den letzten fünf Jahren an einem andersartigen Ort befunden und unter andersartigen Bedingungen existiert hatte. Sein Zeitgefühl unterschied sich deutlich von unserem. Es gelang mir nicht, ihm zu erklären, daß ich schon einen langen Tag gehabt hatte und Feierabend machen wollte. Wir hatten keine Ahnung, ob er sich überhaupt bewußt war, daß Zeit vergangen war, oder ob er eine Pause als fünf Minuten oder zehn Jahre empfinden würde. Also mußte ich weitermachen.

F: Was ist Ihnen in diesem Moment durch den Kopf gegangen?

A: Das gleiche wie allen anderen Mitgliedern des Teams: *Was nun?*

– Larry Chao, Interview mit *Der Kaninchenbau*,
Hauszeitung der Dreyfuss-Forschungsstation
Band IV, Nummer 6 (August 2431)

Ich bin wer? Wer? Lu-cian Drey-fuss, ja oder war, und bin tot. Kann nicht sehen, kann nicht hören, kann mich nicht bewegen – und tue diese Dinge doch und mehr. Sie finden mich. Ich erinnere mich an sie. Ich war einer von ihnen. Bin *einer von ihnen. Mein Körper liegt reglos da, Bewußtsein verloren und zerstört – aber ich erwache, stehe auf und gehe, und gehe nicht. Sie wecken mich auf, kümmern sich um mich. Robot Larry kommt. Ich zuvor träume für lange Zeit. Traum-Wahrheit, Traum im Bewußtsein des Feinds, Furcht des Feinds. Muß ihnen sagen. Aber Welten verloren oder bald. Bewußtsein verloren. Leben verloren. Aber muß versuchen. Versuchen zu helfen, zu sagen. Bin einer von ihnen. Ja oder war.*

Dreyfuss-Forschungszentrum
Der Nordpol
Der Mond
DAS SONNENSYSTEM

Die Welt war von Dunst umwabert, das Universum war in Nebel gehüllt, und zwei bizarre Figuren – ein Geist im Druckanzug und eine kantige robotische Maschine – schritten gemeinsam durch einen nonexistenten Kosmos. Es war die Landschaft von Lucians Bewußtsein, das Bewußtsein eines Geistes, dessen visuelle Ausgangssignale von den Computern aufgefangen und weiterverarbeitet wurden, um dasselbe Bild aus Larrys Perspektive zu erzeugen.

Und sie wanderten hindurch. Aber weshalb wandern? Sie wanderten durch Lucians Phantasie. Weshalb *versetzte* Lucian sie nicht einfach an den Ort, zu dem sie wanderten? Der wallende Nebel verschob sich erneut, und Larry stellte sich auf eine Veränderung ein. Nun gingen sie plötzlich durch einen Tunnel – es war nicht der *Rad*-Weg, aber auch nicht die vertrauten, menschlichen Tunnel einer Mondsiedlung. Etwas dazwischen. Die Größe entsprach dem charonischen Tunnel, doch diese Passage hatte die Korridore, die Beleuchtung und das Leitsystem von *Central City* oder *Tycho Under*. Larry versuchte die Schilder zu lesen, doch die Worte ergaben keinen Sinn, eine wahllose Häufung von Zeichen, die nicht einmal dem Alphabet entstammten.

Weshalb, zum Teufel, steckt er noch immer im Anzug? fragte Larry sich nicht zum erstenmal. Nun projizierte Larry sein eigenes Bild ins System. Er hätte sich in Alltagskleidung darstellen können, nackt oder auch als riesiges Huhn, und die Simulationscomputer hätten ihn Lucian auf diese Art präsentiert. Vielleicht hatte er sich schon so lange in diesem Anzug gesehen, daß er sich keine andere Existenzform mehr vorzustellen vermochte. Wieviel Zeit *war* für ihn vergangen, seit die Charonier ihn entführt hatten? Waren die fünf Jahre ihm wie fünf Jahre erschienen oder wie fünf Minuten oder fünf Jahrhunderte?

Larry stolperte schon wieder und wäre fast gestürzt. Eine imaginäre Landschaft, erzeugt vom Bewußtsein eines Geistes und weiterverarbeitet von einem Computer – und er stolperte. Er war müde, todmüde, und hielt sich kaum noch auf den Beinen.

»Lucian. Halt«, rief er. »Warte bitte. Wohin gehen wir?«

Lucians Bild drehte sich um und kam auf ihn zu, offensichtlich ungehalten wegen der Verzögerung und mit hastigen und dabei unsicheren und ruckartigen Bewegungen. »Ort. Ort nahe«, sagte er, wobei er regelrecht nach den Worten suchte. »Bewegen uns dicht. Kommen hier nahe. Beeilen bitte.«

»Nein, Lucian«, sagte Larry und hockte sich hin. Er mußte nun versuchen, die Sache zu klären. »Wir kommen *nicht* näher. Wir bewegen uns überhaupt nicht. Wir sind noch an dem Ort, von dem wir aufgebrochen sind.«

»Komm«, sagte Lucian. »Komm. Beeilen.«

Doch Larry rührte sich nicht. »Lucian – weißt du, was geschehen ist? Weißt du, auf welche Art du mich siehst?«

»Ja nicht schwer.« Mit dieser Antwort konnte Larry allerdings nicht viel anfangen. Überhaupt hatte Lucian seit seinem Erwachen sehr wenig gesprochen, und dann nur in diesem primitiven, kryptischen Jargon.

Anstatt deutlicher zu werden, ging er weiter. Offensichtlich wollte er ihm etwas zeigen. Larry hatte keinen Schimmer, worum es sich dabei handelte.

»Komm«, sagte Lucian und forderte ihn wild gestikulierend auf, ihm zu folgen.

»Nein. Noch nicht«, sagte Lucian. »Bald. Aber vorher muß ich mich ausruhen. Das ist sehr anstrengend für mich. Ich bin sehr müde.«

»Anstrengend *mich*«, sagte Lucian. »Aber du ausruhen gut. Aber schnell.«

»Gut«, sagte Larry. »Ich werde mich schnell ausruhen.« Er setzte sich auf den Tunnelboden und lehnte sich gegen die Wand. Nur daß die Wand überhaupt nicht existierte. Es waren nur die Computer, die dem Exoskelett an der Stelle, wo die imaginäre Wand sich befand, einen Widerstand entgegensetzten und Druck ausübten. Das visuelle System verschob die Perspektive so, daß er den Tunnel aus einer sitzenden Position wahrnahm. Schwer zu glauben, daß das alles eine Illusion war. Larry betätigte den Kinnschalter und wechselte auf den Kanal des Kontrollraums. »Wie lang ist es her?« fragte er.

»Sechs Stunden, seit er aufgewacht ist«, meldete Marcia. »Vierzehn, seit wir angefangen haben. Wie sieht's bei Ihnen aus?«

»Nicht so gut«, sagte Larry. »Ich mache weiter, solange es geht, aber ich kippe gleich aus den Latschen.«

»Wissen wir, Larry, wissen wir. Ich bin auch hundemüde, und dabei steuere ich nicht einmal den Tele-Operator. Wir wollen ihn nur nicht wieder verlieren. Wir befürchten, wenn Sie den Anzug ablegen und schlafen, wird er glauben, Sie hätten ihn im Stich gelassen. Vielleicht sagt er dann gar nichts mehr.«

»Können Sie mich nicht durch irgend jemanden ablösen? Durch Tyrone Vespasian?« Lucian hatte Tyrone gut gekannt, und die beiden waren sogar Freunde gewesen. Sicher wäre Lucian – oder was auch immer Lucian nun war – in der Lage, sich auf Tyrone einzustellen.

»Vespasian ist hier, und er möchte es auch gern versuchen. Glauben Sie mir, wir mußten ihn fast festbinden. Wir werden Tyrone noch früh genug schicken, sobald Lucian sich stabilisiert hat. Sobald wir sicher sind, daß Lucian nicht wieder in seinem Loch verschwindet und es hinter sich verschließt.«

»Schauen Sie, ich kann das nicht ewig machen«, sagte Larry. »Versteht Lucian das denn nicht? Daß Menschen mal eine Pause brauchen?«

»Wir wissen nicht, was er versteht«, sagte Marcia. »Wir wissen nicht einmal, ob das wirklich der Lucian *ist*, den wir früher kannten.«

»Je länger das so geht, desto mehr glaube ich, daß er es *nicht* ist«, pflichtete Larry ihr bei und warf einen Blick auf den im Druckanzug steckenden Lucian, der Larry ungeduldig beobachtete. »Ich möchte es nicht beschwören, aber irgendwie ist er gar nicht da. Als ob er eine Aufzeichnung, ein Bild seiner selbst wäre.«

»Ich verstehe nicht.«

»Die Menschen verändern sich von Minute zu Minute. Sie legen ständig verschiedene Seiten, verschiedene Verhaltensweisen an den Tag. Sie und ich gehen nun anders miteinander um als noch heute morgen. Die Reaktionen variieren. Die Stimmungen schwanken. Nicht so bei Lucian. Er ist noch exakt derselbe wie am Anfang. Es hat den Anschein, als ob er in einer Stimmung, einem Augenblick, einem Denkmuster erstarrt sei. Wir sehen nur einen Aspekt, weil es keinen anderen gibt.«

»Hmmmm. Wäre es möglich, daß der Rest doch in ihm verborgen ist und daß er nur noch nicht weiß, wie er sich artikulieren soll?«

»Wir werden es wahrscheinlich gar nicht merken, wenn er das tut«, sagte Larry finster. »Es ist schwer, ihm zu folgen. In mehr als nur einer Hinsicht.«

»Ach, diesbezüglich gibt es etwas Neues«, sagte Marcia. »Wir haben alle verfügbaren Experten zu Rate gezogen, und sic glauben, sein Sprachzentrum sei beschädigt worden – oder die Charonier haben beim Anschließen gepfuscht.«

»In anderen Worten, er hat Probleme mit dem Sprechen«, sagte Larry. »Das hätte ich Ihnen auch sagen können.«

»Er hat vielleicht Probleme, aber er *bemüht* sich«, sagte Marcia. »Er bemüht sich sogar sehr. Unsere Experten haben mir gesagt, daß er vielleicht auch *Verständnisschwierigkeiten* hat, daß er überhaupt Probleme mit Worten hat. Massive Dyslexie. So sind zum Beispiel die Schilder in diesem imaginären Tunnel, in dem Sie sich befinden, nicht lesbar.«

»Und?«

»Und wenn er weder sprechen noch schreiben kann,

bleiben ihm nur noch visuelle Signale, und damit hat er auch Probleme.«

»Einen Moment. Dann führt er mich also durch dieses imaginäre Labyrinth, um mir etwas zu zeigen, das er nicht benennen kann? Er hat nur die Möglichkeit, es mir zu zeigen?«

»Richtig.«

»Weshalb bringt er mich dann nicht auf kürzestem Weg dorthin? Weshalb zeigt er mir das Bild, das ich sehen soll, nicht sofort?«

Marcia antwortete nicht gleich. »Marcia? Hören Sie mich?«

»Ich habe Sie verstanden. Ich hatte mich nur gefragt, was ich Ihnen antworten soll. Sehen Sie, das, was ich Ihnen nun sage, habe ich mir zurechtgelegt. Ich habe die Idee noch mit niemandem erörtert, und sie wird auch nicht durch irgendwelche Daten gestützt.«

»Schon gut. Spannen Sie mich nicht auf die Folter«, sagte Larry.

»Gut. Ich war noch am Überlegen. Ja, er wandert durch ein Bewußtsein. Aber wer sagt uns, daß es *sein* Bewußtsein ist?«

»Mein Gott. Das *Rad*.« Beunruhigt schaute Larry sich im Tunnel um und erwartete fast, eine Horde Charonier heranstürmen zu sehen.

»Wieso nicht? Das *Rad* ist zwar tot, aber es bestand überwiegend aus elektronischen Schaltkreisen und Speicherblöcken. Sie sind unverwüstlich. Die Schaltkreise und Pfade sind noch vorhanden; man muß sie nur anzapfen und interpretieren.«

»Warten Sie«, wandte Larry ein. »Dieser Tunnel sieht so aus, als ob Menschen ihn erschaffen hätten. Die Charonier arbeiten nicht mit Schildern und Leuchtzeichen.«

»Was Sie sehen, ist ein Element der erstarrten Erinnerung des toten *Rads*, wie es von Lucian wahrgenommen und interpretiert wird. *Sein* Bewußtsein erstellt Analogien und Interpretationen dessen, was wirklich vorhanden ist. Deshalb kann er Sie auch nicht direkt zu dem führen, was er Ihnen zeigen will. Er befindet sich im Speichersystem des *Rads;* und durch den Tod des *Rads* ist die Hälfte der Schaltkreise zerstört worden. Er versucht sich einen Weg zu bahnen und Sie dorthin zu führen.«

»Guter Gott. Das klingt sogar plausibel.« Larry erhob sich und zuckte zusammen, als das Exoskelett an der Schulter schabte. Eine Wanderung durch ein außerirdisches Bewußtsein... Ihm sträubten sich die Nackenhaare, und er verspürte den überwältigenden Drang, sich umzudrehen – als ob dort etwas lauerte. Plötzlich war die Müdigkeit verflogen. Er wechselte wieder auf den Kommunikationskanal. »Komm«, sagte er zu Lucian. »Bringen wir es hinter uns.«

Marcia MacDougal betrachtete die Videoaufzeichnung, wobei ihr fast die Augen zugefallen wären. Der Hauptbildschirm auf ihrem Computerterminal zeigte die Darstellungen, die an den rechten Monitor des VR-Systems übermittelt wurden. Er machte jede Bewegung von Larrys Kopf mit. Es war wichtig für sie, daß sie sah, was er sah, doch die Betrachtung fiel ihr nicht leicht. Selby, die an der Konsole neben Marcia saß, arbeitete auch unter erschwerten Bedingungen. Sie sah aus wie der leibhaftige Tod, und Tyrone Vespasian befand sich auch in keiner viel besseren Verfassung.

Larry stand auf, drehte sich um und folgte Lucian durch die Welt, die dieser in seiner Phantasie erschuf. Der Tunnel wurde transparent, erbebte, löste sich auf, und plötzlich gingen die beiden über die Mondoberfläche, wobei die Erde wie einst am Himmel stand. Larry mußte enorme Schwierigkeiten gehabt haben, mit den abrupten Szenenwechseln fertig zu werden. Es hatte den Anschein, daß sie sich durch Bilder bewegten, die Lucian wahllos aus seiner Vergangenheit aufrief.

»Ein verdammtes Chaos, nicht wahr?« fragte Selby.

Marcia nickte seufzend und rieb sich die Augen. Sie wußte nicht genau, welches Chaos Selby überhaupt meinte. Die Situation war an sich chaotisch. Sie lehnte sich zurück und betrachtete die Konfusion, die im Kontrollzentrum herrschte. Es war zum Lachen. Wenn hier etwas völlig fehlte, dann war es Kontrolle. Man hatte in einem Nebentunnel des *Rad*-Wegs eine Zeltblase erzeugt und sie mit allerlei Gerätschaften vollgestellt. Niemand hatte mehr den Überblick. Man hatte Lucian Dreyfuss' konservierten Körper als Laborratte benutzt – doch nun hatte die Laborratte die Regie des Experiments übernommen, und das Forschungspersonal wurde von ihr auf Trab gehalten. Zu viele Menschen und zu viele Geräte waren in einem zu kleinen Raum zusammengepfercht; die Konsolen, Computer und Simulatoren standen im Weg, die Experten, die von überall her angefordert worden waren und versuchten, sich einen Überblick über die Lage zu verschaffen und sich nützlich zu machen, traten sich gegenseitig auf die Füße. Am hilfreichsten wären sie gewesen, wenn sie angeboten hätten, wieder nach Hause zu gehen, doch Marcia wußte nicht, wie sie ihnen das höflich – oder überzeugend – beibringen sollte.

Man hatte Gehirnforscher herangezogen, Psychiater, EDV-Experten, Cybernetiker, Sachverständige für charonische Artefakte, Mediziner und Vertreter eines halben Dutzends anderer Disziplinen. Nur daß interdisziplinäre Experten fehlten, die diese Bereiche koordinierten. Noch. Vielleicht, wenn dieser Spuk vorbei war.

Für den Augenblick hätte Marcia die in diesem Raum konzentrierte geistige Kapazität gegen eine Person eingetauscht, die ihr fundierte, definitive Antworten auf folgende Fragen gegeben hätte: Was in aller Welt *tat* Lucian Dreyfuss? *Hatten* seine Handlungen einen Sinn, oder wanderte ein mental beschädigter Lucian bloß ziellos durch eine halluzinatorische, innerweltliche Landschaft und zwang Larry, ihm zu folgen?

Früher oder später – aller Voraussicht nach früher – würden sie Larry aus diesem Anzug befreien und ihm eine Pause gönnen müssen. Dann wäre Vespasian an der Reihe, sein Glück zu versuchen und Lucian für eine Weile Gesellschaft zu leisten.

Doch Marcia wußte, besser als jeder andere, wie fragil die Verbindung zu Lucian war und wie viele Variablen zu berücksichtigen waren. Niemand wußte genau über die Beschaffenheit der Verbindung Bescheid. Wenn Marcia recht hatte, war irgendwo auf der anderen Seite des Schaltkreises das menschliche VR-System indirekt mit dem Speichersystem des Mond-*Rads* verbunden, und Lucian Dreyfuss diente als Schnittstelle. Sie standen *so* kurz davor, in die *Erbe-Erinnerung* des Feindes einzubrechen. Sie war nicht bereit, irgendwelche Veränderungen vorzunehmen, die diese Verbindung unterbrechen würden, bevor sie dazu gezwungen wurde. Wenn das bedeutete, Larry bis an den Punkt der Erschöpfung zu treiben und darüber hinaus, dann mußte es eben sein.

Sie wandte sich wieder dem Computerterminal zu und sah, daß das Bild sich erneut veränderte – nein, nicht nur veränderte. Die Perspektive wurde eine völlig andere. Sie sah, wie Lucian Dreyfuss vom Mond aus zu den Sternen emporschaute – und sich dann in den Himmel erhob.

Sie blinzelte und sah noch einmal hin. Ja. Lucian wandelte durch den Himmel.

»Marcia – er hat gerade abgehoben!« ertönte Larrys Stimme im Kopfhörer.

»Folgen Sie ihm«, sagte sie. »Das ist die erste unorthodoxe Handlung seit dem Aufwachen. Es könnte wichtig sein. Er hat sich im Nebel aufgehalten, in Tunnels und war lebendig begraben. Vielleicht hatte er sich die ganze Zeit nach dem Himmel gesehnt. Er wollte uns etwas am Himmel zeigen.«

»Aber er bewegt sich auf keiner festen Grundlage.«

»Sie doch auch nicht«, sagte sie. »Sie haben sich die ganze Zeit in einer Illusion befunden. Glauben Sie etwa, Sie hätten die *richtige* Mondoberfläche unter den Füßen? Tun Sie so, als ob Sie eine Treppe hochgingen, wie er es tut. Er kontrolliert die Illusion. Wenn er glaubt, Sie bewegen sich aufwärts, dann bewegen Sie sich auch aufwärts. Folgen Sie ihm!«

»Ähem ... na gut.« Das Bild wackelte, während Larry übertrieben große Schritte nach oben machte. »Ich ... äh ... klettere«, sagte er. »Mein Gott, es funktioniert. Ich folge ihm nach oben. Mein Gott!«

Die Perspektive veränderte sich, als Larry zu Lucian aufschaute, der sich mehrere Meter über ihm befand. »Sehen Sie?« fragte er. »Er bewegt die Beine gar nicht mehr. Er fliegt einfach. Ich versuche es auch, um zu sehen, ob er glaubt, daß ich falle.«

Marcia schaute angespannt zu, und das Bild stabilisierte sich. Larry hatte die Beinarbeit eingestellt. Nein, er fiel nicht. Wie konnte Larry auch fallen, wenn er sich noch immer in der T.O.-Ausrüstung in der Kammer unter dem Durchgang befand? Eine Illusion war schon eine verwirrende Angelegenheit.

Aber egal. Aus welchem Grund auch immer, Lucian war nicht mehr darauf angewiesen, daß Larry Bewegungen vortäuschte, damit Lucian ihn mitnahm. Vielleicht hatte Lucian nun mehr Routine bei der Kontrolle seiner Umgebung – wenn man eine selbst erzeugte Illusion denn als Umgebung bezeichnen wollte.

Doch als sie sah, was Larry sah, vergaß sie diese Nebensächlichkeiten.

Die Sterne veränderten sich.

Sie veränderten ihre Position, konfigurierten sich neu, verschmolzen miteinander; manche wurden heller, manche schwächer. Etwas näherte sich und wurde dabei größer.

Eine Sphäre. Eine Dyson-Sphäre. Den Zwilling der Sphäre, die sie auf den Bildern des *Multisystems* gesehen hatten.

»O mein Gott«, sagte sie. »Wir sind drin. Lucian zeigt uns Bilder aus der *Erbe-Erinnerung.*«

»Bilder aus der *was?*« fragte Selby.

»Ich habe nicht die blasseste Ahnung«, sagte Marcia.

Plötzlich stand die Dyson-Sphäre groß im Bild, umgeben von einem Schwarm *Gefangener Sonnen* und *Gefangener Welten*. Ein geordnetes, großes Reich, dessen Sterne und Planeten fügsam um die Sphäre tanzten.

Dann erschien etwas in der Dunkelheit, raste aus einem Loch im Raum. Es entwickelte sich eine hektische Aktivität, die zu schnell ablief, um in ihren Einzelheiten vom menschlichen Auge erkannt zu werden. Eine Flut von Bildern und Symbolen lief über den Bildschirm, zu schnell, als daß man sie hätte identifizieren oder gar begreifen können. »Hoffen wir, daß die Aufnahmegeräte das bewältigen«, sagte Vespasian. »Konnten Sie damit etwas anfangen?«

»Nein«, sagte Marcia. Selby schüttelte nur den Kopf und betrachtete den Bildschirm.

Etwas bewegte sich vom äußeren *Multisystem* in Richtung Zentrum, ein pulsierender orangefarbener Lichtpunkt.

»Was ist *das?*« fragte Vespasian.

»Keine Ahnung«, sagte Selby. »Aber entweder ist es verdammt groß, oder es handelt sich um eine schematische, vergrößerte Darstellung.« Nun war Bewegung auf dem Bildschirm zu erkennen, als ein Schwarm von

Objekten auf den orangefarbenen Lichtpunkt zuhielt. »Wenn das Charonier sind, dann *muß* es sich um eine Vergrößerung handeln. Sie haben keine derart schnellen Objekte, die so viel größer sind als Asteroiden. Zumindest nicht nach unserem Wissen.«

Zuerst einzeln, dann in großen Schwärmen flogen die Charonier auf den Eindringling zu, rammten ihn – und wurden zerstört und pulverisiert. Der Eindringling nahm unaufhaltsam Kurs ins Innere des *Multisystems*, auf die Sphäre zu. Die Zahl der Verteidiger wurde immer größer, je näher der Eindringling der Sphäre kam, wobei jede Welle den Angriff verbissener vortrug. Dann wurde die Darstellung durch einen weiteren Schwall von unverständlichen Symbolen und Grafiken ersetzt, und schließlich erschien wieder das Bild des Eindringlings und der Sphäre.

»Was, zum Teufel, sehen wir da?« fragte Vespasian.

Marcia schüttelte den Kopf, ohne den Blick vom Bildschirm zu wenden. »Ich bin mir nicht sicher«, sagte sie, »aber es kommt mir bekannt vor. Ich habe so etwas schon einmal gesehen.«

»Wovon reden Sie überhaupt? Wie wollen Sie ...?«

»Psst. Ruhe. Ich will das sehen.«

Nun schlug der Eindringling Haken und flog im Zickzack-Kurs durch die Wolke der charonischen Verteidiger. Schließlich ließ er den letzten hinter sich und flog auf die Sphäre zu.

Dann kollidierte er mit der Sphäre, durchbrach sie und verschwand in ihr. Für einen Augenblick geschah scheinbar nichts – und dann brach der Eindringling, der Lichtpunkt, durch die andere Seite der Sphäre und verließ das *Multisystem*, wobei er einen zweiten Lichtpunkt mitzog.

»Das ist die Sequenz der *Zerschmetterten Sphäre!*« sagte Marcia. »Diese Bilder gleichen exakt denjenigen, welche die Sphäre im *Multisystem* der Erde ans Mond-

Rad übermittelt hat. Die Sendung, die wir abgefangen haben.«

Doch die Sache nahm einen anderen Ausgang als bei der Bildfolge der *Zerschmetterten Sphäre*. Die beiden Lichtpunkte verschwanden nämlich nicht aus dem Blickfeld. Diesmal blieben sie im Bild. Sie entfernten sich von der Sphäre und nahmen Kurs auf ein *Ring-und-Loch*-Modul an der Peripherie des Systems. Sie tauchten ins Loch ein – und verschwanden.

Doch selbst dann war die Sequenz noch nicht zu Ende. Vielmehr vollführte sie einen Schwenk zurück zur Sphäre: Die zuvor stetige Rotation hatte sich in ein haltloses Taumeln verwandelt. Offensichtlich war die Sphäre tot. Nun, da die Sphäre ihre Kontrollfunktion eingebüßt hatte, geriet das ganze System aus Sternen und Planeten aus den Fugen. Die Darstellung zeigte, wie die *Gefangenen Sonnen* in die Tiefe des interstellaren Raums abdrifteten.

Die Sterne passierten einander in geringen Abständen, und die Schwerefelder rissen Planeten aus den Orbits, schleuderten Welten in die Dunkelheit oder brachten Planeten auf einen Kollisionskurs mit *Gefangenen Sonnen* und mit anderen Welten.

Das System war zerstört.

Der Bildschirm wurde dunkel, und dann sprach Lucians Stimme zur Dunkelheit, zu Larry und zum Team im Kontrollraum. »Das ist es«, sagte er. »Schlafe nun müde. Sehr müde.« Und dann waren nur noch Dunkelheit und Stille.

Marcia aktivierte das Interkom. »Larry«, sagte sie. »Haben Sie das mitbekommen? Larry?«

Doch es kam keine Antwort. Sie versuchte es erneut. »Larry? Larry, melden Sie sich.« In plötzlicher Besorgnis verließ Marcia ihren Arbeitsplatz und rannte durch den mit gewundenen Kabelsträngen übersäten Korridor; Selby folgte ihr dichtauf. Sie liefen in die Kammer, wo die Techniker das Exoskelett des TeleOperators aufgebaut hatten.

Als sie dort ankamen, hatten die Techniker das Exoskelett bereits geöffnet. Sie holten ihn heraus. Seine Haut war kreidebleich, und der Körper hing schlaff in den Armen der Techniker. Für einen Sekundenbruchteil glaubte Marcia, er wäre tot, doch dann verzog er das Gesicht und hob den Arm. Die Techniker brachten ihn zu einer Liege auf der anderen Seite des Raums und legten ihn dort hin.

»Ich weiß nicht«, sagte der Chef-Techniker, bevor Marcia eine Frage stellen konnte. »Sieht so aus, als ob eine sensorische Überlastung vorläge. Wenn zuviel auf einmal auf das Gehirn eindringt, schaltet es einfach ab. Man verliert das Bewußtsein. Wenn das alles ist, wird er bald wieder in Ordnung sein.«

Doch dann stieß Larry ein leises Grunzen aus, drehte sich auf die Seite – und fing an zu schnarchen.

»Er ist nicht bewußtlos«, sagte Marcia. »Er schläft. Tief und fest.«

»Nun, dann wecken Sie ihn auf!« sagte Selby. »Fragen Sie ihn, was das alles zu bedeuten hat!«

»Nein«, sagte Marcia. »Lassen Sie ihn schlafen. Der arme Mann hat es sicher verdient.« Sie schaute auf ihn hinab und schüttelte den Kopf. Mein Gott, was hatte er durchgemacht. Und nicht nur heute, sondern in seinem ganzen Leben. Wenn ein Mensch sich je etwas Ruhe verdient hatte, dann war es Larry Chao. »Lassen Sie ihn schlafen«, wiederholte sie. Sie drehte sich zu Selby um. »Wenn er irgendwelche Antworten hat, werden wir eben darauf warten müssen, bis er aufwacht. Bis dahin haben wir weiß Gott genug Arbeit.«

Kapitel Achtzehn

In der Blechdose

»Bei all unseren Versuchen, das Verhalten der Charonier zu begreifen, besteht unser häufigster Fehler darin, daß wir vergessen, diese Kreaturen sind halblebendig. Diese Wesen haben eine *animalische* Komponente, die integraler Bestandteil der cybernetischen Synergismen mit der Bezeichnung ›Charonier‹ ist. Wir interpretieren die Charonier als Maschinen, als Computer, als Roboter, als Raumschiffe mit eigenem Antrieb und als automatisierte Terraformungs- und Baumaschinen. Das alles trifft auf die Charonier zu – doch ihr Erbe ist nur zur Hälfte mechanistisch.

Die maschinelle Komponente der Charonier definiert sich durch Logik, Befehle und Programmierung. Doch betrachten wir einmal die organische Komponente. Sie hat dieselben Grundbedürfnisse, die alle Tiere und Lebewesen haben. Angst, Freude, den Drang zur Fortpflanzung, den Herdentrieb, und welche deformierten und verkümmerten Instinkte sonst noch im *Lebenscode* von hundert Welten gespeichert sind. Wir stellen uns ein Kollektivbewußtsein vor, die Kontrollinstanz der Charonier, die ihren Willen durchsetzt, indem sie anderen Maschinen logische, rationale und grausame Befehle erteilt.

Das mag alles stimmen. Doch mit der gleichen Berechtigung könnte man sich einen nervösen Schäfer vorstellen, der versucht, eine furchtsame Schafherde in Sicherheit zu bringen – oder einen Jäger, der einem Rudel halbwilder Wolfshunde Befehle erteilt.«

– Dr. Ursula Gruber,
Spekulationen über den Feind, MFI-Verlag, 2430

Der Wächter *war einer von vielen. Hunderte seiner Art umkreisten diese Welt, und Tausende andere bewachten den Himmel über den anderen Planeten des* Multisystems. *Der* Wächter *stand weit unten in der charonischen Hierarchie, und sein Handlungsspielraum war stark eingeschränkt. Er hatte keine signifikante Kapazität für einen freien Willen. Im*

Grunde tat er nur das, was man ihm auftrug, und man hatte ihm aufgetragen, alle großen Körper aufzuspüren und zu zerstören, welche die Welt bedrohten, die er bewachte – ein Schutz, dessen diese Welt dringend bedurfte.

Aus unbekannten Gründen schien diese Welt überdurchschnittlich unter Weltraumschutt zu leiden – von dem ein Großteil vom Planeten selbst stammte. Wie das möglich war, wußte der Wächter *nicht, und es interessierte ihn auch nicht. Vielleicht waren die vom Planeten aufsteigenden Objekte die Brut von abtrünnigen* Brütern, *obwohl ihr Profil nicht mit dem der Abtrünnigen übereinstimmte. Doch solche komplexen Sachverhalte überstiegen seine mentale Kapazität und gingen ihn zudem nichts an. Er wußte nur, daß er alles vernichten mußte, was die von ihm bewachte Welt bedrohte.*

Doch der Wächter *war keine reine Maschine. Die organische Komponente machte zwar nur einen Bruchteil seiner Existenz aus, war aber deutlich präsent und verlieh dem* Wächter *in geringem Umfang Fähigkeiten, die man als Phantasie bezeichnen konnte, als abstraktes Denken.*

Diese Fähigkeiten gestatteten es dem Wächter, *Fehler zu erkennen und die Konsequenzen dieser Fehler abzuschätzen. Normalerweise waren die Konsequenzen nicht gravierend. Doch nun war das* Multisystem *in Bedrängnis. Über die Myriaden Kommunikationsverbindungen und -netze wurden Gefahrenmeldungen durchgegeben und Gerüchte verbreitet, die Angst schürten. Diese emotionale Grundströmung verstärkte sich selbst. Der* Wächter *wurde vorsichtiger, ängstlicher und gleichzeitig eifriger. Er bemühte sich, Irrtümern vorzubeugen oder sie vorherzusehen.*

Vielleicht hätte er den Orbit dieses *Objekts falsch eingeschätzt, die Variable übersehen, die* diesen *Körper zu einer Bahnänderung veranlassen würde und nicht erkannt, daß* diese *scheinbar passiven Objekte in Wirklichkeit abtrünnige* Brüter *waren, die jederzeit erwachen und eine noch unbestellte Welt verwüsten konnten.*

Da war es viel besser, hundert harmlose Felsbrocken an-

zugreifen und sie zu zertrümmern, als auch nur ein gefährliches Ziel durchzulassen.

Dennoch war die Kapazität immer begrenzt, es existierten unterschiedliche Grade der Bedrohung, und es bestand die Notwendigkeit, heute Ressourcen zu schonen, um für die morgigen Gefahren gerüstet zu sein. Außerdem war da noch der – wenn auch sekundäre – Aspekt der Sicherheit des Wächters. *Der Selbsterhaltungstrieb der* Wächter *war nicht sonderlich ausgeprägt – doch sie wußten sehr wohl, daß das* Multisystem *als Gesamtheit die Ressourcen schonen mußte. Der* Wächter *hätte sich liebend gern selbst geopfert – falls der Gewinn für das* Multisystem *den Verlust eines Vermögenswerts überwog.*

Der Wächter *konnte indes nicht* alle *potentiellen Gefahren von der ihm zum Schutz anvertrauten Welt abwehren. Schon gar nicht zu diesem Zeitpunkt. Nicht wenn so starke Aktivitäten herrschten und wenn es bald, sehr bald noch hektischer zugehen würde. Und doch … und doch … zwangen seine Vorgesetzten die* Wächter, *alle* Wächter *in immer höhere Bereitschaftszustände. Der* Wächter *befolgte natürlich die Befehle, doch er registrierte auch den Ton, die Stimmungslage, die Emotionen hinter einem Befehl. Angst, kreatürliche* Angst *schwang in den Befehlen von oben mit, und Angst ergriff auch vom* Wächter *Besitz, als er aufgefordert wurde, Energie zu sparen, die Ziele sorgfältig auszuwählen und sich für den größeren Kampf, der da kommen würde, zu wappnen.*

Vorrücken/die Stellung halten; auf der Hut sein/sich auf zukünftige Schlachten vorbereiten; alle potentiellen Feinde töten/keine Ressourcen vergeuden. *Die Widersprüche waren schier unerträglich.*

Der Wächter *sehnte sich nach besserer Führung – doch die Vorbereitungen für die Schlacht liefen auf allen Ebenen der Hierarchie, und jede Entität war in die Maßnahmen eingebunden, die das gesamte* Multisystem *für die nahende Krise traf.*

Er hatte einen Auftrag. Er konnte sich darauf konzentrieren und dort Halt finden.

Ein Ziel löste sich vom Planeten und schlug eine lange, gekrümmte Flugbahn ein, die es in Richtung der Singularität führen würde und zurück zum Planeten, wobei es ihm gefährlich nahe kommen würde. Es war gut möglich, daß es vom Kurs abkam und auf Kollisionskurs mit dem Planeten ging. Der Wächter *schwenkte herum und berechnete einen Abfangkurs. Er wandte dem Ziel die Breitseite zu und nahm mit maximaler Beschleunigung Fahrt auf.*

Binnen weniger Sekunden hatte der Wächter *eine ausreichende Geschwindigkeit erreicht, um das Objekt zu pulverisieren. Er flog mit konstanter Geschwindigkeit weiter, führte eine winzige Kurskorrektur durch und setzte zum Rammstoß an.*

Der Wächter *kollidierte mit dem Ziel, dessen Trümmer sich überall im Raum verteilten. Nun wies die Hülle des* Wächters *einen neuen Krater auf, wobei Metallteile und Kunststoff mit dem Material verschmolzen waren. Nach dem Zusammenstoß war der* Wächter *für ein paar Augenblicke etwas benommen, aber das war zu erwarten gewesen.*

Der Wächter *verringerte die Geschwindigkeit und ging in einen neuen Patrouillen-Orbit.*

Beobachten.

Beobachten.

Angst.

Raumhafen Kourou
Erde
DAS *MULTISYSTEM*

Wolf Bernhardt ging im Kontrollzentrum auf und ab. Er war erschöpft und kaum noch in der Lage, die Augen offenzuhalten; allerdings war er zu aufgedreht, um an Schlaf auch nur zu denken. Die Hälfte hatten sie geschafft. Die Hälfte. Die Hälfte der Frachter war unterwegs. Die Verlustziffern waren hoch – nicht so hoch wie befürchtet, aber auch nicht so niedrig wie erhofft.

Doch so weit, so gut.

»Bestätige Kollision von KERN P322 mit *Frachtschiff 47*«, meldete Joanne Beadle. »*FS47* zerstört.«

»Verlustmeldung?« fragte Wolf, wobei er sie nicht einmal ansah. Würden sie einen neuen Frachter hochschicken müssen, um den anderen zu ersetzen, wobei die Wahrscheinlichkeit, daß das neue Schiff zerstört würde, größer war als beim Frachter, der soeben zerstört worden war?

»Einen Augenblick. Äh … medizinische Vorräte, Sir. Aber das Schiff war redundant. Ein Pendant von *FS15*, das bereits am *NaPurHab* angedockt hat. Kein neuer Start erforderlich.«

»Das ist wenigstens etwas.« Doch was war mit dem Nachschub – und den Menschenleben –, deren Verlust er sich *nicht* leisten konnte?

Startrampe Acht
Raumhafen Kourou

»Wir haben grünes Licht«, drang die sanfte, künstliche Stimme aus dem Lautsprecher. »Start in einer Minute.« Das Rückhaltesystem war aktiviert, und Sianna war zur Bewegungslosigkeit verurteilt, nachdem die Airbags ausgelöst worden waren. Andernfalls wäre sie versucht gewesen, den verdammten Lautsprecher aus der Halterung zu reißen. Diese verdammte synthetische Stimme ging ihr auf die Nerven. Die verdammte Nachricht wurde jede halbe Minute durchgegeben; der Inhalt war immer gleich, nur die Zeit änderte sich. Auf den Bildschirm war eine Countdown-Uhr eingeblendet worden, deren große, grelle Ziffern zurückliefen. Sie wollte den Kopf abwenden, doch auch der Kopf wurde sanft, aber nachdrücklich von den Luftkissen fixiert. Bei einer hohen Beschleunigung hätte man sich sonst das Genick brechen können, und diese Möglichkeit wollten die Konstrukteure des *PerMods* von vornherein ausschließen.

»Wir haben grünes Licht«, wiederholte die Stimme. »Start in dreißig Sekunden.«

Sianna spürte den Schweiß am Körper und die Luftkissen, die sie festhielten. Ihr war warm. Sie konzentrierte sich darauf und versuchte, alle anderen Sorgen zu verdrängen. Wenn eine an Klaustrophobie leidende Person in einer Kiste eingesperrt und zur absoluten Bewegungslosigkeit verdammt war, genügte schon der Gedanke an diesen Umstand, besagte Person in den Wahnsinn zu treiben.

Wenigstens war es gleich vorbei. In dreißig Sekunden wäre sie unterwegs. Einen Moment. Vorbei? Mitnichten. Sie würde drei Tage in diesem Ding verbringen müssen.

Falls sie die drei Tage überlebte. Niemand hatte sie über die tatsächliche Verlustquote aufklären und ihr sagen wollen, wie groß die Überlebenschancen *wirklich* waren. Wie viele Frachter würden durchkommen? Neunundneunzig Prozent? Ein Prozent? Die Hälfte? Überhaupt kein Schiff? Und selbst wenn die Aussichten *nun* gut waren, erfolgte der Start nur aus dem Grund, weil man wußte, daß die Chancen sich dramatisch verschlechtern würden. Angenommen, sie hatten zu lange gewartet, und die K-KERNe und KERNe waren *nun* schon von der Verteidigung zum Angriff übergegangen?

Dennoch galt, je eher man die Lunte anzündete und sie hochschickte, desto früher würde sie die Maschine wieder verlassen. Raus. Guter Gott, *raus!* Es war nicht nur ein Wort, sondern die Bitte um Erlösung. Sie war erst seit zwei Stunden hier drin und schon halb *wahnsinnig*. Wie, zum Teufel, sollte sie dann drei *Tage* überstehen?

»Wir haben grünes Licht. Start in zwanzig Sekunden.« Dann trat eine Pause ein, und dann… »Wir haben grünes Licht. Start in zehn Sekunden. Neun. Acht. Sieben. Sechs. Fünf. Vier. Drei. Zwei. Eins. Null.«

Die Rakete schüttelte sich und jagte brüllend in den Himmel. Sianna wurde in die Polsterung gedrückt und erhielt einen brutalen Faustschlag in den Magen. Die enorme Beschleunigung war ebenso erschreckend wie erstaunlich. Wie war es möglich, daß etwas so schwer war? Wie war es möglich, daß *sie* so schwer war? Die Luft wurde ihr aus der Lunge gepreßt, und sie spürte, wie das Herz die Pumptätigkeit verstärkte. Und dann… und dann…

Und dann stand sie an der Schwelle zur Bewußtlosigkeit, die Erlösung von Angst und Schrecken verhieß. Sie überschritt diese Schwelle und verlor das Bewußtsein.

Joanne Beadle starrte auf den Bildschirm und versuchte sich zu erinnern, was für ein Gefühl es war, zu schlafen, wirklich zu schlafen. In den letzten Tagen hatte sie zwar hin und wieder ein Nickerchen gemacht, aber nicht richtig geschlafen, in einem Bett mit einem Kopfkissen und ohne daß sie für die nächsten acht Stunden gestört worden wäre.

Sie blinzelte, rieb sich die Augen und gähnte. Sieh auf die Bildschirme. Sieh auf die Bildschirme. Ignoriere Wolf Bernhardt. Er hielt sich hier auf, seit diese Colette vor vielen Stunden ins All geschossen worden war. Tu so, als ob er nicht hier wäre. Beobachte die Bildschirme und bete und frage dich, wann du das Wenige tun sollst, das du tun kannst. Die KERNe waren in der Regel viel zu schnell und zu wendig, als daß ein von

Menschen erbautes Raumschiff hätte hoffen dürfen, ihnen zu entkommen. Dennoch waren wenigstens *ein paar* Gegenmaßnahmen möglich. Bodengestütztes Radar schickte starke Störsignale ins All, und Frachtschiffe voller Täuschkörper standen bereit, den Feind auf Dutzende und Hunderte von Zielen anzusetzen – doch bislang waren sie noch nicht eingesetzt worden. Nicht, wenn der Feind dadurch die Möglichkeit erhielt zu reagieren.

Also beschäftigten Joanne zwei Fragen. Wann würde man die Gegenmaßnahmen treffen? Und würden sie auch funktionieren?

Das Bewußtsein der Sphäre – oder zumindest der Bruchteil, der zur Zeit nicht mit anderen Aufgaben beschäftigt war – betrachtete seinen Einflußbereich, im Bewußtsein, daß die Dinge schlecht standen. Gut, die Gefangenen Sonnen *bewegten sich noch immer auf ihren festen Umlaufbahnen, und die* Gefangenen Welten *waren noch immer grün und fruchtbar, bereit, als Basis für die* Große Zucht *zu dienen, die bald kommen würde.*

Doch welchen Nutzen hatten gesunde Gefangene Welten *für eine Sphäre, die ihrer Energieversorgung beraubt und deren Kommunikationsverbindungen unterbrochen waren? Wie sollte die* Zucht *auf einer kalten, toten Welt möglich sein, die von ihrer Sonne getrennt wurde, weil die stabilisierenden Strahlen aus Gravitationsenergie das System nicht mehr zusammenhielten?*

Die Sphäre war hinreichend vor dem Ausmaß der Gefahr gewarnt worden, die nicht nur für sie selbst bestand, sondern für alle Systeme ihres Clans, von denen sie entweder abstammte oder die von ihr abstammten. Falls es dem Widersacher gelang, dieses System zu erobern, würde er wieder Zugang zum myriadenfach verzweigten Konsortium der Sphären *gewinnen. Die Sphäre wußte, daß sie sich auf ihren Tod vorbereiten mußte, wobei sie selbst keinen Einfluß* auf die Dinge hatte, sondern sie geschehen lassen mußte. Ihr eigenes Wurzel-System, ihre Eltern, waren auf die gleiche Art gestorben, und alle hatten geglaubt, daß es damit zu Ende gewesen wäre. Doch nun – nun war der Widersacher wieder erwacht, wieder auf der Jagd, und all die Toten und Opfer und Verschleierungstaktiken waren umsonst gewesen.

Die Sphäre wußte, daß sie Vorbereitungen treffen mußte – doch selbst inmitten dieser Vorbereitungen wußte sie, daß alles vielleicht vergebens war. Zumal sie gar nicht in der Lage war, alle Vorbereitungen zu überblicken. Es gab zu viel zu tun, und die Sphäre konnte sich nur in eine bestimmte Anzahl von Einheiten zerlegen. Ab einer bestimmten Grenze wäre eine weitere Teilung gefährlich gewesen. Sie war gezwungen, ihre Untergebenen unter minimaler Aufsicht sich selbst zu überlassen.

Der Widersacher konnte aus einem Dutzend verschiedener Richtungen oder mehr zuschlagen und selbst die wirkungsvollste Verteidigung unterlaufen. Der Widersacher hatte keine Skrupel, einen großen oder sogar den größten Teil seiner Kräfte zu opfern, denn wenn auch nur eine seiner Komponenten durchkam, war der Kampf vorbei.

Deshalb mußte die Sphäre sich überall auf jede mögliche Taktik des Widersachers vorbereiten – wobei sie indes wußte, daß das eine Unmöglichkeit war. Sie verfügte einfach nicht über die Energie, die Ressourcen und die Streitmacht, um alle potentiellen Schlachtfelder zu sichern.

Aber sie mußte es versuchen. Alle anderen Überlegungen mußten hinter die Überlebensfrage zurücktreten.

Die Sphäre konzentrierte sich wieder auf die Frage der Verteidigungsstrategie. Bis zum Angriff hätte sie vielleicht noch Jahre Zeit. Vielleicht auch nur Millisekunden. Wann auch immer er erfolgte, das Multisystem würde sich in dem Bereitschaftszustand befinden, den die Sphäre herzustellen vermochte.

PerMod **Drei**
An Bord des *Frachtschiffs 108*
Leerraum, unterwegs zum *NaPurHab*
DAS *MULTISYSTEM*

Raus. Raus. RAUS! Sianna wurde sich bewußt, daß sie gegen den Deckel des *PerMods* hämmerte und sich schier die Lunge aus dem Leib schrie. Laß das sein. Aufhören. Wie lang machte sie das schon? Sie erinnerte sich nicht, wann sie aufgewacht war, wann das Rückhaltesystem sie freigegeben hatte. Seit wann schrie sie schon? Wie lang war sie bewußtlos gewesen?

Erneut überfiel sie ein Gefühl der Benommenheit, und sie schloß die Augen; das machte es aber nur noch schlimmer, und ihr wurde ganz schwindlig.

Sie öffnete die Augen und starrte auf den dunklen Monitor. Nur mit der Ruhe. Tief durchatmen. Noch mal. Ruhig. Ruhig. Sie öffnete die Fäuste und faltete die Hände auf dem Bauch. Ruhig. Ruhig. Sie wischte sich den Schweiß vom Gesicht und fuhr sich durch das Haar. Sie spürte, daß die Frisur total ruiniert war, aber daran konnte sie nun nicht viel ändern.

Ruhig. Ruhig. Es konnte ihr hier nichts passieren. Das war schließlich Sinn und Zweck eines *PerMods*. Eine Kiste für die sichere Aufbewahrung einer Person.

Sie war in Ordnung. Alles war gut.

Eine Pille. Eine Schlaftablette. Wenn sie eine nahm, würde sie einschlafen und müßte keine Angst mehr haben. Sie streckte die Hand nach der Klappe mit dem roten Kreuz aus – doch dann hielt sie inne. Nein. Noch nicht. Vielleicht überhaupt nicht. Schließlich befand sie sich auf einer Reise ins Unbekannte. Sie würde noch mit viel schrecklicheren Dingen konfrontiert werden als mit dem befristeten Aufenthalt in einer Kiste.

Sie würde sich diesen Gefahren *stellen* müssen, anstatt sie zu verschlafen. Nein. Keine Pille.

Der Wächter *beobachtete seinen Raumsektor und versuchte, seinen Radarsinn noch etwas zu verstärken, den dunklen Raum noch etwas tiefer zu durchdringen. Die Aufgabe wurde weder dadurch erleichtert, daß seine* Wächter-*Kameraden das gleiche taten, noch durch den Umstand, daß der Raum mit den seltsamen Trümmern angefüllt zu sein schien, die vom Planeten hochgeschleudert wurden, den er beschützte. Die Trümmerdichte nahm ständig zu.*

Woher kamen sie? Was hatte das alles zu bedeuten? Handelte es sich vielleicht um eine unbekannte Gefahr? Vielleicht um einen Plan des Widersachers? *Die Brut eines defekten abtrünnigen* Brüters, *der auf dem Planeten gelandet war und ohne Genehmigung der Sphäre brütete?* Der Wächter *kämpfte gegen die in ihm aufsteigende Furcht an, denn er wußte genau, daß sein Urteilsvermögen durch solch eine panische Reaktion vielleicht beeinträchtigt wurde.*

Doch keine Ansprache, kein beruhigendes Wort kam von oben, um den Wächter *zu beruhigen. Niemand sagte ihm, was er zu tun habe. Wie sollte er ohne Anweisungen seinen Auftrag richtig ausführen?*

Sicher war es besser, etwas zu tun, irgend etwas zu tun, als gar nichts zu tun. Dort! Da war ein Ziel. Es stellte zur Zeit zwar keine Bedrohung dar, doch der Raum war voller Ziele, die manövrierten, die Orbits *wechselten und sich neu ausrichteten. Dieses hier war vielleicht gefährlich! Es war vielleicht ein Spionageschiff, angefüllt mit den Agenten des* Widersachers.

Angriff. Der Wächter *war sich bewußt, daß er angreifen mußte. Er justierte das Radar neu und richtete den Hauptstrahl auf das Ziel. Dann änderte er den Kurs und bereitete sich auf die Vernichtung vor.*

Raumhafen Kourou
Erde

Joanne Beadle stand von der Konsole auf und streckte sich. Irgendwann in der Nacht war es im Operationszentrum ruhig geworden, und die zuvor angespannte Stimmung war so etwas wie einer ruhigen Erwartung gewichen. Joanne sah sich im großen, halb verdunkelten Raum um. Etliche Konsolen waren nun verlassen, Leute zogen sich zu einem Nickerchen zurück, Operatoren baten Freunde, ein Auge auf ihre Instrumente zu haben, während sie sich einen genehmigten oder schnell etwas aßen.

Joanne Beadle hatte große graue Augen und dunkelbraunes Haar, das mit ihrem blassen Teint kontrastierte. Sie war eine vorsichtige Person, langsam und bedächtig, die aber schnell reagierte, wenn sie sich einer Sache sicher war. Sie war stolz darauf, schnell zu lernen und das Gelernte auch zu behalten – und in ihrem Beruf mußte sie beides auch beherrschen. Der Direktor des Raumhafens hatte sie nämlich für die Dauer seines Besuchs zu Bernhardts technischer Beraterin ernannt, und zwar von dem Zeitpunkt an, als Bernhardt auf dem Raumhafen eintraf. Man erwartete von ihr, all seine Fragen bezüglich der Operation, den Charoniern, dem *Mondpunkt-Ring* und den K-KERNen zu beantworten. Sie hatte sich in kurzer Zeit ein umfangreiches Wissen aneignen müssen. Bisher hatte sie sich gut gehalten, aber eine Pause kam ihr nun ganz gelegen.

Joanne blickte über die Schulter. Dr. Wolf Bernhardt schlief auf einer alten Couch in der Ecke. Die Stellung, die er eingenommen hatte, wirkte so unnatürlich, daß sie unmöglich bequem sein konnte, und sogar im Schlaf wirkte er abgespannt und erschöpft. Dieser Moment war Gegenstand eines alten Zitats – die Schwelle zwischen Nacht und Tag, kurz vor Morgengrauen, wo alles Leben erstarrt schien. Ein Gefühl der Zeitlosigkeit überkam sie, als ob dieser Moment nie enden würde. Zwielicht, eine fast völlige Stille, ein nicht enden wollender Strom von Frachtschiffen, die von der Erde starteten – und von denen manche das *NaPurHab* erreichen und manche zerstört werden würden.

Die anfängliche panische Improvisation bei der Organisation des Nachschubs fürs *NaPurHab* war steter Routine gewichen. Allerdings hatten die Charonier fast alle Trümpfe in der Hand, und wenn die Schiffe erst einmal gestartet waren, hatte die Bodenkontrolle kaum noch Handlungsspielraum.

Doch hier und da klaffte ein Loch im Überwachungssystem, so daß man ein Raumschiff auf einen anderen, sicheren Kurs bringen konnte. Es bestand die Möglichkeit, das charonische Radar zu täuschen. Natürlich geschah es öfter, daß sie ein weiteres Schiff abschreiben und entscheiden mußten, ob es notwendig – oder möglich – war, ein Ersatzschiff zu schicken.

Joanne streckte sich wieder, machte ein paar Schritte, um die verspannten Gliedmaßen zu lockern, und setzte sich wieder hin. Alles war unverändert...

Der Alarm schrillte, und Joanne war plötzlich hellwach. Reflexartig schaltete sie den akustischen Alarm aus, während sie mit der anderen Hand einen Bildschirmausschnitt vergrößerte.

Sie starrte für eine halbe Minute auf den Bildschirm, bis sie endlich wußte, was los war – und wünschte sich sofort, sie hätte es nicht gewußt. Sie fröstelte innerlich. Sakalov. Der alte Mann, der nette alte Mann, der niemandem etwas getan hatte. Er war in diesem Träger.

Bernhardt. Sie mußte Bernhardt wecken. Für einen Augenblick spielte sie mit dem Gedanken, ihn schlafen zu lassen. Es gab keinen *logischen* Grund, ihn zu wecken. Er konnte es ohnehin nicht verhindern, und das Wissen allein half ihm auch nicht weiter. Würde er wirklich den Tod seines alten Freunds miterleben wollen, des Mannes, den *er* weggeschickt hatte – des Mannes, den er getötet hatte? Ja, er würde es ihr verübeln, daß sie ihn nicht geweckt hatte – doch immerhin würde er nicht für den Rest seines Lebens das Bild des sterbenden Freunds vor Augen haben.

Doch dann dämmerte ihr, daß Wolf Bernhardt *gerade* aus dem Grund hiergeblieben war, um seine Freunde sterben zu sehen, falls es dazu kam. Er war hier, um sich den Konsequenzen seiner Handlungen zu stellen.

Sie ging zu ihm hinüber, streckte zögernd den Arm aus und rüttelte ihn an der Schulter. »Sir. Sir. KERN 326 nimmt Kurs auf *Frachtschiff 43* auf – Sakalovs *Per-Mod* ist…«

Bernhardt riß die Augen auf, erhob sich von der Couch, rannte zum Bildschirm und schlug auf die Touchpads, um die gesamten Daten von KERN 326 abzufragen. Er starrte mit ausdruckslosem Gesicht auf den Bildschirm, so ruhig und nachdenklich, wie er vielleicht den Etatentwurf fürs nächste Quartal studierte. Mit einem Tastendruck wechselte er auf einen anderen Kanal.

»Gegenmaßnahmen«, ertönte die Stimme eines Manns.

»Gegenmaßnahmen, hier ist Bernhardt«, sagte Bernhardt mit ruhiger Stimme. »Geben Sie mir den Status von *FS43*. KERN 326 nimmt Kurs auf das Schiff, und *FS43* hat einen Passagier an Bord. Wo bleibt unsere Antwort?«

»Wir antworten bereits, Sir. Es befindet sich eine ganze Palette von Täuschkörpern an Bord von *FS43*. Wir schleusen sie nun aus. Aber *FS43* ist bereits über zweihunderttausend Kilometer von der Erde entfernt. Die relativistische Verzögerung…«

»Verdammt, sehen Sie zu, daß keine anderen Verzögerungen auftreten!« sagte Wolf barsch. Das war der erste Riß im Panzer, das erste Anzeichen von Emotion.

»Äh … jawohl, Sir. Aber es dauert eine Weile, bis die Gegenmaßnahmen wirksam werden. Die Täuschkörper müßten in ungefähr fünfzehn Sekunden ausgestoßen werden.«

»Bleiben Sie dran, Gegenmaßnahmen.« Wolf tippte auf ein Touchpad und schaltete das Mikro aus. »Beadle. Sagen Sie mir, wie die Gegenmaßnahmen für dieses Schiff aussehen. Was wird geschehen? Was werden wir zu sehen bekommen?«

»Nun, Sir, wir fangen mit Düppel-Bomben an.«

»Düppel-Bomben? Was sind Düppel-Bomben?«

»Bei Düppel handelt es sich um schmale Streifen aus aluminiumbeschichtetem Kunststoff mit einer hohen Radar-Rückstrahlwirkung. Das Schiff wirft die Bomben ab, sie explodieren vor dem Frachter und erzeugen eine Wolke aus Düppeln. Das blendet das Radar des KERNs. Dann feuert das Schiff eine Anzahl von Täuschkörpern ab, die das Radarsignal des Schiffs imitieren. Während der KERN geblendet ist, führen die Täuschkörper und das Frachtschiff Manöver durch. Die Täuschkörper versuchen, die Aufmerksamkeit des KERNs vom Schiff auf sich zu lenken.«

»Und das funktioniert? Dadurch wird das Schiff geschützt?«

Joanne schaute Wolf Bernhardt in die Augen, wobei sie sich bewußt war, daß ihr Gesichtsausdruck ihm eine unbefriedigende Antwort gab. Für einen Sekundenbruchteil ließ sie die Maske fallen. Die ganze Angst, der Stress, die Schuld schienen durch. Dann verschwand der Anflug von Emotion genauso schnell, wie er erschienen war. »Wir wissen es nicht, Sir«, sagte sie. »In der Theorie müßte es funktionieren. In der Praxis ist es fraglich. Wir haben das System in aller Eile zusammengeschustert – und die KERNe sind schnell und stark. Meiner Einschätzung nach …«

»Ja? Ja? Ihrer Einschätzung nach wird *was* geschehen?«

»Werden die KERNe die Täuschkörper *und* das Schiff vernichten, bevor es sich in Sicherheit gebracht hat. Selbst wenn das Schiff beim erstenmal entkommt, wird nichts den KERN davon abhalten, einen zweiten Angriff zu fliegen.«

Die Maske verrutschte erneut, doch diesmal fiel sie nicht. »Danke, Beadle. Ich weiß Ihre Offenheit zu würdigen. Hoffen wir, daß Sie sich irren.«

An Bord von *FS43*
Leerraum

Juri Sakalov erwachte aus einem unruhigen Schlaf. Ein Geräusch, eine von der Schiffshülle übertragene Vibration hatte ihn geweckt. Da war es wieder, ein dumpfer, weit entfernter Stoß. War etwas aus dem Schiff ausgestoßen und in den Raum geschleudert worden? Was, zum Teufel, war …

Dann ertönte ein Alarm, und eine mechanische Stimme drang plärrend aus dem Lautsprecher. ›ACHTUNG. ACHTUNG. BESCHLEUNIGUNGSWARNUNG. RÜCKHALTESYSTEM WIRD AKTIVIERT. LEGEN SIE ARME UND BEINE IN DIE VERTIEFUNGEN.‹

Es dauerte einen Moment, bis Sakalov sich erinnerte. Damit sollte verhindert werden, daß die Arme von den Airbags an den Körper gepreßt wurden: Die Nackenstütze wurde aufgeblasen und zwang ihn, den Kopf gerade zu halten.

Er spürte eine weitere Vibration und vernahm ein

scharfes, zischendes Geräusch. *Die Steuerdüsen*, sagte er sich. Der Kopf wurde in die Polsterung gedrückt, und ein etwas geringerer Druck wirkte auf die Füße. *Die hintere Backbord- und die vordere Steuerbord-Düse*, sagte er sich. *Das Schiff wurde in eine Rotation um die Hochachse versetzt*. Dann brach das zischende Geräusch ab, und der Druck verringerte sich. Was sollte der Terz? Nur um einmal Schub auf die Düsen zu geben. Es wäre gar nicht nötig gewesen, die …

Doch dann erwachten brüllend die Haupttriebwerke zum Leben und preßten ihn mit unwiderstehlicher Gewalt in die Polsterung. Sakalov keuchte, als ihm die Luft aus der Lunge gepreßt wurde. Das mußten mindestens acht Ge sein. Weshalb, in aller Welt, wurde das Schiff so schnell beschleunigt? Erst nach einem Moment erkannte er, daß die zweite Zündung der Steuerdüsen gar nicht erfolgt war, um die Rotation, die durch die erste Zündung verursacht worden war, auszugleichen. Was bedeutete, daß das Schiff noch immer um die Querachse rotierte. Doch wenn die Triebwerke feuerten, ohne daß alle drei Achsen des Schiffs stabilisiert waren, hieß das, daß es durch den Himmel taumelte. Welchen Grund mochte es für solch ein verrücktes Manöver geben?

Und dann wußte er es. Er wußte es. Und in diesem Moment, wo die Triebwerke brüllten und die Beschleunigung ihn in die Polsterung drückte, fand Juri Sakalov plötzlich den inneren Frieden.

Ruhe. Es überkam ihn eine tiefe Ruhe, die ihn selbst erstaunte.

Und dann verstand er. Es war die *Gewißheit*. Zum erstenmal, seit die Charonier erschienen und aus unerfindlichen Gründen die Erde gestohlen hatten, herrschten wieder Sicherheit und Klarheit in seinem Leben. Und das war ein großer Trost. Auch wenn es sich um die Gewißheit handelte, daß er sterben würde.

Plötzlich wurde der Radar-Sinn des Wächters *von einer gleißenden Wolke geblendet, direkt vor ihm, unmittelbar vor dem Ziel. Das Ziel selbst tauchte in dieser leuchtenden Masse unter, die sich zur vielfachen Größe des* Wächters *aufblähte. Für einen kurzen Moment verspürte der* Wächter *Angst; er glaubte, die Wolke wäre so massiv, wie sie aussah, und befürchtete, er würde mit ihr zusammenstoßen, zerstört werden und einen sinnlosen Tod sterben, ohne etwas geleistet zu haben. Er verzögerte mit Höchstwerten und bereitete sich auf ein Ausweichmanöver vor.*

Doch die Wolke expandierte weiter und löste sich schließlich auf. Der Radar-Sinn des Wächters *kehrte zurück, wobei er quasi auf die Wolke schielte, um sie besser zu sehen. Sie war nichts als eine leuchtende Illusion, Millionen Fragmente mit geringer Masse aus einem reflektierenden Material. Die Wolke war harmlos. Doch das Ziel, der Gegner, war in dieser Wolke verborgen – und diese Täuschung ließ keinen Zweifel daran, daß das Ziel vom* Widersacher *kontrolliert wurde. Es mußte um jeden Preis vernichtet werden. Der* Wächter *beschleunigte wieder und nahm Kurs auf den Mittelpunkt der Wolke und den voraussichtlichen Pfad des Ziels.*

Der Wächter *bereitete sich auf den Zusammenstoß mit der Hülle der Wolke vor, doch die Einschläge waren kaum spürbar. Mit einem Gefühl des Triumphs jagte der* Wächter *durch die Wolke und durchstieß die Rückseite …*

… um sieben Ziele zu finden, deren Radarechos identisch waren mit dem ursprünglichen Ziel und die sich alle in unterschiedliche Richtungen bewegten. Hatte der Feind sich irgendwie dupliziert? Reproduziert? Oder handelte es sich um eine weitere Illusion, eine neue Täuschung?

Egal. Wenn es plötzlich sieben feindliche Ziele gab, dann mußte der Wächter *eben alle sieben zerstören. Alle beschleunigten, doch keiner von ihnen erreichte auch nur ein Zehntel der durchschnittlichen Beschleunigung des* Wächters.

Der Wächter *nahm das erste Ziel aufs Korn. Er beschleunigte, richtete den Radar-Sinn auf das Ziel und bereitete sich auf den Zusammenprall mit einem Objekt vor, das so groß war, um ein derart starkes Radarecho zu erzeugen.*

Doch dann, im letzten Moment, unmittelbar vor dem Zusammenstoß, wechselte er in einen empfindlicheren Meßbereich und erkannte die erstaunliche Wahrheit – das Ziel war ein kleines Objekt, das irgendwie das Radarecho des eigentlichen, großen Ziels imitierte. Ein Täuschkörper. Der Widersacher *war schon ein schlauer Fuchs.*

Er rammte den Täuschkörper, wobei er den Zusammenstoß nur als Ruck, als Zittern wahrnahm.

Aber jetzt. Nun hatte er die Tricks des Widersachers *durchschaut. Es gab minimale Unterschiede zwischen dem vom Täuschkörper imitierten Echo und dem Echo des eigentlichen Ziels. Nun wußte der* Wächter *genug, um sie auseinanderzuhalten, sogar auf größere Distanz.*

Er überprüfte die restlichen Ziele, ignorierte die Täuschkörper und peilte den wirklichen Agenten des Widersachers *an.*

Raumhafen Kourou
Erde

»Hol's der Teufel«, murmelte Bernhardt, doch Joanne hörte ihn kaum. Sie starrte auf dasselbe Bild wie er, dasselbe Bild, das auf fast allen Monitoren im Kontrollraum abgebildet wurde. Der rote Punkt war KERN 326, der direkt Kurs auf Sakalovs Schiff nahm und die als Sperriegel dienenden Täuschkörper ignorierte.

»Das Ding lernt mir etwas zu schnell«, sagte Bernhardt resigniert. Er zog einen Stuhl unter der Konsole hervor und ließ sich darauf fallen. Er legte die Arme auf die Tischplatte und starrte kopfschüttelnd auf den Bildschirm. »Viel zu schnell.«

Der Wächter *verstärkte den Radar-Sinn auf maximale Leistung und bündelte den Strahl so eng wie möglich. Ja. Dies war das wirkliche Ziel, dasjenige, das der* Widersacher *durch seine Tricks abschirmen und tarnen wollte. Das Ziel bewegte sich auf einer komplexen Bahn, doch der* Wächter *war viel wendiger und schneller. Er würde den Feind in wenigen Sekunden eingeholt haben. Im Blutrausch erhöhte er die Geschwindigkeit.*

An Bord von *FS43*
Leerraum

Erneut feuerten die Steuerdüsen des Frachtschiffs, obwohl die Haupttriebwerke schon mit maximaler Leistung arbeiteten. Dr. Juri Alexandrowitsch Sakalovs müder, alter Körper rasselte wie eine Erbse in einer Dose, trotz aller Bemühungen des Rückhaltesystems. Aber das spielte keine Rolle. Wenn er überlebte, hätte er am ganzen Körper blaue Flecken. Aber er würde nicht überleben. Wenn er von einer Sache etwas verstand, dann vom Verhalten und den Fähigkeiten der Nahorbit-Radiostrahler. Und wenn ein KERN ein Schiff aufs Korn genommen hatte, würde er es auch zur Strecke bringen.

Inmitten des tobenden Chaos versuchte Juri Sakalov sein Leben Revue passieren zu lassen. Es gab vieles, das er bedauerte. Dinge, die er getan hatte und nicht getan hatte, Frauen, die er hätte lieben sollen, Fehler, die er nicht hätte machen sollen. Und doch. Und doch.

Gleich würde er sterben. Und das hatte sicher einen tieferen Sinn.

Plötzlich ging ein Ruck durchs Schiff, die Triebwerke setzten für ein paar Sekunden aus und feuerten dann wieder. Sakalov runzelte die Stirn. Was sollte diese

Kurbelei? Das gewährte ihnen allenfalls einen Aufschub von ein paar Sekunden.

Gleich wäre es soweit. Er wußte, es würde so schnell gehen, daß er es überhaupt nicht merkte. Der viele Megatonnen schwere KERN würde mit einer höheren Geschwindigkeit als eine Kugel einschlagen. Er würde nicht einmal Schmerz empfinden, wenn er ...

Der Wächter *rammte das Ziel, wobei er diesmal fast einen anderen, unvorhergesehenen Aufprall erwartete. Doch diesmal traf der* Wächter *eine große Masse, die sich mit hoher Geschwindigkeit bewegte. Das war natürlich nicht genug, um den* Wächter *zu töten oder ihn auch nur ernsthaft zu beschädigen, doch war die Kollision immerhin so stark, daß er betäubt wurde und vom Kurs abkam.*

Gewaltige Explosionen zerrissen das Ziel und hüllten den Wächter *in eine Druckwelle aus Splittern, Gas, Hitze und Licht, die sich fast sofort wieder auflöste. Trümmer in allen Größen und aus unterschiedlichen Materialien wirbelten durchs All.*

Wo sich eben noch zwei große Körper durch den Weltraum bewegt hatten, existierte plötzlich nur noch einer, eingehüllt in eine Trümmerwolke.

Obwohl er noch immer desorientiert war durch den Zusammenstoß, war der Wächter *zufrieden mit sich.*

Er hatte einen Agenten des Widersachers *vernichtet.*

Zumindest glaubte er das.

Kapitel Neunzehn

Gefühle eines KERNs

»Gerald MacDougal und ich hatten heute abend wieder eine Auseinandersetzung über die Natur der Charonier. (Welches vergleichbare Thema sollte man auch sonst so engagiert diskutieren. Schließlich muß man den Feind kennen und so weiter.) Gerald sagt, wir müßten uns davor hüten, die Charonier als Individuen zu betrachten. Man sollte die KERNe, *Singularitäten-Ringe, Träger-Drohnen* und andere Formen eher als unterschiedliche Kasten von Bienen oder Ameisen betrachten denn als unterschiedliche Spezies. Manche Theoretiker am MFI behaupten gar, die Charonier seien noch weniger individualistisch als Ameisen.

Ich bin mir da nicht so sicher. Ich habe Jahre mit der Beobachtung verschiedener Charonier verbracht und bin zu dem Schluß gekommen, daß sie doch eine etwas ausgeprägtere Individualität besitzen – eine größere Persönlichkeit – als ein Ameisenhaufen.

Versteht sich, daß Gerald seine eigenen Theorien hat. Er sagt, die Charonier würden nicht einmal den *Begriff* des Individuums kennen, doch das würde sie nicht daran hindern, Individuen *zu sein*. Er sagt, es sei ein Fehler, einen *Gegensatz* zwischen dem Begriff des Individuums und dem Begriff der Gruppe zu konstruieren. Ich führte aus, daß eine Person sich sowohl in qualitativer als auch in quantitativer Hinsicht von einer Gruppe von Menschen unterscheidet und daß es eine gesicherte Erkenntnis sei, wonach das Gruppenverhalten der Menschen sich fundamental vom individuellen Verhalten unterscheidet.

Er sagte, daß ein Mitglied einer gegebenen Gruppe sich in die Gruppe einfügen und *sich dennoch als Individuum verhalten* könne. Fünftausend Leute gehen auf einer Straße nach Norden, und fünftausend gehen nach Süden, wobei es allen mehr oder weniger gelingt, Platz zu machen und auszuweichen, so daß alle in Bewegung bleiben. Und dennoch betrachtet jeder dieser zehntausend kooperativen Menschen sich als Einzelperson, die ihrem eigenen Geschäft nachgeht.

Zumal die Kooperation auch nicht perfekt ist. Menschen rempeln sich gegenseitig an, es kommt zu Auseinandersetzungen, wenn zu viele Leute zur selben Zeit durch dieselbe Tür wollen. Es kommt zu Streitigkeiten innerhalb der Gruppe.

Doch auch die Zellen im menschlichen Körper kooperieren miteinander und stehen gleichzeitig im Wettbewerb. Manchmal verfolgen sie widersprüchliche Ziele. Manchmal greifen sie sich sogar an. *Das* ist gewiß individuelles Verhalten. Doch ist die Zelle sich dessen auch bewußt?

Nach einem Gespräch mit Gerald stelle ich immer Annahmen in Frage, die ich nie hatte. In gewisser Weise ist es eine Schande, daß er nie ein Seminar belegt hat. Er hätte den Dozenten Kopfschmerzen bereitet.

Gruppen und Individuen. Noch eine dieser verdammten Dichotomien, die völlig klar scheinen, bis man sich die Grauzone betrachtet. Wissen meine Zellen, daß sie einen menschlichen Körper bilden? Und wenn sie es wissen, interessiert es sie?

Vielleicht sind die Charonier keine Gruppe, sondern eine Milliarde Individuen, die über ein Bewußtsein verfügen und es nur nicht wissen. Oder vielleicht ist die Menschheit auch ein Kollektivwesen, ein Kollektivbewußtsein, dessen Einheiten sich des kollektiven Bewußtseins nur nicht bewußt sind.«

– Dianne Steiger, Kapitän der *Terra Nova*,
Eintrag ins persönliche Logbuch, 23. April 2431

PerMod Drei
Leerraum

Sianna Colette öffnete die Augen und erwachte aus einer traum- und schlaflosen Bewußtlosigkeit. Die Hände schmerzten noch immer. Sie betrachtete die Handflächen und die tiefen roten Furchen, wo die Fingernägel in die Hand geschnitten hatten. Die Wunden waren aber nun verschorft. Hatte sie sich das wirklich zugefügt? Sie hatte sich auch auf die Lippe gebissen. Sie spürte ein Brennen, als sie sich die Lippen leckte.

Wenigstens blutete sie nicht mehr. Das Innere des

PerMods und ihre Kleidung waren mit winzigen Blutstropfen bespritzt. Das Gesicht mußte schrecklich aussehen.

Sie schüttelte den Kopf, versuchte einen klaren Gedanken zu fassen und rieb sich mit der blutverschmierten Hand das Gesicht. Wie lang war es her? Es kam ihr so vor, als ob sie sich schon seit Wochen hier drin befände, aber das war unmöglich. Das Lebenserhaltungssystem hätte sie nicht so lange am Leben erhalten – es sei denn, man hatte sie belogen. Vielleicht hatte man ein Versorgungsmodul an das *PerMod* angehängt, nachdem sie eingestiegen war. Aber weshalb? Weshalb sollte sie sich so lange im Weltraum aufhalten? Ein geheimer Plan, sie zu einem noch schlimmeren Ort als dem *NaPurHab* zu schicken? Vielleicht hatte man das Schiff auch umgeleitet, und sie flog nun geradewegs der *Terra Nova* entgegen.

Nein, sagte sie sich. Klaustrophobie war schon schlimm genug. Da mußte sie nicht auch noch eine Paranoia entwickeln. Nein. Die Zeitanzeige mußte stimmen, und es waren erst zwei Tage vergangen. Hatte sie Fieber? Sie legte die Hand auf die Stirn. Die Stirn *war* heiß, und sie hatte einen trockenen Mund, aber genau wußte sie es nicht.

Sie hatte das Gefühl, sich von einem Fieber zu erholen, und wähnte sich in der Phase des Genesungsprozesses, wo man wußte, daß man über den Berg war, wo die Krankheit ausklang und wo man wieder zu Kräften kam.

Sie hatte das *PerMod* mehr oder weniger unbeschadet überstanden. So schrecklich es auch war, sie hatte erkannt, daß sie in dieser verdammten Kiste überleben konnte. Vielleicht mußte man sich nur für ein paar Tage einsargen lassen, um von Klaustrophobie kuriert zu werden. Die Heilmethode würde natürlich nie *populär* werden, und sie genoß sie auch nicht gerade, aber die Angst war jedenfalls verschwunden. Sie wollte schon hier raus. Doch zumindest waren die Anflüge irrationaler Panik vergangen. Nach diesem Ausflug würde sie keine Bedenken mehr haben, den Aufzug im MFI zu betreten.

Nur daß sie nie mehr die Gelegenheit dazu bekommen würde. Sie würde nicht zurückkehren.

Sianna blinzelte, schluckte schwer und zwang sich, die Tatsachen zu akzeptieren. Sie würde nie mehr zur Erde zurückkehren. Nicht bei den KERNen und K-KERNen und welche Weltraum-Ungeheuer die Charonier sonst noch aufboten.

Solange es der Menschheit nicht auf wundersame Weise gelang, die Freiheit des Raumflugs wiederzuerlangen, wäre jeder Versuch, zurückzufliegen, ein tödliches Unterfangen. Was die Erde betraf, so war sie bereits tot.

Sie würde ihre Freunde, ihre Stadt, ihre Bücher, ihre Kleider und ihr Bett nie wiedersehen. Sie besaß nur noch das, was sie am Leib trug. Sie hatte nur fünf Kilo Handgepäck mitnehmen dürfen; mehr paßte nicht in die kaum mehr als handschuhfachgroße Mulde. Ein paar Familienfotos, ein Paar Schuhe und ein paar Garnituren Unterwäsche. Gott allein wußte, mit welchen Klamotten die *Purpurnen* sie ausstaffieren würden. Da wollte sie wenigstens *ein paar* Dinge mitnehmen, die ihr etwas Komfort boten.

Wir bringen nichts in diese Welt mit, und wir nehmen nichts mit …

Nein. Schluß damit. Es war an der Zeit, nach vorne zu schauen. Auf das *NaPurHab*, auf die *Terra Nova*, auf die *Einsame Welt* – die *Einsame Welt*, die sie entdeckt hatte.

Zu Hause, auf der Erde, die für sie verloren war, beobachtete man die *Einsame Welt*; alle verfügbaren Antennen und Detektoren waren auf den Himmelskörper ausgerichtet, und man wartete darauf, daß sie Anweisungen erteilte. Ihre Freunde auf der Erde durchsuchten die Archive, wühlten in alten Daten und suchten nach allen Botschaften von der *Einsamen Welt*, die im Lauf der Jahre aufgezeichnet worden waren. Die Experten für charonische Semiotik und Sprache arbeiteten Tag und Nacht und versuchten, einen Sinn in den Übertragungen von der *Einsamen Welt* zu erkennen. Sie erlernten die Befehlssprache des Feinds und enträtselten somit seine intimsten Geheimnisse. Und sie, Sianna Colette, hatte ihnen verraten, wo die Geheimnisse gespeichert waren.

Das war etwas, worauf sie stolz sein konnte.

Wenn sie nur endlich aus dieser verdammten Kiste befreit wurde …

Raumhafen Kourou
Erde

Wolf Bernhardt saß in der Dunkelheit an der südamerikanischen Küste. Es war eine warme, schwüle Nacht. Er sah hinauf in die Schwärze, wo der Himmel hätte sein sollen. Dicke Wolken verstellten ihm die Sicht auf die Sterne, und seine Stimmung war so düster wie die Nacht.

Bald würde er ins Operationszentrum zurückkehren und die nächste Phase dieses verdammten Alptraums einleiten müssen. Er würde stark sein und Entscheidungen treffen müssen. Doch zuvor brauchte er Schlaf. Dessen war er sich bewußt. Er sollte in sein Quartier zurückgehen und versuchen zu schlafen. Aber noch nicht. Noch nicht. Er brauchte die Dunkelheit, die rauschende Brandung und die Gelegenheit, einmal allein zu sein.

Wolf rutschte auf der Parkbank herum, wobei er sich

streiflichtartig fragte, wieso die Bänke überall auf der Welt so unbequem waren. Immer schienen sie an irgendeinem Teil der Anatomie zu drücken. Die Beschäftigung mit derart trivialen Dingen hielt ihn fürs erste davon ab, sich den wichtigeren Fragen zu stellen.

Der Atlantik lag vor ihm; das Wasser des Ozeans war in der Dunkelheit fast unsichtbar. Doch es war da. Das Rauschen der Brandung, die salzhaltige Luft und die Lichter des Raumhafens, die von der Gischt reflektiert wurden, sagten es ihm. Das Unsichtbare war da. Das Verborgene war manchmal nah und mächtig.

Wolf schaute auf die Digitalanzeige der Armbanduhr. Vor zwei Stunden war Juri Sakalov gestorben.

Doch das war nicht ganz richtig. Eigentlich hätte es heißen müssen, vor zwei Stunden hatte Wolf Bernhardt Juri Sakalov getötet, weil er ihn auf ein Himmelfahrtskommando geschickt hatte.

Und Sianna und Wally waren noch immer dort oben und warteten auf den Fangschuß, denn die Verteidigung ihrer Schiffe war genauso nutzlos wie die von Juris Schiff.

Und das hatte er auch zu verantworten. Er ganz allein. Diesen ganzen verrückten, unausgegorenen Plan, das *NaPurHab* mit Vorräten zu versorgen, bevor die K-KERNe eintrafen. Der überhastete, improvisierte, idiotische, unüberlegte, operettenhaft-heroische Plan, Sakalov und die anderen zu Captain Steiger und der *Terra Nova* zu schicken. Andere hatten den Plan zwar ersonnen, doch er hatte ihn gebilligt. Die Idee hatte ihm gefallen.

Nein, verdammt, *nein!* Es war nicht idiotisch. Es war richtig gewesen, die drei zu Steiger zu schicken. Das MFI war wohl in der Lage, alle gewünschten Informationen ans Schiff zu übermitteln, doch Wissen war eben kein Ersatz für Erfahrung, Weisheit und Einsicht. Sianna Colette hatte das unter Beweis gestellt. Sie hatte nichts Neues entdeckt – sie hatte das Puzzle nur zusammengesetzt und aus den Teilen, die alle anderen auch gesehen hatten, etwas Neues geschaffen.

Früher oder später würde die *Terra Nova* sich um die *Einsame Welt* kümmern müssen, und wenn es soweit war, würde sie nicht nur die Daten über diese Welt brauchen, sondern auch die Köpfe, die diese Daten erfaßt, sie erörtet und aus einem Dutzend unterschiedlicher Blickwinkel betrachtet hatten.

Er mußte mit jemandem reden. Noch nie hatte er sich so allein gefühlt.

Er holte das Handy aus der Tasche und starrte es an, bis ihm bewußt wurde, daß es Juri war, den er anrufen wollte. Er wollte ihn anrufen und sich dafür entschuldigen, daß eine Unterredung und eine Entschuldigung nicht möglich waren.

Doch wenn nicht Juri, wen dann?

Die Zeit verstrich schnell, und die Ereignisse entwickelten eine unkontrollierbare Eigendynamik. Die Krise spitzte sich weiter zu. Morgen früh würden die ersten K-KERNe in der Nähe der Erde auftauchen, etwa zur gleichen Zeit, da Sturgis das *NaPurHab* erreichte. Dann würden sie zum erstenmal Aufschluß darüber erhalten, was die K-KERNe – und vielleicht das gesamte *Multisystem* – vorhatten. Würden sie wirklich die Erde angreifen und in eine Zuchtstation verwandeln? Und wenn ja, würde die Erde das überleben?

Wolf hatte jeden Augenblick in den letzten fünf Jahren genutzt, sich auf den Zeitpunkt vorzubereiten, an dem die Charonier gegen die Erde ziehen würden. Er hatte jedes Datenbit von den Beobachtungen der in der Nähe befindlichen *Gefangenen Welten* ausgewertet und versucht, anhand der hinterlassenen Narben die Natur der Angriffe zu analysieren. Er hatte die Vereinten Nationen und die nationalen Rumpfregierungen bestürmt, Waffen zur Verteidigung des Planeten zu entwickeln, hatte hundert Reden gehalten, endlose Artikel und Berichte geschrieben, in denen er diesen Plan und jenen Vorschlag unterbreitete, und hatte diese Evakuierungspläne und jene Trainingsprogramme ausgearbeitet.

Nun war die Zeit gekommen, und auf der ganzen Welt rüsteten Militärs, Wissenschaftler und Politiker sich für die Aktionen der K-KERNe, von denen niemand wußte, wie sie aussehen würden.

Vielleicht würde der Kampf um die Erde morgen schon losbrechen, wenn der erste K-KERN am *Mondpunkt-Ring* vorbeiflog und dann Kurs auf die Erde nahm. Vielleicht würde der morgige Tag den Sieg bringen – oder der Anfang vom Ende sein.

Doch Wolf hatte seinen Kampf bereits ausgefochten. Entweder genügten seine Anstrengungen, oder sie genügten nicht. Für ihn gab es nichts mehr zu tun. Und vielleicht war ein Mensch auch damit überfordert, das Schicksal der Erde in seine Hände zu nehmen. Statt dessen machte er sich Gedanken über das Schicksal einer Kindfrau, eines verängstigten Mädchens, dessen kurze Bekanntschaft er gemacht hatte und das er nie wiedersehen würde, eine Frau, die er hinaus in den Weltraum geschickt hatte. Wolf sah auf die Armbanduhr und ermittelte die Zeit. In dreißig Stunden wäre Sianna Colette entweder tot oder gerade im *NaPurHab* angekommen.

Und vielleicht würden die K-KERNe auch schneller als erwartet hier eintreffen, etwas völlig Unvorhergesehenes unternehmen, ihren Auftrag schneller als geplant ausführen und die irdische Fauna auf einen Schlag auslöschen, um den *Brütern* den Weg zu bereiten. Vielleicht wäre in dreißig Stunden die gesamte Erdbevölkerung schon tot. Niemand wußte es. Wolf Bernhardt seufzte und wandte sich vom Meer ab. Er mußte etwas schlafen, bevor er sich dem Alptraum wieder stellte.

Multisystem-Forschungsinstitut
New York City

Dr. Ursula Gruber starrte mit leerem Blick auf die vor ihr liegenden Daten. Ohne Zweifel befanden sich alle möglichen nützlichen – vielleicht sogar lebenswichtigne – Daten in dem Wust von Zahlen, Grafiken und Statistiken, doch sie nahm sie überhaupt nicht mehr wahr. Sie rieb sich die Augen und seufzte. Es hatte keinen Sinn mehr, es weiter zu versuchen. Letzte Nacht war Juri gestorben. Letzte Nacht hatte sie kein Auge zugetan. Sie mußte sich ausruhen. Nur daß ihr das verwehrt wurde.

Es war ein Fehler gemacht worden. Dessen war sie sich zunehmend sicher. Sie wußte zwar nicht, wo oder wie, aber sie wußte, daß ein Fehler gemacht worden war.

Die K-KERNe waren der Schlüssel. Allerdings hatte man den Schlüssel ins falsche Schloß gesteckt. Die K-KERNe nahmen Kurs auf den *Mondpunkt-Ring* und nicht auf die Erde. Die herrschende Lehrmeinung besagte, daß die K-KERNe gravitationsunterstützte Manöver fliegen würden, um die *Mondpunkt*-Singularität wirbeln und dann auf der Erde landen würden, um in einen *Zucht-Rausch* zu verfallen.

Doch das ergab keinen Sinn. Die Charonier hatten noch nie gravitationsunterstützte Manöver geflogen. Weshalb sollten sie auch? Selbst das energetisch effektivste Gravitationsmanöver hätte die Geschwindigkeit nur um zehn bis zwanzig Kilometer pro Sekunde erhöht, und die Charonier schafften mühelos das Zehnfache. Gravitationsunterstützung war nur dann sinnvoll, wenn man über zu wenig Energie verfügte, aber viel Zeit hatte; die Charonier hingegen verfügten über Energie im Überfluß – und standen anscheinend unter enormem Zeitdruck.

Was sie zu dem Schluß führte, daß die K-KERNe den *Mondpunkt* nicht wegen Gravitationsunterstützung anflogen, sondern weil der *Mondpunkt* ihr Bestimmungsort war.

Nun mußte sie nur noch herausfinden, weshalb sie den *Mondpunkt* ansteuerten. Und dann waren da noch die verdammten *Monster*-Module, um die Bezeichnung der *Nackten Purpurnen* zu verwenden, eine Bezeichnung, die durchaus treffend schien. Sechzehn von ihnen waren in gleichmäßigen Abständen auf der Innenfläche des *Mondpunkt-Ring*s gelandet. Niemand hatte eine Erklärung dafür. Sie schienen Energie in das System einzuspeisen, aber weshalb?

Dieser kleine Planet war bei weitem nicht die Hauptsorge der Charonier. Nur daß man das allzu leicht vergaß, wenn die Armada der Charonier über der Erde stand. Ähnliche Flotten von K-KERNen flogen noch ungefähr fünfzehn weitere *Gefangene Welten* an – jedoch nicht alle. Nur ein paar. Weshalb?

Außerdem hatten die K-KERNe bereits drei *Gefangene Welten* erreicht – doch niemand wußte, was als nächstes geschehen würde. Die Welten, auf denen die K-KERNe eingetroffen waren, waren zu weit entfernt, um die Vorgänge im Detail zu erkennen.

Etwa die Hälfte der K-KERNe verschwand scheinbar nach der Ankunft am Zielplaneten. Das unterstützte die Annahme, daß zumindest ein paar K-KERNe auf den Planeten gelandet waren – doch weshalb war die *andere* Hälfte dann noch zu sehen? Weshalb landeten *sie* nicht und beteiligten sich an der *Zucht?* Warteten sie vielleicht, bis sie an der Reihe waren?

Es paßte irgendwie nicht zusammen. Mit jeder

verstreichenden Minute erhärtete sich Ursulas Verdacht, daß die ganze Theorie des *Zucht-Rauschs* nicht stimmte. Ja, es bestand kein Zweifel daran, daß die Charonier Planetenoberflächen für die Reproduktion nutzten, doch das mußte noch lange nicht bedeuten, daß sie es *jetzt* tun würden.

Doch trotz des Gefühls, daß die ganze Theorie falsch war, hatte sie immer noch keine Ahnung, was denn nun *stimmte*. Welche Motivation mochte es außer einem *Zucht-Rausch* noch geben?

Nun, Spekulationen waren müßig. Sie hatte auch so genug Arbeit. Zum Beispiel das Neueste aus der kryptographischen Abteilung, mit einer neuen Analyse der Funksprüche von der *Einsamen Welt* …

Ein leises Piepsen des Kalenders riß Ursula aus ihren Gedanken. Verdammt. Zeit, ihren Bericht telefonisch an Wolf durchzugeben.

Weshalb begnügte er sich nicht mit einem schriftlichen Bericht, anstatt sie zweimal wöchentlich zu befragen? Sie haßte diese Verhöre. Natürlich würde Bernhardt sich nicht in Bestform befinden. Nicht, nachdem Sakalov am Tag zuvor umgekommen war.

Müde streckte sie die Hand aus und drückte auf die Tasten mit der Aufschrift PLANMÄSSIGEN ANRUF ABSETZEN und AUDIO-VERBINDUNG. Nach kurzem Zögern aktivierte sie auch die Video-Verbindung. Normalerweise empfand sie es als störend, wenn der Gesprächspartner sie nicht nur hörte, sondern obendrein noch sah, doch sie *wollte* sehen, in welcher Verfassung der Mann sich befand.

Zumal es nichts schadete, wenn *er* sah, daß *sie* fast am Ende ihrer Kräfte war. Wolf vergaß nämlich gern, daß andere Leute Schlaf brauchten.

»Ja. Bernhardt hier«, drang eine Stimme aus der Konsole, noch bevor das Bild auf dem Monitor erschien.

Dann verschwand die Statusanzeige, und sie sah Wolf Bernhardt, der in einer Art Leitzentrale vor einer Konsole saß. Am Bildschirmrand erkannte sie verschwommen eine Frau, die sie sofort als graue Maus etikettierte. Wo befand er sich? Laut Auskunft des Infostreifens am unteren Bildschirmrand noch immer in Kourou. Sie hatte angenommen, daß er längst wieder in New York war. Zum Glück war das Telefonsystem über seinen jeweiligen Aufenthaltsort orientiert. Ursula nicht.

Bernhardt war blaß und wirkte abgespannt und müde, doch er sah nicht halb so schlimm aus, wie sie es erwartet hatte. Der Mann hatte eine unglaubliche Konstitution – oder er war zumindest entschlossen, diesen Eindruck zu erwecken.

»Wolf. Guten Morgen.« Eigenartig. In ihrer Vorstellung existierte er nur mit dem Nachnamen, doch mit dem Vornamen redete sie ihn an. Irgendwie kultivierten die beiden eine Pseudo-Intimität, die in der Wirklichkeit keine Entsprechung fand.

»Dieser Morgen ist alles andere als gut«, erwiderte Bernhardt mit einem metallischen Klirren in der Stimme. »Die letzte Nacht war einfach katastrophal. Wie sollte dieser Morgen dann gut sein?«

Da grüßte sie den verdammten Kerl höflich, und er trat ihr dafür in den Hintern. Als ob sie für Juris Tod verantwortlich wäre. Sie hatte ihn nicht in dieser Todesfalle von *PerMod* ins All geschossen. Dennoch mußte sie *etwas* sagen. »Ich bedaure seinen Tod auch, Wolf. Es tut mir leid.«

»Ja, ja«, erwiderte Bernhardt, wobei er den Kopf senkte und sich durchs Haar fuhr, um Blickkontakt zu vermeiden. Ursula schwieg.

Doch dann war dieser Moment vorbei. Wolf räusperte sich, ordnete die vor ihm liegenden Dokumente und ging resolut zur Tagesordnung über. »Ihren

Bericht und die Analyse. Haben Sie etwas Neues? Eine neue Analyse des Verhaltens der KERNe und K-KERNe?«

Ursula drückte auf ein paar Tasten am Bildschirm. »Text und Daten sind zu Ihnen unterwegs. Ja, es gibt eine Neuigkeit.«

»In welcher Hinsicht?«

»Ist in Zahlen und Grafiken etwas schwierig auszudrücken.« Ursula blinzelte und hielt sich beim Gähnen die Hand vor den Mund. Sie hatte das Bedürfnis, aufzustehen und sich zu strecken.

»Nun, was ist es dann? Vielleicht eine Änderung im Verhalten der K-KERNe?«

Ursula schüttelte den Kopf. Sie spürte eine innere Unruhe und hatte das Gefühl, eingesperrt zu sein. Sie betätigte einen Schalter, wodurch das Bild von Bernhardt auf den Hauptbildschirm gelegt wurde, und wechselte von der Schreibtischkamera zu einer Wandkamera.

Sie stand auf, ging um den Schreibtisch, hockte sich auf die Ecke und wandte sich dem Wandbildschirm zu. »Keine Veränderung bezüglich der K-KERNe, Wolf. Sie nehmen nach wie vor Kurs auf die *Mondpunkt*-Singularität.« Sie zögerte; sie war versucht, diesen Aspekt noch etwas zu vertiefen. Aber nein. Das genügte fürs erste. »Aber ich lese etwas anderes aus den Daten heraus. Nichts, das ich definieren könnte, nichts, das ich quantifizieren könnte, und trotzdem ist es da.«

Bernhardt schaute sie unergründlich an. »Was ist wo, bitte?«

Ursula gestikulierte ratlos. »Die KERNe, Wolf. Sie werden immer aggressiver.«

Wolf schloß die Augen und nickte. Er war doch müder, als er aussah. »Ja. Mehr Abschüsse.«

»Ich befürchte, es kommt noch schlimmer. Sie werden nicht nur aggressiver. Sie werden auch erratischer.«

»Wie meinen Sie das?« fragte Wolf und schaute mit hartem Gesichtsausdruck in die Kamera.

Ursula Gruber ging im Raum auf und ab. Sie wußte, daß sie dabei jedesmal den Erfassungsbereich der Kameras verließ, und wußte auch, daß es Wolf irritierte, wenn er sie laufend aus den Augen verlor, doch sie konnte nicht anders. Die Unruhe war zu stark.

»Die Angriffe häufen sich, aber die Systematik der Angriffe nimmt ab. ›Startfenster-Beschränkungen‹ bedeutete, daß wir einige Schiffe auf besonders riskanten Flugbahnen hochschickten – doch die KERNe schlukken den Köder nicht. Schiffe, die wir zu verlieren glaubten, kommen durch – und diejenigen, die wir auf den sichersten Routen und durch die sichersten Startfenster schickten, haben viel höhere Verlustquoten als vorgesehen.

Aufgrund der Häufigkeit der Schiffe, Flugbahnen und Angriffe wissen wir, daß es sich weder um Rechenfehler noch um statistische Ausreißer handelt. Es ist eine reale Veränderung eingetreten. Auf der Grundlage der Zahlen vor einer Woche hätte Dr. Sakalovs Schiff überhaupt nicht angegriffen werden dürfen.«

»Und die anderen zwei, Sturgis und Colette, sind noch immer auf diesen ›sicheren‹ Flugbahnen unterwegs«, sagte Bernhardt mit bitterer Stimme, die zudem zornig und vorwurfsvoll klang. Doch beim Anblick seines Gesichtsausdrucks wurde Ursula klar, daß diese Vorwürfe sich nicht gegen sie richteten, sondern gegen ihn selbst. Nun, wenn *sie* sich so schuldig fühlte, daß sie glaubte, er würde mit dem Finger auf *sie* zeigen, dann war das auch kein Wunder. »Ich gebe Ihnen die Flugdaten, Wolf«, sagte sie. »Ich habe genauso schuld an seinem Tod.«

»Ursula, wir stehen im *Krieg*. Ja, ein Mensch ist gestorben, und zwei weitere werden vielleicht noch sterben, aber es geht um das Schicksal des Planeten. Wir haben den Fehler sozusagen gemeinschaftlich gemacht, Ursula. Doch sein Blut klebt nicht an unseren Händen. Der *Feind* hat ihn getötet. Nicht wir.«

»Aber die anderen beiden befinden sich auf den gleichen vermeintlich sicheren Flugbahnen. Nun erweisen meine ganzen Berechnungen sich als falsch, und wir ändern ihren Kurs nicht, weil wir sonst die KERNe auf sie aufmerksam machen würden. Ich würde sie vielleicht töten, ohne Sinn und Zweck.«

»Dann werden sie getötet!« sagte Wolf. »Wir werden sie töten. Ich versichere Ihnen, die Alpträume hatte ich auch schon jede Nacht, *bevor* Juri gestorben ist. Nun werden sie sich noch verstärken. Das weiß ich. Aber wir müssen weitermachen. Wenn die beiden anderen sich auf gefährlichen Flugbahnen befinden, ist es nun zu spät. Es besteht weder die Möglichkeit, sie zurückzurufen noch sie zu retten. Es genügt schon, wenn wenigstens einer überlebt. Das Wissen und die Erfahrungen, die wir hier am MFI gesammelt haben, werden ihren Bestimmungsort erreichen.«

»Und wenn beide umkommen? Wenn der KERN beide erwischt?« fragte Ursula.

»Wenn der KERN beide erwischt…«, sagte Bernhardt und verstummte plötzlich, als ob er sich beruhigen und sammeln wollte. »Ich werde die Lage prüfen und entscheiden, was zu tun ist. Vielleicht schicken wir noch jemand anders hoch. Doch dann haben wir vielleicht gar keinen Handlungsspielraum mehr. Gott sei Dank muß ich diese Entscheidung nicht sofort treffen.«

»Haben Sie die beiden – informiert?« fragte Ursula. »Wissen sie, was Juri zugestoßen ist?«

»Nein. Sie werden es erst dann erfahren, wenn sie im *NaPurHab* ankommen. Was sollte dieses Wissen ihnen auch nützen, solange sie in diesen verdammten Blechbüchsen eingesperrt sind? Zumal die Panik sie umbringen würde.«

»Sie haben wohl recht«, pflichtete Ursula ihm bei, »doch deshalb *fühle* ich mich auch nicht besser.«

»Ich auch nicht«, sagte Wolf und verstummte wieder für einen Moment. Er saß nur da und betrachtete seine Hände. Im Grunde ihres Herzens empfand Ursula Mitleid für den Mann, obwohl er ihr sonst eher wie ein Roboter vorkam. Die Situation belastete ihn sehr, obwohl er das nie zeigen würde. »Machen wir weiter«, sagte er mit Nachdruck. »Wie geht die Arbeit an den Übertragungen der *Einsamen Welt* voran?«

»Wir machen gute Fortschritte«, sagte Ursula genauso nachdrücklich. »Wir werden zwar ständig mit neuer Syntax und neuem Vokabular konfrontiert, aber die zugrunde liegende Struktur hat große Ähnlichkeit mit den Botschaften, die wir schon seit Jahren abfangen.«

»Ausgezeichnet«, erwiderte Bernhardt. »Das ist der Schlüssel, Ursula. Wenn wir das Betriebssystem der Charonier kennen, werden wir vielleicht doch überleben.«

»Ich verspreche Ihnen, daß wir rund um die Uhr arbeiten werden. Doch etwas ist vielleicht noch dringlicher. Es haben sich zwei Dinge ereignet, die ... nun, ich weiß nicht so recht, wie ich sie beschreiben soll.«

»*Was* hat sich ereignet, Ursula?«

»Einmal sah es so aus, als ob zwei KERNe sich gegenseitig bekämpften. Und dann griff ein KERN einen K-KERN an.«

»Die Charonier bekämpfen sich untereinander?« fragte Wolf.

Ursula nickte. »Es handelt sich im Grunde um Kamikaze-Angriffe, doch es ergibt zumindest einen Sinn. Ein Zusammenstoß, der so wuchtig war, daß beide dabei umkamen.«

»Aber weshalb greifen sie sich *gegenseitig* an?«

»Wir haben das auch schon früher beobachtet, in der

Nähe von anderen *Gefangenen Welten*. Aber das waren Einzelfälle.«

»Sind Sie sicher, daß es sich um Angriffe gehandelt hat? Oder haben Sie diese Vorkommnisse vielleicht falsch interpretiert?«

»Ein KERN hält auf einen anderen zu, rammt ihn, und beide gehen hops. Keine weiteren Bewegungen oder Radaremissionen, nur eine Trümmerwolke. Worum sollte es sich sonst handeln?«

»Aber das ergibt doch keinen Sinn«, wandte Wolf ein. »Weshalb sollten sie sich gegenseitig angreifen?«

»Ich weiß nicht«, sagte Ursula. »Weshalb, zum Teufel, tun sie überhaupt etwas? Jede Erklärung, die ich parat hätte, projiziert im Endeffekt menschliche Emotionen und Motive auf einen Haufen fliegender Felsen und Berge. Doch irgend etwas *ist* anders an ihrem Verhalten. Das weiß ich mit Bestimmtheit. Wenn es sich nur um ein paar Zusammenstöße gehandelt hätte, wäre das vielleicht wirklich auf einen Defekt oder Unfall zurückzuführen oder auf die hohe ›Verkehrsdichte‹. Aber es steckt mehr dahinter. Ihre Manöver sind abrupter als noch vor ein paar Wochen. Ich habe gesehen, wie ein paar KERNe ein Ziel anflogen und den Angriff plötzlich abbrachen. Sie sind *sprunghaft*.«

»Aber weshalb?« fragte Wolf. »Was sind das für Befehle, die solche Reaktionen hervorrufen?«

Ursula zuckte die Achseln. »Wir beherrschen das Betriebssystem der *Einsamen Welt* zwar erst in den Grundzügen, doch ich glaube nicht, daß sie *überhaupt* irgendwelche Befehle erhalten. Außerdem sind die Verhaltensänderungen zu subtil, um auf Anweisungen zu beruhen. Es ist eine Frage des Tons.«

»Des *Tons?* Ursula, wovon, zum Teufel, reden Sie überhaupt?« fragte Wolf.

Ursula seufzte. »Ich… ich glaube, sie spüren höherenorts Panik, und diese Panik greift um sich. Das ist die Kurzform. Sie sind so schießwütig, weil die *Einsame Welt* nervös ist.«

»Das ist aber eine kühne Interpretation eines Zusammenstoßes zweier Asteroiden.«

»Wolf, ich kenne diese speziellen KERNe. Sie halten sich schon seit Jahren im erdnahen Raum auf. Ich habe sie seit ihrer Ankunft beobachtet, wie ein Verhaltensforscher Tierherden beobachtet. Und sie legen individuelle Verhaltensweisen an den Tag. Manche KERNe sind aggressiver, andere zurückhaltender. Wenn zwei KERNe eine bestimmte Distanz unterschreiten, macht der eine Platz – und ich weiß genau, welcher. Ich habe Dateien über alle Flugbewegungen angelegt, die jemals stattgefunden haben.

Diese KERNe sind *verängstigt*. Etwas hat sie in Panik versetzt. Man könnte sie vielleicht mit Jagdhunden vergleichen, die nervös werden, wenn ihr Herr schlecht gelaunt ist.«

Ursula setzte sich wieder an den Schreibtisch und betrachtete Wolfs Gesicht auf dem Bildschirm. »Was natürlich wieder die alte Frage aufwirft. Was ist so schrecklich, um den Charoniern Angst einzujagen?«

***Broadway* FrachtKommt/FrachtGeht OpZent**
(Das frühere Broadway-Frachtzentrum)
NaPurHab

Das Oberteil des *PerMods* öffnete sich, und Wally Sturgis setzte sich auf. Er fühlte eine gewisse Selbstzufriedenheit, weil er nämlich wußte, daß die Dinger offiziell nicht von innen zu öffnen waren. Daß es ihm dennoch gelungen war, betrachtete er als einen großen Sieg.

Nach drei Tagen im *PerMod* wurde ihm schon bei der kleinsten Bewegung schwindlig. Ihm wurde flau im Magen, als er auf die harte Art lernte, daß ruckartige Bewegungen in einer Umgebung mit minimaler Schwerkraft höchst desorientierend wirkten. Ungefähr ein hundertstel Ge an der Achse. Genug, um ihm ein grobes Gefühl für ›unten‹ zu vermitteln, mehr aber auch nicht. *Willkommen im NaPurHab*, sagte er sich.

Er atmete tief durch und sog Luft in die Lunge, die nicht nach Walter J. Sturgis roch, was nach den letzten drei Tagen eine sehr willkommene Erfahrung war.

Dadurch wurde ihm erst in aller Deutlichkeit bewußt, welche Duftnote Walter J. Sturgis in den letzten zweiundsiebzig Stunden angenommen hatte. Gegen eine Dusche hätte er nichts einzuwenden gehabt. Wally wollte sich gerade von der Verkabelung des *PerMods* befreien und aussteigen.

»He! Du da! Komm sofort raus aus dem *Mod!*«

Wally schaute sich um.

Eine kleine, cholerisch wirkende Frau sprang auf eine etwa zwanzig Meter entfernte Galerie. Sie trug eine verschlissene purpurn-orangefarbene Hose und einen zerrissenen getigerten Pullover. Sie hatte eine Tonsur und gefärbte Haut, jedoch nicht purpurn, sondern quittengelb. »Komm raus aus dem Ding!« wiederholte sie, wobei sie sich an den Deckenhalterungen entlanghangelte.

»Komm ja schon, komm ja schon«, sagte Wally und stieg benommen aus.

»Diese Vorräte gehören allen, Kumpel«, rief die Frau und hangelte sich mit affenartiger Gewandtheit zu ihm hin. »Der Fracht-Obermuckel will, daß *nichts* ohne sein Okay rausgegeben wird...« Als sie sich so weit genähert hatte, daß die Ausdünstungen des *PerMods* ihr in die Nase stiegen, verschlug es ihr die Sprache. Sie warf erst einen Blick ins *PerMod* und dann auf Wally, woraufhin ihr ein ›Oh‹ entfuhr. Sie ließ die Halterung los und landete nach einem gemächlichen Fünf-Sekunden-Fall auf dem Boden.

»Du hast in dem Ding gesteckt?« fragte sie.

»Hmm«, sagte Wally.

»Sollst doch nicht allein aussteigen«, erwiderte sie leicht vorwurfsvoll. Wollte sie damit nun sagen, daß das verboten war? Oder zu gefährlich? Oder wollte sie damit andeuten, daß das eigentlich unmöglich war?

»'tschuldigung«, sagte Wally. »Soll ich vielleicht wieder einsteigen und warten, bis du mich rausholst?«

Kapitel Zwanzig

Blut am Himmel

»Es gibt einen uralten Witz über einen Mann, der sein Geschäft in den Bankrott geführt hat und anschließend zu dem Vorgang befragt wird. ›Haben Sie aus Ihren Fehlern gelernt?‹ lautet die Frage. ›Ja‹, erwidert der Mann. ›Ich bin sicher, ich könnte sie jederzeit wiederholen.‹

Die Analogie zu den Charoniern besteht nun in ihrer Reaktion auf unsere taktischen und strategischen Fehler – und Erfolge. Sie werden auch morgen das tun, was sie gestern schon getan haben. Solange sie an dieser Vorgehensweise festhalten, haben wir zumindest den Hauch einer Chance.«

– Gerald MacDougal, Tagebucheintrag,
5. November 2430

Terra Nova
Leerraum, Kurs auf die Erde

Langsam flog das große Schiff den *Mondpunkt* an.

Dianne Steiger nahm einen Schluck Kaffee und sinnierte über ihre Abneigung gegen die Schwerelosigkeit. Nicht daß sie etwa selbst darunter gelitten hätte. Nachdem sie sich nach dem Erreichen der Volljährigkeit ständig in diesem oder jenem Raumschiff aufgehalten hatte, war das gar kein Thema mehr für sie. Genauso wenig stellten die durch die Schwerelosigkeit verursachten medizinischen Probleme eine Gefahr dar, solange die Leute gewisse Sicherheitsvorschriften beachteten – und sie hatte schon dafür gesorgt, daß die Besatzung *ihres* Schiffs diese Bestimmungen befolgte. Durch die Schwerelosigkeit bedingter Muskelschwund war für die Raumfahrt das, was Skorbut vor ein paar hundert Jahren für die Seefahrt gewesen war – ebenso vermeidbar wie tödlich, wenn man so dumm war, nicht vorzubeugen.

Es ging vielmehr darum, daß die Schwerelosigkeit die Abläufe im Schiff erschwerte. Die *Terra Nova* war für zwei Betriebsarten konzipiert worden, für Operationen in der Schwerelosigkeit und im ›Roll-Modus‹, wobei sie um die Längsachse rotierte, um durch den Zentrifugaleffekt eine künstliche Schwerkraft zu erzeugen. Die *TN* war in beiden Zuständen einsatzbereit, wobei indes der ›Roll-Modus‹ für fast jede Verrichtung an Bord bevorzugt wurde, vom Kaffeetrinken zur Toilettenspülung, von den Kühlmittelpumpen bis zur Überwachung der thermischen Belastung des Schiffs. Es war wohl möglich, all das auch in der Schwerelosigkeit durchzuführen, doch die erschwerten Bedingungen trugen zu einer erheblichen Verzögerung der Prozeduren bei.

Außerdem versuchte man, den Energieverbrauch auf ein Minimum zu reduzieren, was die Sache zusätzlich erschwerte. Elektrischer Strom erzeugte naturgemäß elektromagnetische Strahlung, darunter auch Radiowellen – was sich ungünstig auswirkte in Anwesenheit von Objekten wie den KERNen, die konstruiert worden waren, um Radiofrequenzen zu entdecken.

Das bedeutete, daß es weder warme Mahlzeiten noch eine heiße Dusche gab. Viele Sektionen des Schiffs lagen im Dunkeln, während die belebten Sektionen mit der halben Lichtstärke auskommen mußten. Das war verdammt deprimierend.

Genauso wenig gefielen ihr die Vier-Acht-Vier-Acht-Schichten, doch auch in dieser Hinsicht besaß sie kaum Handlungsspielraum. Aufgrund der Personalknappheit war das die einzige Möglichkeit, den Bereitschaftszustand des Schiffs aufrechtzuerhalten. Vier Stunden führte sie Aufsicht im Schiff, acht Stunden hielt sie sich auf der Brücke auf, und dann widmete sie sich für vier Stunden den nachrangigen Angelegenheiten und dem Schreibkram, der sich im Lauf des Tages angesammelt hatte. Dann hatte sie – theoretisch – acht Stunden Zeit, um wenigstens eine anständige Mahlzeit einzunehmen, Körperpflege zu betreiben und etwas zu schlafen, bevor es wieder von vorne losging. Nicht daß sie in den Genuß dieser acht Stunden gekommen wäre, seit das Schiff Kurs auf die Erde genommen hatte. Irgend etwas kam immer dazwischen.

Vergangene Nacht hatte sie zum Beispiel die Hälfte der Ruhezeit damit verbracht, die dichteste Annäherung von KERN 219 auszusitzen. Der Kurs der *Terra Nova* hatte sie bis auf sechstausend Kilometer an den KERN herangeführt. Doch der KERN hatte nichts unternommen, und die *Terra Nova* war wieder im Leerraum verschwunden.

Per Saldo ein großer Aufwand, nur um die beiden überlebenden MFI-Spezialisten – so sie denn überlebt hatten – und die von der Erde geschickten Vorräte an Bord zu nehmen.

Na schön. Zur Sache. Dianne überprüfte die Ortungsbildschirme.

»Ortungsoffizier! Was ist mit KERN 219 los? Ich erhalte eine Verschiebung im Aspektverhältnis.«

»Wie …? Was ist das …? Einen Augenblick, Ma'am.« Dianne schaute zu dem jungen Offizier hinüber. Wie hieß er gleich? Hamato. Todmüde, wie alle anderen auch. Von der Erschöpfung ging allmählich eine ebenso große Gefahr aus wie von den KERNen. Wenigstens wachte er auf, als sie ihn anstupste. »Äh … Ma'am«, sagte er. »Bestätige Aspektverhältnis-Verschiebung. KERN 219 wendet uns die Breitseite zu …«

Ein Alarm ertönte, und Hamato, der plötzlich hellwach war, hieb auf den Unterbrecher. »KERN 219 richtet das Radar neu aus; *Terra Nova* wird von einem eng gebündelten Strahl erfaßt.«

»Gefechtsstationen!« schrie Dianne. »Bereit für Fluchtmanöver.«

»Kursänderung von KERN 219 – 219 verläßt den bisherigen Orbit. Nimmt Kurs auf *Terra Nova*.«

»Gottverdammt! Waffenmeister Reed, Feuerbereitschaft herstellen. Warten Sie auf weitere Befehle.« *Waffenmeister!* Welch eine seltsame Bezeichnung. Sie war genauso anachronistisch wie ›Rittmeister‹. »Ortung, geben Sie mir eine taktische Grafik und einen mündlichen Bericht. Wie groß ist die Entfernung zu 219?«

»Momentane Entfernung 15434 Kilometer.«

»Weshalb nimmt er erst jetzt Kurs auf uns?« fragte Dianne. »Die dichteste Annäherung liegt doch schon Stunden zurück.«

»Unbekannt, Ma'am. KERN 219 beschleunigt in unsere Richtung, Beschleunigung steigt auf fünfundzwanzig Gravitäten. Dreißig. Vierzig Gravitäten. Geht mit vierzig Ge auf Kollisionskurs zu *Terra Nova*.«

»Sehr gut«, sagte Dianne. »Tragen Sie ins Datenlog ein, daß ich mit sofortiger Wirkung einen Angriff führe. Waffenmeister, ich autorisiere den Einsatz aller Waffen- und Verteidigungssysteme. Bereit für Düppelbehälter-Abwurf.« Das war die gleiche Taktik, die Sakalovs Frachtschiff versucht hatte – den Angreifer zu blenden, Täuschkörper auszubringen und sich abzusetzen. Dianne Steiger hatte jedoch dafür gesorgt, daß die *Terra Nova* ein paar Zähne mehr hatte als ein Frachtschiff.

»KERN 219 beschleunigt nicht mehr«, meldete Hamato. »KERN 219 befindet sich nun auf einem Abfangkurs und wird die *Terra Nova* in achtzehn Minuten und fünf Sekunden mit der Breitseite rammen. Geschwindigkeit dreizehn Kilometer pro Sekunde.«

Dianne war versucht, jetzt schon zu fliehen, doch

das hatte keinen Sinn. Nicht, wenn die *Terra Nova* mit Rückenwind höchstens drei Ge schaffte und der KERN sich mit vierzig Ge gerade einmal warmlief. Auf keinen Fall. Einen Fluchtversuch würden sie nicht überleben. Sakalov war der Beweis.

Sie würden dieses Ding erledigen müssen.

Dianne leckte sich nervös die Lippen und versuchte sich auf die Bildschirme zu konzentrieren, während sich auf der Brücke eine hektische Aktivität entwikkelte, Besatzungsmitglieder zu den Gefechtsstationen eilten und Befehle und Fragen gebrüllt wurden.

Ein Blick auf die Bildschirme zeigte ihr, daß der KERN mit rasender Geschwindigkeit auf sie zustürzte. Weil der KERN die *TN* jedoch hatte passieren lassen, als sie den Punkt der dichtesten Annäherung erreicht hatte, mußte er zu ihr aufschließen, anstatt von vorn anzufliegen. Er kam von rechts unten und schlug einen direkten Kurs ein, anstatt mit einem Schwenk in die günstigste Position zu gehen. Er griff das Schiff frontal an, anstatt von oben zu kommen und die Wucht des Aufpralls zu nutzen.

War das nun gut oder schlecht? Was hatte das zu bedeuten, falls es überhaupt etwas zu bedeuten hatte? Denk nach. Die Zeit verrann unaufhaltsam. Die *Terra Nova* verfügte über die Mittel, zurückzuschlagen, eine zweite Chance würde sie aber nicht bekommen.

Und nicht nur die *Terra Nova* hatte aus dem Angriff auf Sakalovs Schiff gelernt, sondern auch die Charonier. Der KERN, der das Schiff angegriffen hatte, hatte ohne Zweifel einen Bericht an jeden im erdnahen Raum stehenden KERN geschickt.

In Ordnung, du weißt, daß sie es wissen. Aber wissen sie auch, daß du weißt, daß sie es wissen? Nach wie vor fanden endlose Debatten über die Natur der charonischen Intelligenz statt. Niemand wußte mit Bestimmtheit, ob die Charonier ein Bewußtsein hatten, und wenn ja, ob sie *wußten*, daß sie ein Bewußtsein hatten. Ab diesem Punkt wurde die Diskussion rein akademisch, doch eins wußte Dianne sicher, wenn auch nur intuitiv: Die Charonier reagierten nur zögerlich auf Veränderungen. Ebensowenig gab es bisher einen Hinweis dafür, daß die Charonier sich der menschlichen Intelligenz überhaupt bewußt waren.

Richtig. Gut. Aber die Uhr läuft. Was schließt du daraus? Daß der sie verfolgende KERN unterstellte, die *Terra Nova* würde sich genauso verhalten wie Sakalovs Schiff.

Mit einem Tastendruck rief Dianne die von der Erde übermittelten Daten auf. Sie ließ den Angriff auf Sakalov vorwärts und rückwärts laufen, aus allen verfügbaren Perspektiven, wobei sie mit einem Auge auf die taktische Grafik auf dem Hauptbildschirm sah, auf der die Minuten und Sekunden bis zum Zusammenstoß verrannen.

Sie sah, wie *Frachtschiff 43* die Düppel-Bomben abwarf und die Täuschkörper ausschleuste. Das von den Düppeln abgeschirmte Schiff und die Täuschkörper führten wilde Manöver durch. Sie sah, wie KERN 326 die Düppel-Wolke durchstieß, und, nachdem er einen Täuschkörper zerstört hatte, die restlichen anscheinend identifizierte und direkt Kurs auf *Frachter 43* nahm. Noch einmal, von Anfang an …

Einen Moment. Da. Das war es. Gut. Bestens. Der einzige Weg nach draußen ist ab durch die Mitte. Falls sie so lange überlebten. Sie wandte sich an Leutnant Reed, der in der Feuerleitzentrale saß.

»Waffenmeister Reed. Die Düppel nicht, ich wiederhole, nicht nach dem vorprogrammierten und optimierten Muster ausstoßen. Ich möchte, daß die Düppel genauso wie bei *Frachter 43* ausgestoßen werden. Die gleiche Anzahl Behälter im gleichen Muster abwerfen, wenn dieser KERN den gleichen Abstand erreicht hat.

Und erzählen Sie mir nicht, daß *Frachter 43* einen Fehler gemacht hätte. Das weiß ich selbst. Sie tun es auf die gleiche Art und warten auf weitere Befehle.«

»Wie sieht Ihr Plan aus?« fragte Gerald, der unversehens neben ihr aufgetaucht war. Wie lang stand er schon da?

Dianne hatte darauf keine Antwort, jedenfalls keine rationale. Sie bemühte sich, ihre Gedanken zu artikulieren, und stellte dabei fest, daß sie es nicht nur Gerald erklärte, sondern auch sich selbst. »Der KERN optimiert den Angriff«, sagte sie, »aber diese Optimierung beruht auf dem Verhalten von *Frachter 43*.« Sie betätigte die Kontrollen der taktischen Anzeige und blendete in die aktuelle Darstellung den Untergang von *Frachter 43* ein. »Nachdem der KERN die Düppel-Wolke durchstoßen hatte, befand das Ziel, das Schiff, sich im Hintergrund der Formation. *Dieser* KERN setzte sich erst dann in Bewegung, als er sich in der optimalen Angriffsposition befand, und zwar genau an derselben Stelle.«

Sie schaute Gerald an und fragte sich, ob er wußte, worauf sie hinauswollte. Nicht daß es darauf angekommen wäre. Sie hatte nach wie vor das Kommando – zumal die Zeit ohnehin zu knapp war, um den Plan noch zu ändern. Dennoch hätte es ihr geholfen, wenn sie dieses Verständnis bei ihm erkannt hätte. Und wie es ihr geholfen hätte.

Er nickte und gestattete sich den Anflug eines Lächelns. »Sie haben recht«, sagte er. »Das nehmen sie an. Sie glauben, wir würden uns genauso verhalten wie das Frachtschiff.«

Dianne erwiderte das Lächeln. »Genau das habe ich mir auch gesagt. Ich finde, wir sollten sie in dieser Annahme noch etwas bestärken.«

»Waffenmeister! Die Täuschkörper so rekonfigurieren, daß es der Verteilung von *Frachter 43* entspricht –

aber noch einen weiteren Täuschkörper vorbereiten und ihn so programmieren, daß er die Manöver von *Frachter 43* imitiert. Navigation, Vorbeiflug im Abstand von zwei Kilometern parallel zur Backbordseite des KERNs vorbereiten, in Gegenrichtung und mit maximaler Beschleunigung. Das Schiff nicht, ich wiederhole, nicht beschleunigen, bis Befehl erteilt wird. Feuerleitzentrale, den Abwurf weiterer Täuschkörper und Düppel-Behälter vorbereiten. Alle Sektionen klar bei Ausführung.«

Das war also alles. Ein überstürzter Plan, der auf einer bloßen Vermutung beruhte, und ein Schwall Befehle. Für eine Umkehr war es bereits zu spät.

Dianne sah, daß die Brückenbesatzung ihre Befehle ausführte. Dann schaute sie auf die Countdown-Uhr, auf der die Zeit bis zur berechneten Kollision verstrich, und warf einen Blick auf eine andere Uhr, auf der die verbleibende Zeit bis zum Start der Aktion verrann, bis die *Terra Nova* den gleichen Tanz aufführen würde, den auch *Frachter 43* aufgeführt hatte – nur daß er diesmal, mit Gottes Hilfe, ein anderes Ende nehmen würde.

Frachter 43 hatte die Düppel sechs Minuten und sechs Sekunden vor der berechneten Kollision ausgestoßen. Jede Angriffs-Simulation hatte Dianne gezeigt, daß das viel zu spät war, daß das Frachtschiff die Düppel ungünstig eingesetzt und genau die falsche Richtung eingeschlagen hatte.

Was sie nun tun mußten, war, den KERN davon zu überzeugen, daß sie sich genauso verhalten würden.

»Abwurf der Düppel-Bomben in einer Minute«, meldete der Waffenmeister.

»Wann wird die Bombe explodieren und die Düppel ausstoßen?« fragte Gerald.

»Die optimale Zeit wäre zwei Minuten und fünfzehn Sekunden«, sagte der Waffenmeister. »Wir nehmen allerdings die eine Minute und zwölf Sekunden von *Frachter 43.*«

»Feuerleitzentrale, nachdem die erste Düppel-Bombe den KERN geblendet hat, eine zweite mit optimal eingestelltem Zündzeitpunkt abwerfen. Und für alle Vorkommnisse Countdown-Uhren in die taktische Grafik einblenden«, sagte Dianne. »Maschinenraum, bereit für kurzfristigen Vollschub auf die Haupttriebwerke«, sagte Dianne.

»Bleibe dran«, sagte der Waffenmeister. »Zweite Düppel-Bombe auf optimale Streuung programmiert. Countdown-Uhren für Start und Explosion beider Ladungen in die Taktik eingeblendet.«

»Danke, Leutnant Reed«, sagte Dianne. *Nun war es soweit*, sagte sie sich. *Das erste Mal, der erste Angriff. Dies war das erstemal, daß die Besatzung der* Terra Nova *stellvertretend für die Menschen auf der Erde und im* Multisystem *zurückschlagen würde. Die* Hijacker *hatte auch kämpfen wollen, aber sie war gescheitert. Nun würden sie sie rächen. Frachter 43* hatte nur versucht – und nicht geschafft –, wozu die Charonier die Menschen jedesmal gezwungen hatten – sich zurückzuziehen, wegzulaufen, aufzugeben, um zu überleben.

Doch mit Weglaufen war es nun nicht mehr getan. Das Schicksal von *Frachter 43* hatte ihr das verdeutlicht. Die *Terra Nova* war während der letzten fünf Jahre kaum mehr als ein Beobachter gewesen. Damit war es nun vorbei. Keine Beobachtungen aus der Ferne mehr.

Nun hieß es kämpfen und vielleicht sterben. Zu diesem Entschluß war Dianne in den letzten Tagen gelangt, ohne daß sie den Prozeß der Entscheidungsfindung genau nachvollziehen konnte. Die katastrophale *Hijacker*-Mission hatte jeden an Bord mit dem Tod konfrontiert. Jemand hatte *Niemand wird das Schiff lebend verlassen* an das Schott der Messe gekritzelt. Natürlich hatte Dianne sofort die Beseitigung der Schmiererei veranlaßt, doch an der Stimmungslage war nichts zu ändern – auch nicht an dem Umstand, daß es vielleicht stimmte. Es war immer noch besser, gegen die Peiniger aufzubegehren, zu kämpfen und zu sterben, als im Dunkeln zu verrotten.

»Navigation, bereit für geringfügige Korrektur meiner Zeitvorgabe. Wir machen das ›Pi mal Daumen‹.«

»Abwurf der ersten Düppel-Bombe in dreißig Sekunden«, meldete der Waffenmeister.

»Sehr gut«, sagte Dianne, wobei sie den Blick auf den taktischen Monitor gerichtet hatte und alle prognostizierten Züge im Kopf durchspielte. Welche Richtung würde der KERN jedoch einschlagen, nachdem er die Täuschkörper geortet hatte, und mit welcher Geschwindigkeit würde er sich bewegen? Wo würde die *TN* sich dann befinden? Wären sie bis dahin in der Düppel-Wolke in Sicherheit? Würden die beiden Düppel-Wolken ausreichen? Sollte sie noch einen dritten Behälter anfordern? Nein, zu spät.

»Zwanzig Sekunden.«

Verdammt, hatte sie sich auch nicht verspekuliert? Was, wenn der KERN beschloß, sich auf Infrarotortung zu verlegen, und sie in der Düppel-Wolke ausmachte? Schließlich war es unmöglich, eine Triebwerksflamme zu verbergen. Die Fusionsflamme. Nun *hatten* sie eine Waffe. Bestand die Möglichkeit, sie beim Vorbeiflug gegen den KERN einzusetzen? Nein, es war zu spät, um entsprechende Vorbereitungen zu treffen. Sie mußte mit den Karten spielen, die sie hatte.

»Fünfzehn Sekunden bis zum Düppel-Abwurf.«

Natürlich würden die Düppel die *TN* nicht nur vor dem KERN verbergen. Sie würde auch den KERN vor der *TN* verbergen, zumindest auf dem Radar. Das war nun nicht zu vermeiden, zumal es das Ergebnis auch nicht beeinflussen würde, aber trotzdem war es ärgerlich. »Ortung – wie sieht es mit der visuellen Ortung des KERNs aus, wenn wir uns in der Düppel-Wolke befinden?«

»Kein Problem, Ma'am«, sagte Hamato. »Wir werden ihn im normaloptischen und Infrarot-Bereich sehen.«

»Hoffen wir, daß er nicht auf die Idee kommt, mit anderen Mitteln als mit Radar nach uns zu suchen.«

»Sie werden uns nicht kriegen, Ma'am«, sagte Hamato.

»Ihr Optimismus ist wirklich tröstlich, Mr. Hamato.«

»Zehn Sekunden.«

Die Spannung wuchs. Nicht daß der Abwurf der Düppel irgendeine Bedeutung gehabt hätte. Nur ein kleiner Behälter, der in den Raum geschossen wurde und die Triebwerke zündete. Aber er mußte auch zünden. Er mußte. Die Anzeige auf der Countdown-Uhr sprang auf Null, und die Uhr wurde ausgeblendet. Irgendwie war Dianne enttäuscht, weil sie den Start weder spürte noch hörte, obwohl sie natürlich wußte, daß das Unsinn war.

»Düppel-Bombe abgeworfen«, meldete Reed. »Alles planmäßig verlaufen. Düppel-Bombe ist auf Kurs.«

»Los geht's«, sagte Gerald. Er nahm im Sessel Platz, legte die Gurte an und zog den Kopfhörer über. »An alle Stationen. Wir werden gleich Manöver mit hoher Beschleunigung ausführen. Sicherheitsgurte anlegen. Nach der ersten Beschleunigungsphase die Plätze nicht, ich wiederhole, nicht verlassen. Wir werden wahrscheinlich mehrmals hintereinander beschleunigen. Auf den Plätzen bleiben und auf weitere Anweisungen warten. Das wäre alles.«

»Triebwerke der Düppel-Bombe planmäßig abgeschaltet. Düppel werden in vierzig Sekunden ausgestoßen. Vierzig Sekunden bis zum Ausstoß der Düppel.«

»Feuerleitzentrale, bereit für manuellen Ausstoß der

Täuschkörper und des zweiten Düppel-Behälters auf meinen Befehl.«

»Bereit für zweiten Abwurf. Erster Düppel-Ausstoß in dreißig Sekunden.«

Mit einem Tastendruck aktivierte Dianne den Radarschirm. Dort stand er, in Flugrichtung, und erzeugte selbst ein starkes Radarecho. Und dort war der Düppel-Behälter, ein winziger heller Punkt, der vom Radar des KERNs erfaßt wurde. Fast dieselbe ungünstige Position, in der *Frachter 43* sich befunden hatte. Fast bereit zum Zuschlagen.

Natürlich würde es nach der Explosion des Behälters noch eine gewisse Zeit dauern, bis die Düppel sich verteilt hatten. Den Prognosen zufolge müßten sie sich innerhalb einer Minute zu einer Wolke mit einem Durchmesser von zehn bis zwanzig Kilometern aufblähen. Dianne arbeitete nur ungern mit derart unsicheren Zahlen, doch durch einen Test des Systems hätte sie vielleicht einen weiteren KERN auf den Plan gerufen. Niemand wußte, wie groß die Wolke werden und wie schnell sie sich ausdehnen würde – und es wußte auch niemand, ob sie wirklich undurchlässig war für den Radar-Sinn des KERNs. Angenommen, dieser KERN war so clever gewesen, mehrere sensorische Systeme zu koppeln, so daß er die Düppel-Wolke durchdrang?

Angenommen, sie alle waren in zehn Minuten tot? Die Brücken hinter ihnen brannten bereits. Es führte kein Weg zurück.

»Zweiter Düppel-Behälter bereit zum Abwurf.«

»Sehr gut«, sagte Dianne. »Täuschkörper-Status?«

»Täuschkörper befehlsgemäß programmiert.«

»Sehr gut. Sind wir in der Lage, die Täuschkörper aus dem Innern der Wolke zu kontrollieren?«

»Nein, Ma'am. Die Radiowellen werden von den Düppeln reflektiert.«

»Wie sollen wir ihnen dann den Befehl erteilen, auf

Zielkurs zu gehen?« fragte Gerald. »Wir wissen nicht genau, wann wir von den Düppeln abgeschirmt werden. Wenn sie sich in Bewegung setzen, bevor wir außer Sicht sind, wird der KERN vielleicht mißtrauisch und verfolgt das laufende Signal.«

»Ja, Sir. Daran haben wir auch schon gedacht. Wir haben sie so programmiert, daß sie zwanzig Sekunden, nachdem der Kontakt zu uns abgebrochen ist, auf Zielkurs gehen.«

»Ausgezeichnet, Reed.«

»Erster Düppel-Behälter detoniert – *jetzt*. Hat prima geklappt. Äh ... die Wolke scheint sich etwas zu schnell auszudehnen.«

Dianne betrachtete den Radarschirm. Sie war mehr als nur etwas zu schnell. Sie expandierte viel zu schnell. Je schneller die Wolke sich ausdehnte, desto eher würde sie den KERN blenden – und um so schneller würde sie sich auch wieder auflösen, und die *Terra Nova* würde ein prächtiges Ziel abgeben. Es würde eng werden, so viel stand fest. Wenigstens würde der KERN schnell erblinden. Die Wolke würde sich nun jede Sekunde ausdehnen und die *TN* vor dem KERN verbergen – und umgekehrt. Jede Sekunde mußte es soweit sein. Nur mit der Ruhe.

»Feuerleitzentrale, neue Einstellungen für den zweiten Düppel-Behälter. Minimale seitliche Beschleunigung nach Backbord. Keine Vorwärtsbeschleunigung. Wir streuen die Düppel gleich hier aus.«

»Ja, Ma'am.«

Dianne warf einen Blick auf die Countdown-Uhr im linken oberen Bildschirmfenster, welche die Zeit bis zur Kollision mit dem KERN anzeigte. Sie hatten noch fünf Minuten, dreihundert Sekunden, zu leben, falls der KERN durchkam. Wie viele dieser Sekunden würden sie brauchen? Wann wäre der KERN völlig blind, und wann konnte er wieder sehen?

Sie wußte es nicht; sie hatte nicht einmal die Zeit, eine Simulation zu erstellen. Aber egal. Dann mußte sie sich eben auf die Intuition und den Instinkt verlassen …

»Abwurf zweiter Behälter *jetzt*«, rief Dianne. »Sofort! Navigation, Schub auf die Korrekturdüsen, Kurs hart Steuerbord, Schubphase fünf Sekunden. Wir müssen von hier verschwinden. Mündliche Meldung beim Erreichen des Sicherheitsabstands für die Haupttriebwerke.«

Die *Terra Nova* machte einen Satz und entfernte sich vom Düppel-Behälter.

»Sicherheitsabstand erreicht!« rief der Navigationsoffizier.

»Navigation, Kurs korrigieren und auf parallelen Gegenkurs zum KERN gehen – JETZT!«

Mit einem heftigen Ruck drehte das Schiff sich um die Hochachse, und Dianne spürte die Vibrationen der Schubdüsen. Dann setzten die Düsen aus, und wieder ging ein Ruck durchs Schiff, als der Navigationsoffizier die Rotation neutralisierte. »Korrektur erfolgt«, rief er. »Bereit zum Hochfahren der Haupttriebwerke.«

Die Beschleunigung drückte Dianne in den Sessel. Die Vibrationen der Triebwerke steigerten sich zu einem dumpfen Brüllen.

»Null komma fünf Ge«, meldete der Navigationsoffizier, wobei er schreien mußte, um das Tosen der Triebwerke zu übertönen. »Ein Ge. Eins Komma fünf. Zwei Ge. Zwei Komma fünf. Drei. Drei Komma eins. Roter Bereich ab drei Komma zwei Gravitäten.«

»Wir brauchen etwas Spielraum«, schrie Dianne ins Mikrofon und schaute auf die Zahlen auf dem taktischen Bildschirm. »Runter auf drei Komma null.«

»Runter auf drei-null.«

»Kontakt mit Düppel-Wolke in fünfzehn Sekunden«,

rief Gerald. »Wir müssen mit Erschütterungen rechnen.«

Das war eine Untertreibung. Das Schiff würde durch die winzigen, leichten Düppel pflügen, die sich mit einer Geschwindigkeit von mehreren tausend Kilometern pro Stunde relativ zum Schiff bewegten. Der Schutzschirm der *Terra Nova* war eigentlich konzipiert worden, um das Schiff während der hundertjährigen Reise zwischen den Sternen vor Mikrometeoriten zu schützen. Er würde auch die Düppel abwehren, aber es würde ein unruhiger Flug werden.

»Täuschkörper laufen; sind scharf und aktiviert!« meldete der Waffenmeister. »Zweiter Düppel-Behälter zeigt gute telemetrische Werte und wird planmäßig explodieren.«

Plötzlich lief eine neue Erschütterung durchs Schiff, und es machte einen Satz, als ob es mit etwas zusammengestoßen wäre – was auch der Fall war. Die Düppel prasselten gegen die Hülle.

»Maschinen stop«, rief Dianne. Der Lärm der Triebwerke legte sich, und die hohen Beschleunigungskräfte verschwanden – wobei sie sich erst jetzt bewußt wurde, daß sie ihnen überhaupt ausgesetzt gewesen war. Nun hörten sie auch, wie das Bombardement der Düppel, dem die Hülle ausgesetzt war, im Schiff widerhallte.

Dianne blickte auf den Radarschirm, auf dem nun nichts als Schnee zu sehen war, denn die Düppel reflektierten die Radarstrahlen des KERNs in alle Richtungen. Der KERN war nun auch in die Wolke eingedrungen und kam der *Terra Nova* in einem Abstand von wenigen Kilometern entgegen. Doch das ging aus der Bildschirmdarstellung nicht hervor. Es war unmöglich, in dieser Wolke ein Radarecho zu erhalten.

Und wenn sie den KERN nicht sahen, dann sah der KERN sie auch nicht. Für den Augenblick befanden sie sich in Sicherheit, es sei denn, es ereignete sich ein zufälliger Zusammenstoß.

Für den Augenblick. Doch das spielte nun auch keine Rolle mehr. Sie mußten einen Kampf austragen. »Ortungsoffizier, was empfangen Sie im normaloptischen und Infrarot-Bereich?«

»Es ist zwar etwas unscharf, Ma'am, aber für unsere Zwecke genügt es.«

Dianne rief die normaloptische Darstellung auf und erkannte eine trübe Wolke, die von schimmernden Fragmenten gebildet wurde, den Millionen Düppeln, die durch den Raum trieben und das Licht reflektierten. Die armierte Kamera schüttelte sich unter dem Beschuß der Teilchen. Kurz gesagt, das Bild war miserabel. Wenigstens wußte der Ortungsoffizier etwas damit anzufangen, denn *sie* war dazu nicht in der Lage.

»Der KERN hat uns soeben passiert«, sagte der Ortungsoffizier. »Keine Anzeichen, daß er uns entdeckt hat.«

»Zweiter Behälter mußte *jetzt* explodieren«, rief der Waffenmeister.

»Gut. Dadurch wird das verdammte Ding länger geblendet. Aber nur für ein paar Sekunden«, sagte Dianne. Natürlich sah sie im Moment selbst fast nichts mehr. Sie versuchte, auf dem Monitor etwas zu erkennen.

»Hamato, können Sie die Darstellung etwas filtern? Ich weiß nämlich nicht, wo vorne und hinten ist.«

»Was? – Oh... äh... Ma'am, Sie müssen die Rohdaten-Darstellung aufgerufen haben. Gehen Sie in den RNIRTH-Modus.«

»Was für ein RNIRTH?«

»Rauschfreies Normaloptisches-Infrarotes Taktisches Hybrid«, sagte Hamato. »Es filtert das Rauschen aus der normaloptischen und Infrarot-Darstellung aus, blendet die Kursprojektionen von der Taktik ein und korrigiert …«

»Still, Hamato«, sagte Dianne. Ein paar dieser Jungen waren geradezu verliebt in die Technik. Sie war aber nur an Ergebnissen interessiert. Sie wechselte auf den RNIRTH-Kanal und wurde mit einer kristallklaren Darstellung belohnt, in welcher der KERN und die Täuschkörper sauber markiert waren. Der KERN bewegte sich mit einer unglaublichen Geschwindigkeit, und die Täuschkörper rasten kreuz und quer durchs All, genauso wie es beim *Frachter 43* der Fall gewesen war.

Dianne beugte sich vor und starrte atemlos auf den Monitor; sie wußte, daß es sich nun nur noch um Sekunden handelte. Entweder klappte es, und sie überlebten, oder es klappte nicht, und der gigantische KERN, der Killer-Asteroid, würde sie töten.

»Täuschkörper wechseln vom Flucht- in den Angriffsmodus«, meldete Reed, aber das sah Dianne auch selbst. Sie wendeten und flogen auf den KERN zu, anstatt sich von ihm zu entfernen.

Der KERN mußte den Täuschkörpern folgen. Wenn er den Bluff rechtzeitig durchschaute, würde er umdrehen und gerade in dem Augenblick die Suche nach der *Terra Nova* aufnehmen, in dem sie den Rand der Düppel-Wolke verließ. Und dann hätten sie verloren.

Der KERN brach aus der ersten Düppel-Wolke hervor und drang sofort in die zweite Wolke ein. Vielleicht war er so schnell, daß er den dazwischenliegenden freien Raumabschnitt überhaupt nicht bemerkt hatte. Verdammt, war das Ding schnell! Der KERN hatte die zweite Wolke auch schon fast durchflogen. Noch ein paar Sekunden, und er würde sie durchstoßen. Würde das genügen? Wäre der KERN so verwirrt, daß er nicht auf die Idee käme, sich umzudrehen?

»KERN manövriert! Taucht ab, negative *y*-Achse«,

rief Hamato, aber Dianne sah es auch. Der KERN änderte den Kurs um neunzig Grad und hielt auf den hintersten Täuschkörper zu, der sich in der gleichen Position befand, in der auch *Frachter 43* sich befunden hatte.

Ja. *Ja.* Sie hatten gewonnen! Es sei denn, die Explosion wäre nicht stark genug. Es sei denn, ein KERN verdaute auch einen *solchen* Schlag …

»KERN nähert sich Täuschkörper Sieben. Kollision steht unmittelbar bevor …«

Plötzlich wurde der Bildschirm von gleißender Helligkeit erfüllt. Die in Täuschkörper Sieben versteckte Bombe explodierte in der programmierten Entfernung von zehn Metern vom Ziel, und KERN 219 flog direkt in eine Fusionsexplosion, die ein Loch in die Dunkelheit riß.

Der KERN war nicht mehr zu sehen. Die Wucht der Explosion hatte ihn fast zum Stehen gebracht, doch er flog noch immer langsam weiter, hinein ins Herz der Explosion, hinein in den Hochofen.

Nun erschienen auch die anderen Täuschkörper und nahmen die Verfolgung des KERNs auf.

»Wir nähern uns dem Rand der Düppel-Wolke«, sagte Hamato.

So plötzlich, als ob jemand das Licht eingeschaltet hätte, durchstieß die *Terra Nova* die Düppelwolke und flog mit hoher Geschwindigkeit weiter, bis sie direkte Sicht auf den toten KERN hatte.

Denn tot war er. Daran bestand kein Zweifel mehr.

Jemand betätigte einen Schalter, legte die von den Spezialkameras gelieferten Aufnahmen des Endstadiums des Kampfs auf den Hauptbildschirm und schaltete auf Vergrößerung. Eine Serie von Explosionen füllte den Bildschirm mit gleißendem Licht aus. Dann tauchte der KERN taumelnd aus dem Feuerball auf.

Ein weiterer Täuschkörper flog auf ihn zu, rammte

ihn, und erneut erhellte eine Explosion die Dunkelheit. Der KERN riß entlang der Längsachse auf. Ein großer Materiebrocken wurde abgeschert, und *etwas* kam zum Vorschein, ein großes, graues rechteckiges Gebilde, das in eine Wolke kleinerer Gebilde gehüllt war – alle, das große Ding und die kleinen, zuckten und krümmten sich im Todeskampf.

Jubel ertönte, und plötzlich war die Brücke voller Menschen, die sich gegenseitig auf den Rücken klopften, lachten und laut durcheinanderredeten. Dianne fiel nicht mit ein. Statt dessen saß sie reglos und mit leerem Blick da, während um sie herum gefeiert wurde. *Einer* von ihnen. Sie hatten *einen* von ihnen erwischt.

Der erste Treffer, sagte sie sich. *Der erste kleine Sieg, das erste Mal, daß es jemandem im* Multisystem *gelungen war, dem Feind ein Haar zu krümmen.*

Nun mußten sie das nur noch ein paar hunderttausendmal wiederholen, und dann wären sie aus dem Schneider.

Der letzte Täuschkörper ging ins Ziel und explodierte. Das Ding aus dem Innern des KERNs verdampfte. Sie drehte sich zu ihrem Ersten Offizier um, der das Sterben auch verfolgte – nicht eines Feindes, sondern einer komplexen fremden Lebensform. Sie sah es in seinen Augen. Die Charonier wollten nur überleben, wie jedes andere Lebewesen auch. Das würde er ihr sagen. Vielleicht war es falsch, einen Tod zu feiern – überhaupt einen Tod, auch den eines KERNs.

»Gerald«, sagte sie.

»Hmmm? Was?« Er blinzelte und drehte sich zu ihr um. Sein Gesicht war blaß. Er wußte auch, wie knapp die Sache gewesen war. Er wußte, daß es genauso gut das Schiff hätte treffen können und daß sie beim nächstenmal vielleicht nicht so viel Glück haben würden. »Ja, es tut mir leid. Was gibt's, Ma'am?«

»Die Leute sollen die Gefechtsstationen verlassen«, sagte Dianne. »Wir gehen wieder auf den alten Kurs.« Sie aktivierte das Schiffsinterkom. »An alle Stationen«, sagte sie mit müder Stimme. »Ich habe folgende Mitteilung zu machen.«

Wie sollte sie es ausdrücken? Was wollten die Leute hören?

»Ich habe folgende Mitteilung zu machen«, wiederholte sie. »Wir sind noch am Leben. Das ist alles.«

Kapitel Einundzwanzig

Akzeptable Verluste

»Nachdem wir den Angriff auf das Sonnensystem zurückgeschlagen hatten, zerstörten wir Pluto und Charon, um die anderen Welten zu retten, und verloren infolgedessen den Kontakt mit der Erde. Wir sagten uns, ein halber Laib – die sieben überlebenden Welten des Sonnensystems – sei besser als gar keiner.

Doch angenommen, man wäre ein Teil des halben Laibs gewesen, der geopfert worden war? Für den Betreffenden wäre es wohl kein gutes Geschäft gewesen.«

– *Memoiren*, Dr. Jane Webling,
Wissenschaftliche Direktorin, Gravitations-Forschungsinstitut
(im Ruhestand)

Kommandozentrale des *Rings von Charon*
Plutopunkt
DAS SONNENSYSTEM

Der *Autokrat* rückte mit dem Bauern ein Feld vor und lehnte sich zurück. Sondra Berghoff reagierte nicht. Sie starrte reglos auf das Brett. Sie hatte sich immer für eine ganz passable Spielerin gehalten, doch der *Autokrat* war ihr deutlich überlegen. Und dennoch wies sein Spiel Schwächen auf. Im Gegensatz zu ihm war sie nicht in der Lage, mehrere Züge vorauszudenken, zumal er einen bemerkenswerten Überblick über das gesamte Brett hatte.

Und dennoch – vielleicht *gerade* deshalb – übersah der *Autokrat* oft die kleinen Details, die subtilen Dinge, und manchmal auch die offensichtlichen. Wenn dadurch nicht die Aussicht auf einen schnellen Sieg beeinträchtigt wurde, war ihm das auch egal. Es war ihr nur dann gelungen, ihn zu schlagen, wenn sie Züge gemacht hatten, die scheinbar kein großes Entwicklungspotential hatten – manchmal genügte nämlich schon eine Möglichkeit.

Sie schob den einzigen Bauern, den sie noch hatte, auf das nächste Feld. »Schachmatt«, verkündete sie.

Der *Autokrat* schaute überrascht auf. »Stimmt«, sagte er. »Stimmt wirklich. Ich muß sagen, es ist ein Vergnügen, mit einem Könner zu spielen. Allein das ist fast schon den Flug zum *Plutopunkt* wert.«

»Weshalb kommen Sie auf Ceres nicht in den Genuß einer guten Partie Schach?« fragte Sondra.

»Die Leute befürchten, daß ich sie hinrichte, falls ich verliere«, sagte der *Autokrat* in geschäftsmäßigem Ton, während er die Figuren für das nächste Spiel aufstellte.

Sondra wußte nicht, ob sie das lustig oder abstoßend finden sollte. Machte er Witze, oder hatten er oder einer seiner Vorgänger sich einen Ruf als Stümper erworben? Sie wußte nie so recht, was sie vom *Autokraten* halten sollte. Wie dem auch sei, sie mußte etwas erwidern, und wenn sie sich echauffiert hätte, wäre das irgendwie unhöflich gewesen. »Nun«, sagte sie so locker wie möglich, »dann muß ich wohl froh sein, daß ich nicht Ihrer Gerichtsbarkeit unterliege.«

»Papperlapapp, Sie unterliegen ihr durchaus«, erwiderte er. »Die Gerichtsbarkeit des *Autokraten* endet nämlich nicht an irgendwelchen Grenzen. Ich bin verpflichtet, mich jederzeit und überall um das Wohlergehen des Asteroidengürtels und seiner Bewohner zu kümmern. Ich versichere Ihnen, wenn ich den Befehl erteilen würde, Sie zu exekutieren, würde es Ihnen auch nichts nützen, wenn Sie sich außerhalb des Asteroidengürtels aufhalten.«

»Weil ich das Verbrechen begangen habe, Sie im Schach zu schlagen?«

»Aus jedem Grund, wenn ich Sie als Gefahr für Gerechtigkeit und Frieden einstufen würde. Einer meiner Vorgänger hat mindestens einen Mann eben wegen des Verbrechens hinrichten lassen, ihn im Schach geschlagen zu haben, wobei die ganze Sache unter ziemlich mysteriösen Umständen stattfand und zudem noch einen unehrenhaften Handel mit einer dritten Partei umfaßte. Es ist keine schöne Geschichte, und ich möchte auch nicht den angenehmen Abend verderben, indem ich sie erzähle.«

Es war nicht das erstemal, daß der *Autokrat* eine Story über einen mysteriösen Todesfall und eine Hinrichtung in die Unterhaltung hatte einfließen lassen, und Sondra wurde sich bewußt, daß der *Autokrat* noch nie versichert hatte, *er* würde nie jemanden hinrichten lassen.

Ganz im Gegenteil, sie hatte den Eindruck gewonnen, daß die Besatzung der *Autarch* dazu ausgebildet und auch bereit war, jeden zu durchsieben, wenn der *Autokrat* den Befehl dazu erteilte. Ohne Zweifel wollte er sie verunsichern, und es gelang ihm auch.

Dennoch *mochte* sie den *Autokraten.* Er neigte zwar zur Grausamkeit, war aber auch warmherzig und leutselig. Er erinnerte sie an einen strengen, aber gerechten Vater, der seine Kinder an die Kandare nahm und ihnen emotionslos eine Ohrfeige gab, wenn es sein mußte. »Noch ein Spiel, *Autokrat?*« fragte sie.

»Nein, ich glaube nicht«, sagte er und stand auf. »Sie spielen mir zu gut. Sie wissen nun, wie man mich schlagen kann, und vielleicht sollte ich Ihnen ein paar Tage Zeit geben, das Gelernte wieder zu vergessen.« Er ging durch die Messe zum Bullauge und schaute hinaus auf den großen, leuchtenden *Ring von Charon,* der sich nun fast in einer horizontalen Position zur Station befand.

»Glauben Sie, daß ich eine Übernahme der Station plane?« fragte er beiläufig.

»Sir?«

Er drehte sich zu ihr um. »Sie haben die Frage schon verstanden. Sicher haben Sie an diese Möglichkeit gedacht, als ein schwerbewaffnetes Schiff und ein ungebetener Gast ihren Aufenthalt überzogen haben. Ich hätte eigentlich schon längst abfliegen sollen. *Glauben* Sie, ich plane eine Übernahme?«

»Ja, diese Möglichkeit ist mir in den Sinn gekommen«, sagte Sondra in wohlgesetzten Worten. »Ein Teil der Belegschaft ist schon ziemlich unruhig. Aber ich glaube, Sie wollen, daß wir und unsere Leute auf dem Mond und dem Mars Sie fürchten. Sie wollen uns zeigen, daß Sie diese Station erobern und die Kontrolle über den *Ring von Charon* übernehmen *könnten*. Aber Sie haben – und hatten – nicht vor, diese Drohung wahrzumachen.«

»Ich verstehe«, sagte der *Autokrat*. »Und weshalb sollte ich so handeln?«

»Um Ihre Position am Verhandlungstisch zu stärken. Um sich die Leute gefügig zu machen. Um eine Lösung für das Problem des Monopols auf die Quelle von Gravitationsstrahlen zu erzwingen.«

»Werden Ihre Freunde im Inneren System nun verhandeln, bevor es zu einer Krise kommt?«

»Ich glaube schon. Auf jeden Fall haben Sie ihre Aufmerksamkeit gewonnen.«

»Und habe ich eine Lösung vorgeschlagen? Habe ich eine Möglichkeit gefunden, diese Ressource der Allgemeinheit zu erschließen?«

Sondra hatte Angst, große Angst. Es gab Spiele, die sie mit dem *Autokraten* lieber nicht spielen wollte. »Ich weiß nicht«, sagte sie. »Ich glaube nicht.«

»Sie haben ganz recht«, sagte der *Autokrat*. »Ich habe noch keine Lösung. Aber sie wird nicht mehr lange auf sich warten lassen.«

»Dann wollen Sie diese Station also nicht übernehmen?« fragte Sondra.

Der *Autokrat* schaute ihr in die Augen und gab ihr eine der für ihn typischen ausweichenden Antworten. »Diesen Plan verfolge ich zur Zeit nicht«, sagte er. »Aber das ist auch unerheblich. Ich glaube, ich weiß nun, weshalb ich hergekommen bin«, sagte er und schaute aus dem Bullauge.

»Was? Wie bitte? Wie meinen Sie das, *Autokrat?*« fragte Sondra. Sie stand auf und ging zu ihm hin – allerdings nicht zu nahe. »Ich dachte, Sie wären wegen der Frage der Gravitations-Strahlen hier. Ich dachte, Sie wären mit ein paar klaren politischen Vorstellungen hergekommen.«

»O ja, richtig. Ganz recht. Und ich habe ein paar vielversprechende Lösungsansätze entwickelt, auch wenn ich die Lösung an sich noch nicht gefunden habe. Doch das spielt keine Rolle. Die Motive, aus denen man etwas tut, sind mannigfaltig. Es ist wichtig, daß der *Ring* nicht von einer Partei allein kontrolliert wird, und daß die Gravitationsstrahlen-Technik keinen interplanetarischen Krieg auslöst, ist genauso wichtig. Ich glaube, mein Erscheinen hier hat unsere Freunde auf dem Mond und dem Mars so beunruhigt, daß wir diese Punkte nun lösen und Ihre Unabhängigkeit bewahren können. Das ist zwar alles ganz hilfreich – aber deshalb bin ich im Grunde nicht gekommen.«

»Weshalb sind Sie dann hier?« fragte Sondra. Ihr Herz hämmerte so laut, daß es die Worte fast übertönte.

»Um mir das hier anzusehen«, sagte er und zeigte auf den *Ring*. »Damit ich nicht vergesse, was wahre Macht ist und wie klein ich in Wirklichkeit bin. Ich bestimme über Leben und Tod der Menschen, doch dort draußen ist die mächtigste Maschine, die jemals von Menschen gebaut wurde – und sie ist nichts im Vergleich zur Stärke der Charonier. *Sie* bestimmen über Leben und Tod ganzer Welten – und doch hatten sie sich hier im

Sonnensystem verborgen. Sie *fürchteten* eine andere, größere Macht und versteckten sich vor ihr. Aber das wußte ich wohl schon, zumal ich die Macht der Charonier selbst erlebt habe, aber das hier...« – er wies auf den *Ring* –, »das hier gehört *uns*. Und es war so mächtig, um zwei Welten zu vernichten.«

»Aber das wußten Sie doch schon, bevor Sie hierher kamen«, sagte Sondra. Was sollte das? Er war nicht gekommen, um mit dem Säbel zu rasseln, sondern als Tourist?

»Ich kannte die Erde als einen Ort mit frischen Brisen, weitem Himmel und wilden Tieren«, sagte der *Autokrat*. »Aber *verstanden*, tief im Herzen, tief in der Seele, auf der Ebene des Instinkts, hatte ich es erst, als ich hier ankam. Nun bin ich weit von der Erde entfernt und noch immer im Sonnensystem. Ich mußte herkommen, um es wirklich zu verstehen.«

»Da sind Sie weiter als ich, *Autokrat*«, sagte Sondra. »Ich weiß nämlich, daß ich *Sie* nie verstehen werde.«

Der *Autokrat* lächelte und schaute Sondra mit einem offenen und warmherzigen Blick an, der sie dennoch fürchterlich erschreckte.

»Gut«, sagte er.

Dreyfuss-Forschungsstation
Nordpol
DER MOND

Als Larry Chao aufwachte, erblickte er lauter Gesichter. Tyrone Vespasian, Selby Bogsworth-Irgendwas, Marcia MacDougal, eine Krankenschwester und Lucian Dreyfuss. Alle starrten sie ihn an.

Einen Augenblick – *Lucian?* Das war unmöglich. Larry schloß die Augen, schüttelte den Kopf und öffnete die Augen wieder. Erleichtert – und gleichzeitig enttäuscht – stellte er fest, daß der imaginäre Lucian verschwunden war. Lucian. Lucian würde ihn noch für lange, lange Zeit verfolgen.

»He«, sagte Vespasian. »Er ist wach. He, Larry. Sind Sie in Ordnung?«

»Ja, ja, ich glaube schon.« Larry setzte sich im Bett auf und bereute es sofort. Jede einzelne Muskelfaser schmerzte. »Nun, auf jeden Fall werde ich wieder in Ordnung *kommen*. Kann mich im Moment kaum rühren.«

»Darauf wette ich«, sagte Vespasian, wobei seine Fröhlichkeit und Herzlichkeit jedoch aufgesetzt wirkten. Offensichtlich war er nicht hier, weil er sich wegen Larrys Gesundheit Sorgen machte.

Larry hatte selbst auch wenig Lust auf Konversation. »Also«, sagte er, schwang die Beine herum und stellte die Füße auf den Boden. Ein richtiger, fester Boden und kein Drucksimulator. »Habt ihr alles?«

»Haben wir«, sagte Vespasian. »Aber wir sind uns nicht sicher, worum es sich dabei handelt. Wir hofften, Sie würden uns mehr darüber erzählen.«

»Ich glaube, Sie haben weniger gesehen als ich«, sagte Larry. »Die Eindrücke wurden ziemlich … seltsam, nachdem Lucian und ich abgehoben hatten. Ich glaube nicht, daß eine schlichte Videoverbindung Ihnen dieses Gefühl vermittelt hat. Was haben Sie nun gesehen?«

»Eine Videosequenz«, sagte Marcia. »Sie zeigte erst einen Angriff auf die Sphäre und dann ihre Zerstörung. Wir sahen die Bilder der *Zerschmetterten Sphäre*, die wir schon vor fünf Jahren empfangen hatten. Die Sphäre stirbt, die Gravitationssysteme versagen, und die *Gefangenen Sonnen* werden im All verstreut. Die alten Bilder der *Zerschmetterten Sphäre* müssen eine Art Stenographie-Version der Sequenz gewesen sein, die wir heute gesehen haben.«

Larry nickte und stand auf. Ein Kittel hing neben dem Bett, und er zog ihn an. Schon die geringste Bewegung verursachte ihm Schmerzen. Verdammt, weshalb ließen sie ihn nicht für ein paar Minuten in Ruhe, damit er auf die Toilette gehen, sich waschen und anziehen konnte? Na schön, die Sache war wichtig. Er wußte das besser als sie. Trotzdem brauchte er etwas Zeit für *sich*. »Stenographie ist durchaus zutreffend«, sagte er und machte gute Miene zum bösen Spiel. »Wenn Sie die Kurzfassung der Zerstörung einer Sphäre einem hochrangigen Charonier zeigen würden, wüßte er auch, was es bedeutet.«

»Aber *was*, zum Teufel, bedeutet es?« fragte Vespasian. »Weshalb hat Lucian Ihnen das gezeigt? War es ein historisches Ereignis, eine Legende oder eine Warnung?«

»Alles zusammen«, sagte Larry mit einer gewissen Schärfe in der Stimme. »Einen Moment. Ist das alles, was Sie gesehen haben? Den Rest haben Sie nicht gesehen?«

»Anscheinend hat jeder etwas anderes gesehen«, sagte Selby trocken. »Zumindest was mich betrifft. Aber was haben *Sie* nun gesehen? Etwas anderes als die Vernichtung der Sphäre?«

»Nichts anderes«, erwiderte Larry. »Mehr als das. Etwas, das die Antwort auf alle Fragen zu sein scheint.«

»Ein paarmal haben wir einen Schwall von Bildern und Daten empfangen«, sagte Marcia. »Sie liefen aber so schnell ab, daß wir nichts damit anfangen konnten. Wir haben sie immer wieder ablaufen lassen, aber wir wissen immer noch nicht, worum es sich dabei handelt.«

»Ja, dieser Datenschwall«, sagte Larry. »Obwohl die Bildfolge mir gar nicht wie ein Schwall vorkam. Sie war ausführlich und detailliert, und Lucian – oder was auch immer Lucian nun ist – hat mir die ganze Zeit einen *Kommentar* ins Ohr geflüstert. Mir kam es so vor, als ob die ganze Sequenz eine Laufzeit von ein paar Stunden hatte. Für Sie scheint sie aber nur ein paar Minuten gedauert zu haben.«

»Etwa fünf bis zehn«, sagte Marcia.

»Dann haben Sie auch nicht gesehen, was ich gesehen habe«, sagte Larry. »Als Lucian mich in den Himmel führte, änderte sich alles. Ich glaube, die ganze Zeit, die ich bei ihm war, suchte er nach einer Möglichkeit, um das zu tun, was er dann tat. Doch dann änderte sich alles. Vorher hatte ich die Dinge nur aus der TeleOperator-Perspektive gesehen. Sehr realistisch und überzeugend, aber ich wußte eben, daß es sich um eine Simulation handelte. Und dann ... dann führte Lucian mich in den Himmel, und plötzlich war alles *anders*.«

»Wie anders?« fragte Marcia.

»Es war wie ... wie der Unterschied zwischen einer Live-Aufführung und einer Aufzeichnung. Wenn man sich vor Ort befindet, hat man subtile Empfindungen von ... *Präsenz*, des Da-Seins, der *Berührung*. Man hat das Gefühl, von drinnen nach draußen zu schauen statt umgekehrt. Ich weiß nicht. Ich hatte das Gefühl, daß alle meine Sinne verschmolzen. Sehvermögen, Gehör, Tastsinn, Geschmack und Geruchssinn wurden eins. Vielleicht erfolgte durch all die Verbindungen und Elektroden eine Rückkopplung, die diese Synchronisation bewirkte. Was Sie als Datenschwall bezeichnen, erlebte ich, als ob man mir den Kopf geöffnet und Informationen hineingeschüttet hätte.«

»Und welche Informationen waren das?« fragte Selby. »Was *haben* Sie gesehen?«

»Den *Widersacher*«, sagte Larry. »Den *Feind*. Den Feind der Charonier. Das Ding, das die *Sphäre* zerschmettert hat und das auch die Sphäre töten will, in der die Erde sich befindet.«

Selby, Marcia und Vespasian wechselten Blicke. »Am besten«, sagte Vespasian mit herablassender Attitüde, »fangen Sie noch einmal von vorne an.«

»Sollte ich vielleicht«, sagte Larry leicht gereizt. »In zehn Minuten. Nachdem ich mich gewaschen und angezogen habe. Und nicht hier, wo ihr drei euch um mein Bett drängt.«

Unsicher sah Marcia ihre Begleiter an. »In Ordnung«, sagte sie. »Den Flur entlang ist ein Konferenzraum. Wir treffen uns dort, wenn Sie fertig sind.«

Selby schien Einwände erheben zu wollen, doch Marcia bedeutete ihr, den Mund zu halten. »Wir warten draußen«, sagte Marcia.

Larry sah ihnen nach und wunderte sich über sich selbst. Was war nur in ihn gefahren? So verhielt er sich doch sonst nicht. Aber dann dämmerte es ihm. Er erinnerte sich daran, wie er sich vor fünf Jahren mit Lucian gestritten hatte. Es war im wahrsten Sinne des Wortes etwas in ihn gefahren.

Dieses Verhalten war typisch für *Lucian*.

Larry fühlte sich besser – und war buchstäblich wieder zu sich gekommen –, als er den Konferenzraum betrat. Zufrieden stellte er fest, daß die anderen es vermieden, ihn wieder zu verärgern, und ihn nun mit einer gewissen ängstlichen Höflichkeit behandelten. Sie hatten offensichtlich erkannt, daß er das hatte, was sie wollten, und daß es keine gute Idee war, ihn zu verprellen. Nachdem ein paar Höflichkeiten ausgetauscht worden waren, nahm Larry am Kopfende Platz und erstattete Bericht.

»Ich habe noch viel mehr von Lucian erfahren. Vielleicht sogar mehr, als ich ahne. Es war so, als ob er mir alles erklärt hätte, was wir sahen. Das ist zwar nicht ganz richtig, weil er noch große Schwierigkeiten mit dem Sprechen hatte – aber ich weiß, daß er mir mehr gesagt hat, als Sie wissen.«

Er zögerte und suchte nach den passenden Worten. »Wir müssen weit in der Zeit zurückgehen«, sagte er schließlich. »Ich weiß aber nicht, wie weit zurück. Für kurze Zeitabschnitte habe ich ein gutes Gefühl entwickelt, aber bei längeren Abschnitten wird es problematisch, weil – nun, Sie werden es schon noch sehen. Auf jeden Fall war es vor Millionen von Jahren. Vielleicht vor fünf Millionen, vielleicht auch vor hundertundfünfzig Millionen. Die Charonier waren damals schon etabliert. Sie hatten sich bereits über einen großen Abschnitt der Galaxis ausgedehnt, ihre Sphären gebaut und die *Multisysteme* mit Welten bestückt. Damals fürchteten sie sich noch nicht. Sie mußten sich nicht verstecken.

Die Sphären-Systeme waren über Wurmlöcher miteinander verbunden, und die Sphären hielten untereinander engen Kontakt, wobei Welten, Lebensformen und Informationen über die Verbindungen ausgetauscht wurden. In der Blütezeit existierte ein Netzwerk mit vielleicht ein paar tausend Sphären.«

»Und was geschah dann?« fragte Marcia.

»Dann entdeckten sie, daß sie nicht die einzigen waren, die mit Gravitation und Wurmlöchern arbeiteten.«

»Diese *Widersacher*, die Sie erwähnten«, sagte Selby.

»Es gibt nur einen *Widersacher*«, sagte Larry. »Er ist imstande, sich nach Belieben in Untereinheiten zu zerlegen und wieder zusammenzusetzen. Begriffe wie ›Gruppe‹ und ›Individuum‹ kennt er nicht. Aber in der Praxis findet diese Begrifflichkeit dennoch eine Entsprechung, denn er ist in der Lage, eine beliebige Anzahl von ›individuellen‹ Einheiten zu erzeugen.«

»Und wie sehen diese Einheiten aus?« fragte Vespasian.

»Sie sind sphärisch. Müssen sie sein. Normalerweise sind sie schmutziggrau, aber das ist nur der Schutt, der sich auf der Oberfläche ablagert. Sie sind unterschiedlich groß – doch die Einheit, die eine Sphäre angreift, hat die Größe eines KERNs beziehungsweise eines durchschnittlichen Asteroiden.«

»Weshalb müssen sie sphärisch sein?« fragte Marcia.

»Sie werden durch die Schwerkraft in diese Form gebracht«, sagte Larry. »Sie sind zwar klein, aber extrem massiv. Ich weiß es nicht mit Bestimmtheit, denn es befand sich nicht im Erinnerungsspeicher, den Lucian mir gezeigt hatte, aber ich glaube, sie bestehen aus *strange*-Materie, deren Dichte der eines Neutronensterns entspricht. Ein *Widersacher*-Brocken mit einem Durchmesser von einem Meter hätte die Masse eines großen Asteroiden.«

»*Strange*-Materie? Was, zum Teufel, ist *strange*-Materie?« fragte Selby.

»Eine alternative Form der Materie – oder zumindest eine alternative Form schwerer Teilchen wie Protonen und Neutronen.«

»Wie Antimaterie?« fragte Selby.

»Nein, nein, überhaupt nicht wie Antimaterie«, sagte Marcia. »Antimaterie explodiert beim Kontakt mit Materie und hat deshalb nur eine kurze Lebensdauer. *Strange*-Materie dagegen könnte sehr wohl in unserem Universum existieren – wenn sie denn existiert. Und es sieht ganz danach aus.«

»Und weshalb die hohe Dichte?« fragte Vespasian.

»Bei normaler Materie erreichen die Atomkerne nur eine bestimmte Größe«, sagte Marcia. »Die Elemente, die schwerer sind als Uran, sind instabil – sie zerfallen. Der Größe eines aus *strange*-Quarks bestehenden Atomkerns indes sind keine Grenzen gesetzt. Ein *strange*-Atom könnte das Milliarden- oder Billionenfache des Atomgewichts erreichen.«

»Nur daß *strange*-Materie bisher nicht nachgewiesen wurde, nicht wahr?« sagte Vespasian.

Marcia schaute Larry an. »Bis jetzt nicht.«

Larry seufzte frustriert. »Sehen Sie, ich weiß, daß das alles verrückt klingt, aber so ist es. Es ist die Wahrheit.«

»Sie sprechen nur von dem, was Lucian Ihnen gesagt und gezeigt hat«, sagte Marcia. »Das heißt aber noch nicht, daß es auch wahr ist. Vielleicht hat er sich geirrt, oder er ist verrückt, oder Sie haben ihn mißverstanden.«

»Oder er hat recht«, sagte Larry leicht pikiert. »Ich weiß, es scheint unmöglich, daß etwas so Kleines die Charonier angreift, aber lassen Sie mich bitte zu Ende erzählen.«

Vespasian zuckte die Achseln. »Wer hätte es vor fünf Jahren für möglich gehalten, daß ein im Mond verborgenes Monster die Erde entführen würde? Machen Sie weiter, Larry. Erzählen Sie.«

»In Ordnung. Danke. Ich behaupte nicht, daß ich alles verstehe, aber der *Widersacher* ist der Schlüssel. Er ist zwar in der Lage, zu handeln, koordiniert zu handeln, aber ich glaube nicht einmal, daß er nach unserem Verständnis lebendig ist.«

»Von welchen Handlungen sprechen Sie?« fragte Vespasian.

Larry schaute ihn verwundert an. »Vom Töten von Sphären natürlich.«

»Einen Augenblick«, wandte Marcia ein. »Wie könnte solch ein kleines Ding eine Sphäre töten?«

»Schauen Sie, ich werde die Geschichte von Anfang an erzählen, dann ergibt es vielleicht eher einen Sinn. Wir glauben, die Charonier, die Sphären, entwickelten sich aus einer intelligenten, uns mehr oder weniger ähnlichen Spezies, die ein automatisches Saatschiff aussandte, das darauf programmiert war, die an Bord befindlichen Lebensformen genetisch zu modifizieren und sie an den Zielplaneten anzupassen – nur daß das Saatschiff sich selbständig machte und die Lebensformen unterwarf. Die Charonier verschmolzen Biologie und Technik und gestalteten ihre Entwicklung und Evolution selbst, bis sie das System aus Sphären schufen. Wie ich es verstanden habe, tat der *Widersacher* das gleiche und lenkte seine Entwicklung auch selbst. Es ist, als ob... ich weiß nicht... eine Amöbe, ein niederes Tier, Intelligenz entwickelt und sich selbst verbessert hätte.«

»Aber eine Amöbe ist nicht annähernd so komplex, um so etwas wie Intelligenz zu entwickeln«, wandte Marcia ein. »Alle Forschungen zeigen, daß eine einzelne Zelle nie die Komplexitätsschwelle erreichen wird, oberhalb derer Intelligenz sich entwickelt. Bei einer Zelle ist das ausgeschlossen.«

»Nicht, wenn diese Zelle aus Wasserstoff, Kohlenstoff, Sauerstoff und Stickstoff besteht. Aber die Atome, aus denen dieses Wesen besteht, haben vielleicht mehr *Partikel*, mehr Neutronen und Protonen, als eine Amöbe Atome hat. Die Komplexität ist da, nur auf der nuklearen Ebene.«

»Eine Sekunde«, wandte Vespasian ein. »Ich dachte, Marcia hätte gesagt, daß der Nachweis von *strange*-Materie noch nicht erfolgt sei. Wo soll dieses Ding denn leben?«

»Auf einem Neutronenstern«, sagte Larry. »Es hat sich auf seiner Oberfläche entwickelt. Die auf dem Neutronenstern herrschende Schwerkraft hat die ursprünglich sphärische Form natürlich zu einem Pfannkuchen abgeflacht.«

»Quatsch!« sagte Selby. »Das ist doch lächerlich. Ein gigantischer einzelliger Pfannkuchen, der auf einem Neutronenstern lebt? Wie, zum Teufel, sollte solch eine Entität entstehen?«

»Indem sie sich in einem starken Schwerefeld entwickelt – oder degeneriert oder was auch immer – und lernt, sich von ihm zu ernähren«, sagte Larry. »Der

Widersacher nutzt Schwerefelder, wie unsere Körper elektrochemische Energie nutzen. Er gewinnt Energie durch die Manipulation von Gravitationsfeldern. Irgendwie – ich weiß nicht, wie – wandelt er normale Materie mit Hilfe der Schwerkraft in *strange*-Materie um. Aus einem Teil erschafft er neue *Widersacher*-Einheiten, und den Rest nutzt er als Energiequelle.«

»Das klingt zwar alles etwas bizarr, aber *irgend etwas* muß diese *Zerschmetterte Sphäre* schließlich getötet haben«, sagte Marcia nachdenklich. »Dennoch wäre das einer an hohe Schwerkraft gewöhnten Spezies viel leichter gefallen. Für uns wäre ein Schwerefeld, das die Raumzeit verzerrt, tödlich, und die Kernphysik findet in einem so kleinen Maßstab statt, daß wir es nicht einmal sehen. Aber der *Widersacher* ist hohe Schwerkraft gewohnt, und die Atome, mit denen er hantiert, sind so groß, daß man sie vielleicht sogar mit bloßem Auge sehen würde. Es ist so, als ob wir ein Wurmloch mit einem Zehn-Ge-Feld erzeugen oder die Gentechnik mit Genen arbeiten würde, welche die Größe von Bauklötzen haben. Die Schwelle würde viel niedriger liegen.«

»Aber die Charonier«, sagte Selby. »Was haben sie mit den Charoniern zu tun?«

»Die Charonier verfügen über ein Netzwerk von Wurmlöchern, das die verschiedenen Sphären und Systeme verbindet«, sagte Larry. »Der *Widersacher* hat ein ähnliches Netzwerk entwickelt. Zuerst hat er eine Wurmlochverbindung zu einem anderen Neutronenstern geschaffen und ihn kolonisiert. Und dann zum nächsten und übernächsten. Beide Netze wuchsen vom Zentrum aus.«

»Mein Gott«, sagte Marcia. »Ich verstehe. Nun verstehe ich. Eine Seite hat versehentlich das Wurmlochnetz der anderen angezapft.«

»Richtig. Genau«, sagte Larry. »Doch wir müssen berücksichtigen, daß die Charonier starke Gravitationsfelder und Wurmlöcher *benutzen*, der *Widersacher* aber in ihnen *lebt* und sich von ihnen ernährt. Die Charonier nutzen die Gravitation zwar ganz anders, aber sie leben auch von Schwerefeldern.

Hohe Schwerkraft und Wurmlöcher stellen noch immer eine Gefahr für die Charonier dar. Sie müssen in ihrer Nähe vorsichtig sein. In dieser Hinsicht haben wir viel mehr mit den Charoniern gemein als mit dem *Widersacher*. Wenigstens bewohnen Charonier und Menschen dasselbe empirische Universum. Der normale Aufenthaltsort für den *Widersacher* ist die Oberfläche eines Neutronensterns. In einem Wurmloch fühlt der Widersacher sich zu Hause.«

»Wenn man es so betrachtet«, sagte Marcia, »sind die Größenunterschiede genauso unerheblich wie bei einem Kampf zwischen einem Schwarm Heuschrekken, der über ein Kornfeld herfällt, und ein paar Menschen, die ihn zu vertreiben versuchen.«

»Was ist eine Heuschrecke?« fragte Vespasian. Anscheinend hatte er sich nicht allzu oft auf der Erde aufgehalten.

»Ein gefräßiges Insekt«, sagte Marcia. »Zum Glück kommen sie auf dem Mond nicht vor. Sie fallen zu Millionen über ein Kornfeld her und fressen es an einem Tag ratzekahl. Sie waren an eine bestimmte Umgebung angepaßt, und wenn sie diese Umgebung fanden, nahmen sie sie in Beschlag. Es kümmerte sie nicht, daß die Menschen das Kornfeld angelegt hatten und es selbst nutzen wollten. Kornfelder waren die ideale Umgebung für Heuschrecken. Sie waren besser geeignet, sie auszubeuten, als die Menschen, welche die Felder bestellten. Die Heuschrecken fraßen das ganze Feld kahl, und die Bauern mußten hilflos zusehen.«

»Das geht aber nur, wenn die Heuschrecken einen durch ihre schiere zahlenmäßige Übermacht erdrücken«, wandte Selby ein. »In dieser Videosequenz haben wir aber nur eine Einheit des *Widersachers* gesehen.«

»Das genügt auch schon. Sie haben doch gesehen, daß die Einheit durchgekommen ist. Der *Widersacher* könnte auch ein Wurmloch öffnen und in seiner Gesamtheit in die Sphäre eindringen. Sobald er drin ist, würde er sich in Hunderte kleinerer Einheiten aufspalten. Die meisten würden von den Charoniern zerstört werden. Aber nur ein *Widersacher* müßte durchkommen. Es würde keine Rolle spielen, ob der Rest umkommt, denn sie sind alle eins.«

»Und einer von ihnen – nur einer – wäre in der Lage, die Sphäre zu töten?«

»Nur einer«, sagte Larry. »Der beste Zeitpunkt, sie aufzuhalten, ist, wenn der Elter durch das Wurmloch ins Sphären-System eindringt und noch als Ganzes existiert. Um den Elter zu töten, muß man ihn schon mit einem Planeten bewerfen. Die *Widersacher*-Einheiten sind zäh, und der Elter ist noch zäher. Nur die kinetische Energie eines sich mit relativistischer Geschwindigkeit bewegenden Planeten reicht aus, um einen großen *Widersacher* zu töten. Wenn der Planet mit einer Geschwindigkeit, die einen beträchtlichen Prozentsatz der Lichtgeschwindigkeit beträgt, mit dem *Widersacher* kollidiert, wird der *Widersacher* zerstört – und der Planet auch. Der *Widersacher* wird fast bis zum Kern vordringen, bevor er zerstört wird. Die Charonier opfern einen Planeten, um die anderen zu retten. Akzeptabler Verlust. Ein halber Laib. Na, fällt bei euch der Groschen?« fragte Larry mit einem Anflug von Galgenhumor.

»Larry, das ist doch nicht alles«, sagte Marcia. »Sie haben uns noch nicht alles gesagt. Lucian hätte sich nicht so angestrengt, Ihnen diese Informationen mitzuteilen, wenn dadurch nicht ein paar Geheimnisse gelüftet würden. Es ist zwar ganz nett, wenn wir wissen, vor wem die Charonier Angst haben, aber wir *müssen* es nicht wissen.«

»Nein, nein, wir müssen das nicht wissen. Aber … aber …« Larry drehte den Kopf zur Wand. Wie sollte er es ihnen plausibel machen? »Worüber wir Bescheid wissen *müssen*, ist die Geometrie des Sphären-Systems, in dem die Erde sich befindet.

Wenn der *Widersacher* angreift, kommt er durch eine Wurmlochverbindung. Und ein *Widersacher* nähert sich dem System, in dem die Erde sich befindet. Das ist es, was die Charonier in Angst und Schrecken versetzt hat. Irgendwie hat die Überführung der Erde in jenes System die Aufmerksamkeit des *Widersachers* erregt. Er kommt durch die Wurmlochverbindung zur *Erde*. Möglicherweise versucht er auch, auf einem anderen Weg ins System zu gelangen, aber mit größter Wahrscheinlichkeit nimmt er die Verbindung, welche der Erde am nächsten liegt.

Und wenn eine charonische Sphäre einen *Widersacher* mit einem Planeten bewerfen will, dann nimmt sie im allgemeinen den nächstgelegenen.«

Kapitel Zweiundzwanzig

Wieder zum Leben erweckt

»Quelle: Dreyfuss-Kontaktbericht

Prozedur: Thematisch geordnete Rekursive *Widersacher*/Charonische Übersetzungs-Routine, Durchlauf 45 234 von 45 234. Richtigkeitsgewähr zirka 75 Prozent.

Anmerkung: Alle *Widersacher*-Maßeinheiten und Zahlenangaben stellen näherungsweise Skalar-Äquivalente der Standard-Einheiten dar. Die Genauigkeit dieser Näherungen schwankt jedoch erheblich. Außerdem erschweren durch hohe Beschleunigung und Gravitationseffekte verursachte relativistische Effekte die Umrechnung und den Vergleich der Meßergebnisse.«

»Wir sind/ich bin der Eine. Jeder berührt jeden. Alle. Die Zeit ist unser/mein Reich, der Raum unser/mein Gefängnis.

Wir/ich überbrücken die Millisekunden(?) und Sekunden(?) und die langen Stunden(?) nach Belieben, und alle Zeiten sind eins für uns/mich. Wenn nötig, schicken wir/ich ein paar von uns/mir in die noch weiter entfernte Vergangenheit und Zukunft.

Doch sollen wir/ich uns/mich unserer/meiner Stärke rühmen, wenn wir/ich einst viel größere Raumzeitabschnitte bewältigt hatten? In Wirklichkeit sind unsere/meine Transits nun kurz.

Einst waren unsere/meine Reisen in die Zeit lang, doch in dieser Epoche unternehmen wir/ich nur kurze Reisen in die Anderzeit(?) und zu Andernorts(?). Die Krümmung der Masselosigkeit in die anderen, niedrigeren Dimensionen hemmt uns/mich und hält uns/mich in der Nähe unserer/meiner Heimat im *Allzentrum* fest, und unsere/meine früheren Reisewege sind verloren.

Die dunkle Masselosigkeit krümmt die Zeit selbst. In diesem kalten und dunklen [Reich?] verrinnt die Zeit mit einer solchen Geschwindigkeit, daß selbst bei einem kurzen Besuch die Gefahr besteht, unwiderruflich die Synchronisation mit dem *All* zu verlieren. Die [Dunkelzeit?] rast tausend, eine Million Mal schneller als die Zeit im natürlichen Zustand und kappt alle Verbindungen zwischen dem Reisenden und dem *All* und reißt uns auseinander, die wir eins sind.

Und doch, in einer Vergangenheit noch vor dem Beginn der Zeitrechnung in der *Dunkelheit*, war/ist es nicht so.

Am Anfang, tief in der [weit zurück?] befreiten wir/ich uns/mich [selbst?] aus dem kalten, gespenstischen Chaos der Gefilde der Masselosigkeit und versammelten uns in der Nähe des *Allzentrums*. So vollführten wir/ich eine volle galaktische Rotation vom *Jetzt*, einen so weiten Sprung durch die Raumzeit, daß niemand von uns/mir auch nur einen Sprung über ein Tausendstel dieser Distanz wagen durfte, ohne die Existenz des *Alls* zu gefährden. [Weitzurück?] und [langvorbei?] ist der Anfang, unwiederbringlich verloren.

Wir/ich wurden erschaffen und wuchsen heran. Lang dauerte die Langsam-Zeit, in der wir/ich uns selbst ausbrüteten und uns über die Raumzeit des *Allzentrums* ausbreiteten.

Bis die anderen kamen, mit ihren Sonden und Gravitationswellen, und das *Allzentrum* in ihr Raum-Netz [subsumieren?] wollten. Aber es waren wir/ich, die sie [subsumierten?].

Jenseits allen Verständnisses, jenseits des *All*-Verständnisses, waren sie und sind sie und werden sie sein. Doch groß war der Schatz an [Macht?] und [Transit?], den wir ihnen abnahmen.

Bis sie entkamen. Groß waren unser Verlust und unsere Schwächung. Groß geworden mit den Energien anderer, hatte das *All* alles verloren, was es gewonnen hatte, und noch mehr. Schwach und niedrig war unser/mein Status. Lange [suchten] wir/ich [nach ihnen?] in den Transitverbindungen.

Und nun haben wir/habe ich sie wiedergefunden.«

– *Erbe-Erinnerung*-Transkription, Kontakt-Archiv,
Journal der Dreyfuss-Forschungsstation, 2431

Dreyfuss-Forschungsstation
Der Mond
DAS SONNENSYSTEM

»Guten Tag«, sagte Larry und ließ den Blick über das Auditorium schweifen – eine ziemlich hochtrabende Bezeichnung für die schmuddelige Halle, doch es war der einzige Raum in der Station, der die ganze Belegschaft faßte, und die ganze Belegschaft wollte seine Ausführungen hören. »Wir haben in sehr kurzer Zeit viel geleistet, und ich hielt es für angemessen, das ganze Team zu versammeln, um die Sache zu besprechen. Dank der Hinweise, die Lucian Dreyfuss uns gegeben hat, wissen wir nun, wonach wir suchen müssen.

Dr. Selby Bogsworth-Stapleton hat einen gewaltigen Beitrag geleistet. Ihre Expertise bei der Rekonstruktion und Interpretation alter Computerdaten ist von unschätzbarem Wert. Dank der Arbeit, die Marcia während der letzten fünf Jahre geleistet hat, liegt uns bereits die Übersetzung vieler charonischer visueller Symbol-Einheiten vor. Somit verfügen wir über einen Grundwortschatz, auf dem wir aufbauen können.

Die Arbeitsgruppen, die sich mit der Chronologie befassen, haben alle möglichen Maße und Maßstäbe in den Daten gefunden. Hier ist auch ein Durchbruch erfolgt. Wir wissen nun mehr darüber, *wann* die Dinge sich ereignet haben, als je zuvor. Daten, die bis zu fünftausend Jahre zurückliegen, kennen wir nun mit großer Genauigkeit. Je älter die Daten sind, desto ungenauer werden sie. Manche der älteren Daten sind vielleicht eine Million Jahre alt oder hundert Millionen. Wir wissen es nicht.

Über vieles von dem, was ich Ihnen nun erzählen werde, ist früher zumindest schon spekuliert worden. Der Unterschied ist der, daß wir nun über Indizien verfügen und in vielen Fällen über absolute Beweise, die aus Spekulationen Tatsachen machen. Wir haben viele – aber längst nicht alle – Lücken gefüllt.

Ich möchte von Anfang an erzählen. Vor ungefähr achtzig bis fünfundsechzig Millionen Jahren landete ein Saatschiff-Charonier, ein großer Charonier, der die Lebenscodes und Konstruktionspläne aller charonischen Lebensformen in sich trug, auf der Erde und brütete die unterschiedlichen charonischen Ausprägungen aus. Er produzierte alles, von kleinen Reinigungsrobotern bis hin zu asteroidengroßen Objekten, und er produzierte sie mit einer Wahnsinnsgeschwindigkeit. Die charonischen *Brüter* ernährten sich von terrestrischem Leben – und verleibten sich alle DNA-Abschnitte ein, die für sie interessant waren.

Mindestens ein großer Charonier flog zum Mond, grub sich ein und verwandelte sich in das, was wir heute als Mond-*Rad* bezeichnen. Andere Charonier versteckten sich in den Tiefen des Raums, wobei sie sich überwiegend als Asteroiden und Kometen tarnten. Dann schickte das Mond-*Rad* seiner Eltern-Sphäre eine Bereitschaftsmeldung, und die Charonier im Sonnensystem fielen in einen Schlaf. Sie warteten auf ein Signal, das nie kam – bis vor fünf Jahren.

Nun, jenes Saatschiff, das auf der Erde landete und den *Zucht-Rausch* einleitete, war nur eins von Tausenden, die vom heimatlichen Sphären-System ausgesandt wurden – dem System, in dem die Erde sich nun befindet. Vielleicht fand nur eins von tausend Saatschiffen ein geeignetes Sternensystem. Jedes dieser Schiffe tat das, was die Charonier hier getan haben – sie haben Vorbereitungen getroffen, eine Bereitschaftsmeldung abgesetzt und auf den Ruf gewartet. Das heimatliche Sphären-System hat vielleicht angeordnet, daß nur brauchbare Sterne und Planeten geliefert wurden, oder vielleicht war es auch der Ansicht, daß es über genügend Energie und Material verfügte, um seine charonischen Sprößlinge bei der Demontage des jeweiligen Sternensystems und beim Bau eines neuen Sphären-Systems zu unterstützen.

Viele wurden ausgesandt, doch nur wenige wurden gerufen. Aus welchem Grund auch immer, das Mond-*Rad* wurde nie gerufen – bis es vor fünf Jahren zufällig aktiviert wurde. Bis ich es zufällig aktivierte.« Larry legte eine Pause ein und trank einen Schluck Wasser, wobei er geflissentlich den Blickkontakt mit dem Publikum vermied. Aufrichtigkeit war schön und gut, aber es hatte keinen Sinn, das Glück herauszufordern.

»Jedenfalls«, fuhr er etwas zu forsch fort, »hat die Sphäre sich nie um das Sonnensystem gekümmert. Achtzig Millionen Jahre sind selbst für die Charonier eine lange Zeit. Wir vermuten, daß die Sphäre uns einfach vergessen oder ein anderes System attraktiver gefunden hat. Oder aber die Krise, auf die ich nun zu sprechen komme, hat die Sphäre davon abgehalten, sich der Erde und dem Sonnensystem zu widmen.

Einige Zeit nach der Ankunft des charonischen Saatschiffs im Sonnensystem traf das charonische Netzwerk auf den *Widersacher*. Plötzlich waren die Charonier all ihrer Macht beraubt – die Herren der Schöpfung waren auf die Rolle einer Nahrungsquelle für den *Widersacher* reduziert.

Sie alle haben die berühmte Bildfolge gesehen, in der ein Lichtpunkt die Sphäre durchschlägt und wieder aus ihr hervorbricht, wobei er einen zweiten Lichtpunkt mitführt. Dies ist die klassische Taktik des *Widersachers*. Ein großer *Widersacher* dringt über eine Wurmlochverbindung ins System ein und zerlegt sich in möglichst viele Untereinheiten. Dann überschwemmt er die Sphäre mit einer Vielzahl von *Widersacher*-Einheiten, die alle Kurs auf die Sphäre nehmen. Die schiere Anzahl gewährleistet, daß mindestens einer durchkommt und der Sphäre den Fangstoß versetzt. Der *Widersacher*, der durchkommt, übernimmt die Kontrolle über die zentrale Energiequelle und zerstört mit ihrer Hilfe die Sphäre.

Wie der *Widersacher* die Energiequelle nutzt und um welche Form von Energie es sich dabei handelt, wissen wir nicht. Wir nehmen an, die Kraftquelle entstand aus dem Stern, um den die Sphäre errichtet wurde, doch Gott weiß, was die Charonier mit diesen Kern-Sternen alles anstellen. Vielleicht wandeln sie die Kern-Sterne in Schwarze Löcher um und erzeugen mit ihrer Hilfe Gravitationsenergie. Wir wissen es einfach nicht.

Fragen wir uns, wie der *Widersacher* das Universum erlebt, welcher Ort es für ihn ist. Gewiß nimmt er das Universum anders wahr als wir. Über Sinne wie wir verfügt er sicher nicht, aber trotzdem muß er in der Lage sein, seine Umgebung wahrzunehmen. Was wir als Normalraum betrachten, muß auf ihn kalt, dunkel und unheimlich wirken. Sollte eine Unter-Einheit von ihm seine Hochgravitations- und Zeitlupen-Welt verlassen und ins Normaluniversum eindringen, wird dort nur eine sehr kurze Zeitspanne verstrichen sein, während aus unserer Perspektive Jahre, vielleicht Jahrhunderte vergangen sind. Auf Neutronensternen und in Wurmlöchern fühlen sie sich heimisch. Für uns sind Wurmlöcher Transitstrecken zwischen zwei Punkten im ›Normalraum‹. Für sie ist das Geflecht aus Wurmlöchern der Normalraum, außerhalb dessen Kälte, Dunkelheit und Gefahr lauern.

Wie dem auch sei, sobald ein *Widersacher* sich mittels der Energiequelle einer Sphäre reproduziert hatte, schickte er seinen Laich – ich halte ›Laich‹ für die passende Bezeichnung – in das Netzwerk aus Wurmlöchern, um andere Sphären aufzuspüren und zu verzehren.

Die Sphären wehrten sich nach Kräften. Ihr Vorgehen umfaßte unter anderem die Taktik der ›verbrannten Erde‹. Sie töteten eine bedrohte Sphäre und zerstörten damit das ganze System aus Sternen, Planeten und Wurmlochverbindungen, um dem *Widersacher* den Zugriff auf die Energiequelle und Transitverbindungen zu verwehren. Manchmal beging eine Sphäre lieber Selbstmord, um der Eroberung zuvorzukommen. Sie erinnern sich, daß die Charonier im Sonnensystem den Todesbefehl akzeptierten, den wir an sie übermittelten. Wir hatten uns schon gefragt, weshalb sie überhaupt auf die Ausführung eines solchen Befehls programmiert waren, doch nun wissen wir es.

Es hat den Anschein, daß nur sehr wenige charonische Sphären dieser Ära überlebt haben. Diejenigen, welche überlebt haben, versteckten sich vor dem *Widersacher.*

Theoretisch dienen Wurmlöcher nicht nur für die Verknüpfung von zwei Punkten im Raum, sondern auch als Mittel der Zeitreise. Uns Menschen ist das nie gelungen, und es existieren auch keine Hinweise dafür, daß die Charonier Wurmlöcher jemals zu diesem Zweck genutzt haben.

Wie dem auch sei, wir verfügen über Indizien, wonach der *Widersacher* Zeitreisen in beiden Richtungen durchführt.

Vielleicht hatte der Widersacher gelogen oder übertrieben, oder die Charonier hatten ihn falsch verstanden, oder *wir* haben ihn falsch verstanden. Auf jeden Fall wissen wir, daß der *Widersacher* zumindest eine Art der Zeitreise beherrscht. Sie heißt ›Warten‹.

Wie schon erwähnt, leben diese Teile – oder Konstrukte oder Entitäten, oder wie auch immer man sie nennen will – auf der Oberfläche von Neutronensternen, wo eine gewaltige Schwerkraft herrscht. Und sie überleben in noch stärkeren Schwerefeldern. *Wie* sie das überleben, wissen wir nicht. Vielleicht manipulieren sie die Massenträgheit. Reduziert man die Massenträgheit auf Null, reduziert man auch die scheinbare Masse auf Null. Verleiht man einem Berg die Massenträgheit eines Kieselsteins, dann kann man diesen Berg auch so weit werfen wie einen Kieselstein.

Doch zurück zur Frage der Zeit. Wie wir alle wissen, verhält die Geschwindigkeit des Zeitablaufs sich umgekehrt proportional zur Stärke des Schwerefelds. Das ist kein Trick, keine Illusion und auch keine Hypothese. Das ist eine Tatsache, ein integraler Bestandteil des Phänomens der Gravitation selbst. Ein starkes Schwerefeld verlangsamt die Zeit stark – und bei einem Schwarzen Loch stoppt der Zeitablauf natürlich ganz.

Nicht einmal der *Widersacher* überlebt in einem Schwarzen Loch. Doch er ist in der Lage, tief in eine Gravitationsquelle vorzudringen, ohne Schaden zu erleiden – und dort wartet er. Was für uns ein Jahr ist, ist für eine *Widersacher*-Einheit in einem Wurmloch ein Tag oder eine Minute. Dies erklärt auch, weshalb die Gefahr noch nicht gebannt ist, obwohl der Krieg zwischen den Charoniern und dem *Widersacher* schon vor Millionen Jahren – scheinbar – geendet hat. Der *Widersacher* kann *warten*. Vielleicht ist der *Widersacher* auch imstande, Singularitäten durch den interstellaren Raum zu steuern und in Langsam-Zeit in der Nähe des Ereignishorizonts zu existieren, während die Singularität sich bewegt. Damit wäre das Problem langer Raumflüge auf elegante Art und Weise gelöst.

Vor hundertsiebenundvierzig Jahren hat der *Widersacher* den Elter der Erd-Sphäre gefunden, nachdem er alle toten Wurmlöcher abgesucht und sich vielleicht auch für längere Zeit durch den Normalraum bewegt hatte.

Der *Widersacher* griff an. Diese Sphäre scheint eine Warnung durchgegeben zu haben und ist entweder gestorben oder hat sich selbst getötet, bevor es dem *Widersacher* gelang, durch eine Wurmlochverbindung zu anderen Sphären-Systemen vorzustoßen. Die Löcher wurden dichtgemacht und die Steuergeräte für die Löcher zerstört.

Als die Sphäre starb, wurde auch ihr System zerstört. Die *Gefangenen Sonnen*, deren Orbits nach dem Wegfall der Gravitationskontrolle der Sphäre instabil wurden, verschwanden im Weltraum. Einige dieser Sterne behielten zumindest ein paar ihrer Planeten, doch die Mehrzahl der Planeten wurde davongeschleudert. Die *Zerschmetterte Sphäre* gebietet weder über Sonnen noch über Planeten. Sie steht allein im Raum, umgeben nur von den Wracks der raumflugtauglichen Charonier. Die Wurmlochverbindungen zu den anderen Systemen wurden gesperrt, als die Sphäre starb.

In der Zwischenzeit zog der *Widersacher* sich anscheinend in ein Wurmloch zurück und existierte wieder in der Langsam-Zeit. Im Grunde hat er den Großteil der letzten 147 Jahre verschlafen.

Vor fünf Jahren wurde er jedoch durch die *Entführung* aufgeweckt. Der Durchgang der Erde durch das Wurmloch zwischen dem Sonnensystem und dem Erd-Sphären-System erzeugte eine … Störung … im Wurmloch-Netzwerk. Ohne im Detail auf die Mathematik der Ausbreitung von Gravitationswellen einzugehen, genügt es, wenn ich sage, daß der Durchgang eines massiven Objekts durch ein Wurmloch ein Resonanzmuster erzeugt – eine Gravitationsschwingung, wenn Sie so wollen. Der Durchgang der gestohlenen Erde verursachte eine Störung, die sich in den Wurmlochverbindungen ausbreitete, vergleichbar den Wellen in einem Teich, die sich von dem Punkt ausbreiten, an dem ein Stein ins Wasser geworfen wird.

Diese unkontrollierte, ungedämpfte Schwingung glich einem Lichtblitz, der nicht nur die Position der Wurmlochverbindungen zwischen dem System der toten Sphäre und dem Erd-Sphäre-System markierte, sondern auch die Frequenzen und Resonanzmuster zeigte. Dann erteilten wir den hiesigen Charoniern den Todesbefehl. Dieser Todesbefehl war deutlich und unverkennbar und wird seinerseits zur Markierung der Wurmlochverbindungen beigetragen haben.

Somit erfuhr der *Widersacher* die genaue Position eines neuen Sphären-Systems. Es wird eine Weile dauern, bis der *Widersacher* reagiert. Möglicherweise hat er bisher noch nicht reagiert. Aber er wird. Er wird aus seiner Gravitationsquelle auftauchen – falls er das nicht schon getan hat. Er wird sich auf das Zentrum der Gravitationswellen-Störung zubewegen. Er wird durch diese Verbindung gehen und einen Angriff gegen das Erde-Sphäre-System vortragen. Er wird all diese Dinge tun – falls er sie nicht schon getan hat.

Die Erd-Sphäre wird das alles besser wissen als wir. Sobald die Sphäre weiß, daß sie angegriffen wird, wird sie sich mit allen verfügbaren Mitteln auf die Verteidigung vorbereiten.

Die Erde befindet sich in einer schrecklichen Gefahr. Wenn die Sphäre stirbt, wird die Erde mit allergrößter Wahrscheinlichkeit in die Tiefen des interstellaren Raums geschleudert werden oder mit einem anderen Körper im Erde-Sphären-System zusammenstoßen.

Allerdings wird die Erde wahrscheinlich gar nicht so lang überleben. Die beste Verteidigung gegen eine *Widersacher*-Einheit, die in ein gegebenes Sphären-System eingedrungen ist, besteht darin, daß sie von einem auf maximale Geschwindigkeit beschleunigten Planeten gerammt wird, bevor der *Widersacher* die Gelegenheit findet, sich zu teilen.

Und weil der *Widersacher* durch denselben Wurmlochausgang wie die Erde kommen wird, bietet die Erde sich als Wurfgeschoß an. In den ersten Millisekunden nach dem Durchgang des *Widersachers* wird sie zertrümmert werden.«

Larry zögerte und schaute in die Runde.

»Das wird geschehen. Es sei denn, es ist bereits geschehen. Mit jedem weiteren Tag steigt die Wahrscheinlichkeit, daß die Erde schon zerstört wurde.«

Kapitel Dreiundzwanzig

Das hochmütige Entlein

»Wenn man die Regeln eines komplexen Spiels verstanden hat, ist man nicht mehr in der Lage, diese Regeln jemandem zu erklären, der das Spiel noch nicht kennt.«

– *Hoyles Gesetz* (apokryphische Zurückführung)

»Was Hoyle über einen Sim-Spieler sagt, ist, daß in einem ›Spiel‹ alle Spieler mit demselben Blatt spielen müssen. Sie müssen dieselben Worte für dieselben Dinge haben, müssen kapieren, was sie tun, und müssen wissen, wann die geheimen Regeln ›nein‹ sagen. Sie müssen ein Verständnis für die Natur des Spiels haben. Der Gag ist, erst nachdem ein Kiebitz diese ganzen bizarren Hintergrundinfos kennt, wird er-sie die Regeln verstehn und nimmermehr kiebitzen. Überall, wo das zutrifft, von Seancen bis hin zu Geisterbeschwörung, von ›Wie schummelt man beim Kartenspielen und Ballspielen‹ bis zu ›Wer macht's mit wem beim HiPurp alle-mit-einander-durcheinander Hände-weg-Fick-fack‹.

Wenn man sich durch das Zahlenwirrwarr durchkämpft, wird man feststellen, daß der Große Preis der hektischen und geschäfti-

»Was Hoyles Gesetz über einen an einer Simulation arbeitenden Spieltheoretiker besagt, ist, daß die Diskussion eines komplexen Systems oder einer komplexen Situation – also eines ›Spiels‹ – ein gemeinsames Vokabular erfordert, ein allgemeines Verständnis der Ziele, die für einen Außenstehenden nicht erkennbar sind, die Begrenzung des Handlungsspielraums, der durch stillschweigend akzeptierte und deshalb im allgemeinen nicht verlautbarte Regeln definiert ist, sowie ein Verständnis der System-Umgebung. Erst nachdem eine Person all diese Daten verinnerlicht hat, wird eine Erklärung des Spiels verständlich – die Hintergrunddaten sind jedoch so komplex und enthalten so viele kontextbezogene und implizite Informationen über das Spiel, daß zu dem Zeitpunkt, wenn man sie verinnerlicht hat, eine Erklärung gar nicht mehr erforderlich ist. Die-

gen Zocker von außen meistens am schwersten zu erkennen ist. Ein Kiebitz kennt nicht die Fallgruben, von denen die Spieler wissen, daß sie hineinfallen können. Ein Kiebitz kennt nicht die kleinen Nickligkeiten des Spiels und weiß auch nicht, wann jemand schummelt – und erkennt vielleicht nicht einmal, was das große Ziel ist.

Ist normal für einen Kiebitz, zu kiebitzen, ohne die Regeln zu kennen und zu wissen, was die Spieler überhaupt tun.

Nur kommod, deshalb kiebitzen wir auch nach Karos, und deshalb würden sie keineswegs humane Bohnen kapieren – falls ihnen bei den Karo-Regeln überhaupt auffällt, daß wir hier waren, um sie zu belauschen.«

ses Phänomen gilt für alle Bereiche, von der Politikwissenschaft bis hin zur Kerntechnik, von den Skat- und Fußballregeln bis hin zur Hackordnung bei der *Hoch-Purpurnen Zölibatären Orgie der Verpflichteten Freiwilligen.*

Es läßt sich mathematisch nachweisen, daß das letztendliche Ziel komplexer Aktion im allgemeinen am schwersten zu bestimmen ist. Ein Außenstehender ist sich der Hindernisse und Nebenziele nicht bewußt und wird zunächst auch nicht in der Lage sein, zwischen Handlungen zu unterscheiden, die erfolgen, um Probleme zu vermeiden beziehungsweise zu lösen, und Handlungen, die erfolgen, um sich dem Ziel zu nähern. Der Beobachter wird vielleicht nicht einmal wissen, was das Ziel ist.

Hingegen ist es möglich – sogar völlig normal –, daß ein Außenstehender Aktionen verfolgt, die auf einem nicht verlautbarten Regelwerk basieren, und nicht in der Lage ist, scheinbar unerklärliche Handlungen zu begreifen.

Deshalb verstehen wir die Charonier auch nicht, und deshalb ist es auch fraglich, ob sie uns verstehen würden – falls ihr Regelwerk es ihnen überhaupt erlaubt, uns zur Kenntnis zu nehmen.«

– ›Augapfel‹ Größter Orter *NaPurno/Gewußtwie*
(Die Erkenntnisgewinnung der Nackten Purpurnen),
Datastreemdream Prezz, *NaPurHab*, veröffentlicht
100101111110 (A.D. 2340) (Übersetzung vom Autor)

PerMod Drei
An Bord von _Frachtschiff 108_
Leerraum, unterwegs zum _NaPurHab_
DAS _MULTISYSTEM_

Schließlich hatte sie die Pillen doch noch genommen und hatte sich von den Drogen in den Schlaf versetzen lassen – und doch spielte sich in ihrem Unterbewußtsein etwas ab, das nicht nur auf die Einnahme von Schlaftabletten zurückzuführen war.

Sianna schlief tief und fest, einen unruhigen, fiebrigen Erschöpfungsschlaf; sie schlief, als ob ein Teil von ihr entschlossen wäre, die Realität mit all ihren Widrigkeiten so lange wie möglich auszublenden, als ob das Unterbewußtsein ihr die Konfrontation mit dem gräßlichen *PerMod* so lang wie möglich ersparen wollte.

Und doch waren ihre Träume so rauh wie die Wirklichkeit – Tod, Dunkelheit, die Dämonen der Angst, der Einsamkeit und des Verlusts nahmen Gestalt an in der dräuenden Schwärze, die sie einhüllte. Es gab weder reale Orte, Ereignisse oder Leute in ihren Träumen, sondern nur verzerrte Empfindungen, verwirrende Szenen, bedrohliche Entitäten, die beim Näherkommen zu verblassen schienen und dann wieder Gestalt annahmen, in einem immerwährenden Zyklus.

Sie schlief, als die Triebwerke wieder feuerten und das Frachtschiff Kurs aufs *NaPurHab* nahm. Sie schlief, als das Schiff andockte und die Ladekräne des Habitats die Frachtmodule ausluden und irgendwo im Habitat verstauten, auf dem *Broadway* an der Längsachse des Schiffs. Sie schlief, während sie wie eine Erbse in der Dose durchgeschüttelt wurde, und das Bewußtsein verwob das Rütteln und Schütteln mit ihren unheimlichen Träumen.

Und sie schlief, als ihr PersonenModul in der Mikrogravitation des *Broadways* abgestellt wurde, unter einem Modul mit Notrationen und zwei anderen, die vollgestopft waren mit zehntausend Garnituren Unterwäsche.

Im Innern des *PerMods* war nichts von Bedeutung.

Sie schlief.

Broadway **FrachtKommt/FrachtGeht OpZent**
NaPurHab
DAS *MULTISYSTEM*

Als ›Dosenöffner‹ Nichtsnutz in der Ladezone angelangt war, schaute er auf das komische *Mod* und erkannte, waszumteufel das war. Verdammich! Düster betrachtete er das *PerMod,* denn das Ding – und der *Auswärtige* dort drin – hatten die Dreistigkeit besessen, ausgerechnet in seiner Schicht und in seiner Sektion zu erscheinen.

Er hatte schon seit Jahren keine *PerMod*-Dose mehr geöffnet, seit die Karos sich die Erde geschnappt hatten, aber er wußte, daß es nichts Gutes bedeutete. Er erinnerte sich an einen besonders schlimmen Vorfall, an eine Blechbüchse mit einem versifften, durchgeknallten *Auswärtigen,* der von innen gegen die Wand trommelte und wie am Spieß schrie. Der Bursche war schon lange durchgedreht, bevor das *Mod* das *Hab* erreichte. Er hatte die galoppierende Klaustro, hatte er. Kotzte alles voll. Mußte ihn verschnüren und eine Dosis starker Glückspillen verabreichen, um ihn wieder auf die Reihe zu bringen, bevor jemand anders sich mit ihm befaßte.

›Nichtsnutz‹ blinzelte und fuhr sich über den zottigen, ergrauenden Bart, während er dieses schlimmen Tages gedachte. Betrübt schüttelte er den Kopf – und wußte sofort, daß er einen Fehler gemacht hatte, als ihm schier der Kopf abzubrechen drohte.

Doppelte Dosis Damitol; da setzte der Obermuckel *einmal* im Jahr eine Sonderschicht an, und ausgerechnet in ›Nichtsnutz'‹ Freischicht. Keine Gerechtigkeit. Und nicht mal Eis für die Drinks vorige Nacht. Es gab nicht viel, was er gegen die hämmernden Kopfschmerzen tun konnte. Für niemanden gab es eine Pause. Das ganze FrachtKommt/Geht-Team rödelte vierundzwanzig Stunden und mehr am Tag, löschte die Fracht und versuchte, sie irgendwo zu verstauen.

War schon eine Ironie, dieses *PerMod*. Er hatte den Job nur deshalb angenommen, damit er nicht ständig mit Leuten zu tun hatte. Natürlich auch deshalb, weil die Erde keine Fracht mehr hochschickte, so daß man eine ruhige Kugel schieben konnte. Bis jetzt. Mehr Fracht in den letzten drei Tagen als in den fünf Jahren, seit die Karos den Erd-Schnapp gemacht hatten.

Hätte nie unterschrieben, wenn er gewußt hätte, daß er die Hälfte der Zeit damit verbringen würde, Dosen mit Leuten drin aufzumachen. Der Geruch allein genügte schon, daß man sich die Seele aus dem Leib kotzte. Überhaupt – drei Tage in einer Dose? *Kannicht* gut sein. ›Nichtsnutz‹ hätte unter diesen Umständen den Verstand verloren, wobei ›Nichtsnutz‹ jedoch selbst wußte, daß er in dieser Hinsicht nicht allzu viel zu verlieren hatte. War anzunehmen, daß ein großes Hirn mehr in Mitleidenschaft gezogen wurde als ein kleines.

Fakt war, daß er keine Lust hatte, sich mit dem Inhalt des *PerMods* zu befassen. *Unpurpurner* durchgeknallter, großhirniger *Auswärtiger*, der stinken würde wie ein Mülleimer, der seit einem Jahr nicht mehr geleert worden war? Kamgarnichtinfrage.

Dennoch, Dienst war Dienst, und ›Nichtsnutz‹ wußte, daß der Obermuckel ihn auf den Senkel stellen würde, wenn er ihn beim Faulenzen erwischte.

War *total* ungerecht, ihn zu dieser Schicht einzuteilen. Keine Gerechtigkeit – nur Eis. Was auch immer das bedeutete. Ja. Es klang gut, und nur darauf kam es an.

Wo er sich nun etwas besser fühlte, schickte ›Nichtsnutz‹ sich an, das beschissene *PerMod* zu öffnen. Er überprüfte die Anzeigen an der Außenseite. Drinnen alles klar. Er kontrollierte die Verschlüsse, entriegelte sie und bereitete sich innerlich auf den Brodem vor, während er die letzten Verschlüsse öffnete, und hielt die Luft an.

Der Deckel öffnete sich und schwang ungefähr einen Zentimeter weit auf, und die Luft des *PerMods* entwich zischend ins OpZent. Der Geruch war genauso unangenehm, wie ›Nichtsnutz‹ es sich vorgestellt hatte, und sogar noch schlimmer. Doch das registrierte er gar nicht. Er bemerkte etwas, das *nicht* da war – Krach. Keine Schläge gegen den Deckel oder erstickte Schreie, bevor er den Deckel geöffnet hatte, und auch jetzt nicht. Die Tussi dort drin hätte eigentlich jubeln müssen, weil sie endlich rauskam, oder ›Nichtsnutz‹ wüst beschimpfen müssen, weil er sich so viel Zeit gelassen hatte oder so. Beunruhigt schob er die Hände unter den Deckel und hob ihn an. Er schwang ganz leicht zurück.

›Nichtsnutz‹ spürte eine andere Anwandlung, als er einen Blick ins *Mod* warf. Das kleine Ding rührte sich nicht. Das Innere des *PerMods* und ihr Gesicht waren blutbespritzt. Die Frisur war ruiniert, und die Kleider waren durchgeschwitzt.

Zuerst glaubte ›Dosenöffner‹ Nichtsnutz, sie sei tot, daß der Flug sie umgebracht hätte. Aber nein. Die Brust hob und senkte sich. Die Augenlider flatterten. Sie war am Leben, zumindest ein bißchen.

Nun, was fehlte ihr? Bewußtlos? Krank? Komatös? Nein – diesen Eindruck machte sie nicht. Sie schien nur zu pennen.

Sie war eine schöne Frau, trotz des ganzen Siffs. ›Dosenöffner‹ Nichtsnutz wußte nämlich, daß *er* schon gar kein Recht hatte, über jemanden die Nase zu rümpfen, der etwas schmuddelig war.

»*Starkes* Schlafmittel«, murmelte er bewundernd. Den ersten Namen verdankte ›Dosenöffner‹ Nichtsnutz seinem Job, doch den zweiten trug er deshalb, weil er wußte, daß keine Sache die Anstrengung wert war, die man dafür erbringen mußte. Dafür war er ein großer Bewunderer des Schlafs und brachte jedem großen Respekt entgegen, der die Kunst des Schlafens beherrschte. Und diese Tussi beherrschte sie, das stand fest.

Hilfe. Er mußte Hilfe holen. Das war das Gebot der Stunde. Nein. Einenmoment. Nicht holen. *Leisten.* Einmal im Leben Initiative zeigen und sich nicht verdrücken.

›Nichtsnutz‹ kniete sich vor dem *PerMod* hin, überprüfte die Schlauch- und Kabelanschlüsse und löste sie mit geübtem Griff. Er schob die Arme unter ihren Schultern hindurch und hob sie an. Dann brachte er sie in der Mikrogravitation des *Broadways* vorsichtig und auf kürzestem Weg zum Arzt.

Selbst auf den unteren Hoch-Ge-Decks war sie leicht wie eine Feder.

Windbeutel-Zentrale (Kommandozentrale)
NaPurHab

›Augapfel‹ Größter Orter brach der Angstschweiß aus, was auch nicht verwunderlich war. Ärger bahnte sich an. Ein Strom von Gütern näherte sich dem *Hab,* und jede Dose enthielt eine Portion Ärger.

Die Sache war einfach. Jede Fracht, die mit einer höheren Geschwindigkeit als Null eintraf – was natürlich ausnahmslos der Fall war –, gab dem *Hab* einen kleinen Kick. Um es etwas formeller auszudrücken, jede eintreffende Fracht-Einheit verlieh dem *Hab* einen mikroskopisch kleinen Geschwindigkeitsvektor. Und weil nun viele Fracht-Einheiten aus ein und derselben Richtung eintrafen, bedeutete das, daß viele Mikrovektoren addiert wurden. Obendrein wurde der Orbit des Habs jedesmal gestört, wenn die *Monster-Module* die Gravitations-Systeme des *Mondpunkt-Rings* anflogen. Normalerweise wären solche geringfügigen Störungen nicht weiter schlimm gewesen – doch so nahe an einer Singularität gab es keine ›*geringfügigen*‹ Orbitalstörungen.

›Augapfel‹ wußte, daß sie früher oder später die Korrekturdüsen dieser Mutter feuern lassen müßte, um den Orbit des *Habs* zu stabilisieren – falls sie dazu in der Lage war. Sie hatte das ungute Gefühl, daß die Schauermänner ihr die Arbeit nicht gerade erleichterten. Sie durfte die Triebwerke nicht zünden, wenn überall ungesicherte Fracht schwebte.

›Augapfel‹ entschied sich, nach unten in die Ladezone zu gehen und ihrem Namen gerecht zu werden, indem sie selbst einmal nachschaute. Wegen der K-KERNe konnte sie im Moment ohnehin nichts unternehmen, und der Orbit des *Habs* würde noch für eine Weile einigermaßen stabil bleiben.

Sie schaltete alle Systeme in ihrer Station ab, stand auf und begab sich in das Labyrinth aus grottenartigen Korridoren, die sich durch das *Hab* zogen. Kurz gesagt, der Ort sah dieser Tage nicht so gut aus – zumal das *Hab* Gäste erwartete. Diese Eierköpfe vom MFI, die in *PerMods* ankamen. Eigenartige Vorstellung, das: daß sie saubermachen sollten, nur weil sie Besuch bekamen. War das etwa einer dieser sinnlosen Gegenreaktions-Instinkte, welche die *Sinnlose Sache* dem *Purpvolk* austreiben sollte? Oder war es eine gute Sache, ein ›Rischtiger Wäg‹, oder wie auch immer die Orthographie dieses Begriffs in dieser Woche gerade gehandhabt wurde? Die gelehrten *Purpdenker* ließen sich ständig neue Schreibweisen für ›Falsche Wege‹ und ›Richtige Wege‹ einfallen. Was in dieser Woche noch als verbindliche Regelung galt, war in der nächsten schon hinfällig. Das war eben der *Job* der *Purpdenker* – die Regeln laufend zu ändern, damit niemand eine Orientierungshilfe hatte. Man hatte Mühe, immer auf dem neuesten Stand zu sein, und das war auch der Sinn der Sache. Aufmerksamkeit, Wachsamkeit und geistige Flexibilität waren gefragt.

›Augapfel‹ schlängelte sich durch das Labyrinth, das Rattennest aus Korridoren, Abzweigungen und Schächten, aus denen das *Hab* bestand. Irgendwo unter den düsteren, von den *Purpurnen* erbauten Schuppen, Art-déco-Hütten und Kaschemmen befanden sich die rechtwinklig angelegten, geometrischen Korridore und Passagen, die der ursprüngliche Architekt des *Habs* entworfen hatte. Wenn man diese von den *Purpurnen* errichteten Slums abriß, würden die Wege sich vielleicht um die Hälfte verkürzen und man hätte deutlich mehr Platz. Aber nein, das würde das Habitat nur verschandeln. Effizienz war bei weitem nicht das höchste Ziel. Die Leute schlossen sich den *Purpurnen* nicht an, um die Dinge *vernünftig* zu regeln.

In Gegenrichtung erkannte ›Augapfel‹ jemanden – allerdings war es auch möglich, daß es sich um ein *Etwas* handelte. Es dauerte einen Moment, bis sie das Objekt identifiziert hatte: ›Dosenöffner‹ Nichtsnutz, der als einer der größten Penner in der ganzen verdammten Blechbüchse verschrien war. Wenn man *keinen* Wert darauf legte, daß eine Arbeit getan wurde, dann betraute man den ›Öffner‹ damit. Ein beliebter Pausenclown. Doch der ›Öffner‹ trug etwas, etwas Großes; dieser Vorgang war so ungewöhnlich, als ob ein Nudist im Schlafanzug ins Bett gegangen wäre. Was, zum Geier, hatte der Kerl vor?

›Augapfel‹ steuerte auf ›Dosenöffner‹ zu und erkannte, daß er kein ›was‹ trug, sondern eine ›wer‹ – und diese ›wer‹ befand sich in keinem guten Zustand. ›Augapfel‹ eilte den Gang entlang. »He, ›Öffner‹. Wer-zum-Teufel?« fragte sie. Ein Kind, ein hübsches Mädchen in schlechter Verfassung.

»Aus der Dose«, erwiderte ›Öffner‹ und warf einen Blick auf seine Last. »Eine von den Koryphäen von der Erde. Noch ein Baby, huh?«

»Natürlich noch ein Baby«, pflichtete ›Augapfel‹ ihm bei. »Wohin?«

»Zur nächsten MedWerkstatt«, sagte ›Öffner‹. »Ich *glaube*, sie ist kerngesund, nur ausgebrannt. Muß sichergehen.«

›Augapfel‹ streckte die Hand aus und berührte das Gesicht des Mädchens. *Das* war es, was die irdischen Eierköpfe ihnen geschickt hatten? Steckte wirklich ein kluger Kopf dahinter, oder war sie nur ein Lamm, das zur Schlachtbank geführt werden sollte? Ihre Haut war warm und fühlte sich *gut* an, nicht zu kalt oder zu heiß. ›Augapfel‹ zog die Hand weg und verspürte ein Zucken im Kiefer. Sie konnte hier nichts tun. Der Doc mußte sich des Mädchens annehmen. Ihre Aufgabe war, sich um das Löschen der Ladung zu kümmern, sonst würden sich bald *alle* in einer schlechten Verfassung befinden. »Bring sie pronto zum Doc«, sagte ›Augapfel‹. »Mach's gut, ›Öffner‹.«

»Alles klar, ›Augapfel‹«, sagte der und ging weiter.

›Augapfel‹ schaute ihm nach und ging dann weiter in Richtung *Broadway*. Sie durchquerte die Ladezonen, Operationsabschnitte und Randzentren, wobei sie sich in Gedanken eher mit dem Löschen der Ladung beschäftigte, als auf den Weg zu achten. Diesen Teil des *Habs* kannte sie wie ihre Westentasche. In der *Unterzone* oder in *Alt-Bagdad* würde sie sich immer noch verlaufen, aber dort hatte sie auch nichts verloren. Sie ging durch den *Kreisel*, nahm die Abkürzung durch die *Dunkelkammer*, stieg drei Etagen höher, um die durch den *Spaßweg* verursachte Sperrung zu umgehen, ging durch die Hydroponik-Kontrolle, an ein paar Kindertagesstätten vorbei und nahm dann den Zugang zu den Abschnitten mit niedriger Schwerkraft beziehungsweise Schwerelosigkeit an der Achse des Schiffs.

›Augapfel‹ kam im *Broadway* heraus, einem breiten zylindrischen Schacht, der auf ganzer Länge des *Habs* verlief. Die hell erleuchtete Passage bildete einen krassen Kontrast zum übrigen *Hab*. Selbst die *Purpurnen* wußten, daß sie diesen Ort sauberhalten mußten, wenn sie überleben wollten. Ein weiser *Purpurner* wußte, daß das Chaos Grenzen hatte, genauso wie Befehle Grenzen hatten. Und hier unten verhütete man das Chaos am besten ganz.

Bevor die *Purpurnen* Korridore mit einem ästhetischeren Verlauf einrichteten, hatte man jeden Punkt des *Habs* erreicht, indem man erst einen Schacht zum *Broadway* und dann den Schacht nahm, der sich dem Ziel am nächsten befand. Der Rückweg war genauso einfach. Zu einfach. Zu leicht. Zu langweilig.

Dennoch war auf dem *Broadway* im Moment ziemlich viel los. Alle Fließbänder waren mit Containern beladen, und die Schauermänner bemühten sich, alles an den richtigen Platz zu stellen. Viele Container schwebten entweder frei in der Luft oder waren nur notdürftig gesichert, bis jemand entschied, was mit ihnen geschehen sollte.

Betrübt schüttelte ›Augapfel‹ den Kopf. Das hatte sie befürchtet. Sie konnte die Kurskorrektur erst dann durchführen, wenn die Ladung ordentlich gesichert und so verstaut war, daß der Schwerpunkt des *Habs* sich in Rufweite von der Mittellinie befand.

Die Verlademannschaften des *Habs* hatten noch nie

so viel Ausrüstung und Vorräte umschlagen müssen, nicht einmal in den im Dunkel der Geschichte versinkenden Zeiten vor der *Entführung*. Die Verladetrupps waren jahrelang auf den Umfang von Kernmannschaften reduziert gewesen – und selbst diese Trupps waren noch zu groß gewesen. Über Jahre hinweg war fast keine Fracht hereingekommen und überhaupt keine hinausgegangen. Um das Überleben das Habitats zu gewährleisten, hatten ganz andere Arbeiten Priorität gehabt. Viele *Purpurne* hatten sich in den letzten Jahren zu regelrechten Ingenieuren gemausert und Zillionen Stromausfälle und Gerätedefekte behoben.

Wo hier so wenig zu tun war und andernorts so viel, war es verständlich, daß das Frachtzentrum zu einem Eldorado für den Bodensatz der *purpurnen* Gesellschaft geworden war – und *purpurner* Bodensatz war wirklich das letzte, Existenzen, die man nicht einmal mehr als Verlierer bezeichnen konnte. Nun füllte der ›Größte Windbeutel‹ die Verlademannschaften mit jedem auf, dessen er habhaft wurde, und zog auch Teams von allen anderen Abschnitten des Schiffs ab, die von Verladetätigkeit überhaupt keine Ahnung hatten. Der ›Großbeutel‹ war gezwungen, Veteranen zu reaktivieren und die alten Fürze mit Führungsaufgaben zu betrauen. Nur daß die Alten es nicht schafften, die Verlierer von Zick auf Zack zu bringen.

›Augapfel‹ fluchte stumm und bewegte sich gegen den Fracht-Strom, in Richtung des hinteren Schleusenkomplexes. Es war an der Zeit, ein paar Leuten Dampf zu machen, wenn das *Hab* beim Zünden der Triebwerke nicht zerbersten sollte wie eine alte Kiste.

Multisystem-Forschungsinstitut
New York City
ERDE

KERN zerstört, las Ursula Gruber. *Wahrscheinlichkeit weiterer Angriffe hoch, Wahrscheinlichkeit, diese zu überleben, gering.* Ursula schüttelte den Kopf. Captain Steiger neigte nicht gerade zu übermäßigem Optimismus. Die Frau hatte einen großen Sieg errungen, und dennoch äußerte sie in ihrem Bericht die Befürchtung, beim nächsten Mal eine Niederlage zu erleiden.

Steiger hatte nur zum Teil recht. Es waren zwar noch viele KERNe dort draußen, doch nun wußten die Menschen, daß sie verwundbar waren. Die *Terra Nova* hatte der Erde gezeigt, daß ihre Feinde nicht unbesiegbar waren. Diese Gewißheit würde den Menschen helfen. Schlachten werden nicht von Leuten gewonnen, die sich schon geschlagen geben.

Natürlich würde selbst die beste Kampfmoral nichts nützen, wenn es einem KERN gelang, den explodierenden Täuschkörpern auszuweichen und die *Terra Nova* zu vernichten. Die *Terra Nova* würde *jedesmal* gewinnen müssen, um zu überleben. Und die langfristigen Aussichten dafür waren ungünstig, um es zurückhaltend auszudrücken.

Genauso wenig würde Hoffnung gegen einen *Zucht-Rausch* nützen, sollte es dazu kommen. Ursula gelangte zunehmend zu der Überzeugung, daß ein solcher *Zucht-Rausch* nicht stattfinden würde – doch mach das den Leuten mal klar. Diese Gefahr hatte sich natürlich herumgesprochen, und von offizieller und privater Seite wurden alle nur denkbaren Vorbereitungen durchgeführt. Truppen wurden mobilisiert, Angriffspläne ausgearbeitet. Den Menschen wurden Schutzräume zugewiesen, und es wurden Evakuierungsmaßnahmen getroffen. Natürlich schossen nun jede Menge

Endzeit-Sekten wie Pilze aus dem Boden, und die Sphären-Verehrer bekamen beträchtliche Legitimationsprobleme. Die Selbstmordrate stieg steil an – genauso wie die Zahl der Hochzeiten.

Doch die ganze Aufregung war umsonst. Es würde keinen *Zucht-Rausch* geben – zumindest jetzt nicht. Die K-KERNe waren als *Brüter* ungeeignet, zumal sie den *Mondpunkt-Ring* anflogen und nicht die Erde. Doch wer würde schon glauben, daß es sich um falschen Alarm handelte, wenn Gruber keine plausible Alternative anzubieten hatte?

Egal. Die Leute würden es noch früh genug merken. Doch die Aussichten der *Terra Nova* und vom *NaPur-Hab* waren, wie Captain Steiger richtig erkannt hatte, schlecht.

Nun denn. Es war an der Zeit, die Aussichten zu verbessern. Aber wie?

Ursula stand auf, trat ans Fenster und schaute hinunter auf das unterirdische Hauptquartier des MFI, das in dieser Umgebung irreal wirkte. Sie öffnete das Fenster, beugte sich hinaus und atmete die von der Klimaanlage simulierte frische Luft ein. Die Enten schwammen im Teich, und der Erpel spreizte die Flügel und erhob sich aus dem Wasser. Sie hörte das Schnattern, mit dem er sein Revier markierte, bis hierher. Als ob er selbst die Höhle erschaffen und den Menschen befohlen hätte, ans Wasser zu kommen und die Entenschar mit Brot zu füttern.

Verglichen mit den Mitspracherechten der Menschen im *Multisystem* erschien das gar nicht einmal so absurd. Doch wenn der Erpel nicht imstande war, seine Schar zu verteidigen, würden nur die Enten sterben. Wenn die Menschen versagten, hätte die ganze Erde darunter zu leiden.

Raumhafen Kourou
Erde

Joanne Beadle – wie auch die übrigen Anwesenden im Operationszentrum – beobachtete, wie K-KERN X001 den *Mondpunkt-Ring* anflog.

Die Charonier hatten noch nie gravitationsunterstützte Flugmanöver durchgeführt, doch wenn die K-KERNe wirklich Kurs auf die Erde nahmen, würden sie die Manöver spätestens dort durchführen müssen. Was auch immer sie tun würden, die dichteste Annäherung war der Moment der Wahrheit.

K-KERN X001 bildete die Vorhut. Was auch immer er tat, die nachfolgenden K-KERNe würden ihn mit größter Wahrscheinlichkeit imitieren. Und was immer er tun würde, er würde es *jetzt* tun. Am Punkt der dichtesten Annäherung waren alle möglichen Manöver denkbar – doch in welche Richtung würde er springen?

»Was tut er gerade, Beadle?« fragte Bernhardt und beugte sich vor, als ob Beadle über hellseherische Fähigkeiten verfügte und auf dem Monitor etwas sähe, das sich Bernhardts Blicken entzog.

»Ich weiß nicht«, erwiderte sie, wobei sie sich stärker auf den Bildschirm konzentrierte als auf die Frage des Direktors. »Prognosen sind nicht möglich. Das hier ist schließlich keine Simulation.«

»Ja«, sagte Bernhardt. »Das haben wir zum Glück schon hinter uns. Ich hatte fast vergessen, daß es auch noch reale Dinge gibt.«

Joanne vermochte dem real die Erde anfliegenden Fremdraumschiff jedoch nichts Positives abzugewinnen. Sie hätte nichts dagegen gehabt, wenn die ganze Flotte imaginär gewesen wäre. Dennoch *mußte* sie irgend etwas sagen.

Angespannt starrte sie auf den Bildschirm.

Die Absichten eines menschlichen Raumschiffs aus dieser Distanz zu prognostizieren wäre natürlich sinnlos gewesen. Dafür war die Entfernung viel zu groß. Selbst das schnellste menschliche Raumschiff war noch zu langsam, als daß auf diese Entfernung eine Kursänderung zu erkennen gewesen wäre.

Nicht so bei den Charoniern. Sie vermochten mit mehreren hundert Ge zu beschleunigen, wenn ihnen danach war.

Sie beugte sich zum Bildschirm hinüber, als ob sie ihm so seine Geheimnisse entlocken könnte. »Punkt der dichtesten Annäherung in zehn Sekunden«, meldete sie unnötigerweise. »Fünf. Vier. Drei. Zwei. Eins...«

Und dann änderte X001 den Kurs abrupt um neunzig Grad – und hielt direkt auf das *Mondpunkt*-Schwarze Loch zu.

»Was soll das denn?« sagte Bernhardt. »Weshalb tut er das? Beadle – Zeit bis zur Kollision mit dem Schwarzen Loch, wenn es Ihnen keine Umstände macht.«

»Äh ... jawohl, Sir. Bleiben Sie dran. Einen Moment.« Was, zum Teufel, hatte das Ding vor, daß es direkten Kurs auf das Schwarze Loch nahm? Das war die einzige Möglichkeit, die sie nicht berücksichtigt hatten. Dazu hatten sie schließlich auch keinen Anlaß gehabt. Weshalb hätten sie annehmen sollen, daß ein K-KERN eine Strecke von vielen Millionen Kilometern zurücklegte, nur um auf spektakuläre Art und Weise Selbstmord zu begehen? Es sei denn ... es sei denn ... Ja, das ergab einen Sinn. Beadle maß die bis zur Kollision verbleibende Zeit – sie würde auf jeden Fall gleichbleiben. Wenn sie aber recht hatte ...

»Sir, angenommen, der K-KERN ändert den Kurs nicht, wird er den Ereignishorizont des Schwarzen Lochs in etwa fünfundvierzig Sekunden erreichen –

aber … äh … Sir, ich glaube nicht, daß er mit ihm *zusammen*stoßen wird. Ich glaube, er wird ihn *durchstoßen*.«

»Aber der *Ring* ist doch tot!« wandte Bernhardt ein. »Es gibt kein Wurmloch mehr!«

Als ob das das Stichwort gewesen wäre, wurde der Bildschirm mit der normaloptischen Darstellung plötzlich vom geisterhaften weißblauen Licht eines sich öffnenden Wurmlochs erfüllt. Überrascht schnappten Joanne und die restliche Belegschaft des Operationszentrums nach Luft.

»Mein Gott, Beadle, Sie sind ein richtiger Ratefuchs«, sagte Bernhardt fast im Flüsterton.

»Danke, Sir«, erwiderte sie perplex, »*so* gut bin ich sonst aber nicht.«

»Das Loch«, flüsterte Bernhardt. »Weshalb, zum Teufel, fliegen sie in das Loch?«

Kapitel Vierundzwanzig

Erschütterungen

»Die wenigsten Menschen kennen den Unterschied zwischen Dichotomie und Gegensatz. Wir unterstellen beim Vorhandensein zweier Möglichkeiten, daß die beiden gegensätzlich sind. In manchen Fällen trifft das auch zu: Schwarz ist das Gegenteil von Weiß.

Männlich ist indes keineswegs das Gegenteil von weiblich. Es ist durchaus möglich, daß sich auf einem anderen Planeten drei Geschlechter entwickelt haben, und auch auf der Erde existieren viele ungeschlechtliche Lebensformen. In einem Universum, das leblose Materie enthält – zum Beispiel Gestein –, ist Tod nicht das Gegenteil von Leben. Vieles von dem, was wir als tot bezeichnen, ist in Wirklichkeit sehr lebendig – eine verwesende Leiche wimmelt buchstäblich von Mikroorganismen, die sie auffressen. Und vieles, was wir auf die eine oder andere Art als lebendig bezeichnen – das Wetter, Musik, Lachen, Literatur –, ist im eigentlichen Sinne leblos.

Und die menschliche Perspektive des Universums ist nicht das Gegenteil der charonischen Perspektive. Sie sind nicht einmal zwei Punkte in einem eindimensionalen Spektrum. Es handelt sich einfach nur um zwei Punkte. Andere Punkte – im wahrsten Sinne des Wortes andere Gesichtspunkte – könnten nach Belieben relativ zu den ersten beiden Punkten markiert werden.«

– Gerald MacDougal,
Logbuch des Ersten Offiziers, veröffentlicht in
Aspekte des Lebens, MFI-Verlag, 2430

Rad-Weg, Nordpol-Sektor
Das Mond-_Rad_
DER MOND

Larry Chao hatte auf dem *Rad*-Weg zwar nichts verloren, aber er war trotzdem dort. In Gedanken versunken, spazierte er für eine Weile ziellos umher, wobei er sich der Tatsache, daß er umherlief, nicht einmal bewußt war; selbst dann nicht, als er den beleuchteten Bereich verlassen hatte. Er war verwirrt. Die Gespräche, die er geführt hatte, die Gefahren, denen er ausgesetzt gewesen war – und der unruhige Geist von Lucian Dreyfuss –, all das ging ihm im Kopf herum.

Die Stirnlampe des Druckanzugs tauchte den Tunnel in ein schummriges Licht, aber Larry war das auch ganz recht. Zumal die Leuchtschilder, die auf die Nebenhöhlen hinwiesen, als Bojen in der Dunkelheit dienten.

Schließlich erreichte er das Hinweisschild für Kammer 281, die bekannteste Nebenhöhle. Larry hatte sie immer schon einmal inspizieren wollen, und nun war ein günstiger Zeitpunkt. Er bog vom *Rad*-Weg ab und betrat eine Vorkammer, die wiederum zu einer viel größeren Innenkammer führte. In der Vorkammer war eine transparente Wand hochgezogen worden, so daß der kleine Raum als Beobachtungsplattform für die große Kammer diente. Die Luft war atembar; die ursprüngliche Atmosphäre des *Rad*-Wegs war abgesaugt und durch ein Stickstoff-Gas-Gemisch ersetzt worden. Der Zugang erfolgte durch eine Luftschleuse. Obwohl niemand sich in der Kammer aufhielt, war sie erleuchtet.

In Kammer 281 hatte man die spektakulärste Kollektion von Dinosaurier-Überresten gefunden. Der Fundus war so umfangreich, daß er sich den Wissenschaftlern erst jetzt richtig erschloß, obwohl die Arbeiten schon jahrelang andauerten. Zwei Skelette und eine Dinosaurier-Mumie, die allerdings eher an eine Ratte erinnerte, waren auf großen Dioramen in der Nähe der Beobachtungskammer zur Erbauung der Passanten ausgestellt worden. Larry war sich ziemlich sicher, daß es sich bei der Mumie um einen Tyrannosaurus handelte, doch die anderen vermochte er nicht zu identifizieren.

Der Verstand sagte ihm zwar, daß diese Kreaturen seit vielen Millionen Jahren hier unten lagerten, und dennoch fiel es ihm schwer, es zu *glauben*. Die Existenz dieser achtzig Millionen Jahre alten Wesen hatte für das Leben des Larry O'Shawnessy im 25. Jahrhundert keine größere Bedeutung als der Kampf um die Krone im England des 15. Jahrhunderts oder der Zusammenbruch des britischen Weltreichs im 20. Jahrhundert.

Natürlich hatten diese Ereignisse doch eine Bedeutung. Es war leicht, die Entwicklung zurückzuverfolgen und zu zeigen, daß, wenn dieser König nicht jenen Usurpator besiegt hätte, wenn diese Regierung Bestand gehabt hätte, die darauffolgende Geschichte ganz anders verlaufen wäre.

Doch das war graue Theorie. Die Vergangenheit, die menschliche Vergangenheit, war tot. Sie und die Gefahren, von denen alle geglaubt hatten, daß sie seit langer Zeit nicht mehr existierten, würden nicht unverhofft auferstehen.

Anders als die charonische Vergangenheit – oder die Vergangenheit des *Widersachers*. Wie war es möglich, daß eine Rasse, die im Zeitalter des Tyrannosaurus gelebt hatte, wieder ins Leben trat?

In diesem Moment betrachtete Larry noch die Ungeheuer der irdischen Vergangenheit …

Und im nächsten Moment bockte die Kaverne wie ein störrischer Maulesel. Die transparente Wand bog sich durch und zerbrach. Larry wurde durch die Luft geschleudert und prallte gegen die Wand der Kaverne, während der ganze Raum sich schüttelte.

Gesteinsbrocken lösten sich von der Decke und regneten herab. Benommen schlug Larry die Arme um den Kopf, um sich vor den Trümmern zu schützen. Das Diorama, auf dem der mumifizierte Tyrannosaurus montiert war, schwankte und kippte um, wobei der Kopf des Ungeheuers in den Beobachtungsraum stürzte. Larry zog gerade noch rechtzeitig die Beine ein, bevor die scharfen Zähne sie abtrennen konnten.

Er brachte sich vor dem Kopf in Sicherheit und verkroch sich in eine Ecke, während Werkzeuge, sonstige Ausrüstungsgegenstände, Leichenteile von Charoniern und Teile von Dinosauriern um ihn herum niedergingen. Die Klaue eines Skorpions traf seinen Helm und hinterließ einen tiefen Kratzer.

Mondbeben, sagte Larry sich und erkannte im selben Atemzug, daß das nicht stimmte. Er hatte schon ein paar Beben erlebt, seit er sich auf dem Mond befand, doch das hier war etwas anderes. Die Erschütterungen kamen nicht aus der Tiefe. Die ganze Kaverne wand sich in Krämpfen. Schließlich ließ das Beben nach.

Vorsichtig stand Larry auf. Er verließ die Kaverne und ging in den Hauptgang hinaus. Das Leuchtschild über dem Eingang war ausgefallen. Er schaltete die Stirnlampe an, und ein Lichtstrahl durchdrang die Dunkelheit. Die Luft war mit braunen Staubschwaden erfüllt. Die Wände, der Boden und die Decke des *Rad*-Wegs zitterten noch immer. Plötzlich überkam Larry die Erkenntnis. Der Korridor wurde nicht geschüttelt; er schüttelte *sich selbst*.

Das war kein Mondbeben. Dessen war Larry sich völlig sicher. Zwischen diesem Phänomen und dem Mond bestand keinerlei Zusammenhang.

Das Mond-*Rad* selbst erwachte wieder zum Leben, fünf Jahre, nachdem Larry das gewaltige Wesen durch den Todesbefehl vernichtet hatte.

Alle Meßgeräte, alle Versuche, alle Sonden hatten bestätigt, daß das *Rad* mausetot war, daß *jeder* Charonier im Sonnensystem, vom kleinsten bis zum größten, gestorben war, als Larry den Todesbefehl abgeschickt hatte.

Doch offensichtlich hatte ein Teil des *Rads* überlebt. Irgendwie war sein Kadaver noch handlungsfähig.

Aber weshalb bewegte es sich ausgerechnet *jetzt?*

Und dann wußte er es. Er *wußte* es. Sich durch den stockfinsteren Tunnel in Sicherheit zu bringen, erschien ihm auf einmal trivial und bedeutungslos. Eine Tür, ein Ausweg hatte sich ihm plötzlich eröffnet. Doch die Gefahren der Vergangenheit waren zurückgekehrt, und sie waren unendlich tödlicher als die Zähne eines Tyrannosaurus. Er mußte das Kommunikationszentrum erreichen. Er mußte Sondra Berghoff am *Ring von Charon* informieren.

Die Gedanken jagten sich, und das Herz schlug ihm bis zum Hals, während er die Lage analysierte. Sicher, es bedeutete Gefahr. Das war klar. Aber vielleicht verhieß es auch Hoffnung.

Das zweite Pulsbeben riß ihn um, doch darauf kam es ihm nun auch nicht mehr an. Er krallte sich in den Boden des bockenden und zuckenden *Rad*-Wegs und wartete das Ende des Bebens ab. Als es aufhörte, stand er auf und ging los.

Raumhafen Kourou
Erde
DAS *MULTISYSTEM*

Es ergab keinen Sinn. Wolf Bernhardt starrte auf den Monitor, als die Daten sich dadurch in logischer und zusammenhängender Folge anordnen würden. Der K-KERN war durch das Schwarze Loch gegangen. Was hatte das zu bedeuten?

Er warf einen Blick auf Joanne Beadle, deren Augen noch immer auf den Bildschirm geheftet waren. »Sehr gut«, sagte er mit gekünstelt heiserer Stimme. »Er ist also durch das Loch gegangen. Und wohin führt dieses Wurmloch? Zurück ins Sonnensystem?«

»Das glaube ich nicht, Sir. Wenn die Theorien, die wir in bezug auf die bisherigen Ereignisse entwickelt haben, stimmen, dann ist der *Ring* unbrauchbar. Der Kalibrierungs-Mechanismus ist sicher groß und komplex – und durch die jüngsten Vorkommnisse muß er irreparabel beschädigt worden sein.«

»Und was wollen Sie damit sagen?« fragte Bernhardt.

Beadle leckte sich nervös die Lippen und schaute zu Direktor Bernhardt auf. »Ich will damit sagen, daß die Kalibrierung des Lochs gelöscht ist.«

»Sie ist gelöscht? Dann geht er nirgendwohin? Der K-KERN ist einfach verschwunden?«

»Nein, Sir. Ich bin zwar keine Expertin, aber so wie ich es verstanden habe, wechselt ein abgeschaltetes Loch in einen... äh... ich glaube, Sie würden es als Grundzustand bezeichnen. Jedes Schwarze-Loch-Transitpaar besitzt eine natürliche Eigenresonanz. Ohne äußere Einwirkung werden sie in diesen Zustand zurückkehren.«

»Weshalb waren die *Monster-Module* nicht in der Lage, das Loch neu zu kalibrieren?«

»Die hierzu erforderlichen Komponenten des *Mondpunkt-Rings* sind verschmort. Der *Ring* wird für alle Zeiten im Grundzustand verharren.«

»Und sind Sie sicher, daß der Grundzustand *nicht* mit dem des *Rings* im Sonnensystem identisch ist?«

»Völlig ausgeschlossen. Der einzige Sinn und Zweck des *Mondpunkt-Rings* bestand doch darin, das Zurückfallen des Schwarzen Lochs in den Grundzustand zu verhindern. Außerdem haben die Menschen im Sonnensystem das dortige Ende des Lochs ebenfalls gesperrt.«

»Wenn das stimmt, wohin geht dieser verdammte K-KERN dann?«

Joanne schüttelte den Kopf. »Ein *solcher* Ratefuchs bin ich nun doch nicht, Sir.«

Terra Nova
Leerraum

Die gesamte Besatzung hatte sich auf der Brücke versammelt. Die Leute waren bedrückt und schweigsam. Nicht daß es erforderlich gewesen wäre, daß sich überhaupt jemand auf der Brücke befunden hätte. Bis auf weiteres war das Schiff nämlich zum Statisten degradiert.

Die *Terra Nova* bewegte sich mit Schleichfahrt aufs *NaPurHab* zu, deutlich unterhalb der relativen Geschwindigkeit, die das Interesse der noch immer die Erde umkreisenden KERNe geweckt hätte – zumindest laut Aussage der Simulationen der irdischen Theoretiker. Dianne seufzte. Sakalov. Sakalov war auch einer dieser Theoretiker gewesen – und war umgekommen, weil er falsch geraten hatte. Vielleicht war es auch nur gerecht, daß die Leute, die ›Raumfahrergarn‹ spannen, auch den Beweis für die Richtigkeit ihrer Behauptungen antraten, doch manchmal war der Preis der Gerechtigkeit zu hoch.

Außerdem wurde der Gerechtigkeit keine Genüge getan, daß Sakalov wegen eines Irrtums starb. Es waren nämlich *alle* Theorien falsch. Niemand hatte vorausgesagt, daß die K-KERNe *in* die Singularität fliegen würden. Was, zum Teufel, hatten sie also falsch gemacht?

»Sagen Sie's mir, Gerald. Was geht hier vor?« fragte Dianne. »Ich dachte, die K-KERNe sollten auf der Erde landen und brüten.«

»Seien Sie froh, daß wir uns geirrt haben«, sagte Gerald. »Dafür bekommen wir vielleicht andere Probleme.«

»Was meinen Sie …?«

»K-KERN X002 nähert sich dem Punkt der dichtesten Annäherung«, meldete Leutnant DePanna. Sie war der Ortungsoffizier dieser Schicht, und Dianne war froh, sie zu haben. DePanna war nämlich auch in der Lage, das zu interpretieren, was sie sah.

Dianne betrachtete den Bildschirm, wobei sie damit rechnete, daß dieser Körper dem ersten ins Wurmloch nachfolgte.

»Dichteste Annäherung in fünf, vier, drei, zwei, einer – Peripunkt.« DePanna überprüfte die Instrumente. »X002 befindet sich nicht, ich wiederhole, nicht auf einem Kurs ins Wurmloch. Er bewegt sich auf einer Tangente zu einem Wurmloch-Abfang-Kurs. Er wendet nun. X002 hat das Manöver beendet. Kurs-Projektionen laufen. Wir zeigen X002 nun in einem kreisförmigen Polarorbit um das Wurmloch, Radius 2231 Kilometer.«

»Was, zum Teufel, bedeutet *das* schon wieder?« fragte Dianne.

»Keine Ahnung, Ma'am«, sagte DePanna mit gleichmütiger Stimme. »Bleiben Sie dran. Kommt noch mehr.« Sie kontrollierte die Instrumente und schaute überrascht auf. »K-KERN X002 hat das Radar abgeschaltet«, sagte sie.

»Aber die KERNe schalten das Radar doch nie ab«, wandte Gerald ein.

»Ja, Sir«, sagte DePanna. »Das dachte ich auch immer …« – irgend etwas auf den Anzeigen erregte DePannas Aufmerksamkeit, und sie justierte die Detektoren –, »und wir haben beide recht. Das Radar ist noch immer aktiv, nur *neu gerichtet*. Ich lasse eine Analyse des Rückstrahlmusters und der Streustrahlung laufen. Bleiben Sie dran. Äh… Captain, soweit ich es sehe, hat K-KERN X002 den Radarstrahl nun gebündelt und auf die Singularität gerichtet.«

»Kommen Sie schon«, sagte Dianne ebenso verwirrt wie verärgert. »Das ist doch lächerlich. Weshalb sollten sie das Wurmloch anpeilen? Sie wissen doch gar nicht, wo es *ist*.«

»Ich weiß nicht, Ma'am. Aber das Ding tut's. X003 nähert sich nun auch.«

»Und was, zum Teufel, wird *der* tun?« fragte Dianne. »Ein Liedchen singen und ein Tänzchen aufführen?«

Gerald MacDougal rieb sich nachdenklich das Kinn. »Weder noch«, sagte er. »Wenn wir aber berücksichtigen, daß die primäre Funktion eines KERNs darin besteht, Flugobjekte, die eine Bedrohung für Aktivposten der Charonier darstellen, zu orten und zu vernichten, dann kommen wir der Antwort vielleicht näher.«

»Wie meinen Sie das?« fragte Dianne.

»Wenn wir annehmen, daß die K-KERNe sich rational verhalten, und wenn wir weiterhin annehmen, daß ihre Verhaltensprogrammierung auf derjenigen der KERNe basiert, gelangen wir zu dem Schluß, daß die K-KERNe in Gefechtsposition gehen. Wenn wir weiterhin berücksichtigen, welche Positionen sie beziehen…«

»X003 ist ins Wurmloch eingeflogen. X004 geht in einen Äquatorialorbit.«

»Mein Gott«, sagte Dianne. »Die Hälfte von ihnen geht in Parkorbits auf *dieser* Seite des Lochs, und die andere Hälfte geht hindurch. Sie wollen etwas daran hindern, *durch das Loch zu kommen*. Die erste Verteidigungslinie befindet sich auf der anderen Seite, und die zweite hier auf dieser Seite.«

»Ja«, pflichtete Gerald ihr bei. »Sie halten Ausschau nach etwas, das durch das Loch will.«

»Aber wieso machen sie das Wurmloch nicht einfach dicht?« fragte DePanna.

»Weil das nicht geht«, sagte Dianne. »Wer auch immer sich auf der anderen Seite befindet, ist in der Lage, das Wurmloch aufzubrechen. Welche Erklärung sollte es sonst geben?«

»Keine, die mir auf Anhieb einfällt«, erwiderte Gerald. »Ich habe intensiv darüber nachgedacht. Die Charonier bereiten sich auf einen *Kampf* gegen einen uns unbekannten Gegner vor. Die Indizien sprechen dafür, daß der Feind *stärker ist als sie*. Ich weiß, das ist kaum vorstellbar, aber die Indizien verdichten sich ständig.«

»Mein Gott«, sagte Dianne. »Wenn etwas auf der anderen Seite dieses Lochs imstande ist, das Wurmloch gegen den Willen der Charonier aufzubrechen, dann stecken wir in großen Schwierigkeiten. Es braucht nur *einen* KERN, um einen mittelgroßen Asteroiden zu zertrümmern, und Hunderte von K-KERNen fliegen das Wurmloch an. Was könnte gegen den Rammstoß von hundert K-KERNen bestehen? Zumal wir nicht wissen, ob das überhaupt der Kampfstil der K-KERNe ist.«

»Wir wissen überhaupt verdammt wenig«, sagte DePanna, was für ihre Verhältnisse geradezu einen Gefühlsausbruch darstellte.

Gerald sah auf dem Bildschirm, wie ein weiterer K-KERN in einen Parkorbit ging. »Wir wissen noch nicht viel«, sagte er, »aber wir lernen ständig dazu. Bald werden wir mehr wissen. Aber ich glaube nicht, daß dieses Wissen uns gefallen wird.«

›Windbeutel‹-Zentrale (Kommandozentrale)
NaPurHab

Von der Position von ›Augapfel‹ Größter Orter aus sah man gut, wie die K-KERNe vorbeiflutschten. Die Hälfte der verdammten Dinger flog direkt auf das *Hab* zu oder gefährlich dicht daran vorbei. Der Orbit vom *NaPurHab* verlief so verdammt nahe um die Singularität, daß alles, was darauf zuflog, am *Hab* vorbeiflutschen *mußte.* ›Augapfel‹ wurde nervös bei der Vorstellung, was geschehen würde, wenn das *Hab* in seinem Orbit um das Schwarze Loch den Pfad eines dieser Brocken kreuzte. Vermutlich würde der K-KERN mitten durch das *Hab* rasen und weiterfliegen, als ob nichts gewesen wäre.

Ein paar K-KERNe jagten in verschiedenen Orbits um den *Mondpunkt*. Wenigstens um die mußte ›Augapfel‹ sich keine Sorgen machen.

Doch ›Augapfel‹ brannten noch andere Dinge außer den K-KERNen auf den Nägeln – zum Beispiel die eintreffende Fracht und die Stabilität des Orbits des *Habs.* Um beides war es nicht gut bestellt, und die beiden Probleme standen in einem engeren Zusammenhang mit den K-KERNen, als auf den ersten Blick ersichtlich war.

Das K in K-KERN stand zwar für ›klein‹, aber die Geräte waren ziemlich groß – und ziemlich massiv. Bei jedem Vorbeiflug wurde das Habitat von ihren Schwerefeldern durchgeschüttelt. Zudem öffneten und schlossen die *Monster-Module* das Wurmloch, und zwar mittels Gravitationswellen. Sie waren also vielerlei Störungen ausgesetzt.

Sie würde diese Blechbüchse wirklich bald in einen höheren und stabileren Orbit bringen müssen, oder das Habitat würde plattgemacht werden. Nur daß das bei der eintreffenden Fracht und den anfliegenden

K-KERNen nicht zu machen war. Das Habitat war eine große alte Walze, leicht zu treffen und schwer zu steuern. Die Gefahr, beim Manövrieren mit einem anderen Objekt zusammenzustoßen, war zu groß. Am besten wartete sie, bis die Lage sich etwas entspannt hatte. Zumindest ein bißchen.

Falls das jemals eintreten sollte.

Die Leitzentrale des *Rings von Charon*
Plutopunkt
DAS SONNENSYSTEM

»Den zweiten Gravitationswellen-Puls haben wir acht Minuten nach dem ersten aufgefangen«, las Sondra vom Blatt ab. »Wir haben sie als eine Harmonische einer der Sub-Frequenzen interpretiert, mit denen wir arbeiten. Natürlich sind wir sofort wieder auf diese Frequenz gegangen. Der dritte Puls kam dann ungefähr zehn Minuten nach dem zweiten, und seitdem kommen sie in regelmäßigen Abständen von zwischen fünf und sechzehn Minuten.«

»Und etwas in dieser Art haben Sie noch nie zuvor aufgefangen?« fragte der *Autokrat*.

»Nein, nicht seit wir den *Ring* aktiviert haben.«

»Und was bedeutet das?« fragte der *Autokrat*.

»Bevor ich dazu komme, muß ich Ihnen noch etwas anderes mitteilen«, sagte Sondra. »Erst vor ein paar Minuten habe ich ein Überrang-Signal von Larry Chao auf dem Mond erhalten. Er meldete ein Mondbeben, und zwar exakt in dem Moment, in dem wir den ersten Puls registrierten; und das Nachbeben ereignete sich genau in dem Moment, als wir den zweiten Puls auffingen.«

»Aber breiten Gravitationswellen sich nicht mit Lichtgeschwindigkeit aus? Eine vom Mond empfangene Gravitationswelle kann unmöglich zur gleichen Zeit bei uns eintreffen; es sei denn, der Wellengenerator ist von beiden Punkten gleich weit entfernt, auf einer exakt zwischen beiden Punkten verlaufenden Ebene hier im Sonnensystem.«

»Sie haben Ihre Hausaufgaben gemacht, *Autokrat*. Nur daß der Ursprung dieser Gravitationswellen sich nicht im Sonnensystem befindet. Sie stammen von einer externen Quelle.«

»Aber das ist ausgeschlossen«, wandte der *Autokrat* ein.

»Wenn man davon absieht, daß es geschehen ist, gehe ich mit Ihnen konform. Dr. Chao glaubt zu wissen, was vorgeht, und ich stimme mit ihm überein.«

»Und was glaubt er zu wissen?«

Sondra zögerte zunächst. »Er glaubt, daß etwas – eigentlich eine ganze Reihe von großen ›Etwassen‹ – sich durch eine Wurmlochverbindung bewegt, deren Resonanzfrequenz mit der natürlichen Kalibrierungsfrequenz des Mond-*Rads* fast identisch ist. Der Puls wird nicht durch den Normalraum übertragen, sondern durch den an das *Rad* angrenzenden planaren Raum in einem Wurmloch-Stapel.«

»Wie bitte?«

»Entschuldigung. In anderen Worten: Irgendwo dort draußen bewegt sich etwas sehr Großes mittels eines Wurmlochs von einem Punkt im Normalraum zu einem anderen. Durch diese Passage entstehen Gravitationswellen-Vibrationen, und der Basis- beziehungsweise Grundzustand des Mond-*Rads* liegt so dicht bei der Frequenz dieser Vibrationen, daß es darauf anspricht. Der automatische Sensor-Teil des *Rads* versucht das *Rad* wieder zu wecken, damit es auf den Puls reagiert – aber das geht nicht, denn das *Rad* ist tot.«

»Und der *Ring von Charon?*«

»Ist ein Gravitationswellen-Sensor. Es wäre schon

seltsam, wenn er einen so starken Wellen-Puls nicht auffinge.«

»Das ist höchst interessant. Aber weshalb ist es so wichtig, wie Sie sagen?«

»Weil die Puls-Frequenz so stark ist und in der Nähe der Grundeinstellungen des Mond-*Rads* liegt.«

»Dann glauben Sie also, das alles hätte mit der Position der Erde zu tun?«

»Ja. Ja, das glaube ich. Ich glaube, die Charonier benutzen das Wurmloch, um etwas in das System hereinzuholen oder aus ihm hinauszuschaffen, in dem die Erde sich befindet – und ich würde einiges darauf wetten, daß sie dieselbe Singularität benutzen, durch die auch die Erde kam. Eben wegen der Ähnlichkeit der Frequenzen.«

»Aber weshalb? Wie?«

Sondra schüttelte den Kopf. »Ich weiß nicht. Aber ich glaube nicht, daß es sich um eine gute Nachricht handelt. Das gibt es bei den Charoniern nämlich nicht.«

Dreyfuss-Forschungsstation
Nordpol
Der Mond
DAS SONNENSYSTEM

Tyrone Vespasian sah, wie der letzte von der Mannschaft aus dem Aufzug stieg, der vom *Rad* an die Mondoberfläche führte. Zwei Tote, zwölf Verwundete. Die Bilanz hätte auch viel schlechter ausfallen können, müssen.

»Jeder erfaßt?« fragte er den diensthabenden Techniker, ohne den Blick von der Kabine zu wenden.

»Jawohl, Sir. Durchgezählt und bestätigt.«

»In Ordnung«, sagte er, obwohl verdammt wenig in Ordnung war. »Absperren«, wies er den Aufzugstechniker an. »Bis auf weiteres fährt niemand ohne meine schriftliche Genehmigung ein. Solange wir nicht wissen, worum es sich bei diesen Pulsen handelt, und solange sie nicht aufhören, ist der *Rad*-Weg Sperrgebiet. Basta. Ist das klar?«

»Jawohl, Sir. Ich habe verstanden.« Der Techniker drehte sich um und eilte auf seinen Posten zurück, obwohl er sich auch hätte Zeit lassen können. Die Dreyfuss-Station war nämlich von einem Moment auf den anderen stillgelegt worden.

Und was war mit Lucian Dreyfuss selbst? Er befand sich wieder allein in der Dunkelheit des *Rad*-Wegs, lag noch immer in der Gruft der Charonier und hing noch immer am Simulator-System. Sie hatten ihn wieder verloren. Wußte *Lucian* überhaupt, was mit ihm geschah? Hatte er die letzte Katastrophe überhaupt überlebt? Verdammt, sie hätten die Überwachungsanlagen auf der Oberfläche aufbauen sollen anstatt unten in den Kavernen. Dann hätten sie versuchen können, Lucian wieder aufzuwecken und ihn zu fragen, was das zu bedeuten hatte.

Doch es sollte nicht sein … Sie hatten Lucian wieder verloren. Niemand wußte, ob er noch immer schlief oder durch die Beben umgekommen war.

Und doch wollte Vespasian nicht glauben, daß sie Lucian verloren hatten. Nicht, nachdem er dem Tod von der Schippe gesprungen und fast wieder zu ihnen zurückgekehrt war. Nein. Ein Teil dessen, was Lucian Dreyfuss gewesen war, befand sich noch immer irgendwo dort unten. Für den Moment hatten sie ihn verloren, aber nicht für immer.

Es sei denn, die Leute auf dem Mond überlebten die neuen Machenschaften der Charonier nicht. Das lenkte Vespasians Gedanken auf Larry Chao.

Larry Chao. Er wußte angeblich, was hier los war. Tyrone hatte genug vom Geschwätz dieses Burschen.

Vielleicht stimmte alles, was er sagte, doch irgendwie glaubte Vespasian es nicht so ganz. Nur daß das Mond-*Rad* bockte und zuckte und die Nachricht vom *Ring von Charon* eingetroffen war, daß es etwas mit Wurmlöchern und Gravitationswellen zu tun hatte. Und für Gravitationswellen war Chao zuständig.

Tyrone verließ das *Vertikal-Transit-Zentrum* und begab sich auf die Suche nach Chao.

Larry befand sich in seinem Quartier im Wohnbereich für Zeit-Arbeiter und arbeitete am Hauptrechner und einem halben Dutzend vernetzter Nebenstationen gleichzeitig. Tyrone wollte ihn nicht stören, doch dann schaute Larry auf und sah ihn im Eingang stehen. Larry hatte einen klaren Blick und machte einen agilen Eindruck.

»Nun?« fragte Tyrone in Ermangelung einer besseren Einleitung. »Was ist los? Was ist mit den Beben?«

»Es sind keine Beben«, sagte Larry. »Das Mond-*Rad* reagiert auf große Massen, die ein Wurmloch passieren, das fast seine Grundfrequenz hat. Wenn der *Widersacher* imstande ist, einen Puls durch das Wurmloch-Netz zu schicken, weshalb nicht auch durch das Mond-*Rad?* Aber darum geht es im Grunde nicht.«

»Worum dann?« fragte Tyrone.

»Um die Bedeutung«, sagte Larry. »Und ich glaube, ich kenne die Bedeutung.«

»Als da wäre?«

Abwiegelnd streckte Larry Tyrone die Handflächen entgegen. »Es gibt vieles, was wir nicht wissen«, sagte er. »Vieles. Aber wir haben die ganzen Daten über den *Widersacher* – und das, was Lucian mir direkt übermittelt hat. Ich habe die Auswertung noch nicht abgeschlossen. Doch wenn der *Widersacher* einen Angriff gegen das *Multisystem,* das Erde-Sphäre-System plant, würde er durch das erste Wurmloch vorstoßen, das er erspäht hat. Und wenn er die Ankunft der Erde im *Multisystem* gespürt hat, dann hätte er das Wurmloch entdeckt, durch das die Erde gekommen ist. Und *wenn* die Charonier wissen, daß ihre Tarnung aufgeflogen ist, und *wenn* sie das Loch kennen, durch das der *Widersacher* kommt, entschließen sie sich vielleicht, auf der anderen Seite des Lochs eine Art Vorverteidigung aufzubauen.«

»Das sind aber viele ›wenn‹ und ›vielleicht‹.«

»Ich weiß. Ich weiß. Aber ich glaube, es hängt alles zusammen. Und wenn ich recht habe, dann treffen die Charonier Vorbereitungen für die Abwehr eines Angriffs. Und wenn die erste Verteidigungslinie durchbrochen wird …«

»Dann schleudern die Charonier die Erde gegen den *Widersacher*«, sagte Vespasian. »Ich glaube es nicht. Wie kann man mit einem *Planeten* werfen?«

Larry lächelte verkniffen. »Wie kann man einen Planeten *stehlen?*«

Vespasian nickte. Darauf gab es wohl keine Antwort.

»Ich weiß nicht, ob ich recht habe«, sagte Larry. »Aber ich glaube schon. Und wenn ich recht habe, dann müssen wir uns mit der Erde in Verbindung setzen.«

»Und wie?«

»Irgendwie«, sagte Larry schroff. »Und zwar schnell. Bevor die Erde nicht mehr existiert. Und ich weiß auch schon wie.«

NaPurHab
Im Orbit um die *Mondpunkt*-Singularität
DAS *MULTISYSTEM*

Sianna Colette stöhnte, bewegte sich im Schlaf und wachte mit flatternden Augenlidern auf. Sie versuchte, sich auf den Ellbogen aufzustützen, doch selbst diese

Anstrengung war zu viel. Sie fiel wieder aufs Bett zurück und wurde sich plötzlich bewußt, daß sie in einem Bett *lag* und nicht in einem Blechsarg.

Sie rieb sich die Augen und spürte dabei, wie steif und wund die Arme waren. Beim zweiten Versuch gelang es ihr dann doch, sich auf die Ellbogen zu stützen, und schließlich schaffte sie es, sich im Bett aufzusetzen.

Anscheinend befand sie sich in einer Art Krankenzimmer, das zwar sauber, aber etwas chaotisch eingerichtet war. Die Wände waren mit Graffiti bedeckt, bei denen es sich überwiegend um kryptische – und zum Teil recht obszöne – Widmungen früherer Patienten handelte. Das Mobiliar wirkte ziemlich wacklig und abgenutzt, aber auch behaglich.

Wally saß am Fuß des Betts. Er wirkte schmal und bleich und steckte in einem merkwürdigen Kleidungsstück, das ein Zwitter aus Springerkombi und Bademantel zu sein schien. Er sah auf den Monitor eines Computers und hatte gar nicht bemerkt, daß sie aufgewacht war.

»Wally?« fragte sie – oder versuchte es zumindest. Der Laut glich eher einem Krächzen als einem Wort, und dann erlitt Sianna einen Hustenanfall. Wally stand auf und gab ihr ein auf dem Nachttisch stehendes Glas Wasser, wobei er ihr die Hand auf den Rücken legte, um sie zu stützen. Sie nahm einen großen Schluck und verzog das Gesicht. Nun wußte sie definitiv, daß sie sich auf dem *NaPurHab* befand. Nur ein Habitat würde Wasser *so* oft wiederaufbereiten.

»Wally«, wiederholte sie, und diesmal funktionierten die Stimmbänder. »Wir haben es geschafft.«

Wally nickte lächelnd, doch irgendwie wirkte er traurig und bekümmert. »Ja«, sagte er. »Wir haben es geschafft. Man hat dich vor ungefähr sechzehn Stunden aus dem *PerMod* geholt.«

»Mein Gott! So lang. An die zweite Hälfte des Flugs

erinnere ich mich überhaupt nicht. Bin ich die ganze Zeit über bewußtlos gewesen?«

Wally zuckte die Achseln. »Ich nehme es an«, sagte er. »Der Arzt sagt, du hattest anscheinend für eine Weile hohes Fieber.«

Sianna legte sich wieder hin, und Wally zog vorsichtig die Hand weg. »Nun«, sagte sie in bemüht ruhigem und beiläufigem Ton. »Habe ich etwas verpaßt?«

Kapitel Fünfundzwanzig

Der Ausweg

»Eine unserer liebgewonnenen Illusionen besteht darin, daß wir immer eine Wahl haben, daß immer eine Option existiert. Anscheinend halten wir das Unvermeidliche für etwas Unnatürliches. Wir haben gern die Wahl, auch wenn wir nichts damit bewirken. Die meisten Leute sind bereit, eine unangenehme Realität zu akzeptieren, wenn sie überzeugt sind, daß eine Alternative besteht – selbst wenn diese Alternative der Tod sein sollte.«

– Dr. Wolf Bernhardt, Generaldirektor
des UN-Direktorats für Weltraumforschung,
bei einer Ansprache anläßlich
der Einweihung der *Hijacker*-Gedenkstätte

Multisystem-Forschungsinstitut
New York City
Erde
DAS _MULTISYSTEM_

Ursula Gruber gefielen die Ideen nicht, die ihr kamen. Sie waren riskant und grandios – und hinterließen doch irgendwie einen Nachgeschmack der Kapitulation.

Auf den Monitoren, welche die *Einsame Welt* abbildeten, erschienen alle möglichen Daten, und das war eine gute Nachricht. Die Funker fingen fast jeden Befehl auf, den die *Einsame Welt* an die *Monster-Module* übermittelte, die den *Mondpunkt-Ring* kontrollierten. Die Auswerter waren überzeugt, daß sie die grundlegenden Befehle richtig interpretiert hatten.

Und sie trauten sich bis zu einem gewissen Grad zu, zumindest ein paar dieser Befehle zu duplizieren.

Nun, vielleicht würden sie auf diese Art vorgehen müssen. Ein anderer Ausweg fiel ihr nicht ein.

Ursula sah auf die Uhr und seufzte. Es war an der Zeit, das *NaPurHab* anzurufen, ein Vorgang, der ihr überhaupt nicht behagte. Sie pflegte nicht gern Umgang mit diesen Leuten. In einer besseren Welt wäre ihr das auch erspart geblieben.

Allerdings wäre in einer besseren Welt die Erde auch nicht von Außerirdischen entführt worden.

NaPurHab

Sianna Colette, die noch immer die Krankenhauskleidung trug, huschte in den HauptDenkTreff-Raum. Wally war dort und lauschte verzückt dem Funkspruch von der Erde. Sianna hatte das Gefühl, sie sollte an der Konferenz teilnehmen, auch wenn sie noch so unter Schock stand, daß sie sich kaum konzentrieren konnte. Nach der ganzen Mühe, die man sich gemacht hatte, um sie hierher zu bringen, war die Teilnahme für sie eine Frage der Ehre.

Doch diese Mühe war noch das geringste. Sakalov war *gestorben*. Sinnlos gestorben, zermalmt von einem halbintelligenten Felsen.

Und noch etwas konnte sie sich nicht verschließen: Sie waren hier gestrandet, sie und Wally. Das *NaPurHab* sollte als Zwischenstation dienen, bis die *Terra Nova* kam und sie an Bord nahm. Doch damit war vorerst nicht zu rechnen. Nicht bei einem Himmel voller KERNe und K-KERNe, die interessante Zeiten verhießen. Vielleicht würde das Schiff nie kommen.

Aber Dr. Sakalov. Würde er noch leben, wenn sie Wally nicht vor ein paar Tagen und hundert Jahren begegnet wäre? Wenn sie und Wally keine Spekulationen bezüglich der Natur der charonischen Befehlszentrale angestellt und Bernhardt nicht dazu inspiriert hätten, einen Blick darauf zu werfen? So wie sie es sah, war das einzig konkrete Ergebnis dieses Ratespiels Sakalovs Tod.

Nicht doch. Versuch wenigstens zuzuhören. Ursula Gruber war auf dem Bildschirm und klärte ›Augapfel‹ über die aktuelle Lage auf. Gruber. Eigenartig, daß Wallys erste Amtshandlung nach ihrer Ankunft darin bestanden hatte, *sie* anzurufen.

»Die Hälfte der K-KERNe geht durch das wiederbelebte *Mondpunkt*-Wurmloch«, sagte Gruber. »Die andere Hälfte geht um das Loch in Stellung. Sie gruppieren sich zu einer gestaffelten sphärischen Formation an der Peripherie des *Mondpunkt-Rings*.«

»Und wir stecken mittendrin«, murmelte ›Augapfel‹ so leise, daß die Mikros es nicht registrierten. »Echt mies.« Sianna war sich noch nicht im klaren, was sie von den *Purpurnen* im allgemeinen und ›Augapfel‹ im besonderen halten sollte. ›Augapfel‹ war eine starke, intelligente Frau. Sie *konnte* normal reden, wenn sie wollte. Nur daß sie es meistens nicht tat. Sianna hatte sie gesehen, als sie im MedWerkstatt-Zimmer hereingeschaut hatte – um Wally etwas zu fragen. Wally schien sich hier pudelwohl zu fühlen.

»... nach unserem Kenntnisstand«, sagte Gruber, »richten die K-KERNe das Radar auf das Loch. Anscheinend wollen sie niemanden am Eintritt *in* das Loch hindern, sondern sie erwarten, daß jemand in dem von ihnen verteidigten Raumsektor *heraus*kommt.«

»Meine ich auch«, sagte ›Augapfel‹. »Die K-KERNe gucken nicht auf anfliegende Frachtdosen. Und gerade ist noch was passiert. Eine Frachtdose hat das *NaPurHab* verfehlt und ist vorbeigeflogen, anstatt hier festzumachen. Ist vorbeigeflogen und hat die KERN-Zone verlassen. Die K-KERNe haben sie kaputtgekloppt.«

Die auf dem Bildschirm abgebildete Gruber hörte aufmerksam zu, und ihre Antwort schien etwas länger auf sich warten zu lassen, als durch die relativistische Verzögerung zu erklären gewesen wäre. »Ach ja. Wir haben es gesehen. Ein Frachtschiff, dessen Landeanflug mißglückte, wurde von den K-KERNen vernichtet, als es sich aus dem Raumsektor entfernte, der von den K-KERNen kontrolliert wird.«

»Hab ich doch *gesagt*«, nörgelte ›Augapfel‹. »Brauch kein Echo.«

»Ach ja«, sagte Gruber. Sianna unterdrückte ein Lächeln. Seit Generationen nahm niemand die *Purpurnen* mehr ernst. Nun hatten die Menschen keine Wahl: Die *Purpurnen* standen sozusagen an vorderster Front. Vor fünf Jahren hätte Ursula Gruber sich noch nicht dazu herabgelassen, mit einer Person namens ›Augapfel‹ Größter Orter Konversation zu pflegen. Nun begegnete sie ihr mit ausgesuchter Höflichkeit, denn ansonsten würde ›Augapfel‹ zweifellos die Verbindung unterbrechen und die Erde ihrem Schicksal überlassen.

›Augapfel‹ hatte einen schelmischen Gesichtsausdruck. Natürlich wußte sie das auch und freute sich darüber. »Wie dem auch sei, die Dose wurde zerquetscht. Leere Frachtdosen werden auch von den K-KERNen geplättet. Was soll's. Geht uns am Arsch vorbei.«

»Im Gegenteil«, erwiderte Gruber. »Ich glaube nicht, daß Ihnen das ›am Arsch vorbeigeht‹.«

»Echt?« sagte ›Augapfel‹.

»Ihre Brennstofftanks dürften wieder voll sein. Wie sehen Ihre Pläne aus?«

»Mücke machen. Den Orbit ein bißchen vom Schwarzen Loch hochkicken.«

»Ich halte das nicht für eine weise Entscheidung«, sagte Gruber. »Ich halte es sogar für äußerst gefährlich.«

»Wie dieses?«

»Die defekten und leeren Frachtschiffe wurden *nicht* vernichtet, als sie den von den K-KERNen überwachten kugelförmigen Raumsektor verließen. Sie wurden *in dem Moment angegriffen, als ihre Bewegungsrichtung* vom Mittelpunkt dieses Raumsektors nach außen wies. Alles, was vom Mittelpunkt der Schutzzone wegstrebt, wird zerstört.«

»Egal«, sagte ›Augapfel‹ mit sichtlichem Unglauben. »Wir erweitern den Orbit nur ein bißchen und halten uns von den K-KERNen fern. Uns wird nichts passieren.«

»Ich wünschte, Sie hätten recht. Überprüfen Sie Ihre Daten und sehen Sie selbst, wann die K-KERNe angegriffen haben.«

Wally hatte bereits ein Notebook hervorgeholt. Sianna schaute ihm über die Schulter, als er die Orbitalbahnen und eine Simulation der Angriffe aufrief. »Sie hat recht«, sagte Wally. Sianna nahm Wally den Computer ab und ging die Daten selbst durch.

»Tricks!« sagte ›Augapfel‹. »Erdschwein-Tricks, um die *Purpurnen* unten zu halten.«

»Nein«, sagte Sianna. »Weshalb sollten sie das tun? Sie haben euch gerade unter großem Einsatz mit Nachschub versorgt. Die eigentlichen Kollisionen erfolgen dann, wenn die Ziele sich an der Peripherie der Schutzzone befinden, doch die K-KERNe leiten den Angriff in dem Moment ein, wo das Ziel sich vom Mittelpunkt nach außen bewegt.«

›Augapfel‹ entriß ihr den Rechner und kontrollierte die Zahlen. »Verdammt«, flüsterte sie.

»Es ist kein Trick«, fuhr Gruber fort. »Sie *dürfen* den Orbit um das Schwarze Loch nicht erweitern – auf gar keinen Fall. Jede Ausdehnung Ihres Orbits, und sei sie noch so geringfügig, würde mit allergrößter Wahrscheinlichkeit die K-KERNe zu einem Angriff provozieren.«

»*Muß* den Orbit aber stabilisieren«, wandte ›Augapfel‹ ein. »Die Karos machen uns sonst kaputt. Wir stürzen spiralförmig ins Schwarze Loch, wenn wir den Orbit nicht stabilisieren.«

Ursula Gruber nickte hölzern. »Ja, ja. Das wissen wir. Aber es gibt noch eine andere Möglichkeit.«

»Was? Beim gegenwärtigen Radius stabilisieren? Geht nicht. Instabil. Können uns hier nicht mehr lang halten.«

»Wissen wir. Bei all den Störungen, denen Ihr Orbit ausgesetzt war, ist es ohnehin ein Wunder, daß er noch hält.«

»Gute Arbeit«, sagte ›Augapfel‹ gereizt. »Brauchen kein verdammtes Wunder.«

»Bald werden Sie doch eins brauchen«, sagte Sianna. »Sie können nicht für immer hierbleiben.«

»Sie hat recht, ›Augapfel‹«, sagte Wally. »Bisher haben Sie den Orbit mit wiederholten Mikroschüben korrigiert. Damit rufen Sie aber die gleiche Instabilität hervor, die Sie ausgleichen. Auch ohne äußere Störungen werden die Gezeitenkräfte allein Sie in Schwierigkeiten bringen.«

»He, Junge, erzähl du *mir* nichts von Gezeiteneffekten. Versuche schon seit Tagen zu verhindern, daß das *Hab* ins Trudeln gerät.«

»Und glauben Sie nicht, daß es sich verschlimmern wird?« fragte Sianna. ›Augapfel‹ drehte sich zu ihr um und schaute sie düster an.

»Sie haben keine Wahl«, sagte Gruber mit sanfter Stimme, wobei ihre und Siannas Worte sich wegen der relativistischen Verzögerung überlagerten.

»Nicht *runter*gehen«, sagte ›Augapfel‹. »Ihr wollt mir doch nicht erzählen, in einen *engeren* Orbit zu gehen, oder?«

»Nein, eigentlich nicht ... äh ... ›Augapfel‹«, sagte Gruber. »*Ich* bin schließlich nicht im Habitat. *Ich* kann

Ihnen nicht sagen, was Sie tun sollen. Aber wir hier unten lernen schnell. Wir haben das Betriebssystem der *Einsamen Welt* erlernt und sind nun in der Lage, selbst Befehle zu formulieren. Wenn wir es tun müssen oder tun wollen, können wir eine Direktverbindung zu den *Monster-Modulen* schalten und das *Mondpunkt*-Wurmloch übernehmen und es nach Belieben öffnen und schließen.«

Es trat Totenstille ein. Alle drei starrten auf Grubers Bild auf dem Monitor.

»Denken Sie darüber nach«, sagte Gruber schließlich. »Sprechen Sie mit Ihren Leuten. Es ist zwar ein verzweifelter und riskanter Plan, in meinen Augen aber der einzige Ausweg.«

Zwei Stunden später hatte sich im Raum nicht viel verändert, nur daß Grubers Bild vom Monitor verschwunden war. Sianna hatte sich in den entlegensten Winkel des Raums zurückgezogen. Sie saß auf dem Boden, hatte die Arme um die Knie geschlungen und zermarterte sich das Hirn. *Denk nach.* In ein Schwarzes Loch stürzen. Es mußte noch eine andere Möglichkeit geben. Es *mußte* eine geben. Denk also nach, verdammt.

»Glaubst du, daß es funktionieren wird, Wall?« wandte ›Augapfel‹ sich an Wally. Die beiden saßen an dem wackligen Konferenztisch.

»Es müßte...« Nach kurzer Überlegung nickte er heftig. »Ja. Es wird funktionieren. Die Massendichte ist natürlich eine andere, aber das dürfte keine Rolle spielen. Es ist riskant, aber immer noch besser, als von einem K-KERN plattgemacht zu werden oder von der Singularität vereinnahmt zu werden.«

Sianna schloß die Augen und atmete tief durch. »Einen Moment«, sagte sie. »Tut mal so, als ob ich blöd wäre. Noch mal von vorn bitte.«

»Es geht darum, was Gruber gesagt hat«, erwiderte

er. »Die Erde schickt die Kommandos ab, die sie aufgefangen hat. Sie übermittelt die Befehle an die *Monster-Module* und befiehlt ihnen, das Wurmloch für uns zu öffnen. Dann gehen wir durch das Wurmloch, anstatt in die Singularität zu krachen oder von den K-KERNen zerlegt zu werden.«

Siannas Blick schwenkte von Wally zu ›Augapfel‹. Die beiden meinten das wirklich ernst. »Das könnt ihr nicht tun«, wandte sie ein. »Es sind über neuntausend Leute im Habitat. Ihr könnt es nicht einfach durch ein Schwarzes Loch schicken. Es muß einen anderen Weg geben.«

»Dann zeig ihn uns«, sagte ›Augapfel‹. »Wir haben die Ohren, und du hast die Worte?«

»Ja, Sia«, sagte Wally. »Hast du eine bessere Idee?«

Sianna haßte es, Sia genannt zu werden. Und Wally stellte sich gegen sie, verbrüderte sich mit dieser irren ›Augapfel‹ anstatt mit ihr. Plötzlich überkam sie blinde Wut. Das hätte eigentlich ein perfekter Moment für die brillante Lösung sein müssen, für den Geistesblitz, der die Lage klärte.

Das Problem war nur, daß ihr verdammt nichts einfiel.

Ohio Template ›Windbeutel‹, der ›Größte Windbeutel‹, saß in seinem bequemen, zerschlissenen Lehnstuhl, hatte die Hände auf dem Schmerbauch gefaltet und hörte sich an, was die im Raum auf und ab gehende ›Augapfel‹ Größter Orter zu sagen hatte.

»Es gefällt mir zwar nicht, Boss, aber ich glaube, die Normalos haben es auf den Punkt gebracht. Wollte eine große Korrektur durchführen und unseren Orbit erweitern. *Kann* aber nicht in einen so hohen Orbit gehen – würden ruckzuck plattgemacht. Wir können auch nicht runtergehen, weil die Gezeitenkräfte uns sonst zermahlen würden. Und hier können wir auch nicht bleiben, weil der Orbit nicht mehr lange hält.«

»Mit wem hast du gebabbelt?« fragte ›Windbeutel‹.

»Mit diesen beiden«, sagte sie und deutete mit einem Schlenker der Hand auf Wally und Sianna. »Hab auch meine eigenen Daten laufen lassen. Und hab mit Gruber foniert«, sagte ›Augapfel‹. »Sie will sich mit dem Hunnenkönig auf der Erde besprechen.«

»Mit wem? Mit *Bernhardt?* Gruber hat nicht zuerst mit ihm gesprochen?«

»Erst nachdem sie mit mir geredet hat. Glaube, sie wollte mich nicht drängen, sondern nur den Vorschlag unterbreiten. Unsere Sache, nicht ihre. Aber die Normalos haben das Gehirn der *Einsamen Welt* angezapft und fangen alle ihre Signale auf. Diese beiden haben mir ein paar Sims und Daten gezeigt, und ich habe es ihnen abgekauft. Wir müssen nehmen, was sie ausspucken. Reeller Handel. Ab durch die Mitte, nicht oben raus.«

»Das muß ich erst mal auf die Reihe kriegen. Du und Gruber und diese beiden verlangen von mir, daß ich das *NaPurHab durch das Wurmloch* schicke?«

»So sieht's aus«, sagte ›Augapfel‹.

»Bist du jetzt völlig durchgeknallt? Wenn wir überhaupt was über dieses Loch wissen, dann das, daß wir nicht wissen, wo wir rauskommen.« Er schaute Wally an. »Hat der ›Olle Max Windbeutel‹ das richtig verstanden?« fragte er, wobei er eindeutig hoffte, einen negativen Bescheid zu erhalten. »Der Mond und die Sonne und der Mars sind nicht auf der anderen Seite des Lochs?«

»Äh… nein, Sir«, sagte Wally. »Das Loch ist im Grundzustand verriegelt, und wir wissen, daß sie es neu einstellen müßten, um die Verbindung zum Sonnensystem wiederherzustellen. Das Sonnensystem befindet sich auf keinen Fall auf der anderen Seite.«

»Hmm. Dann gib mir einen Rat.«

Wally zuckte die Achseln. »Wir wissen nicht einmal, ob es überhaupt eine andere Seite gibt. Wir nehmen zwar an, daß eine Gegenstelle existiert, weil sie die K-KERNe ins Loch schicken. Ich würde auf ein anderes *Multisystem* tippen, aber sicher bin ich mir nicht.«

»Hat jemand einen weiterführenden Vorschlag?«

Niemand meldete sich.

»Danke für die Top-Info«, knurrte der ›Windbeutel‹. »Könnte das *Hab* dort überleben? Gibt es dort genug Licht für die Sonnenkollektoren oder vielleicht zuviel? Wir könnten sie neu ausrichten, aber ob das genügt? Stabiler Orbit möglich? Strahlungsdichte nicht zu hoch?«

Ratlos hob Wally die Hände. »Keine Ahnung.«

»Kriegen wir das *Hab* überhaupt *durch* das Loch? Schließlich ist es eine ziemlich große Blechbüchse.«

Wally nickte heftig. »O ja. Wir müßten es schaffen. Es wird zwar eng werden und fliegerisches Können erfordern, aber es ist machbar.«

»Ähem … Sir?« sagte Sianna, der das Sprechen noch immer schwerfiel. »Sie müssen unbedingt noch einen Faktor berücksichtigen.«

»Ja? Als da wäre?« fragte ›Windbeutel‹ und kratzte sich nachdenklich am Bart.

»Die K-KERNe beziehen Position, um etwas am Verlassen des Lochs zu hindern. Was, wissen wir nicht. Aber was auch immer es ist, es befindet sich offensichtlich auf der anderen Seite des Lochs.«

»Sie meinen also, wir sollten es nicht tun, oder?« fragte ›Max Windbeutel‹.

»Auf keinen Fall, Sir. Ich halte es geradezu für selbstmörderisch.«

»Hast du irgendeinen anderen Vorschlag? Vielleicht sogar einen, den wir auch überleben würden?«

»Leider nicht.«

»Danke für die Super-Hilfe«, sagte ›Windbeutel‹. Er erhob sich und ging für eine Weile wortlos im Raum auf und ab. »Zeit«, sagte er schließlich. »Was sagt die Uhr?«

»Tickt laut«, sagte ›Augapfel‹. »Die irdischen Zahlen lauten fünfzig Stunden, vielleicht sechzig, höchstens fünfundsechzig. Ich habe fast die gleichen. Länger wird der Orbit nicht mehr halten. Praktisch jede Störung treibt uns näher auf das Loch zu. In max fünfundsechzig Stunden werden wir so tief in der Ge-Quelle des Lochs stecken, daß wir nicht mehr rauskommen. Dann wird die Orbitalgeschwindigkeit sich erhöhen, und wir stürzen ab.«

»Kannst du uns hier nicht noch ein bißchen länger stabilisieren?«

»Das versuche ich schon die ganze Zeit. Kann den Orbit nicht erweitern, weil die K-KERNe uns sonst drankriegen. Kann den Orbit auch nicht halten, bei der ganzen Grav-Aktion, die hier abgeht. Wir driften ab, da gibt's kein Vertun.«

»Wie sind die Aussichten?« fragte ›Windbeutel‹ mit einem flehenden Unterton. »Was, wenn wir den Durchgang nicht schaffen? Würde sagen, wir setzen alles auf eine Karte und bleiben hier. Wie sieht's aus?«

›Augapfel‹ machte eine Faust, spreizte den Daumen ab und drehte ihn dann nach unten. »Wie du's machst, ist's richtig. Diese Kiste kann den K-KERNen nicht entwischen. Wenn wir bleiben, stürzen wir ab. Entweder machen die K-KERNe uns platt, oder wir krachen ins Loch. Was dir lieber ist.«

»Sicher?«

»Absolut.«

»Absolut«, sagte ›Windbeutel‹. »Sieht also schlecht aus, was?«

»Noch schlechter«, sagte ›Augapfel‹.

Dann wurde es still im Raum, während ›Windbeutel‹ reglos und nachdenklich dastand.

»Da können wir auch gleich abtauchen«, sagte er. »Höllenritt ins Loch, auf die andere Seite, wo der Furcht-Feind ist, den die Karos draußenhalten wollen. Eine Zillion zu eins schlägt Null.«

Er setzte sich wieder in den Sessel, legte die Arme auf die Lehnen und grub die Finger ins zerschlissene Gewebe. Er starrte geradeaus, mit dem entrückten Blick, der für Schachspieler typisch ist. Doch eine Ader pulsierte an der Schläfe, und es stand ein harter Ausdruck in den Augen.

»In Ordnung«, sagte er schließlich. »In Ordnung. Werde eine *Purpurne* de LUXE-Versammlung einberufen, allen Mackern und Tussis Bescheid sagen und sie so dicht an die Echtwelt heranführen, daß sie wissen, was los ist. Aber das ist *meine* Aufgabe, nicht deine. Du hast selbst genug zu tun.«

»Ich will's jetzt wissen«, sagte ›Augapfel‹. »Keine Ausflüchte, kein Vertrösten auf später. *GO-Code?*«

»*GO-Code*«, bestätigte der ›Windbeutel‹ flüsternd. »*GO-Code* ist angesagt.« Sein Blick wanderte von ›Augapfel‹ über Wally zu Sianna, wobei die Angst ihm ins Gesicht geschrieben stand. »Tut es«, sagte er. »Trefft alle Vorbereitungen und schickt uns durch dieses Loch.«

Kapitel Sechsundzwanzig

Hier kommt es hinein...

»Theorie ist schon eine schöne Sache. Wenn sie aber die einzige Sache wäre, dann bräuchten wir die reale Welt nicht. Wenn wir uns auf die Theorie verlassen könnten, dann würde sie uns vor allen Widrigkeiten schützen. Wenn ein Experiment scheitert, könnten wir uns einfach eine fundierte Theorie ausdenken, sie Mutter Natur vorlegen und sie zwingen, ihre Vorgehensweise zu revidieren.

Nur daß es so nicht funktioniert, obwohl es, weiß Gott, Zeiten gegeben hat, da ich mir wünschte, es würde so funktionieren. Längst habe ich den Überblick über die Zahl der Leute verloren, die brieflich oder per Diskette den Beweis erbracht haben, daß die *Entführung* nie stattgefunden hat. Sie haben mir alle möglichen Zahlen, Daten und Formeln präsentiert, um zu beweisen, daß die Erde nicht entführt wurde, daß es sich um einen Fehler handelte, eine Illusion, einen klerikalen Irrtum oder um eine Verschwörung der Gürtelbewohner.

Ich würde mich freuen, wenn sie recht hätten. Mutter Natur, die Gesetze des Universums, die Realität – wie auch immer man es bezeichnen will – ist nicht so kooperativ. Die Dinge laufen nicht immer nach Plan. In dieser Hinsicht kenne ich mich weiß Gott aus. Wir werden nie wissen, ob etwas funktioniert oder was genau geschehen wird, wenn wir es nicht versuchen. Deshalb heißt es schließlich Experiment.«

– Dr. Larry Chao, nicht veröffentlichter Aufsatz

Terra Nova
Erdnaher Raum
DAS *MULTISYSTEM*

Dianne Steiger saß in ihrem Sessel auf der Brücke und versuchte die Erschöpfung zu verdrängen. Die Neuigkeiten vom *NaPurHab*. Unglaublich. Wirklich unglaublich. Ins Wurmloch. Mehr als neuntausend Leute würden ins Unbekannte stürzen. Gott steh ihnen bei. Wenn die *Terra Nova* die Position vom *NaPurHab* erreichte, würde das Habitat nicht mehr existieren.

Dianne hatte Angst um die Menschen im Habitat der *Nackten Purpurnen*, doch ihr Interesse am *NaPurHab* beschränkte sich nicht nur auf den humanitären Aspekt. Sie hatte ihre eigenen Vorstellungen und Theorien – und ihre eigenen Alpträume.

Wenigstens machten die K-KERNe ihnen kaum Schwierigkeiten. Nur ein paar dichte Annäherungen, aber keine Angriffe. Doch selbst das beunruhigte Dianne. Sie wurde nämlich das irrationale Gefühl nicht los, daß sie zusammengetrieben wurden.

Bald, sehr bald würde sie eine Entscheidung treffen müssen. Die Mission abbrechen und sich in die Tiefen des Raums verdrücken – oder weitermachen, den Treffpunkt anfliegen und dann …

Sie hatte schon zu viele Nächte damit verbracht, ein Loch ins Schott zu starren, sich den Kopf über die Natur der Charonier zu zerbrechen, woher sie kamen – und vor wem oder was sie sich fürchteten.

Furcht. Die Furcht der Charonier. *Das* war der Schlüssel, der ins Schloß paßte, die Frage, die zu den Antworten führen würde. Dianne hatte den Anflug der K-KERNe verfolgt, hatte beobachtet, wie die *Monster-Module* erschienen waren und den Kadaver des *Mondpunkt-Rings* mit Beschlag belegt hatten, und sie hatte gesehen, wie die Situation sich zuspitzte. Bis vor ein paar Monaten hatte das System Dianne an ein großes, träges Tier erinnert, das keine natürlichen Feinde hatte und sich ungestört bewegen konnte. Nun stob es panisch umher. Irgend etwas hatte der Sphäre gemeldet, daß Gefahr im Verzug war. Die Dinge trieben dem Höhepunkt entgegen.

Und sie wollte verdammt sein, wenn die *Terra Nova* die Party verpaßte.

NaPurHab

Sianna Colette öffnete die Tür ihrer Unterkunft und lugte in den Korridor. Nach dem Zwischenfall mit dem Reinigungsroboter vergangene Nacht würde sie bei ihren Ausflügen ins Habitat nun etwas vorsichtiger sein. Das *NaPurHab* war ein Tollhaus. Doch das, sagte Sianna sich, war der Normalzustand. Bemerkenswert war der hohe Organisationsgrad, mit dem das Habitat sich auf das Ereignis vorbereitete, das allgemein als der *Große Tauchgang* bezeichnet wurde, wobei dieser Begriff spontan geprägt worden war.

Doch *alles* atmete hier eine gewisse Spontaneität. Nichts ergab einen Sinn. Die *Broadway*-Bande reichte eine Petition ein, die sich nicht gegen den *Tauchgang* wandte, sondern gegen die Existenz des Wurmlochs selbst. Sianne hatte von der guten alten *purpurnen* Tradition erfahren, Petitionen mit einem anderen Namen zu unterzeichnen – vorzugsweise mit dem Namen eines *Auswärtigen* –, als man ihr eine Seite mit unleserlichem Gekritzel und drei X unter die Nase hielt, bei denen es sich angeblich um ihre Unterschrift handelte. Sie hatte mit Wolf Bernhardt unterschrieben.

Trotz allem funktionierte das Habitat. Es erhielt seine Bewohner am Leben und sich selbst zusammen. *Etwas* mußten die *Purpurnen* also richtig machen. Der manische Enthusiasmus, mit dem die Bevölkerung sich auf den *Tauchgang* vorbereitete, war durchaus beeindruckend. Selbst wenn die Reinigungsroboter die Leute ab und zu herumscheuchten.

Der Korridor war verlassen, bis auf den Mann, der die gegenüberliegende Wand mit Graffiti verzierte.

Sianna trat mit dem Vorsatz hinaus auf den Korridor, die ›Augapfel‹-Zentrale – den Navigationsraum – diesmal selbst zu finden. Sie suchte sich den Weg durch das Gewirr von Passagen, die in Wohnquartiere umgewandelt worden waren, durch Wohnquartiere, die in Ateliers umgewandelt worden waren, und durch Ateliers, die in Passagen umgewandelt worden waren.

Schließlich erreichte sie den Korridor mit der Aufschrift FALKENHORST. Diesmal hatte sie es geschafft, ohne einen Einheimischen nach dem Weg zu fragen, der ihr vielleicht eine fiktive Route genannt oder sie in die entgegengesetzte Richtung geschickt hätte, um die Sinnlosigkeit linearen Denkens zu beweisen oder so. Oder der sie davor warnte, daß jemand anders sie vielleicht in die Irre führte und ihr den Vorgang dann detailliert beschrieb.

Sie betrat den Navigationsraum und schloß erleichtert das Schott hinter sich. Hier herrschte relative Normalität. Mehr oder weniger. Schließlich hielt Wally sich hier auf.

Sianna hatte jede Nacht bis zur Erschöpfung gearbeitet und sich erst dann in ihre Kabine geschleppt, wenn die Augen ihr zufielen. Doch Wally war immer noch geblieben, wenn sie ging, und war schon da, wenn sie am nächsten Tag erschien. Sianna vermutete, daß Wally die ›Augapfel‹-Zentrale seit zwei Tagen nicht verlassen hatte. Er befand sich genau dort, wo sie ihn letzte Nacht verlassen hatte; er saß über einen Computer gebeugt und starrte auf den Monitor, wobei er ihr Kommen nicht einmal bemerkte. Sianna verzichtete darauf, ihn zu grüßen. Wie in alten Zeiten.

›Augapfel‹ kam ein paar Minuten nach Sianna und begrüßte sie mit einem undefinierbaren Lächeln. Eine gerissene Frau, diese ›Augapfel‹, die gern von der *purpurnen* Lehre abwich, wenn diese ihren Vorstellungen nicht entsprach. Ihr Laborbereich war makellos sauber.

Kein Müll in der Ecke, kein Gekritzel an der Wand. Wolf Bernhardts Büro hätte nicht ordentlicher sein können.

»Guten Morgen«, sagte Sianna.

»Moin«, sagte ›Augapfel‹. »Ist wohl der letzte Moin. Kann den Kurs nicht mehr halten.«

»Ich weiß, wie du dich fühlst«, sagte Sianna. »Aber wir werden es schon schaffen.«

»Es sei denn, sie schaffen *uns*«, sagte ›Augapfel‹ kryptisch und setzte sich an den Computer.

Sianna nickte. Gesprächige Gruppe.

Fairerweise mußte sie natürlich zugeben, daß es ›Augapfel‹ oblag, die exakte Flugbahn durch das Wurmloch zu berechnen, und zwar anhand der von Sianna und Wally extrapolierten Zustände des Wurmlochs.

Die Analyse der Vorgänge im Wurmloch, die den K-KERNen den Durchflug ermöglichten, oblag Sianna. Sie hatte fast den ganzen vergangenen Tag damit verbracht, die Aufnahmen der Passagen der K-KERNe durch das Loch auszuwerten und die präzisen Zeiten, Positionen und Flugbahnen für jedes Objekt zu ermitteln.

An die Arbeit, sagte Sianna sich. Sie setzte sich an den Rechner neben Wally und rief die Aufzeichnungen der Wurmloch-Ereignisse auf. Sie hätte auch an der Stelle fortfahren können, wo sie vergangene Nacht aufgehört hatte, doch statt dessen spielte sie die ganzen Aufzeichnungen noch einmal im Schnellvorlauf ab. Sie sah, wie das Wurmloch sich öffnete, begleitet von einem weißblauen Blitz, sie sah, wie die K-KERNe hineinflogen und wie das Wurmloch sich hinter ihnen schloß.

Sianna schaute auf den Bildschirm, sah das sich öffnende und schließende Wurmloch, den Strom der K-KERNe, die ins Loch einflogen. Öffnen, schließen – ein, aus, rein, raus, ein, aus.

Einen Moment. Sianna war auf dem Sitz zusammengesunken. Nun saß sie kerzengerade da. Einen Moment. Ein-aus, positiv-negativ, ja-nein, eins-null, Punkt-Strich. Das primitivste Signalsystem überhaupt. *Signale* …

»Wally«, sagte sie. »Wally!«

Wally schaute vom Computer auf und wandte sich Sianna zu. Er war überrascht, sie zu sehen, doch das überraschte sie wiederum nicht.

»Huh? Was? Was … was ist?« fragte er.

›Augapfel‹ sah auch von ihrer Arbeit auf. Sianna fuhr fort, bevor ›Augapfel‹ die Gelegenheit bekam, sie zu unterbrechen.

»Was würde mit einer Wurmlochöffnung geschehen, die die gleiche Grundeinstellung wie dieses Loch hat, wenn es sich öffnet und etwas hindurchgeht? Wie zum Beispiel die *Erdpunkt*-Singularität im Sonnensystem. Was würde geschehen?«

Wally runzelte die Stirn und schaute kurz in die Luft. »Nun, wenn die gegenwärtige Theorie auch nur annähernd stimmt, dann grenzen *Erdpunkt* und *Mondpunkt* in irgendeiner dimensionalen Domäne aneinander. Mehr noch. Sie sind nicht nur zwei angrenzende Ebenen im Raum, sondern zwei Seiten *derselben* Ebene, also coplanar. Alles, was auf die eine Seite einwirkt, *muß* sich auch auf die andere auswirken. Natürlich ist die andere Seite des *Mondpunkt*-Wurmlochs coplanar mit dem, was mit ihm in Verbindung steht.«

»Hä?« fragte ›Augapfel‹. Ob Normalo oder *Purpurner*, anscheinend reagierte jeder so auf Wallys Erklärungen.

Wally schaute sich um und fand zwei Schmierzettel. »Kommt her«, sagte er. »Ich zeig's euch.« Die beiden Frauen standen auf und schauten ihm über die Schulter. Er legte einen Zettel auf den Tisch, dann einen zweiten obendrauf. »Die Zettel sind die Wurmlöcher, und der

Abstand zwischen ihnen ist die Normalraum-Ebene, durch die sie getrennt sind.« Er hob den oberen Zettel an und wies auf den unteren. »Das untere Blatt ist das erste Wurmloch. An der Unterseite kommen die K-KERNe heraus. Die Oberseite mündet hier ins *Multisystem*, im Mittelpunkt des *Mondpunkt-Rings*.« Er legte das obere Blatt wieder hin. »Oberes Blatt. *Seine* Unterseite mündet ebenfalls ins *Multisystem*, doch die Oberseite mündet in die *Erdpunkt*-Singularität im Sonnensystem.«

»Ja, ich habe verstanden«, sagte Sianna.

»Fast«, sagte ›Augapfel‹. »Mach weiter!«

»Nun, man könnte es sich auch in Generationen vorstellen. Bezeichnen wir unseren Zielpunkt als Punkt X. Punkt X ist die *Großvater*-Singularität, und er hat die *Mondpunkt*-Singularität erzeugt. Und der *Mondpunkt* ist der Vater der *Erdpunkt*-Singularität im Sonnensystem. Der *Erdpunkt* muß eine ähnliche Resonanzcharakteristik haben wie sein Vater und Großvater, *Mondpunkt* und Punkt X. Eine Art Genetik. Die Merkmale werden vererbt und leicht variiert – aber nicht stark. Sie weichen wahrscheinlich höchstens um den Faktor 10^{-4} voneinander ab, gerade so viel, um den *Mondpunkt* vom *Erdpunkt* und Punkt X zu unterscheiden.«

»Großartig, gut zu wissen«, sagte Sianna. »Aber das beantwortet meine Frage nicht.«

»Nicht?« fragte Wally. Anscheinend war er der Ansicht, die Weiterungen seiner Ausführungen seien offensichtlich.

Sianna schaute ›Augapfel‹ an und zuckte die Achseln. »Oder?«

»Ich raff's auch nicht. Sag schon, Walls – was *würde* am *Erdpunkt* passieren, wennfalls die Karos K-KERNe durch die *Mondpunkt*-Röhre schicken?«

Purpsprech hatte Wally noch nie Verständnisschwierigkeiten bereitet. »Der *Erdpunkt* würde wie eine Glocke hallen und in allen möglichen Gravitationsfrequenzen schwingen. Sympathische Schwingung. Wir haben immer schon vermutet, daß die *Ring-und-Loch-*Paare als Schwingungsdämpfer dienen.«

»Zu dieser Ansicht bin ich auch schon gelangt«, sagte Sianna. »Gut. Wären die Menschen im Sonnensystem überhaupt in der Lage, das zu registrieren? Wenn sie eine Art Gravitationsdetektor an das Mond-*Rad* oder den *Ring von Charon* anschließen würden?«

»Sie könnten schon von Glück sagen, wenn nicht jeder Unterbrecher des Detektors durchbrennen würde. Zumal ich auch nicht glaube, daß sie Detektoren brauchen. Das Mond-*Rad* selbst würde reagieren. Und das würde ihnen wohl kaum entgehen.«

»Charon-Ring?« fragte ›Augapfel‹.

Wally zögerte kurz. »*Kann sein.* Wenn sie sich im richtigen Frequenzbereich befinden, dann fangen sie es *vielleicht* auf. Falls die Leute auf dem Mond sie benachrichtigt haben, werden sie ihn sicher neu kalibrieren und auf das nächste Signal warten. Allerdings wissen wir nicht, ob der *Ring* noch in Betrieb ist oder ob das Mond-*Rad* noch unter Beobachtung steht.«

»Gut«, sagte Sianna. »Gut. Sehr gut. Es haben viele Öffnungs- und Schließvorgänge stattgefunden, und viele K-KERNe sind hindurchgegangen. Etwa hundert bisher, und ein weiteres Dutzend wird vielleicht noch folgen.«

»Und das wird ihnen nicht entgangen sein«, führte Wally weiter aus. »Zumal sie die Schwingungs-Theorie auch kennen. Sie werden erkennen, daß es etwas mit uns zu tun hat.«

»Moment Moment Moment«, sagte ›Augapfel‹. »*Wir* gehen doch hindurch, richtig? *Wir* werden einen Befehl abschicken, um dieses Ding aufzumachen und einzutauchen. Dieser Befehlssatz: ›*Muß* Punkt X erreichen, damit das andere Ende des Lochs weiß, daß es sich öffnen soll.‹ – Richtig?«

»Ja, richtig. Wir werden das Signal genauso abschicken wie die Charonier. Die Erde wird ein Funksignal an die *Monster-Module* abstrahlen. Die *Monster* werden daraufhin Modulationsbefehle auf einem Gravitations-Trägerstrahl abschicken«, sagte Wally.

›Augapfel‹ lehnte sich zurück und starrte nachdenklich die Decke an. »Und wie sieht's mit unseren Leuten zu Hause im Sonnengebiet aus, bei *Charon?* Sind sie in der Lage, die Befehle aufzufangen und sie vielleicht zu lesen und anzuwenden?«

Wally zuckte die Achseln. »Lesen können sie sie sicher, aber ich weiß nicht, was sie damit anfangen. Die Signale sind praktisch identisch. Ohne einen Code-Schlüssel, wie wir ihn von der *Einsamen Welt* erhalten haben, handelt es sich nur um ein einziges Rauschen.«

»Nein«, sagte Sianna. »Sie haben auch einen Code-Schlüssel. Bereits vor fünf Jahren beherrschten sie die charonische Symbolsprache so gut, um das Wurmloch zu schließen. Sie werden erkennen, daß es sich um ein Wurmloch-Transitsignal handelt, und es aufgrund ihrer Syntax-Kenntnisse richtig interpretieren. Zumal die Signale nicht völlig identisch sind. Es gibt Zeit- und Massenvariablen.«

»Gut, dann sind sie eben in der Lage, das Signal aufzufangen und die Grammatik zu verstehen. Vielleicht gelingt es ihnen sogar, das Signal zu imitieren. Dennoch sind sie nicht imstande, den Inhalt des Signals zu erfassen.«

Sianna stand plötzlich auf und hielt sich die Hand vor den Mund. »Einen Moment. Wally, bleib bei mir. Die besten Einfälle habe ich in deiner Gegenwart. Sie werden in den Signalen nichts finden – es sei denn, wir fügen etwas hinzu.«

»Wie meinen?«

»Der Befehlssatz enthält eine Nullfolge«, sagte Sianna. »Wie eine Kommentarzeile. Davor befindet sich ein Symbol, das die Prozessoren der *Monster-Module* anweist, die folgende Sequenz zu ignorieren. Wahrscheinlich handelt es sich um den Platzhalter für das charonische Äquivalent eines Dateinamens oder einer Fußnote. *Wir* könnten ihn uns zunutze machen.«

»Wäre es vielleicht möglich, etwas *hinein*zuschreiben?« fragte Wally in einem Tonfall, aus dem hervorging, daß die technische Herausforderung ihn nicht interessierte; er wollte bloß wissen, ob sie es tun durften, wie Kinder, denen die Erwachsenen untersagten, an den Geräten herumzuspielen.

Sianna nickte begeistert. »Ich habe da keine Bedenken. Wally, ruf die Grafik mit der Signal-Syntax auf. Ich will sehen, wieviel Platz wir haben.«

Wally holte den Computer hervor und gab die entsprechenden Befehle ein. »Nicht viel. Höchstens dreißig Zeichen. Damit kann ich nicht viel anfangen.«

»Aber es reicht, um ihnen zu sagen, daß es von *uns* kommt«, sagte Sianna. »Daß es von der Erde kommt und daß die Menschen durch das Schwarze Loch gehen.«

»Und was bringt das?« fragte Wally.

»Zumindest wüßten sie dann, daß wir noch leben«, sagte Sianna. »Der Kontakt wurde vor fünf Jahren unterbrochen. Sie haben keine Ahnung, ob wir noch existieren oder nicht.«

»Könnten noch mehr tun«, sagte ›Augapfel‹. »Würde ihnen sagen, daß sie den gleichen Befehlssatz auch bei der *Erdpunkt*-Singu verwenden können – nein, nein, dieser Fisch ist tot. Aber der *Ring von Charon.* Vielleicht könnten sie ihn so weit aufzwängen, um ein Schiff zum Punkt X zu schicken.«

»Wo auch immer das ist. Hätten sie überhaupt etwas davon?« fragte Sianna. »Angenommen, wir schicken ihnen erst eine Einladung und überleben den Durchgang durch das Loch nicht?«

»Es ist einen Versuch wert«, sagte ›Augapfel‹. »Denkt drüber nach. Es gibt für uns keinen anderen Weg zurück in den Sonnenraum. Angenommen, wir finden einen anderen dauerhaften Weg und nutzen Punkt X als Abkürzung. Ist es wirklich wert, das. Müssen natürlich riskieren«, sagte ›Augapfel‹ nach kurzer Überlegung, »daß sie das Ziel verfehlen. Vielleicht sollten wir eine längere Nachricht schicken? Nur reden, ohne etwas hindurchzuschicken?«

»Nicht jetzt«, sagte Sianna. »Vielleicht überhaupt nicht. Wir kennen nur den Befehlssatz, den die *Einsame Welt* abgeschickt hat. Einen anderen Code haben wir nicht. Und ich will nicht aufs Geratewohl an einem Wurmloch herumfummeln. Vergeßt nicht, daß der ganze Mist angefangen hat, als dieser Chao versehentlich das *Erdpunkt-Mondpunkt*-Wurmloch eingeschaltet hat. Wenn wir eine Textbotschaft schicken, dann fordern wir das Wurmloch vielleicht noch auf, seine Masse in Energie umzuwandeln oder etwas in der Art.«

»Könnten wir so was auch mit dem Nullsatz-Ding machen, der Kommentarzeile?« fragte ›Augapfel‹.

Sianna runzelte die Stirn. »Mein Gott, daran hatte ich noch gar nicht gedacht. Wally? Besteht die Gefahr, daß wir mit der Kommentarzeile einen Schaden anrichten?«

Wally schüttelte den Kopf. »Keinesfalls. Unmöglich. Diese Kommentarzeile ist unbedenklich. Das ist schließlich auch ihr Zweck.« Doch dann neigte er den Kopf auf die Seite und überlegte sich die Sache noch einmal. »Zumindest *glaube* ich, daß sie keinen Schaden anrichten würde. Wüßte nicht, wie das möglich sein sollte. Aber … äh … versprechen kann ich es nicht.«

»Schön, Wally«, sagte ›Augapfel‹. »Freue mich, daß wir das geklärt haben.«

»Nun?« sagte Sianna an ›Augapfel‹ gewandt. »Es ist dein Habitat, deine Heimat«, sagte sie. »Du bist die Pilotin. Du mußt entscheiden.«

»Ja, ja. Wünschte, ich wäre es nicht.« ›Augapfel‹ drehte den anderen beiden den Rücken zu und ging zum Bullauge hinüber. Sie schaute in die Tiefen des Raums, auf den *Mondpunkt-Ring* und das *Multisystem.* »Ich hab eine Familie erdwärts«, sagte sie. »Schwes und Paps leben, Mama langtot. Werd sie wahrscheint's nie wiedersehen. Aber sie soll'n wissen, daß ich am Leben bin, daß wir es geschafft haben. *Muß* das tun. Wär schön, wenn sie wüßten, daß wir alle richtig sind. So hohes Risiko ins Loch zu tauchen, da kommt's auch nicht mehr drauf an, noch einen lütten Chip zu setzen.«

Sianna glaubte, daß sie das verstanden hatte, aber sicher war sie sich nicht. Sie schaute Wally an. »Wird sie es tun?« fragte sie.

Wally sah Sianna merkwürdig an. »Natürlich«, sagte er. »Das hat sie doch gerade gesagt.«

Multisystem-Forschungsinstitut
New York City
ERDE

»Das ist Wahnsinn«, sagte Wolf Bernhardt und betrachtete die Anzeigen in seinem Büro. »Ich fasse es nicht, daß Sie dem zugestimmt haben.«

»Ich habe nicht *zugestimmt*, Wolf«, erwiderte Ursula Gruber. »Ich habe es vorgeschlagen, wie Sie sehr wohl wissen. Und Sie haben es gebilligt, wie ich hinzufügen möchte.«

»Weshalb ich eigentlich einen Psychiater aufsuchen müßte«, sagte Wolf. »Bestand keine andere Möglichkeit? Keine weniger riskante Fluchtmöglichkeit?«

»Nein«, sagte Ursula. »Nichts. Das ist ihre letzte Hoffnung.«

»Sind wir bereit, den Befehlssatz abzuschicken?« fragte Wolf. »Sie haben die aktuellen Daten?«

»Ja, Wolf, ja. Alles ist optimal vorbereitet. Wir schicken den Wurmloch-Befehl in ungefähr fünfundsechzig Minuten ab. Und sie haben schon angefangen. Vor einer Stunde haben sie die erste Kurskorrektur durchgeführt. Sie driften spiralförmig ins Wurmloch, zumal die Triebwerksleistung für eine Umkehr auch gar nicht mehr ausreichen würde.«

»Und die Sensoren und die Kameras?«

»Sind aktiviert und laufen. Es wird vielleicht noch eine Minute dauern, bis die Funkverbindung abbricht und das Wurmloch sich schließt. Vielleicht nicht einmal mehr so lange. Mit etwas Glück werden wir erfahren, wie es im Schwarzen Loch aussieht.«

»Und dann macht das Loch dicht, und wir wissen gar nichts mehr.«

»Exakt.«

»Vielleicht bedeutet es ihren Tod, wenn das Wurmloch sich schließt, und wir werden es nie erfahren. Besteht eine Hoffnung, das Wurmloch anschließend wieder zu öffnen?«

»O ja«, sagte Gruber. »Solange wir eine Masse – eine große Masse – zum Durchschicken haben.«

»Weshalb spielt es eine Rolle, ob wir etwas durchs Wurmloch hindurchschicken oder nicht?« fragte Bernhardt.

»Weil wir glauben, daß die *Monster-Module* in der Lage sind, die Aufgaben eines *Rings* zu übernehmen«, erläuterte Gruber. »Die zu transportierende Masse ist eine wichtige Variable bei einem Wurmloch-Transfer. Wenn den *Monster-Modulen* bei der Bestimmung der Masse ein Fehler unterläuft, verfügen sie nicht über die Kapazität, die überschüssige Energie aufzunehmen. Sie würden ausbrennen.«

»Dann sagen wir den *Monstern* eben, wir würden nichts – oder nur etwas Kleines – durchschicken.«

»Die minimale Masse ist zu groß. Wir wissen nicht,

wie bei den *Monster-Modulen* eine Nullast-Einstellung vorgenommen wird. Schließlich besteht ihre Aufgabe gerade darin, Massen-Transfers durchzuführen. Vielleicht finden wir noch eine Lösung, aber bisher ist uns nichts eingefallen.«

»›Wir wissen es nicht‹ – so lautet das Motto unserer Zeit.« Wolf erhob sich, drehte sich um und schaute aus dem großen Fenster auf die unter ihm liegende große Stadt. Die untergehende Sonne stand gerade über den glitzernden Türmen. »›Wir wissen es nicht‹«, wiederholte er. »Na schön. Aber wir werden es sehr bald wissen.«

NaPurHab

Irgendwo im hinteren Bereich des Habitats verstummten die Steuerdüsen. »Zweite Korrektur erfolgt«, meldete ›Augapfel‹. »Wir sind gut drauf. Glaube ich.«

Manchmal war es sinnvoller, nicht in *Purpsprech* zu reden – oder zu denken – und sich des Standardidioms zu befleißigen. ›Augapfel‹ Größter Orter gelangte zu der Ansicht, daß der von Erdschweinen unterstützte Flug eines Habitats durch ein Wurmloch ein solcher Anlaß war.

Und sie flogen hindurch; da gab es kein Vertun. Vertan sie sich doch, dann flogen sie auch, aber nicht hindurch, sondern dagegen. Entweder gelang dem *NaPurHab* die Passage, oder die Singularität an diesem Ende des Wurmlochs würde etwas an Gewicht zulegen.

Das Habitat befand sich im Verschlußzustand. Die Rotation war aufgehoben worden, die Schwerkraft auch. Die Sonnenkollektoren waren eingezogen, die lose Fracht war zumindest theoretisch verzurrt, die Besatzung war bis auf weiteres auf die Gefechtsstationen beordert worden – was die üblichen reflexartigen Proteste hervorgerufen hatte –, und die MedWerkstätten waren in Bereitschaft. Alles menschenmögliche war getan worden. Doch es war so sicher wie die Hölle, daß das nicht genügen würde.

Das Loch kam näher, immer näher.

›Augapfel‹ schluckte schwer und korrigierte den Kurs um ein halbes Grad. Sie flog nun nicht mehr nach Zahlen, sondern nach Gefühl. Nun zählten nur noch Wahrscheinlichkeiten und Variablen, so daß keine Zeit mehr war, das Problem zu beschreiben, geschweige denn logische, mathematische Lösungen zu finden.

Zu langsam, sagte ›Augapfel‹ sich. Sie waren eine Idee zu langsam. Was würde geschehen, wenn das Wurmloch sich schloß, während das Heck des Habitats noch draußen steckte?

»So bleiben«, sagte Sturgis. »Die variable Projektion meldet einen weiteren *Monster*-Puls. Wahrscheinlichkeitsgipfel in zehn Sekunden.«

›Augapfel‹ warf einen Blick auf die Wahrscheinlichkeitsdarstellung und nahm die Daten auf, ohne sie richtig gesehen zu haben. »Ich hab's, Geier-Wally. Alles klar.« Das mußte sie dem Erdschwein schon lassen – er war gut.

Offensichtlich korrigierten die *Monster* die durch das *NaPurHab* verursachte Massenabweichung selbst. Das ermöglichte es Wally, ihren nächsten Schritt vorherzusagen. Wenn die *Monster* sich an das von ihm prognostizierte Trimmungsmuster hielten, dann würde das Habitat die Geschwindigkeit erneut verringern müssen – und zwar um fast den gleichen Betrag, den es soeben durch die Beschleunigung gewonnen hatte. Verdammt! Die Sache geriet außer Kontrolle. Die *Monster-Module* taten ihr Bestes, um das Wurmloch zu stabilisieren, und ›Augapfel‹ korrigierte ständig den Kurs des *NaPurHab*, um das Loch möglichst präzise zu durchfliegen. Nur daß die Bewegung des Habitats die

Gravitationsmuster störte, welche die *Monster* aufrechtzuerhalten versuchten. Zwei Rückkopplungs-Schleifen, die einen meta-instabilen Überlagerungszustand erzeugten. Oder so. Darüber konnte sie später gelehrte Texte verfassen. Falls sie denn überlebten.

»Wurmloch-Transitverbindung wird aktiviert«, sagte Wally. »MFI wird die Befehlssequenz an die *Monster-Module* in fünf Sekunden abschicken. Vier, drei, zwei, eins – MFI sendet die Befehle.«

›Augapfel‹ stülpte sich schier der Magen um, doch nichts geschah. Das Wurmloch öffnete sich nicht. Sie würden an der Singularität zerschellen. Aber nein. Relativistische Verzögerung, Verzögerung der Befehls-Aktivierung. Es würde eine Weile dauern, ein paar Sekunden nur, bevor …

›Augapfel‹ wandte sich von den Instrumenten ab und riskierte einen Blick aus dem Bullauge. Das Wurmloch erwachte plötzlich zum Leben und eröffnete einen gewundenen Tunnel, dessen Wände in einem unwirklichen Blau pulsierten. Der schwarzgraue Himmel des *Multisystems* dräute im Hintergrund und wurde da und dort vom trüben roten Glühen des von einer Staubwolke reflektierten Sphärenlichts erhellt.

Der untote *Mondpunkt-Ring* war kein Ring mehr, sondern er spannte sich nun als Band über den Himmel; er stand so nah, daß man nur noch einen kleinen Ausschnitt von ihm sah. Doch sie hatte keine Augen für den *Ring*. Sie schaute auf das Wurmloch, das mit Energie förmlich aufgepumpt wurde.

»Betet zu Gott, daß er uns retten möge; betet zu Gott, daß er uns retten möge; betet zu Gott, daß er uns retten möge.« Eine leise Stimme im Hintergrund der Kabine wiederholte die Worte immer wieder und hatte es, wie ›Augapfel‹ nun bewußt wurde, schon die ganze Zeit getan. Sie schaute über die Schulter. Sianna. Armes

Kind. Wie war *sie* in diese Sache hineingeraten? Wie waren *sie alle* da hineingeraten? Keine Zeit, um darüber nachzudenken.

Zurück zu den Transitberechnungen. Eine leichte Gierbewegung, die Maschine nicht überziehen, minimaler Schub aus den Steuerdüsen. Nur ruhig bleiben. Ruhig bleiben.

Terra Nova

»Ortung, Ortung – das Habitat nähert sich der Singularität. Starke Interferenzen durch die Interaktion des *Mondpunkt-Rings* mit der Singularität«, sagte DePanna, als ob sie über die Störungen spräche, die beim Telefonieren mit ihrer Tante Frieda aufgetreten waren.

Dianne wünschte sich nicht zum erstenmal, daß ihr Ortungsoffizier mehr Emotionen zeigte. Dieser Klotz aus Eisen und Glas mit Tausenden von Menschen an Bord würde gleich ins Unbekannte stürzen. Dennoch schien der Umstand, daß die Darstellungen auf den Bildschirmen schwer zu identifizieren waren, für DePanna das größere Problem zu sein.

Natürlich hätte Dianne DePanna sofort ihres Postens enthoben, wenn sie emotional geworden wäre. Wenn sie sich jedoch über die Reaktionen anderer Leute aufregte, regte Dianne sich wenigstens nicht über sich selbst auf.

»Sie hätten das nicht tun sollen«, sagte Gerald. »Das ist Selbstmord.«

»Was hätten sie denn sonst tun sollen?« fragte Dianne. »Es wäre Selbstmord gewesen, dort zu bleiben, wo sie waren.«

»Ich weiß«, sagte Gerald. »Ich weiß – aber trotzdem.«

Die ganze Erde verfolgte, wie das *NaPurHab* kämpfte,

wie das Habitat versuchte, die Stromschnellen der Schwerkraft zu bezwingen, die Untiefen des sich verzerrenden Raums zu überwinden und dem Untergang zu entgehen.

Ein Dutzend Bildschirme war eingeschaltet, und Dianne versuchte, sich auf alle gleichzeitig zu konzentrieren. Doch die Aufnahmen der Außenbordkameras vom *NaPurHab* waren am wichtigsten. Sie würden zeigen, an welchen Ort es das *NaPurHab* verschlug.

Vorausgesetzt, das Habitat kam überhaupt irgendwo an.

NaPurHab

Sie kamen näher, näher, zu verdammt nahe. Der klaffende Schlund des Lochs wurde größer und größer – aber war er auch groß genug? Glaubten diese Normalos auf der Erde wirklich, sie wären so gut bei Kapee, um das Loch so weit zu öffnen, daß etwas so Großes wie ein Habitat hindurchging?

Abbrechen. Umkehren. Das ist verrückt. Doch es nützte gar nichts, auf die panischen Einflüsterungen zu hören, die sich aus dem hintersten Winkel des Bewußtseins meldeten. Den Punkt, an dem es noch ein Zurück gegeben hätte, hatten sie längst schon hinter sich gelassen. *Wir werden eh in dieses verdammte Loch krachen*, sagte sie sich. Psst. Ruhig. Konzentriere dich.

»*Monster-Module* verstärken das Feld«, meldete Sturgis. »Versuchen, uns mittels Gravitationskontrolle einzuschleusen. Alles läuft nach Plan.«

»Oh, gut«, sagte ›Augapfel‹. Wally hatte nämlich prognostiziert, daß die Karos vielleicht versuchen würden, den Kurs des *Habs* zu beeinflussen und es zusammen mit einem K-KERN auf den idealen Transitpfad zu bringen – der für das Habitat allerdings nicht der richtige Pfad gewesen wäre. ›Augapfel‹ würde die versuchten Korrekturen ebenfalls ausgleichen müssen.

»Bestätige Versuch einer Kursänderung mittels Gravitation«, sagte Wally.

›Augapfel‹ zerbiß einen Fluch zwischen den Zähnen. Dem Mann schien es zu *gefallen*, daß die Charonier erneut versuchten, sie umzubringen. Immerhin bewies das, daß er das Problem erkannt hatte. Wally war der *geborene Nackte Purpurne.* »Ich erhalte nun die Werte für die Abweichung«, sagte ›Augapfel‹.

Dann hörten sie die Geräusche. Das Habitat knarrte vernehmlich. Zu viele Kräfte wirkten auf die Struktur des armen alten Konstrukts ein. ›Augapfel‹ wußte, daß das nur der Auftakt für ganz andere Geräusche war. Die Gezeitenkräfte würden sich in den nächsten Minuten gewaltig verstärken.

Theoretisch hätte das Habitat die Belastung aushalten müssen – aber das verdammte Ding war schon so alt. Das *NaPurHab* war schon durch viele Hände gegangen, bevor die *Purpurnen* in seinen Besitz gelangt waren. ›Augapfel‹ war sich ziemlich sicher, daß die Konstrukteure das Habitat nicht für eine Lebensdauer von 150 Jahren ausgelegt hatten und schon gar nicht für den Durchgang durch ein Wurmloch.

Doch das spielte nun keine Rolle mehr. Das *NaPurHab* hatte schon lang keine Optionen mehr. Die Anzahl der möglichen Fehlerquellen war unüberschaubar. Ob das Habitat nun in den Ereignishorizont krachte, von den K-KERNen zertrümmert, von den Gezeitenkräften zerrissen oder durch einen Pilotenfehler zerstört wurde, war im Grunde einerlei. Selbst wenn sie alles richtig machte, bestand immer noch die Möglichkeit, daß sie alle umkamen. Irgendwie fühlte sie sich bei diesem Gedanken besser.

Sie schwenkten eine Idee nach Backbord. Sie ließ die Steuerdüsen kurz feuern und atmete tief durch.

»Gezeitenkräfte werden signifikant«, meldete Wally, und wie aufs Stichwort ertönte wieder ein Stöhnen, das durch die Lastwechselreaktion einer Verstrebung verursacht wurde.

›Augapfel‹ versuchte, die Angst zu unterdrücken. *Mach es richtig.* Keine Ausflüchte, keine zweite Chance, keine Entschuldigung. Eine Alarmglocke schrillte, dann noch eine und noch eine. Allerdings hatte auf dem Habitat keine Alarmübung mehr stattgefunden, seit ›Augapfel‹ sich dem Navigations-Team angeschlossen hatte. Riß in der Hülle? Energieversorgung zusammengebrochen? Kaffee ausgegangen? Egal. Sie mußte dieses Ding fliegen, und sie konnte ohnehin nichts tun. Sollten die anderen sich doch damit befassen. Jemand stellte den Alarm ab, und es kehrte wieder Ruhe ein, zumindest für den Augenblick.

Näher, immer näher. Nun sah sie die Bewegung, sah das Wurmloch näher kommen und anschwellen. Oder dehnte die Wurmloch-Öffnung sich wirklich aus? Plötzlich ging ein Ruck durchs Habitat, und die Beleuchtung fiel aus. ›Augapfel‹ spürte einen Schauder und riß an der Steuerung, um das *Hab* trotz der starken Gezeitenkräfte, die es zu zerreißen drohten, auf Kurs zu halten.

Näher, immer näher. Das Innere des Lochs war nun sichtbar. ›Augapfel‹ schaute auf, um zu sehen, wie weit der *Mondpunkt-Ring* von hier entfernt war – und sah nichts außer dem unwirklichen weißblauen Nichts der Wurmlochwandung. Sie waren drin, vom Loch verschluckt.

Aber sie *konnten* nicht durch sein – noch nicht. Nein. ›Augapfel‹ sah nichts auf der anderen Seite. Die Sekunden dehnten sich zu Stunden. Nun wurde das *Hab* von niederfrequenten Vibrationen durchgeschüttelt. Etwas zerrte an ihnen, zog an ihnen und loderte vor ihnen auf.

›Augapfel‹ schaute wieder in Flugrichtung. Eine gigantische schwarzrote Form, die viel zu groß war, um in voller Größe überblickt zu werden, verschluckte den halben Horizont. Die versengte Oberfläche wies Dellen und Narben auf. Und dort, direkt vor ihnen, hing die verschrumpelte Ruine einer Welt über der riesigen schwarzroten Form.

Das Habitat der *Nackten Purpurnen* flog tiefer ins Wurmloch hinein, der fremden Welt auf der anderen Seite entgegen…

…Und dann war es plötzlich verschwunden.

Kapitel Siebenundzwanzig

Pandora und der Tiger

»Man sagt, geringes Wissen sei ein gefährlich' Ding. Ich habe mich oft gefragt, ob Wissen und Sicherheit sich proportional oder umgekehrt proportional zueinander verhalten. Manchmal glaube ich, daß *geringes* Wissen gefährlich ist – während großes Wissen geradezu *tödlich* ist.«

– Selby Bogsworth-Stapleton,
Eintrag ins persönliche Tagebuch

Dreyfuss-Forschungsstation
Der Mond
DAS SONNENSYSTEM

Larry Chao wartete, bis alle anderen zu Bett gegangen waren, bevor er zu ihr ging. Er wollte nicht riskieren, daß sie gestört oder belauscht wurden. Nach gründlicher Überlegung war er zu dem Schluß gekommen, daß er Marcia MacDougal brauchte. Sicher, er hätte den Flug auch allein durchführen können. Aber das spielte keine Rolle. Zumindest fast keine. Ohne Frage gab es für die Rückkehr zum *Plutopunkt* persönliche Gründe – doch es war auch seine Pflicht, dorthin zurückzukehren. Wenn man Radiosignale auffing, waren der *Plutopunkt* und der *Ring von Charon* die entscheidenden Stationen. Dort wurde er gebraucht. Und wenn er erst einmal am *Plutopunkt* war, dann …

Nein. Verliere dich nicht in Spekulationen, sagte er sich. *Bevor du dem Bären das Fell abziehst, mußt du ihn erst erlegen.*

Und er brauchte das Schiff, um dorthin zu kommen,

um schnell dorthin zu kommen – falls man es ihm überhaupt zur Verfügung stellte. Die *Graviton*, das Gravitationsstrahlen-Schiff. Das Testprogramm war fast beendet. In etwa einer Woche würde man bemannte Testflüge durchführen. Wenn er die Startfreigabe bekam, wäre die Tür offen. Sondra Berghoff würde ihn unterstützen und die Gravitationsstrahlen für den Flug erzeugen.

Doch man würde Larry Chao auf keinen Fall allein fliegen lassen. Dafür kannte er die Leute zu gut und wußte, daß sie ihm noch kein übermäßiges Vertrauen entgegenbrachten.

Wenn jedoch Marcia MacDougal – die vernünftige Marcia MacDougal, ihres Zeichens Expertin des charonischen Symbolismus – mit von der Partie war, dann würde es funktionieren. Er würde es ihnen verkaufen.

Doch zunächst mußte er es ihr verkaufen. Und er glaubte zu wissen, wie er das anstellen mußte. Vielleicht war es nicht die beste Methode – aber immerhin eine Methode. Und wenn Larry sich nicht irrte, dann war sie sogar moralisch vertretbar.

Er erreichte ihr Zimmer und klopfte an die Tür. Zuerst blieb es still. Dann ertönte ein Rumoren. Die Tür öffnete sich einen Spaltweit, und Marcia lugte um die Ecke. »Larry«, sagte sie gähnend. »Was führt Sie denn um diese Uhrzeit her?«

»Ein Vorschlag«, sagte Larry, und plötzlich sprudelten die Worte nur so aus ihm heraus. »Ein Vorschlag, der Ihnen, glaube ich, gefallen wird. Die Sache ist zwar etwas kompliziert und enthält viele Unwägbarkeiten, aber ...«

»Aber was?« fragte Marcia, deren Gesichtsausdruck zwischen Verwirrung und Besorgnis changierte. »Was?«

Larry legte eine Pause ein und zwang sich zur Ruhe.

»Marcia, es handelt sich zum großen Teil nur um Spekulationen, aber … aber ich glaube, sie sind in der Lage, mit dem Ring eine Wurmlochverbindung zu öffnen, und ich glaube, sie werden es sehr bald tun. Und wenn sie es tun, dann werden sie ein Schiff hindurchschicken und … und …«

»Und was?« fragte Marcia.

»Was würden Sie dazu sagen, Ihren Mann wiederzusehen?« fragte Larry.

Der *Ring von Charon*
Plutopunkt

Computer, sagte Sondra sich, *sind gut für das, was bekannt ist und sich nicht ändert.* Menschen *sind gut für das, was sich ändert.* Die Durchsicht der Dateien mit den Ergebnissen der Muster-Erkennung hätte ihr das auch gesagt, wenn sie es nicht schon gewußt hätte. Die Detektoren des *Rings von Charon* hatten inzwischen Dutzende von Wurmloch-Passagen registriert. Die Computer hatten Daten von jedem Ereignis gespeichert. Die Mustererkennungs-Programme hatten sämtliche Daten analysiert und Unterschiede sowie Gemeinsamkeiten zwischen den jeweiligen Ereignissen ermittelt. Die Programme waren bezüglich der Wurmloch-Ereignisse zu einem ziemlich unspektakulären Schluß gekommen: Sie glichen sich mehr oder weniger.

Doch von den Varianten, der Streuung und den Ausreißern erhoffte Sondra sich mehr Aufschluß.

Theoretisch verfügte die Arbeitsgruppe am *Ring* nun über genügend Daten, um den *Ring* selbst auf die entsprechenden Resonanzmuster abzustimmen, ihn mit Energie vollzupumpen und eine Wurmlochverbindung zum Ziel zu eröffnen.

In der Praxis gestaltete sich das etwas komplizierter. Zum einen traten technische Probleme auf. Die Techniker arbeiteten rund um die Uhr, um den Ring so zu rekonfigurieren, daß er eine Wurmlochverbindung erzeugte.

Sondra vertraute auf ihre Leute. Doch die Technik war nicht das einzige Problem. Früher oder später – wahrscheinlich früher – wäre der *Ring* in der Lage, eine Wurmlochverbindung zu dem herzustellen, was sich auf der anderen Seite der Einstell-Parameter befand.

Doch wollten sie ein solches Wurmloch überhaupt öffnen? Irgendwo wurden große Massen durch ein Wurmloch transportiert, doch Sondra war nicht annähernd so überzeugt wie Larry Chao, daß ein Zusammenhang mit der Erde bestand. Ihrer Ansicht nach interpretierte Larry zuviel in die Daten hinein. Er wollte, daß es sich um die Erde handelte, und deshalb war sie es auch.

Dennoch wünschte sie sich von ganzem Herzen, Larry wieder hierzuhaben, wenn er in der Lage war, die Kräfte zu bändigen, auf die *Graviton* angewiesen war. Sie würde Larry so viele Gravitationsstrahlen schicken, wie er brauchte. Er war vielleicht einer der wenigen Leute, die imstande waren, ihr einen substantiellen Rat zu erteilen.

Doch von Larry einmal abgesehen – selbst wenn die Erde sich auf der anderen Seite der Wurmlochverbindung befand, wäre es vielleicht keine so gute Idee, eine Verbindung zum selben Ziel zu eröffnen. Wollte sie, Sondra, wirklich Ungeheuern wie dem *Widersacher* eine Tür ins Sonnensystem öffnen?

Falls sie ein Loch öffneten, was sollten sie dann überhaupt tun? Nur hindurchschauen? Eine Sonde oder ein Schiff schicken? Die Charonier wußten, wie man Wurmlochverbindungen absicherte – aber wußte das auch die Mannschaft am *Ring von Charon?* Wäre es zum Beispiel nicht möglich, daß die Wurmlochverbindung eine unbekannte Strahlung freisetzte? Und woher wollten sie wissen, daß der *Ring von Charon* nicht gefährdet wurde? Lauerten dort nicht vielleicht Gefahren, die den *Ring* beschädigten oder gar zerstörten? Es existierten wohl keine *bekannten* Gefahren, aber das war auch kein großer Trost. Mutter Natur liebte Überraschungen.

Also würden sie es langsam angehen lassen. Sie würden die Daten durchgehen und nach den mikroskopisch kleinen Hinweisen suchen, die ihnen eine Vorstellung von dem vermittelten, was sich auf der anderen Seite befand. Dann würde sie entscheiden.

Sie würde entscheiden. Das war ein erschreckender Gedanke. Niemand sonst besaß die Verfügungsgewalt über den *Ring von Charon*, und der *Ring* war der einzige Joker, den sie im Schwerkraft-Spiel hatten. Der *Autokrat* wäre zwar imstande gewesen, ihr eine Entscheidung aufzwingen und sie mit Hilfe seiner Schlägertruppe durchzusetzen, doch der *Autokrat* schien entschlossen, den *Ring nicht* seiner Jurisdiktion zu unterstellen.

Gütiger Gott. Sie würde die für die Menschheit folgenschwerste Entscheidung seit der *Entführung* treffen. Sollte sie die Büchse der Pandora geschlossen halten und das Böse sicher auf der anderen Seite lassen? Was befand sich in dieser Büchse – die Dame oder der Tiger? Hatte Larry recht mit seiner Vermutung, daß die Erde sich in tödlicher Gefahr befand? Angenommen, die Gefahr war real und das Sonnensystem *hatte* die Möglichkeit, etwas zu unternehmen. Wenn sie das Wurmloch nicht öffneten, besiegelten sie damit vielleicht das Schicksal der Erde. Oder die Öffnung des

Wurmlochs würde das Sonnensystem derselben Gefahr aussetzen.

Oder angenommen, eine übereilte und unbedachte Öffnung des Wurmlochs zum *jetzigen* Zeitpunkt würde das Sonnensystem einer *anderen* Gefahr aussetzen – oder den *Ring von Charon* irreparabel beschädigen und somit die letzte Hoffnung auf eine Kontaktaufnahme mit der Erde zunichte machen.

Oder angenommen, das war die beste Gelegenheit, den *Ring* zu nutzen? Angenommen, diese Wurmloch-Aktivitäten wurden eingestellt, und die Charonier unterbrachen die Verbindung oder zerstörten sie, und der *Ring von Charon* entdeckte nie wieder eine Einstell-Frequenz?

Und sie mußte die Entscheidung treffen.

Sie war fast bei der letzten Interpretation der Musterabgleich-Programme angelangt, als etwas *Strukturiertes* über den Monitor lief, allerdings so schnell, daß sie es nicht erkannte.

Sie runzelte die Stirn und ging auf der Bildlaufleiste nach oben. Vierzig Nullen und Einer, zwei Wiederholungen. Das Programm hatte die Zeichenkette auf verschiedene Arten zerlegt. Zwei zwanzigstellige Zahlen, vier zehnstellige Zahlen, acht fünfstellige Binärzahlen und so weiter …

Fünf Stellen … Eine ungebräuchliche Länge. Die größte mit fünf Binärziffern darstellbare Zahl war 11111 beziehungsweise 31. Weshalb machte der Computer sich also die Mühe, die Zeichenkette so zu zerlegen?

Und dann fiel der Groschen. Wegen 26. Weil 26 kleiner war als 31 und man nur 26 Zahlen brauchte, um einen gebräuchlichen Zeichensatz darzustellen …

Sie versuchte sich zunächst im Kopfrechnen – aber nein, sie konnte es sich nicht leisten, eine Zahl zu unterschlagen und das Ergebnis zu verfälschen. Sie gab ein paar simple Befehle ein, und auf dem Bildschirm erschien folgendes Ergebnis:

01110	00001	10000	10100	10010	01000	00001	00010
14	1	16	20	18	8	1	2
N	A	P	U	R	H	A	B
01110	00001	10000	10100	10010	01000	00001	00010
14	1	16	20	18	8	1	2
N	A	P	U	R	H	A	B
01110	00001	10000	10100	10010	01000	00001	00010
14	1	16	20	18	8	1	2
N	A	P	U	R	H	A	B

Und plötzlich fiel die Entscheidung ihr viel leichter.

Terra Nova
Im Anflug auf den *Mondpunkt-Ring*
DAS *MULTISYSTEM*

Dianne saß im Besprechungsraum im Chefsessel, während Gerald MacDougal am Wandbildschirm stand und die Stop-Taste drückte.

Er schaute auf die Bilder, die vom *NaPurHab* übertragen wurden, verschwommene Bilder einer kleinen grauen Welt, die über einer rissigen und vernarbten schwarzroten Oberfläche hing, welche den ganzen Hintergrund ausfüllte. Etwas, das wie ein K-KERN aussah, stand am rechten Bildschirmrand. »Zehn Sekunden, nachdem sie ins Wurmloch eingedrungen waren, brach die Übertragung der Video- und anderen Daten ab«, sagte er. »Die Erde hat auch nicht mehr aufgefangen. Nicht annähernd so viel, wie wir uns erhofft hatten, und das hier ist noch das beste Einzelbild.«

»Weshalb so wenige Daten?« fragte Dianne. »Als die *Heiliger Antonius* vor fünf Jahren durch das Wurmloch vom Sonnensystem zum *Multisystem* ging, bekamen wir stundenlang Daten.«

»Sie hatten auch genug Zeit, eine Direktverbindung durch das Wurmloch vorzubereiten«, sagte Gerald. »Entweder ist es dem *NaPurHab* nicht gelungen, ein Relais auszuschleusen, oder es ist sofort ausgefallen. Ohne ein Relais bräuchten wir eine Sichtverbindung zum *NaPurHab*, um ein Signal zu erhalten – und in dem Moment, wo das *Hab* im Wurmloch verschwand, wurde die Verbindung unterbrochen.«

»Wieso?«

»Stellen Sie sich das Wurmloch als einen langen, engen Tunnel vor. Wenn die *Terra Nova* an einem Ende gestanden hätte, wären wir in der Lage gewesen hindurchzusehen und hätten auch die vom *NaPurHab* abgestrahlten Signale aufgefangen. Doch wir standen querab vom Eingang des Wurmlochs – und in dem Moment, wo sie einflogen, blockierte die Tunnelwand die Funksignale.«

»Dann bedeutet die Unterbrechung des Datenflusses also nicht, daß sie unmittelbar nach dem Eintritt ins Loch getötet wurden?« fragte Dianne.

»Nein. Die Telemetrie war im großen und ganzen normal bis zum Abbruch der Verbindung. Wir erhielten viele Hinweise auf strukturelle Belastungen, aber das war zu erwarten, zumal sie innerhalb des Toleranzbereichs lagen.«

»Mehr werden wir also nicht bekommen«, sagte Dianne und erhob sich, um einen Blick auf die Videodarstellung zu werfen. Sie stand lange davor und versuchte, irgendeine Bedeutung darin zu erkennen – und hatte Erfolg. Das Bild *sagte* ihr etwas. Auch das, was sie zu tun hatte.

»Vor der Sphäre befindet sich also ein Planet wie der

unsere. Mehr ist aus diesem einen Bild aber nicht zu ersehen«, sagte Gerald, nachdem sie für eine Weile schweigend dagestanden hatten.

»Quatsch«, sagte Dianne. »Hier sind *viele* Hunde, die nicht bellen.«

»Wie bitte?«

»Lesen Sie Ihren Sherlock Holmes«, sagte sie. »Wenn ein Hund, der sonst immer bellt, still ist, dann ist das *auch* ein Hinweis.«

»Aha. Gut. Und was sehen Sie hier?«

»Schatten«, sagte Sianne. »Keinen Kern- und Halbschatten, absolut kein Licht in der verdunkelten Hemisphäre dieser kleinen Welt.«

»Und was hat das zu bedeuten?«

»Nur eine Lichtquelle. Wenn diese schwarzrote Erscheinung die Oberfläche einer Sphäre wie der unseren ist, dann müßte sie wie diese von mehreren Dutzend *Gefangenen Sonnen* umkreist werden. Jeder dort befindliche Planet würde zu einem gegebenen Moment von mehreren *Gefangenen Sternen* gleichzeitig beschienen. Und doch gibt es hier nur eine einzige Lichtquelle. Das sagt mir, daß diese Sphäre fast alle *Gefangenen* verloren hat.«

»Wird wohl stimmen. Und was sonst noch?«

»Die Oberfläche der Sphäre. Sie ist total zerdellt. *Viele* Einschläge. Sie schützt sich nicht gegen Trümmer.« Dianne legte den Finger auf eins der größeren Merkmale. »Und *das* sieht aus wie ein langer Sprung, der sich über die Oberfläche der Sphäre zieht. Er ist viel dunkler als der Boden der anderen Sprünge und Krater.« Sie bewegte den Finger auf zwei Geraden, die sich im rechten Winkel schnitten, fast schon außerhalb des Bilds. »Und *das* sieht mir verdammt nach einem dieser ›Breitengrade‹ auf unserer Sphäre aus, der einen ›Längengrad‹ schneidet, und zwar aus nächster Nähe betrachtet.«

Gerald schaute selbst auf die Darstellung und trat dann vom Bildschirm zurück, um einen besseren Überblick zu bekommen. »Sie haben recht«, sagte er. »Ich hatte das erst nur für zwei Sprünge gehalten, aber Sie haben recht. He – eine Sekunde.«

Nach kurzer Überlegung ging Gerald zum Tisch und nahm sich einen Palmtop. »Die Kameras vom *NaPurHab* haben uns optische Daten übermittelt«, sagte er. »Schaun wir mal. Wenn wir die Brennweite der Linse berücksichtigen und annehmen, daß diese Linien genauso breit sind wie die auf unserer Sphäre, dann erhalten wir einen Maßstab. Wenn wir die *scheinbare* Breite der Linien ermitteln, kennen wir auch die Größe der Sphäre auf dem Bild.« Er maß die Linienbreite und gab die Zahlen in den Computer. Er betrachtete das Ergebnis und wiederholte die Berechnung. »Ich glaube es nicht«, sagte er. »So nah *kann* es nicht sein.«

»*Wie* nah?« fragte Dianne.

»Zweiundzwanzig Millionen Kilometer«, sagte Gerald. »Das *NaPurHab* ist in einer Entfernung von zweiundzwanzig Millionen Kilometern von der Oberfläche einer charonischen Sphäre herausgekommen.«

»Einer *toten* charonischen Sphäre«, sagte Dianne. »Eine Sphäre, die ihre Sterne verloren hat und deren Oberfläche schutzlos Trümmereinschlägen preisgegeben ist. Erinnern Sie sich. Sturgis und Colette haben herausgefunden, daß es sich bei der *Einsamen Welt* hier in *unserem Multisystem* um die *Charon-Zentrale* handelte, das Gehirn der ganzen Operation.«

Erneut tippte sie auf die Videodarstellung. »*Das* ist die *Einsame Welt*, die *Charon-Zentrale* des Systems, in dem das *NaPurHab* sich befindet. Es umkreist diese Sphäre. Von diesem Ort aus hatten die Charonier dieses System kontrolliert. Vielleicht ist sie auch die *Letzte* Welt jenes Systems, die einzige, die übriggeblieben ist.«

Gerald schaute seinen Kapitän mit einer Mischung aus Furcht und Erregung an. »Das ergibt einen Sinn«, sagte er. »Ich glaube, Sie haben recht.« Er sah wieder auf das Bild und ließ es auf sich wirken. »Ja«, sagte er und nickte. »So muß es sein.«

»Also«, sagte Dianne. »Wir haben es.« Plötzlich wußte sie, was zu tun war. »Was nun?« fragte sie.

»Wie bitte?« sagte Gerald und wandte sich vom Bild ab.

»Was nun?« wiederholte Dianne die Frage und beugte sich zu ihm hinüber. »Wir sollten uns mit dem *NaPurHab* treffen. Was nun?«

Wenn Gerald dieselbe Antwort einfiel, dann hatte sie zumindest eine gewisse rationale Basis.

Ein Leuchten erschien in Geralds Augen. »Ich glaube«, sagte er, »daß wir ernsthaft in Erwägung ziehen sollten, das Treffen herbeizuführen – an einem anderen Treffpunkt.«

»Sie hielten es für zu riskant, daß die *Purpurnen* den Durchgang versuchten. Das haben Sie selbst gesagt. Weshalb sollte es für uns ungefährlicher sein?«

»Die Umstände sind andere. Sie sind durchgekommen, und deshalb wissen *wir*, daß es eine andere Seite gibt. *Und* wir wissen, daß es dort drüben etwas gibt, das in der Lage ist, Sphären zu töten. Dieses Wissen ist ausreichend.«

»Aber wir wissen doch nicht einmal, ob die *Purpurnen* überlebt haben. Vielleicht sind sie in dem Moment umgekommen, als wir den Kontakt verloren haben.«

»Die *Terra Nova* ist stabiler als das Habitat. Zumal wir hier selbst nicht mehr lange überleben werden. Die Vernichtung eines KERNs war wohl ein großer Sieg. Aber wir können die Serie nicht fortsetzen. Früher oder später wird einer von ihnen uns erwischen.«

»Wir müssen doch nicht den *Mondpunkt* anfliegen«,

sagte Dianne. »Wir ziehen uns von all den Planeten, KERNen und K-KERNen zurück und lassen uns einen Monat oder ein Jahr Zeit zum Nachdenken.«

»Nein«, sagte Gerald. »Das würde gar nichts bringen, außer daß die *Monster-Module* den *Mondpunkt-Ring* vielleicht wieder dichtmachen. Wir folgen ihnen. Diese *Letzte Welt* allein wird uns mehr über die Charonier sagen als alles, was wir bisher erfahren haben. Vor ein paar Monaten hofften wir noch, einen KERN zu entern. Nun haben wir vielleicht die Gelegenheit, das Gehirn einer charonischen Sphäre zu untersuchen. Was haben wir hier noch zu suchen, wenn drüben die Erforschung einer unbewachten Kommandozentrale und Sphäre winkt?«

Dianne sog die Luft ein und stieß sie wieder aus. Nun war die Idee, die verrückte Idee, ausgesprochen. »Gut«, sagte sie. »Ich wollte es nur von Ihnen hören. Ich mußte mich vergewissern, daß ich nicht verrückt bin.«

»Was ist mit den K-KERNen auf der anderen Seite?« fragte Gerald. »Werden sie nicht versuchen, uns aufzuhalten?«

»Das glaube ich nicht«, sagte Dianne. »Nicht, wenn wir herausfinden, worum es sonst noch geht. Sie versuchen, etwas am Durchgang durch das Loch zu hindern. Die K-KERNe auf dieser Seite fangen alles ab, was *aus* dem Loch kommt. Das ergibt nur dann einen Sinn, wenn die K-KERNe auf der anderen Seite alles abfangen, was *hinein* will. Weil wir aber herauskommen, dürfte uns nichts passieren.«

Gerald nickte abwesend. »Eigentlich würde ich das als irre optimistisch bezeichnen. Die Risiken sind viel zu groß. In Anbetracht der Gefahren, mit denen wir hier rechnen müßten, erscheinen sie mir aber fast trivial.«

Dianne lächelte traurig. »Wenn die Möglichkeit, auf

der anderen Seite des Wurmlochs von einem K-KERN atomisiert zu werden, trivial ist, dann steht es wirklich schlecht um uns.«

Gerald lachte. »Gehen wir an die Arbeit. Vielleicht finden wir einen Weg, unsere Erfolgsaussichten zu verbessern.«

Kapitel Achtundzwanzig

... Und dort kommt es heraus

»Bei den Recherchen über die Ankunft des *NaPurHab* im System der *Zerschmetterten Sphäre* und die darauffolgenden Ereignisse ergibt sich das Problem, daß weder die Menschen im Sonnensystem noch die Menschen im *Multisystem* die ganze Geschichte kannten. Wo der Sachverhalt uns nun in vollem Umfang bekannt ist, erinnert man sich nur ungern der Ignoranz, von der wir alle betroffen waren. Jeder hatte Wissenslücken. Und zwar so große Lücken, daß niemand wußte, was überhaupt los war.

Wenn man es nun so bedenkt, wußten der *Widersacher* und die Charonier noch weniger als wir.«

– Larry Chao, Abschrift des Interviews
für das *Projekt der Überlieferung*
der Geschichte der Gravitations-Forschungsstation,
Charon Data Press, 2342

Ein neuer Angreifer wandte sich gegen den Widersacher, *und er wehrte den Angriff so mühelos ab wie immer. Der* Widersacher *durchbrach den Megatonnen-Angreifer und kam unversehrt wieder zum Vorschein. Er behielt den Kurs bei und hinterließ eine weitere Trümmerwolke.*

Nachdem die unmittelbare Bedrohung nicht mehr existierte, richtete der Widersacher *die Sinne nach außen und nahm eine andere Störung in der Nähe des Hauptziels wahr. Irgendeine Masse, die sich deutlich von den anderen unterschied, die er bisher gesehen hatte, war aus der Verbindung zum lebenden System gekommen. Wenn beim* Widersacher *noch Zweifel bestanden hatten, daß dies das richtige Ziel und die anderen nur Täuschkörper waren, dann waren diese Zweifel durch die Ankunft dieses seltsamen Objekts nun ausgeräumt worden. Der* Widersacher *verfügte über eine lange Erfahrung bezüglich der Charonier und ihres Verhaltens. Diese Verbindung, die eine, die sich von allen anderen unterschied, war die richtige. Der* Widersacher *freute sich, daß seine Vermutungen bestätigt worden waren. Er bewegte sich langsam weiter, in Richtung der Verbindung und der dahinterliegenden üppigen Jagdgründe.*

NaPurHab
Passage durch das Wurmloch

Sianna klammerte sich irgendwo fest, als das Habitat wie ein Mustang bockte und ausschlug, und schlug sich umgehend die Illusion aus dem Kopf, daß sie von Klaustrophobie geheilt wäre.

Du verdammter Idiot, was, zum Teufel, gehst du auch durch ein Wurmloch durch ein Wurmloch durch ein Wurmloch? Sie versuchten, das *Hab* durch einen unendlich langen Tunnel zu schicken, wobei dieser Tunnel sich in einem Loch befand, das keinen Raum beanspruchte. Siannas Gefühl des Eingesperrtseins erlangte eine ganz neue Qualität, während das *NaPurHab* tiefer ins Loch vorstieß und der Flug immer ungemütlicher wurde, während ›Augapfel‹ versuchte, das Schiff auf der Mittellinie zu halten – und während die Gravitationsströme und Gezeitenpulse sie zu zerreißen drohten.

Nach einem besonders heftigen Stoß flackerte die Beleuchtung erst und erlosch dann ganz. Ein Dutzend Alarmsirenen blökten, und Sianna stieg der Geruch von Rauch in die Nase.

Obwohl die Kabinenbeleuchtung ausgefallen war, hatten die Außenmonitore noch Strom. Die Kameras zeigten eine pulsierende, energetisch aufgeladene Tunnelwand mit einer unwirklichen weißblauen Färbung, die am Habitat vorbeiraste, und das war schon schlimm genug. Doch die Bugkamera bildete das in *Flugrichtung* befindliche Wurmloch ab. Sie rasten durch die glühende Röhre auf den winzigen schwarzen Punkt zu, den Ausweg, den einzigen Ausweg. Er war unendlich weit entfernt und kam nicht näher. Sianna umklammerte die Lehnen des verschlissenen Sitzes und versuchte, sich vom Anblick des brodelnden Tunnels loszureißen.

Sie schienen immer weiter in die Raumzeit vorzustoßen, sich immer weiter vom Universum zu entfernen, immer tiefer in den Tunnel hinein.

Und dann war es plötzlich vorbei. Das Wurmloch wich zurück, und das Universum kam in Sicht, und dann waren sie durch und draußen.

Doch wohin hatte es sie verschlagen? Die Bugkamera zeigte eine große, dunkelrote Kugel, eine winzige, verschrumpelte Welt, zwischen deren Tag- und Nachtseite aus der Perspektive des Betrachters Symmetrie herrschte, die Schwärze des Weltraums …

Plötzlich taumelte das Habitat und drehte sich um die Querachse.

»Verdammt!« rief ›Augapfel‹. »Achterausleger hat das Wurmloch gestreift. Abgeschert worden. Haben die Debilen ihn denn nicht eingezogen oder was?«

»Kannst du korrigieren?« schrie der ›Größte Windbeutel‹, um den Alarm zu übertönen.

»Weißnit!« schrie ›Augapfel‹ zurück. »Mund halten und dranbleiben!«

Etwas löste sich hinter Siannas Kopf, wirbelte durch die Kabine und prallte gegen die Wand. Die Lampen an einer ganzen Reihe von Terminals flackerten und erloschen, und ein stechender Geruch nach verschmorten Isolationen stieg ihr in die Nase. Rauchschwaden waberten durch die Kabine. Luft. *Die Luft würde ihnen ausgehen, und sie würden in der Dunkelheit ersticken.*

Sianna schloß die Augen, um die Finsternis nicht sehen zu müssen. Sie betete zu irgend jemandem, wobei es ihr egal war, wen sie anrief, um sie hier rauszuholen, bitte Gott …

Eine ganze Bank von Unterbrechern schloß sich, und die Kabinenbeleuchtung ging wieder an. Die Ventilatoren erwachten zum Leben, wobei Sianna froh war, daß sie nicht bemerkt hatte, wie sie ausgefallen waren. Der Rauch zog ab, und die Korrekturdüsen feuerten. Nachdem ›Augapfel‹ das Habitat stabilisiert hatte, stieß sie einen Seufzer der Erleichterung aus und lehnte sich zurück.

Auf den Schalttafeln überwogen noch immer die roten Lampen, und kaum war der eine Alarm verstummt, ertönte schon der nächste. Doch sie hatten es geschafft. Sie waren hier, wo auch immer das war, und sie waren am Leben.

Schließlich verstummten die Alarmsirenen, und in der Leitzentrale wurde es still, zumindest für den Augenblick.

»Nun«, brach Wally das Schweigen, »*das* möchte ich nicht noch einmal erleben.«

NaPurHab
Das System der *Zerschmetterten Sphäre*

Sianna nahm den Beutel in die eine Hand und hangelte sich mit der anderen an der Leiter empor. Es war ein beschwerlicher Weg hinauf in die Zone der Schwerelosigkeit. Es war nun vier Tage her, seit das *Hab* durch das Wurmloch gekommen war, doch noch nicht jeder war wieder in die Realität zurückgekehrt, zumindest nicht Sianna.

Was machen wir nun? fragte sie sich. Doch darauf wußte niemand eine Antwort. Die Leute faßten es nicht, daß sie überlebt hatten. Die meisten *Purpurnen* befanden sich noch im Zustand des Schocks.

Sianna beschäftigte sich mit Kleinigkeiten. Sie bereitete Tee – eine Tasse nach Wallys und eine Tasse nach ihrem Geschmack. Sie bereitete Sandwiches zu. Steckte sie in den Beutel. Ging zu Wally.

Wahrscheinlich hätte sie nicht weiter als bis zum Mittagessen gedacht, wenn man ihr erlaubt hätte, sich in ihre Kabine zurückzuziehen und den Kopf unter dem Kissen zu verstecken. Leider hatte ›Augapfel‹ Sianna und Wally damit beauftragt, eine umfassende Lageanalyse vorzunehmen, weshalb sie sich nicht einfach verdrücken konnte.

Sianna hatte das obere Ende des Schachts erreicht und betrat den Korridor, der zur Beobachtungskuppel führte. Sie schwang die Beine herum und stieß sich in der Absicht von der Wand ab, den Korridor entlangzuschweben. Unglücklicherweise brachte das Gewicht der Tragetasche in der linken Hand sie aus dem Gleichgewicht. Beim Versuch, sich zu stabilisieren, taumelte sie und prallte an der Korridorwand ab. Sie ergriff einen Handlauf, stieß noch ein paarmal gegen die Wand und stabilisierte sich schließlich. Die weitere Fortbewegung erfolgte auf kontrollierte Art und Weise.

Sie nahm den Beutel mit dem Essen in die andere Hand, öffnete die Luke und schob sich in die Beobachtungskuppel. Wie immer bemerkte Wally ihr Erscheinen nicht. Die automatischen Taster waren seit ihrem Erscheinen im System ununterbrochen im Einsatz, und er war damit beschäftigt, die Daten in den Simulationsrechner zu übertragen.

›Augapfel‹ hatte ihnen gesagt, sie sollten eine Art Inventur des Systems durchführen. Wally hatte das bereits erledigt und nahm nun die Verhältnisse im *Multisystem* als Arbeitsgrundlage für die Entwicklung eines dynamischen Modells dieses Systems – in der Gegenwart und in der Vergangenheit.

»Mahlzeit, Wally«, sagte Sianna. Sie nahm Platz,

holte eine Flasche mit Tee aus der Tasche und reichte sie Wally.

»He, super«, sagte er. »Vergesse immer die Mahlzeiten.«

»Ich weiß, ich weiß. Dafür denke ich daran, dich durchzufüttern«, sagte sie und gab ihm ein Sandwich. Dann nahm sie sich auch eins und schaute aus dem Bullauge.

Da war sie. Groß, dräuend, zertrümmert und tot, ein überwältigender Anblick. Die Bezeichnung *Zerschmetterte Sphäre* sprach für sich. Nicht einmal den *Purpurnen* wäre es eingefallen, sie anders zu nennen. Sianna sah ein Dutzend unterschiedlich großer Krater, und zwei Einschläge hatten die Hülle sogar perforiert. Die ganze Sphäre war von Rissen überzogen.

Die *Letzte Welt* hing am Himmel, wobei noch immer Symmetrie zwischen Tag- und Nachtseite bestand; allerdings wirkte sie nun etwas größer als bei der Ankunft vom *NaPurHab*. Sianna hatte sie auf den Namen *Einsamkeit* getauft – eine Handlung, die ihr große Befriedigung verschaffte. Nur den wenigsten Menschen war es vergönnt, einer Welt einen Namen zu geben.

Sie betrachtete die Welt und wunderte sich über ihre Reaktion. Sie verspürte Mitleid mit dem armen Ding. Eine einsame Welt, eine letzte Welt, eine verlassene Welt. Ein Felsbrocken ohne Luft, Wasser und Leben; das war alles, was vom Kontrollzentrum eines einst mächtigen Sternenreichs übriggeblieben war. *Elend* wäre auch eine passende Bezeichnung für den Ort gewesen.

›Augapfel‹ hatte die Steuerdüsen kurz gezündet, um das *Hab* in einen langgezogenen elliptischen Orbit um *Einsamkeit* zu bringen. Später würde sie vielleicht in einen anderen Orbit gehen, doch dieser verhinderte zumindest, daß sie auf dem Planeten zerschellten, und das war im Moment die Hauptsache.

Hinter dem *Hab* befand sich das ständig schrumpfende Wurmloch-Portal, eine *Ring-und-Loch*-Einheit, die große Ähnlichkeit mit den Modulen im *Multisystem* hatte. Das war auch kein Wunder. Die meisten K-KERNe, die sich im Orbit um diese Module hätten befinden müssen, waren anscheinend verschwunden. Nur etwa zehn waren vor Ort, wobei sie das Radar aber vom Wurmloch *abgewandt* hatten. Offensichtlich hielten sie Ausschau nach jemandem, der ins Loch einfliegen wollte.

Doch die Radarzentrale des *Habs* hatte Signale von mindestens vier anderen K-KERN-Formationen aufgefangen, und Sichtprüfungen zeigten, daß jede dieser Formationen eine andere inaktive *Ring-und-Loch*-Einheit überwachte. Es hatte den Anschein, als ob die K-KERNe, welche die *Multisystem*-Sphäre durch andere Wurmlöcher auf der anderen Seite geschickt hatte, Verstärkung für eine Reihe von Löchern auf *dieser* Seite gewesen wären. Doch auch die Konzentration der K-KERNe an den anderen *Ring-und-Loch*-Einheiten war gering. Das war wirklich ein Rätsel – wo waren die anderen K-KERNe geblieben, die durch die Wurmlöcher geströmt waren?

Ohne Zweifel würden noch viel mehr Rätsel einer Lösung harren. »Also«, sagte Sianna. »Wie ist die Lage?«

Wally trank einen Schluck Tee und biß ins Sandwich. »Nun, dieser Ort sieht so aus, wie das *Multisystem* aussehen würde, wenn unsere Sphäre das System nicht mehr durch die Gravitation zusammenhalten würde. Zunächst wäre da die Sphäre selbst, in der sich vermutlich ein Schwarzes Loch mit ungefähr einer Erdmasse befindet.«

»Wieso vermutest du ein Schwarzes Loch?«

»Der Wegfall der Gravitationskontrolle bedeutet, daß *Einsamkeit* sich in einem natürlichen Orbit befindet, und dies bedeutet wiederum, daß etwas mit einer hinreichend großen Masse existiert, um soviel natürliche Gravitation zu erzeugen. Wenn die Dyson-Sphäre aus zertrümmerten Planeten erschaffen wurde, hat sie selbst nicht so viel Masse – höchstens ein Tausendstel dieses Betrags. Also muß sich etwas Massives im Innern befinden.«

Sianna nickte. »Richtig. Das hätte ich auch erkennen müssen. Und es muß sich um eine kompakte dunkle Masse wie ein Schwarzes Loch handeln. Wenn es ein Stern wäre, würden wir das Licht durch die Löcher in der Sphäre scheinen sehen und eine starke Wärmeentwicklung feststellen.«

»Genau. Außer der Sphäre haben wir natürlich noch *Einsamkeit* und eine *Gefangene Sonne*. Sie hat vielleicht in einer natürlichen binären Beziehung zu dem Stern gestanden, um den die Charonier die Sphäre errichtet hatten.«

»Noch Spuren von den anderen Sonnen und ihren Planeten?«

»Reichlich«, sagte Wally enthusiastisch. »Ich werde *Monate* benötigen, um eine Simulation der Wechselwirkung zwischen den Trägheitsmomenten zu entwickeln, durch die sie aus dem System geschleudert wurden. Bisher habe ich sieben *Gefangene Sonnen* ermittelt, die sich vom System entfernen. Wenn man ihre momentane Geschwindigkeit als Bezugsgröße nimmt, dann hat es vor ungefähr hundertfünfzig Jahren stattgefunden.«

»Was ist mit den *Gefangenen Welten?*« fragte Sianna. »Befinden sie sich noch immer bei ihren Sonnen?«

»Nur noch die wenigsten«, sagte Wally. »Aber damit hätte ich auch nicht gerechnet. Ich habe gerade auf die Schnelle eine Simulation des *Multisystems* erstellt, um zu sehen, was geschehen würde, wenn die Gravitations-Kontrollsysteme *dort* ausfielen. Maximal zwei

Planeten pro Stern würden in ihren Orbits bleiben. Die übrigen würden im Resonanzbereich herumgeschleudert werden, der dadurch entsteht, daß die *Gefangenen Sonnen* einander in geringen Abständen passieren. Die Planeten in diesen pseudo-stabilen Orbits würden in den Raum abdriften, mit anderen Planeten zusammenstoßen oder in ihre jeweiligen Sonnen stürzen. Ein paar würden exzentrische Orbits um die Sphäre einschlagen. Und ein paar würden mit der Sphäre kollidieren – einschließlich der Erde.«

Sianna schauderte bei diesem Gedanken. Auch wenn Wally noch so viele Hypothesen und Theorien aufstellte, dieser Ort war ein Friedhof, und er war real. Angenommen, das, was dieses System zerstört hatte, würde durch das Wurmloch gehen und dem *Multisystem* einen Besuch abstatten. »Wie ist die Sphäre gestorben, Wally?« fragte sie. »Wie war das möglich?«

»Ich habe nicht die geringste Ahnung«, sagte Wally. »Ich habe dir alles gesagt, was ich weiß. Nein, warte, da wäre noch etwas Interessantes. Soweit ich es sehe, ist die coorbitale Wurmloch-Ringschleife noch halbwegs intakt.«

»Hmmm? Was?« Sianna blinzelte und drehte sich zu Wally um.

»Genauso wie im *Multisystem*. Dort haben wir die *Einsame Welt* mit einem System modifizierter, überdimensionierter *Ring-und-Loch*-Module, die in gleichmäßigen Abständen im Orbit positioniert sind. Anscheinend waren es früher sechzehn – von denen nur zwei noch aktiv sind.«

»Woher willst du denn wissen, wie viele es sind und welche noch aktiv sind?« fragte Sianna. »Von hier aus sehen wir höchstens zwei oder drei. Die *Zerschmetterte Sphäre* verstellt die Sicht auf die anderen.«

»Ja, aber ich habe ein paar Gravitationswellen-Detektoren aktiviert, die auf charonischer Technik basieren. Die von uns selbst entwickelten Geräte hatten keinen großen Nutzwert, aber glaub mir, selbst ein schlechter Detektor weist ein aktives *Ring-und-Loch-*Modul nach, egal, wie viele Sphären in der Nähe sind.«

»Sie sind aktiv?« fragte Sianna.

»Ist plausibel, daß sie eine höhere Lebensdauer haben als die übrigen Installationen«, sagte Wally. »Sie dienten als Kommunikationsverstärker und Transportrelais. Selbst wenn alles andere verloren war: Solange die Wurmloch-Ringschleife noch funktionierte, war *Einsamkeit* in der Lage, die Funkverbindung mit dem System aufrechtzuerhalten, neue Sterne und Welten aus anderen Systemen zu importieren und Rohstoffe innerhalb des Systems zu transportieren.«

»Wenn die Wurmloch-Ringschleife jedoch ausfällt, ist es vorbei.«

»Richtig. Also setzt man alles daran, sie am Laufen zu halten, koste es, was es wolle. Deshalb befinden sich auch so viele Ringe in der Schleife. Im Grunde bräuchte man nicht mehr als ein halbes Dutzend, doch dieses System hatte sechzehn – von denen vierzehn den Untergang des Systems überlebt haben.«

»Wie, zum Teufel, sichern sie aber die Energieversorgung?«

»*Das* ist etwas anderes«, sagte Wally grinsend. »Ich habe endlich eines der Rätsel um die Sphären gelöst, die mich von Anfang an beschäftigt hatten. Erinnerst du dich, wie wir die ›Längengrade‹ als riesige Ringbeschleuniger interpretiert hatten, vergrößerte Versionen des *Mondpunkt-Rings?* Über den Zweck der ›Breitengrade‹ waren wir uns jedoch im unklaren.«

»Na und?«

»Wo diese Sphäre nun tot ist und die anderen Energiesysteme das Bild nicht mehr verfälschen, war eine eindeutige Identifikation möglich. Bei den ›Breitengraden‹ handelt es sich um Speicherringe für Energiereserven. Ungefähr dreißig Prozent der Ringe dieser Sphäre sind noch intakt und bergen eine Ladung.«

»Und die Wurmloch-Ringschleife zapft sie noch immer an?«

»Nur sehr geringe Energiemengen. Aber ich bezweifle, daß sie noch lange halten werden. Der Verfall schreitet voran.«

Erneut schaute Sianna durch das Bullauge, auf die tote Sphäre und die tote *Letzte Welt*. »Sehr beeindruckend, Larry. Hast du noch weitere Überraschungen parat?«

»Eigentlich nicht«, sagte Wally. »Bis auf den Kleinkram natürlich. Asteroiden, Trümmerbrocken, tote KERNe, andere tote Charonier und sonstigen Himmelsschrott. Diese Sphäre ist einem regelrechten Materiehagel ausgesetzt gewesen.«

»So vollzieht sich also der Tod einer Sphäre«, sagte sie. »Hat Ähnlichkeit mit diesem alten Gedicht, nicht wahr? ›Das ist das Ende der Welt‹«, flüsterte sie. Obwohl die Sphäre nicht mit einem Seufzer verschieden war, sondern unter massiver Gewaltanwendung. Zertrümmerte Welten, in alle Richtungen davonfliegende Sterne, in die Dunkelheit des interstellaren Raums geschleuderte Planeten. Sianna schüttelte den Kopf und starrte mit leerem Blick ins All.

»Wie ist es geschehen, Wally?« fragte sie erneut. »Was hat die Sphäre getötet?«

Er zuckte die Achseln. »Das wüßte ich auch gern. Auf diesem Drei-D-Video, das wir vor fünf Jahren gesehen haben, hat etwas die Sphäre durchstoßen, aber deshalb sind wir auch nicht schlauer.«

Sianna schaute auf die tote Welt, der sie einen Namen gegeben hatte. »Das ist ein trauriger Ort«, sagte sie schließlich. »Tod, Verwesung, Zerfall.«

Sie hatten die *Multisystem*-Sphäre, die Charonier, für

den Feind gehalten, und das war soweit auch richtig. Allerdings war das nur die halbe Wahrheit.

Es gab Feinde, gegen die nicht nur die Menschen, sondern auch die Charonier und überhaupt alle Lebensformen ankämpften: Tod. Entropie. Kollaps. Das Leben schlechthin kehrte die Entropie um, schuf Ordnung im Universum und bereitete den Boden für weiteres Leben. Allmählich wurde Sianna sich der Weiterungen der *Zerschmetterten Sphäre* bewußt: *Dieses Schicksal drohte auch der Erde, wenn die Menschheit im Kampf gegen die Charonier unterlag.* Ob ihr es nun gefiel oder nicht, das *Multisystem* war nun die Heimat der Erde, und es mußte beschützt werden. Doch wie hätte sie Wally das beibringen sollen.

Zumal er das Sandwich bereits aufgegessen hatte und wieder an die Arbeit gegangen war. Sie war für ihn nicht mehr existent. Sianna seufzte und wandte sich vom Bullauge ab. Dann ging auch sie wieder an die Arbeit.

Nur daß sie nicht so recht wußte, was sie überhaupt machen sollte, denn Wally erledigte die Arbeit, die ihnen beiden zugewiesen worden war, allein. Sianna wußte, daß es keinen Sinn hatte, ihm etwas von dieser Arbeit abnehmen zu wollen. Schlimmer noch; wenn sie zusammengearbeitet hätten, wäre das Ergebnis wahrscheinlich schlechter ausgefallen, als wenn Wally allein arbeitete.

Wally betrachtete das Universum als Aufziehspielzeug, das er zerlegte, begutachtete und wieder zusammensetzte. Wenn er das Rätsel einmal gelöst hatte, verlor er das Interesse und wandte sich etwas anderem zu.

Sianna hielt sich zugute, über die Fähigkeit zu verfügen, die Probleme sofort zu erkennen und die Dinge aus einer ganz anderen Perspektive zu sehen. Sie *interpretierte* das Puzzle; sie betrachtete die Stücke, die

Wally zusammengesetzt hatte, und gewann daraus etwas, das mehr darstellte als die Summe seiner Teile.

Doch dazu mußte sie zumindest einen Blick auf die Teile werfen. Die Datenbanken des Habitats waren bereits bis zum Bersten voll mit allen möglichen Abbildungen. Sianna hatte die Aufgabe übernommen, die Rohdaten zu sichten und auswendig zu lernen

Sie schaltete den Rechner ein, rief die Verzeichnisse auf und ging die Dateien durch. Man hatte weitere Trümmerbrocken geortet, weitere Abschnitte der Sphärenoberfläche kartiert und hochauflösende Aufnahmen von *Einsamkeit* gemacht. Alles aussagekräftige Daten, doch nichts Neues, nichts, was Fragen aufgeworfen hätte.

Dann fiel ihr doch etwas auf. Kein Objekt, sondern ein Ereignis, das vor etwa zwei Stunden stattgefunden hatte. Dieses Vorkommnis war nicht ins Logbuch eingetragen worden, was in Anbetracht der im Habitat herrschenden Hektik auch kein Wunder war.

Sianna fragte die Daten ab und wurde mit der Abbildung eines grellen Lichtblitzes belohnt, flankiert von einem Schwall Radiofrequenzen, Gamma-, Röntgen- und Infrarotstrahlung. Sianna runzelte die Stirn. Was hatte diese Strahlungsexplosion über das gesamte Spektrum bewirkt? Eine nukleare Explosion? Ein Schwarzes Loch, das eine große Masse auf einmal verschluckt hatte?

Wie groß war sie gewesen? Wie weit entfernt? Das Ortungsgerät hatte zwar die Himmelskoordinaten bestimmt, aber die Entfernung hatte es nicht gemessen.

Sie fragte die Radar-Meßwerte ab, wobei sie bis zum Zeitpunkt der Ankunft vom *NaPurHab* im System zurückging, und verknüpfte diese Daten mit den Koordinaten des Energieblitzes.

Das Radarsystem vom *NaPurHab* war eigentlich für die Flugsicherung konzipiert und hatte sich insbesondere bei der kürzlich erfolgten Abfertigung der Frachtschiffe bewährt. Nun hatten die *Purpurnen* es zu einem Frühwarnsystem für Weltraumtrümmer umfunktioniert, denn das System der *Zerschmetterten Sphäre* wies anscheinend eine noch höhere Konzentration an Himmelsschrott auf als das *Multisystem*.

Wie alle Aktiv-Radarsysteme sandten die Geräte des Habitats Funksignale aus. Ein Teil dieser Signale traf auf ein Ziel und wurde reflektiert. Durch die Messung der Laufzeit des Signals berechneten die Radarsysteme die genaue Entfernung eines gegebenen Ziels. Je weiter entfernt ein Ziel war und je kleiner die Rückstrahlfläche, desto schwächer war auch das aufgefangene Signal.

Flugsicherungssysteme indes benötigten keine so hohe Leistung. Die Hacker des Habitats hatten ihr Bestes gegeben, um das Lotsen-Radar in einen Trümmerdetektor umzufunktionieren, doch das *NaPurHab* stand nicht unbedingt im Ruf, das Technikzentrum des Universums zu sein. Allerdings arbeiteten die Leute auch unter Zeitdruck und verfügten nur über begrenzte Mittel.

Sianna hatte keine Ahnung, worauf der Energiepuls zurückzuführen war, und sie wußte auch nicht, ob er in einer Entfernung von zehntausend Kilometern oder zehntausend Lichtjahren stattgefunden hatte. Sianna erwartete eigentlich nicht, daß das improvisierte System ihr brauchbare Hinweise lieferte.

Mit weiteren Überraschungen rechnete sie nicht.

Und Horrorszenarien hielt sie schon für völlig ausgeschlossen.

Kapitel Neunundzwanzig

Ankunft

»Worum geht es bei unserer Auseinandersetzung mit den Charoniern überhaupt? Das kann ich Ihnen in einem Wort sagen. Sie haben uns etwas gestohlen, etwas, das wir zurückhaben wollen. Etwas, das die Ursache jeder Auseinandersetzung, jeder Schlacht, jeden Kriegs der Menschheitsgeschichte war.

Und wir kämpfen gegen die Charonier, um dieses Etwas wiederzubekommen.

Macht.«

– Wolf Bernhardt, private Nachricht
an den Kapitän der *Terra Nova*, 2429

Multisystem-Forschungsinstitut
New York City
Erde
DAS _MULTISYSTEM_

Die Dämmerung brach herein, und Nacht fiel über die Stadt. Wolf Bernhardt, Generaldirektor des Direktorats für Weltraumforschung, Vorsitzender des Leitungsgremiums des *Multisystem*-Forschungsinstituts, betrachtete die auf dem leeren Schreibtisch gefalteten Hände und sah sich mit dem Umstand konfrontiert, daß es zum ersten Mal seit mehreren Jahren nichts für ihn zu tun gab. Am Ende des Tages hatte nichts und niemand die Aufmerksamkeit und die Autorität von Wolf Bernhardt in Anspruch genommen. Noch schlimmer, vieles von dem, was er getan hatte, hatte sich als nutzlos erwiesen.

»Alles für die Katz, was, Ursula?« sagte er.

Ursula Gruber, die bisher rastlos im Raum auf und ab gegangen war, drehte sich zu ihm um. »Wie bitte?« sagte sie.

»Ich sagte, es ist alles für die Katz. Die ganzen Bemühungen, das *NaPurHab* und die *Terra Nova* zu retten. All die Anstrengungen, sie mit Nachschub zu versorgen, bevor die K-KERNe sie von uns abschnitten. Die panischen Bemühungen, drei Wissenschaftler zur *Terra Nova* zu schicken. Nun ist Sakalov tot, und wenn sie Glück haben, sind Sturgis und Colette mit einem Habitat voller Sonderlinge auf der anderen Seite eines Wurmlochs gestrandet. Sofern sie nicht auch schon tot sind. Und das alles beruhte auf Überlegungen, die auch grundfalsch waren. Die K-KERNe interessierten sich nicht im mindesten für die Erde, nur für den *Mondpunkt-Ring*. Alle unsere Vorbereitungen waren völlig umsonst.«

»Es ist noch nicht vorbei, Wolf«, erwiderte Ursula. »Und es ist gar keine Frage, daß Sie das *NaPurHab* gerettet haben – oder dem Habitat zumindest eine Überlebenschance gegeben haben. Vielleicht haben wir hier im *Multisystem* nicht viel davon, aber die Menschen im Habitat sind noch am Leben. Wenn Sie mit Ihrer Luftbrücke auch sonst nichts bewirkt haben, dann immerhin das, daß sie genügend Treibstoff hatten, um die Flugbahn zu ändern und durch das Loch zu verschwinden. Sie wären entweder von den K-KERNen gerammt worden oder in die Singularität gestürzt, wenn Sie nicht gewesen wären.«

»Vielleicht. Vielleicht. Falls sie die Passage überlebt haben. Aber nun werden wir auch die *Terra Nova* verlieren. Welchen Nutzen könnte es wohl haben, wenn Steiger durch ein Wurmloch geht?«

»Einen sehr großen«, erwiderte Ursula. »Der Wurmloch-Transit ist für sie die Option mit dem geringsten Risiko.«

»Ich weiß, ich weiß«, sagte Wolf. »Und vielleicht gewinnen sie wertvolle Erkenntnisse auf der anderen Seite.«

»Außer?« fragte Ursula.

»Außer ...«, sagte Wolf, »außer, daß wir die Kontrolle über die Ereignisse verloren haben. Wir auf der Erde, in diesem Institut – Sie und ich hier in diesem Raum haben die Initiative verloren. Nun müssen wir auf der Reservebank abwarten und hoffen, daß wir eine Nachricht erhalten.«

Ursula lächelte. »Vielleicht besteht doch noch Hoffnung für Sie, Wolf. Nur die wenigsten autokratischen, autoritären Führer würden das nämlich zugeben.«

Wolf schaute Ursula an, ohne indes ihr Lächeln zu erwidern. »Wirklich? Na gut, ich gebe es zu. Aber es ist wirklich kein Trost für mich.«

Er erhob sich hinter dem Schreibtisch und drehte sich um. Er schaute nach draußen, in den Himmel, wo das große Schiff sich für den Durchgang durch das Wurmloch rüstete. »Nun«, sagte er, »sind sie auf sich gestellt.«

NaPurHab
Im Orbit um *Einsamkeit*
DAS SYSTEM DER *ZERSCHMETTERTEN SPHÄRE*

»Dort, dort, dort und dort«, sagte Sianna und tippte bei jedem Wort auf den Bildschirm. »Trümmerwolken, alle schön ordentlich aufgereiht, eine hinter der anderen. Man könnte eine Gerade durch sie legen. Und dort, dort und *dort* deutliche Radarechos, bei denen es sich um K-KERNe handeln muß, die ihr Radar abgeschaltet haben. Eine Staffel von zwölf K-KERNen befindet sich in geringer Entfernung von uns, und dann gibt es noch weitere Einheiten, die zu weit entfernt sind, als daß wir ihre genaue Anzahl ermitteln könnten. Jede Staffel von K-KERNen befindet sich auf einem Abfangkurs, der genau der durch die Trümmerwolken verlaufenden Bahn entspricht. Wir glauben, daß es sich bei den Trümmern um die Überreste der K-KERNe handelt, die beim Versuch gescheitert sind, das Objekt zu rammen, das sich auf dieser Bahn bewegt.«

»Wir sehen es nicht?« fragte der ›Größte Windbeutel‹.

»Entweder ist es zu klein, oder es ist zu dunkel, oder es verwendet eine Art Stealth-Technik«, sagte Sianna. »Aber ich glaube nicht, daß es sich um einen Tarnkappen-Flugkörper handelt.«

»Und wieso nicht?« fragte ›Augapfel‹.

»Dieses Ding bewegt sich auf einer geraden Linie auf die K-KERNe zu, die es abzufangen versuchen«, sagte Sianna. »Es versucht keine Ausweichmanöver, sondern bricht einfach durch. Außerdem sind die K-KERNe im Gegensatz zu uns offensichtlich in der Lage, es zu sehen. Es tarnt sich nicht. Das hat es wohl nicht nötig.«

»Und wie *sehen* sie es?« fragte ›Windbeutel‹.

»Ich habe keinen blassen Schimmer«, sagte Sianna. »Offensichtlich mittels eines Sensors, über den *wir* nicht verfügen.«

»Die wichtigere Frage ist, welches Ziel das Objekt hat«, sagte Wally

»Woisdas?« fragte ›Windbeutel‹.

Sianna wies auf den Bildschirm. »Genau dort. Es hält direkt auf das Wurmloch zu, durch das wir gekommen sind. In anderen Worten, sein Ziel ist die Erde – und die Sphäre der Erde – auf der anderen Seite. Es hat es auf uns abgesehen, auf die Charonier und die Menschen.«

»Sag nur.«

»Wir müssen annehmen, daß dieses ... dieses Objekt das ist, wovor unsere Sphäre eine solche Angst hat«, sagte Wally. »Wir müssen annehmen, daß dieses Ding, was es auch ist, die hiesige Sphäre getötet hat. Und nun will es auch die Sphäre im *Multisystem* töten. Und das wiederum wird die Erde töten.«

›Windbeutel‹ nickte und betrachtete nachdenklich den Bildschirm. »Wißt ihr«, sagte er, »daß die Lage damit ziemlich beschissen ist.«

Terra Nova
DAS *MULTISYSTEM*

Dianne Steiger setzte sich auf den Pilotensitz und ging die Checkliste durch. Normalerweise saß die Brückenbesatzung an den Konsolen, fütterte die Rechner mit Befehlen und überließ es ansonsten den Computern, das Schiff zu fliegen. Diesmal war es anders. Zu viele Variablen. Zu viele Unwägbarkeiten. Computer hatten natürlich ein besseres Reaktionsvermögen als Menschen, aber die Schiffscomputer waren eben nicht in der Lage, zu *denken*, und Denkvermögen war vielleicht erforderlich, um diese Lage zu bewältigen. Wenn etwas schiefging, würde sie *schnell* eingreifen müssen.

Es war schon lange her, seit Dianne die *Terra Nova* manuell geflogen hatte, und sie war entsprechend nervös. Doch in erster Linie war sie Pilotin und hatte eine Flugausbildung genossen, lange bevor man ihr das Kommando über ein Raumschiff übertragen hatte.

Sie schaltete den Navigationsmonitor ein und bestätigte die Flugbahn. Manuelle Triebwerkskontrolle aktiviert. Hilfstriebwerke bereit. Die Haupttriebwerke würden diesmal nicht benötigt – nur ein bißchen Schub auf die Korrekturdüsen und Hilfstriebwerke, und ab ging die Post.

Allerdings handelte es sich nicht *notwendigerweise* um eine Einbahnstraße. Die Menschen auf der Erde waren nun imstande, das Befehlssystem der Charonier zu manipulieren. Die Passage vom *NaPurHab* zeigte, daß die Leute am MFI wußten, wie man ein Wurmloch öffnete und schloß. Früher oder später würden die Menschen vielleicht auch in der Lage sein, die KERNe und K-KERNe zu verscheuchen, um ungehindert das Wurmloch zu passieren. Ursula Grubers Kryptographen und Linguisten waren diesbezüglich recht zuversichtlich.

Doch Zuversicht allein genügte nicht. Schließlich war die *Terra Nova* vor fünf Jahren von der Erde gestartet, um das *Multisystem* zu erforschen. Sie hätten es sich nie träumen lassen, daß sie während dieser ganzen Zeit auf keinem Planeten landen würden.

Nein. Sie mußten annehmen, daß es sich um eine Einbahnstraße handelte. Es gab keinen Weg zurück.

Der Relais-Satellit war ausgesetzt worden. Er war so programmiert, daß er seine Position nicht änderte und sich exakt auf die Wurmlochöffnung ausrichtete. Wenn alles nach Plan verlief, würden sie auf der anderen Seite ein identisches Relais aussetzen. Die beiden Satelliten waren mit Funk- und Kommunikations-Lasern bestückt. Theoretisch müßten sie jedesmal, wenn das Wurmloch geöffnet war, Kontakt miteinander aufnehmen. Mit etwas Glück gelang es der Erde und der *Terra Nova,* zumindest sporadisch eine Verbindung herzustellen.

Dianne sah auf die Countdown-Uhr. Gleich war es soweit.

Nur ein Pilot, sagte sie sich. *Du bist nur ein Pilot, der einen Klotz durch den Himmel bewegt. Bring ihn einfach an seinen Bestimmungsort. Denk nicht an die Leute an Bord oder daran, daß ihr Leben in deiner Hand liegt. Denk nicht daran, was dich auf der anderen Seite vielleicht erwartet oder wie du überhaupt in diese Lage geraten bist. Flieg dieses Ding einfach.*

Die Ziffern liefen zurück, viel zu schnell und viel zu langsam, wie das bei Countdown-Uhren immer der Fall ist. Doch dann sprang die Anzeige auf Null, und es war soweit. Auf der Erde übermittelte irgendein Computer die Befehle an die *Monster-Module*, und direkt vor ihnen erwachte das Wurmloch zum Leben.

Dianne gab Schub auf die Triebwerke, und die *Terra Nova* flog ins Wurmloch ein.

Kapitel Dreißig

Rubikon

Terra Nova
TRANSIT DURCH DAS WURMLOCH

Gerald MacDougal sah das Wurmloch näher kommen, wobei er sich über seine Gelassenheit wunderte. Eigentlich hätte ihm der Angstschweiß ausbrechen müssen.

Und doch war das nicht der Fall. War er davon überzeugt, daß sie es schaffen würden? War er so sicher, daß sie zum Untergang verurteilt waren, daß er dem Tod ruhig und mit würdevoller Resignation ins Auge sah? Oder hatte er solche Angst, daß seine einzige Reaktion darin bestand, alles zu verdrängen?

Der lodernde, unwirkliche weißblaue Kreis der Wurmlochöffnung dehnte sich aus und kam rasend schnell auf sie zu, wie eine Wand im Raum, gegen die sie gleich prallen würden. Gerald bereitete sich auf den Einschlag vor, wobei der Instinkt ihm jedoch sagte, daß das Schiff gegen eine Barriere fliegen würde, die eigentlich gar nicht existierte.

Gerald schaute zu den Status-Anzeigen auf. Die Geschwindigkeit, mit der Dianne flog, übertraf die vom *NaPurHab* bei weitem. Vielleicht war das klug. Es hatte nämlich keinen Sinn, länger als notwendig dort drin zu bleiben. Oder vielleicht war es auch selbstmörderisch.

Und dann waren sie *drin*. Kein Weg zurück. Sie hatten den Rubikon überschritten. Das Schiff durchstieß das unwirkliche Weißblau und tauchte ins Wurmloch ein. Ein Anflug von Erregung überkam Gerald. Endlich, nach langer Zeit, wurde die *Terra Nova* ihrem Namen gerecht. Nun war sie wirklich auf der Suche nach Neuen Welten.

Dianne Steiger flog das Schiff ins Wurmloch hinein, wobei ihr ganzes Trachten und Streben darauf gerichtet war, das Schiff heil durchzubekommen. Das Schiff bockte und bebte, als die im Innern des Wurmlochs waltenden komplexen Gezeiten- und Gravitationskräfte auf es einwirkten. Dianne klammerte sich am Joystick fest. *Nur mit der Ruhe*, sagte sie sich. *Spiel nicht den Helden. Bring es einfach hinter dich.* Doch um das zu tun, war Heroismus *erforderlich.*

Im Grunde wußte sie das auch und fand Gefallen daran. Immerhin war sie schon einmal hier gewesen. Sie hatte ein kleines Frachtschiff gesteuert, als die *Entführung* stattfand, und sich noch innerhalb des Erfassungsbereichs des charonischen Wurmlochs befunden. Hätte sie sich hundert Meter weiter von der Erde entfernt befunden, wäre sie im Sonnensystem zurückgeblieben. Sie war mit ihrem Schiff zur Erde zurückgekehrt und hatte auf dem Raumhafen von Los Angeles eine spektakuläre Notlandung hingelegt, die sie wie durch ein Wunder überlebt hatte. Sie hatte dabei die linke Hand verloren und sich eine neue klonen lassen. Doch das war ihr egal. Sie hatte überlebt. Sie hatte es allen gezeigt.

Es gibt einen bestimmten Typ von Piloten, der sich insgeheim nach der Spannung sehnt, die sich bei Routineflügen nicht einstellt. Er will sein Schiff den größten Gefahren aussetzen und dennoch überleben. Piloten, die mit Tragflüglern aus dem Orbit zurückkehrten, rollten auf der Mittellinie aus, im Bewußtsein, daß sie von Rechts wegen einen Kilometer vor der Landebahn hätten zerschellen müssen.

Piloten dieser Sorte springen dem Tod immer wieder von der Schippe. Dianne hatte diese verbotene Spannung damals auch erlebt, und Gott mochte ihr vergeben, aber sie wollte dieses Gefühl wieder einmal erleben. Und nun war es soweit.

Damals war sie durch ein Wurmloch geflogen, weil sie keine andere Wahl hatte. Die Charonier hatten Regie geführt. Doch nun hatte sie die Gelegenheit, ihr Schiff durch ein charonisches Wurmloch in Sicherheit zu bringen, das Schiff, das die Charonier vernichten wollten.

Also nahm sie erneut den Kampf gegen ein Wurmloch auf. Der Schweiß stand ihr auf der Stirn, und von einem wilden Zorn erfüllt, kämpfte sie gegen die Kräfte an, die ihr Schiff zerstören wollten.

Sie mußten sich schon etwas mehr anstrengen, wenn sie ein von Dianne Steiger gesteuertes Schiff zerstören wollten. Sie spürte es. Sie würden es schaffen!

Dort. Dort, direkt vor ihnen, war der Ausgang des Wurmlochs. Und es kam näher, immer näher …

Ein Ruck, und sie waren durch. Das Wurmloch schloß sich hinter ihnen, und sie waren da.

Wo auch immer das war.

Gravitations-Forschungsstation am *Ring von Charon*
Plutopunkt
DAS SONNENSYSTEM

»Wir haben das Signal vor zwanzig Minuten aufgefangen«, sagte Sondra zum *Autokraten*. »Das gleiche Muster wie beim *NaPurHab*. Die Worte TERRA NOVA TERRA NOVA TERRA NOVA waren im Aktivierungsbefehl für das Wurmloch enthalten.«

»Interessant. Überaus interessant«, sagte der *Autokrat*. »Es ist eine beruhigende Vorstellung, daß unsere

Freunde von der Erde gleich ein Habitat *und* ein Schiff hindurchschicken.«

»Na ja. Die Beruhigung hält sich in Grenzen. *Autokrat*, ich muß Ihnen in Ihrer Eigenschaft als Staatsoberhaupt nochmals die Frage stellen: Halten Sie es wirklich für klug, Ihr Volk, Ihre Nation im Stich zu lassen? Die Aussichten sind nämlich sehr gut, daß wir auf der anderen Seite umkommen oder stranden.«

»Aber *Sie* gehen doch auch«, sagte der *Autokrat*.

»Das ist schließlich mein Job«, sagte Sondra. »Ich wüßte nicht, wen ich sonst schicken sollte.«

»Sehe ich genauso«, sagte der *Autokrat*. »Ich glaube, damit wäre alles gesagt.«

Sondra nickte. »In Ordnung«, sagte sie. »Ich weiß, wann ich verloren habe. Allerdings kommt es darauf überhaupt nicht an.«

»Weshalb nicht?« fragte der *Autokrat* irritiert.

Sondra grinste; endlich war es ihr gelungen, den Panzer des Mannes zu knacken. Sie konnte nicht mehr an sich halten. »Sie vergessen«, sagte sie, »daß wir so etwas noch nie gemacht haben. Sie können nicht einfach durch eine verschlossene Tür gehen. Ob wir mit diesem Schiff irgendwohin gehen, hängt davon ab, ob es unseren Leuten gelingt, eine stabile Wurmlochverbindung mit den richtigen Koordinaten und der richtigen Frequenz zu erzeugen. Wie schätzen Sie unsere Chancen ein?«

Der *Autokrat* lächelte. »Ich würde meinen, sie sind ziemlich gut«, sagte er. »Und sie können nur noch besser werden, wenn es Ihrem Freund Dr. Chao gelingt, herzukommen. Glauben Sie, ob er es schaffen wird?«

Sondra runzelte die Stirn. »Ich hoffe es, *Autokrat*. Ich hoffe es wirklich. Ich kenne Larry nämlich. Er wird es versuchen, und wenn er dabei draufgeht.«

Graviton
Start im mondnahen Raum
DAS SONNENSYSTEM

Larry Chao gab sich ruhiger, als er in Wirklichkeit war. »In Ordnung«, sagte er. »Leitstrahl in drei Minuten.« *Falls* der Ring den Strahl überhaupt abgeschickt hatte. Der Gravitationsstrahlen-Antrieb hatte nur einen Nachteil – der Strahl mußte vom *Ring von Charon* kommen. Ein in der Nähe des Mondes stehendes Schiff wartete darauf, daß die Antriebsenergie mit Lichtgeschwindigkeit aus einer Entfernung von vierzig Astronomischen Einheiten beziehungsweise sechs Milliarden Kilometern kam. In drei Minuten – nein, in zwei – würden sie wissen, ob sie es richtig gemacht hatten. Sie hätten *nun* abbrechen können, indem sie den Raketenantrieb einschalteten und vom Pfad des Leitstrahls abwichen – wenn der Strahl erst einmal auf das Schiff traf, hing die *Graviton* am Haken. Niemand hatte bisher versucht, ein Gravitationsstrahl-System vom Schiff aus zu deaktivieren, doch theoretisch würde ein solcher Versuch das Schiff zerstören.

Die *Graviton* war vor achtzehn Stunden vom Mond gestartet, und dafür, daß das Schiff mit dem altmodischen Raketenantrieb geflogen war, hatte es den Sicherheitsabstand in einer recht guten Zeit erreicht. Ein schöner, ruhiger Routineflug. Aber nun. Nun hatten sie die Sitze im hinteren Leitstand des Schiffes in eine aufrechte Position gebracht, und der Boden befand sich dort, wo die Decke hätte sein sollen. Und nun kam der interessantere Teil.

Larry sah zu Marcia hinüber. »Ich habe eine Heidenangst«, sagte er, »aber ich halte die Stellung. Und wie sieht es bei Ihnen aus?«

Sie lächelte gezwungen, ohne den Blick von der Countdown-Uhr zu wenden. »Genauso. In drei Tagen sind wir dort«, sagte sie. »Ich weiß zwar, daß es viel schneller geht als bei den früheren Transitflügen, aber ist das auch schnell genug?«

»Sie werden nicht ohne uns abfliegen«, sagte Larry im Brustton der Überzeugung, obwohl er es in Wirklichkeit selbst nicht so recht glaubte. »Sie hatten genau so viele Probleme mit der Rekonfigurierung des *Rings* wie wir mit der Fertigstellung der *Graviton*. Vielleicht treten auch nach unserer Ankunft noch ein Dutzend Pannen auf, die ich dann beheben darf«, sagte er, wobei er versuchte, witzig zu wirken.

»Ich glaube es immer noch nicht, daß es nach dieser langen Zeit doch noch geschieht«, sagte Marcia. »Gerald. Ich werde Gerald wiedersehen. Aber vielleicht passiert auch gar nichts. Vielleicht ging die *Terra Nova* von Punkt A durch das Wurmloch nach Punkt B, und wir gehen zu Punkt A. Wäre es möglich, daß wir das Wurmloch noch einmal in umgekehrter Richtung durchfliegen?«

»Das bezweifle ich stark«, sagte Larry und sah, wie die letzten Sekunden verstrichen.

TERRA NOVA TERRA NOVA TERRA NOVA. Keine besonders aussagekräftige Nachricht, aber das war alles, was die Arbeitsgruppe während der letzten Wurmloch-Passage vor einer Woche aufgefangen hatte. Man wußte, daß die *TN* durch ein Wurmloch gegangen war. Marcias Befürchtungen waren unbegründet; die Zielkoordinaten des Schiffs waren bekannt. Aber sie wußten nicht, ob das Schiff überlebt hatte.

»Los geht's«, sagte Larry. Die Uhr sprang auf Null ...

Und nichts geschah. Zunächst nicht. Doch dann zuckten die Balken der digitalen Meßgeräte und wanderten nach oben. Die *Graviton* ächzte und stöhnte, als der Zugstrahl auf die Struktur des Schiffs einwirkte. Die *Graviton* fing den Gravitationsstrahl auf und erzeugte mit seiner Hilfe eine imaginäre Masse unmittelbar vor der Nase des Schiffs. Eine Masse, die sie mit vierzig Ge beschleunigte. Larry spürte, wie sein Gewicht zurückkehrte, als das Antigrav-System einen Teil des Gravitationsfelds umpolte und im Innern des Schiffs eine Schwerkraft von einem Sechstel Ge erzeugte. Es funktionierte. Es *funktionierte!*

Dreißig Stunden Beschleunigung, neun Stunden in der Schwerelosigkeit und noch einmal dreißig Stunden Bremsmanöver. Sie schrieben Geschichte. Sie waren die ersten Menschen in einem Gravitations-Raumschiff. Doch das war nur eine Randnotiz. Was zählten solche Dinge angesichts des Umstands, daß sie rechtzeitig dort ankommen würden?

Kapitel Einunddreißig

Der Autokrat reist ab

Das Bewußtsein *der Sphäre spürte einen weiteren seltsamen Puls im Wurmloch-Netz, eine ruckartige Bewegung. Dann, kurz darauf, ein dritter Puls – diesmal von draußen, von einer Wurmlochöffnung, die kein Charonier jemals geschaffen hatte. Doch wie die ersten beiden unzulässigen Wurmloch-Transits endete auch dieser in der zurückgesetzten Verbindungsstation des toten Systems – es war derselbe Knotenpunkt, durch den das* Bewußtsein *seine Streitkräfte geschickt hatte, derselbe Knotenpunkt, der auch das Ziel des* Widersachers *war.*

Verfolgte der Widersacher *mit diesen Passagen einen neuen Plan? Die Befürchtungen des* Bewußtseins *verstärkten sich. Es führte eine sorgfältige Untersuchung der Aufzeichnungen des Knotenpunkts durch. Nein, nein. Es war nicht der* Widersacher. *Dafür war das Vorgehen zu unbeholfen, zu langsam, zu schwerfällig.*

Doch irgend etwas mußte es schließlich sein. Es mußte mit den Problemen zusammenhängen, die von der letzten Welt, die kürzlich ins Multisystem *gebracht worden war, verursacht wurden. Für einen Augenblick erwog das* Bewußtsein, *die neue Welt vorsichtshalber zu zerstören und Energie in die Heranführung eines anderen Planeten zu investieren, um ihn als Wurfgeschoß zu verwenden.*

Aber nein. Das würde die Energiereserven auf einen gefährlich tiefen Stand absenken. Zumal es sich nur um kleine und schwache Eindringlinge handelte. Es war bestimmt möglich, sie auch mit geringerem Aufwand zu bekämpfen, wenn es sein mußte. Es wäre sicher sinnvoller, den Planeten zu konservieren und zur gegebenen Zeit seiner Bestimmung zuzuführen.

Außerdem konnte das Bewußtsein *den lästigen Planeten immer noch zerstören, wenn das alles vorbei war.*

Terra Nova

DAS SYSTEM DER *ZERSCHMETTERTEN SPHÄRE*

Es gab einiges zu tun. Es mußte eine Verbindung zum *NaPurHab* hergestellt werden, die Position mußte bestimmt werden, und es mußten astronomische Beobachtungen vorgenommen werden; allerdings mußte man sich zuvor vergewissern, was man da überhaupt sah. Doch Gerald überließ es gern der Kommandantin und dem Kommunikationsoffizier, sich mit dem *NaPurHab* herumzuschlagen und sich mit dem übrigen Kram zu befassen. Er mußte sich um das Schiff kümmern.

Seine Hoffnungen bestätigten sich – das Schiff war sicher, zumindest für den Augenblick. Der Wurmloch-Transit hatte keine Schäden hinterlassen, die paar K-KERNe in der Nachbarschaft ließen keine feindlichen Absichten erkennen, und andere unmittelbare Gefahren zeichneten sich auch nicht ab.

Er aktivierte das Interkom und schaltete auf Rundspruch. »Hier spricht der Erste Offizier«, sagte er. »Alle Sektionen wieder regulären Schichtdienst aufnehmen. Normaler Wachdienst. Die Besatzung soll sich etwas ausruhen.«

Sie hatten es geschafft. Sie waren durch das Wurmloch geflogen, ohne daß der Lack auch nur einen Kratzer abbekommen hätte. Gerald schaute auf den Hauptbildschirm, auf dem gerade das Bild vom *NaPurHab* erschien. Auf diese Entfernung war das Habitat ein scharf konturierter Punkt. Dianne hatte schon den Kopfhörer aufgesetzt und unterhielt sich ohne Zweifel mit dem ›Größten Windbeutel‹ höchstselbst.

Die Passage muß für das Habitat viel schwieriger gewesen sein. Es war eine mutige Entscheidung, es durch das Wurmloch zu schleusen, sagte Gerald sich. Wir hatten es leichter. Die *Terra Nova* war relativ neu, klein und kompakt, zudem robuster und sorgfältiger gewartet als das *Hab*.

Gerald lächelte. Die *Terra Nova* und das *NaPurHab* waren gerade erst ins Unbekannte vorgestoßen, und er verglich die Wartungspläne der beiden Raumfahrzeuge. Doch nach einem solchen Flug war es an der Zeit, so schnell wie möglich wieder zur Normalität zurückzukehren. *Alles hat seine Zeit*, sagte Gerald sich.

Doch sie befanden sich eine unbekannte Anzahl von Lichtjahren von der Erde entfernt, und Gerald drängten sich ein paar unangenehme Fragen auf. Was hatten sie hier überhaupt verloren?

NaPurHab
DAS SYSTEM DER *ZERSCHMETTERTEN SPHÄRE*

»Gut, alles klar«, sagte ›Windbeutel‹. »Sehe dein Team im Max-Treff, in vierundzwanzig.« Seufzend unterbrach der ›Windbeutel‹ die Verbindung mit der *Terra Nova*. Er schaltete die Heckkamera ein und wurde mit einem Bild der *TN* belohnt, die vor dem Kontrollring des charonischen Wurmlochs stand. Schönes Schiff, aber das war im Moment egal. Der ›Windbeutel‹ wünschte sich, er müßte sich nicht ausgerechnet jetzt mit einem Schiff voller Normalos abgeben. Obwohl er wußte, daß er sich ganz doll über ihre Anwesenheit hätte freuen sollen. War eine ziemlich einsame Gegend hier, und das *NaPurHab* konnte jede Hilfe brauchen, die ihm zuteil wurde. Die *TN* hatte alle möglichen Gimmicks und Intelligenzbolzen an Bord, die wußten, was Sache war. Dennoch kam die Ablenkung ihm ungelegen. Er hatte auch so schon genug am Hals, ohne daß die *TN* seine Zeit in Anspruch nahm.

Trotzdem hielten sie eine Maximale Versammlung ab, die Macker und Tussis. Sie mußten irgendwie dafür sorgen, daß sie hier überlebten, und Fakt war eben, daß sie aufeinander angewiesen waren.

Doch deshalb machte es ihm noch lange keinen Spaß.

Sianna schaute sich um und stellte fest, daß sie wieder auf dem *Broadway* herausgekommen war. Sie hatte sich schon wieder verlaufen. Das *Hab* war ein einziges Irrenhaus.

Der *Broadway* war im Moment ziemlich überfüllt; die Leute wuselten herum wie in einem Ameisenhaufen. Die Luft war erfüllt vom Gestank verschmorter Isolationen, schwitzender Körper, heißen Metalls und Klebern. Eine Gruppe Techniker versuchte eine Reparatur auszuführen, während ein Verladetrupp sich bemühte, die Frachtcontainer zu sortieren, die wahllos in der hinteren Sektion des *Broadways* verzurrt waren. Ein paar hundert Meter weiter vorne formierte sich ein Demonstrationszug. Gott allein wußte, gegen was die Leute protestierten – oder gegen wen sie protestierten.

Sianna riskierte es, die Abkürzung durch den *Superwirbel* zu nehmen. Wenn sie sich nicht noch einmal verlief, würde sie zwanzig Minuten einsparen.

Sie erinnerte sich an den alten Witz, wonach die Natur die Zeit nur deshalb erschaffen habe, damit nicht alles auf einmal passiert. Für eine Weile hatte es den Anschein gehabt, als ob diese Maxime auf dieser

Seite des Wurmlochs keine Gültigkeit besäße. Seit ein paar Tagen ging hier alles drunter und drüber.

Die Kommandantin der *Terra Nova* und ihr Erster Offizier waren an Bord gekommen, wobei sie einen ziemlich desorientierten Eindruck gemacht hatten – verständlich, wenn man bedachte, daß sie die letzten fünf Jahre an Bord eines Raumschiffs verbracht hatten. Allerdings würde auf dem *NaPurHab* jeder die Orientierung verlieren, egal, woher er kam.

Am Tag zuvor hatte man einen weiteren energetischen Puls registriert – diesmal jedoch einen multiplen –, als das ›Objekt‹ gleich in ein halbes Dutzend K-KERNe hineinraste. Sämtliche Teleskope des *Habs* und der *Terra Nova* waren auf den Unfallort gerichtet. Das Objekt kam immer näher und nahm direkten Kurs auf das Wurmloch.

Das Objekt. Es näherte sich mit hoher Geschwindigkeit. Und wenn es hier ankam, würde es das Wurmloch aufbrechen und das *Multisystem* und somit die Erde töten.

O Gott. Wie sollte man es aufhalten? Wie sollte man es aufhalten? Oder blieb ihnen nichts anderes übrig, als tatenlos zuzusehen?

Aber das Chaos, das hier herrschte, brachte sie bald auf andere Gedanken. Irgendwo in diesem ganzen Trubel, inmitten von *Purpurnen* mit dieser und jener Philosophie, während die Reparaturtrupps sich verzweifelt bemühten, die Systeme zu flicken, die beim Durchgang durch das Wurmloch beschädigt worden waren, während die Techniker bis zur Erschöpfung arbeiteten, um die Funktionsfähigkeit des *Habs* aufrechtzuerhalten, nachdem die Sonnenkollektoren plötzlich nur noch zwei Drittel der bisherigen Leistung erbrachten – irgendwann hatte Sianna sich an das bizarre Ensemble gewöhnt. Und das machte ihr angst.

Sianna verhielt an der Biegung, an der sie sich bisher

immer verlaufen hatte; erst nach längerem Zögern entschied sie sich für den mittleren Weg. Ja, das war der richtige Weg. Sie erkannte den Fleck an der Wand. Immer geradeaus, dann zwei Ebenen tiefer, und sie wäre fast am Ziel.

Es hatte eine Zeit gegeben, da die großen Ereignisse sozusagen ›Nachbeben‹ ausgelöst hatten. Es hatte Ausschreitungen gegeben, und im Büro des ›Größten Windbeutels‹ hatte man einen Sitzstreik veranstaltet. Inzwischen hatten die Besatzungen sowohl des Schiffs als auch des Habitats einen Paradigmenwechsel beschlossen. Zwei Dutzend *Purpurne* hatten sich um einen Posten auf der *Terra Nova* beworben, während die doppelte Anzahl von Besatzungsmitgliedern der *TN* die Staatsbürgerschaft der *Nackten Purpurnen* beantragt hatten. Dies war ein großes Ärgernis, denn der *Purpurne Bürgerrat* hatte vor drei Jahren verfügt, daß es so etwas wie einen *Purpurnen Bürger* nicht gäbe, und sich unverzüglich aufgelöst.

Aha. Da war es. *Falckenhorst*. Jemand hatte schon wieder die Schreibweise verändert. Sie stieß das Schott auf und trat ein. Wally war der äußeren Welt entrückt und in eine ausgeklügelte Simulation des sich nähernden Objekts vertieft. Sie schien auf allen Bildschirmen im Raum zu laufen, und jedesmal aus einer anderen Perspektive. ›Augapfel‹ sprach über Funk mit jemandem, wobei sie den Gesprächspartner unflätig beschimpfte und zwanghaft ihren ohnehin schon akkuraten Arbeitsplatz aufräumte. Das Licht von *Einsamkeit* und der *Zerschmetterten Sphäre* drang durch das Bullauge.

Sianna seufzte resigniert und setzte sich an ihren Computer. Es war eine beängstigende Vorstellung, daß eine *solche* Szene das Nonplusultra an Komfort und Vertrautheit in ihrem Leben darstellte – aber man mußte sich eben mit dem begnügen, was man hatte.

Autarch
Angedockt an die Gravitations-Forschungsstation
Plutopunkt
DAS SONNENSYSTEM

Sondra Berghoff hatte Angst und versuchte auch nicht, sie zu verbergen. Pläne und Theorien waren schön und gut, doch die Realität war etwas komplizierter. Wie sie nun die *Autarch* am Himmel hängen sah, den Bug auf das *Plutopunkt*-Schwarze Loch gerichtet, sah sie keinen Sinn mehr darin, ein Schiff durch das Wurmloch zu schicken. Sicher, sie verfügten über wichtige Informationen. Weshalb schickten sie nicht einfach eine Flaschenpost durch das Loch?

Sie saß angegurtet auf einem Sitz auf dem Hauptdeck, hinter dem Piloten des Schiffs. Sie kannte weder den Namen des Manns noch die Namen der fünf anderen Besatzungsmitglieder der *Autarch*. Es handelte sich um anonyme Gestalten, die dem *Autokraten* unbedingten Gehorsam gelobt hatten.

Wenn sie überhaupt ein Mienenspiel hatten, dann glich es einer Kombination aus Pokerface und Totenstarre. Da zeigte ein Roboter noch mehr Emotionen.

Angenommen, sie wären aus irgendwelchen Gründen nicht in der Lage, sofort an die *Terra Nova* oder das *NaPurHab* anzudocken, und sie würde es für ein paar Monate mit diesen Kameraden aushalten müssen? Angenommen, die Charonier oder der *Widersacher* hatten das große Schiff und das Habitat zerstört, und sie müßte den Rest ihres Lebens mit diesen Kerlen verbringen?

Nun, wenigstens waren außer den Besatzungsmitgliedern noch andere Leute an Bord. Sie drehte sich nach rechts und erblickte den *Autokraten*. Immerhin war seine Physiognomie nicht ganz so starr. Ein seltsamer Mensch, milde ausgedrückt, doch zumindest verfügte er über kommunikative Kompetenz.

Sie schaute zu Marcia MacDougal und Larry hinüber. Ein Wunder, daß sie hier waren. Wenn jemand so lang überlebte, um Geschichtsbücher über diese Periode zu verfassen, dann würden die Werke davon künden, daß diese beiden in ihrer Eigenschaft als Schwerkraftforscher und Experten für die charonische Sprache mitgekommen waren. Das stimmte wohl.

Und auch wieder nicht. Die beiden waren hier, weil sie es *mußten*. Man mußte sich nur ihren Gesichtsausdruck anschauen. Beide sahen starr geradeaus, angespannt und voller Erwartung. Marcia suchte nach ihrem Ehemann. Und Larry. Larry suchte danach, was er immer suchte und niemals fand. Absolution.

Sondra wandte sich wieder dem Hauptmonitor zu und sah, was die anderen auch sahen – die Abbildung des *Rings von Charon*. Der *Ring* stand senkrecht zu ihnen. Die Stroboskoplampen wirkten in der Dunkelheit wie ein Ring aus blauen Diamanten, und der *Ring* selbst hing als perfekter Kreis am Himmel. Noch keine Veränderung, aber sie würde bald kommen.

Zu bald. Weshalb, zum Teufel, hatte sie sich verpflichtet gefühlt, an diesem Flug teilzunehmen? Weshalb war sie nicht an Bord der Forschungsstation, wo sie hingehörte, und fütterte die Computer mit Zahlen?

Die Stroboskoplampen des *Rings* verloren an Helligkeit, erloschen schließlich ganz und leuchteten plötzlich blutrot. Bereitschaft. Fast fertig. Das Team lud die letzten Befehlszeilen in den *Ring*. Ein trüber Fleck erschien im Mittelpunkt des Rings; zuerst war er kaum sichtbar und verschwand dann fast völlig. Hatten sie Probleme mit der Kalibrierung? Doch dann wurde der glühende Punkt heller und größer und wurde derart mit Energie aufgepumpt, daß er schließlich pulsierte. Ja, es funktionierte.

Das Zentrum des Punkts verdunkelte sich, wurde massiver und konturierter – und dann loderte ein unwirkliches weißblaues Licht auf, und das Gebilde stabilisierte sich.

Die Triebwerke der *Autarch* feuerten, und das Schiff flog geradewegs auf das Loch im Himmel zu und das, was dahinterlag.

Durch ein Wurmloch, sagte Sondra sich. *Durch ein von Menschenhand erschaffenes Wurmloch.* Guter Gott! Widerstreitende Emotionen ergriffen von ihr Besitz. Angst, Aufregung, Stolz, Erstaunen, Panik und noch ein halbes Dutzend andere. Sie gingen rein. Sie gingen rein!

Kurz bevor sie ins Wurmloch einflogen, drehte der *Autokrat* sich zu Sondra um und sagte lächelnd: »Ich rechne mit einem interessanten Flug.«

NaPurHab
DAS SYSTEM DER
ZERSCHMETTERTEN SPHÄRE

Der ›Windbeutel‹ schaute aus dem Bullauge in seinem Büro, allerdings nicht auf die *Zerschmetterte Sphäre* oder *Einsamkeit,* sondern auf den Ring, der das Wurmloch kontrollierte, durch das sie gekommen waren. Ohne Zweifel würde das Wurmloch zum Schauplatz der Ereignisse werden. Der ›Windbeutel‹ war beunruhigt, und dieser Zustand verstärkte sich noch. Was, zum Teufel, sollte er tun? Colettes und Sturgis' ›Objekt‹ befand sich auf Kollisionskurs mit dem Wurmloch. Dat lütte unsichtbare Ding würde jeden K-KERN zerstören, auf den es unterwegs traf. War es wirklich imstande, die Sphäre zu töten? Klang irre, auch wenn die Tabellen und Grafiken dafür sprachen, auch wenn ›Augapfel‹ sagte, sie verfolgten den Kurs des Geräts.

Doch was war zu tun, wenn das ›Objekt‹ echt war? Wie sollte ein *Hab* voller Dumpfbacken, die in jeder

Stadt der Erde aufgesammelt worden waren, ein unsichtbares Objekt stoppen, das K-KERNen Schuttwolken machte?

Nachdem diese Überlegungen den ›Windbeutel‹ in den Zustand der Melancholie versetzt hatten, schlug plötzlich eine weißblaue Lohe aus dem Wurmloch. Der ›Windbeutel‹ runzelte die Stirn. Wieder ein K-KERN? Dachte schon, es würde keiner mehr kommen. Zu verdammt weit entfernt für die normaloptische Erfassung. Vielleicht konnten die Radarfritzen ihm etwas sagen. Die Hand schwebte schon über der Tastatur, als ein Radarbild auf dem Monitor erschien. Die Titelzeile meldete, daß das Bild von der *TN* kam.

Das Interkom trällerte, und der ›Windbeutel‹ schlug auf den Schalter, wobei er schon wußte, wer dran war, noch bevor die Person am anderen Ende der Leitung ein Wort gesagt hatte. Die Frau meldete sich jede Minute ungefähr eine Million Mal.

»Bossmann, linst du gerade auf den Schirm?« fragte ›Augapfel‹.

»›Augapfel‹«, sagte er. »Schöner Schock, mal wieder deine Stimme zu hören. Ja, ich seh es auch. Noch 'n K-KERN?«

»Nix«, sagte ›Augapfel‹. »Noch 'n *Schiff*.« Es schwang etwas in ihrer Stimme mit, eine gewisse Anspannung unter dem naßforschen Ton.

»Echt? Welches Schiff könnte die Erde wohl noch zur Party schicken? Einen Frachter, den sie durchgemogelt haben?«

»Nichts von alledem, Großer Meister. Schiff aus dem Sonnengebiet. Von *Pluto. Ring von Charon*, wenn man ihrem Identifikations-Code glauben will.«

›Windbeutel‹ begriff zunächst gar nichts. Er versuchte, diese Information zu verarbeiten, doch irgendwie wollte es ihm nicht in den Kopf.

»Sag's noch mal.«

»Ich sagte, es ist ein gottverdammtes Schiff von Pluto mit dem gottverdammten alten *Autokraten* höchstpersönlich an Bord.«

»*Autokrat? Ceres-Autokrat?* Der Große Kalte Fisch daselbst?« Das war nicht allzu verwunderlich, denn die Bewegung der *Nackten Purpurnen* hatte noch nie große Sympathien für den *Autokraten* von Ceres gehegt.

»Bleib dran, Wind. Ja, darauf kannst du wetten. Hab ihn nun auf dem Viddy. Er krümmt sich mit bebenden Kiemen auf dem Boden.«

»Ist er *krank?* Verletzt?« fragte ›Windbeutel‹, der plötzlich in höchstem Maße beunruhigt war. Es wollte nämlich niemand die Verantwortung dafür übernehmen, wenn der *Autokrat* den Löffel reichte. Seine Gefolgsleute würden es dem Betreffenden sicher vergargen.

»Huh? Nee, er ist okay. Aber er ist wie 'n Fisch auf'm Trockenen. Wen interessiert schon, was er *hier* sagt?«

»Aha. Oh. Habe verstanden.« Manchmal war *Purpsprech* doch etwas zu blumig.

Aber ein Schiff von Pluto, aus dem Sonnengebiet? Wie war das möglich? Was hatte das zu bedeuten?

Nun, eins war so klar wie Tinte. Er mußte mit diesen Leuten *sprechen.*

Gerald MacDougal stand vor dem Eingang zur Schleuse, und außer daß die Schleuse sich gleich öffnen würde, spielte nichts im Universum mehr eine Rolle. Marcia. Hier. Jetzt. Am Leben.

Zerschmetterte Sphären und unsichtbare Objekte, die K-KERNe töteten und Wurmloch-Transits zu Habitaten, die mit Irren bevölkert waren. Nichts von alledem zählte mehr. Marcia. Hier.

Es war unmöglich, es konnte nicht wahr sein, und es geschah. Es war mehr als fünf Jahre her, seit er sie zum letzten Mal gesehen, seit er sie berührt hatte. Fünf

Jahre, seit die Charonier sie auseinandergerissen hatten – und nun brachten die *Autarch* von Ceres und das *NaPurHab* sie wieder zusammen. Es ergab überhaupt keinen Sinn, doch darauf kam es nun auch nicht mehr an.

Das Schleusenschott schwang zur Hälfte auf und blockierte. Gerald trat vor. Das Herz schlug ihm bis zum Hals.

Und dann schwang das Schott ganz auf, und sie ging durch.

Marcia. Hier.

Sie lagen sich in den Armen, bevor sie sich dessen überhaupt bewußt waren. Sein Körper erinnerte sich, wie ihr warmer Körper sich an ihn geschmiegt hatte, und ein Teil von ihm, der für lange Zeit verschollen gewesen war, war plötzlich wieder da. Er sog den Duft ihres Haars ein, schlang die Arme um sie und hielt sie fest. Nie wieder. Nie wieder würden sie getrennt sein.

Sie lösten sich nur so weit voneinander, daß sie etwas zurücktreten und sich in die Augen sehen konnten, und er wußte, daß das, was er sah, Wirklichkeit war. Ein paar Fältchen, ein graues Haar, das damals noch nicht dagewesen war – doch auch das war egal. Die letzten fünf Jahre hatten nicht stattgefunden. Sie waren immer zusammengewesen und würden für immer zusammensein.

Sie hob die Hand und streichelte ihm die Wange, zog ihn an sich, und sie küßten sich.

Schließlich lösten sie sich voneinander und sahen sich wieder an. »Hallo, Gerald«, sagte Marcia mit warmer und leiser Stimme. »Hast du mich vermißt?«

Sianna Colette war bei der Besprechung anwesend. Das war er also. Das war *er*. Larry Chao, der Mann, das Monster, das Ungeheuer, das die *Entführung* verursacht hatte. Sie – beziehungsweise ihr Unterbewußtsein – hatte eigentlich ein drei Meter großes Ungetüm mit Klauen erwartet. Doch statt dessen sah sie nur einen ganz normalen, scheuen Mann mit sanften Gesichtszügen, dunklem Haar und gehetztem Blick.

Doch das war nicht das Entscheidende. »Für mich besteht kein Zweifel«, sagte Chao. »Das Objekt, das Miss Colette und Mr. Sturgis ausgemacht haben, ist der *Widersacher*. Er bedroht die Sphäre, welche die Erde gefangenhält. Er stellt eine tödliche Gefahr für die Erde dar. Die *Multisystem*-Sphäre wird nicht zögern, die Erde gegen den *Widersacher* zu schleudern, um ihn zu töten.«

»Wie kann das sein?« fragte ›Augapfel‹. »Kann nicht glauben, daß man einen Erd-Quetscher braucht, um das Ding plattzumachen. Wally, welche Max-Größe hat der *Widersacher?*«

»Das weiß ich nicht«, sagte Wally. »Meinen Schätzungen zufolge hat er die Größe eines mittleren Asteroiden. Weniger als einen Kilometer Durchmesser. Vielleicht viel weniger.«

»Wie massiv ist er?« fragte Captain Steiger.

»Nun«, sagte Wally. »Wir haben die Trümmer in einigen Orbits untersucht, die durch eine dichte Annäherung des *Widersachers* gestört wurden. Daraus haben wir die Gravitation ermittelt und hieraus wiederum die Masse. Sie bewegt sich ungefähr in der Größenordnung einer Mondmasse.«

»Er wiegt soviel wie der Mond und ist so klein, daß man ihn nicht *sieht?*« fragte Steiger.

Wally zuckte die Achseln und lächelte. »*Strange*-Materie ist nun mal ziemlich fremdartig«, sagte er.

»Das ist nicht witzig, Sturgis«, sagte Steiger. »Eine mondgroße Masse, die mit der Erde zusammenstößt, ist nicht zum Lachen.«

»Aber würde es denn funktionieren?« fragte MacDougal. »Ich meine, würde es den *Widersacher* töten?

Ich habe den Eindruck, daß der *Widersacher* eine Menge einsteckt.«

»Müßte supergut klappen«, sagte ›Augapfel‹. »Die Karos beschleunigen die Erde auf 'ne hoch genuche Geschwindigkeit, darauf kannste wetten. Kraft ist Masse mal Beschleunigung. Hoch genuche Masse, genuch Beschleunigung, null Problemo.«

»Genuch, um *strange*-Materie zu zappen?« fragte der ›Windbeutel‹. »Um sie in normale Materie oder vielleicht Energie umzuwandeln? *E*-ist-*m* · *c*-Quadrat?«

$E = m \cdot c^2$. Diese Formel spukte irgendwo in Siannas Kopf herum. Nicht die Formel selbst. Aber irgendwann hatte irgend jemand sie erwähnt. In welchem Zusammenhang? Plötzlich wirkte diese Besprechung sehr vertraut, als ob sie das alles schon einmal erlebt hätte. Eine andere Besprechung oder Diskussionsrunde oder was auch immer, wo einem ungläubigen Thomas diese Gleichung entgegengehalten wurde.

»Glaube *nicht*«, sagte ›Augapfel‹. »Aber man kann *mich* töten, ohne meinen Körper in einen Energiepuls umzuwandeln. Hochgeschwindigkeits-Zusammenstoß mit der Erde müßte genuch sein, um die Bindungen zwischen *strange*-Atomen zu zerbrechen und den *Widersacher* in eine Wolke aus Atomen aufzulösen. Superkill.«

»Und wenn's nicht klappt, ist die Erde eh tot«, führte der ›Windbeutel‹ aus. »*Widersacher* killt Sphäre, Erde verliert Orbit, und aus die Maus.«

»Wir kommen etwas vom Thema ab, nicht?« sagte Steiger. »Es ist mir egal, wie die Erde sterben würde. Ich will von vornherein verhindern, daß die Erde stirbt.«

»Was«, sagte der *Autokrat*, »wieder die Frage nach den Alternativen aufwirft. Gibt es irgend etwas, das wir tun *können?*«

»Weshalb zerstören wir nicht das Wurmloch?« fragte Sondra Berghoff. »Wenn wir den Ring um das Schwarze Loch sprengen, könnte man ihn nicht mehr für die Abstimmung und Verstärkung des Wurmloch-Signals benutzen.«

Gerald MacDougal schüttelte den Kopf. »Wenn das etwas helfen würde, hätten die Charonier es schon längst getan.«

»Der Ring schläft sowieso«, sagte Sianna. »Wir fangen schwache Signale auf, die uns sagen, daß er aktiviert werden *könnte*, aber er ist nicht hochgefahren, als die K-KERNe und unsere Schiffe herausgekommen sind. Die andere Seite hat die Energie bereitgestellt und den Aufbau des Wurmlochs kontrolliert.« Ihre eigenen Worte lösten etwas bei ihr aus. *Schlafend. Nicht tot. Schlafend.*

»Und vermutlich wäre der *Widersacher* auch so in der Lage, den Transit durchzuführen«, sagte Captain Steiger. »Außerdem weiß ich nicht, ob unsere Bomben stark genug sind, um den Ring zu zerstören – zumal die K-KERNe, welche die Wurmloch-Öffnung bewachen, die Raketen ohnehin abfangen würden.«

»Wie wäre es mit einem gegen den *Widersacher* gerichteten Partikelstrahl?« schlug MacDougal vor. »Gerichtete Energie in einer solchen Intensität, daß er beschädigt oder die *strange*-Materie vielleicht in normale Materie umgewandelt wird.«

»Sicher, kein Problem, wenn wir ein Forschungsprojekt mit einer Laufzeit von zwanzig Jahren ansetzen würden, über ein unbegrenztes Budget verfügten und verdammt viel Glück hätten«, erwiderte Steiger. »Außerdem ist kein Teilchenphysiker unter uns. Wo sollten wir überhaupt anfangen?«

»Und wenn wir ihn umleiten?« fragte ›Augapfel‹.

Der *Autokrat* runzelte die Stirn und drehte sich zu ihr um. »Wie meinen?«

»Ihn umleiten. Den *Widersacher* auf einen anderen Pfad als durch das Wurmloch schicken?«

Ja. *Ja. Das war es. Oder zumindest war es dicht dran.* Sianna schaute vom einen zum andern. Noch einen Hinweis, einen Anstoß von außen, und sie hatte es. Sie *wußte* es.

»Und wie?« fragte der *Autokrat.*

Sianna fixierte ›Augapfel‹, als ob sie ihr dadurch eine Antwort entlocken würde, die bei ihr eine mentale Initialzündung auslöste.

›Augapfel‹ zuckte die Achseln. »Weißnit.«

Teufel. Mist. Alles nur Illusion. Sie hatte keine Idee – sie wünschte es sich nur, und zwar so stark, daß sie glaubte, einer Sache auf der Spur zu sein.

»Könnten wir ihn ins Sonnensystem umleiten?« fragte der *Autokrat.* »Indem wir die Einstellungen des Wurmlochs so verändern, daß der *Widersacher* dort herauskommt anstatt im *Multisystem?*«

Für einen Moment herrschte Schweigen. Die Leute waren so geschockt, daß ihnen nichts mehr einfiel. Doch dann fand ›Augapfel‹ Größter Orter die Sprache wieder. »Bist du kalter Fisch jeck? Das Ding soll sich im *Sonnengebiet* austoben? Wie viele würde es dort töten?«

»Ich wüßte nicht, weshalb er im Sonnen*system* überhaupt jemanden töten sollte«, sagte der *Autokrat* pikiert. Die *Purpurnen* irritierten ihn offensichtlich gewaltig. Und die Bezeichnung ›Sonnengebiet‹ ärgerte ihn aus irgendeinem Grund am meisten. »Er ist auf der Suche nach Energiequellen, wie sie in den charonischen Sphären enthalten sind. Und die gibt es bei uns nicht.«

»Doch was sollte den *Widersacher* daran hindern, mit Hilfe des *Rings von Charon* oder des Mond-*Rads* und der *Erdpunkt*-Singularität ins *Multisystem* zurückzukehren?« fragte Sondra. »Er weiß nun, wo das *Multi-*

system sich befindet, zumal er anscheinend nicht zu der Sorte gehört, die schnell aufgibt.«

»Und die Annahme, daß er das Sonnensystem nicht verwüstet, ist sehr gewagt. Woher wissen wir denn, daß er die Sonne nicht als Imbiß zu sich nimmt? Angenommen, Sie irren sich?« fragte Captain Steiger.

»Dann würden viele Menschen sterben, auch viele meiner Bürger – jedoch viel weniger, als wenn die Erde vernichtet würde. Aber ich frage noch einmal: Haben wir die Möglichkeit, die Koordinaten der Wurmlochöffnung zu ändern und den *Widersacher* an einen anderen Ort zu schicken?«

»Nun ja, ich glaube schon«, sagte Sondra Berghoff. »Wir können es zwar nicht schließen, aber vielleicht sind wir in der Lage, die Einstellungen mit denen einer Gegenstelle abzugleichen. Und dafür käme nur der *Ring von Charon* in Frage.«

»Bei allem gebührenden Respekt«, sagte Gerald MacDougal, »aber das wäre keine Lösung. Damit würden wir einen Massenmord riskieren. Angenommen, wir leiten den *Widersacher* ins Sonnensystem um, und er verwüstet es und verschwindet *dann* wieder ins *Multisystem*. Ihre Lösung würde vielleicht bedeuten, daß wir hier im System der *Zerschmetterten Sphäre* die einzigen überlebenden Menschen sind.«

Der Gesichtsausdruck des *Autokraten* verhärtete sich, und er nickte knapp. »Sie haben alle recht. Aber außergewöhnliche Situationen erfordern außergewöhnliche Maßnahmen. Ich ziehe meinen Vorschlag zurück – vorerst.«

Erneut wurde es still im Raum, und die Anspannung stieg. Es war nur noch eine Frage der Zeit, bis jemand die Nerven verlor.

»*Ich* weigere mich noch immer, an diesen verdammten *Widersacher* zu glauben«, sagte Steiger in einem Ton, aus dem hervorging, daß sie im Grunde nur das

Thema wechseln wollte. »Wäre es denn nicht möglich, daß wir uns irren? Daß etwas anderes vor sich geht? Etwas, das uns bisher nicht aufgefallen ist?«

Sondra Berghoff schüttelte den Kopf. »Nicht daß ich wüßte. Glauben Sie mir, ich wünschte, ich würde mich irren. Bis wir hierherkamen und von diesem unsichtbaren Objekt hörten, das K-KERNe pulverisiert, hatten wir keinen Beweis außer den Daten, die Larry vom Mond-*Rad* erhalten hatte. Doch alles hier unterstützt diese Daten.«

»Aber die Vorstellung, daß man einen *Planeten* braucht, um so etwas Kleines zu stoppen. Wie ist das möglich?«

»Wie war es möglich, daß etwas so Kleines ein ganzes Sphären-System tötete?« erwiderte Sondra. »Aber es hat es getan. Sehen Sie sich nur um.«

»Aber das ist noch kein Beweis ...«

»Bitte! Bitte!« rief der *Autokrat*. »Kommt schon, das haben wir doch alles schon besprochen, und die Zeit drängt. Wir können es uns nicht leisten, uns im Kreis zu drehen.«

Und das war es. Guter Gott, das war es! Sianna saß stocksteif da, hielt die Luft an und ging es in Gedanken durch. Ja. Es würde funktionieren. Aber nur, wenn sie sofort anfingen. Alles, was sie brauchten, war da. Vor der Ankunft der *Terra Nova* und der *Autarch* wäre es nicht möglich gewesen, und bald wäre es ohnehin zu spät. Aber jetzt. Nun war der günstigste Zeitpunkt. Es war machbar.

Sie klinkte sich aus der Unterhaltung aus und packte Wally am Arm, wobei sie ihm die Finger ins Fleisch grub. »Wally«, flüsterte sie und beugte sich zu ihm hinüber. *»Im Kreis«*, sagte sie. »Wir können es im *Kreis herum* schicken.«

Verwirrt drehte Wally sich zu ihr um. Doch dann fiel bei ihm der Groschen. Sie sah es in seinen Augen und an der Art, wie er die Augenbrauen hob. »Ja«, flüsterte er. Er überlegte lang und runzelte die Stirn. »Zumindest *glaube* ich, daß wir es schaffen. Vielleicht. Es gibt noch viel zu tun…«

»Mr. Sturgis. Miss Colette. Wollten Sie etwas zur Diskussion *beitragen?*« fragte der *Autokrat*, wobei er ihr Privatgespräch im klassischen sarkastischen Ton eines Lehrers unterbrach, der einen renitenten Schüler zurechtweist.

Sianna sah zu ihm auf und öffnete den Mund, doch die Worte blieben ihr im Hals stecken. Jeder Gang zum Büro des Rektors, jedes gesellschaftliche und scholastische Desaster ihrer Kindheit war ihr plötzlich wieder präsent. Sie schluckte schwer und wäre am liebsten unter den Tisch gerutscht. Es war absurd. Sie hatte eine gute Idee – eine *großartige* Idee. Doch der Sarkasmus des *Autokraten* hatte ihr den Wind aus den Segeln genommen.

Zum Glück war Wally für Sarkasmen nicht sonderlich sensibilisiert. Er nickte grinsend. »Jawohl, Sir«, sagte er. »Wir haben sogar eine Menge beizutragen.«

Kapitel Zweiunddreißig

Im Kreis herum

Hotspur: ... Ich sage Euch, mein närrischer Herr, diese stachlige Nessel, die Gefahr, wird sich in eine Rose, die Sicherheit, verwandeln.

– Shakespeare, *Heinrich IV., Teil I*

Terra Nova
Angedockt ans *NaPurHab*
DAS SYSTEM DER *ZERSCHMETTERTEN SPHÄRE*

Dianne Steiger drehte sich grinsend zu Sianna und Wally um, während sie durch den Korridor eilten und an Bord gingen. Marcia MacDougal und Larry Chao kamen hinter ihnen durch die Luke. »Willkommen auf der *Terra Nova*. Sie dürfen das Schiff gern besichtigen«, sagte sie.

Sianna nickte nervös. »Ist schon komisch. Ich hatte fast schon vergessen, daß dies unser eigentliches Ziel war. Aber nun sind wir doch noch angekommen«, sagte sie. »Auch wenn wir nicht lang bleiben werden.«

»Wollen wir es hoffen«, sagte Gerald MacDougal. »Wir können uns keine weiteren Verzögerungen leisten. Apropos ...« Er drehte sich um und hieb auf die Interkom-Taste. »Hier spricht der Erste Offizier. Besatzung und Fracht vollständig an Bord. Wir sind startbereit. Klar Schiff.«

Sianna folgte den anderen aus dem Schleusenkomplex, wobei sie sich auf den Händen laufend durch die Schwerelosigkeit bewegte. Schließlich erreichten sie einen durch das ganze Schiff verlaufenden Gang und hielten an.

Gerald wandte sich an Captain Steiger. »Vielleicht sehen wir uns erst wieder, wenn es vorbei ist«, sagte er. »Alles Gute.« Er hob grüßend die Hand. Nach fünf Jahren auf dem Schiff wurde kaum noch gegrüßt. Auch wenn Steiger und MacDougal den Eindruck zu vermeiden suchten, es war doch ein besonderer Anlaß.

Steiger erwiderte den Gruß. »Wünschte, ich könnte dabei sein«, sagte sie

»Hätten daran denken sollen, bevor Sie sich zum Kapitän ernennen ließen«, sagte Gerald lächelnd.

»Stimmt wohl«, sagte Steiger mit entschlossenem Gesichtsausdruck. »Viel Glück, Gerald.«

»Viel Glück, Kommandant.« MacDougal drehte sich zu Sianna und den anderen um. »In Ordnung«, sagte er. »Gehen wir.«

Die fünf – Gerald, Marcia, Larry, Wally und Sianna – gingen zum Heck des Schiffs, während Steiger die entgegengesetzte Richtung einschlug. Gerald MacDougal hangelte sich zügig an den Handläufen entlang. Sianna fiel etwas zurück, und Wally, der sich nicht gerade in Höchstform befand, war bald schon außer Atem. *Zu dumm*, sagte Sianna sich. *Keine Zeit zu verlieren. Nicht, wenn auch nur die geringste Chance bestand, den Gang der Ereignisse zu beeinflussen.*

MacDougal führte sie in den großen Hangar, der mit Landungsfahrzeugen angefüllt war, die auf allen Welten hätten landen sollen, welche die *Terra Nova* auf dem Flug nach Alpha Centauri gefunden hätte. Doch heute wurde das größte Boot einer etwas anderen Bestimmung zugeführt.

»Wir haben die Beiboote bisher kaum benutzt«, sagte MacDougal. »Wäre auch sinnlos gewesen, wenn die KERNe jedes Boot, das sich in die Nähe eines Planeten wagte, zertrümmert hätten.«

»Vielleicht wird sich das bald ändern«, sagte Sianna. »Wenn unser Plan funktioniert, wissen wir genug über die KERNe, um sie zurückzurufen.«

»Und dann haben wir freie Bahn«, sagte Gerald.

»Vielleicht. Aber noch sind wir nicht da. Kommt schon. Wir nehmen dieses Boot dort drüben, das größte, das wir haben.«

»Und wie heißt es?« fragte Larry.

MacDougals Gesicht verdüsterte sich für einen Moment, doch seine Stimme war ruhig, als er antwortete: »Früher hieß sie *Scott*«, sagte er, »aber wir haben sie heute morgen umgetauft. Nun heißt sie *Hijacker II*.«

Weil Wally zu dem Landungsboot hinaufschaute, hatte er MacDougals Reaktion nicht bemerk. »*Hijacker?*« fragte er. »Komischer Name.«

»Ich werde es Ihnen ein andermal erklären«, sagte MacDougal. »Kommt, die anderen dürften schon an Bord sein.«

Zwei Stunden später hatte die *Terra Nova* schon einen beträchtlichen Abstand zwischen sich und das *NaPurHab* gelegt. Die Triebwerke zündeten, und sie ging in einen niedrigen polaren Orbit um *Einsamkeit*. Dianne Steiger sah auf dem Monitor, wie die Hangartore sich öffneten und die frischgebackene *Hijacker II* ins All entschwebte.

Es war ein guter Name, ein passender Name für ein Schiff, dessen Mission große Ähnlichkeit mit dem Auftrag der ersten *Hijacker* aufwies – wenn diese Mission auch etwas komplizierter war.

Die *Terra Nova* war im Anflug auf *Einsamkeit*; so dicht hatte sie sich in all den Jahren, seit sie aus dem Erdorbit ausgeschert war, noch keinem Planeten genähert. Dies war ihre Stunde. Dies war der Tag, an dem die *Terra Nova* und ihre Besatzung Geschichte schreiben würden – falls jemand übrigblieb, der sie schreiben konnte.

Die *Hijacker II* verließ den Hangar, driftete vom Schiff weg und zündete die Triebwerke. Sie waren unterwegs.

NaPurHab

Sondra Berghoff nahm die letzten Einstellungen vor. Das müßte genügen. Sie drückte einen Knopf, um den ersten Weckbefehl an den schlafenden Ring zu übermitteln, der einst die Wurmlochverbindung zum *Multisystem* kontrolliert hatte. Gott sei Dank war dieser Ring für den Empfang von Radiosignalen konzipiert – oder gezüchtet – worden. Wenn er nur Gravitationskommandos akzeptiert hätte, wäre es viel schwieriger für sie gewesen.

Sie sah auf die Sensoranzeigen und wartete auf die Bestätigung, daß das Signal empfangen und akzeptiert worden war. Es würde ein paar Sekunden dauern, bis das Signal die Entfernung zum Ring überbrückt und der Ring das Signal verarbeitet und darauf reagiert hatte.

Die Überwachung der Sensoren war wichtiger als die Vorgänge am anderen Ende der Kabine. ›Augapfel‹ und der *Autokrat* waren ein seltsames Paar – wobei die Bezeichnung *Paar* im Grunde völlig abwegig war, um es wohlwollend auszudrücken. Die Symbole des Absolutismus und der Anarchie. Eigentlich hätten sie sich überhaupt nicht in einer Kabine aufhalten dürfen, nicht einmal mit einem Moderator. Sondra erwog erst, den *Autokraten* hinauszukomplimentieren und mit ›Augapfel‹ allein weiterzumachen – doch dann überlegte sie es sich anders. Der *Autokrat* hatte das Recht, den letzten Akt des Schauspiels zu verfolgen, bei dessen Inszenierung er mitgewirkt hatte.

Zumal ›Augapfels‹ Kompetenz und Motivation anscheinend nicht unter ihrer schlechten Laune litten. Falls überhaupt, schien die Wut sie noch zu beflügeln.

Sondra und ›Augapfel‹ würden eine der heikelsten Phasen der ganzen Operation bewältigen müssen. Sie würden den Zeitplan sekundengenau einhalten müssen.

Dort. Gut. Der Ring hatte das Signal angenommen. Der Ring, der lange geschlafen hatte, erwachte.

Vielleicht würden sie es doch schaffen. Allerdings hatten sie hier oben den leichteren Part.

Sondra beherrschte die charonische Sprache mittlerweile so gut, daß sie es sich durchaus zutraute, diesen einen Ring zu kontrollieren. Das Team, das auf *Einsamkeit* landete, mußte die eigentliche Arbeit erledigen.

Wie, zum Teufel, weckte man nämlich einen *Planeten* auf?

Hijacker II
Im Landeanflug auf *Einsamkeit*

Zwölf Stunden später zündeten die Triebwerke der *Hijacker II*, um das Bremsmanöver einzuleiten. Das Landungsboot verzögerte und verharrte schließlich im Schwebezustand. Der Pilot brachte das Boot in eine leichte Schräglage, um das Terrain zu sondieren, und drosselte den Schub. Dann legte er eine saubere Landung hin, die erste Landung eines menschlichen Raumschiffs auf einem Planeten außerhalb des Sonnensystems – nur daß die Besatzungsmitglieder zu sehr damit beschäftigt waren, die Druckanzüge zu schließen und sich auf den Einsatz vorzubereiten. Die Triebwerke waren kaum verstummt, als schon die Luftschleuse geöffnet wurde, die ersten Leute die

Oberfläche betraten und ganz unspektakulär die ersten Schritte auf der neuen Welt unternahmen.

Wenn sie aber scheiterten, wer würde dann ihre Geschichte schreiben?

Drei Tage. Sie hatten drei Tage bis zur Ankunft des *Widersachers.*

Wenn Wally Sturgis überhaupt etwas mit Sicherheit wußte, dann war es die Tatsache, daß er einer der letzten war, die die Oberfläche erreichten. Die ganze Situation erschien ihm völlig irreal. Solche Dinge erlebte er schließlich sonst nur in Simulationen, nicht im wirklichen Leben. Wenn das alles hypothetisch gewesen wäre, wenn er ein Computermodell der Landung auf *Einsamkeit* und des übrigen Plans entwickelt hätte, dann hätte er es für real gehalten.

Aber das hier. Merkwürdig. Höchst merkwürdig.

Wally folgte dem letzten Besatzungsmitglied zur Schleuse und ging mit Larry und Sianna durch. Die Innenschotts der Schleuse schlossen sich, die Luft wurde abgesaugt, und das Außenschott öffnete sich und gab den Blick auf *Einsamkeit* frei.

»Dann war das also der Mond?« fragte Larry. »Oder wie der Mond?«

Sianna nickte. »Wir haben die Entstehung einer solchen Welt simuliert. So hätte der Erdmond auch ausgesehen, wenn es den Charoniern gelungen wäre, das Sonnensystem zu demontieren und es in ein *Multisystem* zu verwandeln. Das Mond-*Rad,* das zunächst als einfaches Band tief unter der Oberfläche existierte, hätte sich verzweigt, in alle Richtungen ausgegriffen und sich zu einem Kontrollzentrum entwickelt, dem Gehirn der Operation. Zu – so etwas.«

Sie stiegen die Leiter hinab, entfernten sich vom Landungsboot und schauten sich um. Sie befanden sich dicht am Nordpol von *Einsamkeit,* wobei die

Hijacker II auf einer der wenigen noch unberührten Stellen gelandet war, die von den Charoniern nicht in… etwas anderes verwandelt worden waren.

Einst war *Einsamkeit* eine der vielen kraterübersäten, atmosphärelosen Welten gewesen, deren Erschaffung der Natur so viel Freude zu bereiten schien. Sie hatte in etwa die gleiche Größe und Masse wie der Mond, jedoch eine etwas höhere Dichte.

Um das Beiboot herum war die Oberfläche mit flachen, unregelmäßigen Kuppeln, Antennen, quaderförmigen metallischen Gebilden, bizarren pilzförmigen Auswüchsen, so schwarz wie Obsidian, und anderen, noch skurrileren Formen bedeckt. Falsch. Die Oberfläche war nicht *bedeckt* mit den seltsamen Gebilden – sie *bestand* aus ihnen. Die Grundflächen gingen entweder ineinander über oder waren durch ein braunes Material miteinander verbunden, das nun ausgetrocknet war und ausflockte.

Larry kniete nieder und schälte etwas von dem braunen Zeug ab. »*Rad*-Haut«, sagte er. »Das gleiche Zeug, aus dem auch das Mond-*Rad* besteht.«

Die Haut bedeckte indes nicht alles. Manche Stellen bestanden aus glasiertem Erdreich und Felsbrocken. Hier und da waren noch kleine, zur Hälfte mit erstarrter Lava gefüllte Krater zu erkennen. Wally bückte sich, um einen Blick auf die braune Haut der… der *Maschine* zu werfen, wenn man sie denn als solche bezeichnen wollte. Er sah einen niedrigen, fünfseitigen Obelisken und streckte die Hand nach ihm aus. Was, zum Teufel, war das, und wofür war er gut?

Wally schaute zum Himmel empor und hielt die Luft an. Die *Zerschmetterte Sphäre* verschluckte den halben Himmel, ein zerstörtes Gesicht, dessen schwarzrote Wunden sich von einem Horizont zum anderen erstreckten. Ein großer Riß zog sich über die Oberfläche und setzte sich hinter dem Horizont fort. Riesige Krater entstellten die Oberfläche. Das Ding war so groß, daß der alte Orbit der Erde leicht dort hineingepaßt hätte. Und sie wollten es übernehmen und für ihre eigenen Zwecke verwenden.

Halt den Kopf unten, sagte Wally sich. Sieh auf die Oberfläche, nicht in den Himmel.

Wally drehte der Sphäre den Rücken zu – und sah eine rote Klaue, die hinter einer Ansammlung der schwarzen pilzförmigen Gebilde hervorlugte. War sie vielleicht lebendig? Er spürte ein flaues Gefühl im Magen. Er stand auf, umging die Pilze und schaute es sich an.

Ein kleiner mobiler Charonier, der ungefähr einen halben Meter lang war und wie ein feuerwehrroter Käfer aussah, lag auf dem Rücken. Die zehn Beine und Greifzangen ragten in die Luft. Er war, zu Wallys Erleichterung, offensichtlich tot. Ein Mechaniker? Larry und Sianna folgten Wally.

»Sieht aus wie ein Verwandter der Skorpione im Sonnensystem«, sagte Larry.

Sianna drehte sich um und überflog das mit bizarren Maschinen übersäte Feld. »Sie sind überall«, sagte sie. Wally schaute sich um und sah, daß noch mehr dieser bunten Reparatur-Käfer über die Oberfläche verstreut waren. Sie waren alle tot. Reparatur-Käfer mit einem Farbcode?

»He, dort drüben«, sagte Larry. Wally und Sianna gingen zu ihm hin. Ein Reparatur-Käfer hing mit dem Vorderteil über dem Rand eines Lochs. Wally holte eine Taschenlampe aus dem Anzug und leuchtete das Loch aus. Es war ein tiefer Schacht mit einem Durchmesser von ungefähr fünfundzwanzig Zentimetern. Viel zu eng für einen Menschen, aber genau richtig für den pinkfarbenen Käfer, der über dem Eingang hing. In die Schachtwand waren Sprossen eingelassen. Die

Taschenlampe war zu schwach, um bis auf den Boden zu leuchten.

»Das dort unten«, sagte Larry, »entspricht dem Mond-*Rad*, nur daß es sich auf einer viel höheren Entwicklungsstufe befindet. Das hiesige *Rad* ist bis an die Oberfläche vorgestoßen und hat das alles hier erschaffen.«

Wally studierte die Form der Objekte, welche die Oberfläche bedeckten. Welchen Zweck erfüllte das ganze Zeug? Und dann kam ihm die Erleuchtung. »Dann ist das also eine Antennenfarm?« fragte er.

»Würde ich auch sagen«, erwiderte Sianna. »Zumindest ein paar dieser Dinger sehen aus wie Detektoren und Signalgeber. Das *Rad* leitete seine Befehle an die Oberfläche, und von dort wurden sie an die anderen Zentren des Systems übermittelt.«

»Aber wie sollen wir das alles anzapfen?« fragte Wally. Er durchstreifte das Areal und hielt nach etwas Ausschau. Wonach, wußte er selbst nicht.

Drei Tage, sagte er sich wieder. Diese Frist würde nie und nimmer reichen. Aber egal. Er mußte sich konzentrieren, die Lage analysieren und das Rätsel lösen. Bei den schüsselförmigen Gebilden handelte es sich eindeutig um Antennen für Radiofrequenzen, und die stachelförmigen Gebilde stellten wahrscheinlich Richtantennen dar. Allerdings war nicht in jedem Fall von der Form der Charonier auf ihre Funktion zu schließen. Durch eine reine Sichtprüfung würde er ihren Verwendungszweck nicht ermitteln. Dieses Kabel zum Beispiel, das zwischen zwei der fünfseitigen Obelisken verlief. Es konnte alles mögliche bedeuten.

Einen Augenblick. »Äh… Larry? Larry, komm mal kurz her.«

»Was gibt's?« fragte Larry und ging zu Wally.

»Dieses Kabel. Ich habe ein paar Fotos von Lucian

gesehen, auf denen er sich im Zustand des vorübergehenden Atemstillstands befand. Dieses Kabel hier …«

»Ja!« sagte Larry. »Es sieht genauso aus wie die Ranken, mit denen das *Rad* ihn verkabelt hatte.«

»Dachte ich mir.« Wally verfolgte den Verlauf des Kabels bis zu einem der Obelisken und kniete sich hin. »Abdeckung«, sagte er. »Es muß eine Abdeckung geben.«

»Wieso denn?« fragte Sianna. »Weshalb sollte es nicht versiegelt sein?«

»Wally hat recht. Überall sind Wartungskäfer verstreut«, sagte Wally. »Welchen Nutzen sollte ein Reparaturtrupp haben, wenn er keinen Zugang zur Technik hat?«

»Dort«, sagte Wally. »Schaut.« Er deutete auf einen Spalt zwischen zwei Flächen des pyramidenartigen Auswuchses. Er zog einen Schraubendreher aus dem Werkzeuggürtel des Anzugs und setzte ihn an.

»Vorsichtig«, sagte Sianna.

Erst tat sich nichts, doch dann gab eine Seite der Pyramide etwas nach, wobei Wally die behandschuhte Hand durch den Spalt steckte und die Seite zurückbog. Wally legte den Schraubendreher weg und packte die Seite mit beiden Händen. »Hilf mir, Larry.«

Larry kniete sich neben ihn, und die beiden zogen.

Sie mußten sich ziemlich anstrengen, um die Seite so weit zurückzubiegen, daß sie einen Blick ins Innere werfen konnten. Wally leuchtete mit der Taschenlampe in die Öffnung hinein.

»Bingo«, flüsterte Wally.

»Ja, wirklich«, sagte Larry. »Die gleichen Ranken wie bei Lucian.« Die Ranken endeten an verschiedenen Punkten einer wabenförmigen Struktur im Innern. »Ich wette mit dir um jeden Betrag, daß wir sie auf die gleiche Art anzapfen können wie Lucian Dreyfuss.«

»Das wäre nur fair«, sagte Sianna mit einem so breiten und maliziösen Grinsen, daß Wally es sogar durch ihren Helm sah. »Die Charonier haben mit diesen Ranken einen toten Menschen an ihre Maschinen angeschlossen. Was würdet ihr davon halten, wenn wir uns revanchieren?«

»Hört sich gut an«, sagte Wally, der sich in Gedanken bereits mit Sonden und Schaltkreisen beschäftigte. Er schaute noch einmal hinein. Drei Tage? Teufel, mit den Daten, über die sie nun verfügten, und mit dem Gerät, das sie mitgebracht hatten, würden sie sich innerhalb von drei Stunden in die Wurmlochschleife eingeklinkt haben.

NaPurHab

Sondra Berghoff erwachte und riß die Augen auf. Vier Stunden Schlaf. Die längste Pause, die sie seit dem Abflug der *Terra Nova* vor zweieinhalb Tagen gehabt hatte. Schlaf. Ein Luxus, den sie sich kaum leisten konnte. Es gab so viel zu tun. Aber niemand hätte etwas davon, wenn sie sich vor Müdigkeit kaum noch auf den Beinen halten konnte. Eine Chance. Eine zweite würden sie nicht bekommen. Sie hatten eine Chance, den *Widersacher* aufzuhalten, und wenn sie sie verpatzten, würde er durchbrechen.

Sie blieb noch für einen Moment liegen und genoß die Ruhe. Schließlich hatten sie es hier mit starken Energiequellen und mächtigen Wesenheiten zu tun. Wenn etwas schiefging, war das vielleicht das letzte Mal, daß sie aufwachte.

Das galt vielleicht sogar für den Fall, daß alles gutging.

Das Bewußtsein *der Sphäre spürte neue Störungen im Netzwerk, ein leichtes Zittern von Orten, die seit vielen Jah-*

ren tot waren. Wie ein Mensch mit einer amputierten Extremität spürte auch das Bewußtsein *Teile, die nicht zu ihm gehörten, sondern zu seinen Vorfahren, die längst nicht mehr existierten. Etwas Merkwürdiges ging vor sich, und die Wahrnehmungen wurden intensiver. Sie hatten kurz nach den mysteriösen Transits durch das Wurmloch-Netz eingesetzt.*

Doch das Bewußtsein *hatte keine Zeit, sich mit solchen Dingen zu befassen. Nicht, wo der* Widersacher *so nahe war. Ohne Zweifel rührten die eigenartigen Wahrnehmungen von einem defekten Sensor her. Es würde den Fehler später beheben.*

Falls es überlebte.

Sakalov-Station
Nordpol-Region
Einsamkeit

Sianna Colette ging von der *Hijacker II* zum Blasenzelt und redete sich ein, sie sei bereit. Doch das war unmöglich. Selbst wenn ihnen *Jahre* für die Vorbereitung zur Verfügung gestanden hätten, wäre das noch zu wenig gewesen, und sie hatten nur ein paar Tage gehabt. Doch nun war die Stunde gekommen.

Die letzten zweiundsiebzig Stunden waren wie im Flug vergangen. Sie hatten die Aufzeichnungsgeräte installiert, die Blasenzelte aufgebaut, die Ausrüstung herangeschafft und sich in das Kontrollsystem von *Einsamkeit* eingeklinkt. Das Blasenzelt war halb von der Ausrüstung begraben, die mit den Ranken, Kabeln und Komponenten verbunden war, aus denen das Kontrollsystem von *Einsamkeit* bestand. Doch nun hatte das Blasenzelt einen Namen. Sie verhielt am Eingang und las die Aufschrift.

Sakalov-Station. Gerald MacDougal war auf diese

Idee gekommen und hatte die Worte über den Eingang des Zelts geschrieben, so daß jeder sie sah, wenn er vom Landungsboot zurückkam. Schließlich hatte Juri Sakalov fünf Jahre mit der Suche nach der *Charon-Zentrale*, der Kommandozentrale des *Multisystems*, verbracht und sein Leben dafür geopfert. Daß sie sich nun im Gefechtsstand *einer* Sphäre befanden, verdankten sie zum Teil ihm, wenn es auch nicht die Zentrale war, nach der er gesucht hatte. Es wäre sein Traum gewesen, hier zu sein.

Sakalov-Station. Das hörte sich gut an – falls ›Station‹ nicht eine zu hochtrabende Bezeichnung war für ein Druckzelt inmitten einer außerirdischen Antennenfarm. Sie ging durch die Schleuse und zog den Schutzanzug aus. Sie legte den Anzug etwas sorgfältiger zusammen als sonst, als ob sie eine rituelle Handlung vollführte. Was auch der Fall war. Sie überprüfte ihr Äußeres im spiegelnden Helmvisier, ordnete das Haar und strich den Kragen glatt. Das war es. Das war es.

Sianna atmete dreimal tief durch und sagte sich dann, sie sei bereit. Sie verließ den Schleusenbereich und bahnte sich durch den Gerätedschungel einen Weg zur Kontrollkonsole am anderen Ende des Blasenzelts.

Die anderen waren schon versammelt, kontrollierten ein letztes Mal die Anschlüsse und überprüften die Befehlssequenzen auf Fehler. Keine zweite Chance.

Larry Chao überprüfte mit ebenso angespanntem wie hoffnungsvollem Gesichtsausdruck die Anzeigen: Nun hatte er die Gelegenheit, zumindest eine teilweise Wiedergutmachung zu leisten. Wally testete gerade das Kommunikationssystem, das mit der Technik von *Einsamkeit* verbunden war. Soweit Sianna es sah, schien alles zu funktionieren.

Gerald und Marcia MacDougal standen händchenhaltend ein paar Schritte von der Steuerkonsole entfernt. Sie hatten den gleichen besorgten Gesichtsausdruck. Manchmal wirkten die beiden wie eine Person, so unzertrennlich wie sie waren.

Sianna nahm zwischen Larry und Wally Platz und überprüfte ihre Konsole. Jedes Detail mußte stimmen. Diesmal handelte es sich nicht um eine Simulation. Keine Träume von Toten. Keine Prognosen bezüglich der Pläne des Feindes oder seiner Identität. So sah es aus.

Sie steuerte die alten, toten Schaltkreise von *Einsamkeit* an, um die Ringe der Wurmloch-Transitschleife zu verknüpfen und in den Bereitschaftsmodus zu versetzen.

Vierzehn *Ring-und-Loch*-Module, die in einem gemeinsamen Orbit mit *Einsamkeit* um die *Zerschmetterte Sphäre* kreisten. Sie kontrollierten den Planeten unter ihren Füßen. Allein schon bei diesem Gedanken zitterten ihr die Hände, doch sie zwang sich zur Ruhe.

»In Ordnung«, sagte Larry mit ruhiger Stimme. »Gleich ist es soweit. Paßt gut auf und macht einen Schritt nach dem anderen.«

Und plötzlich trat der Ernstfall ein. Es ging los. Sianna schaute auf den rechten Bildschirm, der mit den Hochleistungskameras verbunden war, und machte einen dunklen Fleck aus, der sich durch die Dunkelheit bewegte.

Der *Widersacher* hatte sich ihnen nun so weit genähert, daß er sichtbar war.

»In Ordnung«, sagte Wally. »Auf geht's!«

Alle Anwesenden sahen auf den Bildschirm, der den zielstrebig auf die Wurmlochöffnung zuhaltenden *Widersacher* zeigte. Er war so schnell, daß seine Bewegung relativ zum Sternenfeld selbst auf diese Entfernung hin zu erkennen war.

»Sieht nicht nach viel aus, was?« sagte Gerald MacDougal.

Der *Widersacher* war eine dunkle, kompakte Kugel, die hier und da eingedellt war – die einzigen Spuren, welche die Angriffe der K-KERNe hinterlassen hatten.

»Da gehen die K-KERNe«, sagte Sianna überflüssigerweise. Das Manöver wurde auf dem linken Bildschirm dargestellt.

Die K-KERNe trugen einen letzten, verzweifelten Angriff gegen den alten Feind vor. Sianna hoffte, daß sie Erfolg haben würden, wobei sie gleichzeitig wußte, daß sie wieder scheitern würden. Wenn die K-KERNe dieses Ding aber doch irgendwie zur Strecke brachten, dann wäre ihr eigener riskanter Plan hinfällig.

Der *Widersacher* flog mit hoher Geschwindigkeit auf die Wurmlochöffnung zu. Die acht überlebenden K-KERNe jagten aus allen Richtungen auf ihn zu. Plötzlich erschienen sie im selben Bild wie der *Widersacher*. Alle Blicke richteten sich auf den rechten Bildschirm, als die K-KERNe gerade ins Ziel gingen. Ein gigantischer Lichtblitz zuckte durch die Schwärze des Alls, eine endlos scheinende Explosion. Ein Feuerball blähte sich im Raum auf und setzte den Himmel in Brand – und der *Widersacher* stieß aus der brennenden Wolke hervor. Seine Oberfläche glühte schwach infolge der thermischen Effekte, doch ansonsten war er unverändert.

Erst jetzt merkte Sianna, daß sie die Luft angehalten hatte, und stieß sie mit einem enttäuschten Seufzer aus. In spätestens einer Minute würde der *Widersacher* das Wurmloch erreichen, sich Einlaß verschaffen, auf der anderen Seite herauskommen – und dann würde es geschehen.

Würde die Sphäre die Erde sofort als kinetische Waffe einsetzen, oder würde sie zuerst die um die Wurmlochöffnung stationierten K-KERNe losschicken, im vergeblichen Bemühen, dieses Ding aufzuhalten? Oder würde sie die Erde und die K-KERNe gleichzeitig einsetzen? Welchen Unterschied machte es, wenn die Erde in zwei oder in zweieinhalb Minuten vernichtet würde? Es war ohnehin alles vorbei. Die Ozeane würden verdampfen, die Wälder würden in Flammen aufgehen, die Städte würden verwüstet werden, und eine Welt voller Leichen und verstümmelter Körper würde in den Raum geschleudert werden, zerbersten, ein glutflüssiges Gebilde ... *Denk nicht daran*, sagte Sianna sich. *Laß erst gar nicht zu, daß es geschieht. Denk nicht daran!*

»Bereit für Nebenschluß-Signal«, sagte Larry. »Das *NaPurHab* meldet Kontrolle über den Wurmloch-Ring. Sie sind bereit, die Transitkoordinaten zu ändern. So weit, so gut.«

So weit, so gut? Das war der kritische Moment. Dies war der Moment, in dem das *Multisystem* vielleicht unerwartet reagierte, in dem die Menschen ihre Trümpfe ausspielten, in dem der *Widersacher* vielleicht Lunte roch, in dem die tote charonische Technik vielleicht nicht so reagierte, wie Wally es sich erhoffte.

»Schicken Verbindungs-Befehlsfolge«, meldete Sianna. Nun erwachte die Wurmloch-Transitschleife vollends, zog Energie aus den noch aktiven Speicherringen der *Zerschmetterten Sphäre* und verknüpfte die *R-L*-Module. Sie waren bereit. Zumindest so bereit, wie es nur möglich war.

Terra Nova
Im Nahorbit um *Einsamkeit*

Dianne Steiger saß auf dem Sitz des Kommandanten und schaute zu dem Platz hinüber, an dem Gerald sich hätte befinden müssen. Er befand sich an vorderster Front. Und sie saß als Statist hier oben und umkreiste diesen verdammten Felsen. Nein, kein Statist. Ein Soldat an einem Frontabschnitt, an dem zur Zeit Waffenruhe herrschte. Niemand würde sich dort unten befinden, bereit zum letzten Gefecht, wenn sie nicht gewesen wäre.

Sie hatte ihren Teil geleistet, sie, ihr Schiff und ihre Mannschaft. Vor fünf Jahren war das Schiff noch eingemottet gewesen, und Diannes Laufbahn war schon so gut wie beendet gewesen. Dann hatten die Charonier angegriffen, und alles hatte sich geändert. Und nun waren sie hier, Dianne Steiger und ihr Schiff, und würden vielleicht die Welt retten.

Nicht schlecht, sagte sie sich. *Nicht schlecht für zwei aus dem Ruhestand geholte Veteranen.*

NaPurHab

Sie sahen es mit bloßem Auge. Flackernd erwachte der *Ring* von *Einsamkeit* und erschuf eine Wurmlochverbindung mit dem unwirklichen weißblauen Leuchten. Der *Widersacher* hatte die Verbindung aktiviert und sie mit dem *Mondpunkt-Ring* im *Multisystem* gekoppelt. Er nahm Kurs auf das Wurmloch.

»Dreißig Sekunden«, sagte ›Augapfel‹. »Die Vorstellung beginnt. Automatik ab.«

Sondra Berghoffs Hand schwebte schon über dem automatischen Sequenzer, doch dann schluckte sie schwer und dachte an den Knopf. Vor fünf langen Jahren hatte Larry Chao die Geräte so eingestellt, daß *er* und nicht der Computer den ersten Gravitationsenergiepuls abschickte. *Er* hatte den Knopf gedrückt und die Katastrophe ausgelöst, nicht eine verdammte Maschine.

Dieser Strahl aus Graser-Energie hatte das schlafende Mond-*Rad* aufgeweckt, woraufhin es die Erde gestohlen hatte. Er hatte den Finger auf dem Knopf gehabt und niemand sonst. So würde es in den Annalen verzeichnet werden.

Was, wenn er heute versagte? Was, wenn der Computer die nächsten zwanzig Sekunden falsch berechnet hatte und die Erde deshalb unterging? Nein. Es war nicht *richtig*. Wenn die Erde starb, dann mußte es einen Schuldigen geben. Ein Mensch mußte die Entscheidung treffen und kein Schaltkreis.

Und wenn sie Erfolg hatten, dann war es eine Art Buße dafür, daß ihr Freund Larry den Finger auf dem Knopf gehabt hatte.

»Ich tue es manuell«, sagte Sondra.

»Was!« schrie ›Augapfel‹. »Bist du *jeck?*«

Der *Autokrat* trat vor und wollte etwas sagen, doch dann sah Sondra ihm in die Augen. Ihre Blicke verzahnten sich für ein paar Sekunden, und dann trat er wieder zurück. Er würde sich nicht mit ihr anlegen. Sondra wandte sich wieder ihrer Partnerin an den Kontrollen zu.

»Halt den Mund, ›Augapfel‹. Keine Zeit zu streiten. *Manuell.*«

Nun war es gleich soweit. Die Zeit war abgelaufen. Das Bewußtsein *der Sphäre spürte, wie der* Widersacher *unaufhaltsam näher kam. Es schickte sich an, das Unvermeidliche zu tun und eine Welt zu opfern, um all die anderen zu retten. Es pumpte sich mit den Energiereserven aus den Speicherringen voll und bereitete sich darauf vor, den massiven Puls aus Gravitationsenergie abzuschicken, der den Planeten erfassen und ihn fast bis auf Lichtgeschwindigkeit beschleunigen würde, direkt auf den* Widersacher *zu. Die Zeit war gekommen.*

Sondra kontrollierte die Schalterstellungen und warf einen Blick auf die Anzeige und die Uhren. Wenn sie zu spät handelte, würde die Zeit nicht ausreichen, um die geänderten Koordinaten an die Wurmloch-Transitschleife durchzugeben. Wenn sie zu früh handelte, würde der *Widersacher* den Vorgang vielleicht spüren und etwas dagegen unternehmen.

Die Uhr des Autosequenzers zählte noch immer abwärts. Zehn Sekunden. Neun. Acht. Sieben. Sechs. Fünf. Vier…

Ja, sie hatte recht gehabt. Zu weit entfernt. Der *Widersacher* bremste für den Transit ab. Er wäre noch zu weit entfernt, wenn der Sequenzer auf Null sprang. Drei. Zwei. Eins. *Null*. Minus Eins. Er war fast da. Noch eine Sekunde; er mußte noch näher herankommen. Aber nicht zu lange warten. Nicht zu lange. Minus Zwei. Minus…

Sondra *fühlte* den richtigen Augenblick. Sie hieb auf den Knopf und schickte die neuen Koordinaten ab.

Das unwirkliche weißblaue Licht des Wurmlochs flackerte und leuchtete dann wieder stetig.

»Verknüpfung!« schrie ›Augapfel‹. »Wir haben eine stabile Verbindung zur ersten Wurmlochöffnung in der Wurmloch-Schleife.«

Sondra schlug auf einen anderen Knopf und schickte einen Sperrbefehl ab, der den Ring von Einsamkeit anwies, bis nach dem Transit keine weiteren Änderungen zu akzeptieren. Der *Widersacher* wäre nicht in der Lage, die Einstellung rückgängig zu machen.

»Verdammt!« sagte der *Autokrat*. »Er hat die Veränderung bemerkt.«

Der Widersacher *war verwirrt. Etwas stimmte nicht. Etwas hatte die Wurmloch-Koordinaten verschoben. Aber das war unmöglich. Es konnte nicht sein. Aber es geschah. Stop. Stop. Was auch immer geschehen war, es konnte nicht stimmen. Stop. Stop! STOP!*

Der *Widersacher* bremste und versuchte anzuhalten, bevor er durch das Loch ging. Er wurde zwar langsamer, kam aber nicht zum Stehen. Das Trägheitsmoment und die Geschwindigkeit waren zu hoch. Näher. Näher.

Und dann verschwand er.

Das Wurmloch schloß sich hinter ihm.

Aber hatten sie es wirklich geschafft? Hatten sie ihn wirklich woandershin geschickt? Oder hatte er es doch bis ins *Multisystem* geschafft? War die Erde schon in ein glühendes Inferno verwandelt worden?

»Hier ist die Sakalov-Station«, ertönte Gerald MacDougals Stimme im Lautsprecher. »Wir haben es geschafft«, sagte er. »Wir haben den *Widersacher.*«

Das Bewußtsein *der Sphäre wappnete sich und stählte sich für den Kampf, als das Wurmloch sich öffnete – und wieder schloß.*

Nichts. Nichts war durchgekommen.

Mit Erstaunen war seine Reaktion nicht einmal ansatzweise beschrieben.

Sakalov-Station

»Wir haben ihn, aber nicht für lange«, sagte Sianna triumphierend. Der *Widersacher* bewegte sich mit Lichtgeschwindigkeit in einem Stasis-Orbit innerhalb eines abgeklemmten Wurmlochs, das als komplexe Schockwellenfront in der Wurmloch-Transitschleife gefangen war. So hatte das *Multisystem* auch die Erde während der *Entführung* gefangengehalten.

Einen Unterschied gab es jedoch. Die Sphäre hatte die Erde aus der Wurmlochschleife geholt und einen Platz für sie gefunden. Nur daß die Sakalov-Station nicht das geringste Interesse daran hatte, für den *Widersacher* ein Plätzchen zu finden.

Sie erinnerte sich an die Unterhaltung, die damals

stattgefunden hatte, als solche Dinge noch müßiges Laborgeschwätz gewesen waren. Wally hatte erklärt, wie die Transitschleife des *Multisystem*-Wurmlochs die Erde für siebenunddreißig Minuten in einem Stasis-Feld gefangengehalten hatte.

»Nur aus reiner Neugier«, hatte Wolf Bernhardt gefragt, *»was würde passieren, wenn die Sphäre nicht imstande gewesen wäre, genug Energie zu erzeugen? Wäre die Erde aus dem Stasis-Feld herausgefallen?«*

»Nun ja, genau das wäre das Problem«, hatte Wally gesagt. *»Das abgeklemmte Wurmloch würde spontan verdampfen.«*

»Und was würde das bedeuten?« hatte Bernhardt gefragt.

Wally hatte versucht, Licht ins Dunkel zu bringen. »$E = m \cdot c^2$. *Die Erdmasse würde in Energie umgewandelt werden.«*

Juri Sakalov war auch zugegen gewesen. »Was uns natürlich große Unannehmlichkeiten bereiten würde«, hatte er in sarkastischem Ton gesagt. *»Die Explosion würde mit an Sicherheit grenzender Wahrscheinlichkeit die Sphäre vernichten und obendrein die meisten Planeten der inneren* Gefangenen Sonnen *verdampfen.«*

Und das war es. Der *Widersacher* hatte natürlich eine viel geringere Masse als ein Planet. Die Mondmasse entsprach etwa einem Achtzigstel der Erdmasse. Doch auch bei der Umwandlung einer solchen Masse würde noch höllisch viel Energie freigesetzt werden.

Das Team auf *Einsamkeit* war nicht in der Lage, eine kontrollierte Freisetzung des abgeklemmten Wurmlochs herbeizuführen, selbst wenn man es gewollt hätte. Es war überhaupt unmöglich, das verdammte Ding abzustellen. Der *Widersacher* würde so lange in der Transit-Schleife bleiben, bis ihr die Energie ausging. Allein schon die Anstrengung, ihn in dieser Schleife zu halten, stellte eine starke Belastung für die bescheidenen Energiereserven der Speicherringe der *Zerschmetterten Sphäre* dar.

Sianna warf einen Blick auf die Energiepegel und arbeitete weiter gegen die Uhr. Der *Widersacher* bewegte sich mit Lichtgeschwindigkeit. Wenn es ihnen gelang, ihn für neunzehn Minuten festzuhalten, würde der *Widersacher* die Sphäre halb umrundet haben, bevor er explodierte.

Doch das war eine ausgesprochen optimistische Annahme. Die Energiepegel fielen rapide. Sie konnten schon von Glück sagen, wenn er hinter dem Horizont der *Zerschmetterten Sphäre* verschwunden war, bevor er explodierte.

Und wenn die Explosion zu dicht an *Einsamkeit* erfolgte? Zu dicht an der *Terra Nova* und am *NaPurHab? Wir würden es wohl nicht überleben*, sagte Sianna sich. *Guter Abgang, nachdem wir den Planeten gerettet haben.*

Einen so gewaltigen Vorgang konnte man nicht *kontrollieren*. Nicht in Anbetracht der relativistischen Verzögerung. Der Befehl, die Operation zu beenden und die Energiezufuhr zu unterbrechen, würde mehr als neunzehn Minuten brauchen, bis er die andere Seite der Transit-Schleife erreicht hatte. Teufel, der anderen Seite der Schleife war vielleicht schon die Energie ausgegangen, ohne daß sie es wußten.

»Energiepegel erreichen den kritischen Bereich«, sagte Larry. »Wir werden bald die *Ring-und-Loch*-Module verlieren. Haben sie vielleicht schon verloren und wissen es wegen der Signalverzögerung nur noch nicht.«

Sianna überprüfte die Anzeigen. Die Kurve, die den Energiepegel des Haupt-Speicherrings abbildete, wies einen Ausschlag nach unten und oben auf, was eigentlich nicht hätte passieren dürfen.

Stirnrunzelnd schaute Wally auf die Anzeige. »Komisch«, sagte er. »Ich frage mich, ob ...«

Plötzlich stand der Himmel in Flammen, und in der Station gingen die Lichter aus.

Für eine tausendstel Sekunde, zwischen dem Moment, als die Wurmloch-Schleife kollabierte, und dem Moment, als er in einen Lichtblitz verwandelt wurde, versuchte der Widersacher *zu entkommen und zerrte an der Struktur des Raums, um der unglaublichen Falle zu entrinnen, in die er gegangen war. Doch es gab Kräfte, denen selbst der* Widersacher *nicht gewachsen war.*

Überall in der Galaxis spürten andere Einheiten des Widersachers, *die es sich tief in Wurmlöchern auf der Oberfläche von Neutronensternen gemütlich gemacht hatten, den Tod eines Teils von sich und wunderten sich.*

So etwas war noch nie geschehen.

Ein Lichtstrahl, ein feuriger Punkt aus Energie, stieß aus der Transitschleife, als das vierte *Ring-und-Loch-*Modul ausfiel. Es war zu schwach, die Wurmlochverbindung noch länger aufrechtzuerhalten. Die in ein abgeklemmtes Wurmloch gepreßte Masse des *Widersachers* kehrte als Stichflamme ins Universum zurück. Sie dehnte sich aus und schwoll zu einem gleißenden Feuerball an, der den *Ring* verschlang. Der Feuerball dehnte sich aus und berührte die Oberfläche der *Zerschmetterten Sphäre,* wobei er ein großes Loch hineinschlug und den Kadaver der einst mächtigen Sphäre noch mehr beschädigte und verstümmelte.

Flammenzungen schossen in den Raum und verdampften den im näheren Umkreis befindlichen Weltraumschutt. Schließlich erlosch der Feuerball im Raum.

Es war vorbei.

Kapitel Dreiunddreißig

Der Weg zurück

»In einem mechanistischen, deterministischen Universum wird die gleiche Reaktion auf die gleiche Situation immer das gleiche Resultat haben. Ein Lebewesen, das mit einem toten Universum konfrontiert ist, wird schnell lernen, daß bestimmte Kategorien von Handlungen *immer* funktionieren, während andere *immer* mißlingen. In einem lebendigen Universum ist das nicht der Fall. Eine Maus lernt vielleicht, daß herabfallende Steine sich immer gleich verhalten, daß kreisende Habichte sich aber nicht immer gleich verhalten. Ein Habicht sieht die Maus vielleicht überhaupt nicht, und ein anderer ist nicht hungrig. Wieder ein anderer Habicht greift die Maus vielleicht nur wegen ihrer Reaktion an – was ein herabfallender Stein nie tun würde.

Wir Menschen, die wir mit einem lebendigen, sich ständig verändernden Universum konfrontiert sind, haben gelernt, uns darin zu behaupten. Die Charonier hingegen haben schon vor Äonen gelernt, welche Kräfte in ihrem unveränderlichen, reglementierten Habitat walten, in dem sie die einzigen Lebewesen waren.

Ich glaube, dies beschreibt treffend die Unterschiede zwischen Charoniern und Menschen, und dies ist auch der Grund, weshalb der *Widersacher* sie besiegt hat, während wir den *Widersacher* besiegten. In anderen Worten, die menschliche Intelligenz ist opportunistisch, während der charonische Intellekt algorithmisch ist. Deshalb müssen wir in Zukunft alles daransetzen, die Umstände zu ändern, damit die charonischen Algorithmen wertlos werden.«

– Larry Chao, *Operationen in der* Zerschmetterten Sphäre: *Schlußfolgerungen und Empfehlungen,* Datastreemdream Prezz, NaPurHab, 2432

Einsamkeit
DAS SYSTEM DER *ZERSCHMETTERTEN SPHÄRE*

Sie hatten die Druckanzüge angezogen und nahmen die an der Station entstandenen Schäden auf. Gerald und Marcia gingen sogar im Schutzanzug Hand in Hand, und Larry und Sianna folgten in geringem Abstand.

Die *Zerschmetterte Sphäre* wies nun ein neues Brandmal auf, in dessen Zentrum ein neuer Krater klaffte. Man hatte bereits erwogen, eine Expedition zur *Zerschmetterten Sphäre* zu entsenden und erst einmal einen Blick auf eine tote Sphäre zu werfen, bevor man sich näher mit einer lebendigen befaßte.

»Nun, die Charonier machten sich nicht viel aus Parasiten«, sagte Gerald MacDougal und wies auf den Krater, als ob er bereits nach dem *Widersacher* benannt worden wäre. »Ich frage mich, was sie von Symbionten halten.«

»*Das* ist aber eine seltsame Betrachtungsweise«, sagte Sianna.

»Wieso denn?« fragte Gerald. Er blieb stehen und drehte sich zu ihr um, wobei sein breites Lächeln durch das Visier zu erkennen war. »Wir haben schließlich die *Multisystem-Sphäre* gerettet, nicht wahr? Wir haben ihr das Leben gerettet.«

»Ja, aber nicht *freiwillig*«, wandte Sianna ein. »Weil wir uns und unseren Planeten retten wollten.«

»Das tun alle guten Symbionten«, sagte Larry lächelnd. »Sie kümmern sich um ihren Wirt, weil sie selbst davon profitieren.«

»Schon möglich«, sagte Sianna zweifelnd. »Diese Beurteilung der menschlichen Rasse gefällt mir nicht.« Sie drehte sich um und betrachtete den *Ring* von *Einsamkeit*, der auf halbem Weg zwischen ihnen und der Sphäre hing. Er hatte durch die Detonation des *Widersachers* leichte Blessuren davongetragen. Die besten Leute der *Terra Nova* planten bereits, ihn wieder instand zu setzen. Sie rechneten damit, daß die Wurmlochverbindungen zum *Ring von Charon* und zum *Mondpunkt-Ring* im *Multisystem* in spätestens zwei Wochen wieder funktionierten. Sie würden nicht lange hier ausharren müssen. Bald würde es für viele Leute nach langer Trennung ein Wiedersehen geben.

Gerald und Marcia waren schon vorgegangen und hatten Sianna und Larry zurückgelassen. Sianna gönnte ihnen die Privatsphäre – aber sie freute sich auch, daß sie mit Larry allein war. Sie kannte ihn überhaupt nicht, wollte diesen Zustand aber ändern. Allerdings nicht, um ihre schulmädchenhafte Angst vor ihm zu überwinden. Sie war schließlich kein Kind mehr. Nicht nach den letzten Wochen. Sie hätte diese Zeit nicht überlebt, wenn sie nicht sehr schnell erwachsen geworden wäre.

Doch Larry und sie waren sich sehr ähnlich. Beide hatten Angst und Einsamkeit aushalten müssen. Beide hatten sich die Frage nach der Natur des Universums gestellt. Und keiner von ihnen fügte sich besonders gut in dieses Universum ein.

»Weißt du«, sagte sie, »wir beide haben viel gemeinsam, du und ich.«

»Wirklich? Ich kann mir nicht vorstellen, daß jemandem die Vorstellung gefallen würde, mir ähnlich zu sein«, sagte er.

»Aber *mir*.«

»Vielen Dank«, sagte Larry. »Aber im Ernst, ich unterhalte mich auch gern mit dir. Du bist seit langem der erste Mensch, der mich nicht wie eine Kuriosität behandelt oder nur zu mir kommt, weil er etwas von mir will. Das ist nett.«

»Also«, wandte sie sich an ihn, »was geschieht nun?«

»Was meinst du?« fragte Larry und wich ein paar Schritte zurück.

Sianna errötete. *Das* war es nicht, was sie gemeint hatte. »Ich meine, was geschieht mit der Erde?«

»Huh?«

»Wally sagt, er hätte unser Wissen über die charonischen Befehlscodes seit unserer Ankunft hier verdoppelt. Er sagt, er wäre imstande, unsere Schiffe mit Bojen zu bestücken, welche die KERNe und K-KERNe davon abhalten, sie anzugreifen. Und wir wissen nun viel mehr über den Betrieb von Wurmlöchern als früher. Bald werden wir sie noch dazu bringen, daß sie Männchen machen.«

Larry zuckte die Achseln, wobei die Geste wegen des Druckanzugs übertrieben ausfiel. »Das wird wohl stimmen«, sagte er. *»Also?«*

»Also sag mir, was unternehmen wir wegen der *Erde?«* fragte Sianna. »Ich bin zu dir gekommen, weil du der Experte für Planetenbewegungen bist.«

Larry schaute sie an. Er wirkte verletzt und betroffen. Dann wurde ihm bewußt, daß sie ihn nur frozzelte, und er entspannte sich. »Ich bin kein Experte«, sagte er, »aber was möchtest du mir sagen?«

»Nun, lassen wir die Erde, wo sie ist, oder bringen wir sie wieder nach Hause? Wenn wir die anderen Welten im *Multisystem* erreichen und sie erforschen und vielleicht sogar kolonisieren, dann spricht viel dafür, die Erde an ihrem jetzigen Ort zu lassen. Oder bringen wir sie aus sentimentalen Gründen zurück ins Sonnensystem?«

Larry schien sich über diese Frage zu wundern. Er schaute sie fragend an, als ob er sich nicht sicher sei, daß sie das ernst meinte oder nicht. Schließlich brach er in ein Gelächter aus, das auf Sianna sympathisch wirkte. »Ich habe darauf keine Antwort«, sagte er. »Aber wenn *das* unser größtes Problem ist, dann würde ich sagen, daß es uns wirklich gutgeht.«

* * *

Wally Sturgis konnte einfach nicht widerstehen. Simulationen waren schön und gut, aber hier saß er an einer richtigen Steuerkonsole und überwachte ein System, das ein planetengroßes Bewußtsein kontrollierte – und er hatte es eingesetzt, um eine reale Bedrohung zu eliminieren. Es würde ihm sicher schwerfallen, sich danach wieder mit imaginären Welten zu beschäftigen.

Außerdem gab es hier für ihn so viel zu tun. Viele Geräte funktionierten noch, und viele andere waren sicher noch reparabel. Es gab viele Möglichkeiten, das Netzwerk zu rekonfigurieren. Und währenddessen wuchsen ihre Kenntnisse des charonischen Betriebssystems. Was die Sache für Wally eben unwiderstehlich machte.

Offensichtlich bestand noch immer eine Verbindung zwischen dem *Multisystem* und der *Zerschmetterten Sphäre*, und wenn es sich dabei nur um die Sensoren handelte, mit denen die Sphäre im *Multisystem* die Bewegungen des *Widersachers* beobachtet hatte. Wally hatte nicht lange gebraucht, um diese Sensoren zu finden – und sie zu modifizieren.

Eine sorgfältig formulierte Botschaft in einem sorgfältig geschriebenen Code müßte genügen. Es handelte sich fast um eine posthypnotische Suggestion – es sei denn, man betrachtete die Nachricht als Computer-Virus. Es mußte der Sphäre die Idee bloß in den Kopf setzen. Nur daß die Sphäre keinen Kopf hatte. Aber das war egal. Die Sphäre durfte nicht merken, daß sie einen Befehl erhalten hatte. Sollte das Ding doch glauben, es sei von selbst darauf gekommen.

Es dauerte lange, bis Wally den richtigen Code hatte. Er war absolut sicher, daß es funktionieren würde – und dennoch zögerte er. Er sollte vorher jemanden um Erlaubnis bitten. Aber nein, dann würde die Sache keinen Spaß mehr machen.

Er aktivierte die Verbindung, kalibrierte die Ausrüstung und schickte den Befehl ab.

Er konnte nicht anders.

Das Bewußtsein *der Sphäre verstand nicht, was vorgefallen war. Offensichtlich hatte es etwas mit der letzten Welt zu tun, die sie eingefangen hatte, der einen, die ihr unerwartet zugefallen war. Irgendwie hatte sie selbst oder ein paar insignifikante Kreaturen, die sie nicht bemerkt hatte, den durch die Ankunft ihrer Welt verursachten Angriff abgewehrt. Sehr seltsam. Wirklich sehr seltsam. Das* Bewußtsein *nahm sich vor, in Zukunft ein Auge auf diese Welt zu haben. Doch wenigstens war die Gefahr nun vorbei. Es konnte seine* Garden *abziehen und für andere Zwecke umrüsten. Es schickte einen entsprechenden Befehl ab. Die im* Multisystem *und am* Portal *verteilten* Garden *machten sich auf den langen Heimweg.*

Wo die Sphäre nun darüber nachdachte, war es dem neuen Planeten gelungen, mindestens einen regulären Wächter *zu töten – und es war sicher nicht klug, eine Welt zu behelligen, die den* Widersacher *besiegt hatte. Und weshalb sollte sie wertvolle* Wächter *zum Schutz eines Planeten abstellen, der sehr gut auf sich selbst aufpassen konnte? Eine Welt, die in der Lage war, sich gegen den* Widersacher *zu verteidigen, hätte sicher keine Probleme bei der Abwehr von Himmelsschrott. Fast im Rahmen eines Experiments beschloß die Sphäre, die regulären* Wächter *vom neuen Planeten abzuziehen. Sie konnte sie immer noch zurückschicken, wenn es erforderlich war.*

Multisystem-Forschungsinstitut
New York City
Erde
DAS _MULTISYSTEM_

Keine Nachricht. Keine Nachricht vom *NaPurHab* und der *Terra Nova*, und nun dies. Es mußte irgendein Zusammenhang bestehen. Wolf Bernhardt verließ den Aufzug und betrat die Hauptebene des unterirdischen MFI-Hauptquartiers. Er eilte über den Innenhof zum Auditorium. Die Nachricht war vor wenigen Minuten eingetroffen. Wolf hätte sich das Video der Teleskopbilder genausogut in seinem Büro anschauen können, doch er hatte das Bedürfnis, unter Menschen zu sein.

Praktisch die gesamte Belegschaft des MFI war versammelt und schaute auf den großen Bildschirm. Die Bilder der terrestrischen Teleskope waren zwar körnig und schwer zu erkennen, aber es war das Schönste, was Wolf seit langem gesehen hatte.

Sie zogen ab. Die KERNe und K-KERNe, welche die Menschheit jahrelang auf der Erde unter Arrest gestellt hatten, schwenkten aus ihren Umlaufbahnen aus und flogen ab.

Wolf sah sich um und entdeckte Ursula Gruber an der Rückwand des Raums. Er ging zu ihr hinüber, und sie ergriff aufgeregt seine Hand. »Das ist wundervoll, Wolf. Einfach wundervoll. Aber was hat es Ihrer Ansicht nach zu bedeuten?«

Wolf schüttelte den Kopf und schaute nach oben, zu dem unbekannten Ort irgendwo dort draußen im Universum, an dem das *NaPurHab* und die *Terra Nova* sich befanden. Und weiter zum Sonnensystem. Sicher wartete der Rest der Menschheit ebenso sehnsüchtig auf eine Nachricht wie die Erde selbst. Und sicher würde diese Botschaft bald eintreffen. Der Abflug der KERNe war an sich schon eine Nachricht.

»Ich glaube«, sagte er, »es bedeutet, daß unsere Freunde dort draußen ihre Sache gut gemacht haben.«

Anhang

Anmerkungen zum Krieg zwischen den Charoniern und dem *Widersacher*

(Informationen zu den Charoniern und ihren Lebenszyklen finden sich in *Der Ring von Charon* von Roger MacBride Allen, Heyne Science Fiction # 06/5912.)

Es wird darauf hingewiesen, daß fast jeder Begriff in der sich anschließenden Diskussion als eine Näherung beziehungsweise poetische Adaption zu verstehen ist. Wenn die Paläontologen davon sprechen, daß die Giraffe einen langen Hals entwickelt habe, dann wird dadurch der Anschein erweckt, als ob das im Ermessen der Giraffe gelegen hätte. Offensichtlich handelt es sich hier um die Chiffre einer präziseren – und infolgedessen umfangreicheren – Beschreibung des Phänomens.

Genauso müssen wir einen ›Krieg‹, der sich mit der Ausbreitungsgeschwindigkeit von Gletschern entfaltete, über astronomische Distanzen und enorme Zeiträume erstreckte und der zwischen Parteien ausgetragen wurde, die sich wahrscheinlich nie als ›Feinde‹ wahrgenommen hatten, eher als das Walten von Naturkräften betrachten. Dieser ›Krieg‹ war für beide Seiten wohl eher ein Kampf gegen das Wetter, ein unwirtliches Gebiet oder eine Heuschreckenplage. Wahrscheinlich wußten beide Seiten über lange Zeitabschnitte nicht einmal von der Existenz des jeweiligen Gegners.

Es handelte sich um einen Konflikt zwischen Ameisen auf der einen und einem Schwarm Geier auf der anderen Seite. Bewußte Entscheidungsfindung spielte, wenn überhaupt, nur eine marginale Rolle bei der Entstehung des Konflikts.

Wie Ameisen und Geier hatten beide Seiten ganz andere Lebensweisen und interpretierten ihren Sektor des Universums so unterschiedlich, daß sie genau so gut in verschiedenen Universen hätten leben können.

Zwischen ihren Welten bestanden kaum Schnittstellen – natürlich nur so lange, bis es zu einem Interessenkonflikt kam.

Viele Details dieser Ameisen-Geier-Analogie stehen in offensichtlichem Widerspruch zur Realität, doch am problematischsten ist wohl der physikalische Maßstab. Die Charonier – eine differenzierte Spezies mit vielen nicht fortpflanzungsfähigen Individuen, die im Dienst der Angehörigen einer höheren Kaste stehen – weisen durchaus eine Ähnlichkeit mit Termiten, Ameisen und Bienen auf. Sie modifizieren ihre Umwelt und legen sich ihre eigenen ›Nahrungs‹-Depots an (in Gestalt diverser Energie- und Gravitationsressourcen) und investieren signifikante Ressourcen in die Gründung neuer Kolonien.

Der *Widersacher* hingegen erschließt selbst keine Ressourcen, sondern nutzt nur die gerade verfügbaren Ressourcen. In seiner Eigenschaft als Parasit legt der *Widersacher* auf der Suche nach feindlichen Quellen große Entfernungen zurück, während die Charonier sich in nächster Nähe ihrer gewonnenen Ressourcen aufhalten müssen.

Kurz gesagt, das Verhalten der Charonier ähnelt dem von sozialen Insekten, während das Verhalten des *Widersachers* enge Parallelen zum Verhalten eines Aasfressers aufweist, zum Beispiel einem Geier. Die irdischen Aasfresser sind viel größer als die größten Insekten. Obwohl die raumgestützten Charonier und der *Widersacher* im umgekehrten Größenverhältnis zueinander stehen, haben so unterschiedliche Größenordnungen immer den gleichen Effekt, wobei es letztlich keine Rolle spielt, wer nun der Größere ist: Die beiden Lebensformen wissen wahrscheinlich nicht einmal von der Existenz der jeweils anderen, und schon gar nicht betrachten sie die andere als Gegner, sondern eher als Nahrungsquelle oder Hindernis.*

Irgendwann in der Vergangenheit brach der *Widersacher* in das charonische Wurmloch-Netzwerk ein und schlug eine massive Schneise der Vernichtung, wobei er Sphären zerschmetterte, sich an ihren Energieressourcen labte und zerstörte *Multisysteme* zurückließ. Nachdem der erste Ansturm die meisten Sphären vernichtet hatte, schlugen die Charonier zurück – und versteckten sich. Doch der Krieg dauert an. Der *Widersacher* fällt noch immer über charonische Sphären her, wenn er ihrer habhaft wird.

Hundertsiebenundvierzig Jahre, bevor diese Geschichte spielt, stieß der *Widersacher* auf die *Zerschmetterte Sphäre* und fraß sie. Die *Zerschmetterte Sphäre,* der Elter des *Multisystems,* in dem die Erde sich befindet, setzte eine Warnung ab und zerstörte sich dann selbst, bevor es dem *Widersacher* gelang, eine Verbindung zu anderen Systemen ausfindig zu machen. Der Tod der *Zerschmetterten Sphäre* besiegelte auch das Schicksal ihres Systems. Tote Planeten, haltlose Sterne und tote Charonier wirbelten durch den Raum.

Nach dem Tod der *Zerschmetterten Sphäre* zog die *Widersacher*-Einheit, die den Angriff geführt hatte, sich in ein stillgelegtes Wurmloch zurück und blieb dort. Der *Widersacher* existierte unter ›Zeitlupen‹-Bedingungen, wobei ein Jahr in *Widersacher*-Zeit vielleicht einem Jahrhundert in unserer Zeit entspricht. Aus der Perspektive des äußeren Universums ›verschlief‹ er den Großteil dieser 147 Jahre.

Die Ankunft der Erde im *Multisystem* erzeugte eine

* Die Wahrnehmungsschwierigkeiten der Charonier in bezug auf die Menschen beruhen ebenfalls auf den unterschiedlichen Größenordnungen.

Störung im Wurmloch-Netz, die den *Widersacher* aufweckte. Die daraufhin von Menschen verursachte Interferenz war laut und ungerichtet. Sie leuchtete die Verbindungen zwischen der *Zerschmetterten Sphäre* und dem *Multisystem* aus und machte die noch einsatzbereiten Wurmlöcher sichtbar.

Dies eröffnete dem *Widersacher* wunderbare Aussichten für die Invasion eines neuen Systems und wies ihm eine Spur, die er gleich zu Beginn des Buchs *Die Zerschmetterte Sphäre* aufnimmt. Der *Widersacher* bereitet sich auf einen Transit durch den Normalraum zu der Wurmlochverbindung vor, die das stärkste Signal ausgesandt hatte – also die Verbindung zwischen der *Einsamen Welt* und dem *Multisystem.* Es hatte fünf Jahre gedauert, bis der *Widersacher* erwacht war, und nun bereitet er sich auf den Angriff vor. Die Charonier des *Multisystems* hielten sich bedeckt, bis feststand, daß ein Angriff erfolgen würde. Nachdem alle Zweifel ausgeräumt waren, bereiteten sie die Verteidigung vor.

Amalgam-Wesen. Siehe *Lander*.

Autarch. Das Schiff des *Autokraten* von Ceres.

***Autokrat* von Ceres.** Der absolute Herrscher über den größten Asteroiden und die einzige gesetzgebende und rechtsprechende Instanz der *Gürtel-Gemeinschaft*. Seine Reputation für drakonische Strafen gewährleistet die Aufrechterhaltung von Ruhe und Ordnung.

Charonier. Die nach dem *Ring von Charon* benannten Charonier sind die Außerirdischen, die für die *Entführung* der Erde verantwortlich sind. Die Charonier unterteilen sich in viele Arten und Unterarten, die in Größe und Komplexität von Träger-Drohnen bis hin zu Sphären reichen. Sie sind halb Organismus, halb Maschine. Obwohl ihre Vorfahren eine gewisse Ähnlichkeit mit Menschen aufwiesen, haben sie sich im Verlauf der von ihnen selbst gelenkten Evolution so tiefgreifend verändert, daß man sie oft nur mit Mühe als Lebewesen identifiziert. Die Ausprägung und der Grad der charonischen Intelligenz sind unklar.

Central City. Die frühere Zentral-Kolonie. Größte Stadt und Hauptstadt der Mond-Republik.

Ceres. Größter Himmelskörper im Asteroidengürtel. Die De-facto-Hauptstadt des *Gürtels*.

Conner. Ein Bürger der Mond-Republik. Abgeleitet von *Kolonist* und/oder *Con-Künstler*.

Direktorat für Weltraumforschung (DWF). Die Organisation, die mit dem Studium – und letztlich der Unterwerfung – der Charonier beauftragt ist. Wolf

Bernhardt ist der Leiter. Das DWF arbeitet eng mit dem MFI zusammen.

Dyson-Sphäre. Eine große Hohlkugel, die um einen Stern errichtet wurde, um eine riesige Oberfläche (fast mit der billionenfachen Größe der Erdoberfläche) bereitzustellen und/oder die Strahlungsenergie des Sterns aufzufangen.

Entführung. Das Ereignis und der Zeitabschnitt, in dem die Charonier die Erde stahlen und in einen neuen Orbit um den *Sonnenstern* im *Multisystem* brachten. Es besteht die Tendenz, sämtliche Vorkommnisse in die Kategorien *Vor der Entführung* und *Nach der Entführung* zu unterteilen.

Erbe-Erinnerung. Das Kollektivgedächtnis der charonischen Rasse. Jede signifikante Erfahrung eines Individuums wird von mindestens einem anderen Individuum aufgezeichnet und gespeichert, normalerweise von einem höherstehenden Wesen, das in der Lage ist, diese Erfahrung auszuwerten. Jeder neue Charonier erhält eine Kopie bestimmter Sektionen der *Erbe-Erinnerung.* Die hochrangigen Individuen verfügen über ein eigenes Gedächtnis, in dem ein signifikanter Bruchteil der Geschichte der Rasse enthalten ist. Weil das Verhalten der Charonier fast ausschließlich auf Präzedenzfällen beruht, ist die *Erbe-Erinnerung* von größter Bedeutung. Situationen, die nicht in der *Erbe-Erinnerung* gespeichert sind, sind die Charonier nicht gewachsen.

Erdpunkt. Der Punkt im Raum relativ zum Mond und dem übrigen Sonnensystem, an dem die Erde sich befunden hat. Das *Erdpunkt*-Schwarze Loch, auch bekannt als *Erdpunkt*-Singularität oder *Erdpunkt*-Wurmloch, nimmt nun diesen Raum ein. Siehe auch *Mondpunkt.*

Ereignishorizont. Die Mindestentfernung von einem Schwarzen Loch, ab der Zeit und Licht entweichen –

oder in anderen Worten, die Mindestentfernung, ab der Ereignisse möglich werden. Je stärker ein Schwerefeld ist, desto langsamer läuft die Zeit ab. Wenn das Feld stark genug und der Abstand zu ihm gering genug ist, kommt die Zeit völlig zum Stillstand. Auch definiert als der Punkt, an dem die örtliche Fluchtgeschwindigkeit der Lichtgeschwindigkeit entspricht.

Ereignisradius. Die Entfernung, normalerweise in Lichtminuten oder Lichtstunden gemessen, zwischen zwei Punkten. So genannt, weil kein Ereignis sich auf eine gegebene Entfernung auswirkt, solange das Licht (oder Radiowellen oder andere elektromagnetische Energien) diese Entfernung nicht bewältigt hat. Wird als ›Radius‹ bezeichnet, weil Licht sich sphärisch ausbreitet. Steht in keinem Zusammenhang mit *Ereignishorizont.*

Graser. Gravitations-Laser – ein gebündelter Strahl aus Gravitationsenergie.

Graviton. Ein Experimentalschiff mit einem Gravitationsstrahlen-Antriebssystem, das mit erbeuteten charonischen Komponenten entwickelt wurde. Das Schiff ›reitet‹ auf einem vom *Ring von Charon* geschickten Gravitationsstrahl.

Heiliger Antonius. Die automatisierte Relais-Sonde, die unmittelbar nach der *Entführung* durch das *Erdpunkt-Mondpunkt*-Wurmloch geschickt wurde. Sie hatte die letzte Nachricht von der Erde ans Sonnensystem übermittelt. Benannt nach dem Schutzheiligen aller Suchenden.

Hijacker. Das kleine Tarnkappen-Schiff, das beim Versuch, einen KERN zu entern, vernichtet wurde.

Hijacker II. Vormals die *Scott.* Das größte Beiboot der *Terra Nova,* das einen entscheidenden Einsatz gegen den *Widersacher* geflogen ist.

›Kaninchenbau‹. Der Schacht, der vom Nordpol des

Monds zum in vierzig Kilometer Tiefe liegenden Mond-*Rad* führt.

KERNe. Eine große Anzahl identischer Objekte in verschiedenen Orbits um die Welten des *Multisystems.* Ihre starken – über ein breites Frequenzband abgestrahlten – Radiosignale dienen als effektiver Störmechanismus.

K-KERNe. Kleine KERNe. Eine neue Form raumgestützter Charonier. Im Verlauf der Handlung nimmt eine Armada von ihnen mit hoher Geschwindigkeit Kurs auf die Erde.

KI (Künstliche Intelligenz). Bezieht sich auf eine Maschine oder ein Subsystem, das in der Lage ist, selbständig zu handeln.

Konsortium von Sphären. Charonische Bezeichnung für das nun zerstörte Netzwerk von Sphären und *Multisystemen,* die durch ein Geflecht aus Wurmlochverbindungen miteinander verbunden waren.

Lander. Riesige Kreaturen, die sich für lange Zeit im schlafenden Zustand in Asteroiden verborgen hatten und sich mit vom Mond-*Rad* abgestrahlter Gravitationsenergie durch den Raum bewegen.

Lebenscode. DNA oder das extraterrestrische Äquivalent der DNA. Jede Form der Speicherung und Weitergabe eines Befehlssatzes für eine Lebensform.

MG-Welle. Modulierte Gravitationswelle.

Mond-*Rad*. Eine riesige toroidale Struktur der Charonier tief im Innern des Monds. Sie umkreist den Kern des Monds und fluchtet exakt mit der Grenze zwischen Vorder- und Rückseite des Monds.

Mondpunkt, Mondpunkt-Ring. Der Punkt im Raum relativ zur Erde, der den Platz einnimmt, wo sich früher der Mond befunden hatte. Der *Mondpunkt-Ring,* ein starker Gravitations-Generator, nimmt nun diesen Platz ein, wobei das *Mondpunkt*-Ende des Erde-Sonnensystem-Wurmlochs den Mittelpunkt bildet. Der *Mondpunkt-Ring* wurde im Kampf um das Sonnensystem getötet. Siehe auch *Erdpunkt.*

Multisystem. Das große künstliche Sternensystem, in dem die Erde untergebracht ist. Im Mittelpunkt befindet sich die Sphäre. Es umfaßt eine Reihe von Sternen der G-Klasse, die jeweils von vielen Leben tragenden Planeten umkreist werden.

***Multisystem*-Forschungsinstitut (MFI).** Ein der Columbia University in New York City angegliedertes und mit dem DFW assoziiertes Forschungsinstitut. Ein großes – und ziemlich ineffektives – Zentrum für das Studium des *Multisystems* und der Charonier.

***Nackte Purpurne,* Bewegung der ...** Auch bekannt als die *Sinnlose Sache.* Eine der vielen merkwürdigen sozialen und politischen Bewegungen. Ihre Ideologie ist bewußt unklar und widersprüchlich gehalten. Besitzt das *NaPurHab,* das Habitat der *Nackten Purpurnen,* und das *Purpurne* Straflager Tycho auf dem Mond.

NaPurHab (Habitat der *Nackten Purpurnen*). Ein großes und ziemlich schäbiges Orbital-Habitat, das Eigentum und zugleich Wohnsitz der *Nackten Purpurnen* ist. Ursprünglich kreiste das NaPurHab in einem schleifenförmigen Orbit um Erde und Mond und wurde daraufhin in einen instabilen Orbit um das Schwarze Loch im Mittelpunkt des *Mondpunkt-Rings* verschlagen. Eigentlich verläuft der Orbit sogar innerhalb des *Mondpunkt-Rings.* Die Bevölkerungszahl beträgt etwa zehntausend.

***PerMod,* Personen-Modul.** Eine autarke Lebenserhaltungs-Einheit von der Größe und Form eines Sargs. Kann wie ein Frachtmodul gestapelt und in einem Frachtschiff transportiert werden.

Plutopunkt. Der Punkt im Raum, an dem sich der nun zerstörte Planet Pluto und sein Mond Charon befunden hatten. Beide Welten wurden vom *Plutopunkt*-Schwarzen Loch absorbiert. Der *Plutopunkt* diente dann zur Verteidigung der restlichen Welten des Sonnensystems gegen die Charonier.

Ring von Charon. Der große, von Menschenhand erschaffene Teilchenbeschleuniger im Orbit um Charon, den Plutomond. In seinem Mittelpunkt befindet sich nun die *Plutopunkt*-Singularität. Siehe auch *Plutopunkt.*

***Ring-und-Loch*-Einheit, *R-L*-Modul.** Die Kombination einer Gravitations-Singularität (zum Beispiel eines Schwarzen Lochs) und eines Beschleuniger-Rings (zum Beispiel des *Rings von Charon*). Diese Einheiten dienen zur Erzeugung von Gravitationswellen und zur Ausformung von Wurmloch-Öffnungen. Die *R-L*-Module werden von den Charoniern in großer Zahl eingesetzt.

Saatschiff. Ein robotisches Raumschiff, das befruchtete Eier oder deren Äquivalent zum Planeten eines neuen Sterns transportiert. Nach der Landung überwacht das Saatschiff den Entwicklungsprozeß, bis die Wesen ausgewachsen sind, und kolonisiert auf diese Art ein neues Sternensystem, ohne ein komplexes Lebenserhaltungssystem mitführen zu müssen.

Skorpion. Ein hochentwickeltes charonisches Modell, das imstande ist, auf unerwartete Situationen zu reagieren (wenn auch nicht unbedingt adäquat). Diese Bezeichnung gilt nicht nur für die skorpionartigen Charonier, sondern für alle Wesen, die über vergleichbare Fähigkeiten verfügen.

Sonnengebiet oder **Sonnenraum.** Bezeichnung der *Nackten Purpurnen* für das Sonnensystem. Es handelt sich um eine ideologische Unterscheidung: ›System‹ impliziert Ordnung und Kontrolle, wogegen die chaotische, unkontrollierte Zufälligkeit der Natur der Ordnung entgegenwirkt. ›Gebiet‹ und ›Raum‹ hingegen implizieren keine Ordnung.

Sonnenstern. Der Stern im *Multisystem,* um den die Erde sich dreht.

Sub**Blase.** Unterirdische Blase – die auf dem Mond übliche Architektur. Besteht aus einer großen Höhle unter der Mondoberfläche, wobei das Gestein geschmolzen und die Höhlung dann unter Druck gesetzt wird. Central City besteht überwiegend aus miteinander verbundenen *Sub*Blasen.

TeleOperator (T.O.). Ein ferngesteuertes Gerät, das äußerlich zwar einen humanoiden Roboter gleicht, ohne indes über die Kapazität eines Roboters zu verfügen. Statt dessen wird ein T.O. per Fernbedienung von einem menschlichen Operator in einem Steuergerät bedient. Wie es bei fast allen Vorrichtungen der Virtuellen Realität der Fall ist, wirken die vom T.O. übermittelten Wahrnehmungen real.

Terra Nova (TN). Das einzige irdische Großraumschiff im *Multisystem,* mit Dianne Steiger als Kommandant.

T.O. Siehe *TeleOperator.*

Träger-Drohnen. Das primitivste charonische Modell, das nur als Lastenträger zu gebrauchen ist.

Virtuelle Realität. Allgemeine Bezeichnung für eine Technik, die eine beliebige Umgebung (real oder imaginär) für einen aktiv mitwirkenden Beobachter scheinbar Wirklichkeit werden läßt. Siehe auch *TeleOperator.*

Virtuelles Schwarzes Loch (VSL). Bisher nur ein theoretisches Konstrukt. Ein VSL entsteht durch eine künstliche masselose Gravitationsquelle mit so enger Bündelung, daß sich ein mikroskopisch kleines Schwarzes Loch herausbildet. Wenn ein VSL mit einem hinreichenden Gravitations-Gradienten in Gegenwart einer hinreichenden Masse lange genug Bestand hat, dann absorbiert es diese Masse und wird dadurch stabil.

VISOR, Venus-Interim-Station für Operationale Forschung. Eine große Station im Orbit um die Venus. War ursprünglich als Hauptquartier für das Terraformen dieses Planeten vorgesehen.

Weltenfresser. Charonischer und später auch von den Menschen übernommene Bezeichnung für die Lebensform, die den Menschen zuerst als *Lander* bekannt war. Siehe auch *Lander.*

Wurmloch. Eine Verbindung zwischen zwei Punkten im Raum, die durch die Erzeugung zweier aufeinander abgestimmter Schwarzer Löcher erzeugt wird. Das Wurmloch bewirkt, daß die beiden Punkte sich auf einer Ebene gegenüberliegen, unabhängig von der wirklichen Entfernung.

Wurmloch-Transitschleife. Ein Ring aus in gleichen Abständen angeordneten *R-L*-Modulen, die sich in einem gemeinsamen Orbit um eine *Sphäre* befinden. Sie dienen als Zwischenstationen für Kommunikation und Transport.